KB044545

아산

ASAN
Vladimir Makanin

This Korean edition was published by arrangement with Synopsis Literary Agency through EYA(Eric Yang Agency).

대산세계문학총서 160

아산

Асан

블라디미르 마카닌 지음 — 안지영 옮김

문학과지성사

대산세계문학총서 160_소설

아산

지은이 블라디미르 마카닌
옮긴이 안지영
펴낸이 이광호
주간 이근혜
편집 김필균 김은주
펴낸곳 ㈜문학과지성사
등록번호 제1993-000098호
주소 04034 서울 마포구 잔다리로7길 18(서교동 377-20)
전화 02) 338-7224
팩스 02) 323-4180(편집) 02) 338-7221(영업)
전자우편 moonji@moonji.com
홈페이지 www.moonji.com

제1판 제1쇄 2020년 8월 18일

ISBN 978-89-320-3759-2 04890
ISBN 978-89-320-1246-9 (세트)

이 도서의 국립중앙도서관 출판예정도서목록(CIP)은 서지정보유통지원시스템 홈페이지(http://seoji.nl.go.kr)와
국가자료공동목록시스템(http://www.nl.go.kr/kolisnet)에서 이용하실 수 있습니다.
(CIP제어번호: CIP2020032725)

이 책은 대산문화재단의 외국문학 번역지원사업을 통해 발간되었습니다.
대산문화재단은 大山 愼鏞虎 선생의 뜻에 따라 교보생명의 출연으로 창립되어
우리 문학의 창달과 세계화를 위해 다양한 공익문화사업을 펼치고 있습니다.

차례

일러두기

1. 이 책은 Владимир Маканин의 『Асан』(Москва:Эксмо, 2008)을 우리말로 옮긴 것이다.
2. 본문의 주는 모두 옮긴이의 것이다.

1장

모두가 떠나버린 레일…… 눈앞에 펼쳐진 공간에는 신출내기 병사들만 득실거린다. 그들 외에는 아무도 없다…… 그들의 눈에 갑자기 자신들의 모습이 들어온다. 아, 우리 모습이 이렇구나! 많기도 하구나!…… 그리고 우리가 타고 온 (겨우 두 량짜리) 기차는 저렇게 초라하구나. 기차는 도착하자마자 기적 소리를 내더니 떠나버렸다. 전쟁이다!

물론, 그들은 기차가 지긋지긋했다. 도대체 얼마를 달릴 수 있는 건지. 무덥고 썩은 내를 풍기는 기차는 끝나지 않는 악몽 같았다. 그러더니 이제는 대기가 취하게 만든다…… 이곳 공기는 당최!…… 이제 그들은 캅카스의 하늘 아래에서 벌써 형제애를 나누고 있다. 만세! 만세! 얼싸안는다. 첫번째 소대와 두번째 소대가 서로 안는다…… 중요한 것은 무기를 분실하지 않고 왔다는 것이다(엄청 마셔댔음에도 불구하고. 아니면 엄청 마신 덕분인가?!). 어이, 병사, 더 사내답게 보라고! 그들의 낯짝은 붉다 못해 자줏빛이다. 하하, 볼따구니에 대고 담뱃불도 붙이겠네.

왜 소대가 둘뿐인가? 그것도 좀 모자란 수로? 왜 이 병사들 전체에 할당된 장교가 한 명뿐인가? 게다가 결국은 그자마저 빠져나갔다. 로스토프까지도 못 왔는데 갑자기 급성 감돈(嵌頓)탈장이 오는 바람에 역에서 하차했다…… 어떻게 이런 일이 생길 수 있단 말인가? 이게 도대체 뭐란 말인가?…… 러시아 전역에 탈장이 오지 않은 장교가 한 명도 없어서?…… 탈장이나 맹장염을 앓지 않는 장교들은 도대체 어디 있단 말인가?

먼지 자욱한 플랫폼에서 그들을 맞아주는 장교도 없다. 뭐, 생각해보면, 있었다 해도 방해만 되었을 것이다! 꺼지라고 해…… 장교는 없다…… 대신 웬 겁쟁이 관리자가 충혈된 눈을 하고 한 손에 붉은 붕대를 감은 채 나와 서 있다. 이자는 늘 그렇듯 이제 막 도착한 군바리들을 재촉한다. 서둘러, 서두르라고!…… 서둘러 그들을 플랫폼에서 몰아낸다…… 자동소총을 든 술 취한 풋내기들에게서 한시바삐 벗어나고 싶은 마음뿐이다. 전쟁이라고는 겪어본 적도 없는 이 한가한 떼거리로부터 벗어나고 싶다. 아니 씹할, 이 개 같은 전쟁에서 벗어나고 싶다!

붉은 붕대가 관심 있는 것은 이것뿐이다. 어떻게든 빨리 이 빌어먹을 녀석들을 저편으로 보내버리는 것!…… 그러니까…… 폭격 맞은 역을 지나, 역시 살짝 폭격 맞은 광장으로!…… 저기 장갑수송차들이 왔네. 저 차들이 너희를 태우러 온 거야, 애송이들! 너희를 위해 온 거라고! 전진!

장갑수송차들이 어디 있는데?

저기 있어…… 모두 저쪽으로 이동해! 종대*로!

* 이 작품에서 종대는 '세로로 줄을 지어 늘어선 대형'이라는 뜻 외에도, 명확한 전선이 부재했던 체첸전 당시 다양한 지역으로 이동했던 부대들의 특별한 대형을 부르는 명칭으로도 사용된다. 장갑수송차, 탱크, 일정 수의 병사들이 종대 구성의 기본 요건이었다.

덩치가 산만 한 병사가 그의 헛소리에 격분하여 소리친다.

"무슨 종대로 가라고? 너 이-노-옴! 네 눈에는 종대가 보이냐?"

"너희가 종대를 만들어야 하는 거야. 다 같이…… 너희가 종대라고."

붉은 붕대가 설명을 한다.

"저기 너희 장갑수송차가 있다고…… 그리고 거기 질린 소령이 보낸 빈 트럭 두 대도 있을 거야. 휘발유통을 실은 트럭도 세 대 있을 거고…… 휘발유도 질린 소령이 보낸 거야."

새로 등장한 '질린'이라는 성씨가 당장 병사들을 짜증 나게 만든다. 무언가 존경심을 가지고 발음한 모든 이름이 이제 막 도착한 신출내기 병사들의 신경을 건드린다…… 그들은 괴성을 지른다.

"썅! 애송이들이라고! 똥 나오겠네…… 우리가 누굴 수행까지 해야 한다는 거야."

"수행하는 게 아니야. 그냥 함께 종대로 가는 거야. 함께 움직이라고…… 움작이라고…… 움직작이라고……"

붉은 붕대는 동사 변화를, 그것도 전쟁에서 가장 중요한 동사의 변화를 헷갈리기 시작한다.

결국 병사들은 줄을 서지 않고 무리 지어 레일을 벗어난다. 마침내…… 사방이 팬 광장이 보인다…… 술기운에 흥분한 이들이 장갑수송차 위로 기어오른다. 장갑수송차들, 네 대의 군용차는 천천히, 차례대로 길로 나서…… 앞선 트럭들에 더 가까이 다가간다.

바무트 쪽으로 가야 한다. ○○부대로. 자, 가자! 가자고! 어찌어찌하다 보니 종대가 만들어진다…… 자, 가자, 가자고! 휘발유를 실은 트럭들도 여기 있어! 겁내지 마! 타 죽지 않아!

조용해 보이는 체첸 노인 한 사람이 나타난다. 가슴팍에 기차역에서 근무하는 포터의 공식 배지가 달려 있다. 머리는 온통 백발이고, 얼굴에는 만성적인 틱 장애가 보인다.

그는 붉은 붕대가 자기를 돌아보도록 그의 소매를 당기려 한다.

"사시크*가 좋아하지 않을 텐데."

"그게 네놈이랑 무슨 상관이야?"

"왜 병사들을 그의 종대에 찍어 붙이려는 거지? 사시크가 화낼 거야."

"난 좆도 상관없거든…… 이봐, 늙은이, 앞은 잘 보이는 거야? 이 오합지졸들이 보여?!"

두 사람 모두 병사들을 바라본다…… 그들은 장갑수송차에 기어오르자마자 뛰어다닌다. 여기저기 둘러보며 더 나은 자리를 찾는다…… 그러다 낄낄대며 서로 끌어안는다. 지독하게 취했는데도 많은 이의 얼굴에서 빛이 난다. 너무도 밝게 빛나고, 너무도 흥분한 젊은 눈동자들!

붉은 붕대는 막상 단호하게 대처하지 못한다. 하지만 저 병사는 완전 미친놈이다! 저 모자란 놈 대갈빡을 제때 날려줘야 하는데!…… 병사는 곁을 지나는 철도 인부들, 체첸인들, 러시아인들에게 무턱대고 달려든다…… 아직 잠도 깨지 않은, 기름에 찌든 사람들에게…… 그리고 미친놈처럼 이리저리 뛰어다니며 악을 쓴다. "아부지-이-이!…… 아부지-이-이!……" 인부들을 붙잡고 아버지에 관하여 묻는다…… 놈은 자기가 아직 볼가강가에 있는 줄 안다. 저 병신 같은 자식은 제 애비와 작별 인사도 못 하고 온 것이다!…… 자기 집과 친지들이 어디 가까운 곳

---

* 알렉산드르의 애칭인 사샤의 지소형.

에 있다고 생각하는 것이다. 자기가 체첸에 있다는 사실을 이해하지 못한다. "아부지-이…… 어디 계세요?! 아부지-이!……"

예의 그 덩치가 산만 한 병사가 나서서 붉은 붕대의 일을 덜어준다. 정신이 말짱한 그는 조라라는 이름의 건장한 어깨 씨다…… 조라는 작은 병사를 붙잡아 주물러 터뜨리며 부드럽게 말한다. 밀치고 주먹으로 위협하여 장갑수송차로 밀어 넣으며 반복해서 이야기한다.

"아버지를 찾아줄게. 나중에 찾아준다고…… 겁내지 마, 병사!"

붉은 붕대는 모든 것을 알기에 서두른다. 그는 지금 병사들의 창자에 머물러 있는 취기가 아직은 그저 제대로 총공격을 할 준비를 하고 있을 뿐이라는 사실을 너무나 잘 알고 있다. 분명 쏟아질 것이다…… 엄청난 취기. 엄청난 취기가 그들의 젊은 뇌를 덮칠 것이다. 망할!…… 그 취기는 갑자기 애송이들의 정신줄을 완전히 끊어놓을 것이다! 절단낼 것이다…… 아, 개썅!

대신 조라가 있다…… 조라는 항상 제때에 나타난다!…… 힘이 장사다.

그 외에도 도와주겠다고 자청한 중사가 있다…… 보르조이-밥킨이라는 이중 성을 가진 중사는 이제 막 잠에서 깨어났다. 그는 아무것도 기억하지 못한다. 자기가 누구인지…… 어떤 소대에 속했는지.

"이봐, 애송이들!"

중사가 소리친다.

어찌 되었든 간에 백지장도 맞들면 낫지 않은가. 보르조이-밥킨 중사와 조라는 사태를 파악했다. 점점 더 기운이 뻗치는 주정꾼들 사이에서 두 사람은 현재의 상황이 간단하지 않다는 사실을 깨닫는다! 신이 나서 호형호제하고 있는 병사들은 이 꼴로는 절대 정해진 ○○부대까지 도달하지 못할 것이다.

붉은 붕대가 독기 서린 목소리로 두 사람을 안심시킨다.

"가기는 가겠지…… 전부 다 가지는 못하겠지만…… 여기선 절대 모두가 정해진 곳까지 가지는 못해."

"무슨 소리지?"

"무슨 소리냐고? 여기서는 원래 그래…… 여기는 체첸이라고…… 들어는 봤겠지?"

붉은 붕대는 상황을 알고 있고, 자기 방식을 고집한다. 자, 광장에서 나가!…… 모두 장갑수송차로…… 모두 움직여!…… 그는 역에 아무도 남겨둘 수 없다. 술에 취해 죽은 것처럼 뻗어 있는 병사들도 남겨두지 않을 것이다…… 이 오합지졸들!…… 충분히 자고 휴식을 취한다고?…… 어디서?…… 어떻게?……

붉은 붕대는 권총을 움켜쥔다. 너희가 미쳤구나! 병사들이 충분히 자고 휴식을 취한다고? 와우, 대단한데!…… 이 자식들이 여기에 왜 왔는데? 자러 온 건가?…… 저기 아리따운 장갑수송차들이 준비되어 있잖아!…… 태우라고!…… 이 병사 새끼들을 태우라고. 무슨 소리를 지껄여도, 병사들 자리는 장갑수송차라고. 아이고, 보기 좋네!…… 장갑차에 타니, 저놈들, 아주 멋지게 보이잖아! 멋져!…… 오케스트라만 있으면 딱이겠네!

한편 조라와 중사는 각각 오른쪽과 왼쪽에서 붉은 붕대를 붙잡는다. 네놈이 관리자니 길 안내를 책임져!

"나는 역만 관리하는 거야!"

"책임져!"

붉은 붕대는 잠시 생각하더니 일종의 타협점을 찾는다. 휘발유가 든 트럭 세 대는 절대 건드리면 안 돼. 휘발유는 질린 소령의 명령으로 보내는 거니까! 질린 소령은 아주, 아주 중요한 사람이야…… 절대 늦어서도 안 돼!…… 대신 이 휘발유가 너희 부대 바로 옆길로 지나갈 거야……

"그래서 뭐?"

"빈 트럭 두 대도……"

"그래서 뭐?"

"일렬종대로 간다. 알겠지?"

붉은 붕대는 잽싸게 이 두 사람에게 두 대의 빈 트럭을 이용할 수 있겠다는 생각을 미끼로 던진다. 애송이들이 완전히 인사불성이 되면…… 트럭 두 대는 사실상 빈 채로 가게 될 것이고…… 트럭 바닥에는 톱밥이 깔려 있다. 트럭 짐칸에는 늘 톱밥이 깔려 있다…… 언제 싣게 될지 모를 짐들을 안전하게 보호하려고.

조라와 중사는 서로 눈길을 주고받았다. 붉은 붕대가 던져준 생각이 그들 머릿속에 박혔다. **톱밥. 나중에 싣게 될 짐이 아니라 애송이들을 보호하기 위한 톱밥……**

붉은 붕대는 재촉하며 맨 마지막 병사까지 장갑수송차에 태운다.

"안 돼! 너희는 여기 있으면 안 된다고!…… 꺼져!…… 그로즈니에 사는 체첸 사람들은 여기 병사들이 득실대는 것을 싫어한다고! 밤에 왔었어야지!…… 껌껌할 때!…… 눈에 띄지 않게 말이야!"

간신히 종대를 이루어 그로즈니에서 빠져나오기는 했으나 그다음부터는 상황이 좋지 않았다. 장갑수송차에 탄 애송이들은 기진했고 멀미를 했다. 바람을 쐬고 싶은 마음에 장갑수송차 상판 위로 기어 나와서는 포대 자루들처럼 떨어져 내리기 시작했다…… 큰길로 나선 차들이 속력을 내기가 무섭게…… 병사들은 잘 익은 자두들처럼 장갑수송차에서 길 위로 흩뿌려졌다.

뒤에는 트럭들이 따라오고 있었다. 양쪽을 바라보니, 이런 우라질!…… 한 녀석은 팔이 부러지고…… 다른 녀석은 변속기에 걸려 숨이 끊어질 뻔하고…… 장갑수송차 안에 있는 녀석들은 술기운에 토를 해대며 숨이 차서 헐떡였다…… 전장의 명예는 단번에 얻어지는 것이 아니다.

아무도 명령하지 않았는데도 병사들은 종대가 속도를 늦추자 본능적으로 장갑차에서 나와 두 대의 빈 트럭으로 옮겨 타기 시작한다. 트럭 짐칸 벽을 타고 넘는다…… 누군가는 도움이 필요하다. 완전히 필름이 끊어진 녀석들은 조라와 중사가 양쪽에서 붙들고 트럭 짐칸으로 던져 넣는다. 하나, 둘, 쿵! 모두 그쪽으로 보낸다…… 아무도 이름을 부르지 않는다!

거기 트럭 쪽이 더 안전하다. 그들은 부드러운 톱밥 위에 앉아 있다!…… 산 주위를 감싸고 있는 달콤한 공기가 사방에서 흘러든다! 이것이 깨끗한 산소구나!…… 여기가 캅카스구나! 눈앞에 펼쳐진 캅카스가 그들의 뇌수를 감싼다. 젊은 영혼을 휘감고 달랜다…… 캅카스가 부른다…… 신출내기 병사들은 행복하다! 비틀거리면서도 덜컹이는 트럭 짐칸에서 일어선다. 그리고 (조라와 중사가 아직 자동소총을 압수하지 못한 병사들이) 자동소총을 흔들어댄다. 넘어졌다가도 다시 일어선다……

그러더니 벌써 총질까지 한다. 총을 쏘아댄다! 극악무도한 체첸놈들, 어디 있는 거냐? 전쟁은 어디서 하는 거야?…… 지휘관들, 이보시오!…… 몇몇은 바로 지금 여기서 전투를 시작하고 싶어 좀이 쑤신다…… 뭘 얼마나 더 질질 끌어야 하는 거야! 더워서 뻗어버리기 전에 아무 쌈질에라도 끼어들어야지.

싸우러 가자! 어서!…… 휘발유통을 실은 망할 놈의 트럭들 때문에 속도가 느려지잖아. 그것들이 종대 앞을 차지하고 있다. 느려터진 쌍놈의 새끼들! 개자식들! 길을 비키란 말이야! 네놈들만 아니면 벌써 전쟁을 시작했을 거라고!…… 이 트럭들만 아니면 말이야!

조라와 보르조이 중사는 계속해서 만취한 병사들이 가지고 있는, 방수포 씌운 자동소총을 압수한다!

조라와 중사는 어쩔 수 없이 흩어져 일하기로 한다. 첫번째 트럭 짐칸에서는 조라가 보초를 선다. 인사불성으로 취한 놈들과 난폭한 놈들을 톱밥 위에 앉히는 것(바라기는 눕히는 것)이 그가 할 일이다. 그런 놈들은 항상 보드카를 더 찾는다! 자고 싶어 하지도 않는다…… 겨우 눕힌다…… 톱밥 위에서 서로 타고 넘으며 기어 다니기라도 하라지.

보르조이-밥킨 중사는 비교적 얌전하거나 졸고 있는 녀석들을 두번째 트럭으로 골라 실었다. 전부 다 누워!…… 톱밥 위에서 잠을 자니 더 바랄 것이 없다!…… 담배를 다 피우기가 무섭게 보르조이 중사 자신도 잠이 든다.

하지만 그것도 잠시다. 잠든 병사들이 움직거린다. 누군가는 대가리를 쳐든다…… 또 누군가는 작은 소리로 친구를 부른다.

"무지렁이-이…… 무히이-이-인!"

보르조이 중사는 맨 위에 누운 채(그는 병사 두서너 명을 한꺼번에 깔고 누웠다) 경계 태세로 잠들어 있다. 자면서도 경계를 늦추지 않는다. 누군가 움직이기 시작하면 그 즉시 눈도 뜨지 않은 채로 기어가 그를 깔아뭉갠다. 그의 무게(와 힘)에 눌리면 꿈틀대던 병사도 즉시 조용해진다. 그리고 잠이 든다. 그가 잠들면 중사도 함께 잠든다. 물론 여전히 토끼잠이다.

반면 첫번째 트럭에 탄 조라는 든든히 서 있다. 중사와 달리 자기가 돌보는 병사들 위로 기어가지 않는다. 그는 그들을 타고 넘어 지나간다. 그러다가 괜스레 일어나 난동을 피우는 놈을 쓰러뜨린다. 다-안-박에!…… 그러면 쓰러진 놈은 트럭 짐칸 밑바닥에서 버둥거린다. 톱밥 위에서 소리친다.

"뭐 하는 거야, 이 개새끼야. 어떻게 네놈이 나를!…… 콥테프 이병을!…… 대답해!"

하지만 조라는 그에게 눈길도 주지 않는다. 그는 지금 트럭 짐칸에 혼자 서 있다. 트럭 몸체를 가볍게 붙든 채 홀로 서서 길을 응시하고 있다. 오직 그만이 깨어 있다. 그는 캅카스의 먼지가 소용돌이쳐 오르며 일렁이는 것이 마음에 든다. 강력하게 용솟음치는 먼지!

스무 살짜리 조라는 서 있는 것이 좋다. 질주하는 트럭 짐칸에서. 마치 그 옛날 태양처럼 환했던 유년 시절로 돌아간 듯하다. 유년 시절의 가장 깊은 곳으로 들어선 듯하다! 나는 다섯 살이야, 그가 생각한다. 아니, 일곱 살.

텅 빈 플랫폼에는 붉은 붕대가 얼어붙은 듯 서 있다. 망연자실한 채로…… 갑자기 텅 빈 레일, 텅 빈 길, 사람 하나 없는 역. 주변은 고요하다.

체첸 노인이 다시 뒤쪽에서 붉은 붕대에게 다가선다. 카트도 없이 왔다. 하지만 여전히 아무에게도 필요 없는 포터 배지를 가슴팍에 붙이고 있다.

두 사람 다 말이 없다.

"사시크가 좋아하지 않을 거야."

노인이 거듭 이야기한다.

"사시크 같은 건 뒈져버리라고 해."

"그렇게 말하지 마."

붉은 붕대는 저쪽으로 침을 뱉는다. 다행히 군인 놈들에게서 벗어났다. 어떻게 그럴 수가 있지!…… 한칼라에서는 거지 같은 놈 하나도 병사들을 맞으러 나오지 않았다!

불쌍한 병사들을 이 기차에서 저 기차로 쫓아내기만 했다. 잠도 못 잔 아이들, 먹지도 못한 아이들을. 보드카라도 실컷 처마셨으니 어쩌면 그래도 운이 좋은 놈들이다…… 처음에는 이들을 로스토프 근방의 이곳저곳으로 보냈다. 그러고는 병든 놈 대신 멀쩡한 장교 한 놈도 보내주지 않았다…… 게다가 왜 장교를 딱 한 명만 보내는가? 모즈도크*에도 장교가 세 배는 더 있다! 이들에게 할당한 것보다 세 배는 더 보냈다.

"오랫동안 이런 병사들이 안 왔는데."

체첸 노인이 한숨을 쉰다.

"없었지."

"저렇게 취한 녀석들은 한 번도 없었어. 기억이 안 나."

"1년 전에 있었어."

"아!…… 벌써 옹근 1년이 지났군!"

붉은 붕대도 노인도 같은 생각을 하고 있다. 도대체 왜 저런 녀석들을 이곳으로 보내는지? 도대체 누가 저런 녀석들을 징집하는 걸까? 도대체 저놈들은 어디서 온 걸까?…… 놈들은 마치 과거에서 온 것 같다.

"사시크가 좋아하지 않을 거야."

한숨을 쉬며 노인이 다시 입을 연다.

---

* 북오세티야 공화국에서 두번째로 큰 도시.

“도대체 왜 알지도 못하는 병사들을 사시크의 트럭에 태웠어?”

붉은 붕대는 다시 한번 침을 뱉고 묻는다.

“여기서 그자를 본 적 있어?”

“이틀 전에.”

“어땠는데?”

노인이 슬프게 말한다.

“사시크가 전혀 웃지 않더군.”

2장

"싸-우-우-게 해달라!……"

온몸에 톱밥을 잔뜩 붙인 병사가 악을 쓴다…… 덜컹거리는 트럭 짐칸에서 어찌어찌하다가 깨어난 놈이다.

체첸놈들과 평화협정을 맺었더라면 좋았을 텐데. 아주 길고 긴 평화협정을…… 체첸놈들도 사람이니까. 그랬다면 병사들은 이곳에서 낚시를 할 수 있었을 텐데. 이곳 산의 계곡에는 작지만 끝내주는 물고기들이 있다던데.

하지만 병사들 대다수가 사이좋게 동의하는 의견은 여전히 전쟁터로 나가자!이다. 씹할! 왜 이렇게 느리게 가는 거냐고?! 우라질! 길 좀 비키라고! 휘발유?…… 질린 소령의 연료라고?…… 거지발싸개 같은 질린이 도대체 뭐 하는 작자인데? 그러고는 그에 관해 쉴 새 없이 떠들어 댄다!…… **니미 좆도 아닌 게!**

휘발유를 실은 트럭 세 대가 그놈 거라고?…… 체첸놈들이 몽땅 불 싸지르면 좋겠네! 빌어먹을!…… 우-우-우-우! 확 불 싸질러버리면 좋겠네!

그들은 이미 족히 백 킬로미터는 떠나왔다. 놈들에겐 아무 상관 없는 것이다.

하지만 질린 소령에게는 상관이 있다. 질린 소령은 바로 나니까.

현장감독 루슬란은 침착하다. 조금도 흥분하지 않고 전화를 건다. 그는 휘발유를 실은 트럭을 호송하기 위해 방금 전 종대에 합류했다…… 네, 문제가 생겼습니다! 종대를 가로막았어요…… 이런, 아직 산 근처도 못 갔는데 벌써 문제가 생기다니!

그의 말에 따르면 상황은 몸값으로 큰돈을 치르거나 많은 피를 흘려야 하는 쪽으로 치닫고 있다. 종대는 길 한가운데에 멈추어 섰고, 길을 막은 체첸인들은 돈을 요구한다.

알렉산드르 세르게이치, 병사들이 완전히 떡이 되었어요. 트럭에 있는 병사들은…… 완전히 인사불성이에요…… 다 죽여버릴 겁니다. 도대체 왜 그랬는지 모르겠어요. 왜 이 녀석들을 우리 종대에 찍어 붙였는지 모르겠어요.

"체첸놈들 수가 많아?"

"네, 제법 많습니다."

"장갑수송차에서 발포했나?"

"다행히 그건 아닙니다."

질린 소령과의 통화가 끝나기가 무섭게 루슬란은 자기 휴대폰을 감춘다!…… 길 위에서 휴대폰은 종종 첫 다툼의 원인이자 대상이 될 수 있다. 첫 불꽃이랄까!

하지만 루슬란의 목소리가 떨리지는 않았다. 그건 다행이다.

"지금 가네."

소령이 답한다.

상황을 해결하러 가는 것이다. 그것도 가능한 한 빨리!…… 루슬란은 마지막까지 버틸 것이다.

대충 보면, 루슬란은 체첸인이고 그도 연방주의자들을 증오한다. 하지만 좀더 자세히 들여다보면, 루슬란은 체첸인이고 자기가 맡은 일에 충실하다. 이렇듯 복합적인 감정은…… 이곳 체첸에서는 흔한 일이다…… 질린 소령은 자기 사람들을 잘 알았다(나는 내 사람들을 잘 알았다. 삼색 러시아기를 손에 든 루슬란을 나는 그렇게 이해했다. 루슬란이 서 있다. 그는 조금도 떨지 않는다…… 최상품 휘발유를 주입구까지 꽉 채운 기름통을 가득 실은 우리 선두 트럭 옆에 그가 서 있다. 기름통은 액체 폭발물과도 같다).

종대를 공격한 체첸 반군들은 아마도 루슬란을 비웃고 있을 것이다. 아이고, 현장감독께서 큰길가에서 뭘 하고 계시나?…… 슬쩍슬쩍 찌르듯 모욕할 것이다. 반군들과 달리 그에게는 자동소총도, 권총도 없다…… 그가 가진 것은 작은 깃발뿐이다.

그리하여 질린 소령은 곧게 뻗은 길을 따라 전속력으로 자기의 소형 지프를 몰았다(나는 속도를 내며 서둘렀다).

하지만 어찌 보면 지나치게 서둘렀다고 할 수 있겠다. 함께 갈 병사를 제대로 고르지 못했으니까…… 필요하면 운전을 시킬 요량으로 소령은 병사 한 사람을 데려갔다. 아니면 자기가 운전하는 동안 병사가 차창으로 자동소총 총구를 내밀고 있게 하려 했다. 하지만 병사들은 겉으로는 다 똑같이 보여서…… 필요가 있어 누군가를 골라야 할 때 제대로 된 선택을 하기가 쉽지 않다……

사건이 일어난 곳이 그렇게 멀지 않아 제때에 도착했다……

멀리서도 이미 체첸인들의 모습이 보였다. 몸집이 작은 사람들이 종대 곁에 서서 자동소총을 휘둘러대고 있다. 병사는 지레 겁에 질렸다. 그의 눈이 휘둥그레졌다! 자기도 창밖으로 자동소총을 뻗쳐 들고 있으면서도.

전화벨이 울린다…… 루슬란은 이 상황에서도 다시 한번 내게 전화를 건다. 소령님, 체첸놈들이 제대로 미쳤어요!…… 이 자식들, 이제 막 숲에서 나온 놈들이에요. 폭격 맞고…… 배도 곯은 놈들이에요…… 무슨 일이 일어날지 모르니 준비하셔야 할 것 같습니다.

네, 네, 야전사령관이 자기들이 잡은 종대 문제를 해결하러 질린 소령이 오는 것에는 동의했어요. 평화롭게 해결되길 바라는 거죠. 소령님이 지금 가까이 있다는 얘기를 듣자마자 동의했어요. 물론 돈도 가져오라고 했습니다…… 야전사령관이 이렇게 말했어요. "소령이라면 내가 신뢰하지. 하지만 될 수 있는 대로 빨리 오라고 해. 돈도 가지고."

"알렉산드르 세르게이치, 여기 잡혀 있는 놈들은 군인이 아닙니다!"

루슬란이 서둘러 말했다.

"아무것도 아닌…… 풋내기들이에요."

"장교는?"

"장교는 없습니다."

소령은 재차 물었다. 루슬란, 체첸놈들이 허풍 떠는 건 아니야? 지금 이렇게까지 서둘러야 해?

"네, 네, 서둘러야 합니다, 알렉산드르 세르게이치. 피를 많이 흘리게 될 겁니다!"

"루슬란, 지금은 전쟁 중이야."

체첸인에게는 중요한 것을 단번에, 직접 이야기해야 한다. 명확하게 말해두는 것이 좋다. 달래고 안심시켜서는 안 된다. 그렇게 해야만 그가 혼신의 힘을 다할 수 있다…… 중요한 본능에 의지해서…… 문제는 바로 이즈음 질린 소령에게 돈이 없다는 것이었다(돈이 있기는 했지만 조금밖에 없었다).

"알렉산드르 세르……"

루슬란과의 대화가 끊어졌다. 전파 방해…… 종대에 가까워지면 언제나 전화 수신에 문제가 생긴다. 모든 종대는 그야말로 금속 더미니까.

하지만 문제가 전파상에서만 생긴 것은 아니었다…… 문제는 바로 길에서 생겨나기도 한다…… 자동소총을 든 체첸놈이 갑자기 자동차 앞에 나타났다. 관목 사이에서 튀어나온 것이다.

"젠장!"

물론 봉쇄된 종대에 접근하며 체첸놈들을 피하는 것은 쉬운 일이 아니다. 이곳 길가에 놈들의 정찰병이 있는 것은 당연한 일이다. 아니, 반드시 정찰병이 있어야만 한다! 하지만 그놈이 관목에서 예고도 없이 튀어나와서는 안 된다.

평화협정을 체결하기 위해 사람이 지나갈 것이라고 미리 알려두었을 것이다. 평화협정이 맺어질 것이고, 그러면 곧 많은 돈이 생길 수도 있다고 전했을 것이다. 설혹 미리 알려두지 못했더라도 기척도 없이 길가로 튀어나와 지나가는 사람의 이마에 총구를 겨눈다면 그게 무슨 정찰병이고 보초병이란 말인가.

나의 병사가 먼저 총을 쏘았다. 달리는 중에 차 문을 열고 자동소총을 겨눴다…… 질린 소령은 겨우 욕 한마디를 할 수 있었다(나는 욕을 했다…… 우리가 죽였다…… 일을 복잡하게 만든 것이다).

이제는 모든 것이 불분명하다…… 너무나 어리석은 짓을 저질렀다! 위기의 순간에 늘 그렇듯 나는 이제 나 자신을 질린 소령으로 보지 못한다(그리고 느끼지도 못한다). 나는 그냥 '나'이다. 내가 달리고 있다. 잔뜩 예민해진 채로. 본능에 의지하여…… 나와 나의 아무짝에도 쓸데없는 병사가 달린다.

심장이 쿵쾅거린다. 그런다고 뭐가 달라지나! 내 병사의 심장 뛰는 소리는 더 크게 들린다…… 아하! 정상적인 체첸놈들의 초소가 여기 있군. 길가에 체첸놈 하나가 서 있다. 고함을 치고는…… 한 손을 쳐든다.

길을 따라 손짓을 한다. 지나가라는 뜻이다.

그는 이미 나, 질린 소령에 관한 모든 것을 알고 있다. 내가 평화협정을 위해 가고 있다는 것도, 가까운 곳에서 왔다는 것도, 심지어 낡은 소형 지프를 타고 오리라는 것까지 알고 있다…… 하지만 그는 50미터쯤 떨어진 곳에 체첸인의 시체가 있다는 사실은 모른다. 알게 된다면!…… 그런 일은 빨리 밝혀지기 마련이다…… 우리는 시체를 관목 쪽으로 치워두지도 않았다. 시체는 두 팔을 벌린 채 길가에 널브러져 있다. 하지만 시체를 숨기면 상황은 거의 언제나 악화되고 만다. 결국에는 더 어려운 상황에 처하게 된다. 그런 일은 항상 갑자기, 그리고 예측할 수 없는 방식으로 사람을 분노하게 만들기 때문이다.

이미 그들이 지키고 있는 구역으로 들어섰다는 것을 느낄 수 있었다. 내 병사의 얼굴이 하얗게 질렸다. 그가 체첸인을 죽였다. 내가 운전을 하고 있던 그때에.

종대가 보인다…… 나의 트럭들도 줄지어 서 있다. 트럭들 뒤로는 텅 빈 장갑수송차들이 이어진다. 들은 바대로 군인들은 거기 없다. 전투용 차량은 쉽게 식별할 수 있다…… 전투용 차량들은 종대 끝자락에서 종대가 이루는 직선을 휘어지게 만들고 있다.

분명 이들의 야전사령관을 **언젠가, 어디선가, 어떤 식으론가** 본 적이 있다. 하지만 기억해낼 수가 없다. 안타깝다!…… 그는 아주 다부져 보이는 자기 사람들 몇에게 둘러싸여 있다. 그들은 서로의 말을 끊어가며 이야기를 나누고 있다…… 나는 차로 그들을 거의 칠 뻔했다. 일부러 그렇게 했다. 길가에 서 있던 두 사람을 범퍼로 살짝 건드리기까지 했다. 그들은 펄쩍 뛰며 물러섰다. 게다가 경적까지 울렸다. 비켜, 이 새끼들아!

놈들은 흩어지며 물러섰다. 그러지 않았더라면 나는 누가 사령관인지 분간할 수 없었을 것이다. 사실 놈들은 모두 똑같아 보였다. 형편없는 몰골을 한 놈들. 더러운 위장복을 입고 산에서 막 내려온 놈들. 하지만 내가 지프에서 뛰어내려 사령관에게 다가가자 그들은 다시 작은 원을 이루었다. 그리고 나는 그 원의 내부에 있었다…… 이런 낯짝들하고는!…… 온통 먼지와 때로 뒤덮인, 지치고 배고픈 얼굴들!

이들은 이제 막 깊은 숲에서 기어 나왔다. 원을 이루며 서 있으니 그들에게서 끔찍할 정도로 썩은 내가 풍겼다.

"사-아-시-크!"

야전사령관이 나와 악수를 하며 인사를 했다.

"이렇게 보네. 이렇게 만나게 되네."

"그러게 말이야."

"시작은 좋은 편 아닌가. 아무도 총질은 안 하니까. 그렇지?"

나는 친근하게 미소를 지었다.

"제대로 시작하려면 먼저 이 사람들 목욕탕에 좀 데려갔다 오면 좋겠네."

야전사령관은 대답은 않고 그저 웃음만 터뜨렸다…… 하지만 절제된 웃음이었다…… 그리고 한 팔을 내저어 자기의 독수리 새끼들을 조금 멀리 쫓았다. 자기도 여기서 그들의 악취에 숨이 막혀 죽겠다는 듯.

"협상을 할 거야! 협상할 거라고!"

그들을 몇 걸음 더 쫓으며 그가 외쳤다.

옹기종기 붙어 있어도 나쁠 것은 없으나 방해가 된다는 듯.

나와 사령관은 멈춰 선 종대 쪽으로 나란히 몇 걸음을 옮겼다…… 여기 있군…… 내 연료통을 실은 트럭들. 우리는 좀더 걸었다. 왁자지껄한 소리, 비명 소리가 나는 곳을 향하여. 여기 있군. (역시 내 것인) 트럭 두 대와 그 안을 가득 메운 시끄러운 병사들이.

루슬란은 휘발유가 아니라 술 취한 병사들이 타고 있는 트럭 곁에서 있다. 알 만하다…… 물론 손에 삼색 러시아기를 쥐고 있지는 않다. 그렇게 처신할 수 있는 상황이 아닌 것이다. 그가 옳다…… 그에게 손을 흔들어 보인다. 다 잘하고 있어…… 그러니까, 씹할 놈들이야 어떻든 우리는 우리 일을 하면 돼!

하지만 상황이 그렇게 단순하지만은 않다…… 그렇다. 나는 야전사령관과 나란히 서 있다. 그는 나를 존중하며 대화를 나누고 있다…… 하지만 젊은 체첸놈 둘이 여전히 나에게, 무방비 상태인 나의 등에 바싹 붙어 서 있다. 아주 딱 달라붙어 있다. 불타는 눈을 하고…… 그들은 허리에 찬 칼을 손으로 쥔 채 서 있다. 한 폭의 그림 아닌가(나의 병사를 지프에 두고 오길 잘했다. 여기 왔더라면 그는 제정신이 아니었을 것이다)!

이 두 놈은 피에 굶주린 것처럼 행동했다. 의도적으로 나를 밀고, 뒤쪽에서 길을 막았다. 다혈질에…… 새파랗게 젊은 놈들!

"저건 뭐지?"

나는 트럭들을 가리키며 물었다.

특히 가까운 쪽에 있는 트럭…… 거기 있는 병사들은 트럭 짐칸 바닥에서 그야말로 버둥거리고 있다. 몸을 반쯤 굽힌 채로…… 술에 취해서…… 제대로 서 있는 놈은 딱 하나밖에 없었다. 아주 건장한 녀석이다…… 버둥거리던 놈들 중 하나라도 일어서면, 그 어깨 씨는 주먹 한 방으로 일어선 녀석을 다시 아래로, 짐칸 바닥으로 때려눕혔다. 모두가 있는 곳으로…… 그들은 거기서 기어 다니며 신음했다…… 술에 취해 무언가 외치기도 했다…… 꼭 톱밥 속을 뒤지며 무언가를 찾고 있는 것처럼 보였다. 기어 다니며 잃어버린 마지막 동전 한 닢을 찾고 있는 듯했다. 모두가 자기의 동전 한 닢을.

지금 그 동전 한 닢은 그들의 목숨이다.

"사시크, 저기 있는 게 물건이야."

사령관은 이미 웃음기를 거둔 채 말했다.

그의 눈이 가늘어졌다. 흥정이 시작된 것이다. 야전사령관은 멈추지 않고 바로 병사들의 목숨, 동전의 가격을 불렀다. 다섯 장. 오호!…… 영은 세 개이고. 야전사령관은 손으로 허공에다 5에 이어 이 0 세 개를 그려 보이기까지 했다. 5000. 달러로…… 나는 그저 미소만 지어 보였다. 오케이, 친구. 좋아. 하지만 좀더 정확히 세어보면 좋겠군…… 실물이 있는 곳에는 실제 가격이 있는 거니까.

나는 손을 들어 병사들이 타고 있는 트럭 곁에 서 있는 루슬란을 불렀다. 이리 와…… 마치 돈 계산을 할 때면 늘 루슬란이 나를 돕는다는 듯이.

그가 이쪽을 향해 걸어오는 동안 트럭 짐칸에 타고 있던 병사 중 하나가 결국 일어서고 말았다…… 그는 뿌연 눈으로 무언가를 바라보았다…… 아니다. 무언가를 바라본 것이 아니었다…… 그는 짐칸 난간 앞쪽으로 몸을 구부리더니 엄청나게 토해냈다. 주먹을 휘두르는 어깨 씨가 서둘러 그에게 다가갔다. 하지만 병사는 몸이 좀 나아진 듯 곧바로 쓰러졌다…… 알아서 짐칸의 바닥으로…… 기어들었다…… 거기서 온몸에 톱밥을 묻힌 채 킬킬거리는 소리가 좀 떨어진 곳에 있던 우리에게까지 들려왔다. 어깨 씨 조라를 속였다 이거였다!

젊은 체첸인 둘은 다시 칼에 손을 댔다. 그리고 다가온 루슬란에게 체첸어로 무언가 모욕적인 말을 내뱉었다. 루슬란은 조금 창백해졌지만, 입을 다물었다…… 그는 냉정한 사람이다.

루슬란은 (요란하게 상품 자랑이라도 하듯) 병사들이 이제 막 기차에서 내린 피라미라는 이야기를 늘어놓았다! 러시아에서 웬 천하의 모자란 것들이 놈들을 여기로 보냈다고!…… 일찌감치 기차에서부터 술을 마신 것 같아요. 집에서 만들어준 닭고기를 안주로 먹고, 역 사이사이에서 산 감자도 곁들였겠죠. 그러면서 신나게 놀고 웃어젖혔을 겁니다…… 그러다 이곳에 도착하기가 무섭게 웬 거지 같은 술을 구한 거예요. 가짜 보드카를 마신 것 같습니다…… 무슨 음모가 있었던 것 같지는 않아요…… 일부러 함정에 빠뜨린 것은 아닌 것 같아요…… 그냥 모든 게 엉망진창이었던 거예요! 동행하는 장교도 한 명 없고……

"잠깐, 루슬란…… 기다려봐!"

그의 이야기가 채 끝나기도 전에 나는 참지 못하고 그로즈니에서 나오는 길목에 있는 잘 아는 초소로 전화를 걸었다. 내가 전화를 거는 것을 본 젊은 체첸놈들은 무언가 한마디라도 실언을 하면 전화기를 쳐내려고 다가든다…… 아마 내 머리통도 함께 날리겠지……

초소에서는 다음과 같이 답했다. 네, 지나갔습니다. 우리 병사들이 맞아요. 네, 아주 신들이 났더군요. 빈 트럭을 타고 있는 녀석들 말입니다. 왜 그런지 술주정이 아주 오래가던데요.

"도대체 왜 그러는 것 같은가?"

"모르겠습니다, 소령님. 무슨 거지 같은 술을 마신 모양입니다."

"알았다, 오버."

내가 답했다.

그러는 사이에도 루슬란은 이야기를 계속했다…… 이 망할 놈의 병사들이 역에서 약도 한 것 같아요. 전부 한꺼번에 한 거죠…… 이곳 마약에 대한 얘기를 엄청 들은 거죠. 와! 와! 끝내준다더라!

야전사령관은 아주 흥미롭다는 듯 루슬란의 이야기를 듣고 있었다. 루슬란의 한마디 한마디가 이 거래에서 그의 입지를 더욱 유리하게 만들어주었다…… 흠, 걸려들었군!…… 이제 막 이곳에 온 놈들이란 말이지! 러시아에서 곧장 온 놈들이라 이거지. 호박이 넝쿨째 굴러들어왔군……

한편 혈기왕성한 젊은 체첸놈 둘은 다시 등 쪽에서 나를 압박해 왔다. 서로 이런저런 몸짓을 해가며 자기들이 얼마나 위협적인 존재인지 과시하고 싶어 했다. 돌아보지 않아도 알 수 있었다…… 분명 칼자루를 꽉 쥐고 있겠지. 진짜 단도의 칼자루를. 동지의 단단한 손을 쥐듯.

그러면서 작은 소리로 저희끼리 무언가 체첸말을 주고받는다……

야전사령관은 고개를 끄덕이며 그들에게 미소 짓는다. 그래, 횡재야. 그래, 그래. 그가 거느린 독수리 지대(支隊) 전체가 숲에서 기어 나오자마자…… 이런 대단한 횡재를 만난 것이다! 5천…… 야전사령관은 기쁨을 감추지 못하고 이글거리는 눈빛을 한 젊은 놈 중 하나의 어깨를 퍽 소리가 나도록 쳤다.

"운이 좋아, 그렇지?"

그 젊은 놈까지도 모든 상황을 이해했다. 소령, 달러를 내놓으라고. 그러지 않으면 트럭에 타고 있는 네 병사들을 끝장내주겠어. 마지막 한 놈까지 전부 말이야. 지금 당장. 바로 여기 길 위에서.

"전사들은 잠든 사람들을 죽이지 않을 겁니다."

루슬란이 차갑게 말했다.

하지만 전쟁이 막 시작되었을 무렵이라면 효력을 발휘했을 이 아름다운 말은 이미 아무런 힘을 가지지 못했다. 영화에서나 근사하게 등장하는 명예는 전혀 매력이 없었다. 야전사령관은 나를 향해 쓴웃음을 짓고는 손을 내저었다. "그건 아니지! 전사들이라니, 그건 고릿적 이야기지…… 사시크, 우리는 이제 그런 옛날 말은 몰라! 그런 것들은 **씹할** 다 잊었어!" 야전사령관은 목구멍에서 나오는 굵은 소리로 외쳤다…… 톤을 높여서…… 이미 달러가 그의 내장을 불태우고 있었다. 이것이야말로 우리 시대의 가장 강력한 가슴앓이가 아닌가.

"다섯 장은 괜찮은 돈이지."

내가 사무적으로 말했다.

"하지만 사령관, 셈은 정직하게 해야지."

"어떻게 말인가?"

"병사가 몇 명인지를 세어봐야 하지 않겠나. 누가 취했고, 누가 멀쩡한지를 대략이라도 세어봐야지…… 한 서른 명쯤 될 것 같은데…… 그 중에서 멀쩡한 놈들은 빼야지…… 그놈들은 자기방어를 할 수 있으니까…… 내 말이 맞지?"

나는 말도 안 되는 논리를 내세웠다.

"……우리는 취한 놈들 몸값만 내겠네. 내 말이 맞지 않나?…… 장갑수송차 운전병들은 전부 멀쩡하고. 다른 운전사들도 멀쩡하고……

기관총 사수도 멀쩡하고. 맞지?…… 술 취한 놈들이 몇인지 세어보자고…… 그러고 나서 멀쩡한 놈들이 몇인지도 세고……"

젊은 체첸놈들이 참지 못하고 발을 쾅쾅 굴렀다. 야전사령관이 묻는다.

"사시크, 오래 걸리겠나?"

물론 그는 알고 있을 것이다…… 협상 테이블에 나온 내가 시간을 끌고 있다는 것을. 시간을 벌며 뭔가 새로운 카드를 내놓을 수도 있다는 것을.

"아, 사령관, 지금 우리가 서둘러야 하는 건가?"

"이 녀석들이 목욕탕에 가야 한다고 했던 건 자네 아닌가?"

야전사령관은 웃음을 터뜨렸다. 아주 근사한 답을 했으니까…… 그러고는 내 등 뒤에 있는 두 놈, 언제든 칼부림을 할 준비가 된 놈들을 가리켰다.

"저 녀석들은 아주 서두르는 것 같은데."

그 말을 듣고도 나는 슬쩍 몸을 돌려 그들을 쳐다보지 않았다. 활활 타오르는 젊은 놈들. 어떻게 모르겠는가!…… 지금이라도 칼을 뽑아…… 러시아놈들을 베어버리는 거다, 이 개자식들을…… 길 한복판에서 마흔 개가 넘는 병사의 낯짝을 만나다니!…… 옹근 것은 아니지만 두 개 소대에 해당하는 숫자다!…… 정말 끝내주는 횡재가 아닐 수 없다!…… 그러고 나면 평생 자랑하며 살 수 있을 것이다. 으스댈 수 있을 것이다…… 나이가 들면 아이들에게 이야기를 들려주겠지. 마흔다섯 놈이나 되었어…… 우리가 양 새끼 베듯 다 베어버렸지. 그러면 누군가가 아첨하며 그의 말을 정정해줄 것이다. 아니야, 마흔다섯은 더 되겠지…… 소대가 두 개면 수가 더 되지!

솔직히 말하면 나는 이미 이 젊은 캅카스 근위병들의 악취를 맡을 수도 없었다…… 나 역시도 온통 땀에 절어 고약한 냄새를 풍기고 있었으니까. 그럼에도 몸을 돌려 둘 중 한 놈의 어깨를 툭툭 쳤다(그는 한 걸음 물러섰다. 팽팽하게 긴장하고 있는 것이다).

"사령관, 자넨 정말 좋은 병사들을 데리고 있군!…… 좋은 병사들이야!"

나는 감탄한 듯 한숨을 내쉬었다. 하지만 그러면서도(나는 협상꾼이 아닌가!) 내 일을 계속했다.

"하지만 사령관, 자네 병사들이 전부 이렇게 서두르는 것 같지는 않군."

나는 좀더 떨어진 곳에 모여 있는 병사들을 향해 머리를 흔들어 보였다.

분명 체첸인들에게는 인정해주어야 할 미덕이 있다…… 아무리 오랜 시간 산에서 매복을 했어도, 아무리 오랫동안 (헬리콥터를 피해) 다 꺼져가는 모닥불 가에서 꽁꽁 얼어붙었어도 이들은 지금 칼을 잡지 않는다. 첫번째 트럭에 탄 미친놈들을 죽이고, 두번째 트럭에서 세상모르고 자고 있는 놈들을 베어버리며 성급하게 자기를 과시하려 하지 않는다. 전쟁 중이었거나 매복 중이었다면 그게 더 좋았을 것이다! 정말 끝내주었을 것이다! 하지만 술 취한 놈들이 술 취한 피를 흘리게 하는 것보다는 돈을 챙기는 쪽이 나은 것이다.

"만일 자네들이 진짜 제대로 매복을 했던 거라면 비싼 값을 치를 수도 있지. 제대로 공격을 했다면 말이야…… 전투는 체첸인들에게 어울릴 만큼 가치 있는 일이니까."

나도 루슬란을 좇아 듣기 좋은 말을 늘어놓았다.

그리고 무심한 듯 콧방귀를 뀌며 말을 이었다.

"사실 저 트럭 안에 뭐가 들었나?…… 솔직히 말해 뭐 대단히 자랑할 만한 건 없지 않나, 사령관?…… 그냥 얻어걸린 건데. 이거야말로 날로 먹는 셈 아닌가!"

나는 얌체처럼 그들의 성공을 폄하하려 한다. 야전사령관은 성을 내며 짧게 내 말을 끊는다.

"에취!"

짧지만 분명한 말이었다. 돈!…… 사령관은 푸줏간 주인이 아니다! 여기서 얼마나 오랜 시간 질린 소령을 기다렸나!…… 그래서 사시크를 기다린 것이다. 그래서 길 한복판에 종대를 다 세워두고 이토록 오랫동안 옴짝달싹 못 하고 있는 것이다. 피가 아니라 돈을 기다리는 것이다. **에취!**

이것은 더 이상의 협상을 허락하지 않겠다는 그의 마지막 말이었다. 평화협정의 중개인 역을 맡은 질린 소령은 지금…… 지금 당장 전화로 상부에 보고를 해야 한다. 그리고 상부는 돈을 지불한다. 당장…… 당연히, 지금 당장…… 한두 시간 안에…… 사령관은 사시크에게 그만한 현금이 없다는 것을 잘 알고 있다. 아니면 혹시 있을까? 그렇다! 체첸인들은 사시크에게 돈이 마르지 않는 것을 알고 있다. 현금이 없다면, 사령부 놈들이 자기들 주머니를 더 깊이 뒤져서라도 찾아내겠지! 전화를 해, 소령…… 도대체 당신네 전쟁은 왜 이 모양 이 꼴이지! 당신네 사령부에서 누군가는 이 술에 전 병사들의 난리와 방종에 대해 책임을 져야지(하지만 아무도 책임지지 않을 것이다…… 만일 전화를 한다면…… 사령부 인간들은 옜다! 하고는 질린 소령을 보낼 것이다)!

"하지만 자네는 장갑수송차들도 붙잡아두고 있는 거 아닌가…… 그리고 내 휘발유도 말야. 도대체 몇 통인지…… 다 하면 종대가 되겠네."

내가 서둘러 덧붙였다.

"아-아-니, 사시크…… 머리 쓸 생각은 말게…… 장갑차는 보내줄 거야. 종대도. 그리고 자네 휘발유도."

그는 부드럽게 미소를 지었다.

"물건은 사람인 거지."

그의 미소에 격분했지만, 실은 그의 미소보다 나 자신에게 더 화가 났다. (이제 보니) 지나치게 고집을 피우며…… 거래에 홀딱 빠져 양보하지 않는 질린 소령에게 말이다(게다가 우리 뒤에는 시체가 있지 않은가! 입구에 누워 있는 놈 말이다)! 부주의한 말 한마디면 이들은 나도 죽여버릴 것이다. 바로 여기서. 아무도 알 수 없는 길가에서. 여기서는 시체를 묻어주지도 않는다…… 죽은 고기는!…… 덤불로 던져버리면 끝이다…… 이곳에서는 모든 일이 갑작스레 일어난다!

한기를 느끼며 힐끗 관목을 바라본다. 관목 사이에 돋은 가시들!…… 관목 주위에는 미동도 없는 풀들이 높이 자라 있다.

게다가 체첸놈들이 휘발유는 질린 소령에게 돌려준다지 않는가…… 트럭도 주고…… 길도 내주고…… 조무래기 병사들만 아웃이라지 않는가.

질린 소령에게 이 병사 나부랭이들이 대체 뭐란 말인가…… 베어져 관목 속에서 굴러다닐 어린놈들이 불쌍하기는 하다! 술도 깨지 않은 채로, 잠도 깨지 못한 채로 나뒹굴겠지! 하지만 질린 소령 자신도 불쌍하지 않은가?

게다가 나는 전사도 아니다. 언젠가 얄호이-모히에서 산 채로 타 죽을 뻔했을 때(그때 나는 휘발유를 뒤집어쓰고 있었다) 스스로에게 말했다. 스톱, 스톱! 소령, 이건 인생을 걸 만한 전쟁이 아니야. 평화롭게 자라 있는 높은 풀 위로 작은 새들이 포르르포르르 날고 있었다.

높이 자란 풀들이 신경을 건드린다! 스스로에게 묻는다. 이 소령 나부랭이야, 왜 이렇게 설쳐대니? 네놈이 뭐라고. 네놈이 뭐 영웅이라도 되는 줄 알아? 스스로에게 묻는다. 이 위장복을 입은 똥 같은 놈아, 도대체 누구 일에 끼어드는 거냐? 네놈 집에 마누라와 딸이 있어. 매일매일 네놈을 기다리고 있다고…… 전쟁은 전쟁이고, 네놈은 네놈이야. 기억해라…… 너는 그냥 복무하는 것뿐이야. 너는 그냥 캅카스에서 복무하는 거야.

등 뒤로 땀 한 방울이 흐르는 소리가 들린다. 땀방울이 기어 내려온다…… 높이 자란 풀들!…… 너는 저 어린놈의 새끼들이 불쌍한 거다. 저 녀석들이 풀밭과 관목 사이에 널브러져 있게 될 것이 안타까운 거다!…… 너무너무 젊은 애들인데!…… 하지만 정직하게 봐라. 그놈들은 죽이러 온 놈들이다. 죽이고 죽으러 온 놈들이다…… 전쟁이니까.

네 창고에나 앉아 있어, 소령. 휘발유통 숫자나 세어보라고. 디젤유통…… 중유(重油)통……

자신을 저주하며(그리고 모두가 알고 있는 그 찌르는 듯 발작적인 위통을 느끼며) 흥정을 계속한다. 질린 소령이 야전사령관과 거래를 계속한다.

야전사령관은 한마디, 한마디 물고 늘어지며 어떻게 해서든 자기가 요구하는 5천 달러를 관철시키려 했다. (하지만 나도 이미 길 한복판에서 벌어지는 이 거래에서 나의 으뜸 패를 내놓을 준비를 하고 있었다.)

이미 토굴에 감금된 경우가 아니라면, 당시 병사의 몸값은 그다지 비싸지 않았다. 대략 150에서 2백 달러. 이보다 좀더 비싸기도 하고, 싸기도 했다…… 사령관의 재빠른 속셈을 충분히 알겠다. 150달러에 (취한 놈들과 잠든 놈들) 3, 40명을 곱하면 대략 그 정도 액수가 나온다.

우리는 둘 다 대살육으로부터 딱 반걸음 떨어진 곳에서 돈에 대해 생각하고 있었다. 길 위의 목숨이란 그런 것이다. 나는 내 휘발유가 돈으로(그리고 인간으로) 환산하면 얼마에 해당하는지 생각하고 있었고, 사령관은 현금 5천 달러에 대한 자신의 꿈에 관해 음미하고 있었다.

반군들은 길가에 쭈그리고 앉아 있다…… 이들의 지대는 완전히 긴장이 풀렸다. 자동소총은 등 뒤에 버려둔 채 담배를 피우고 있다…… 자동소총 몇 자루는 (나의!) 트럭 바퀴 밑에 던져져 있다. 그들은 눈을 감고…… 지친 모습으로 앉아 있다…… 한 녀석은 이미 잡아둔 놈들이 떠나버리거나 도망가게 두지 않겠다는 듯 바퀴를 끌어안고 앉아 있다!

하지만 돈이 들어오지 않는다면, 힘없이 늘어져 있는 이들이 잠에서 깨어날 것이다. 엄청난 모습으로! 피를 보기만 해도 흥분할 것이다! 병사들을 베어버리고, 내 휘발유마저 가져갈 것이다……

물론 휘발유 값의 반 정도는 결국 내게 지불할지도 모른다. 나중에…… 내 심기를 건드리지 않으려고.

이제 패를 깔까?…… 때가 된 걸까?

이게 도대체 무슨 일이란 말이냐! 나는 분명 내 휘발유에 대해 생각하고 있었다. 줄곧 휘발유에 대해서, 휘발유에 대해서만 생각하고 있었다…… 휘발유통에 대해서, 그리고 트럭에 대해서…… 그런데 결국은 주둥이가 누렇게 뜬 술 취한 병신들을 구하고 있다. 완전히 맛이 간 병사들을! 술 취한 놈들 한 광주리를!…… 질린 소령, 아주 신이 나셨어. 벼랑 끝에 서보고 싶은가 보지? 그래?

이제 패를 까자.

"하지만 사령관, 나한테는 말이지……"

나는 목소리에 힘을 주었다.

"그러니까 나는 머릿수를 세는 게 중요하다고 생각하거든. 그러고 나서 합산을 해야지…… 값을 치른 병사 한 사람에 결국 얼마가 들었는지를 내가 정확하게 알아야 하니까."

"계산기를 원해?"

야전사령관이 웃었다.

"교환을 원해."

"뭐-어-라고?"

야전사령관이 그 자리에서 고함을 질렀다.

무슨 교환?! 이건 또 무슨 소리야?! 그의 견해로는 이제 대화는 더 이상 그가 부른 숫자에서 벗어나면 안 되었다. 한 걸음도…… 1코페이카* 도…… 사령관은 이미 0이 세 개 붙은 5라는 숫자를 살아 있는 생명체처럼 바라보고 있었다. 살아 있는 것처럼. 예를 들자면 새끼 양처럼. 그 놈이 다리 사이를 뛰어다닌다. 곱슬곱슬한 놈이! 풀밭 위를, 풀밭 위를 뛰며 노닌다!

"자네를 만나러 차를 몰고 오는 길에 보았는데 말이야……"

나는 무심한 듯 맥없이 이야기를 시작했다.

"거기 당신네 종대가 서 있더군…… 세어보지는 않았지만 차가 한 열다섯 대는 되는 것 같았어. 아치호이-마르탄이나 더 멀리 그로즈니로 가는 것 같았네…… 야채를 든 여자들도 좀 있고, 자동소총을 든 애들도 좀 있고. 하지만 주로 노인들이더군…… 여기저기 백발이 성성하더라고. 내 생각에는 바무트에서 떠난 종대 같았어……"

"왜 정차해 있는 거지?"

---

* 러시아 기본 통화인 루블의 하위 단위로, 1루블은 백 코페이카이다.

"휘발유가 없는 거지. 누군가가 약속을 한 걸 거야…… 너희 산사람 중 하나가 말이야. 웬 덜떨어진 놈 하나가…… 웬 개자식이 약속을 한 거지. 길로 바로 가져다주겠다고. 바로 연료를 떨구어주겠다고."

야전사령관은 나를 보며 웃음을 지었다. 내가 취한 병사들의 몸값을 휘발유로 치르겠다는 암시를 한다고 생각했던 것이다. 여기 이 종대에 있는 휘발유통들로. 루슬란이 호위하고 있는 그 통들로. 필요하다면 체첸 놈들이 알아서 가져갈 수 있는 그 휘발유통들로. 아무런 거래 없이, 지금 당장이라도 가져갈 수 있는 그 휘발유통들로……

"휘발유와는 안 바꾸지."

야전사령관은 비웃듯 입을 우물거리며 불쾌한 표정으로 말을 뱉었다.

"사령관, 휘발유와 바꾸자는 게 아니야. 미쳤나!…… 자네한테 오는 길에, 갑자기 바실료크 중령이 나한테 전화를 했어." (나는 이 대목에서 살짝 사실을 왜곡했다. 이리로 오는 길에 헬리콥터 조종사들에게 먼저 전화를 건 것은 나였다. 직접. 다급하게…… 꿈쩍 않고 멈춰 서 있는 체첸 종대를 보자마자……)

"그자가 왜 전화를 했는데?"

"밑도 끝도 없이 전화를 했더군."

야전사령관은 증오하는 이름을 듣자마자 이를 악물었다. 바실료크는 오늘 아주 이른 아침에 그들을 폭격했다. 비단 오늘만의 일도 아니었다.

"……바실료크가 대차게 말하더군. 만일 체첸놈들이 보충 병력으로 온 병사들을 칼로 베어 죽이면, 3분 뒤에(10분이 아니라 3분 뒤일세. 그렇게 전하게!) 헬리콥터가 이미 상공에 떠 있을 거라고. 그리고 폭격을 퍼부어 종대를 먼지로 만들겠다고."

"하!…… 그때 우린 이미 숲속에 있겠지."

"당신들은 그렇겠지…… 하지만 길 위에서 꼼짝 못 하게 된 사람들은?…… 휘발유가 없어 남겨진 사람들은?"

나는 반복해서 말했다. 정당한 거래를 할 때 전후 사정을 명확하게 해두듯이. 하나하나 짚어가며 정확하게.

"사령관, 종대와 휘발유를 바꾸자고 하는 게 아니야. 그런 말도 안 되는 거래는 생각해본 적도 없네…… 종대와 종대를 바꾸자고 제안하는 걸세."

이것은 우리 애들을 건드리지 않으면, 너희 애들도 건드리지 않겠다는 뜻이었다. 술 취한 병사들의 종대가 무사히 살아서 나가면, 체첸 노인들의 종대도 살아서 나가게 되리라는 뜻이었다.

이것은 체첸놈들이 술 취한 애송이들과 나의 휘발유까지 거저 보내주고도 결국 한 푼도 받지 못하리라는 뜻이기도 했다. 바로 그 이야기였다!

야전사령관은 당혹감에 고개를 돌렸다. 그가 주위를 둘러보며 말했다.

"썅……"

그는 명확한 러시아어로 말했다.

거래를 하다 보면 먼저 시작한 쪽이 완전히 망하게 되는 경우가 있다. 방금 그런 일이 벌어졌다! 너무도 기가 막히게 경기를 풀어갔는데!…… 갑자기 쓸 만한 수가 하나도 없는 것이다……

그럴 때 사람들은 별것 아닌 작은 몸짓 속에 당혹감을 숨긴다. 사령관은 고개를 돌렸다…… 한두 번 두리번거리며…… 연방군 병사들이 타고 있는 트럭을 바라보았다. 자기 물건을! 오늘 자기가 거둔 끝내주는 수확물을!

그때 거기서는 무언가 일이 벌어지고 있었다. 웅성거리는 소리가 나는 트럭 짐칸 난간에 갑자기 병사의 궁둥짝 하나가 턱 하니 걸렸다. 벌거벗은 궁둥이. 자연 그대로의…… 저런, 천치 같은 놈!…… 병사 하나가 궁둥짝을 우리 쪽으로 향하고 몸을 수그린 채 서서 숨이 넘어가도록 웃고 있었다. 신이 난 것이다. 저런 짓거리가 끝내주게 재미있다고 생각하는 것이다.

짐칸의 질서를 담당하고 있는 건장한 조라는 처음에는 무슨 일이 벌어지고 있는지 이해하지 못했다. 이 장관은 그가 아니라 우리가 있는 쪽을 향해 펼쳐졌으니까. 하지만 조라는 이미 움직이기 시작했다…… 자빠져 우글대고 있는 병사들을 타넘어 궁둥이를 까고 있는 병사의 귀싸대기를 날리러. 그래야지…… 이제 저놈이 한 방 먹게 될 거다! 지금 녀석은 짐칸 뒤쪽까지 곤두박질치며 가고 있다!…… 궁둥이가 하얗게 빛난다.

체첸인들이 분을 참지 못하고 갑자기 저 하얀 궁둥이를 향해 총을 쏠 수도 있는 상황이었다…… 루슬란도 서둘러 그들에게 무슨 말인가를 하고 있다…… 그들을 진정시키고 있는 것이다. 1분이 힘겹게 지나갔다. 한편으로는 우습기도 했지만.

다행히 야전사령관은 올바르게 처신했다. 소년들의 한심한 병신 짓거리는 전혀 관심이 없다는 듯 행동했다.

"또 할 말이 뭔가, 사시크?"

나는 일부러 서글픈 듯 두 팔을 벌리며 설명했다.

"사령관, 자네도 알지 않나…… 나는 비즈니스를 하는 사람이야. 고급 휘발유를 좋은 가격으로 줄 수 있어. 한 탱크라도…… 중유…… 디젤유…… 작은 핵폭탄도 줄 수 있어(물론 사령관, 자네에게 그런 돈은 없겠지, 농담일세!)…… 뭐든 줄 수 있네…… 하지만 술 취한 애송이들을 베어 죽이게 내줄 수는 없네."

체첸인들은(그리고 대체로 산사람들은) '비즈니스'라는 말을 경멸하면서도 존중한다. 침을 뱉는 동시에 존경심을 가지고 입맛을 다신다. 사령관은 이해한다는 듯 고개를 끄덕였다.

"물론, 비즈니스지…… 하지만 우리 애들도 독이 올라서 말이야. 몽땅 베어버릴 수도 있거든…… 자네 눈에도 보이지 않나…… 쟤네들은, 사시크, 자네도 베어버릴 수 있어."

"헬리콥터가 당신네 할아범들로 연기를 피울 거야. 연기가 많이 날 텐데."

나는 부드럽게, 어찌 보면 서글프게 같은 말을 반복했다. 사령관, 그들에게 설명을 하게. 자네 사람들에게 설명을 하라고. 내가 지금 당장 전화를 걸지 **않으면**, 헬리콥터는 반드시, 그리고 즉시 이륙할 거라고. 미사일에 대해 말해주게…… 길에 있는 목표물의 명중률은 백 퍼센트야…… 5분 있으면 노인들은 천국에 가 있겠지…… 자네, 노인들이 부러운 건 아니지?…… 자네 사람들에게 설명을 하게. 전쟁에서 영웅적으로 러시아 장갑수송차를 처치한 뒤 불태우고 공격하는 것과 술 취한 애송이들을 베어 죽이는 것은 전혀 다른 일이라고…… 나는 트럭의 짐칸 쪽을 가리켜 보였다(거기에는 이미 궁둥짝 두 개가 전시되어 있었다).

"저 녀석들은 도대체 왜 여기 온 거지?"

"보내니까 왔겠지."

그는 위협적인 쉰 목소리로 말했다.

"뭘 하러 온 건가?"

"걔네들도 모른다네. 사령관, 사실 나도 몰라…… 자네도 모르고."

긴장감이 흐르는 이 순간의 불확정성을 포착하여(이는 길 위에서 벌어지는 우리의 모든 전쟁의 불확정성이기도 하다) 나는 바실료크에게 전화를 걸었다. 그의 번호가 이미 저장되어 있어 버튼 하나만 눌러도 전화가 걸린다…… 나는 잔뜩 긴장해 있다(이들이 내 손에서 전화기를 채벌 수도 있으니까). 그래서 응답하는 소리가 들리자마자 내가 먼저 야전사령관에게 전화기를 건네주었다.

바실료크는 질문부터 시작한다. 옳은 방법이다. 정확히 산사람들의 방식이다.

"이름이 뭔가?"

진짜 저음인 중령의 낮은 목소리가 자기 일을 시작한다.

야전사령관이 답한다.

"마우르베크."

바실료크는 다시 저음으로 말한다.

"늙은이들을 불쌍히 여기게, 마우르베크."

그러고는 전화를 끊었다.

침묵……

잠시 기다린 후 나는 야전사령관에게 물었다.

"자네 이름이 마우르베크라고 했나?…… 체첸인이 아닌가 보지?"

"아니야."

아주 사소한 사실이지만, 우리의 전혀 사소하지 않은 거래에서는 큰 의미를 지닌다.

이것은 중요한 사실이다. 그들의 사령관이 체첸인이 아니라니…… 나는 이 사소한 사실을 놓치지 않는다…… 아하!…… 제대로 진상을 조사하게 되면, 굶주리고 악에 받친 체첸인들은 야전사령관 마우르베크가 질린 소령과 거래를 하며 탐욕을 부린 나머지 체첸 노인들을 불쌍히 여기지 않았다고 생각할 것이다. 자기 노인들의 일이었다면 배려해주었을 텐데.

우리는 둘 다 침묵하며 한마디 말도 나누지 않았다. 나도 마우르베크도 입을 다물었다(나는 그를 이해했다…… 그리고 그도 나를 이해했다).

그 시각 트럭에서는 끝없는 난리가 벌어지고 있었다. 넷, 다섯…… 일곱 개의 벌거벗은 궁둥짝들이 짐칸 난간에 전시되었다! 그 엉덩이들은 우리 쪽을 향하고 있었다…… 이 모든 짓거리를 멈추어야 했다! 트럭 짐칸, 트럭의 측면 전체가 벌거벗은 엉덩이들로 가득 찼다! 그들은 거기서 킬킬대며 웃고 있었다…… 게다가 내장 깊은 곳에서 울려 나오는 나팔 소리까지 들려왔다. 누군가가 술에 취해 악을 쓰며 명령을 내렸다. "체첸 놈들에게 발사!" ……그들은 죽음과 딱 머리카락 한 올만큼 떨어져 있었다. 등신들!…… 냉정한 루슬란이 거듭거듭, 칼자루를 쥐고 있는 두 젊은 체첸 반군을 설득하고 있었다.

어찌 되었건 이들의 인내심은 인정해주어야 한다. 두 체첸인은 고개를 돌렸다. 두 사람 다 그 모욕적인 벌거벗은 궁둥짝들을 바라보지 않으려고 애썼다…… 나도 고개를 돌렸다. 그중 한 궁둥짝에는 온통 종기가 나 있었다. 이건 해도 너무했다.

하지만 결국 사건은 정리되었다. 거래는 저절로 무산되어버렸다(그리고 내 위장에서 느껴지던 격렬한 통증도 사라졌다. 어딘가로 없어져버린 것이다…… 알고 보면 질린 소령을 칭송할 것도 없다는 듯이).

야전사령관은 자기 사람들을 설득하러 갔다.

그는 서둘렀다…… 그러면서 한칼라 쪽을 향해 연신 고개를 들었다…… 하늘에 불행을 예고하는 헬리콥터가 떴는지 살피며…… 두 젊은이도 욕을 하고 침을 뱉으며 멀어져 갔다. 모두 아직 악에 받쳐 있었다. 그들은 떠나면서도 칼을 쥐고 있었다…… 땀에 젖었을 그들의 칼자루가 머릿속에 그려졌다.

"여보게들, 스톱…… 잠깐만."

내가 소리쳤다.

"뭐요?"

"우리 화해한 거 아닌가."

나는 한 녀석의 손을 쥐었고…… 이어 두번째 청년의 손을 쥐었다…… 그들의 뜨거운 손을! 젊은 애들이다…… 한 녀석은 아주 예쁘장하게 생기기까지 했다. 사랑받는 미소년처럼 보였다…… 야전사령관이 그를 훑어보는 것을 보았다. 산에서 여자 없이 지내며 그가 이 녀석을 덮칠는지도 모른다…… 부드럽게…… 그리고 아주 드물게.

어쩌면 그저 가까운 친척일지도 모른다. 쓸데없는 말을 지껄일 필요가 뭐 있겠나!

나는 트럭이 있는 곳을 향해 움직였다…… 흔들리는 궁둥짝들을 향해. 맙소사! 이놈들은 완전히 젖비린내 나는 애송이들이다!…… 이것들을 군인이라고!

짐칸에 타고 있는 건장한 조라에게 소리쳤다. 어떤 부대가 그들을 기다리고 있는지, 부대 번호는 무엇인지, 어디에 있는지, 어떻게 그곳으로 갈 것인지…… 그리고 우리가 있는 곳으로 바로 소규모 호위부대를 보내달라고 전화를 걸었다. 더 이상 인질극이 반복되지 않도록. 체첸인들은 여러 그룹으로 나뉘어 있다. 따라서 어떤 이들과 협정을 맺었다 하더라도 다른 체첸인들에게 그 협정은 아무 의미가 없을 수도 있다…… 그리고 조라에게 나의 빈 트럭 두 대를 되돌려 보내라는 지시를 내리는 것도 잊지 않았다. 애송이들을 톱밥 속에서 꺼내놓자마자, 녀석들을 제대로 세워놓고…… 톱밥을 털어낸 후에.

결국 체첸놈들은 종대를 보내주었다!…… 침을 흘리며 멀어져 가는 트럭과 장갑수송차들을 바라보았다. 놓치게 된 수확물을 제대로 안타까워할 시간조차 없었다…… 길을 통제하던 체첸놈들은 문자 그대로 입을 떡 벌리고 말을 잃었다. 이런 모습으로 적을 보게 되리라고는 생각지 못했던 것이다…… 짐칸에는 엉덩이 두세 개가 걸려 있고, 자기들을 놀려대며 곁을 지나는가 싶더니, 어어 하는 사이에 멀어져 갔다. 그러고도 오랫동안 그들의 눈에 그 궁둥짝들이 보였다. 아주 멀리서도.

그들이 떠난 자리에 휘발유수송차와 연료통을 실은 트럭들만 남았다. 이것은 우리 것, 창고의 것이다!…… 루슬란은 계속해서 이 차들을 호송할 것이다.

이 와중에도 야전사령관은 해야 할 일을 잊지 않고, 씻지도 못한 자기 병사들에게 숲으로 돌아가 숨으라는 명령을 내렸다. 혹시 모를 사태에 대비해야 하기 때문이다. 신뢰를 하되 확인은 하라…… 바실료크로 알려진 헬리콥터의 유령은 계속 공중에 떠 있는 셈이다. 실제 상공에 떠 있지 않을 때에도 그들은 그곳에 있다. 날개 달린 유령들…… 그 유령들이 아직은 폭격을 당하지 않은 거리 위를 떠다닌다.

게다가 귀에서는 Mi-28*의 포효를 예고하듯, 잊을 수 없는 바실료크의 저음이 울린다.

경험을 통해 나도 배 속 깊은 곳에서 울려 나오는 듯한 바실료크의 저음이 아주 오래도록 귓가에서 맴돈다는 사실을 알고 있다. 특히 전화 통화를 할 때 바실료크는 자기의 낮은 목소리를 더 낮춘다. 아주 인상적이다. 그를 본 적이 없는 체첸인들도 그의 목소리는 알고 있다. 체첸인들뿐 아니라 종대를 이끌고 상공에서 엄호를 받는 러시아 군인들 대부분도

---

* '밤 사냥꾼'이라 불리는 러시아의 공격용 헬리콥터.

그의 낮은 목소리만 알고 있다. 바실료크는 목소리로 영향력을 행사한다…… 자연이 그에게 준 선물이다. 그는 (헬리콥터 조종사치고는) 체격이 좋다. 유쾌하고 모험을 즐기는…… 진짜 노름꾼이다!

그는 여름 내내 꼭 술을 엄청나게 마시며 카드놀이를 한다. 들리는 이야기에 따르면, 휴가 때 웬 허름한 리조트 같은 곳에서 처음 만난 여자와 하룻밤을 보내고는, 그녀를 그달의 마누라로 삼아 자기 시중을 들게 했다고 한다…… 그녀는 밤이고 낮이고 그가 시키는 일을 해야 했고, 그는 노름을 했다. 낮이고, 밤이고, 한시도 쉬지 않고.

노름을 하며 소소한 돈을 따곤 했는데, 돈을 따면 너무도 열광적으로 기뻐했다!…… 공군의 에이스, 가장 뛰어난 비행사에 공격수, 서른이 안 되어 중령이 되고, 상당한 월급을 받는 그가 카드 판에서 딴 몇백 루블에 무아지경으로 행복해했다! 그렇게 카드 전쟁을 치르고 돌아와서는 낡은 루블 지폐를 흔들어대며 너무도 자랑스러워했다! 한밤중에 자기 여자의 코밑에다 자기가 딴 루블을 들이댔다! 자, 봐봐, 승리의 냄새가 나지 않아? 그러면 그 불쌍한 여자는 잠에 취한 채 고개를 끄덕였다. 응, 그래, 냄새가 나네…… 그래, 그래, 승리의 냄새가 나.

여자는 무슨 일이 일어난 것인지, 어쩌다 자기 휴가가 이 모양이 되었는지 이해하지 못했다. 남쪽으로 휴가를 와서 새로 산 하늘하늘한 원피스를 입고 모양 좀 내려 했는데, 결국 다시 마누라가 되어 있는 것이다. 놀러 왔는데, 여전히 레인지 옆에서 동동거리고 있다…… 그것도 그냥 레인지가 아니라 전기레인지 옆에서! 동동거리며 걱정하고 불안해하다가, 새벽 3시에 돌아온 바실료크에게 고기가 든 블린*을 데워주기 위

---

* 밀가루 반죽을 얇게 부쳐 고기, 야채 등을 넣어 먹는 러시아 전통 음식.

해 미친 여자처럼 침대에서 벌떡 일어났다.

체첸놈들은 뿔뿔이 숲으로 흩어졌다. 하지만 그보다 먼저 죽은 놈을 질질 끌고 왔다. 내 병사가 입구에서 쏘아 죽인 그놈을. 시체는 숨길 수가 없다…… 놈을 파묻지 않길 잘했다!…… 힘겨운 거래 끝에 그제야 좀 진정이 된 나는 마침 느릿느릿 지프 쪽으로 돌아가고 있었다.

나의 병사, 나의 용사는 거래가 진행되는 내내 자동차 안에서 운전대를 붙들고 앉아 있었다. 지프 쪽으로 걸어가다 차에서 열 걸음쯤 떨어진 곳에 이르렀을 때, 그의 목이 얼마나 붉게 물들었는지를 볼 수 있었다. (바로 그때 체첸인들이 시체를 옮기고 있었다…… 지프 쪽으로. 아마도 그에게는 바로 지프 쪽으로 다가드는 것처럼 보였을 것이다.) 그는 광분한 체첸놈들이 자동차를 향해 달려드는 모습을 상상해보았을 것이다. "이 개새끼, 나와! 이 개자식, 죽여버리겠어!……" 그러고는 자동소총 총구로 차의 앞유리, 바로 눈 쪽을 찔러댈 것이다. 열어!…… 기어 나와!…… 안 나오면 유리를 쏜다!

하지만 망자의 문제는 쉽게 해결되었다. 알고 보니 그는 체첸 반군들 사이에서도 구제불능의 미친놈 취급을 받던 자였다…… 체첸인들도 이 자를 자신들의 지대에 받아들일 생각이 없었다. 방해만 되었으니까. 어제도 자기들이 직접 그놈을 쏘아 죽일 뻔했다고 했다. 바로 그놈이 관목에 앉아 있다가 아무 기척도 없이 나타나 갑자기 방아쇠를 당겼던 것이다…… 이들은 한 달 전에 그놈을 겨우겨우 자기 마을에 떼어놓고 왔다. 심지어 가두어두기까지 했다.

하지만 이 한심한 녀석은 흥분하여 펄펄 뛰며 악을 썼다. 어떻게 이럴 수가 있어! 마을의 반이 싸우러 나가는데! 러시아 새끼들을 죽이러

가는데! 어떻게 남아 있을 수 있냐고! 가둬두었지만, 결국 빠져나왔다. 통풍관 옆에 난 구멍을 통해. 그리고 전장으로 떠나는 마을 사람들과 거리를 둔 채 오솔길을 따라 살금살금 사람들의 뒤를 밟았던 것이다. 전쟁의 오솔길을 따라. 그러고는 어제야 그들 앞에 나타났다. 이들도 어제 그를 보았다…… 그는 전쟁터에서 겨우 하루를 머문 것이다!

체첸놈들은 시체를 지프로 옮겨놓고는 다시 사라졌다. 숲속으로 숨어든 것이다. 나의 병사는 그제야 살아났다. 그는 두려운 나머지 차 밖으로 나가지도 못했다. 그때서야 지프에서 기어 나갔다. 그러고는 족히 30분은 오줌을 쌌다. 분명 그보다 짧지 않은 시간이었다…… 거래가 진행되던 그 긴긴 시간, 무한히 계속되던 그 시간 동안 그는 기다리고…… 또 기다렸다.

나는 병사가 긴장을 풀기를 바랐다. 이제 다 끝났어. 전부 끝났다고…… 다 지나갔어! 병사가 들을 수 있도록 큰 소리로 마우르베크에게 말했다.

"내가 자네 사람을 쐈어."

나는 안타까움을 표하며 두 팔을 벌렸다.

"이 정신 나간 녀석이 자동소총을 들고 차 앞으로 뛰어들었어…… 정확히 내 마빡을 조준하고서."

야전사령관은 고개를 끄덕였다. 그들도 그렇게 생각했던 것이다. 그들은 나를 비난하지 않았다. 어차피 첫날부터 그럴 운명인 놈이었다…… 마을에서 도망쳐 나오자마자…… 통풍관을 타고 기어 나오자마자.

하지만 그들이 그저 어쩌다 보니 시체를 길가에 있는 내 지프로 옮겨 실은 것은 아니었다…… 야전사령관 마우르베크는 상황이야 어찌 되었든 내가 이 어리석은 죽음에 대한 값을 치르는 것이 좋겠다고 넌지시 일렀다. 이 죽음에 대한 값으로 휘발유를 주고, 노인들을 돕는 것이 좋겠다고, 길에 옴짝달싹 못 하고 갇힌 종대를 도와주는 것이 좋겠다고 말했다…… 예를 들면 자동차마다 반 탱크 정도 휘발유를 넣어준다든가 하는 식으로……

"사시크, 죽은 놈 값으로 그렇게 해주어야 하네. 그렇게 해주게. 아니면 내가 내 사람들에게 뭐라고 말하겠나?!"

그는 자기 사람들에게 뭐라고 말해야 할지를 너무도 잘 알고 있다. 하지만 그의 말에도 일리가 있다고 느꼈기에 즉시 동의했다. 그리하여 차마다 휘발유를 20리터씩 제공하기로 했다. 열 대가 있다고 하면…… 그러면 2백, 2백 리터가 되니 정확히 휘발유 한 통이다…… 갑작스러운 손실이다!

나는 루슬란에게 소리쳐 길 위에서 옴짝달싹 못 하고 있는 체첸인들에게 휘발유 한 통을 내주라고 일렀다. 선물로 주는 거야. 그는 즉각 내 말을 이해했다. 그러고는 손을 들어 출발신호를 보냈다…… 휘발유수송차와 연료통을 실은 우리 트럭들은 ○○부대를 향해 출발했다…… 제법 먼 곳이다!…… 옴짝달싹 못 하고 있는 체첸 종대 곁을 지나게 되면 멈춰 서지 않고 죽음의 값으로 치른 휘발유통을 노인들에게 던져줄 것이다. 속도를 약간만 줄이고…… 달리는 중에 던져줄 것이다. 높이 자란 풀밭 위로.

나의 소형 지프는 홀로 텅 빈 길 위에 서 있다. 아무도 없다. 곁에 시체가 놓여 있다는 사실을 제외한다면. 시체는 우리와 함께 갈 것이다(가장 가까운 마을에서 체첸인들에게 시체를 넘겨주면 그들이 그를 장사 지낼 것이다. 당시에는 시신을 그렇게 처리했다. 오늘날도 그렇다).

십년감수를 한 나의 병사가 차를 운전한다. 야전사령관 마우르베크는 그와 나란히 앞자리에 앉았다. 사람들이 볼 수 있도록. 종대에 있는 체첸인들이 단박에 사령관의 얼굴을 알아볼 수 있도록…… 아니면 총을 쏠 수도 있다. 가까이 차를 몰고 다가가면…… 그저 아무런 이유 없이도! 노인들도 노인들이지만, 종대에 있는 누군가는 언제나 탄약이 든 자동소총을 지니고 있기 마련이다.

하지만 그에 앞서 우리는 바로 이 자리에서 마침표를 찍었다. 길 위에서…… 갈등은 끝났다…… 텅 빈 길 위에서 나와 마우르베크는 서로 악수를 했다. 이것으로 끝이다.

결국 그는 살짝 쓴웃음을 지었다. 아이러니를 담아서…… 어찌 되었건 불만족스러운 것이다(결국은 돈을 받지 못했으니까).

"어찌 되었든 사시크…… 다음번에는 계산기를 챙겨 오라고. 결국 끝까지 세어보질 못했잖나…… 당신네 러시아 병사 한 사람이 얼마인 셈인 거지?"

"그럼 자네의 체첸 노인은 얼마인 셈이지?"

그러자 그가 갑자기 무언가 깨달은 듯 말했다.

"자네가 맞네, 사시크. 자네 말이 맞아…… 전쟁이란 정말 사악한 거야. 그런 생각을 하게 되는군."

아마도 그는 내가 "그렇지, 마우르베크. 전쟁이란 정말 사악한 거야"라고 말해주기를 바랐을 것이다.

그는 한숨도 내쉬었다.

모든 난리가 끝난 지금 이 순간, 그는 모든 것이 전쟁영화에서처럼 멋들어지게 마무리되기를 원하고 있다. 지금 이 순간, 그와 나, 두 사람이 거칠 것 없는 용사들로 보이기를, 어쩌다 보니 적이 되어버렸지만 실은 정직하고 용감한 용사들로 비쳐지기를, 본인의 의지와 상관없이 저주받아 마땅할 오늘 이 땅의 삶을 살아가고 있는 자들로 보이기를 원하는 것이다.

하지만 마우르베크가 나에게서 돈을 받았더라면 오늘날의 삶의 모습을 이토록 씁쓸해하며 안타까워하지는 않았으리라는 생각이 들었다.

"사시크, 이 전쟁은 정말 사악한 전쟁이야."

나는 그저 피식 웃어 보였다.

"정말 그럴까?"

우리는 길에 갇힌(허허벌판에서 미칠 듯 답답해하고 있는) 체첸 종대에 다가서고 있었다. 거기에는 노인들 외에 보따리를 든 여인들도 있었다. 그리고 수많은 아이도…… 도대체 그들은 왜 이들을 도처로 끌고 다니는 것일까?…… 이 차들 중 한 대는 당연히 자동소총으로 꽉 채워져 있을 것이다. 일종의 호위부대인 셈이다.

마우르베크는 운전을 하고 있는 나의 병사와 나란히 앞쪽에 앉았고, 나는 시체와 함께 뒷좌석에 앉았다. 시체는 이미 딱딱하게 굳어 구부러지지 않았다…… 뻣뻣하게 굳은 다리를 반쯤 늘어뜨린 채 뒷좌석에 대각선으로 누워 있다. 시체의 머리는 방수포 조각 위에, 그 방수포 조각은 내 무릎 위에 놓여 있다. 그렇게 하지 않으면 우리 둘이 함께 뒷자리에 앉을 수가 없었다.

다른 방법이 없었다. 그리하여 나는 마치 그의 친어미라도 되는 양 떠나는 녀석의 머리를 내 무릎 위에 두고 있는 형국이 되었다…… 물론 '아들 녀석'이 내 옷을 더럽히지 않은 것만도 다행이었다…… 그리고…… 녀석은 적어도 죽어서는 단정했다. 총알 두 발이 바로 심장에 박혀 피가 많이 흐르지 않았다.

그의 나이는 마흔쯤 되어 보였다. 죽었으나 표정은 펴지지 않았다…… 수염이 난 음울한 얼굴. 그의 어머니가 언젠가 이 우울한 놈에게 걷는 법을 가르치고, 숟가락 쥐는 법도 가르쳐주었겠지. 미소 짓는 법도…… 그리고 감기에 걸리지 않도록 꼬마에게 따뜻한 옷도 입혔겠지. 열서너 살이 됐을 때 이 녀석은 이미 누가 봐도 명백히 정상이 아니었을 것이다. 아이고! 아이고! 다른 엄마들은 그녀를 동정했을 것이다. 아, 불쌍한 어미! 불쌍히 여기기도 하고, 녀석을 두고 낄낄댔을지도 모르겠다…… 아니면 낄낄대는 놈들로부터 이 녀석을 지켜주었을지도 모르겠다. 하지만 시간이 흐르며 그의 이상한 짓거리에 더 이상 놀라지는 않게 되었을 것이다. 그리고 오늘도 놀라지 않았다.

그가 러시아의 총알받이가 되었는데도 그들은 조금도 놀라지 않았다. 이 미친놈이 살아 있는 동안 그를 본 많은 이의 머릿속에 우울한 질문이 떠오르곤 했을 것이다…… 저 녀석은 도대체 왜 사는 것일까…… 도대체 그 어미는 왜 저런 녀석에게 걷는 법을 가르쳤을까? 왜 춥다고 옷을 입혔을까? 게다가 저런 정신병자에게 왜 읽기를 가르쳤을까? 도대체 왜?

이 정신병자의 죽음 앞에서는 누구도 놀라지 않았다. 모두가 그의 죽음을 당연한 귀결로 받아들인다. 그런 녀석에게 너무도 마땅한 죽음이라 생각한다…… 그가 몇 살인지 묻지도 않는다…… 그의 죽음을 군소리 없이 인정해야 하는 사실로 받아들인다…… 자연계에 정의가 회복된 것으로 여긴다…… 아이고, 하며 탄식하지도 않는다. 어쩌다 보니 그렇게 됐다는 식이다. 산사태든, 러시아의 총알이든…… 아니면 이 미친놈이 그냥 차에 치여 죽었다 해도 아무도 "도대체 왜?"라는 질문을 던지지 않았을 것이다.

135620부대. 결국 연료를 배송했다…… 2천 달러…… 휘발유는 전쟁의 피다…… 부대의 주문에 따라 나는 창고에서 휘발유를 배분한다. 하지만 그 외에도 연료의 배송을 책임진다. 이것은 내가 개인적인 주도권을 가지고 하는 일이다…… 이 전쟁의 양상이 산악전이 된 후, 이곳에서 배송은 모든 것을 의미한다. 그래서 모든 휘발유의 10분의 1은 내 몫이다.

이번 건에 대한 나의 몫은 (금전적으로 환산한다면) 2천 달러가 조금 넘는다. 이전 종대의 것까지 합쳐서 그렇다. 그렇게 수첩에 적어둔다. 내일…… 계산할 때를 위해서.

루슬란도, 사령부의 구사르체프 소령도 자기 몫을 받을 것이다. 우리는 3인조다. 콜랴 구사르체프가 이야기하듯이 환상의 3인조다…… 당연히 나는 그들이 받을 돈이 얼마인지 기록해두지도, 기억해두지도 않는다…… 타인의 돈에는 관심이 없다. 우리는 꽤 괜찮은 3인조다.

세르구초프 이병, 토굴 수감자…… 천 달러…… 몸값을 주고 토굴에서 그를 구해낼 수 있도록 도왔다. 돈이 바로 오지는 않았다. 나는 그저 간접적으로 도왔다…… 전화를 걸었을 뿐이다.

주로 내 휘발유가 가는 길이나 휘발유 배송에 사용하는 연락망을 통하여 (상황을 밝혀내거나 추적하기 위한) 전화를 걸었다. 혹은 내게 휘발유를 빚진 자들에게 전화를 걸었다(그들은 항상 신뢰할 만한 정보원이다!).

그다지 힘든 일은 아니다. 하지만 이 일에 관계된 사람들은 나의 전화 통화가 큰 역할을 했다고 생각했고, 그 점을 인정해주었다. 카마강변 병사어머니회에서 돈을 보내주었다. 세상에, 카마강이라니!……

카마는 크지만 자주 언급되지는 않는 러시아의 강이다.

돌아오는 길에, 이미 한칼라에 거의 다 와서 우리는 떠돌이 병사를 만났다. 그는 덤불숲에서 고개를 내밀고 우리를 부르듯 손을 흔들었다…… 무언가 얻어보려는 심산이었을 것이다…… 관목 위쪽이 흔들렸다…… 운전을 하던 나의 병사가 속도를 줄였다.

그러자 떠돌이 병사는 곧바로 숨어버렸다. 겁이 많은 놈이다!…… 아마도 내 얼굴과 나이를 보고 차에 장교가 타고 있다고 생각했을 것이다…… 아직 이른 저녁이라 주위가 어둡지 않았다.

"어이!"

나는 부드럽게 그를 불렀다.

마침 떠돌이 병사들에 관하여 생각하던 중이었다. 이미 창고에 두 명을 불러들였고…… 한 명만 더 있으면 어떨까? 생각하던 차였다.

"어이!"

우리는 시동을 끄지 않은 채 정차해 있었다. 언제든 신속하게 떠날 수 있도록 준비를 하고 있는 것이다. 한칼라 근방에서 정차하는 것은 때로 위험한 일이다.

떠돌이 병사는 허리까지 몸을 내밀었다. 하지만 "어이!" 소리에 또 겁을 먹었다.

다시 숨는다……

하지만 이번에는 그가 움직이는 소리가 들렸다. 어딘가 관목 속으로 기어든 것이다…… 눈에 보이지는 않았지만 어찌 되었든 우리 쪽을 향해 기어오고 있었다. 우리를 향하여. 그가 또 몸을 내밀었다. 이번에는 더 가까이서. 그의 몸이 더 크게 보였다.

그러더니 재채기를 했다…… 이번에는 너무나 가까이에 있어 총을 쏠 수도 있을 만한 거리였다. 우리가 원했다면 말이다.

나의 병사는 휘파람을 불고 소리쳤다.

"이제 그만 겁내고 이리 튀어 와!"

떠돌이 병사는 관목에서 걸어 나왔다. 그의 전신이 보였다.

이제 다가오겠지……

협곡에서 종대가 반군들에게 패하면, 전투 중에 부대에서 떨어져 나오게 된 병사는 가장 먼저 이곳으로 숨어든다…… 한칼라 근처로. 산에서 벌어지는 전쟁에는 전선이 없다. 그리하여 떠돌이 병사들은 체첸 전역을 배회하게 된다. 혼자서 다니기도 하고…… 때로는 두세 명이 함께 다니기도 한다. 배고픔에 비틀거리고, 두려움에 깜짝깜짝 놀라면서…… 낮에는 숲이나 길가 그늘에서 잠을 자고, 밤에는 숨어서 다닌다.

그들은 체첸인의 감옥에 들어가기를 원치 않는다. 산에서 농사짓는 농민의 노예가 되어 땅을 파는 것 역시 그들이 바라는 바가 아니다. 물론 토굴보다 끔찍한 곳은 없다…… 하지만 우리 순찰대에 잡혀 사령부로 끌려가 심문받는 것, 그리고 심문 전에 먼저 영창에 들어가는 것도 달콤한 일은 아니다.

떠돌이 병사는 어딘지 이상하게 몸을 삐딱하게 기울인 채 차 곁으로 다가와 겁에 질린 눈동자로 나를 쳐다보았다. 온몸을 떨고 있다. 아주 아주 어린 녀석이다…… 자동소총도 없다……

"무기는 어디 있나?"

그는 웅얼거리며 전투 중에 그들을 덮친 산사태에 대해 말하기 시작했다. 그의 곁에서 세번째 지뢰가 폭발한 후 그는 흙에 파묻혔다…… 그의 군화에는 알 수 없는 물이 가득 찼다…… 그는 기고 또 기었다…… 그러고 나서야 자동소총이 없어졌다는 것을 깨달았다.

협곡에서의 전투 끝에 혼자 살아남은 군인들은 시간이 얼마간 지나면 죄책감에 시달린다.

여러 초소에서 그를 심문했지만, 무언가 심각한 이유가 있어서가 아니라 그저 무료한 나머지 심문을 했다…… 두번째 초소에서는 한 시간 내내 심문을 했다…… 장교는 그에게 똑바로 서라고 명령했다. 어깨를 늘어뜨리지 말라고. 오른쪽 어깨 말이야, 이 썹할 놈의 새끼야! 왜 또 내리는데? 너 짝짝이야?…… 심문 시간 내내 병사는 아무것도 알아듣지 못한 채 풀밭에 앉아 있었다…… 장교는 선 채로 그를 내려다보며 악을 썼다. 아주 오랫동안…… 그러고 나서는 갑자기 그에 대한 흥미를 잃고 떠나버렸다…… 작별 인사로 귀싸대기를 한 대 날려주었다…… 그러면서 그가 **미련해서** 때리는 것이라고 말했다.

자기 부대로, 자기 친구들에게로, 자기 장교에게로 돌아가는 것이야말로 떠돌이 병사들의 유일한 구원이다. 거기서는 벌도 주고, 용서도 해준다…… 자기 부대로 돌아가는 것이야말로 그들의 꿈이다. 하지만 문제는 그들이 자기 부대가 지금 어디에 있는지 알지 못한다는 것이다. 협곡에서의 전투 후에 그들은 어디로 이동했을까.

시간이 지나며 떠돌이 병사들은 서로를 통해 어떻게 처신해야 하는지, 어떻게 하면 자기 부대로 돌아갈 수 있는지를 배우게 된다. 시간을 통해 배우는 것이다…… 첫째, 조용히 한칼라 쪽으로 숨어들어야 한다…… 둘째, 이미 한칼라에 있다면, 쥐 죽은 듯 지내며 전쟁의 상황을 아는 계급이 높은 군인 밑에서 일을 해야 한다. 그의 간이창고 같은 곳에서. 그러면 그 높은 군인이 나중에(물론 일을 잘했을 경우에 말이다…… 그러니까 열심히 땅을 파야 한다!) 장갑수송차가 호위하는 어떤 부대와 함께 자기 부대로 돌아갈 수 있는지를 알려줄 것이다…… 아니면 어떤 중무장 육상부대와 함께 가야 하는지를 알려줄 수도 있다. 어찌 되었든 그런 방법으로 자기 전우들을 만날 수 있다.

우리는 합의를 보았다. 나는 그에게 이렇게 말했다.

"한 달 동안 일해라. 그러면 네 전우들에게 돌려보내줄게."

그는 자기를 속이는 것은 아닐까 살피며 소년처럼 내 눈을 바라보았다.

한두 명, 아니 한 명이라도 떠돌이 병사가 있으면 좋겠다는 생각을 하던 터였다. 연료통을 나르는 병사들을 잠시라도 도울 수 있도록. 하루도 거르지 않고 계속되는 과중한 업무 때문에(일은 밤에도 계속된다) 3개월만 지나면 운반병들의 얼굴은 검붉은 순무색이 되어간다. 뇌충혈(腦充血) 때문이다…… 내 밑에서 일하는 크라마렌코는 그들을 붉은 낯짝이라고 부른다. 부드럽게, 그러나 가혹하게. 그래도 운이 좋은 녀석들이라고 놀린다. 여기 창고에서는 전쟁터로 보내지는 않으니까. 적어도 총에 맞을 일은 없으니까.

우리는 나의 외부창고 건설 현장 옆을 지나고 있었다. 떠돌이 병사를 우선 이곳에서 하룻밤 묵게 하려 한다. 한밤중에 잘 곳을 찾아 헤매지 않도록.

나는 차에서 내려 그를 안내한다.

"이쪽으로 와…… 여기서는 이쪽으로."

외부창고는 겨우겨우 지어지고 있다. 아직 담장도 없다…… 밤에는 조용하지만 아침이 되면 체첸인 두세 명이 이곳에서 일을 한다.

여기는 노동자 숙소다…… 잠을 잘 수 있는 작은 방도 있다. 이제 보니 이놈의 몸은 분명 옆으로 기울어 있다. 아마 허벅지에 문제가 있을 것이다…… 특히 계단을 오르내릴 때면 몸이 흔들린다…… 그에게 잠잘 곳을 보여준다. 간이침대다.

"내일이면 제대로 준비해줄게."

내가 말한다.

그는 무언가를 기다린다.

"내일 전부 자세하게 이야기하자고."

떠돌이 병사가 고개를 끄덕인다. 그러나 그의 눈은 여전히 겁에 질려 있다…… 나는 체첸인 경비원에게 빵과 치즈를 좀 가져다주라고 말한다. 경비원은 순식간에 먹을 것을 찾아내 병사에게 가져다준다…… 놀라운 속도다! 체첸인은 정말 날쌘 민족이다.

나도 뒤질 수 없어 오늘 먹지 못한 샌드위치 두어 개를 병사에게 준다(오늘은 무언가 먹을 수 있는 날이 아니었다. 사실 오늘 같은 날은 제대로 술 한잔 해야 한다. 하지만 술 마실 기운도 없다).

나도 자러 간다…… 잘 자게, 병사.

하지만 나중에 일어난 일로 미루어보건대, 그 밤, 그는 잠들지 못했다. 밤의 평안이 모두에게 주어지는 것은 아니다!…… 잠자리에 들었는지조차 모르겠다. 떠돌이 병사는 너무도 겁에 질려 있었다. 너무도 오랫동안 그를 비난하며 괴롭혔다. 장교가 그를 지나치게 몰아치며 심문했다. 초소에서…… 너무 열을 낸 거다!…… 때로 악을 쓰다 보면 신이 나기도 하니까. 무언가를 요구하고, 누군가를 겁에 질리게 만들고, 어딘가에서 무기를 잃어버리고 옆구리가 삐딱하게 휜 병사의 뇌를 고쳐주는 것, 신나는 일 아닌가…… 잘못은 혼자 다 저질러놓고…… 이제는 풀밭에 앉아 아무것도 모르는 천치 바보가 되어 있다니. 미련한 놈!

잠을 자라고 병사를 남겨두고 갔던 노동자 숙소의 문은 반듯하게 만들지 못해 빡빡하다. 그 문도 병사처럼 비뚤어져 있다…… 병사는 그 문을 한두 번 열어보고는 자기를 가두었다고 생각했을 것이다.

좀더 세게 문을 밀어봤다면 열렸을 것이다. 하지만 문을 더 세게 밀어보는 대신 병사는 더 겁에 질렸다…… 그는 더 이상 심문을 원하지 않았다. 그는 내가 자기를 사령부에 넘기기 위해 꼬여냈다고 생각했다. 사령부로 넘기기 위해서 그를 지프로 불러들이고, 잔뜩 먹여주었다고 생각했던 것이다…… 그는 겁에 질린 나머지 한밤중에 창문틀을 들어내고는 달아나버렸다. 이미 아무도 믿을 수 없었던 것이다.

3장

"나야."

"네, 네…… 당신인 줄 알았어요…… 다 괜찮은 거죠?"

"응, 아무 문제 없어."

아내는 숨을 고른다.

"다행이에요."

별일이 없어도 내가 가끔 이렇게 전화를 걸 수 있다는 것을 그녀는 이미 잘 알고 있다…… 기억해두고…… 익힌 것이다.

나는 잠시 침묵했다. 어쩌다 보니 그렇게 되었다. 조금 길게 입을 다물었던 것 같기도 하다. 그러다 갑자기 작별 인사를 했다. 혹시 모르니까 저축해두듯 작별 인사를 한 것이다. 갑자기 대화가 끊어질 수도 있으니까…… 얼마 지나지 않아 그녀는 이런 위험한 작별 인사에도 익숙해졌다.

"다 좋아요, 사샤*…… 잘 자요."

---

* 주인공 질린 소령의 이름인 알렉산드르의 애칭.

그들이 있는 곳, 아내와 딸이 사는 곳, 지리적으로 나로부터 멀리 떨어진 그곳, 러시아의 큰 (하지만 이름을 얻지 못한) 강 기슭에 중간 규모의 땅을 구입하여 울타리를 쳐두었다. 아주 크지도, 그렇다고 아주 작지도 않은 땅이다…… 그 땅에 이미 집을 짓고 있다. 이웃집들보다 더 좋지도, 더 나쁘지도 않은 그런 집이다.

이곳처럼 지금 거기도 밤이다. 하지만 거기에는 달이 떠 있을 것이다. 전화를 할 때마다 나는 저 멀리에 있는 그 한 뼘 땅을 머릿속에 그려보려 애쓴다.

"달을 보고 있어……"

"어떤데요?"

"보름달이야!"

"여긴 지금 달이 아주 높이 떴어요…… 집 모퉁이가 가려서 그렇지…… 아니면 강에서부터 달빛 길이 이어질 거예요."

"그럼 지금 그 길을 봐봐. 끝까지…… 거기 끝에서 마법이 펼쳐질 거야."

"사샤!…… 뭐든 진지한 얘기 좀 해요…… 어제 여기 2층 공사를 시작했어요. 벽을 올리기 시작했어요."

나는 무언가 치밀어 오르는 것을 삼켰다. 흥분이 되고 심장이 뛰었다(건축기사였던 내가 완전히 죽지는 않았나 보다). 창고지기의 사고방식이 내 안의 모든 것을 다 짓밟아버리지는 않은 것이다.

"전속력으로 짓고 있어?"

"그런 셈이죠."

그녀는 별일 아닌 듯 답했다. 아무것도 아니라는 듯…… 별것 아니라는 듯…… 돈 이야기를 하지 않기 위해서다. 그녀는 전화를 그다지 신뢰하지 않는다.

"집 지을 여유는 있어?"

내가 웃었다.

"있어요."

보낸 돈을 이미 받았다는 이야기다.

"대단한데!"

나는 만족스러운 나머지 피식 웃었다.

(전화로 건네는) 나의 조언을 듣고 아내는 우리 땅의 왼편에서 강까지 이르는 작은 언덕길을 사들였다. 겉보기에는 그저 그런 땅이지만, 기술적으로 보자면 아주 현명한 결정이었다. 집에 별채를 증축한다는 관점에서 본다면 말이다. 땅 오른편에는 간이창고를 지을 것이다. 강과 인접한 이 마을에 새로 뚫리게 될 주요 도로가 우리 대지의 오른편과 이어질 것이기 때문이다. 정말 운이 좋게 딱 맞아떨어졌다!...... 아내와 함께 설계를 할 때만 해도 우리는 도로가 새로 나게 된다는 사실을 몰랐다. 이건 정말 큰 행운이다!

건축 자재를 들여오는 일도 훨씬 수월해질 거야. 길에서 바로 들여올 수 있으니까!...... 나중에 간이창고에 발전기를 들여놓을 수도 있을 거야(돈과 시간이 문제겠지!). 자체 전력 발전도 하고 난방도 할 수 있게. 잘했어, 아주 잘했어. 그녀의 유일한 실수는 간이창고용으로 다소 저렴한 벽돌을 사들인 것이다. 그녀의 생각과 달리 간이창고는 제일 든든한 벽돌로 지어야 한다.

집에 관한 세부 사항을 논의하던 중에 한 가지 생각, 순간적으로 떠오른 이상한 생각이 나를 사로잡았다. 우리 미래의 집을 2층보다는 조금이라도 더 높게 올리고 싶다는 생각이 든 것이다.

"조금 더 높게."

내가 말했다.

"아주 조금이라도 높이. 조금만 더 높이 만들자."

"하지만 사샤!"

아내는 당연히 놀라며 반발했다.

"사샤…… 설계도가 있잖아요. 2층으로 짓기로 했잖아요. 당신도 좋다고 했잖아."

"여보세요…… 여보세요…… 목소리가 안 들려…… 안 들리네……"

잠시 동안 나는 아무 소리도 들을 수 없었다. 아주 작은 소리도 들리지 않았다.

대신 흥분한 의식 속에 하얀 섬광처럼 우리 집의 식탁…… 우리의 둥근 거울…… 그리고 그녀의 얼굴이 보였다.

"어떻게 설명하면 좋을까…… 그냥 좀더 높이 지었으면 좋겠어. 아주 조금이라도 높였으면 좋겠다고."

전화가 다시 연결되었다.

"사샤, 그렇지만 설계도가 있잖아요…… 당신도 알잖아요!"

"설계도를 조금만 변경하면 되지."

"그럼 3층집을 짓는 셈이잖아요."

"절대 3층집은 아니야. 그냥 뭔가 아주 좁은 거라도 돼. 너무 넓지 않은 것을 2층 위로 올리면 된다고. 그게 다야."

"그게 어떻게 세워진다는 건데요?"

"그냥 툭 튀어나오게. 거시기처럼."

"사샤!"

"미안, 미안, 여보…… 내가 여기서 그냥 편하게 말하는 게 익숙해져서. 병사들하고 지내다 보니까."

그녀가 건조하게 말했다.

"당신 지금 병사들하고 이야기하는 게 아니잖아요."

"미안해."

포로로 잡힌 리조프 중사. 빼내어 오는 데 많은 돈을 치렀다…… 감독관 루슬란이 풀어놓은 사람들이 포로로 잡힌 중사의 흔적을 포착하고, 동시에 세 군데 길목에 숨어서 포로를 기다렸다. 모든 것을 제대로 처리한 셈이다. 무력 충돌은 피하고, '주인님들께' 포로에 대한 냄새를 맡았고, 마침내 그에 대해 알아냈다는 이야기만 흘렸다. 그리고 느슨하게 그를 쫓았다. 인내심을 가지고…… 그러자 중사를 토굴에 붙들어두고 있던 이들이 초조해하기 시작했다. 그들은 포로를 이 마을에서 저 마을로, 이 토굴에서 저 토굴로 옮겼다…… 그러다 결국에는 우리 쪽 사람에게 그를 팔았다. 일절 흥정 없이.

유감스럽게도 돌아오는 길에 루슬란이 보낸 사람들 중 하나가 밤중에 벌어진 말도 안 되는 싸움 끝에 총에 맞았다. 모닥불 곁에서!…… 음식을 앞에 두고!

나는 받은 돈 전부를 루슬란에게 주자고 제안했다. 그가 사람을 잃었으니까…… 중사를 구한 대가로 우리는 제법 많은 돈을 받았다. 구사르체프도 동의했다. 하지만 루슬란이 동의하지 않았다. 더 가져가는 것을 두려워하는 것 같았다. 그는 우리에게 눈길도 주지 않고, 늘 그렇듯 그저 냉정하고 단호하게 답했다. 아니요. 전부 똑같이 나누어야 합니다.

그때 우리 세 사람은 함께 지프에 타고 있었다. 콜랴 구사르체프는 담배를 피우고 있었는데…… 한 번, 두 번, 세 번 연기를 창밖으로 내뿜고 나서 물었다. 망자가 루슬란과 아주 가까운 사람이었는지를.

루슬란은 여기서도 우리와 우리가 나누어 가지게 될 돈에 영향을 미칠 만한 말을 하고 싶어 하지 않았다. 그는 단순하게 답했다.

"가까운 사람입니다."

○○부대…… 디젤유…… **부대가 위치한 곳이 평지인 관계로 구사르체프가 호송했다.**

종대와 함께 먼지를 들이마시며 끝까지 길을 봐주는 사령부 소속 장교가 없으면 연료는 지정된 부대까지 도달할 수 없다. 어떤 식으로든 낚아채 갈 것이다…… 출발 후 만나게 되는 첫번째 커브 길에서. 체첸인만이 아니라 러시아인도 위험하다. 웬 중령이 나타나 휘발유와 휘발유통을 모두 낚아채 자기 부대로 가져갈 것이다. 한술 더 떠 운전사들에게 짐까지 부리게 할 것이다. 우리는 그런 일들을 수없이 보았다!

○○부대…… 휘발유…… **이 부대는 오지에 있다. 그곳까지 연료를 배송하는 것은 쉬운 일이 아니다. 산에 이를 때까지는 구사르체프가 그들에게 할당된 휘발유를 호송했고, 산에서부터는 루슬란이 맡았다. 서둘러 출발했다. 다 찌그러진 통, 심지어 삼각형이 되어버린 통에까지 휘발유를 실었다! 전쟁 중에는 모든 것이 가능하다.**

○○부대…… 디젤 연료…… 중유…… **만세. 만세. 아닌 대령이 똑똑해졌다. 게다가 어찌나 빨리 똑똑해지셨는지!…… 부대를 맡아 지휘한 지 아직 3개월밖에 안 되었는데.**

겨우 3개월 전, 이 아닌 대령은 연료 배송과 **내가 제공하는 모든 서비스의 대가로** 부대가 주문한 연료의 10분의 1을 지불해야 한다는 이야기를 듣고 광분했다. 그는 내가 누구인지 당최 이해할 수가 없었다. 그는 공개적으로 분노했다! 어떻게 그럴 수가 있단 말입니까! 도대체 질린 소령은 뭐 하는 작자입니까! 그 개자식의 부정부패를 폭로하겠어요…… 사령부로 가겠습니다!…… 장군들에게 가겠다고요!…… 하지만 결국 이 대령 동무는 순순해지고 잠잠해졌다. 모든 상황을 이해하게 된 것이다.

그전에도 그에게 설명을 했다…… 아마도 콜랴 구사르체프가 설명을 했을 것이다. 직접적인, 가장 직접적인 말로. 군대는 지금 거의 통제 불능의 상황에 처했습니다. 절대 제대로 된 모양새를 갖출 수가 없습니다…… 원칙도 없습니다. 원칙이 없으니 시장 논리로라도 연료 배송을 해야 하지 않겠습니까…… 그렇게 하지 않으면 대혼란이 올 겁니다…… 아닌 대령에게 설명을 하고, 이 전쟁의 현실이 어떤 것인지 알아들을 수 있도록 이야기했지만, 그는 계속해서 "어떻게 그럴 수가 있나?"라는 말만 반복했다! 휘발유와 디젤유를 가지고 어떻게 그럴 수가 있나! 이런 조건에서 내가 어떻게 전쟁을 치를 수 있나!…… 내가 그놈들을 전부!…… 내가 이 개자식을 가만두지 않겠어!

3개월 동안 그가 주문한 모든 것을 길에서 약탈해 갔다. 때로는 러시아인들이, 때로는 체첸인들이…… 무슨 차이가 있겠는가!…… 그러자 이 불행한 남자는 나에게 짧은 편지를 보냈다. "친애하는 알렉산드르 세르게이치!……" 기타 등등, 기타 등등. 아주 다정한 편지였다. 그사이 그는 호감 가는 인물이 되어 있었다…… 디젤유를 받게 되겠지…… 체첸인들은 더 감동적인 이름으로 나를 부른다. "사-아-시-크!……" 기분 좋은 소리다. 뭔가 정다운 느낌이 든다.

우리 세 사람은 함께 구사르체프의 차에 앉아 있다. 그러다 일이 끝나면 루슬란은 인사를 하고 자기의 '지굴리'*에 올라탄다. 겉으로 보기에 우리 세 사람은 그냥 친구다.

나와 콜랴 구사르체프는 루슬란이 젊은 캅카스인 특유의 가볍고 나는 듯한 걸음으로 자기 차를 향해 가는 것을 본다. 우리는 단 한 번도 돈을 나누는 문제로 싸운 일이 없다. 나는 후하게 지불한다…… 어떤 경우에는 그냥 똑같이 나눈다. 또 어떤 경우에는 개인적인 기여도를 고려하여 각자가 들인 노력에 상응하게 분배한다. 구사르체프가 이야기하듯 우리 3인조는 좋은 팀이다. '3인조'라는 말은 그가 사용하는 단어다. 휘발유…… 디젤유…… 특별한 것은 없다. 나의 비즈니스는 소박하다.

한칼라는 그로즈니의 대표적인 위성도시다. 이곳은 확실히 그로즈니보다 덥다. 자동차가 많아서 그럴지도 모른다. 연방군의 주요 병력이 이곳에 주둔한다. 그리고 셀 수 없이 많은 창고, 창고들이 이곳에 있다…… 따뜻하고 익숙한 한칼라를 뒤로하고, 사령부 사람들이 있는 그로즈니로 가서 하루 종일 시간을 보내는 것이 항상 유쾌한 일은 아니다. 하지만 가야 한다.

"내 차로 가지. 지금 다시 차를 가지러 갈 필요가 뭐 있어…… 그게 자네도 더 편하니까!"

콜랴가 제안했다.

우리는 달린다.

그로즈니로 가는 길은 구석구석까지 전부 알고 있다. 내 지프를 운전한다면 눈을 가리고도 갈 수 있을 것이다…… 하지만 콜랴는 나보다 더 쉽게 운전을 한다. 뭔가 노는 듯 편안하게!

---

* 가장 대표적인 소련제 소형 승용차.

차를 몰며 콜랴는 직속상관인 바자노프 장군에게 전화를 건다.

"장군님, 갑니다, 가요…… 네, 네, 벌써 뵙고 싶네요…… 장군님 말씀이 정말 듣고 싶습니다."

이 정다운 아부의 말을 들은 전화기 저편에서는 기쁨에 찬 늙은이 특유의 크륵대는 소리가 들려온다. 감동한 것이다…… 이 **아무것도 아닌 장군**의 목소리가 전화기 안에서 얼마나 활기차게 터져 나오는지, 나에게까지 그의 목소리가 들려온다. 너무나 기쁜 것이다…… 아이처럼!

아직 날이 더워지지는 않았다. 거리에는 차가 많다.

콜랴 구사르체프는 나도 눈치채지 못할 정도로 서서히, 마치 익숙한 길이 주는 최면에 빠진 것처럼, 우리와 상관없는 딴 나라 이야기를 시작한다. 무기 매매에 관한 이야기다. 그러더니 신나게 떠들어댄다!

"사샤…… 지금 어떤 녀석들은 아주 솜씨 좋게 체첸놈들에게 AK* 총을 팔고 있어. 그러니까 우리 편, 연방군 편 체첸놈들에게 말이야. 자동소총 배급을 기다리자니 그놈들 좀이 쑤시거든…… 그래서 줄을 서지 않아도 된다면 돈을 주고 살 준비가 되어 있는 거야…… 직접…… 비즈니스인 거지."

"그리고 그놈들은 그 즉시 그걸 반군들에게 팔아넘기겠지."

"사샤!…… 그게 우리랑 무슨 상관이야!"

그때까지도 나는 이것이 그저 그의 수다일 뿐이라고 생각했다. 눈앞에 펼쳐지는 길에서 눈을 뗄 수가 없었으니까.

하지만 콜랴 구사르체프는 높이 날아올랐다…… 그래, 그래, 우리

---

* 미하일 칼라시니코프가 설계한 '칼라시니코프 자동소총Avtomat Kalashnikova'의 약자.

비즈니스는 연료지…… 당연하지! 휘발유, 기계기름, 디젤유, 항공기용 등유. 하지만 모든 비즈니스는 확장할 시기를 잘 잡아야 해…… 그렇지 않아, 사샤? 전투와도 같은 이치야, 사샤. 측면 공격 같은 거지. 어떤 일에서든 측면이 중요해…… 측면이 직접 자극을 주고, 새로운 시도를 하게 하거든…… 위험을 감수하면서 말이야……

콜랴는 발동이 걸린 것 같았다. 길을 가다 보면 간혹 이런 일이 생긴다. 갑자기 예기치 못한 흥분이 밀려오는 것이다. 어떻게 시작되었는지는 중요하지 않다…… 사령부의 젊은 군인은 내게 폭포수 같은 말을 쏟아내고 있다. 측면…… 측면…… 측면……

"……사샤, 자네랑 나는 위험을 두려워하지 않아. 자네나 나나 어떤 때는 벼랑 끝에 서보고 싶으니까…… 그렇지 않아, 사샤? 진짜 벼랑 끝에 말이야…… 전쟁은 자극적인 것이니까."

기억하건대, 나는 그저 웃었다. 대단한 열정이다! 그런 이야기를 늘어놓는 콜랴 구사르체프가 우스꽝스럽다는 생각이 들었다…… 아직 풋풋한 젊은이구나…… 모든 남자들의 약한 고리가 벼랑 끝에 서고자 하는 욕망 아닌가.

콜랴는 입을 다물었다. 조금 기분이 상한 것 같았다. 나는 그저 구름만, 숲만 바라보았다…… 이곳은 특별하다. 분명 너무도 잘 아는 것 같은 커브 길을 지날 때마다 설명할 수 없는 행복감에 젖어 주변을 둘러보게 된다.

강이다!

다리 옆에 잠시 멈추어 서서 한칼라에서 온 종대의 일부가 앞서 지나가도록 길을 비켜주어야 했다. 떨거지들…… 장갑수송차 두대와 그 사이에 있는 큰 트럭. 뒤처진 것이다……

순자는 작은 강이다. 전형적인 캅카스의 강. 그 어떤 특별함도 없는 평범한 강…… 종대가 지나가자 우리도 다리를 지날 수 있게 되었다. 다리를 건너면 이미 그로즈니다. 관목들…… 키 작은 관목들…… 여기서부터 잠시 동안 애매한 길이 이어진다. 모든 것이 훤히 보이는 공간인데도 그렇다.

"고개 숙여."

구사르체프가 말했다.

나는 고개를 숙였다. 그로즈니에는 반군이 널려 있다. 이들은 보통 아침에는 휴식을 취한다. 이들의 활동 시간은 주로 저녁과 밤이다. 하지만 외곽에서는 언제든 총질이 시작될 수 있다. 그저 지루하다는 이유로 스나이퍼*가 일을 벌일 수도 있다.

그런 생각 때문에 이곳의 바깥 풍경은 사람을 불안하게 만든다. 벽면이 들쭉날쭉 지어진 집들도 마음을 짓누른다…… 생명체라고는 하나도 없는 듯 보인다. 한 블록 전체가 죽은 눈을 한 집들로 가득 차 있다. 멀리서도 창문이 텅 빈 것이 느껴진다…… 하지만 누군가가 겨누는 총구의 번쩍임보다는 텅 빈 공허가 낫다.

사령부는 위신을 세우기 위해 한칼라가 아닌 그로즈니에 터를 잡고자 했다. 잠시 동안이라도…… 승리의 그날이 머지않은 것 같은 인상을 주기 위해서…… 그러다가 상황이 조금이라도 악화되는 것 같으면, 후퇴, 후퇴!…… 꽁지가 빠지게 안전한 한칼라로 도망쳐 나온다. 이제는

---

* 저격수.

모두가 이 지루한 농담을 알고 있다. 사령부에서 일하는 몇몇은 여행 가는 것 같은 기분을 느끼기도 한다. 바람처럼 저쪽으로 향했다가 바람처럼 되돌아온다(이 상황에 가장 분노하는 것은 연락병들이지만, 그들의 말은 아무런 힘이 없다).

그로즈니에 들어서자…… 익숙한 교통 체증이 펼쳐진다.

사령부 복도에서 '아무것도 아닌 장군'으로 통하는 키 크고 늙은 바자노프 장군의 집무실은 정말 근사하다. 장군은 직접 전쟁에 참전하는 전사가 아니다. 사령부에서 미팅을 끝내고 우리는 잠시 장군의 집무실에 들렀다. 구사르체프는 주간 보고를 위해서, 나는 그저 콜랴를 따라서. 평화로운 시절이든, 전시이든 바자노프 같은 사람을 상관으로 둔 것은 의심할 바 없는 행운이다. 콜랴 구사르체프에게는 그런 행운이 따랐다. 진짜 행운아인 콜랴는 나를 바자노프의 눈에 들게 하려고 데리고 다녔다. 바자노프가 나를 기억해둘 수 있도록…… 언젠가는 쓸모가 있을 테니까!

바자노프는 사령부에서 현지인과의 교류 파트를 담당하고 있다. 현지인들과의 접촉을 도모하고, 수많은 캅카스 소수민족과의 교류를 돈독하게 하는 것, 이것이 그가 맡은 일이다. 한마디로 말하자면, 도대체 무슨 일을 하는 것인지조차 이해하기 힘든 직책이다. 이곳 복도를 뛰어다니는 장교 나부랭이들도 그가 맡은 업무를 비웃는다. 왜?…… 그냥…… 그들은 장군이 멍청이라고 생각했다. 멍청하게 결혼을 했고, 멍청하게 로스토프 근교에 다차*를 지을 계획을 세웠다…… 그러고는 일 시킬 병사 한두 명도 그곳에 보내지 못하고 있다(아마 대단한 스캔들이 터지지 않는

* 작은 러시아식 별장.

한 결코 보내지 못할 것이다).

그의 휘하에는 아무도 없다. 약삭빠른 구사르체프를 제외한다면. 물론 구사르체프도 간혹 보스를 비웃지만, 그저 슬쩍 비웃을 뿐이다……아, 장군의 휘하에는 장군에게 차를 나르는 게샤 준위가 있다.

하지만 아무도 장군을 만나러 오지 않는다. 그리하여 사령부에 자리한 그의 집무실은 완전히 자유로운 공간이다. 우리도 들어서자마자 아주 편안한 자세로 자리를 잡았다. 얼마나 근사한 안락의자인가! 멋지다!…… 방만한 자세로 앉아 있고 싶다면, 지나치다 싶을 정도로 편안하게 늘어져 있어도 좋다. 다리도 도가 지나치다 싶을 만큼, 영원, 영원히 뻗어도 좋다…… 내 눈길은 책장이 네 개나 늘어서 있는 벽에 고정되었다. 책장이 네 개나 있다!

장군은 유난히 생기를 띠었다. 입이 근질근질했던 것이다. 흐흐……흐흐…… "사샤……" 장군은 노인들이 하는 식으로 가볍게 인사를 했다. 하지만 무슨 말을 해야 할지는 모르는 것 같았다.

짧게 기침을 하고는 곧장 낮은 베이스 목소리로 다차를 짓는 데 쓸 인부를 구해줄 수 있는지 물었다. 그리고 남는 인력이 없다는 나의 말에 크게 낙담했다.

"나도 언젠가는 그 다차를 완성해야 하는데 말이지…… 장군이 다차가 없다는 게 말이 안 되지!"

그러고는 다시 한번 구사르체프가 아니라 내게 청했다. 이상하다. 그는 집요한 사람이 아닌데.

"하지만 소령, 자네는 지금 창고를 짓고 있지 않나. 게다가 듣기로는 원래 건축기사라면서."

나는 그에게 설명을 했다. 창고는 길가에 짓고 있다고. 외부창고를 짓는 것이고, 본창고는 정문 안쪽에 있다고…… 그래서 현재 짓고 있는 외부창고는 전혀 보안도 되지 않는 곳이라고.

"하지만 거기서도 누군가는 일을 하겠지."

"거기서는 체첸인들이 일합니다. 체첸 인부를 구해드려요?"

"아니, 그건 아니지."

마침내 나를 돕기 위해 구사르체프가 끼어들었다.

"장군님, 체첸 인부들은요, 로스토프까지 못 갑니다. 크라스노다르 사람들이 길가에서 멈춰 세울 거예요. 그러고는 붙들고 있겠죠…… 무슨 일인지 알아낼 때까지."

"자네 공사장에 감독관이 둘 있는데, 모두 체첸인이라는 게 사실인가?"

바자노프는 이렇게 묻고서 위엄을 갖추며 고개를 들었다. 장군들에게는 이런 특징이 있다. 그들은 아무 의미도 없는 문장을 대단히 위엄 있게 발음한다.

"네, 맞습니다."

"그리고 두 사람 이름이 똑같이 루슬란인가?"

"네, 두 사람 모두 루슬란입니다."

구사르체프가 끼어들었다.

"사샤, 새로 온 애들은…… 그 두 명은?"

"그 두 명은 폭발후유증을 앓는 친구들입니다."

그 말을 듣자마자 장군은 경계하듯 날개를 퍼덕였다.

"안 되지, 안 될 일이지. 정신병자는 안 되지…… 그런 녀석들이 할 일은 아니야. 도망치고 말걸. 게다가 가는 길에 누굴 강간할 수도 있고."

우리는 긴장을 풀었다. 구사르체프는 심지어 다리를 꼬고 앉았다.

이곳이 제집인 사람이니까. 나는 완전히 이곳 사람은 아니지만, 집무실에서 내주는 차나 게샤 준위에 관한 이야기는 기억하고 있다. 얼마든지 기다릴 준비가 되어 있다…… 웬일인지 사령부 사무실에 오면 늘 차를 마시고 싶어진다.

장군은 하소연을 시작했다.

"이보게들…… 부탁일세…… 정말 부탁이야…… 인부를 찾아야 해…… 정말이야…… 마누라! 마누라! 마누라가 어떤 존재인지는 자네들도 알지 않나!"

"이 친구는 결혼했습니다. 이 친구가 알겠죠."

"사-아-샤……"

장군이 길게 말을 늘였다.

"아내를 골라 가질 수는 없는 거 아닌가."

이렇게 말하게 된 사정은 다음과 같다. 장군의 젊은 아내는 마치 재난처럼 장군 앞에 뚝 떨어졌다. 예쁜 여자라고들 하지만…… 그들의 결혼 생활은 벌써부터 그다지 달콤해 보이지 않았다.

"그래, 그래. 아내가 왔어."

장군은 어딘가 좀 이상하게, 의도하지는 않았지만 이중적인 억양으로 말했다.

기쁘면서 동시에 슬프게.

그때 콜랴 구사르체프가 짐짓 진지한 체하며 우리 대화에 끼어들었다. 침묵을 깨고…… 예의 그 '현지인과의 교류'에 관한 보고 형식으로 어제 베데노 근방에서 있었던 사소한 사건 이야기를 들려주었다. 콜랴는 그닥 오래 생각하지도 않았다! 그 일은 정말 별것 아닌 사소한 일이었다. 베데노에서 길을 지키던 병사들이 현지 체첸인의 빵 운반차를 탈취했다.

가져가서는…… 먹어버렸다…… 체첸인들이 갓 구워낸 옹근 빵 50여 개와 작은 빵까지 몽땅 가져가서는 중대가 다 먹어치웠다!

병사들은 너무 배가 고픈 나머지 빵을 얻기 위해서라면 총이라도 쏠 준비가 되어 있었던 것 같다. 문제는 이 마을에 사는 체첸인들이 전투에 참여하지 않는 민간인이라는 점이었다…… 이들은 당장 문서를 작성하기 시작했다. 손이 있고, 글을 쓸 줄 아니까. 탄원서를 들고 그로즈니로 찾아왔고, 거기서 탄원서를 제출했다! 결국 빵값을 치르게 된 것이다! 그리고 빵값을 치렀다!…… 장군님, 이건 좋은 사인입니다. 생각해보세요. 우리 군부대가 체첸인들에게 빵값을 치렀다니까요!

구사르체프는 우리 눈앞에서 순식간에 일상적인 충돌에 불과한 아무것도 아닌 일을 가지고 새로운 관계의 서막, 그러니까 이 전쟁의 새로운 국면의 시작이라는 그림을 만들어냈다. 교환! 돈을 내고 빵을 교환해 가진 셈이니 이것이 시장의 탄생이자 현지인들과의 직접적인 교류를 의미하는 것이 아니고 무엇이겠습니까!…… 관목에서 서로 총질을 해대는 대신 교환이라니. 서로의 목을 댕강 자르는 대신 교환이라니…… 물론, 모든 것이 단번에 이루어질 수는 없습니다…… 하지만 한 걸음을 내디딘 것 아니겠습니까!…… 새로운 일이 시작된 것입니다!

"콜랴, 정말 잘했네!"

장군은 자신의 부하에게 만족했다. 너무도 만족했다!

그리고 그와 반대로 내게는 불만을 느꼈다.

"소령!…… 체첸인들조차도 이미 교류를 하러 나오고 있네…… 그런데 자네는?"

그는 내가 자기 청을 거절한 것을 잊지 않고, 나를 찍어댔다.

심지어 투실투실한 손가락을 들어 위협하는 시늉을 하기도 했다. 눈

썹을 찡그리며…… 도대체 오늘 이자가 왜 이러는 것일까?

마침내 기운찬 게샤 준위가 붉은색과 하얀색이 섞인 찻주전자와 찻잔을 쟁반에 받쳐 들고 집무실로 들어왔다.

"지금은 차를 마시자고. 차-아-를!"

장군이 중후하게 들리는 바리톤 음색으로 우리에게 선언했다.

그러면서 '지금은'이라는 단어를 너무도 의미심장하게, 너무도 강하게 발음했다. 지금 마시는 차는 그저 서막에 불과하고, 이제 곧 대단한 술자리가 이어질 거라는 듯. 게샤 준위가 똑같은 쟁반에 술을 내올 거라는 듯.

나는 책장을 살펴보았다. 책들을 본 것이다…… 책의 제목이 쓰인 부분들을 읽어보았다. 작은 글씨로 쓰인 작가의 성씨들. 나는 장군의 취미에 대해 알고 있었다. 여러 사람으로부터 들었다…… 누군가 자기가 산 책장의 색깔에 맞추어 책을 산다 해도, 그저 디자인 때문에 책을 산다 해도, 나도 모르게 책을 사는 이들을 존경하게 된다. 그래…… 계속해서 책을 사는 것은 좋은 일이야.

캅카스 고산민족의 삶(책 속에서 이야기되는 그들의 삶) 역시 우리 전쟁에서는 나름의 디자인이 되었다. 그리고 책 속에 그려진 이들의 삶이 바자노프 장군의 가장 현실적인 열정이 되었다. 콜랴의 이야기에 따르면 그의 이 열정적인 취미 생활은 상부의 명령으로 시작되었다. 상부에서 캅카스에 관한 유명한 소책자를 보냈으니 읽어보라는 지시가 내려왔던 것이다. 어찌 되었든 바자노프가 현지인과의 교류를 관장하라는 책임을 맡고 파견된 만큼 작은 책자라도 읽으라는 지시였다. 보건대 그는 아주 오랫동안 책을 읽지 않았던 듯하다. 그는 그 작은 책자에 완전히 감동하였고, 또 다른 책을 청했다. 모든 일은 그렇게 시작되었다!…… 그는 아주 강력한 업무용 전화기를 가지고 있었으니까. 무료 전화기 말이다. 그리하여 장군은 전화를 하고…… 전화를 하고…… 또 전화를 했다!…… 이 책을 보내주시오. 찾아보고 그 책을 보내주시오…… 만일 책이 희귀본이면 복사를 해주시오. 우리에겐 아주 중요한 일입니다!…… 그때까지 알지 못했던 거대한 세계가 열렸다. 체첸의 역사와 관련된 모든 것…… 그리고 산에 사는 다른 이웃 종족에 관한 것들까지. (흔히들 하는 말로) 바자노프 장군은 저세상에 대해 생각할 때가 된 사람이었다. 딱 그 연배의 사람이었다.

그가 로스토프나 심지어 모스크바로 전화를 걸었던 사람들은 젊은 장교들이거나 사령부의 사무직 직원들이었다. 그들은 바자노프 장군에게 이런 책자들이 반드시 필요하다고 생각했을 것이다! 러시아 군인들에게 고산민족과 교류할 수 있는 방법을 가르치기 위해서…… 무시무시한 산사람들이 눈 깜짝할 사이에 러시아 군인의 머리를 베어버리지 못하도록! 소통을 향해 나아가도록…… 말하자면 전쟁을 부드럽게 만들기 위해서…… 그러다 보면 그곳에 완전한 평화가 찾아올 수도 있으니까…… 그래서 아주 희귀한 글들까지도 찾고 또 찾아 그에게 보내주곤 했다. 당연하지! 당연해! 장군님이 명령하셨으니까!…… 명령은 명령이니까. 그러고는 책을 보냈다!…… 전시 사령부의 우편을 통해서. 단 한 권의 책도 분실되지 않았다!…… 단 한 장의 복사본도 지저분하거나 읽기 어렵게 복사된 일이 없었다. 모든 것이 다 제대로 처리되었다.

노년의 전사는 산과 산사람들의 역사 속으로 완전히 빠져들었다. 빠져들어서는 나올 줄을 몰랐다! 물론 그에게 말도 안 되는 책들도 제법 많이 보내왔다. 그의 지겨운 부탁에서 벗어나보려고…… 아니면 그저 별다른 이유 없이. 이미 바보 장군에 관한 소문이 돌기 시작했으니까. 하지만 전쟁은 끝나지 않았고 그에게 책을 보내고 또 보냈다. 제법 좋은 책들이 오기도 했다. 그리고 소포의 포장을 뜯자마자 장군은 사무실 문을 잠그고 열정적인 독서에 빠져들곤 했다.

콜랴 구사르체프는 태평스레 체첸 빵 50개를 돈 주고 산 이야기를 늘어놓고 있다.

고위직 인사들은 달콤한 이야기, 정확히 말하면 현지인들과의 교류에 관한 말도 안 되는 허풍을 아주 좋아한다. 나리들은 설탕 뿌린 생각만 자기 것으로 받아들인다…… 바자노프 같은 유형의 고위직 군인들을 만족시키기 위해서는 그다지 대단한 일을 할 필요가 없다. 따뜻한 앞발로 살살 귀를 긁어주면 된다. 이야기를 들으며 그는 더없이 기뻐했다. 거래가 이루어졌다면 그것은 화해를 뜻하는 것이다…… 이제 곧 평화가 찾아오겠군!…… 만세!…… 장군에게는 벌써 평화가 한 걸음 곁으로 성큼 다가선 듯했다. 글쎄, 뭐, 적어도 두 걸음 곁으로 다가온 것이다. 너무도 선량한 그의 늙은 심장은 현실을 무시하고 이미 서둘러 그 두 걸음을 내디뎠다.

병사들의 빵 도둑질이 그에게는 멋진 일, 전대미문의 근사한 일이 되었다. 길 한복판에서…… 달리면서! 자동차 짐칸에서 도둑질을 하다니…… 비가 올 때!

빵을 돈 주고 샀지, 돈을 주고 말이야!…… 장군은 이 일에 관해 반드시 사령부 최상층부에 보고할 것이다.

사실 곰곰이 생각해보면 체첸인들이 자진해서 병사들에게 음식을 준 거라고 생각할 수도 있지 않은가! 구사르체프는 노인에게 완전히 헛소리를 늘어놓고 있었다. 주제를 거의 벗어나지 않으면서 말을 이었다. 체첸인들이 가져오게 될 음식에 대한 그의 묘사는 가히 천재적이었다!…… 이제는 산에 사는 사람들에게도 우리의 따뜻한 말 몇 마디가 정말 필요합니다! 물론 약간의 돈도 필요하겠죠. 그러면 체첸인들이 직접 구운 빵과 양젖으로 만든 치즈를 가져올 겁니다. 특히 체첸 할머니들이요…… 따끈따끈하게 구운 빵을 가지고 와서는 이야기하겠죠! 먹어봐요, 군인 양반들!

그는 마치 어떤 기적에 관한 이야기를 들려주듯 떠들어댔다. 나는 개입하지 않았다. 물론 콜랴의 말을 정정하지도 않았다. 장군이 만족하고 있지 않은가. 분명히…… 그럼 됐지!…… "구로프의 대대로…… 체첸인들이 먹을 것을 정말 많이 가지고 왔어요! 자네는 봤지?…… 봤지?" 그의 허풍이 이미 완전히 비현실적인 것이 되었을 때 콜랴는 나까지 끌어들였다. 나는 차분하게 앉아 있었다…… 그래, 나는 맞장구쳐줄 준비가 되어 있었다. 물론 그는 거짓말쟁이지만, 지금 저렇게 신이 났지 않은가.

"그런데 말이야. 체첸인들에게 양식값으로 디젤유도 좀 줄 수 있지 않을까."

장군은 격려라도 하듯 내 쪽을 향해 고개를 끄덕였다(아니, 그걸 내가 줘야 한다는 말인가?).

"당연한 말씀이지요!"

구사르체프가 목소리를 높였다.

"반드시 그래야죠! 그 친구들은 디젤유 값으로 빵도 내놓고, 돈도 내놓을 겁니다. 그거야말로 산사람의 명예죠!…… 계산대가 없어도 지불할 겁니다."

그러면서 콜랴 구사르체프는 목소리만으로 방금 자기가 한 농담이 아주 재기발랄하고 현대적이라는 점을 강조했다.

"세금도 피해서 말이지! 하, 하, 하!"

장군이 웃었다.

바자노프는 아주 만족했다. 이것이야말로 진짜 전쟁의 현실이 아닌가…… 수도에서나 어떻게, 누구에게, 얼마를 줄지 바보 같은 예산을 세우고 결산을 하고 또 셈을 하는 것이다. 하지만 전쟁은 직접 그 전쟁에 뛰어들어야만 알 수 있다! 가장 깊은 내부에서만 알 수 있는 것이다!

콜랴 구사르체프의 말에 따르면, 우리 병사들이 체첸 민간인들과 소통하여 식료품에 대한 합의를 보는 일에 성공한 것이다. 가장 깊은 두메산골에 사는 사람들과 말이다…… 나는 미동도 없이 그들의 이야기를 듣고 있었다. 그저 콧수염을 살짝 씹었을 뿐이다. 하지만 콜랴는 달렸다. 방향키도, 돛도 없이 달리고 있었다…… 저기 저 먼 두메산골에는 정말 놀랍도록 선량한 사람들이 삽니다! 읽을 줄도 모르고, 쓸 줄도 몰라요…… 하지만 마음만은 정말 넓죠!…… 처음 보는 우리 무기를 보면 얼마나 큰 관심을 보이는지 몰라요! 그야말로 기절을 합니다!…… 만져보게 해주세요!…… 그들이 어둠 속에서 어떻게 자기 총신을 찾고 구별하는지 아세요?…… 손으로 더듬어서요. 그러면서 노래하듯이 '유우-타안-바알-사아-기이'라고 발음을 해요. 음악이죠! 구사르체프는 제어가 안 되는 지경에 이르렀다. 그는 서로 다른 마을의 언어들이 어떻게, 무엇 때문에 차이가 나는지 설명했다. 이런저런 목소리를 골라 내가며 서로 다른 '두메산골'의 억양을 묘사했다.

"지금 우리가 전쟁을 하고 있는 이곳 산지에서 예전에 이슬람이 기독교를 몰아냈지. 그래요, 그래. 체첸인들도, 인구시족도 전에는 기독교도였거든…… 잠시 동안이긴 했지만…… 분명 기독교도였어!…… 정교 사원의 폐허들이 남아 있거든…… 정말 근사한 사원들이 있었지!…… 15세기에 지어진 사원들."

바자노프 장군은 직접 그 사원들을 둘러본 일이 있다고 했다. 물론 폐허였지만…… 벽의 잔해를 보았다.

"이 손으로 만져도 보았지."

그는 우리를 그냥 보내주지 않았다. 우리가 서둘러 자리를 뜨지 않게 하려고 바로 그 손으로(투실투실하고 큰 장군의 손으로) 코냑을 내어 주었다. 이제는 그의 이야기를 들으라는 뜻이다.

안타깝게도, 캅카스산맥을 넘어 이곳 체첸인들에게까지 전해진 기독교의 한 갈래는, 나중에 드러나게 된 것처럼 그다지 견고한 것이 아니었다. 이곳의 기독교는 아름답고 화려했지만, 깊이가 있다기보다는 장식적이었다. 성전 장식물의 아름다움. 예배 의식의 아름다움…… 찬양의 아름다움…… 반면 이슬람은 강력하고, 뜨겁고, 가혹한 모습으로 이곳에 왔다. 정신적 깊이를 강조했고, 도덕적 법규들로 중무장하고 있었다. 하지만 혈연에 기반을 둔 복수는 금했다…… 그랬다, 그들은 혈연에 기초한 복수를 금했다…… 죄에 대한 개인의 책임과 실존의 아름다움을 강조했다……

"이곳에서는 두 종교의 만남, 더 정확하게 말하자면, 두 종교 간의 다툼이 평등하게 이루어질 수가 없었어. 그게 이슬람이 기독교를 몰아낼 수 있었던 이유지."

두 종교의 만남, 아니 더 정확하게 말해서 두 종교 간의 다툼은 대략 3, 4백 년 전에 시작되었다. 역사적으로 보자면 길지 않은 기간이다. 짧은 시간!…… 순간일 뿐이다!

물론 콜랴 구사르체프는 바자노프 장군을 통해 이미 여러 차례 이 모든 것에 관하여 들었다(때로는 자세하게, 때로는 간략하게). 하지만 나는 처음으로 이런 사실들을 알게 되었다. 흥미로웠다…… 심지어 흥분이 되기도 했다…… 꼭 깊고 깊은 우물 속으로 들어간 기분이었다. 겹겹이 쌓인 수백 년 세월의 무게를 느끼며.

그때 처음으로 이 단어를 들었다.

"아산."

대다수 민족들이 그러했던 것처럼 기독교와 이슬람이 들어오기 전 산지 사람들의 종교도 우상숭배에서 시작되었다. 무시무시한 우상들로부터…… 아산은 그저 평범한 우상 중 하나가 아니라 가장 강력한 우상이었다. 슬라브 민족의 페룬*과도 같은 신이었다…… 바자노프 장군은 그 우상의 생김새까지 알고 있었다. 아산은 두 팔이 달린, 거대하고 웅장한 새의 모습을 하고 있었다. 신성!…… 그 모습이 얼마나 큰 두려움을 불러일으켰을까! 지금 이 신은 잊혔지만, 그 이름은 산사람들 의식의 가장 깊은 심연에서 아직도 반짝이고 있다.

"아산…… 아산…… 아산……"

잊힌 이 두려운 이름이 산사람의 영혼에(그리고 그의 무의식에) 모태에서부터 간직된 불분명하고 희미한 신호를 계속 보내고 있을 것이다. 예를 들어, 이슬람은 혈연에 뿌리를 둔 복수를 금하지만…… 이들의 의식 속에 더 오래, 더 깊이 자리 잡은 아산은 그것을 허용하고 용인한다.

이야기를 들려주며 장군은 완전히 흥분에 휩싸였다. 그의 바지에 그려진 줄무늬조차 떨며 움찔거렸다. 장군은 머나먼 고대가 아니라 체첸에

---

* 슬라브 신화의 최고 신으로 천둥과 번개를 관장한다.

관해 이야기하고 있다! 따져보면 우리는 결국 이곳에서 살고 있지 않은가! 여기에서 전쟁을 하고 있지 않은가……

하지만 우리 안에 그 무서운 우상에 대한 적대감을 불러일으키며 장군은 실수를 저질렀다. 나와 콜랴에게 술을 더 따라준 것이다. 코냑을!…… 부드러운 안락의자에 앉은 우리에게! 그것은 정말 끔찍한 실수였다!…… 나는 그 즉시 캅카스산맥, 정상이 흰 눈으로 덮인 산봉우리들이 간헐적으로 이어지는 캅카스산맥을 보았다…… 산의 고갯길들도…… 그리고 심지어 그 위에 쏟아져 내리는 눈사태까지도.

그리고 술을 조금 더 마시자, 아주 쉽게 산의 능선에 자리한 아산, 그리고 그와 함께한 오만한 소수민족들을 볼 수 있었다. 그들은 수가 많았다…… 민족과 민족이 어깨를 마주 대고 앉아 있었다. 고갯길에 앉아 조금은 지루해하고 있었다…… 이들은 마치 횃대에 앉은 것처럼 캅카스산맥 위에 걸터앉아 다리를 늘어뜨린 채 입맛을 다시며 대화를 나누고 있었다……

콜랴 구사르체프는 어땠는지 모르지만, 나는 완전히 진이 빠져버렸다…… 작은 북소리가 들려왔다…… 그리스 창병부대의 북소리…… 그리스인들이었다. 왜 그런지는 모르지만 그 점이 중요했다. 그들은 반듯하게 열을 지어 행진하고 있었다…… 하지만 잠은 그리스인들보다도 강했다. 아! 잠이 쏟아진다!…… 나는 눈을 떼지 못한 채 장군의 입을 바라보고 있었다. 거기서 끝없이 말, 말들이 쏟아져 나왔다…… 그러더니 나중에는 삼각형들이 뛰어다니기 시작했다.

그리고 거대한 피라미드를 보았다…… 그 곁에는 완벽한 고대인들이 오가고 있었다…… 반라의 사람들…… 그들의 수는 많고도 많았다! 대군이었다…… 창을 든 군인들! 겉보기에는 낡은 옷을 입고 맨발을 한

이들…… 그때 그곳에 다시 그 신령한 새가 나타났다. 새는 나를 안심시켰다. 이상한 울음소리를 내며 창을 든 이 거지 떼를 조금도 두려워할 필요가 없다고 나를 달랬다. 새가 말했다. 저것들을 **무시해.** 처음에 그 새는 우스꽝스러운 노래를 불렀다. 눈을 찡긋거리기까지 하면서. 하지만 후에는 내게 가장 달콤한 슬픔을 쏟아부었다…… 용감한 전사여, 잠들라…… 잠들라, 잠들라, 질린 소령이여…… 이 모든 것은 나에 관한 것이었다…… 그 새는 내 귀에 대고 길고 달콤한 노래를 불렀다!

그로즈니에 도착하여 차에서 내리기가 무섭게 가까이 서 있던 체첸 노인이 내 시선을 붙잡는다. 그가 다가온다. 거리 한복판에서. 연료를 청한다. **사시크, 디젤유를 조금만, 아주 조금만**…… 파종이 이제 코앞이다!…… 그들은 늘 꼭 꾸어달라고 말한다. 꾸어 간 것을 갚을 능력도 전혀 없으면서. 나는 간혹 그들을 돕는다…… 반나절 정도 트럭을 내준다…… 그저 조금 준다. 내 마음이 편하려고. 디젤유나 중유는 충분하니까…… 소소한 관계들이 없다면 그게 무슨 비즈니스겠는가. 마음을 담은 부탁이 없다면. 그들은 언젠가는 무언가로라도 나에게 갚겠다고 맹세를 한다.

"사-아-시-크!"

그들이 말한다.

"뭐든 필요하면, 휘파람만 불라고."

물론 이 모든 것은 그저 말일 뿐이다. 나는 오랫동안 휘파람을 불 수 있다…… 농민들은 그 본성상 잘 잊는다. 모든 정직한 사람들이 그렇듯. 모순이지만, 사실이다!…… 정직한 사람이 기억할 것이 뭐가 있겠나? 자기의 빚을 아주 잘, 단단히 기억해두어야 하는 것은 거짓말쟁이,

사기꾼들이다.

그저 호기심으로 노인들에게 몇 번 아산에 관해 물었다. 그들은 몰랐다…… 그게 누군디?…… 어쩌면 나와 그 이야기를 나누고 싶지 않았던 것일 수도 있다. 그들의 얼굴이 갑자기 굳었다. 그리고 입을 다물었다. 귀신을 건드리게 될까 봐 두려웠을까? 공연히 입에 올리는 것만으로도 두려웠던 것일까?…… 아니면 러시아인이 자기들도 잊고 있는 까마득한 과거를 기억하고 있는 것이 불편했던 것일까?

루슬란의 말에 따르면 저 산 높이, 인적이 드물고 사람이 지나다니기 힘든 고갯마루에는 백 살이 넘은 체첸 노인들이 아직도 살고 있다. 살아 있는 동안은 특별히 어떤 것을 기억하지 못한다. 하지만 간혹 죽어가며 갑자기 아산을 언급한다. 아무런 맥락도 없이…… 살 수 있는 시간이 반나절밖에 안 남았을 때.

가능한 한 빨리 한칼라로 돌아가기 위해 나는 이미 서두르고 있었다. 나의 집은 나의 창고다…… 저녁이 되니 벌써 **집으로** 가고 싶어졌다. 하지만 주차장 경비 구역에 주차된 구사르체프의 지프를 바라보며 몇 걸음을 옮겨 줄지어 주차된 차들 한 열을 지나자마자…… 나를 기다리고 있었던 것이 분명한 여자가 나에게 달려들었다. 가끔 이런 일이 있다…… 그녀는 볼품없는 5층 건물의 그늘 속에 서 있었다.

"알렉산드르 세르게이치! 알렉산드르 세르게이치!"

달려들어서는(그녀는 말 그대로 달려들었다) 잠시 자기 집에 들러달라고 애원했다.

가까워요, 바로 옆이에요!…… 바로 이 5층집이에요! 그녀는 내 얼굴을 들여다보며 옷소매를 잡아끌었다. 바람이 불자 그녀의 낡은 잿빛

원피스가 돛처럼 부풀어 올랐다…… 우리는 살림 냄새 진동하는 건물의 입구를 겨우 지났다. 그리고 작은 방으로 들어섰다. 여자는 임시로 그 방을 빌려 살고 있었다.

사실 나는 서두르고 있었다(그로즈니에 있는 간이식당에 들러 마른 빵을 먹기는 했지만…… 아직 배가 고팠다). 그래서 문턱을 넘자마자 여자에게 재차 물었다. 말해보세요. 대신 빨리 말해주세요. 무슨 일이고, 아들은 어디 있지요?

그녀는 자기의 종잇조각들을 뒤지기 시작했다…… 이런저런 이름들. 손으로 그린 지도. 침 묻은 복사 연필…… 그걸 내 손에 들이밀었다. 그러면서 한시도 말을 멈추지 않았다. 하소연…… 헛소리…… 나는 이런 이야기를 수없이 들었고, 이런 여인들을 수없이 보았다. "진정해요." 내가 그녀에게 말했다. "진정하세요……" 그것은 서류로 가득 찬 낡은 학생 가방이었다…… 그녀가 건네준 종이 더미를 받아 들고, 직접 하나하나 살펴보았다…… 마침내 탁자 위로 아들의 편지들이 쏟아졌다. 돈을 부탁하는 편지들…… 그의 메모. 이미 희망의 흔적을 찾을 수 없는 메모들. 토굴에서 보낸…… 절규가 담긴 메모들. 나는 크고 작은 종잇조각들을 뒤지고 있었고, 그녀는 볼과 입술을 타고 빠르게 흘러내리는 눈물에 젖은 채 빠른 속도로 이야기를 했다. 어떻게 자기와 갈리나라는 이름의 또 한 어미가 걸어서 체첸에 숨어들었는지…… 두 여인이…… 목동들의 집에서 얻어먹기도 하고 들판에서 잠도 자면서.

그녀의 얼굴은 눈물범벅이었지만, 음성만은 또렷했다. 그들은 길을 따라 계속 걸었다. 아무런 소득도 없이 산과 들을 헤매며 찾아다녔다…… 한번은 체첸놈 다섯 명이 한 번에……

"박아…… 박아…… 넣었어요……"

배운 것 없는 보로네시 농민인 그녀는 더 고상한 단어를 찾을 수가 없었다.

"박아…… 박아…… 넣었어요……"

그들은 두 여자를 나란히 풀밭에 눕혔다. 네, 그래요. 두 여자 모두 자기들이 무엇을 각오한 채 가고 있는지 알았다. 어리석은 여자들…… 더 기가 막힌 것은 이 모든 것이 아무런 소용도 없었다는 것이다…… 하지만 한 번에 다섯 놈이…… 다섯 놈이…… 그녀는 말을 삼켰다. 심지어……

나는 그녀가 손으로 적어둔 야전사령관들의 이름을 보았다. 한 사령관에게서 다른 사령관에게로, 이 소대에서 저 소대로 그녀를 보냈다. 모두가 그녀를 강간한 것은 아니었다. 사실 대부분의 경우 사령관들은 어미들에게 관대하다. 그들은 어미들을 조심스레 다룬다…… 불쌍히 여기고…… 먹여주기도 한다. 어찌 되었든 바로 이 어미들을 통해서 가느다란 돈 줄기가 계속 그들에게 흘러든다는 사실을 기억하고 있기 때문이다.

나는 그녀가 적은 이름들을 살펴보았다. 아니요…… 모릅니다…… 들어본 적도 없어요…… 아니요…… 이자에 대해서도 들어본 일이 없어요. 아마 이 반군들은 고산지대에 있는 것 같아요…… 아니요, 모릅니다……

그러다 갑자기 잘못 적혀 있기는 했지만, 아는 이름 하나를 발견했다.

"스톱, 스톱, 잠시만요."

"도와주실 수 있나요? 아, 하느님."

나는 내 수첩에 그의 이름과 그가 **작업하는** 길목의 이름을 적었다. 이 어미에 대한 표시와 함께. 나중에 헷갈리지 않기 위해서다.

"어머니, 한번 해봅시다. 보장은 못 합니다."

"오, 하느님…… 소령님! 보장은 무슨 보장요. 물론입니다! 물론이에요!"

그녀는 바로 덜덜 떨기 시작했다.

"천요? 천이면 될까요?"

나는 그녀에게 일이 어떻게 진행되는지를 설명해주었다. 저는 어머니들에게서는 돈을 받지 않습니다. 천 달러는 기금회의 공정가입니다. 그게 제 수고비예요. 하지만 그건 바다의 물 한 방울에 불과해요. 제일 마지막에 내는 거죠…… 제 연락망을 통해 산에 있는 야전사령관에게 손이 닿게 되면, 어머니는 돈을 모으고 또 모으셔야 할 겁니다. 아마 8천 달러, 만 달러까지 필요할지도 모릅니다…… 어쩌면 만 달러가 넘게 필요할지도 모르겠어요…… 이 돈은 직접 어머니에게 요구하고 가져갈 겁니다. 엄청나게 긴 중개인 사슬이 있어요…… 기금회는 당연히 이 중개인들, 중간에 끼어 있는 예측할 수 없는 짐승 같은 놈들에게는 돈을 주지 않을 겁니다…… 이 돈은, 어머니, 당신이 모아야 합니다. 어디서요?…… 물론 러시아에서지요. 여기서 할 수는 없으니까요.

보로네시의 농민 아낙. 농장에서 젖을 짜는 여인…… 그녀의 입에서 어미의 절규가 새어 나왔다. 암소의 젖꼭지를 힘차게 잡아당기고, 모든 사물을 단순하게, 직접적으로 부르는 것에 익숙한 평범한 여자.

마흔이 조금 넘어 보이니 나와 동년배지만 나는 그녀를 어머니라고 불렀다. 그녀는 최선을 다해 내 마음에 들고자 했다. 황홀경에 가까운 감탄을 연발했다…… 질린!…… 질린 소령님!…… 그래도 희망은 끝까지 살아 있네요…… 기금회에서 살짝 말해주었어요. 병사의 어머니들이 결국 아무것도 할 수 없게 되면 질린 소령님을 찾아가야 한다고요.

그녀는 충동적으로 폭풍 같은 말을 쏟아냈다.

"이 방 어때요? 마음에 드세요? 아주 별로인가요?…… 네, 초라하죠…… 하지만 대신 깨끗해요. 우리가 사는 곳은 아주 깨끗해요."

그녀는 점점 더 달리기 시작했다.

여기서 '우리'라는 것은 또 한 사람의 어미인 갈리나를 뜻하는 것이다. 그들은 둘이서 이 작은 방을 빌려 살고 있다.

"침대는 하나인가요?"

"우리는 서로 거꾸로 누워서 자요…… 대신 침대는 깨끗하죠."

이 불쌍한 여인은 내가 자기 아들을 위해 분명 무언가 하려 한다는 것을 깨닫자마자 내 마음에 들고 싶어 했다. 사력을 다해서…… 있건 없건 자기의 모든 여성적 매력을 동원해서…… 그녀의 얼굴이 빛나기 시작했다. 하지만 그럼에도 그녀의 얼굴은 여전히 수난을 겪은 병사 어미의 얼굴일 뿐이었다. 그녀는 숨을 들이마시며…… 내 마음에 들기를 원했다!…… 사력을 다해 내 마음에 들고 싶어 했지만, 어떻게 해야 할지를 몰랐다…… 그가 이런 나를 원할까? 체첸놈들 사건을 겪은 나를?…… 전쟁터에서는 암염소도 마다 않는다고들 하니. 오, 하느님. 우리가 승리하게 도와주세요…… 승리하도록…… 승리하도록…… 그녀는 이런 말들을 중얼거렸다. 결코 멈출 수 없는, 그리고 그 어떤 체면치레도 없는 빠른 말들이 이어졌다!

전쟁으로 인해 그녀의 아들은(아직 살아 있기만 하다면!) 지금 절대 빠져나올 수 없는 곳, 축축한 4미터짜리 감옥 깊은 곳에 갇혀 기침을 하고 있다. 코가 부러진 채…… 자기의 똥내 나는 양동이를 옆구리에 끼고. 그런데 그녀는 이 전쟁이 계속, 계속되기를 원하고 있다(미칠 노릇이다).

그녀는 이제 막 갈아놓은 시트가 얼마나 새하얀지 내가 볼 수 있도록 침대 위에 놓인 이불 귀퉁이를 접어놓았다.

"아니에요, 아니에요, 부인."

나는 할 수 있는 한 부드럽게 그녀를 안심시켰다.

"저는 일 때문에 온 겁니다. 일 때문에요. 이름을 쓰시고, 어떻게 어머니와 연락할 수 있을지…… 소식을 전할 수 있는 방법도 쓰세요. 일이 잘되면 말이죠."

그녀의 이름은 아뉴타였다.

나는 어떤 중령의 접견실에서 그녀를 처음 보았다. 그녀는 높은 관리들에게 달려들어 악을 쓰고 무언가를 요구하고 욕을 해대고 있었다. 10분이 지나도 그녀의 울부짖음은 잦아들지 않았다. 나는 그들을 너무도 많이 보아왔다. 지겨울 정도로. 이 불행한 여인들을…… 병사의 어미들을!

한번은 거리에서 그녀를 보았다. 그녀는 함께 불행을 겪은 갈리나라고 생각되는 어떤 어미와 누군가를 만나러 가고 있었다…… 그들은 서로의 말을 끊으며 논쟁을 하고 있었고, 손에서 손으로 관청에서 받은 듯한 낡은 서류를 주고받고 있었다.

또 한번은 반쯤 무너진 가게에서 아뉴타를 보았다. 거기서 그녀는 빵을 먹고 있었다. 커다란 흰 빵 반 개를…… 아무것도 없이 그저 이로 물어뜯으며 씹어 먹고 있었다. 추하게 빵을 씹으며 겨우겨우 삼키고 있었다…… 그러면서 봉지에 든 우유를 핥아 먹고 있었다…… 봉지가 터져 우유가 방울방울 흐르고 있었고, 여인은 그 맛있는 우유 줄기를 겨우겨우 입술로 받아 마시고 있었다.

4장

흐보리*가 다쳤다…… 루슬란이 전화로 흐보리가 병원에 입원했다는 최악의 소식을 전해주었을 때 나와 구사르체프는 그로즈니를 향해 달리고 있었다. 루슬란은 전화를 빨리 끊고 싶어 했다. 몹시 서두르고 있었다.

"지금 당장 구사르체프 소령에게 전화하려고요."

"여기 있어. 바로 옆에."

"아!"

나는 말했다.

"자네도 잠깐 오지…… 방금 순자를 지났어."

"네."

5분이 지나자 벌써 루슬란의 '지굴리'가 보였다. 그는 길가에 선 채 기다리고 있었다.

---

* 흐보로스티닌의 애칭.

비록 전체적인 윤곽일 뿐이었지만 루슬란은 어제 전투 상황을 비교적 상세하게 알고 있었다. 흐보로스티닌이 종대를 인솔했다…… 언제나 그랬듯이! 하지만 어쩌다 총알이 그에게 박혔다…… 스나이퍼가 있었는지도 모른다…… 흐보리는 탱크가 아니라 지프를 타고 있었다. 장갑수송차나 자기 탱크에 타고 있었다면 좋았으련만!…… 하지만 그럼에도 흐보리는 종대를 인솔해냈을 뿐 아니라 매복부대까지 격파했다. 계곡 왼편 전체를 벌집으로 만들어놓았다고 한다…… 어떻게 그 모든 걸 한꺼번에 해내곤 하는지!…… 그리고 지프 안에서 총에 맞은 것이 아니라고 한다! 탱크에서 지프로 옮겨 타는 바로 그 순간, 총에 맞았다고 한다. 그가 탱크에서 뛰어내렸을 때……

조준해서 쏜 것이라면 간단한 부상일 리가 없다.

이 소식은 마른하늘에 날벼락처럼 우리를 내리쳤다. 생각지도 못했던 일이다!…… 우리 세 사람은 입을 다물었다. 그리고 오랫동안 침묵하며 담배만 태웠다. 콜랴 말대로, '3인조'가 조용해졌다…… 물론 누구라도 다칠 수 있다. 전쟁이 아닌가! 하지만 흐보리가 입은 상처는 늘 심각하지 않았다. 적과 모의라도 한 사람처럼! 그는 샬리-베데노 방면으로 종대를 이끄는 주요 인솔자, 우리의 구원자, 어디를 가나 명성이 따르고, 간호사들의 사랑을 받는 만인의 연인이자 영웅, 그리고 조금은 우쭐대는 수다쟁이다!

이제 어떻게 할 것인가?…… 우리 세 사람은 이것이 앞으로 닥칠 크고 작은 손실의 전조가 아닐까 생각하고 있다…… 불행의 문이 열린 것이 아닐까!…… 일이 터지기 직전에 아내가 전화를 해서는 어제 교회에 가서 기도를 드렸다고 했다. 작은 도시에(큰 강가에 있는 그 도시 말이다) 작은 교회가 있더란다. 하지만 교회 안이 무척 추워서…… 아내는 꽁꽁 언 채 오랫동안 교회의 작은 의자에 앉아 있었다고 했다.

"자, 자, 이보게들!"

나는 두 사람과 나 자신, 그리고 길게 이어지는 침묵을 향해 큰 소리를 낸다.

"자, 자!"

침묵이 흐른다.

"다른 괜찮은 인솔자들도 있어. 계속 살아야지 어쩌겠어."

나는 이들에게 더 강하게, 더 사무적으로 말한다.

이들이 있는 자리에서 흐보리의 상황을 알아보러 병원으로 전화를 걸고 싶지는 않았다. 이중적인 감정이 나를 주저하게 만들었다. 무슨 이야기를 듣게 될지 알 수 없으니까!…… 더는 나쁜 소식을 듣고 싶지 않았다…… 게다가 내 손이 떨리고 있었다. 나는 손을 주머니 속에 넣었다…… 흐보리와 나의 우정은 그야말로 하늘이 주신 선물이었다. 거저 주어진 것이었다. 아무것도 한 것이 없는데 얻게 된…… 진짜 우정이었다! 우리는 그저 스쳐 지나며 잠시 만날 뿐이었다. 그리고 그렇게 만날 때면 겨우 대여섯 마디를 주고받곤 했다.

한번은 아주 작은 일로(디젤유와 관련된 일이었던 것으로 기억한다) 내가 흐보로스티닌 대위를 도운 일이 있었다. 별것 아닌 일이었다…… 하지만 그것으로 충분했다. 진짜 우정은 언제나 거저 온다. 그 후 각양각색이었던 그의 종대를 통해 나는 기백 번 나의 연료를 배송했다. 흐보리를 본 것도 보통 길 위에서였다…… 주로 길에서 보았다…… 먼지 날리는 더럽고 소란스러운 순간에. 그의 종대에 내 휘발유수송차, 내 트럭들의 자리를 잡아 밀어 넣을 때…… 멀리서 그를 보았다. 그는 지프에 타고 있거나…… 길가에 서서 장갑수송차들을 향해 고함을 치고 있었다…… 그 누구도 그 어떤 소리도 들을 수 없는데도. 자동차의 굉음. 고함…… 정말 아름다운 대화였다!…… 그저 서로에게 손을 흔들면, 그것이 우리 우정의 전부였다. 그것도 서로 멀리 떨어져 바라보면서……

초라하고! 바싹 마른! 대위 나부랭이!…… 아니다, 그는 이미 소령이다. 하지만 지독히도 오랫동안 그를 대위 자리에 붙잡아두었다. 질투했던 것이다…… 용맹하여 이름을 날리는 군인은 상부의 사랑을 받지 못하는 법이다. 그것이 전쟁의 논리다…… 차파예프*나 치칼로프**를 보면 알 수 있지 않은가? 차파예프나 치칼로프는 이미 명예를 얻었는데, 왜 그들에게 쓸데없이 별을 또 달아주겠는가!…… 항상 위장복을 입고, 좀 더 굵었으면 좋겠다 싶은 가는 목소리를 가진 그는…… 대부분의 사람들에게 여전히 흐보로스티닌 대위로 남아 있다. 체첸인들은 그를 그저 흐보리라 불렀다.

조준한 총알은 그를 피해 다니고, 포탄의 파편도 그를 비켜 날아갈 뿐이다! 본능적인 종대 인솔자!…… 지역 전문가!…… 체첸 협곡의 천재적인 주인 나리!…… 영웅적인 모든 것의 집적체!…… 군 신문에서 그에 관해 사용하지 않은 단어가 무엇이 있겠는가. 하지만 나에게 이런 것은 아무 의미가 없다. 그저 시끄러운 수다일 뿐이다…… 물론 우리 우정에 기분 좋은 풍미를 더하는 것은 사실이다. 나는 멀리서 시작된 이 우정을, 흔히 하는 말로, 큰 숟가락으로 즐기고 있었다.

흐보리는 **열번째 기름통,** 그러니까 나의 비즈니스에 관해서는 모르

---

* 바실리 이바노비치 차파예프Vasilii Ivanovich Chapaev(1887~1919)는 러시아혁명 직후 벌어진 내전에서 적군(赤軍) 사단장으로 활약하며 명성을 떨쳤다.

** 발레리 파블로비치 치칼로프Valerii Pavlovich Chkalov(1904~1938)는 소비에트의 저명한 비행사였다.

는 채로(어쩌면 모르는 척하며) 나를 도왔다. 정해진 종대를 인솔하며 종대와 함께 나의 트럭들도 호위했다. 그는 군대에 연료를 공급했다. 그것이 전부였다. 천재적인 인간이 구차하고 소소한 일들을 다 알 필요가 뭐 있겠는가…… 그럴 이유가 없다…… 저 높은 곳을 나는 독수리가 나뭇가지에 남이 싸놓은 똥(자기 똥도 아니지 않은가)까지 볼 필요가 있겠는가?…… 독수리는 정면을 응시한다. 산을 바라본다. 북캅카스의 저 높은 산봉우리들은 아름답다. 너무도! 그 아름다움은 마음을 사로잡는다…… 누구나 이생에서 독수리로 살기를 원한다. 나도 그렇다. 하지만 먼저 질린 소령으로서의 내 삶을 끝까지 살아내야 한다.

"알렉산드르 세르게이치, 전화하세요…… 전화해보세요……"

루슬란이 작은 소리로 말한다.

구사르체프도 한숨을 내쉬며 말한다.

"전화해, 사샤."

하지만 나는 여전히 머뭇거리고 있다. 모순이다. 한편으로는 내가 고통스럽다는 사실이 기분 좋다. 흐보로스티닌이 부상을 당하니 정말로 가슴이 아프다. 저기 저 병원에 진짜 친구가 누워 있을 때에만 느낄 수 있는 그런 고통이다. 그 고통이 내게 마법을 건다. 그 고통은 아프면서도 달콤하다.

아하! 보아하니 루슬란도 상처 입은 흐보리 때문에 마음을 졸이고 있다(이것은 이미 자명한 것이 된 우리의 금전적 손실 때문만은 아니다). 루슬란은 적 때문에, 너무도 승승장구하는 적의 전사, 연방군을 위해 마음을 졸이고 있는 것이다!

휴대폰을 꺼낼 때 콜랴 구사르체프가 놀라 소리친다.

"사샤, 자네 손이 떨리고 있어."

루슬란이 감동하여 고백한다.

"콜랴, 나라도 손이 떨렸을 겁니다."

이 고통스러운 질문을 먼저 사령부 군인들에게 던져야 할지, 의사에게 던져야 할지 잠시 고민해본다. 그러다 갑자기 직접 흐보로스티닌에게 전화를 건다. 기적이다! 그의 목소리가 들린다. 갈라지지 않은 소리다…… 훨씬 마음이 놓인다.

그에게 묻는다.

"자네도 다칠 때가 있어?"

"사샤!…… 나도 놀라는 중이야."

"자네는 어디서든 살아나는 사람이잖아…… 총알이 비켜 가는 사람이잖아."

"그러게!"

"파편에 맞은 건가?"

그렇다!…… 뭔가 자연의 섭리에 오류가 생긴 거다. 문제가 생긴 거다.

우리는 가볍게 웃는다. 우리는 이름이 같다. 그에게는 알렉산드르라는 이름이 특별히 잘 어울린다.

"사샤, 자네는 어때?…… 자네 창고랑 귀중한 연료통들은?"

나는 어떤 상처를 입었는지, 앞으로 그가 어떻게 되는 건지 감히 묻지 못한다.

그런데 흐보리는 연료통 이야기를 한다……

"연료통이 무슨 상관이야!"

내가 성이 나서 답한다.

"사람이 중요하지!…… 꼭 나아야 하네…… 사람이 귀하지 않은 시대야!"

나는 짧게 체첸인들이 술 취한 신출내기 병사들을 길에 붙잡아두었던 이야기를 들려준다. 벌거벗은 병사들의 궁둥짝에 대해서…… 모두가 보도록 트럭 짐칸에 전시되었던 그 궁둥짝들에 관해서도!…… 코미디지. 그리고 그 값싼 코미디 중에 어떻게 겨우겨우 총격을 피했는지, 나와 루슬란도 어떻게 겨우겨우 총알을 피했는지에 관해서도.

"대단한데!"

흐보리는 큰 소리로 웃는다.

"간신히 피한 거지, 사샤. 그래, 그런 건 셈에 안 넣는 거야!"

그가 웃을 수도 있다!…… 모든 게 그렇게 나쁘지는 않을 수도 있다…… 하지만 내가 겨우 진지한 질문을 할 마음을 먹었을 때 흐보리의 목소리가 잦아든다…… 약해진다. 처음에는 전화기 문제라고까지 생각했다. 통화 대역 안에 헬리콥터가 들어왔나…… 아니면 다른 기술적인 문제가 생겼나.

아무 소리도 없다가 갑자기 낯선 목소리가 들려온다.

"질린 소령?…… 환자는 오래 통화할 수 없어요. 부상자는 더더욱 그렇고요…… 의사예요. 나중에 전화드리겠습니다."

우리의 우정에 관해서는 모두가 알았다. 의사들도. 나는 내 특별한 창고 때문에 유명했고, 흐보리는 그를 둘러싼 시끌벅적하고 요란한 명성 때문에 잘 알려져 있었다…… 그렇게 친구가 될 수도 있는 것이다. 동등하게…… 그는 여러 차례 나를 구해주었다. 그러면 나는? 나는 아무것도 한 것이 없다. 나는 그에게 아무것도 아니다. 진짜 우정이다!

의사는 2분 후에 내게 전화를 걸어 아주 짧게 말했다. 부상을 입은 흐보로스티닌의 수술 날짜가 바로 오늘로 잡혔습니다. 어떤 수술인가요?…… 좀 지켜봅시다…… 몇 건의 수술을 한꺼번에 해야 할 수도 있습니다.

이것이 우리 대화의 전부였다.

의사는 고압적인 태도를 보였다. 이해해야 한다…… 그는 바쁘다…… 그는 반대하기에도 지쳤고, 질문을 퍼부어대는 사람들에게도 지쳤을 것이다.

구사르체프는 루슬란을 찌르고, 루슬란은 나를 찌른다. 상처는? 총알은?

"심각한 겁니까?"

그 짧은 와중에 물었다.

"정말 좋지 않은 상황입니다."

의사는 아주 조용한 목소리로 답했다.

휴대폰을 들고 환자에게서 좀 떨어진 곳으로 옮겨 간 것 같다. 창문 쪽으로 갔을지도 모르겠다…… 우리의 기운찬 영웅에게서 좀 떨어진 곳으로. 그는 내일이나 모레 수술대에 누운 채 메스 아래에서 자기의 모든 공과를 잊게 될 것이다. 살아남기만 할 수 있다면.

좀 떨어진 곳인데도 연료통들이 천둥 같은 굉음을 내며 부딪치는 소리가 들려왔다. 얼마나 듣기 싫은, 감옥 같은 소리인가! 2번 간이창고에서 나는 소리다. 리프트가 고장 났나?

"고장 났습니다…… 점심때까지 고치려고요."

크라마렌코가 익숙하다는 듯 말한다.

그러고는 다음과 같이 제안한다.

"소령님, 짐 부리는 데 박이라도 투입하는 게 어떨까요?"

한국인 박은 우리 창고의 서기이다.

"박은 병아리야."

"그러니까 연필을 들고 짐 부리는 데에 앉아 있기라도 하라는 거죠."

나는 동의하지 않았다. 그냥 서류 앞에 앉아 있게 둬. 이제 곧 감사 기간이다…… 조용한 박은 우리에게 들이닥치는 그 어떤 감사원이라도 기대 이상으로 만족시킨다! 그가 작성한 서류와 종잇조각에는 특별한 아름다움이 깃들어 있다. 감사원들은 그의 서류를 보면 살짝 흥분을 느끼기까지 한다. 박을 먹어치우고 싶어지는 것이다. 나는 그들의 눈을 보고 그것을 알았다…… 흠 없이 깨끗하고 확신에 찬 한국인의 글씨. 숫자와 숫자가 전자(篆字)처럼 연결된다.

박이 처음 나와 크라마렌코 앞에 간이창고 비품 목록…… 창고 보관물 목록…… 수입과 지출표…… 등등을 내놓았을 때 크라마렌코는 입을 벌리고 서서 그 광경을 지켜보았다. 어쩌면 나도 그랬을지 모른다…… 맙소사!…… 이 한국인의 손이 그려낸 우리의 세상은 너무도 이상적으로 구성되어 있었다. 종이 위의 세상 말이다. 그러니까 우리 세상의 반영인 그 세상 말이다. 질서의 제국…… 경이롭다!…… 그가 쓴 비품 목록을 보고 있자니 언젠가 시장에서 보았던 오래된 레이스가 떠올랐다. 사람들은 어쩌다 시장에까지 팔려 나온, 노랗게 변색된 레이스를 쳐다보고 있었다. 세공품…… 그것은 이미 우리 시대의 것이 아니었다. 결국 사람들은 그 레이스를 사지 않았다.

그래, 하던 일이나 열심히 하게 두자. 꼼짝 않고 한자리에 앉아 있기를 좋아하는 그가 계속 앉아 있게 두자. 자기의 8번 간이창고에서…… 늘 그렇듯 그곳에 박과 군인용 콤포트* 한 잔이 놓여 있게 하자…… 박

---

* 콤포트compote는 17세기 프랑스에서 유래한 후식의 일종으로 과일과 시럽으로 만든 음료이다. 러시아에서는 가장 대중적인 음료의 하나다.

은 점심으로 나온 자기 콤포트를 간이창고로 가져간다. 그러고는 오래오래 아껴가며 마신다. 아주 드물게, 한 모금씩…… 잠시 종이에서 눈을 떼는 순간에. 괜히 짐 부리는 군인 중에서 그를 빼내 와 깨끗한 일을 시키는 것이 아니다. 그러니 계속 쓰라고, 한국인!

두번째 창고 뒤쪽으로 향했다.

그곳에서는 천둥 같은 연료통 소리가 들리지 않는다. 그곳에는 나의 '달빛' 숲이 있다. 외진 곳이다…… 기울고 갈라진 관목들 한가운데 탁자를 말 그대로 박아두었다…… 엉덩이와 지친 다리를 쉬게 할 작은 벤치 하나도 그곳에 놓여 있다. 이 작은 숲 거의 전체가 가시 돋친 산사나무로 둘러싸여 있다. 산사나무도 그 자체로 세공품이다. 자연의 세공품. 아주 오래된, 그리고 돈으로 사고팔 수 없는 세공품(너무도 촘촘하여 그 사이를 빠져나갈 수 없게 되어 있다).

방해물도, 사람들도 없다…… 이 역시 한 뼘의 땅이다. 여기서 늦은 저녁(또는 밤에) 나는 아내에게 전화를 건다. 이곳이 좋다…… 우리의 다정하고 비밀스러운 대화. 가끔은 긴 대화가 이어진다.

하지만 그때는 낮이었다.

전화를 걸어 당분간 간이창고를 위한 건축자재를 사지 말라고 짧게 일렀다. 기다려야 한다고…… (나는 그녀가 이해할 수 있도록 말했다.) 당분간 돈이 들어오기까지 시간이 걸릴 테니까.

"사샤…… 오랫동안 그럴까요?"

"아니, 잠시 그럴 거야."

아내는 왜 그런지를 물었고, 나는 갑작스럽고 예측하기 힘든 상황이 벌어질 때 종종 그렇게 하듯 한마디로 답했다. 비즈니스야!……

토요일에 있었던 체첸인들의 공격을 필두로 우리가 입은 손실 목록이다.

○○**부대로 가는 길.** 주입구까지 그득 채운 휘발유수송차…… 그리고 디젤유통들이 들어 있는 나의 새 트럭. 지빈 대위가 흐보리의 자리를 대신했다. 괜찮은 전사다. 제대로 종대를 인솔했다. 협곡에 들어간 방법도 옳았다. 모든 것을 제대로 했지만…… 겨우 살아 나왔다.

휘발유수송차 두 대가 전소했다…… 트럭에 실은 디젤유도 반은 도둑맞았다. 놈들은 조금의 머뭇거림도 없이…… 연료통들을 바로 골짜기 쪽으로 던져버렸다. 그래, 굴러가라…… 그래 봐야 1,500달러어치밖에 안 되니까.

원래 받아야 했던 9천에서 만 달러 대신 우리는 말도 안 되는 액수의 돈을 받았다.

○○**부대로 가는 도중에 일어난 도난.** 중유통을 실은 대형 트럭 '우랄'. 공격…… 루슬란이 우리 연료통을 호송했다. 그나마 그 덕에 완전히 다 털리지는 않았다. 우리는 각각 받기로 한 4천 달러 대신 겨우 반을 긁어모았다. 2천 달러.

오랫동안 내 위장복 왼쪽 주머니가 심하게 늘어져 있었다. 여러 가지 무게 때문에…… 그런데 지금은 아무것도 없다. 텅 비었다. 그리하여 내 주머니는 배가 고파 먹을 것을 원하는 짐승의 아가리처럼 보인다. 루슬란이 그 아가리 속으로 돈다발을 던져 넣었다. 가벼운 손목 스냅으로…… 비밀은 없다. 그저 배당받은 몫일 뿐이다. 배달한 중유에 대한 수입…… 그나마 ○○부대에 무엇이라도 배송했기 때문에 받는 것이다…… 원래는 내 주머니 아가리로 더 많은 돈다발이 들어와야 했다. 훨씬 더 큰 돈다발이…… 그러면 주머니는 사레도 들리지 않고 꿀꺽 삼켰을 것이다.

하지만 요즘은 아니다.

체첸놈들은 당연히 흐보리에 대해서도, 우리의 불운에 대해서도 알고 있다. 그리하여 이제는 사실상 모든 협곡에서 우리를 공격한다. 길을 나섰을 때 눈앞에 관목 다섯 그루가 보이면 그 아래 체첸놈 다섯이 숨어 있다.

○○부대로 가는 길. 낮에 일어난 일이다!…… 벌건 대낮에!…… '카마스'*에는 주문받은 연방군 휘발유, 그러니까 상품발송명령서에 기록된 휘발유 외에도 우리 연료통이 실려 있었다. 모두 불태워버렸다. 아주 깨끗하게. 다행히 '호출받고 출동하는' 헬리콥터가 재빨리 날아와 병사들을 구했다. 위에서는 아주 잘 보이니까. 그나마 해가 우리를 도왔다. 그날은 해가 정말 밝았다. 0달러.

○○부대로 가는 길. 스타리예 아타기를 막 지났을 때 교과서적이라 할 만한 공격을 당했다. 종대가 골짜기로 들어서자마자 지뢰가 작동했다. 먼저 선두 차량을 폭파했다. 골짜기의 가장 좁은 곳에서…… 종대는 되돌아갈 수도 더 나아갈 수도 없게 되었다. 돌아 나갈 퇴로도 없다…… 이어 종대의 맨 끝에 위치한 탱크를 폭파했다. 소규모 종대는 그 즉시 마비되었다…… 그러자 체첸놈들은 군용차를 하나씩 하나씩 파괴했다…… 오른쪽 산마루에서부터. 또 왼쪽 산마루에서도…… 0달러.

---

* 러시아의 화물차 제조사인 카마 자동차공장Kamskii Avtomobil'nyi Zavod의 준말.

소음으로 귀가 찢어질 듯 아팠기 때문에 병사들은 탱크에서 뛰쳐나왔다. 빗발치며 쏟아지는 총알 속으로…… 그들은 비틀거리며 도망쳤다. 두 손으로 귀를 막은 채. 그들의 귀에서 가는 핏줄기가 흘러내렸다…… 장갑수송차 상판부에 있던 용감한 친구들이 먼저 뛰어내렸다…… 그들은 어찌어찌 방어 사격이라도 해볼 수 있었다…… 그리고 죽어갔다…… 모든 것이 다 타버렸다. 그런데 그 끔찍한 불바다 한가운데에서도 디젤 연료가 든 연료수송차는 전혀 해를 입지 않았다. 디젤유통을 실은 트럭도 아무 문제가 없었다…… 단 한 발의 총알도 맞지 않았다. 총알이 스쳐 가지도 않았다.

이 매복전을 지휘한 영리한 야전사령관 아부살림 아그다예프가 전투 상황을 주의 깊게 살피며 관장했기 때문이다. 아주 주의 깊게.

루슬란은(그는 자기가 호위하는 종대와 함께 있었다) 저녁이 되어서야 이 참패 소식을 들었다. 그리고 수소문 끝에 휘발유수송차와 도난당한 연료를 챙겨 간 것이 아부살림이라는 사실을 알게 되었다. 사건을 해결하기 위해 루슬란은 그 즉시 '지굴리'에 올라타 아부살림을 만나러 갔지만, 아무런 소득이 없었다. 아부살림 아그다예프는 미소를 지으며…… 푼돈을 제안했다.

그러자 루슬란은 저간의 상황을 명확히 밝혔다. 연료의 일부와 디젤유의 반은 질린 소령의 것으로 체첸인들과 야전사령관 가카예프 시니어를 위한 것이었다고. 다시 말해 구매자가 정해진 상품이었고, 가카예프도 이미 그렇게 알고 치를 돈까지 준비해두었다고.

아부살림은 그저 웃을 뿐이었다.

이 아부살림은 예전에 포로로 붙잡혔었다. 하지만 연방군은 포로를 싣고 이륙한 후에야 헬리콥터에 지나치게 많은 포로를 실었다는 사실을 알게 되었다. 그리하여 아부살림을 상공에서 작은 언덕으로 내던져버렸다. 높은 곳에서 바라본 언덕은 아주 아름다웠다…… 그렇게 그들은 내던져졌다. 헬리콥터에 사람이 너무 많았으니까.

헬리콥터에서 떨어지며 아부살림은 다리가 부러졌다. 그는 기었다. 끔찍한 고통을 견디면서. 그렇게 기어서 집까지 돌아왔고…… 결국은 일어서게 되었다. 반년이 흐른 후에. 비록 다리를 절게 되었지만…… 당시 아부살림이 거둔 가장 중요한 승리이자 수확은 신앙이었다. 그는 다시 알라를 믿게 되었고, 1년 내내 열정적으로 광적인 기도에 정진하여 친족들을 놀라게 했다!…… 그러고는 속세로 돌아왔다. 때로 가까운 이들에게 자신은 천국에 갈 준비를 하고 있다고 말하곤 했다.

진짜 전사들과 가슴 큰 미녀들이 살고 있는 천국에 가겠다는 열망과 견줄 만한 그의 유일한 열망은 러시아 포로들을 끌어모으는 것이었다. 부상을 입거나 배고픔으로 겨우겨우 서 있을 수 있는 러시아 포로들을 곳곳에서 그에게로 데리고 왔다…… 하지만 이 열망도 그리 오래가지 않았다. 포로들을 데리고 즐길 만큼 즐기고 나니 이 땅에서의 목표가 사라졌다. 아부살림은 목표 없이 이 땅에서 어떻게 살아야 할지를 몰랐다. 천국에 가려면 아직 시간이 많이 남아 있고…… 죽은 러시아인들은 그에게 마치 체와도 같았다. 그 체의 구멍 사이로 땅이 보였다. 관목 숲도 보였다…… 하지만 그 너머에는 무엇이 있는 것일까?

권태가 그를 사로잡았다. 갑자기 돈, 돈 만들기, 더 구체적으로 말하면 휘발유 되팔기가 그의 삶에 새로운 활력을 불어넣어주기 전까지. 탐욕스러워진 것은 아니었지만 돈은 그를 평안하게 만들었다. 그는 반군 지대(支隊)들을 자극해 할 수만 있다면 어디서나 연료를 갈취했다……

루슬란이 자초지종을 들으러 왔을 때도 그렇게 답했다…… 아부살림은 러시아인들과 싸우는 것이 아니라고. 러시아인들과의 셈은 이미 끝났다고. 지금 아부살림은 누가 어디서 누구와 무엇을 하든 아무 상관이 없다고…… 그는 휘발유를 얻으려 싸운다고. 그래서 반 통도 돌려주지 않을 거라고.

그리고 루슬란이 그의 경쟁자가 된다면, 손해를 보게 되는 것은 루슬란일 거라고.

가카예프 시니어는 자기 몫의 연료를 기다렸다. 내가 보낸 연료를…… 하지만 연료는 끝내 오지 않았다. 루슬란은 그에게 아부살림에 대한 이야기를 전했다. 존경을 표하기 위해 전화만 걸지 않고 직접 그를 찾아갔다. 모든 것을 점잖게 처리했다!…… 그들은 차를 마셨다. 그리고 루슬란은 아부살림을 처치하는 일을 도울 준비가 되어 있다고 말했다.

하지만 야전사령관 가카예프는 자기가 직접 처리하겠노라고 답했다…… 자기가 직접 하고 싶다고. 맹수가 새 버릇을 익히면 어떻게 다루어야 하는지 알고 있다고. 아부살림과의 셈은 그가 끝내겠다고. 마침 그는 우연히 절름발이 아부살림 아그다예프의 고향 마을을 알고 있었다. 아부살림이 부자가 되었고, 마을 중앙에 녹색 깃발이 지붕에서 나부끼는 멋진 석조건물을 소유하고 있다는 사실도.

아침부터 기도를 한 후, 꿇고 있던 무릎에서 느껴지는 기분 좋은 피로감을 즐기며 아부살림은 자기의 으리으리한 집에서 차를 몰고 나왔다…… 대문이 부드럽게 열렸다. 열리는 문의 움직임에서도 고상함이 느껴졌다. 아부살림은 기도를 완전히 끝내지는 않은 상태였다…… 아부살림의 BMW가 역시 고상하고 부드럽게 고향 마을의 중심가를 지나고 있었다.

방탄유리를 설치하고 사방에 코너반사경까지 달아둔 아부살림의 BMW는 그 위용을 자랑했다. 더욱이 차의 측면 몇 군데에는 유리 대신 공장에서 생산한 질 좋은 방탄 철갑을 덮었다. 그러나 차가 마을을 벗어나자마자 왼편 가장 가까운 곳에 있던 관목에서 번개가 차를 내리쳤다…… 로켓추진유탄인 '무하'*였을 수도 있지만, 그보다는 RPG-26이었을 것이다. 이 유탄(榴彈)이 매우 정확하게 차 앞유리를 강타했다…… RPG-26은 탱크도 부술 수 있는 폭탄이다…… 불덩이가 자동차 내부로 뚫고 들어가 순식간에 아부살림과 경호원, 그리고 아부살림의 아들까지 불태워버렸다. 아부살림은 아들을 학교에 입학시키러 가던 중이었다(이상하게도 그는 아들을 그로즈니에 있는 러시아 학교에 입학시키고자 했다).

자동차의 잔해가 탄내를 풍기며 날아올랐다가 길가로 떨어졌다. 연기가 낮게 피어올랐다. 그 외에는 아무것도 없었다. 아무것도 없이 불꽃만 일었다…… 사고 당시 떨어져 나간 BMW의 뒤창문만이 길 위에서 나뒹굴며 사건이 벌어진 장소를 명확하게 지시해주고 있었다.

시급하게 필요한 휘발유는 화물용 헬리콥터로 운송했다!…… 귀를 가득 채운 소음, 무언가 쪼개지는 소리. 군용 'Mi-8'기 두 대가 우리를 호위했다…… 우리는 서둘렀다.

한번은 헬리콥터가 체첸 마을의 상공을 낮게 날고 있을 때 중위가 헬리콥터 창을 통해 아래로 펼쳐지는 길을 보여주었다. 거기서 나는 열 명가량의 어린 장애아를 보았다…… 아이들이었다…… 그들은 길을 따

* 소련에서 개발한 대전차로켓발사기 RPG-18의 별명. '무하'는 파리라는 뜻이다.

라 기어가고 있었다. 바로 우리 아래로…… 누구는 팔이 없었고, 누구는 다리가 없었다…… 중위 자신도 그 광경을 보며 무섭고 끔찍한 장애인들의 포복 행렬이라고 말했다. 청하지도 않았는데 그 장면을 보여주었다. 토할 것 같은 기분이 들었지만 눈을 뗄 수가 없었다.

얼마 전 있었던 폭격으로 장애를 입은 아이들이 스스로 꾀를 낸 것이다. 헬리콥터 소리가 들리면 건강한 아이들은 굉음과 소음을 피해 서둘러 도망친다. 그들은 가장 가까운 숲속에 숨는다. 그럼 장애아들은? 장애아들은 집에서 나와 길로 나선다! 더 나은 방법은 없다. 그들은 이미 깨달았다. 자기들에게는 공개된 장소가 오히려 안전하다는 사실을. 집은 그들을 구원하지 못한다. 집은 폭격으로 불탈 수 있다. 숲도 불타오를 수 있다. 숲이 얼마나 무섭게 타오를 수 있는지 그들은 잘 알고 있다! 하지만 길은 안전하다. 길은 불타지 않는다.

나는 다리가 없는 한 어린 소년에게서 눈을 떼지 못했다. 그는 이제 막 현관에서 길로 나섰다…… 텅 빈 바지 자락을 끌며 기어서. 곧장 내 아래로 기어왔다.

"그래서……"

내가 물었다.

"마을은 폭격하지 않습니까?"

중위는 짧게 답했다.

"불쌍하니까요."

연민이 약한 감정이라는 것은 모두가 알고 있다. 연민은 하찮은 감정이다. 그런데도 그놈은 갑자기 튀어나온다…… 여기서도, 저기서도…… 어쩌겠는가! 중위가 말한다. 저는요, 이런 아무것도 아닌 하찮은 연민이 이 전쟁에서 남은 유일하게 위대한 것이라는 생각이 듭니다……

나와 루슬란이 이제 막 이곳으로 온 술 취한 군인들을 칼로 베어 죽이도록 내버려두지 않고 간신히 구해냈을 때(물론 우리는 그들과 함께 우리 휘발유도 구했다) 나는 루슬란에게 고맙다고 말했다. 그러려고 한 것은 아니었는데 그냥 그 말이 튀어나왔다. 우리가 창고로 돌아온 후의 일이었다…… 차를 마시면서.

어찌 되었든 그 끔찍한 싸움의 한가운데서 체첸인인 그가 체첸인들을 대적해서 버틴 것이다…… 총에 맞을 수도 있었다. 그 팽팽하게 긴장된 힘겨운 순간에 버티고 서서 같은 신앙을 가진 사람들의 비난을 들었다.

"힘들었을 텐데…… 고맙네."

나는 거의 기계적으로 그렇게 말했다.

"'고맙네'는 필요 없습니다. 그 '고맙네' 때문에 토하고 싶어져요."

루슬란이 답했다.

그 '고맙네' 때문에 토할 것 같다는 것은 '당신네 러시아놈들 때문에' 토할 것 같다는 뜻이다. 루슬란은 그런 사람이다. 겉으로 보기에 그는 폐쇄적인 인간이다. 고통스러운 주제에 관해서는 입을 다무는 형의 인간이다. 주위에 낯선 사람들이 있을 때는 러시아와 관련된 이야기에 그를 끌어들일 수 없다. 모욕을 해도, 시비를 걸어도 소용없다…… 그는 입을 다문다…… 하지만 가까운 사람들에게는 자기의 반러 감정을 숨기지 않는다. 가까운 사람들이 그의 말을 듣고 알 수 있게 한다. 질린 소령은 가까운 사람이고 내 사람이니, 소령도 듣고 알아야 한다.

내가 말했다.

"알았네, 알았어! 넘어가자고."

그는 '고맙네'를 원하지 않았다.

그가 연방군의 패배를 원했을까?…… 당연하다!…… 너무도 명백하게 그렇다. 하지만 러시아인을 증오하면서도 그들의 존경을 얻고 싶어 했고, 또 존경받고자 노력했다. 저자는 정직한 사람이야, 괜찮은 사람이야…… 그는 러시아인들이 자기를 존경하기를 바랐다. 저자는 진짜 체첸인이야.

술 취한 중대가 피랍되었던 그곳에서는 언제든 총격전이 벌어질 수 있었다! 그랬다면 나와 루슬란이 첫번째 총알받이가 되었을 것이다…… 체첸의 길 위에서는 그런 식의 대치가 가장 결과를 예측하기 힘들고 위험한 일이다. 부풀어 오른 종기와도 같은 긴장. 게다가 야전사령관 마우르베크도 결코 쉬운 상대는 아니었다! 우리는 벼랑 끝에 서 있었다…… 맑디맑은 날이었다…… 나는 작은 소리로 휘파람을 불었다. 아직도 그 멜로디를 기억한다…… 그 순간에 나와 루슬란은 하늘과 나란히 있었다. 아주 가까이에.

나는 우리 영혼이 하늘로 올라가는 모습을 상상해보았다…… 서로 다른 신을 믿는 영혼들! 전사의 영혼들!…… 그래 봤자 본질적으로는 알록달록한 아이들의 풍선과 같을 것이다. 내 영혼…… 루슬란의 영혼…… 그리고 우리 운전사의 영혼까지 두서너 영혼이 더 있겠지…… 그리고 우리와 함께 각양각색인 체첸인의 영혼들도 다정하게 날아올라 서둘러 하늘로 향하겠지…… 서로를 향해 재빠르게 총질을 한 후에. 제군들, 더 사이좋게 가야지. 모두 함께!

먼지가 풀풀 날리는 시골의 샛길에서 곧바로 하늘로. 하지만 푸른 대기를 들이마시고 날아오르면서도 우리의 영혼은 서로 쏘아붙이며 트집을 잡을 것이다…… 소리칠 것이다…… 디젤유에 관하여. 휘발유통에 관하여. 누가 먼저 총질을 시작했는지에 관하여…… 하늘에서도 여전히 땅의 것에 관한 조사를 벌일 것이다.

아내에게 전화를 건다…… 깨우고 싶지는 않지만 한밤중에 전화를 걸어 그녀를 깨울 때 내 전화가 더 부드럽다는 것을 우리 둘 다 알고 있다. 아내는 익숙해졌다. 여자는 밤의 부드러움에 익숙해진다(밤의 부드러움이 꼭 필요하다). 내 목소리 때문에 잠에서 깨고 나면 그 후에 더 달게, 더 오래 잔다고 우긴다. 다행이다!

내 주위에는 달빛을 받은 작은 들판이 펼쳐져 있다…… 밤이고…… 나는 혼자다. 땅에 박아둔 탁자 앞에 앉아 있다. 산사나무만이 나를 지켜준다…… 아, 달도 함께.

"사샤?"

"나야."

그녀가 미소 짓는 것을 느낀다. 그녀의 졸린 입술…… 그녀의 미소.

또 달이 떴어요?

응.

눈으로는 밤을, 그리고 레이스처럼 촘촘한 산사나무 벽을 응시하며 그녀에게 시시한 이야기를 늘어놓는다…… 하지만 내 눈으로는 그곳에 있는 모든 것을 보고 있다. 왜 볼 수 없겠는가!…… 저기 저 먼 곳 어딘가에 있는 큰(그러나 이름을 얻지 못한) 강 기슭에, 지리학적으로 보자면 점 하나에 불과한 땅이 있다. 한 뼘의 땅. 그리고 집……

벌써 낮에 아내에게 살짝(급격하게가 아니라 살짝) 집 짓는 속도를 늦추라고 말해두었다. 이제 우리에게(그녀에게) 돈이 적게 들어올 테니까. 큰 문제는 아니다. 요즘 많은 이가 강가에다 바로 그렇게(천천히) 집을 짓는다. 게다가 우리가 선택한 도시 자체가 매우 평화로운 지역이다.

그러니 보디가드를 동원하지 않아도(다시 말해 깡패들을 동원하지 않아도) 집을 지을 수 있다…… 좋은 곳이다.

달이 떴다…… 아내는 조용하다. 그녀는 듣고 있다. 더 듣고 싶은 것이다.

멀리서 짓고 있는 집의 건축 속도와 보조를 맞추듯 이곳 외부창고의 건설 작업도 계속 늦어지고 있다. 초라하고 별것 아닌 창고이다. 한칼라에 있지만 좀 외진 곳에 자리하고 있다. 보초도 거의 세워두지 않는다. 그야말로 외부창고다…… 거기서는 체첸인들이 일한다. 때로는 세 명. 때로는 단 두 명이…… 실제 나이는 마흔 살 정도지만 이미 노인처럼 보이는 인부들이 시간이 멈춘 듯한 공사장을 기어 다니듯 움직인다. 그들은 올리다 만 벽들 사이를 조용조용 움직여 다니거나 (바로 그 자리에서) 조용조용 잠을 잔다.

공사장은 멀지 않다. 내 창고를 나서기만 하면 된다…… 정문 너머로…… 백 미터 정도만 걸어가면 된다. 때로 지프를 타고 가기도 한다…… 아직 기초공사만 되어 있고, 부분 부분 1.5미터 정도 높이까지 벽을 올린 곳도 있다. 올리다 만 벽들 사이로 깨끗한 하늘이 보인다. 대신 완성되지 못한 이 벽들 안에서는 이야기를 나누기가 좋다…… 소음도 줄여주고, 엿들을 수 없게 보호해주기도 한다. 때로는 바람도 막아준다. 비를 막아주지는 못하지만.

돈은 감독관들인 루슬란과 루슬란-로슬리크에게만 지급한다. 왜, 어떤 방법으로 여기에 먼지를 잔뜩 뒤집어쓰고 까맣게 탄 인부들이 두세 명이라도 나타나는지 나는 모른다. 두 명의 루슬란도 모른다. 이것이 우리의 공사장인데도.

나와 루슬란-로슬리크는 이날 동시에 현장에 왔다.

"안녕하신가!"

"안녕하신가!"

우리는 난간도 없이 임시로 만들어놓은 계단을 따라 공사장으로 올라간다.

"거기, 더 조심하라고!"

로슬리크가 인부들에게 고함을 친다. 그는 매번 큰 소리를 낸다. 우리가 간다는 것을 미리 알려주는 것이다.

계단을 따라 위로 올라가는 동안 그는 무시하는 듯한 태도로 해명을 한다. 촌놈들이야!…… 전부 다 촌것들이야!…… 양이나 치다가 이제 막 일을 시작한 놈들이라 도대체 아는 게 없어. 필요하면 벽돌을 집어 들고, 필요 없으면 그냥 아래로 던져…… 밑에 누구 대갈빡이 있든 아무 상관 없어!

어찌 되었든 이 촌사람들은 우리를 보자 서두르기 시작한다. 이들은 단박에 알아볼 수 있다. 그들의 손은 벽돌을 낯설어한다. 옹이가 박힌 손…… 진짜 농부들이다. 진짜 **베고 파고**만 해온 사람들이다. 이들의 영원한 레퍼토리는 돈이 없다는 것이다…… 돈이 필요해요…… 딸한테 줘야 해요…… 딸들이 시집을 가야 해요…… 어쩔 수 없는 필요 때문에 시골을 떠난 이들은 흐리멍덩한 눈으로 공사장을 보고 도시 사람들을 바라본다…… 그런 눈으로 모두를 바라본다…… 누가 내 편인지 남의 편인지 구분하지도 못한 채로. 그들에게는 이 루슬란이나 저 루슬란이나 다 낯설다. 나도 낯설다…… 그들에게 우리는 그저 배부른 외계인일 뿐이다.

하지만 그들 안에 증오심은 단 1그램도 없다. 이들은 진짜 체첸인이다. 그들이 여기 있다. 울퉁불퉁한 손을 가진 사람들…… 추위에 눈 속에서 일하며 손가락 마디마다 관절염에 걸린 추레한 노동자들…… 그들은 나를 두려워하고, 로슬리크를 두려워한다…… 정말 드물게 그들의 눈 속에 미소가 비친다. 곁을 지나며 가까운 곳에 있는 인부 한 사람의 어깨를 툭 친다. "잘 지내시나, 친구!" 그러면 그가 미소를 짓는다. 하지만 미소를 지으면서도 나를 지나, 로슬리크를 지나…… 저 멀리 어딘가를 바라본다…… 시집 못 간 딸들이 있는 곳, 배가 고파 매매 울어대는 양들이 있는 그 먼 곳을 바라본다.

(축 처진 이들의 노동을 독려하기 위해) 주변을 돌며 발을 좀 굴러준 뒤 나와 로슬리크는 이야기를 나누러 인부들에게서 좀 떨어진 곳으로 간다. 공사장은 미로와도 같다. 주변에는 반쯤 올린 벽이 있고…… 머리 위에는 하늘이 펼쳐진다…… 사실 나와 루슬란-로슬리크가 딱히 해야 할 이야기가 있는 것은 아니다. 그래서 우리는 전쟁에 관해 이야기를 나눈다. 여기서는 누구나 그렇게 한다. 달리 할 이야기가 있겠는가?

비밀스러운 루슬란과 달리 감독관 루슬란-로슬리크는 속이 환히 들여다보이는 친구다. 특히 그의 반러 감정은 다 보이고 다 들린다. 그는 러시아인들에 대한 미움을 끝없이 과시한다. 그런 사람이다!…… 하지만 나는 그를 믿지 않는다. 그의 적개심은 그저 말이고 수다일 뿐이다. 스스로 흡족해하는 가벼운 수다! 그에게 로슬리크란 이름을 붙인 것은 러시아인들이다. 그렇게 정다운 이름을 지어주었다.

그의 가족 중에는 죽은 사람이 하나도 없다. 폭격이나 소탕 작전 때 죽은 친척도 전혀 없다. 아주 드문 경우다. 운이 좋은 친구다! 젊은 루슬란-로슬리크는 일이 맥없이 진전되고 있던 공사판에 악의와 증오로 가득 찬 활화산처럼 등장했었다. 오자마자 사람들의 눈에 띄도록 칼을 차고 다녔다. 미소를 지을지, 칼을 들고 덤벼들지 전혀 파악이 안 되는 인물이었다. 나도 그를 단번에 이해하지는 못했다. 어리석었으니까! 2주 정도, 분명 그보다 더 짧지 않은 시간 동안 나는 그에 맞서기 위해 권총집을 연 채로 총을 차고 다녔다.

하지만 시간이 흐르며 그의 혈기는 수그러들었다…… 심지어 로슬리크는 나를 존경하기 시작했다. 나를 따라 하기 시작했고…… 내 영향력 아래로 들어왔다. 흔한 일이 아니다. 덕분에 그가 무슨 일을 저지르지 않을까 염려할 필요가 없어졌다. 그는 나처럼 미소를 지었고, 내 방식대로 사람을 놀렸다. 나처럼 담배를 피웠고, 내가 한 말들을 고대로 따라 했다…… 그리고 가장 중요한 것은(이보다 더 중요한 일은 없다) 내 친구가 되고 싶어 했다는 사실이다.

이 (강력한 죽느냐 사느냐의) 우정은 그의 변함없는 레퍼토리가 되었다…… 그의 또 하나의 레퍼토리인 전쟁을 제외하고서 말이다. 물론 로슬리크는 내가 루슬란과 구사르체프와 함께 하고 있는 일에 대하여 알고 있다. 우리 3인조에 관해 알고 있다. 모든 것을 알고 있다.

자신과 자신이 아는 사람의 권리에 대해 그는 솔직했다.

"루슬란이 죽으면…… 언젠가…… 내가 루슬란 대신 일할게."

결국 나의 디젤유-휘발유 사업에서 그가 루슬란을 대신하게 될지도 모른다. 사실 로슬리크가 루슬란보다 못한 것이 무엇인가? 대신할 뿐 아니라…… 루슬란보다 더 나을 것이다. 그냥 파트너가 아니라…… 내 친구가 될 테니까. 산사람들은 실없이 이런 말을 하지 않는다!

"알렉산드르 세르게이치, 당신에겐 산사람 친구가 필요해."

우리의 대화도 추상적이고 산사람 친구라는 말도 추상적이기에, 나는 그의 말에 반응하지 않는다. 어쩌면 그런 친구가 필요할지도 모르겠다.

"구사르체프 소령도 죽을지 몰라. 그럼 내가 두 사람 중 먼저 죽는 쪽을 대신할게."

물론 농 삼아 한 이야기다. 하지만 반쯤은 진심이 담긴 이야기다. 멋쩍어하는 기색도 없이 하는 이야기다.

우리는 전쟁에 관한 이야기를 나눈다.

"들었어?"

로슬리크가 진지한 얼굴을 한다.

"우루스-마르탄 근처에서 종대를 전멸시켰다던데."

나보다 훨씬 어리지만, 로슬리크는 나에게 반말을 한다. 하지만 경우에 따라서는 정중하게 이름과 부칭(父稱)으로 부르기도 한다.

"아직 전멸시킨 것은 아니야. 봉쇄했지."

"봉쇄됐으면 끝이지 어떻게 숨겠어."

나는 어깨를 으쓱하며 말한다.

"어딘가로 숨겠지."

"하늘로 숨기라도 한단 말이야, 응?"

그는 예의 그 거친 농담을 던진다.

물론 로슬리크는 자기편을 응원하고, 나는 내 편을 응원한다. 하지만 우리 사이에 다툼은 없다. 우리는 열렬한 팬들이기는 하지만, 광폭한 광신도는 아니다. 우리는 이지적인 축구 애호가들이 담소를 나누듯 이야기를 나눈다. 연륜 있는 팬들처럼. (어찌어찌 살다 보니) 경쟁하고 있는 서로 다른 팀에 마음을 주어버린 사람들처럼.

체첸 뉴스들을 안과 밖에서 서로 다르게 바라본다…… 체첸놈들이 종대를 박살냈다는 소식을 들으면 로슬리크는 기쁨을 감출 수도 없고 감추지도 않는다. 협곡에서의 패배! 그것이 우리가 가장 흥분하는 지점이다! 한편 종대가 결국 그 모든 봉쇄를 뚫고 빠져나왔다는 소식이 들려오면 나는 기뻐 흥분한다(그리고 그는 우울해한다).

나는 TV를 보지 않는다. 창고에 그 '상자'가 있고, 이것이 굉장히 드문 행운임에도. 간계로 가득한 저잣거리를 보고 싶지 않기 때문이다. 새카맣게 타버린 우리 탱크를 보고 싶지 않다…… 요즘 TV에서 반드시 보여주는 그 장면들도 보고 싶지 않다. 총에 맞은 하지 무라트가 갈기갈기 찢어진 채로 바닥에서 뒹굴며…… 괴로움에 몸을 웅크리고 있다…… 스무 발이나 맞았지만…… 얼굴만은 반드시 모두가 잘 볼 수 있도록 강조하여 비추는 컷들. 좋아하지 않으니까 보지 않는다. 가장 큰 이유는 내가 수많은 야전사령관의 생전 모습을 보았기 때문이다…… 그들은 나의 적이다. 알고 있다. 하지만 그들의 시체를 보고 싶지는 않다.

공사장으로 루슬란이 찾아왔다. 철퍽거리는 소리를 내며 휘청거리는 계단을 따라 나와 로슬리크가 있는 곳으로 올라오며 늦었다고 사과를 한다…… 그는 내가 곧 창고로 돌아가리라는 것을 알고 있다(물론, 루슬란은 내 창고에 있는 오피스 겸 아파트로 찾아오고 싶었을 것이다. 차 한잔을 마시며 산길과 디젤유 이야기를 나누고 싶었을 것이다…… 하지만 그도, 로슬리크도 그렇게 할 수는 없다. 절대 안 되는 일이다. 수백 통의 연방군 기름이 있는 곳에 그들을 들일 수는 없다. 그들은 체첸인이니까).

루슬란은 천천히, 또박또박, 마치 받아쓰기용 텍스트를 읽어주듯 이야기를 시작한다.

"알렉산드르 세르게이치…… 할 말이 있습니다…… 잊어버리기 전에 말하려고요…… 이제 곧 떠나시지요…… 갑자기 중요하게…… 그래서 제 생각에는……"

루슬란-로슬리크가 이 대화에 불필요한 사람이라는 사실을 스스로 알아채주기를 바라며 말을 천천히 늘이고 또 늘인다(로슬리크가 우리 일의 세부 사항을 전부 다 알아야 할 필요는 없다. 그도 이해해야 한다!…… 친하게 지내고는 있지만, 함께 사업을 하는 사이는 아니기 때문이다). 로슬리크도 예민한 사람이기 때문에 상황을 이해한다. 그렇다고 해서 질투심을 느끼지 않는 것은 아니다.

로슬리크는 고개를 끄덕인다.

"나는 인부들이 어쩌고 있는지 좀 보러 가야겠군…… 가서 저 당나귀들에게 고함 좀 쳐줘야지!"

그러고는 인부들에게 고함을 지르러 나간다…… 로슬리크는 그들에게 소리치는 것을 좋아한다.

우리 둘만 남는다.

"어떻게 지내세요?"

루슬란이 미소를 짓는다.

그는 미소 지을 줄을 안다. 매사에 분명하고 합리적인 그가 다정하게 나를 본다. 자신이 산사람이라는 것을 아는 진짜 산사람이다. 그리고 이 순간 자기가 드러나게 된다는 것도 알고 있다.

나는 그의 아내의 안부를 묻는다…… 그러면 그는 나의 아내의 안부를 묻는다…… 내게 아내와 딸과 건축 중인 집이 있는 것처럼, 그에게도 아내와 두 아이와 건축 중인 집이 있다. 이것은 일종의 의식과도 같은 것이다. 이곳은 동양이다. 중요한 것에 관한 이야기를 나눠야 하는 곳이다.

이런 순간에 나와 루슬란에게 전쟁은 어딘가 가장자리, 저 먼 곳에 있다. 여전히 전쟁 중에 있지만, 그 영향력이 작게 느껴진다. 우리에게는 우리의 동업 관계가 특별히 소중하다. 루슬란은 정말 가정적인 사람이다. 그가 하는 모든 일들이 다 가족을 위한 것이다(나의 경우도 그렇다). 우리는 미소를 지으며 농을 한다. 우리가 이토록 노골적으로 자신의 삶을 사랑한다는 사실이 조금은 부끄럽다(그리고 삶이 우리를 사랑한다는 사실도). 그와 내가 하고 있는 비즈니스는 때로 위험하다. 전쟁이니까! 하지만 우리 두 사람은 어디에 레드 라인이 있는지 잘 느끼고 있다. 루슬란과 나는 우정에 관해 이야기하지 않는다(이런 점에서 그와의 관계는 로슬리크와의 관계와 본질적으로 다르다).

우리는 공사장의 텅 빈 창을 바라본다.

내가 웃으며 이 더러운 공사장이 나와 루슬란의 야외 오피스라고 농을 친다.

"더 편리한 장소를 찾기는 어렵죠."

그가 미소를 짓는다.

그러고는 두 팔을 벌려 보인다.

"콜랴에게 몇 번이나 전화를 했는데도 안 받습니다."

콜랴 구사르체프는 나와도 이미 이틀째 연락두절 상태다. 하지만 이런 일은 종종 있다. 사령부에서 정보 유출을 경계할 때 일어나는 일이다. 장교들의 전화 통화가 전면 금지된다. 다음 날 일정한 시간까지.

구사르체프가 'AK'총을 팔아치웠다…… 돈을 벌겠다는 생각보다는 어떤 광적인 열정에 사로잡혔을 것이다. 바다도 그에게는 무릎까지밖에 오지 않으니까!…… 사령부에서 어떤 촌락에 운송해야 하는 자동소총 수백 자루를 콜랴에게 맡겼다. 바사예프*와 죽도록 싸운 산사람들에게

* 샤밀 살마노비치 바사예프Shamil' Salmanovich Basaev(1965~2006)는 체첸 공화국의 반군 지도자로 2차 체첸전을 일으켰다.

이 총을 넘겨주어야 했다. 총을 나눠주고, 빨리빨리 되돌아오면 되는 일이었다…… 이 역시 지역 주민과의 교류니까.

하지만 팔 수 있는데 왜 거저 주어야 하는가? 가볍게 한 건 올릴 수도 있는데! 콜랴 구사르체프에게 갑자기 구매자가 나타날 수도 있지 않은가…… 물론 위험한 불법 구매자겠지만 말이다. 하지만 조심스럽게 처리한다면…… 경계를 늦추지 않는다면…… 아마 콜랴는 그 이야기를 들은 순간부터 맹수처럼 코를 벌름거렸을 것이다. 그는 위험을 즐긴다.

하지만 먼저 이 음모에 쓸 적합한 차량을 수배해야 했다.

우연히 찾아온 돈벌이 기회를 놓치지 않으려 서두르며, 콜랴는 바람처럼 내 창고로 달려왔다. 여기서는 모두가 이 단어, '창고들'을 발음할 때 마지막 음절에 강세를 둔다. 내 구역에는 두 채의 창고가 있는데, 각각의 창고 문에는 주의사항을 항목별로 조목조목 나열한 규칙을 적어 둔 종이가 붙어 있다…… 하지만 내가 없을 때 그 규칙과 항목들이 무슨 효력이 있겠는가(그때 나는 그로즈니에 있었다). 그리고 우리 구사르체프는 크라마렌코와도 허물없이 지냈다…… 가건물을 따라 걸으며 눈으로는 먹이를 찾았겠지…… 그러다가 만세! 찾아낸 것이다!…… 내가 없어서 어쩌지…… 하고 걱정하는 척하다가 아무것도 의심하지 못하는 크라마렌코에게서 내 오래된 지프 '우아지크'*를 빼냈겠지. 그러고는 이 지프를 운전할 수 있도록 한두 시간 정도만 내 병사를 빌려달라고 했겠지…… 콧구멍 쑤시기를 엄청 좋아하는 가장 미련한 놈을 골라서는…… 다시 자기의 위풍당당한 지프에 올라탔겠지.

자, 출발!…… 처음에 '우아지크'는 빈 채로 지프의 뒤를 좇았다. 그

---

* UAZ: 울리야놉스크 자동차공장Ul'yanovskii Avtomobil'nyi Zavod에서 생산한 지프.

러다 구사르체프가 위임받은 자동소총을 그 차에 가득 실었다. 사령부도 지나고 초소들도 지났을 것이다. 사령부 장교와는 모두가 잘 지내고 싶어 하니까. 게다가 이렇게 유쾌하고 매력적인 장교와는 더더욱!…… 그는 누구와도 웃으며 이야기할 줄을 안다. 게다가 서류도 완벽했다. 그리고 구사르체프 소령의 얼굴을 모르는 사람은 거의 없었다.

콜랴의 지프와 '우아지크', 이 두 대의 차는 줄을 지어 달렸다. 그러다가 연방군에게도 체첸 반군에게도 속하지 않은 길로 나섰다. 그리고 거기서부터는 그야말로 돌진할 수 있었다. 체첸놈들을 향해…… 약속한 사람들과의 '만남'의 장소로. 그가 만나러 가는 체첸인들이 믿을 만한 놈들인지 아닌지도 모른 채로.

그는 소총 판매에 대해서는 단 한마디도 하지 않았다.

그리하여 이틀이 지난 후 나는 당연히 몹시 화가 났다. 하지만 그때까지도 '우아지크' 문제로만 화가 났었다. 사실 창고의 모든 차들은 식구나 다름없다…… 익숙해지니까!…… 그러자 구사르체프는 전화로 살짝 미안해하며 자기가 몹시 서둘러야 하는 상황이었다고 변명을 늘어놓았다. 그리고 그가 (바사예프와 적대 관계에 있는) 체첸인들에게 '우아지크'와 무기를 함께 남겨두고 왔다는 이야기도 했다. 그리고 체첸인들이 차를 돌려주기로 맹세했다고도 했다.

"다시는 이런 일 벌이지 마."

나는 그에게 엄하게 말했다.

"당연하지!"

"콜랴, 지금 자네한테 소리 지르며 욕하고 싶지 않아."

"알아들었어, 사샤……"

자기 사람을 욕하고 싶지 않고, 욕하는 것을 좋아하지도 않는다. 더

구나 전화로는. 그래서 그저 목소리를 낮춰 말했다. 분노에 찬 속삭임이 될 때까지.

체첸인들은 차를 돌려주지 않을 것이다. 그건 2 더하기 2는 4인 것만큼이나 자명한 일이다. 당시 내가 창고에 없다는 것을 그가 정말로 몰랐다는 점이, 말 안 듣고 모험이라면 미치는 콜랴의 유일한 변명이 되었다. 그는 내게 전화를 했고…… 기다리기도 했다…… 그러다 허락 없이 '우아지크'를 가져갈 생각을 한 것이다. 이건 그의 성격이기도 하다. 제어할 수 없는 열정이랄까. 하지만 뭐라고 변명을 해도 인내심이 없는 것은 사실이다.

"콜랴, 내가 소리 지르지 않아도 자네가 이해하길 바라. 이번 한 번으로 완전히."

그는 전적으로 수긍했다. 물론이지, 사샤…… 당연해, 사샤……

도대체 뭐 하는 녀석인가?! 체첸놈들에게 자동소총을 가득 채운 차를 팔아넘기고서 많은 돈을 받고도 아무것도 모르는 순진한 소년 행세를 하고 있다. 돈이 문제가 아니다!…… 이런 장사를 한 것이 드러나게 되면 연방보안국 요원들이 콜랴만이 아니라 나와 루슬란도 잡아넣으려 할 것이다…… 책임이란 개 같고 엿 같은 것이다! 구멍으로 기어 들어가려면 남들은 끌어들이지 말아야지…… 휘발유로 엮여 있는 우리는 분명 무기 판매에도 엮이게 될 것이다. 그렇게 되면 그건 전혀 다른 이야기, 다른 차원의 사건이 되는 것이다!……

그런데 콜랴 구사르체프는 이 순간 사령부 복도, 어디 편안한 구석에 앉아서 나를 속이고 있는 것이다. 휴대폰으로 겨우 '우아지크'처럼 사소한 것을 잃어버린 것에 대해 사죄하면서 말이다!

하지만 아무것도 모르는 것은 나였다.

"콜랴, 잘 들어! 또 한번 이런 일이 있으면 내 창고에는 아예 들어오지도 못하게 할 거야."

나는 계급으로 그를 질책한 것이 아니다. 우리는 둘 다 소령이니까. 나는 나이로, 경험으로 그를 질책했다. 휘발유 사업을 같이하는 선배가 아직 어린 후배에게 하듯이. 물론 그를 모욕할 생각은 없었다. 그에게 교훈을 주는 것이라 생각했다.

그는 친구처럼 재잘거렸다. 맞장구를 쳐주기도 했다. 아마 그 순간에 그는 자기가 정말 똑똑한 놈이라고 생각했을 것이다. 진정한 터프가이…… 정말 영리하게 모든 일을 처리했다고 생각했을 것이다. 온 세상을 기가 막히게 속여 넘겼다고!…… 경호원도 없이 스스로 차를 몰고 체첸 길을 누비는 사령부 장교의 용맹과 기상을 누가 존경하지 않을 수 있으랴!…… 다른 사령부 놈들이 얼마나 형편없는 놈들인지는 우리 모두 알고 있지 않은가!

콜랴 구사르체프는 돈에 대해 탐욕스러운 사람이 아니다. 분명 주체할 수 없는 에너지를 느끼며, 도대체 무슨 일을 하면 좋을지를 진즉부터 찾고 있었을 것이다. 독서에 미친 자기 장군 때문에 답답해죽을 지경이었을 것이다. 젊으니까! 어쩌면 나에게도 답답함을 느꼈을지 모른다…… 모르겠다…… 누가 알겠는가!

물론 흐보리의 부상 사건도 있었다. 흐보리도, 코스토마로프도 모두 아웃인 상황이 그에게 영향을 주었을 것이다…… 종대는 믿을 수 없다. 우리의 디젤유, 휘발유 사업은 지금 이익을 내지 못하고 있다…… 그러니 무기 장사라도 하는 것이 어떨까!

분명한 것은 젊은 놈의 끓는 피가 그로 하여금 자동소총을 들고 '만남'의 장소를 향해 나아가게 만들었다는 것이다. 배짱!…… 그는 자기

배짱을 시험하고 싶었을 것이다.

구사르체프는 약속된 장소로 차를 몰고 가 우리 창고에서 데려간 나의 병사를 자기 지프에 옮겨 태웠다. 그러고는 길가에 세워둔 지프에 꼼짝 말고 앉아서 기다리라고 명령했다. 아무것도 하지 말라고. 앉아만 있으라고. 앉아서 코나 파고 있으라고.

그러면서 자기는 무기를 가득 실은 '우아지크'를 타고 썩은 내를 풍기는 작은 숲으로 접어들었다. 5백 미터쯤 지나자 차는 곧장 늪지로 들어섰다. 홀로. 용감한 그가…… 다리에 소총을 차고…… 다른 편, 그러니까 늪의 체첸 쪽 편에서는 차 두 대가 '만남'의 장소를 향해 왔다.

그쪽 역시 지프 한 대와 짐칸을 덮개로 덮은 작은 트럭을 타고 왔다. 두 대의 차에서 체첸인들이 쏟아져 나왔다.

구사르체프 소령은 미동도 하지 않았다. 이 잽싼 체첸놈들은 짐을 부리기 위해 온 것이다…… 전쟁을 하는 곳이 아니니까. 평화를 위한 곳이니까. 놀랍도록 아름다운 숲이다! 언덕길도, 굽이치는 샛길도 아름답다! 늪의 악취도 거의 느껴지지 않는다. 에메랄드빛 녹색 물풀…… 이 더위에 미처 강으로 떠나지 못한 작은 물고기가 그곳에서 숨을 헐떡이고 있다.

AK-74 자동소총을 실은 연방군의 '우아지크'와 무겁게 만들기 위해 온갖 철제 부속품과 레일 조각들을 실은 체첸인들의 트럭이 더 가까이 다가섰다. 코를 맞대고 냄새를 맡을 수도 있을 만큼 가깝게.

차들은 얕은 물속에 세워져 있었다. 구사르체프 소령과 야전사령관은 나란히 붙어 서서 담배를 피웠다. 하지만 그들 중 누구도 예민하게 굴지 않았다. 잠시 체첸인들이 콜랴에게 총을 겨누며 그를 힘들게 하기는 했다. 하지만 속이는 일은 없었다. 그러고서 잽싸게 짐을 옮겨 싣기 시작했다. 우리 것은 당신들에게, 당신들 것은 우리에게.

'우아지크'에 있는 자동소총은 신속하게 체첸 트럭으로 옮겨 싣고, 체첸 트럭에 실어 온 레일 조각과 철제 부속품들은 희생 제물이 된 연방군의 '우아지크'로 옮겨 실었다.

발이 미끄러지기 때문에 이곳에서 쇳덩이를 운반하는 것은 쉬운 일이 아니다. 대신 이곳에는 발자국이 남지 않는다…… 아무도 건드리거나 밀지 않으며…… 늪지의 풀과 물을 따라 철벅이며 걷는다. 특히 레일을 운반할 때 체첸인들은 낑낑대며 시끄럽고 요란한 소리를 냈다. 무거운 것이다!…… 구사르체프 소령은 그 소리가 싫었다. 그는 비웃듯 날카로운 눈길로 그들을 바라보았다. 저거밖에 안 되는 거야?…… 무슨 전사들이 저 모양이지!…… 게다가 두 걸음마다 자세를 바꾼다…… 이렇게 합의를 본 게 아니잖아.

야전사령관은 멋쩍어하며 말했다.

"무거워서."

구사르체프 소령은 고개를 끄덕이기는 했지만 엄격한 시선을 거두지 않았다. 물론 무겁겠지!…… 이해는 한다고! 하지만 다음번에 '만남'의 장소로 올 때는 다른 놈들을 데리고 오게.

교환이 끝나자 그들은 연방군의(그러니까 내 가족 같은 창고 소속의) '우아지크', 이제 레일 조각과 철제 부속품들을 실은 그 차를 늪지 쪽으로 더 몰아갔다. 희생 제물로. 1분 만에 차는 지면보다 낮게 가라앉았다. 그러더니 빠른 속도로 검푸른 빛이 감도는 진창 바닥으로 가라앉기 시작했다…… 적절한 순간을 포착해 차를 몰던 체첸인에게 고함을 치자, 그는 차에서 빠져나왔다.

연방군 우아지크의 덮개는 곧 거품을 내며 어두운 물속으로 완전히 사라졌다. 바닥으로 가라앉았다. 있던 자동차가 이제는 없다. 마지막 공기 방울들이 요란한 작별의 들숨, 날숨처럼 피어올랐다.

체첸놈들은 만족하여 돌아섰다. 당연한 일 아닌가! 이제 그들의 트럭에 자동소총이 한가득 실려 있다!…… 체첸놈들은 마른침을 삼키며 낮은 소리를 토해냈다. 무기는 술과도 같다. 대다수의 인간은 무기를 받으면 갑자기 흥분한다. 그러면서 그 순간 아주 기괴하고 낮은 소리를 토해낸다.

구사르체프 소령은 조용히, 홀로 '만남'의 장소를 떠났다. 그의 등 뒤에는 체첸인들이 있다. 그는 돈다발을 들고 떠났다. 홀로…… 순도 높은 아드레날린이 솟는다!

콜랴는 5백 미터를 걸어 자기 지프까지 왔다. 돌아온 것이다…… 숲이 있는 곳으로. 주위가 고요한 그곳으로. 지프 앞자리에 앉은 채 지칠 줄 모르고 코를 파는 병사가 있는 곳으로.

구사르체프 소령은 당연히 가라앉은 '우아지크'에 관하여 즉각 사령부에 보고했다. 자동소총들이 너무 깊이 가라앉아버렸다. 늪이 차를 삼켜 바닥에서 끌어올릴 수도 없다. 크레인도 거기까지 닿을 수 없다. 가게 되면 그것마저 가라앉고 말 것이다.

사건의 전말을 조사하기 위해 사람들을 파견했다. 구사르체프와(그는 사령부 소속이다) 아주 영리한 조사관 루콥킨(그는 조사부서 소속이다)이 왔다. 루콥킨은 즉각 근처를 지나는 통행 차량들에 매달렸다. 차들을 멈춰 세우고 심문하며 혼자 애를 썼다…… 하지만 그곳은 지나는 차량 자체가 드문 곳이다. 그 누구도 아무것도 보지도 못했고, 알지도 못했다.

하지만 풀숲에 남아 있는 흔적은 무거운 짐을 실은 자동차가 가라앉은 장소를 잘 보여주었다. 구사르체프 소령도 기꺼이 조사를 도왔다. 초록빛 늪지의 물속으로 돌을 던졌다…… 여깁니다!…… 아, 여기도요! 그는 점점 더 정확하게 '우아지크'가 가라앉은 곳을 보여주었다. 늪지 가장자리를 둘러가며 나무판을 깔았다. 어떻게 해서든 가라앉은 차에 조금이라도 가까이 다가가보려고. 늪지의 물 사이로라도 할 수 있는 한 더 깊이 들여다보려고.

그러다 뭔가를 더 시도해볼 수 있게 되었다!…… 영리한 조사관 루콥킨은 자기 차로 달려가 특별한 운송용 갈고리를 가지고 왔다. 들리는 말에 따르면 루콥킨은 그 갈고리로 특허를 받았고, 그 갈고리에는 무슨 특별한 이름도 있다고 했다. 하지만 병사들은 편하게 그것을 '클린턴 거시기'라고 불렀다. 작은 유머랄까(이 이름을 지어낸 것은 물론 연락병들이다. 그들은 모든 것을 듣기에 모든 것을 안다)! 그리고 반보 간격으로 갈고리를 밀어 넣어 늪지 이곳저곳을 샅샅이 뒤져 찾아냈다. 물 아래 있는 차를 발견한 것이다.

루콥킨이 데려온 두 병사는 시베리아 출신으로 건장하고 엄청나게 힘이 세다. 길고 강력한 금속 갈고리를 충분히 다룰 수 있었다(이 갈고리에는 조작을 용이하게 하고 끌어당길 때 힘을 줄 수 있도록 손잡이가 달려 있다). 병사 하나가 갈고리로 끈적끈적한 바닥을 샅샅이 훑고 있을 때 다른 병사가 흥분해서 소리쳤다. "더! 더!……" 병사들은 무언가 부드러운 것을 더듬는 것이 좋았다. 그리하여 차를 찾아냈다…… 하지만 도대체 누구의 차란 말인가?…… 튼튼한 덮개로 덮인 차…… 총 한 자루라도 꺼낼 수 있으면 좋으련만…… 하지만 어떻게 꺼낼 수 있단 말인가? 가라앉은 차 안으로는 절대! 들어갈 수 없다!…… 병사들은 갈고리로 주변을 훑었다…… 요행을 바라며…… 아무것도 없는 물에서.

"좀 도와드릴까요?"

미소를 지으며 구사르체프 소령이 루콥킨에게 물었다.

"아니요."

루콥킨은 담배를 피웠다. 그는 1, 2분가량 자기의 '클린턴'을 부드럽게 쓰다듬더니 다시 일에 착수했다. 휘파람을 불며 직접 늪지의 끈적이는 진흙 속을 갈고리로 뒤지기 시작했다…… 무언가가 걸렸다. 그러고는 두 병사에게 갈고리 반대쪽을 잡고 힘껏 잡아당기라고 명령했다.

그렇게 간단하지만은 않았다. 건장한 시베리아 병사 둘이 있는 힘을 다해 당기고 또 당겼다!…… 용을 쓰며, 그들은 체첸인들과 똑같이, 심지어 더 일사불란하게 요란한 소리를 냈다…… 전쟁이다!

더, 더! 그러자 '거시기'가 물 밖으로 전부 드러났다. 그러고는 갑자기 빨리, 더 빨리 움직이기 시작했다. 노획물을 챙겨서…… 갈고리를 뺐다 걸었다 하며 시베리아인들이 진흙탕에서 차 번호판을 낚아 올렸다. 바로 그것이 영리한 루콥킨이 원하던 것이기도 했다…… 하지만 번호는 정확히 일치했다. 의심의 여지가 없었다. 늪 바닥에는 창고의 '우아지크'가 가라앉아 있었다.

5장

아버지…… 구데르메스에서 한칼라로 돌아왔을 때 놀라운 소식이 나를 기다리고 있었다. 결국 그가 왔다. 느닷없이 나타났다!…… 아버지는 가장 부적절한 때에 갑자기 이곳 한칼라에 나타났다. 물론 누구도 오시라고 청하지 않았다. 전보를 보냈다고는 한다…… 그렇게 말은 한다…… 주소도 모르면서…… 그러고는 도착해서 내 성씨를 가지고 나를 찾으려 했다고 한다. "어찌 되었든 너와 나는 성씨가 같으니까." 후에 아버지는 그렇게 말했다.

그렇게 한칼라에 나타나서는 이른 아침부터 어슬렁대며 거리를 쏘다녔다. 기차에서 내리자마자 흥미진진한 삶 속으로 뛰어들었다. 아들을 만나는 대신. 그래도 아버지가 이곳에 오신 어떤 목적이 있지 않을까?…… 그렇다! 아버지는 군인들과 신나게 수다나 한번 떨어보러 오신 거다. 세상만사에 관심이 아주 많은 분이니까! 용병 두보프인가 하는 놈과 시끄럽게 수다를 떨러 오신 것이다. 전쟁 이야기도 듣고, 이것저것 물어도 보고 싶었던 것이다…… 어찌 되었든 간에 질린 소령의 아버지니까! "할아버지, 여기에 그런 소령들이 얼마나 많은 줄 알아요?" 용병 두보프가 그에게 말했다. 하지만 나의 아버지에게는 두 마디만 말을 섞으면 바로 시비를 걸 줄 아는 재주가 있다. 길 한복판에서도…… 예절 바르게, 그러면서도 격의 없이…… 교활하게 눈을 찡긋거리면서. 잘 안 맞는 틀니 사이로 한심하다는 듯 침을 뱉어가면서.

그러니까 전쟁이 어떻게 되어가고 있는 건가? 우리는 어떻게 싸우고 있는 거지? 대략적으로, 크게 볼 때 어떤 건가? 마치 우리 군의 위대한 (아이러니다……) 전략에 관심이 있다는 듯…… 물론 러시아는 연금생활자들을 개무시해버렸어. 노인들에 관해서는 깡그리 잊어버렸지! 하지만 우리 노인들은 나라를 잊지 않았네…… 우리는 대열을 정비하고 있어. 그가 화려한 말을 읊어댔다. 아들? 아들이 뭐?…… 그래, 내가 질린 소령의 아비야. 체첸에 몰래 온 것은 아니지…… 하지만 질린 소령은 아직 바쁘니까, 온통 일에, 일에 파묻혀 있어…… 기다리지 뭐!……

질린 소령은 이미 두 시간째 전화기(휴대폰과 나란히 사무실 전화기까지) 옆에 붙어 앉아서 굳은살을 뜯고 있다. 나는 예민해졌다. 한칼라를 돌아다니고 싶은 마음이 조금도 없었다…… 모두에게 내 약한 곳을 내보이고 싶지 않았다.

"아버지 오셨던데. 벌써 봤어?"

끝없이 전화가 걸려왔다.

"살짝 취하셨던데. 멀리서 뵈니 취하신 것 같더라고…… 미안해…… 그래, 그래, 사람 좋으시더라고…… 술만 안 드셨으면 말이야……"

다들 아주 신이 나서 전화를 걸어온다.

"술만 안 드셨으면 말이야…… 하지만 얼굴은 좋으시더라고. 호호백발에 바싹 마르셨어. 그래도 기운은 좋으시던데…… 말씀을 계속하셔!

말하기를 좋아하시더라고!"

호의를 가진 사람들은 이렇게 덧붙였다.

"실컷 놀고 나면 오실 거야. 알렉산드르 세르게이치, 걱정하지 말게. 순찰대가 자네 아버지를 잡아가지는 않았어."

하지만 조심스러운 크라마렌코는 벌써 신경을 쓰기 시작했다.

"다들 신났네."

그가 짧게 정리했다.

아버지는 저기 멀고 먼 우랄의 보잘것없는 마을 코빌스크에서 왔다. 작은 도시다. 분명 거기서 사람 좋은 아버지 친구들이 충고를 했을 것이다…… 아들을 찾아가봐. 아비라는 사람이 뭐 그래! 어찌 되었건 지금 거기서 전쟁이 일어나고 있지 않나…… 아들 녀석이 좋아할 거야! 아버지들이 아들을 만나러 많이들 체첸으로 간다고…… 코빌스크에서 누군가가 이런 말 같지도 않은 교활한 소리를 소령님 아버지 머릿속에 처넣었을 거라고요. 그러니까 소령님 아버지가 신이 나서 떠나자! 떠나자! 못 갈 곳을 가는 것도 아니잖아! 하며 오신 겁니다. 소령님의 그 미친 시골 구석에서 돈을 모아 아버지에게 빌려줬을지도 모르죠.

"그만해. 너무하네. 그래도 내 고향이야."

나는 크라마렌코의 말을 끊었다.

크라마렌코는 우리 아버지가 지루한 삶에 새바람을 좀 불어넣어보고 싶다는 단순하기 짝이 없는 욕망으로 혼자 체첸으로 돌진해 왔다는 사실을 믿을 수가 없었다. 그는 나의 노인장을 모르니까!…… 혼자 사는 건축기사가 갑자기 연금생활자의 대열에 처넣어진 것이다. 사람들의 이해도 받지 못하고 모든 것이 불만족스러운 채로…… 남아도는 에너지를 뿜어내야 하는 사람인데. (조금만 마셨다 하면) 그 에너지를 화려한 말로…… 아흐마토바*에 대한 사랑으로 풀어야 하는 분인데…… 그는 술 마시는 진짜 소비에트형 인간이다. 그가 지금 한칼라의 초라한 선술집에 있다…… 그는 행복하다. 주머니에 250밀리리터짜리 술병을 차고. 장엄한 순간이다!…… 벽에 슬쩍 기대어 서서 얻어걸리는 용병에게 자잘한 전투와 명예를 잃어버린 러시아에 대하여 떠들고 있다.

나의 관용 아파트(아파트는 사무실이기도 하다)에 아버지가 머물 수 있는 시간은 7시까지이다. 그런 금지 조항이 있다…… 창고의 규칙이다…… 아버지라도 안 된다. 누구라도. 한편으로는 다행이기도 하다!…… 크라마렌코는 아주 전략적으로 아버지의 잠자리 문제를 해결했다. 영감에게 전쟁의 향취가 필요하다는 것을 아는 크라마렌코는 술 마시고 담배 피우는 나의 아빠를 8번 간이창고에 배치했다(전에는 그곳에 포탄이 적재되어 있었으나…… 지금은 병사들의 피복 창고로 사용된다). 지금 그곳에는 군복 상의와 군화가 산더미처럼 쌓여 있다…… 그리고 회계 업무를 볼 수 있는 진짜 사무실 책상도 있다. 그 책상 앞에서 한국인 박이 계산기에 눈을 고정시킨 채 단숨에 글을 쓰고…… 또 쓰고 있다…… 창고 장부를 작성하는 것이다. 이외에도 그곳에는 한국인이 사용하는 딱딱한 간이침대가 놓여 있다(박은 막사에서 자지 않는다). 그리고 그 왼편에 간이침대가 하나 더 있다! 예비용 침대다. 조용하고…… 소박한 곳이다…… 창고에 쌓아둔 신발 냄새가 좀 풍기지만…… 뭐 어떤가!

나의 아버지는 그곳에서 지내실 것이다(잠도 주무시겠지). 그리고 나

---

* 안나 아흐마토바Anna Akhmatova(1889~1966)는 20세기 초 러시아 모더니즘 시기를 대표하는 소비에트의 여류 시인이다.

와도 만나실 거다. 8번 간이창고는 다른 모든 것으로부터 격리된 곳이다. 질린 소령은 시간이 날 때 이곳에 오게 될 것이다. 이 간이창고 구석으로 아버지를 방문하러 올 것이다. 혈연의 부름에 이끌리어……

나는 이미 아버지와 단둘이서 첫 저녁을 보낼 수 있을 만큼 마음의 준비를 했다. 그리고 적당한 때에 박을 크라마렌코에게 보냈다…… 박에게 일을 좀 시키게…… 그리고 그 한국인에게 업무 중에 창고 비품을 뒤져서 아버지가 입을 만한 (요란하지 않은) 위장용 군복과 신발, 튼튼한 속옷을 좀 찾아달라고 해줘…… 하여간 그 한국인을 좀 붙들고 있어주게. 잠시만.

"알렉산드르 세르게이치…… 이 크라마렌코가 병사에게 시킬 일을 못 찾을까 봐서 그러십니까. 병사의 모가지만 보이면 매어둘 멍에는 얼마든지 있습니다."

(크라마렌코의 손을 빌려) 아버지를 위한 따뜻한 잠자리를 준비하고 (정신적으로도) 아버지를 맞을 준비를 했지만, 아버지는 오지 않았다. 아버지는 계속 한칼라를 배회하고 있었다. 우리는 전화를 기다렸다. 한칼라의 거리에는 순찰대가 배치되어 있어 대놓고 술을 마실 수 없다. 하지만 아버지도 이 방면에서는 아주 노회하다. 결코 잡을 수가 없다. 걸으면서도, 뛰면서도 마실 수 있다…… 음주에 있어 아버지는 가히 천재적이다. 어떻게 달리 표현할 말이 없다. 잡을 길이 없다! 그 노인네는 무슨 일이 생겨도 받아칠 줄 안다. 술을 마실 자기 권리를 주장할 줄 안다. 화려한 언변으로!…… 인용을 해가면서!……

마침내 전화가 걸려왔다…… 질린 소령이시죠? 죄송합니다…… 저는 주예프 소위입니다…… 말씀드릴 것이 있는데……

나는 소위가 무슨 말을 하려는지 알고 있다. 그리고 그 즉시 유치장을 향해 출발했다…… 아버지는 나를 기다리며 아주 제대로 광대놀음을 하고 있었다. 그는 이미 유치장에서 나와 작은 벤치에 앉아 있었고, 아버지 곁에는 주예프 소위가 앉아 있었다…… 그는 멀리서부터 나에게 미소를 지어 보였다…… 그리고 직접 내게 아버지를 인계했다. 우리는 서둘러 서로를 안았다. 아버지는 눈에 띄게 취해 있었다. 눈을 조금 희번덕거리기도 했다.

주예프 소위는 한마디 훈계나 비난 없이 아버지를 내게 인계했다. 그곳에는 침묵이 흘렀다. 저 위에서 순찰을 도는 헬리콥터 소리만 들려왔다.

친애하는 아버지는 용병 두보프와의 대화에 너무 빠져들다 보니 이렇게 되었다며 변명을 늘어놓았다. 그 자리에는 고랴치 준위도 있었다고 했다…… 무식하고 미개한 인간들 같으니라고! 나라 생각은 전혀 안 해…… 새로운 이념이라고는 하나도 없어. 다 무식한 시골 여편네들 같다고. 게다가 썅…… 썅…… 썅……

"아들아, 내가 너를 보러 온 거 아니냐…… 너는 원하지 않았겠지만 말이다!…… 그래, 그래, 내가 오는 걸 원하지 않았겠지!…… 뭐라고 하는 건 아니다…… 나는 내 허연 대갈통을 꽉 채운 몇 가지 뜨거운 이념 때문에 온 거다."

그러더니 곧장 뜨겁게 끓어오르기 시작했다. 물론 아버지가 하는 말의 내용은 내게 아무런 의미도 없었다. 나는 거의 듣지도 않았고, 이해하지도 못했다. 나를 근심하게 한 것은 아버지의 목소리였다. 아버지는 거의 변하지 않았다. 식지 않는 늙은 화산인 것이다.

창고까지 가는 길은 멀지 않았다. 하지만 이 짧은 길에서도 아버지는 갑자기 멈춰 설 마음을 먹었다. 그러고는 곧바로 질문을 던졌다.

"레닌이 메시아일까?"

나는 순간 망연자실해졌다. 그저 어깨를 으쓱해 보였다.

"대답해라……"

나는 대답하지 않고 그저 아버지를 안았다. 그저 안아드렸다…… 아버지의 친숙한 온기. 친숙한 몸…… 내 마음이 물결치기 시작했다. 이런 것을 느낀 후에는 오랫동안 입을 다물 수 있다. 서둘러 답할 필요가 없다.

우리는 금세 8번 간이창고에 도착했다.

그곳에서 우리는 한국인의 책상 앞에 앉았다. 어찌나 고요한지! 시간이 멈추었다. 이분이 내 아버지다.

생각이 어딘가로 하염없이 흘렀다. 문득 아버지가 다시 질문을 던지고 있다는 것을 알아챈 후에야 정신을 차렸다…… 아버지는 사무적으로 질문을 하고 계셨다…… 내 소맷자락을 당기면서.

"아들. 이게 우리가 나누는 첫번째 제대로 된 대화야. 그렇지? 드디어 말이야…… 아버지한테 술 한 병 내놓을 수 있지?…… 아버지가 이제 막 기차에서 온 거니까……"

나는 웃음을 터뜨렸다. 정신이 퍼뜩 들었다…… 아버지가 기차에서 내린 지 벌써 하루가 지났다. 하지만 이분은 내 아버지가 아닌가.

"실은 내가 가져왔어. 내가."

아버지는 주머니에서 웬 선술집에서 산 술병을 꺼냈다.

"아버지, 그건 아니죠!"

나는 크라마렌코에게 전화를 걸었고, 그는 병사를 보냈다. 병사가 달려왔다! 모든 것이 제때에 준비되었다. 이미 모든 것이 우리를 기다리고 있었다. 술도, 음식도. 병사는 이 모든 것을 커다란 쟁반에 담아 들고 왔다.

우리 주위는 창고의 선반들로 가득 차 있었다. 선반 위에 또 선반…… 그리고 그 선반들 위에는 군용 피복들이 쌓여 있었다…… 8번 간이창고는 특별한 곳이다. 이곳은 박의 고요한 왕국이다…… 크라마렌코는 이 서기와 그가 저녁 내내 써내려갔을 정갈한 글쓰기까지 포함하여 이곳을 빌린 것이다.

우리는 깔끔한 한국인의 서류들을 저 멀리 치웠다. 서류들은 꺼져!…… 아버지는 내 맞은편에 앉으려고 자리를 옮겼다. 더 가까이 앉으려고. 나와 눈을 맞추며 이야기하려고…… 그렇게 나와 마주 앉아서는 더 천연덕스럽게 술을 마시고 안주를 먹는다.

그리고 정적이 흐른다…… 서막과도 같은 정적.

희뿌연 전구.

아버지…… 쟁반…… 술잔…… 안주…… 반짝이는 병…… 혈육 간의 아름다운 만남!…… 어떤 구석에 틀어박히고 나서야 자유롭게 숨을 내쉴 수 있을 때가 있다.

이미 전화 통화로도(나는 가끔 우랄에 있는 초라한 고향 코빌스크로 전화를 하곤 한다) 아버지가 얼마나 열정적으로 정치에 심취해 있는지 알 수 있었다…… 하지만 이것은 많은 연금생활자의 취미 생활이 아닌가. 그러면 또 어떤가! 나한테는 상관없는 일이다!…… 떠들고 싶은 대로 떠드시라지. 하고 싶은 말은 무엇이든, 원하는 만큼 하시라지…… 방해할 생각은 없다. 보건대 아버지는 이미 두번째 잔부터 달리기 시작했다. 입이 떨어진 것이다!

그것은 기괴하지만 너무도 강렬하고 영감에 찬 미래로의 달음질이었다…… 사회주의라는 위대한 이념의 영광스러운 귀환을 꿈꾸는 연금생활자의 고양된 망상. 거의 죽어버린 사회주의의 아름다운 이념이 어떻게(중요한 것은 '어떻게'이다) 사람들에게 귀환할 것인지에 관한 망상이었다…… 러시아에서 사회주의는 자리를 잡지 못했어…… 이건 팩트야. 진실이지. 아들아, 이건 쓰디쓴 진실이야!

아들, 러시아는 이념이라는 측면에서는 이미 아무것도 아닌 나라가 되어버렸어…… 사회주의라는 의미에서 말이야…… 러시아는 힘에 부치게 애를 쓰다가…… 결국 너덜너덜해지고 말았지.

그는 두 팔을 넓게 벌렸다.

"하지만 다른 민족들도 있지 않니! 그들은 우리가 성취해내지 못한 역사적 사명을 온몸으로 느끼고 있어…… 아들, 지금 이 모든 사실에 대해 이야기해줄까?"

솔직히 말해서 듣고 싶지 않았다. 러시아에 관해서도. 다른 민족들에 관해서도. 이곳에서 충분히 알게 되었으니까…… 대신 나는 우랄에 자리한 나의 고요한 코빌스크 이야기를 듣고 싶었다…… 늙은 아버지는 거기서 무엇을 하며 지내시는지?…… 너무 과하게 술을 드시지는 않는지?…… 그곳에 있는 우리 동네는 어떻게 되었는지?…… 늙은 단풍나무들은…… 내가 다녔던 9번 학교는 문을 닫았는지……

"동네는 무슨! 학교는 무슨!…… 아들, 도대체 넌 무슨 생각을 하는 게냐!"

그러면서 아버지는 거듭거듭 자기의 이야기로 돌아왔다…… 나는 마음을 고쳐먹었다. 그래, 이건 당연한 거다…… 우리 주정뱅이 영감님이 이념 이야기를 늘어놓는 것은 지극히 정상적인 일이다. 우리 시대에 술 마시는 연금생활자가 이러는 것은 당연한 일이다. 술 마시는 연금생활자는 반드시 이념에 대하여 말한다. 그러지 않는다면 러시아인이 아닐 것이다……

아버지의 말을 끊을 도리가 없다.

"기독교를 기억해봐, 아들…… 비교를 해보자고…… 기독교는 이스라엘에서 살아남지 못했어, 그렇지?…… 대답해봐!"

"살아남지 못했죠."

"거기서 생겨났는데 말이야. 거기서 탄생한 종교인데도 말이야…… 그런데도 살아남지 못했단 말이지. 자, 그럼 이제 그렇게 파멸한 종교가 언제, 어떻게 되살아났는지 기억해봐…… 그런 종교가 나중에 유럽에서 얼마나 열광적으로 받아들여졌는지 기억해보라고!…… 알겠어?…… 온 유럽이 예수의 묘에 열광했다고…… 유럽 전역에서 기사들이 그곳으로 달려갔다고! 그 묘를 구하려고! 해방시키려고!…… 십자군 원정…… 예루살렘은 꿈이 된 거지!"

언제나 그렇듯 아버지의 판타지에는 나름의 논리가 있다…… 나는 말없이 술을 마셨다…… 할 말을 다 하시게 두자. 그 옛날 이스라엘이 기독교를 잃었던 것처럼, 우리 시대 러시아도 사회주의를 잃게 된 거야…… 이스라엘 사람들도 러시아 사람들도 낳기는 낳았지. 출산에 열정과 피를 불어넣었어. 하지만…… 하지만…… 안타깝게도 키워내지 못한 거야.

하지만 중국이 있다…… 뭐라고? 뭐라고요?

이 대목에서 나는 잘못 들었다고 생각했다.

하지만 아니었다! 중국…… 중국이 남아 있어!…… 중국이 바로 우리가 잃어버린, 우리가 상실한 사회주의를 부여잡을 민족이야. 아들, 이런 생각 해본 적 있어?

대답을 기다리지도 않고 아버지는 서둘러 자기 생각을 펼치기 시작했다. 열정적으로, 고집스럽게!…… 이제 곧, 곧 이곳으로, 우리를 향해 달려올 중국인들에 관해서…… 마치 새로운 십자군처럼…… 과거의 기사들처럼. 시베리아를 지나 우리의 5층집들을 향하여…… 아니, 아니야. 도둑질하러 오는 게 아니야! 정복하러 오는 게 아니라고!…… 이념을 가지고 올 거야! 아들, 되살아난 우리의 이념을 가지고 올 거야!…… 수백만이 몰려올 거야…… 하지만 그들을 두려워하지 마! 두려워할 필요는 없어!

이 가까운(아버지의 생각은 그랬다) 미래에 대한 아주 작은 생각만으로도 아버지는 흥분하고 열광했다. 중국이 도래할 것이라는 구체적인 아이디어가 그를 흥분시켰다…… 기독교인들이 구세주의 무덤을 해방시키려 했었지?…… 전쟁을 하러 팔레스타인으로…… 예루살렘으로 갔잖아…… 이념을 위해서…… 그렇다면 당연히 중국인들도 레닌 묘*를 해방시키려 하지 않겠어? 그렇지 않아?

아버지가 어떤 역사적 결말을 제안하더라도 들을 준비가 되어 있었지만, 이런 식의 전개는 전혀 예상 밖의 것이다. 전혀 예상치 못했다…… 순간 몸이 차갑게 식는 듯했다. 어떻게 저런 생각을 할 수 있지! 묘역에 있는 중국인들이라니. 진리의 순간이라니…… 아버지의 상상력은 거센 파도처럼 모스크바로 몰려오는 인간적인 훈족들을 너무도 쉽사리 그려냈다.

“아버지, 진정해요…… 아버진 미쳤어요.”

나는 화가 난 듯 말했다.

---

* 소비에트 제1대 서기장으로 사회주의혁명을 주도한 레닌의 시신은 영구 보존 처리되어 러시아 모스크바 중심부의 붉은광장에 있는 레닌 묘역에 자리하고 있다.

그는 놀란 듯 나를 바라보았다.

"이건 그냥 이념이야…… 아들, 고상한 이념이라고…… 이야기를 해 보자고…… 안 되는 거야?"

아버지는 웃기 시작했다. 하지만 당황한 듯한 웃음이었다.

"이것에 관해 엉터리 시까지 썼어…… 글쎄, 뭐, 시라고 할 것도 없지만…… 그냥 두 줄짜리니까. 이걸 주제로……"

그는 가득 찬 술잔을 입안으로 털어 넣었다. 한 방울도 흘리지 않고. 조금도 떨리지 않는 손으로. 아주 멋지게!

"아들, 늙은이에게 핀잔 주지는 마. 나는 시인이 아니니까…… 그냥 나의 불타는 이념을 지지하려고 시를 쓴 거야."

아버지는 옛말이 되어버린 '핀잔'이라는 단어를 좋아했다. 아버지는 이미 완전히 흥분해 있었다.

나는 고개를 끄덕였다. 아버지, 읽으세요…… 핀잔 드리지 않을 테니…… 읽으세요.

"먼저 술 한잔씩 하는 게 어때, 아들?"

나는 다시 한번 고개를 끄덕이고 비우지 못한 술잔을 들었다. 아버지는 자기 잔에 새 술을 따랐다. 가득…… 잔이 넘치도록…… 크라마렌코가 정말 질 좋은 보드카를 구해주었다.

몇 번 헛기침을 하더니 아버지는 조용히(갑작스레 조용히) 자기의 두 줄짜리 시를 낭독했다.

물론 아직은 미래의 일이지만
레닌 묘의 해방은 올 것이다.

우물거리며 소시지를 씹더니 아버지는 이 시의 주요 행인 2행은 마야콥스키*의 시처럼 읽어야 한다고 설명을 했다…… 아들, 아들도 아는 것처럼 내가 좋아하는 시인은 아흐마토바야. 하지만 여기서는…… 여기서는 장엄하게 울려 퍼지는 무언가가 필요하거든. 마야콥스키가 낫지…… 층층이…… 계단을 오르듯……

우리는 잠시 침묵했다.

아버지는 어깨를 으쓱하더니 이렇게 덧붙였다.

"이게, 다야…… 유감스럽게도 각운은 없어. 각운은 못 만들었지."

(다음 잔을 비울 때) 갑자기 코빌스크에 있는 우리의 낡은 집 지하실이 생각났다…… 땅을 깊이 파서 만든 지하실에서는 수박절임에서 나는 독한 냄새가 풍겼다. 회향풀, 솔로츠키풀 뿌리, 그리고 사과를 몇 개 넣어 짜게 절인 수박이었다…… 그때 나는 그 사과를 먹으려고 그곳에 숨어들었다…… 항아리에 막 손을 집어넣으려는 순간…… 발걸음 소리가 들렸다…… 아버지다…… 나는 마지막 통인 두번째 통 뒤에 숨었다. 그러고는 꼼짝 않고 그곳에 있었다.

기억하기로 아버지는 첫번째 통에서 자그마한 수박을 꺼내 들었다. 그리고 와사삭 소리를 내며 수박을 쪼갰다…… 푹 꺼진 수박의 옆면이 보였다…… 아버지는 취해 있었고 안주가 먹고 싶었던 것이다. 수박절임은 애주가들이 아주 좋아하는 안주였다. 아버지가 수박을 몇 번 더 베어 먹었는지는 보지 못했다. 대신 들었다…… 아버지가 내는 신음 소리를 들을 수 있었다. 그렇게 맛이 있었던 것이다…… 그는 술 마실 줄 아는

* 블라디미르 블라디미로비치 마야콥스키Vladimir Vladimirovich Mayakovsky(1893~1930)는 소비에트의 대표적인 혁명시인이다.

단단한 남자였다!

지금도 그렇다. 좀 마르기는 했지만, 아버지는 단단한 노인네다. 예언적인 두 줄짜리 시를 낭송하고는 긴장한 듯 꼼짝 않고 앉아 있다…… 침묵…… 아버지는 자기 시에 대해 칭찬보다 더 큰 것을 기대했다…… 무언가 더 큰 것. 그것이 무엇인지는 아버지도 몰랐지만, 그런 것이 존재한다는 것은 알았다.

솔직히 고백하자면 아버지의 시 낭송을 들으며 온몸에 한기를 느꼈다. 보드카를 마셨는데도. 달려올…… 아니, 이미 달려와 미답의 시베리아 길을 따라 걷고 있는 수백만의 중국인을 그려보았다. 나는 내 피부로 그 시를 평했다. 언젠가 진짜 시를 들으면 소름이 끼친다는 이야기를 들은 적이 있다…… 무언가 그 비슷한 일이 지금 일어났다…… 느낄 수 있는 냉기. 추골을 따라 흐르는 냉기…… 냉기를 느끼는 그 순간, 나는 존경하는 마음으로 생각해보았다. 시가 아니라 아버지에 대해서.

"……국회의원들은 어때?…… 아들, 정말 우리 국회의원들이 레닌을 묘에서 내다 버릴까?"

아버지는 중국인들이 아무것도 얻지 못하게 될까 봐 걱정하는 것 같았다. 사실 똑같은 사람들 아니냐. 그렇게 오랫동안 걸어왔는데!…… 서둘러 왔는데. 그렇게 험한 길과 늪지를 지나왔는데! 묘지가 비어 있으면!……

지방 도시의 한가로움과 고요 속에서 아버지는 15년에서 20년쯤 퇴행해버렸다. 그곳에서 박제된 듯 멈춰 서버렸다…… 아버지 연배의 모스크바나 페테르부르크 사람들이라면 지금 민주주의 타령을 하고 있을 것이다. 뽑로 정권을 들이받고 싶어 할 것이다. 무언가 흥미진진한 것을 원할 것이다!…… 기차에서 내리자마자 인권과 선거에 관해 진지하게 떠들었을 것이다! 그런데 우리 노인네는 도대체 무슨 말을 하고 있는 것인가! 미칠 노릇이다!

나의 노인은 또다시 헛소리를 늘어놓고 있다…… 붉은광장에…… 레닌 묘역에 모여든 인파…… 레닌 묘의 해방. 우리가 지키던 묘역을 중국인들이 대신 지킬 것이다…… 창을 높이 쳐든 중국 근위대가 묘지 앞을 걸음걸음 수놓을 것이다…… 점점 더 가까워지고 있다…… 아버지가 영감에 들떠 다시 묘역에 대한 이야기를 늘어놓을 때는 심지어 소름이 끼쳤다…… 사방에 중국인…… 중국인…… 중국인들…… 광장 전체가…… 수백만이 올 테니까!

아버지는 여전히 자기 말에 반박할 기회조차 주지 않는다. 도대체 왜 논쟁을 해야 하는 거지, 아들? 아들, 우리는 그저 인간일 뿐이잖아, 거대한 역사에 비춰보면 우리는 아무것도 아니야!…… 그들이 올 거야. 곧 올 거라고.

맛있게 입맛을 다시고는 아버지가 말했다.

"수백만이 올 거야."

그러더니 갑자기 침묵 속으로 빠져들었다. 입을 벌린 채로…… 나의 노인장은 의자에서 엉거주춤 일어서기까지 했다. 말문이 막힌 것이다. 왜 그러는지 알 만했다.

문턱에…… 문가에…… 박이 나타난 것이다.

무슨 일 때문인지 중산모를 쓰고, 어깨에는 자동소총을 메고.

대여섯 잔을 제대로(잔의 끝까지 채워서) 마시고 난 후였기에 아버지는 'X'의 시간이 드디어 도래했고, 첫번째 중국인이 이미 이곳에 도착했다고 생각했다. 아버지는 눈을 부릅떴다…… 알다시피 자기가 한 예언임에도 막상 예언이 실현되면 예언자들은 그야말로 대경실색한다.

1분이 더 지나자 아버지는 정신을 차렸다. 짧지만 실로 우주적인 규모의 악몽을 이겨낸 것이다. 늙은 건축기사인 아버지는 몸을 꼿꼿이 세웠다…… 그리고 의자에서 일어났다. 온몸에 우랄의 용기를 장착하고. 그는 턱을 내밀며 말했다.

"누가 네놈을 불렀지?"

그가 근엄하게 물었다.

조용하고 자그마한 한국인은 제자리에서 서성이며…… 무언가 우물거리기도 하고…… 중얼거리기도 했다…… 잘 시간이라는 이야기를 하는 것 같았다.

그때 내가 끼어들었다. 이분은 이제 자네와 한방을 쓰시게 될 거야…… 아버지, 이 사람은 우리의 서기 박입니다. 우리 병사죠……

"아!…… 그럼 인사하지."

술깨나 마시는 아버지는 조금도 떨거나 비틀거리지 않으며 박을 향하여 크게 두 걸음을 내디뎠다. 재빠르게…… 그러고는 인심 좋은 시골사람의 미소를 지으며 서기에게 손을 내밀었다.

다음 날 아침 나는 사라진 휘발유 문제의 진상 조사를 위해 구데르메스로 소환되었다. 그리고 물품창고에서 그들이 해결할 수 없는 문제(어디에 누구의 중유가 있는지)를 해결하기 위해 이틀을 더 머물렀다…… 문제는 부정부패가 아니었다. 무질서였다! 모든 것이 엉망진창이다!…… 이 정도면 도적질이 아니라 갈취다('부정부패'라는 말은 그래도 어떤 수준을 전제한 것이다. 이 모든 이야기를 들은 사령부의 한 장군이 말한 것처럼, 어찌 되었든 이것은 이미 뭐라고 규정할 수 없는 문화가 되어버렸다).

그로즈니로 진입하는 길목에서 연료수송차의 연료탱크를 바로 가로채 갔다…… 문자 그대로 1킬로미터를 남겨두고…… 갈취해 간 것이다. 그러고는 연료탱크를 새로 칠하기까지 했다…… 이런 미결 사건들을 하나하나 전부 살펴보아야 했다…… 사방을 찾아다니고 종종걸음을 쳤지만, 결론은 여전히 분실분이 있다는 것이었다!

나도 없는 창고에서 아버지가 무엇을 할 수 있었겠는가! 혼자서. 아버지가 한칼라의 거리로 뛰쳐나간 것은 당연한 일이었다…… 순찰대에 질린 소령의 아버지인 노인을 절대 건드리지 말라는 명령이 내려졌다…… 마시고 싶으면 마시게 두라는 것이다…… 그의 일이니까…… 하지만 노인이 빈둥거리는 병사에게 접근하게 두어서는 안 된다. 쫓아내야 한다. 아무나하고 술을 마시게 두어서는 안 된다. 다른 말이 나지 않도록…… 그냥 혼자 돌아다니게 두라. 다리가 아프도록 싸돌아다니게 두라.

그의 외로운 영혼 안에서 사회주의 부활이라는 이념이 얼마나 고통스럽게 신음했을지 상상이 간다…… 그 이념은 그의 내장에서부터 용솟음쳐 올랐다. 영혼을 터지도록 채웠다…… 상대 없는 논쟁이라니 이 얼마나 가혹한 고통인가!…… 이념은 그의 안에 갇혀 숨을 헐떡이고 있었다. 그 이념은 노인과 함께 초라한 벤치에 앉아 과거의 영광을 기억하며 고통스러워했다. 그런데도 사람들은, 심지어 가장 할 일 없는 병사 나부랭이들조차도 그의 곁을 그저 스쳐 지나갔다.

아버지는 밤이 되어서야 8번 창고로 돌아왔다. 아무 말도 하지 못하고, 여전히 목마른 채로. 돌아와서는 이제 막 개봉한 병을 꺼냈다. 함께 마실 사람이 없었던 것이다! 무거운 신발을 벗어 던지고는…… 한밤중에 그동안 쌓아둔 말의 화산을 조용하고 예절 바른 한국인에게 쏟아냈다.

박에게는 심각한 수면장애가 생겼다. 아버지는 끝없이 말을 했다. 그러면서도 제대로 대화해주기를 바랐다. 도대체 왜 자는 거야! 왜 대답을 안 해?!…… 혹여라도 아버지가 갑자기 무슨 생각에 잠기면, 한국인은 그 즉시 눈을 붙이려 했다. 잠시라도…… 특히 아버지가 술에 취해 의자에서 떨어져…… 말없이 바닥에 앉아 있을 때면. 하지만 이렇게 얻을 수 있는 고요한 시간은 너무나 짧았다.

박이 겨우 잠들면 아버지가 깨어났다. 그러고는 이 한국인에게 거듭거듭 붉은광장에 운집한 수백만의 중국인에 대해 이야기했다. 또 바실리옙스키 언덕에서 펼쳐질 중국 민속무용 공연에 대해서도 떠들어댔다…… 박은 매일 크라마렌코에게 잠이 부족하다고 불평을 늘어놓았지만, 그럼에도 흠잡을 데 없이 완벽하게 서류를 작성했다. 다만 그의 눈이 안개 낀 듯 멍해졌다.

네번째(아니면 다섯번째) 밤이 되어서야, 두 사람은 마침내 지쳐서…… 잠이 들었다. 나는 마침 그날 돌아왔다. 특히 박이 달콤하게 잤다. 술을 마시지 않는 서기의 이 죄 없는 향기!…… 대신 오른편에서는 짙은 술 냄새가 풍겼다…… 거기에는 산더미 같은 군용 피복과 나란히 아버지의 소박한 침대가 놓여 있었다. 나는 침대 끝에 걸터앉았다.

바닥에는 빈 병이 조용히 구르고 있었다…… 아버지는 결국 보드카에서 더 싸구려 술로 옮겨 갔다…… 나는 아버지를 깨우지 않았다. 나도 지쳐 있었다. 그저 곁에 잠시 걸터앉았다…… 아버지…… 아버지의 수염…… 잠든 아버지의 힘찬 숨소리.

잊고 있던 일이 생각났다. 어렸을 때 아버지는 장화를 당겨 신는 법을 가르쳐주었다…… 아침에 학교에 갈 때…… 발목이 긴 장화였다. 많은 아이들이 어려서부터 가지고 있던 신이었다…… 그때는 신들이 다 그랬다. 장화도, 펠트장화도 다 신기가 쉽지 않았다. 아버지는 기다리는 법을 가르쳐주었다. 발에 장화 목이 걸리는 순간을 느끼는 법을 알려주었다. 바로 그때 조금만, 조금만 더 힘을 주어 장화 목을 당기면 되는 거야…… 아버지의 학교.

주무시게 두자…… 나는 팔을 뻗었다. 아버지를 만져보고 싶었다. 주름진 넓은 이마를 만져보고 싶었다. 하지만 아버지가 소리를 치셨고, 나는 화들짝 놀라 물러섰다…… 팔을 뻗은 채로.

아버지의 비명은 갑작스러웠다.

"마샤! 마샤!"

나는 아버지를 만져보지도 못하고, 위를 향해 쳐든 모양새가 되어버린 팔을 든 채로 앉아 있었다…… 아버지는 술에 취해 달콤하게 자며 엄마가 아니라 첫번째 아내의 이름을 불렀다.

어머니는 첫번째 부인보다 더 좋은 여자였고, 더 충실한 아내였다. 내가 아는 한은 그랬다.

나는 내 방으로 갔다. 잠을 좀 자야 했다.

하지만 그 밤은 결국 힘겹게 지나갔다. 잠자리에 들자마자 크라마렌코가 나를 깨웠다. 운반병 한 녀석의 팔이 부러졌다는 것이다. 빠르게 옷을 갈아입고, 그보다 더 빨리 하역장으로 갔다. 하역장은 2번 간이창고 곁에 있다…… 걱정이 되기 시작했다. 갑자기, 스쳐 지나듯, 폭발후유증 환자 중 한 녀석의 팔이 부러진 것은 아닐까 하는 생각이 들었다. 떠돌이 병사 중 한 녀석의 팔이……

그들을 함께, 반드시 함께 자기 부대로 돌려보내야 한다. 그들은 한 팀이다. 알리크와 올레크.

힘든 밤은 첫 순간부터 힘겨운 법이다…… 병사는 이미 일상의 쳇바퀴에서 떨어져 나와 하역장에서 조금 떨어진 곳에 앉아 있었다. 땅바닥에 주저앉아 운명을 기다리고 있다. "위생병이 오고 있어! 벌써 출발했어!" 크라마렌코는 그에게 같은 말을 반복하고 있었다.

병사의 실루엣을 보니 다친 것은 환자들이 아니다…… 누군가 또 다른 녀석이 다친 것이다. 다가가보니…… 바냐 클류예프다. 군소리 없이 일하는 친구다. 왜 가장 온순한 사람들이 다치는 것일까? 사실 쉬운 질문이고, 답도 뻔하다. 그의 곁에 쪼그리고 앉았다…… 바냐, 지금 보내줄게…… 걱정 마…… 의무부대는 여기보다 낫거든…… 그리고 끝내주는 간호사들도 있어!

내가 병사들을 짓밟는 기계라는 생각이 든다. 전시의 창고는 그런 기계이다. "잘된 거야, 바냐. 내 말 믿어…… 거기 가면 배도 나오게 될걸. 재미있을 거야!" 나는 병도 주고 약도 주는 기계다. 기운을 북돋아주며 그에게 간호사에 관한 아주 오래된 농담들을 들려주었다.

작업장에서는 내 두 명의 환자가 문을 열어둔 트럭 짐칸 곁에서 일하고 있는 것이 보인다. 죽어라 일하고 있다! 그래, 당연히 저기 있겠지. 찍소리 없이 시키는 일을 하니까. 안 그러면 어쩌겠는가?…… 반면 경험 많은 운반병들은 그저 뺀질거린다…… 어떻게 하면 일을 덜 할까 고민하고, 어떻게 하면 오줌이나 갈기러 한 번 더 튈 수 있을까 생각한다…… 모두 그랬다. 이 두 명, 그리고 이미 팔이 부러진 바냐를 제외하면…… 팔꿈치 바로 아래가 부러졌다. 바냐는 다른 손으로 부러진 팔을 부여잡고 있다. 팔꿈치 바로 아래 뼈다. 치료하려면 한 달은 걸릴 것이다!

두 트럭 운전병 중 하나가 게으름을 피우며 짐을 실었다. 나는 병사들에게 엄하게 소리쳤다. 지켜보고 있다는 것을 알게 하려고…… 그럼에도 그들은 조금씩 게으름을 피웠다. 지친 것이다…… 정말 일이 많은 한 주였다. 쉬지 않고 짐을 싣고 내렸다. 사방이 디젤유통 천지였다. 컨베이어 벨트 위를 덜컹이며 구르는 디젤유통들! 야간작업을 할 때는 더 힘들다. 바다표범. 왜 그런지는 모르겠지만 여기서는 디젤유통을 그렇게 부른다. 병사들의 군복 상의는 흠뻑 젖어 있고…… 낯짝은 온통 벌겋다.

바냐와 앉아 있다가 다시 일어서서…… 유심히 들여다본다. 저기 분명 문제가 있다. 어디 보자!

"셰스타코프!…… 이리 와!"

나는 운반병 하나를 내 쪽으로 불러내며 소리쳤다.

병사는 힘겹게 숨을 쉬며 다가왔다. 힘든 척하고 있는 것이 아니다…… 이게 더 문제다.

"왜 땀을 안 흘리지?"

내가 물었다.

"뒤돌아봐! 뒤돌아보라고! 등을 감추지 말고!"

나는 그의 마른 등을 두드려도 보고 손바닥으로 쳐보기도 했다.

"술 안 마셨습니다. 맹세합니다…… 정말이에요…… 안 마셨어요, 소령님."

"숨 쉬어봐."

알코올은 몸의 수분을 앗아간다. 하지만 그보다 먼저 우리 안에 있는 물을 연결시킨다. 병사는 무엇 때문인지 굉장히 힘겹게 숨을 쉬고 있었다. 나는 손짓을 해 크라마렌코를 내 쪽으로 불러들였다.

"갑니다, 가요, 소령님!"

크라마렌코는 더 멀리 있는 자동차의 하역을 관리하고 있었다. 거기 연료통 기중기가 말썽을 일으켰다. 소리를 들어보면 그랬다.

크라마렌코는 셰스타코프에게 다가가 아무것도 묻지 않고 콧구멍을 벌름거렸다. 그도 냄새를 맡는 것이다. 하지만 병사는 정말 술을 마시지 않았다. 우리는 이미 이런 일을 겪은 적이 있었다. 신장…… 아니면 심장…… 야간까지 계속되는 초과근무에도 불구하고 무엇 때문에 땀을 흘리지 못하는지는 의사만 알 수 있을 것이다…… 의사가 찾아내게 하자. 어쩌면 병사는 그 때문에 요리조리 피하며 빤질거렸는지도 모른다. 신장이 그에게 말해준 것이다. 신장 두 개가 한꺼번에 속삭인 것이다.
"어이, 서둘지 마, 군인. 어차피 자넨 오래 못 살거든."

그를 막사로 보냈다. 아침부터 의사에게 갈 수 있도록.

어쩌겠는가! 우리는 일손이 부족하다. 튼튼한 어깨도, 삼두박근도, 단단한 프레스도 없다…… 강철로 된 척추로도 부족하다…… 그 외에도 부족한 것투성이다.

크라마렌코도 같은 생각을 하고 있다. 그래서 한 번 더 떠돌이 병사들, 자기 부대에서 떨어져 나온 병사들을 데려다 한 쌍 더 굴려보자고 제안을 한다.

"미쳤나."

내가 코웃음을 쳤다.

"저 두 녀석도 어떻게 해야 할지를 모르겠어. 괜히 데리고 왔다 싶다니까."

우리는 그들을 보러 갔다. 폭발후유증 환자들은 죽어라 일을 하고 있었다. 튼튼한 5인조 운반병 팀에서. 빨리, 더 빨리!…… 일정한 리듬을 잘 유지하고 있다. 연료통들을 옮기고 굴린다…… 창고의 문에서부터 트럭의 열린 짐칸까지. 그러면 거기서 두 사람의 손이 그 무거운 바다표범을 받아서 세워놓는다.

내가 그들에 대하여 기억해냈다는 사실을 감지하기라도 한 듯 알리크는 통을 굴리다 말고 우리 쪽으로 한 걸음 다가온다. 숨을 헐떡이며.

"소령님! 언제……"

그는 숨을 들이마셨다.

"언제…… 우리를 우리 부대로 보내주십니까……"

그러자 곧바로 올레크도 다가왔다. 그는 아예 연료통을 든 채 왔다…… 그러고는 우리 곁에서 좀 떨어진 곳으로 연료통을 굴려두었다. 협상이 오가는 것을 보고는 그대로 온 것이다. 굴리던 연료통을 쥔 채로…… 만일 나나 크라마렌코가 소리치면 언제든 굴릴 수 있도록 준비를 한 채로.

그 역시 애원하는 목소리로 말했다.

"저희는 기다리고 있습니다."

나는 그제야 알아차렸다. 나야 날짜를 세지 않았지만, 그들은 당연히 날수를 세고 있었을 것이다. 벌써 한 달이 지나가버렸단 말인가?…… 소령, 이러면 안 되지!

"크라마렌코!"

내 목소리는 단호하다. 내가 주인이니까.

"이 녀석들이 하기로 했던 한 달 일을 다 한 건가?"

"다 했습니다, 소령님."

"정말?"

"이틀이 더 지났습니다…… 정확하게 세어보면 말입니다."

크라마렌코는 손가락을 구부리며 날짜를 세어보았다. 두 병사는 기다리고 있다. 수심에 찬 얼굴로.

내가 말했다.

"좋아, 알겠다고!…… 전부 기억하고 있어…… 종대가 너희 부대가 주둔한 쪽으로 가게 되면, 바로 보내주지."

"저희는 정말 노력했습니다…… 저-저-저희는 일하고…… 또 일했어요, 소령님."

나는 그 말에 발끈하여 소리를 질렀다.

"기억하고 있다고 했지!"

알리크는 그를 기다리고 있는 연료통을 가지러 창고의 어둠 속으로 사라졌고, 올레크는 경사진 곳에 세워두었던 자기의 연료통을 정신없이 굴렸다…… 이 폭발후유증 환자들이 합류하자마자 연료통들은 다시 일정한 흐름으로 굴러가기 시작한다…… 부드럽게, 한 개, 한 개 차례대로 움직이며…… 헤엄치듯 흘러갔다. 진짜 시냇물처럼! 약간 덜컹이기는 했지만……

그렇군…… 우리는 환자들에게서 눈을 뗄 수가 없었다. 이 모자란 병사들은 정말 정직하게…… 그리고 정확하게 일하고 있다!…… 정말 한 쌍 정도 더 데려와볼까? 그래서 환자들로 이루어진 소대를 만드는 거다. 정말 우습겠군.

크라마렌코는 이상한 소리를 내는 기중기 쪽으로 뛰어갔다. 기중기는 3번 창고 곁에 있다. 그래, 이제 새 기계를 살 때도 되었지.

알리크와 올레크는 둘 다 **떠돌이 병사**다. 체첸인들이 이 병사들 종대의 3분의 2 정도를 전멸시켰을 때, 그들은 살아남았다. 하지만 가까운 곳에서 폭발을 겪은 후 바보가 되었다…… 구덩이로 기어 들어가 목숨을 건졌고, 거기서 기어 나왔다…… 관목 사이를 비집고. 전투(전투라기 보다는 일방적인 폭격)가 끝난 후에…… 그들이 속한 중대는 엄청난 인명 피해를 입고 떠났다. 그 와중에 근거리에서 일어난 폭발로 부상을 입은 그들은 서로에게 의지하며 기어 나왔다…… 올레크는 참을 수 없는 두통 때문에 신음 소리를 냈다…… 그리고 협곡에서 체첸인들이 살아남은 러시아 부상자들을 총으로 쏘아 죽이는 소리를 들으며 기어서 점점 더 멀리 도망쳐 나왔다.

낮에는 숲속에서, 때로는 아예 길가에서 잠을 자고, 밤에는 걸었다.

전투 후에 자기 부대에서 떨어져 나와 홀로 남게 된 병사들은 명확한 전선이 존재하지 않는 이 전쟁의 특이점 때문에 야생동물처럼 변해갔다…… 배고픔에 비틀거렸고, 염소 같은 냄새를 풍겼다……

그들은 자기 부대 번호를 잊고, 중대장의 이름을 잊는다. 기억력을 상실한 것이다…… 그리고 맙소사, 무기마저 잃어버린다.

사령부는 그들을 기다렸다가 괴롭히는 첫번째 관문이다. 어디서 전투가 있었는데? 어디서 종대가 폭격을 당했는데?…… 하지만 그는 알지 못한다. 알-지-못-한-다…… 어떻게 그걸 몰라, 거짓말하지 마! 심문은 언제나 거칠다. 언제 전투가 있었느냐고? 며칠날? 어떻게 날짜를 몰라? 포탄이 터졌다고? 체첸놈들은 무기가 없는데 무슨 포탄?…… 그 전투에 체첸놈들이 박격포라도 가지고 왔다는 거야?……

그들은 그로즈니로 숨어들어 밤길을 배회한다. 이 산에서 저 산으로…… 혹시 무슨 소리라도 들리면 관목 속으로…… 관목에 숨은 채 밤의 어둠 속에서 서로에게 귀뚜라미 소리로 신호를 보낸다. "트리-리-리-이…… 트리-리-리-이……" 작은 소리로 높은 휘파람을 불어 서로에게 신호를 보내는 체첸놈들과는 다른 방식이다.

나의 용맹스러운 스네기리 중사는 알리크와 올레시카를 바로 그로즈니 진입로에서 찾았다. 그들은 작은 숲속에 숨어 있었다…… 고전적인 수법이다!…… 눈이 좋은 스네기리는 장갑수송차에 탄 채로 그들을 발견했다. 그러고는 운전사에게 차를 세우게 했다…… 멈춰! 그러더니 관목에 숨어 있는 폭발후유증 환자들에게 손가락 두 개로 거친 휘파람을 불었다. 러시아군의 휘파람이다. 어이, 거기!

부상병들은 관목에서 기어 나왔다. 그러고는 5층 건물의 잔해를 향해 달려왔다. 둘 다 자동소총을 든 채로! 제대로 자세를 갖추고!…… 스네기리는 재빠르게 그들과 협상을 시작했다. 비록 한 명은 말더듬이였지만. 두 명 모두 장갑수송차에 태우고…… 출발!

그들이 염려했던 단 한 가지는 자기들이 성실하게 질린 소령이라는 자의 창고에서 일을 끝내면 그가 자기들을 소속 부대로 되돌려 보내줄 수 있을까, 하는 점이었다.

"우리 보스는 뭐든지 할 수 있어."

스네기리가 말했다.

"우리 보스는 모든 보스의 코를 납작하게 할 수 있거든."

그는 나에 대해 그렇게 말했다.

그렇게 그들을 데려왔다…… 그중 한 명인 올레시카는 필요한 때건 아니건 가리지 않고 몸을 똑바로 펴고 경례를 하며 울부짖듯 외쳤다. "충성을 다하겠습니다!"…… 또 한 명은 심하게 말을 더듬었고 눈이 젖어 있었다. 더 정확히 말하면 한 눈만 젖어 있었다. 왼쪽 눈으로만 눈물을 흘렸다. 그리고 왼쪽 얼굴에 가벼운 틱 증상이 보였다…… 둘 다 끔찍한 냄새를 풍겼다…… 지금은 아주 사람이 된 것이다. 씻고 먹었으니까.

스네기리 중사가 그들을 숲에서 곧장 크라마렌코에게 데려오고, 크라마렌코가 내게 데려왔을 때 나는 물었다.

"너희는 뭐가 두려운 거지?…… 왜 그렇게 겁에 질린 얼굴들이야?"

알리크가 대답했다. 아주 심하게 몸을 비틀고 말을 더듬으면서. 시-시-시-심문이 있을까 봐 무섭습니다…… 그-그리고 감옥에 가게 될까 봐요…… 연방보안국이 심문을 할까 봐요. 나는 웃음을 터뜨렸다. "연방보안국은 폭발후유증 환자들을 심문하는 것 말고는 할 일이 없나 보지?" "얼마나 무섭게 물어본다고요. 그리고 사령부에서는 한마디도 믿어주지를 않아요…… 종대가 폭격을 당했는데, 네놈들은 어떻게 살아남았어?…… 어떻게 네놈들만 살아남을 수가 있지?…… 그 부대는 저쪽으로 갔는데, 너희는 다른 쪽으로 간 거잖아. 왜-애-애-일까?"

게다가 그들의 한 친구는 영영 전쟁터에 남았다. 죽어버렸다…… 죽은 청년의 딱딱하게 굳어버린 턱…… 톨리치. 톨리치가 바로 지척에 누워 있었어요…… 톨리치는 폭격을 맞았는데, 너는 아니었다는 거잖아. 왜-애-애-지?

"좋아, 알겠어!…… 어쨌거나 자네들은 자기 소총은 가지고 있잖아. 전쟁 중에 무기를 버렸다는 소리는 듣지 않을 거야."

그는 고개를 숙였다. 그리고 계속 눈물을 쏟았다. 왼쪽 눈에서만. 시냇물처럼.

"무-무-무서워요…… 총알이 쏟아지는데…… 우리는 관목 속으로 기어갔습니다."

그들은 겁에 질려 있었다…… 이런 병사들은 두려워하는 것이 많다. 이곳까지 오며 길이 만나는 곳에서 자기들처럼 겁에 질린 다른 병사들을 만났고, 그 병사들은 이들에게 자기들이 겪은 끔찍한 이야기를 들려주었다. 서로 나눌 이야기가 있었던 것이다.

이 떠돌이 병사들 모두가 알고 있는 단 하나의 구원, 단 하나의 출구는 자기 부대로 돌아가는 것이다.

"한 달간 내 창고에서 일해. 정확히 한 달간…… 그 후에는 부대로 돌려보내주지."

내가 약속했다.

두 사람 모두 고개를 끄덕였다. 동의한 것이다! 머리를 주억거리며, 네, 네, 하고 답했다!…… 올레크는 모든 상황마다 한 번 더 경례를 붙였다. 충성을 맹세합니다!

콜랴 구사르체프를 통해 나는 그들의 부대가 인원을 보충한 후 베데노 근처로 보내졌다는 것을 알게 되었다. 더운 곳이다!

"경비병 중 한 놈을 데려올까요?"

크라마렌코가 제안한다.

"뭐라고?"

"경비병 중 하나를 골라 짐 나르는 병사로 쓸까요?"

우리는 당분간 이 단순한 방법을 택하기로 한다. 폭발후유증 환자들은 지금으로 족하다. 한번 해보자!…… 내일 크라마렌코가 창고 경비병 명단을 가져올 것이다. 그러고는 내 옆에 나란히 설 것이다. 그는 병사들 한 명 한 명을 다 알고 있다…… 손가락으로 명단에 있는 이름을 하나하나 짚어가며 이야기해줄 것이다. 건장한 놈인지 아닌지…… **붉은 낯짝**이 될 만한지 아닌지.

그렇게 일 이야기를 하던 중에 그가 갑자기 아버지 이야기를 꺼냈다.

"알렉산드르 세르게이치…… 제가 너무 뭐라 한다고 생각하지 마세요…… 소령님 아버지가 여기서 술을 너무 드세요."

"그 양반은 어디서나 많이 드셔."

"돈을 주지 마세요."

결국 다음 날 순찰대가 아버지를 붙잡았다. 마침내 결정을 내린 것이다…… 그들은 아버지의 여권을 압수했다…… 모든 것이 거리에서 소동을 피우는 바람에 시작되었다. 아버지는 또 한 명의 용병을 벽으로 밀어붙이며 제멋대로 굴기 시작했다…… 전쟁에 대해 논쟁을 하고 싶었던 것이다…… 전쟁의 시작과 원인에 대해서…… 전쟁이 어떻게 진행되고 있는지에 관해서…… 길에서 자주 볼 수 있는 체첸인들의 매복을 최후의 발악이라 이해해야 할지…… 아니면 전쟁이 새로운 국면으로 접어들었다고 이해해야 할지에 관해서……

"누군가가 소령님 아버지를 찍어두었다고 합니다."

창고 공사장에서 일하는 체첸 인부가 다가와 겨우 입술만 달싹거리며 이야기를 한다.

아주 작디작은 소리로.

심장이 두근거리기 시작한다. 누가 찍어두었다는 것인가? 우리 편인가, 아니면 체첸놈들 편인가?…… 그가 속삭이는 것으로 보아서는 아마 체첸놈들일 것이다. 그는 입술을 정말 살짝만 달싹였다. 다 지어지지 않은 이 벽들도 들을 수 없도록. 발아래서 쿵쿵 소리를 내는 이 나무판자들도 들을 수 없도록.

물론 아직은 소문일 것이다. 멀리서 들려오는 확실하지 않은 소문…… 하지만 이것만으로도 겁을 먹기에 충분하다.

친지를 납치하는 일이 적지 않게 일어나고 있었다(술집에서 바로 산으로 데려간다). 더욱이 그로즈니는 이제 막 수염을 깎은 체첸인들로 가득하다. 어제까지 수염이 나 있었기에 아직 그을지 않은 하얀 광대뼈를 한 사람들…… 그들은 서류를 가지고 있다…… 이제 연방군과 협력한다는 것이다. 바로 어제부터 말이다…… 끝내주는 서류다! 하지만 산에서 나는 냄새를 숨길 수는 없다. 이제 막 수염을 민 놈들도 산에서 나는 냄새를 풍긴다. 그런 놈이 자기 서류를 내밀면, 순찰병은 명령에 따라 어쩔 수 없이 콧구멍을 틀어막고는 한 발짝 뒤로 물러서야 한다…… 지금 그로즈니는 물과의 전쟁 중이다. 우리도 씻지 못한다…… 그렇게 되어버렸다. 솔직히 말하면 우리도 모두 치즈 냄새를 풍긴다.

물론 이 사냥의 목표물은 나다. 술 취한 수다쟁이 영감이야말로 가장 손쉬운 사냥감이 아닌가!…… 하지만 그 때문에 나는 체첸놈들의 낚싯바늘에 걸려들게 될 것이다. 나와 내 창고가. 나와 내 휘발유통들이…… 내 디젤유가…… 내 AGS-17*이(유탄발사기 다섯 자루를 이제 막 창고로 가져왔다)…… 만일 그놈들이 아버지를 납치하게 되면 말이다. 그렇게 되면 그들은 나를 쥐어짤 것이다…… 그 천치들은 내가 돈을 가지고 있다고 생각할 것이다. 그럴수록 더 위험하다!

아버지는 저녁이 다 되어서 나타났다. 술에 취해 시끄럽게 떠들며 정문에서 경비병들에게 시비를 걸고 있다. 경비병이 자제하려 애쓰는 소리를 들었다…… "좋아, 알겠다고…… 지나가!" 경비병은 기꺼이 이 '소령의 아버지'를 창고에 들이지 않고 문밖으로 밀어내고 싶었을 것이다. 한 대 치고 싶었을지도 모른다……

서둘러 아버지를 만나러 갔다. 아버지는 이야기를 할 만반의 준비를

* 소비에트에서 개발된 유탄발사기. '불꽃'이라는 별명으로 불린다.

갖추고 있었다. 번쩍이는 두 눈을 희번덕거렸다. 아버지의 눈은 저녁 빛을 받아 날카로워 보였다…… 그는 카페에서…… 카페에서?…… 자파세츠키라는 용병과 너무너무 재미있게 이야기를 나누었다.

"이 전쟁의 발단에 관해서 이야기를 나눴지…… 두다*는 소련으로 돌아가기를 원했어, 그렇지?…… 우리가 다시 소련으로 돌아갔다면 두다는 절대 우리와 전쟁을 하지 않았을 거야."

나는 차갑게 미소를 지었다.

"두다는 원하는 게 많았죠."

한칼라에 있는 카페들을 알고 있다. 술 취한 용병들이 그 두 개의 카페에 코빼기라도 비치는 일은 절대 있을 수 없다. 순찰대를 두려워하기 때문이다…… 그래, 아버지가 고백했다. 그래, 카페에 있었던 건 아니야. 토담에 앉아서 이야기를 했어. 그러다가 나중에는 그냥 풀밭에 앉아서 이야기를 나눴지. 하지만 그렇다고 뭐가 달라지나?…… 정말 재미있게 이야기를 하고 있었어. 용병 자파세츠키는 정말 똑똑하고 아는 것이 많더라. 그런데 영감으로 충만한 우리 논쟁이 절정으로 치닫고 있을 때 자파세츠키를 데려가버렸어. 순찰병이!…… 번개처럼 빠르게! 정말 할 일도 없나 보더라! 여기서 아주 재주들이 늘었어. 딱 2초 만에!…… 그런 철학자를 원숭이 우리에 가두어버렸다고!

우리는 8번 창고로 다가갔다.

"아버지를 잡아가지는 않았네요."

나는 미소를 지었다.

---

* 조하르 무사예비치 두다예프Dzhokhar Musaevich Dudaev(1944~1996)는 체첸 공화국의 제1대 대통령이다. 1996년 4월 그의 전화 통화와 주파수를 통해 위치를 알아낸 러시아 공군의 미사일에 맞아 전사했다.

"아버지가 질린 소령의 이름을 말했기 때문인가요?"

아버지는 당황했다.

"나는 아무 소리도 안 했다! 내가 아무 말 안 해도 그 녀석들은 나를 알아!"

지당한 말씀이다. 여기 와 계시는 일주일 동안 순찰대 전원이 아버지를 알게 되었다. 이제 아버지를 러시아로 돌려보내야 한다…… 질린 소령, 그것도 가능한 한 빨리…… 먼 길을 떠나시게 해야 한다. 기차에 태우고, 튼튼한 침대 아래 칸에 앉게 하고, 샌드위치와 술병을 챙겨서 곧장 저 먼 도시 코빌스크에 있는 친구들에게로, 술꾼들에게로 돌려보내야 한다…… 이미 오래 머무셨다!

아버지는 잠잘 준비를 했다…… 박은 이미 자기 침대 위에서 자고 있었다. 순결한 사람들이 있다. 레닌 묘 곁에 운집한 군중을 생각하다 지쳐버린 서기는 머리를 이불 속에 처박고 돌아누워 있었다. 키가 작은 그는…… 꼭 누에고치처럼 보였다.

아버지의 잠자리를 봐드리자마자 로슬리크에게서 전화가 온다. 아버지가 떠나실 때가 됐어.

그들이 아버지의 뒤를 밟고 있다. 이미 방목하듯 아버지를 풀어놓고 더 으슥한 곳, 더 잔인한 상황이 만들어지길 기다리고 있다고 했다. 진짜 사냥이다!…… 로슬리크는 완전히 흥분해 전화기에 대고 소리를 쳐댔다…… 알렉산드르 세르게이치, 당신 아버지는 창고에 가둬둘 수가 없는 양반이야! 밖에서 당신 아버지에게 술 먹이는 것은 일도 아니라고. 한 잔 더 권하는 거지! 이야기를 잘 받아주면서! 아마 아버지 술값도 내주지 않을걸. 그렇게 순식간에…… 납치해 갈 거라고…… 그럼 끝인 거야.

루슬란보다 먼저 이 소식을 전한 로슬리크는 아주 흡족해했다. 나의 친구이자 동지가 되고 싶은 열망에 불타는 그가 이런 심각한 위험에 대해 먼저 경고해주었다…… 그가! 그가 나를 도운 것이다!

설상가상으로 사령부는 친지들의 체첸 방문을 전면 금지했다.

아버지는 서둘러 떠나야 하는 상황을 나름대로 긍정적으로 받아들이려 애썼다. 이건 도주가 아니라 기동작전이야!

심지어 다른 누군가가 아니라 자기를 납치하려 한다는 사실에 조금 흥분하기도 했다…… 아들의 숨통을 조이기 위해 납치하려는 것이다. 하지만 체첸놈들도 아무나 납치하지는 않을 테니까. 그건 아들이 중요한 인물이라는 뜻이다. 다시 말해 아들을 우러러본다는 이야기다…… 똥을 집어 가려는 놈들은 없을 테니까.

"개새끼들!"

아버지는 짐짓 화가 난 척했다.

게다가 아버지는 아들이 예전에 다른 누구도 아닌 두다예프와 친분이 있었다는 사실에 완전히 흥분했다! 급하게 이 땅을 떠나야 하는 작금의 상황조차 어떻게든 그 고릿적의 친분 관계와 연결시키고 싶어 했다…… 그리고 그 광폭한 조하르에 관한 이야기를 나누고 싶어 했다. 아들! 자랑 좀 해봐! 이야기 좀 해보라고!

"아버지! 지금은 1분도 허투루 쓸 시간이 없어요."

"하지만 두다가 직접 말을 했잖니. 러시아로 돌아가는 것에는 '아니오'지만, 소련이라면 '예'라고. 아들, 그렇지 않아?"

나는 그때 구사르체프와 통화를 하고 있었다. 어떻게 되었어? 표는 구하고 있어?…… 빨리, 가능한 한 빨리 좀 부탁해, 콜랴!

"아들, 자랑 좀 해봐…… 두다는 소련으로 돌아가고 싶었던 거야.

만일 소련이었다면 두다는 분리 독립을 하려 하지 않았을 거야. 두다는 소련을 사랑했거든. 그렇지?"

"아버지. 제발 가방 좀 챙기세요."

사실 자랑할 것도 없었다. 나는 두다예프가 체첸 국회에서 권력을 얻으려 애쓰며 정치 활동을 시작했던 초창기에 잠시 그와 알고 지냈다. 당시는 두다예프 자신도 높은 관직을 노리며 동분서주하던 시절이었다. 그때 그는 이제 막 대대를 모아 무장시키고 있었다.

배낭…… 길에서 먹을 음식…… 더 빨리요! 나는 아버지 몰래 바지의 비밀 주머니 속에 돈을 숨겨 넣었다. 그리고 아버지가 엉망진창으로 구겨 넣은 배낭 안의 잡동사니 속으로 술병 하나를 밀어 넣었다…… 아버지는 쉴 새 없이 떠들어댔다…… 구제불능의 인터내셔널리스트. 골동품이다! 아버지 세대에서도 이런 사람을 찾기란 쉽지 않을 것이다(그들은 이미 모든 것을 이해했을 테니까……). 떠들지 않으면 견딜 수 없는 어떤 광기가 아버지를 덮친 것 같았다. 헤어지게 되었으니까!…… 노인은 떠나야 한다는 사실을 요란하게 서글퍼했다.

그는 바로 이곳 체첸에서, 두다가 목자처럼 체첸인들을 소련으로 이끌어 올 날을 기다리고 싶었다.

배낭을 흔들어 여분의 공간을 마련하고 꼼꼼하게 짐을 챙기며 나는 두다의 좋은 시절도, 소련의 호시절도 다 끝났다고 말했다. 이미 지나가 버렸다고…… 존재하지 않는다고……

아버지는 갑자기 깨달았다.

"아, 그래, 그래."

아버지가 서둘러 말했다.

"두다는 살해당했지. 내가 어쩌다 그걸 잊었을까…… 하지만 아들…… 두다가 죽었다고 확신하니? '브레먀'*에서 그러는데…… 그의 묘를 찾았다고도 하고…… 또 묘가 없다고도 한다던데…… 장례를 치렀다고도 하고, 아니라고도 한다고…… 두다는 어떻게 죽었지?"

"제일 가까운 친구가 배신했어요."

아버지는 거의 소리를 쳤다.

"그럴 수가!"

잠시 슬픔에 잠겼던 아버지가 입을 열었다.

"가까운 친구가 아니었던 게지."

"가장 가까운 친구였어요."

"뭐라고?!…… 가장 가까운 친구였다고?"

"저한테는 그렇게 말했어요."

"그러니까 친구를 잘 골라 사귀어야 하는 거야…… 하지만 이야기해줄 거지? 아들, 꼭 얘기해줘야 한다. 알겠지? 떠나기 전에 말이야…… 나한테는 아주 중요한 거다. 나는 네가 이야기한 것들에 대해서 오랫동안 생각할 거다…… 기차 안에서…… 아들, 내가 갈 길이 멀잖니!"

1분이라도 시간이 남으면 아버지에게 이야기해드릴 것이다. 못 해드릴 이유가 무엇이 있겠는가?…… 그 이야기가 아버지의 가는 길을 환하게 밝힐 텐데. 아버지의 인생도 환하게 밝혀줄 텐데. 나는 아버지를 사랑한다. 나의 이 늙은 주정꾼을 사랑한다.

구사르체프의 전화다.

"세 시간 뒤에 기차가 출발해. 기차표는 내가 가지고 있어."

---

* Vremya: '시간' '시대'라는 뜻의 러시아 국영방송 프로그램.

나는 안도의 한숨을 내쉬었다. 분명 바자노프 장군이 손을 써주었을 것이다. 그의 전화 한 통이 해결한 것이다…… 물류역에서 나의 영향력은 거의 무한대다. 하지만 객차와 관련해서는 장군 없이 되는 일이 없다.

"고마워, 콜랴."

"내가 표를 가지고 갈게…… 바로 창고로 가면 되는 거지?"

루슬란의 전화다.

루슬란에게 경호원으로 일하는 친척이 있는데, 일급 경호원이다…… 좀 멀리 살기는 하지만 한 시간이면 이곳에 올 수 있다고 했다. 필요하다고 말만 하면 바로 기차역으로 달려와 모즈도크까지라도 아버지를 경호할 수 있다고 했다.

"고마워, 루슬란…… 그럴 필요까지는 없을 것 같아. 중요한 건 지금 최대한 빨리 떠나는 거야."

아버지는 갑자기 너저분한 군복들을 뒤적이기 시작했다. 도대체 뭘 더 가져가시겠다는 건지?!…… 위장복 하나를 집었다가 또 다른 것을 들어서 본다. 선반에서 위장복을 꺼내 살펴보고는 옆으로 던져버린다. 거기에는 완전히 지쳐버린 박이 조용히 앉아 있다.

"아버지!…… 뭐 하시는 거예요?"

"고른다."

아버지는 자기가 가져갈 위장복이 우리의 작지만 자존심 강한 고향 마을에 강한 인상을 줄 수 있기를 바랐다. 전쟁의 얼룩덜룩한 숨결이 우랄에 있는 코빌스크를 '정통으로 쏘아 맞히길' 원했다. 모두 창문을 열고 체첸에서 온 자를 바라봐주기를 바랐다…… 노인은 가슴을 쫙 펴고 5층 건물 사이를 걸어갈 것이다.

그러다 동네 사람들과 멈추어 서서 이야기를 나눌 것이다. 그럼 아버지는 무언가 재미있는 이야기를 들려주겠지. 전쟁에 관하여…… 아들에 관하여.

느긋하게 뒤지고 또 뒤져서 아버지는 마침내 마음에 드는 위장복을 찾아냈다. 그러고는 옆선을 다듬는다.

"음, 좋아…… 자, 이제는 누가 두다예프를 배신했는지 이야기해줄 거냐?"

"꼭 이야기해드릴게요…… 아버지, 지금은 서두르세요."

밖에서 내 지프의 시동을 거는 소리가 들려온다. 크라마렌코가 모터와 휘발유를 점검하고 있다.

잠이 부족한 박이 지친 모습으로 우리 맞은편에 앉아 있었다. 자기 간이침대 위에. 그는 기다림 속에 고요히 숨을 죽이고 있다…… 숨도 쉬지 않는 것처럼 보인다. 아버지의 출발에서 조금이라도 방해가 될까 두려운 것이다…… 그의 생각은 기도처럼 어딘가 높은 곳, 먼 곳을 향해 있는 듯했다. 그래, 좋아, 사회주의가 다시 돌아오라고 해…… 개 쌍…… 중국놈들도 오라고 해…… 인도놈들도 단체로 몰려들라고 해…… 외계인도 좋아. 누구든 오라고 해. 제발 밤마다 입을 닥치지 않는 저 미친 노인네만 떠나라고, 꺼지라고 해줘.

아버지가 좋아하시도록 함께 레스토랑에서 잠시라도 시간을 보내자! 술 한 잔을 앞에 두고 종지부를 찍자…… 꼭 올 필요는 없었던 아버지의 이 불필요한 여행에, 혈연 간이라면 꼭 필요한 종지부를 찍자. 이 생각에 이어 떠오른 두번째 생각은 아버지가 보드카를 챙겨 가지 못하게 해야 한다는 것이었다. 아버지의 눈 속에 이미 특유의 번쩍임이 보였기 때문이다. 그 번쩍임은 아버지의 눈 속에 자리 잡고 있었다…… 조금 더 커진 동공도. 이건 아버지가 어딘가에 술병을 숨기고 있다는 뜻이다. 250밀리리터짜리 작은 병. 그 병에서 살짝살짝 술을 따라 마시고 있는 것이다.

아버지는 함께 술을 마시면서 몰래 자기 잔에만 술을 더 따르는 탁월한 재주가 있다…… 주머니…… 아니면 허름한 가방에서 몰래 술을 꺼내어 따른다. 늙은 아버지는 경계심이 늘었다. 가난이 준 인색함도 한몫을 했다. 아버지는 두려웠다…… 삶의 기쁨이 갑자기 끝나버릴까 봐. 노인네는 이미 사람들을 믿지 못했다…… 아들조차도…… 이 즐거운 인생의 말년에 아들이 그에게 술을 따라주리라는 확신이 없었다…… 잔이 넘치도록 제대로 따라주리라는 확신이 없었던 것이다.

"이야기도 나누고, 논쟁도 하고 그러자, 아들. 아주 긴 대화를 나누자고."

나는 그저 고개를 끄덕였다. 우리가 역에 자리한 레스토랑에 들어설 때 그렇게 생각했다. 아버지에게 술을 드리자, 술을 마시게 해드리자. 하지만 정도껏 드리자…… 사랑스러운, 나의 사랑스러운 노인네에게. 아버지!

하지만 우리가 레스토랑 문가에 선 바로 그 순간(그때 우리는 아직 제대로 레스토랑 안으로 들어서지도 못했다) 탑승을 알리는 안내 방송이 큰 소리로 분명하게 들려왔다. 그러고는 기차 소리가 무섭도록 가까이서 울렸다…… 우리는 그 즉시 돌아섰다.

우리는 거의 뛰어서 기차가 있는 곳까지 갔다.

아버지는 기차의 탑승 계단 위에 서고, 나는 반대편 땅 위에 서 있었다. 우리는 둘 다 정신을 차릴 수가 없었다…… 아무것도 하지 못했다. 나는 아버지에게 강가에 집을 짓고 있다는 이야기도 제대로 하지 못했다. 그 집에 아내와 딸이 살고 있고, 아버지도 우리와 함께 사셨으면 한다는 말도 하지 못했다. 집이 다 지어지는 대로 바로…… 우랄에 있는 코빌스크에서는 이미 충분히 사셨으니까.

게다가 아버지에게 약속한 이야기도 해드리지 못했다…… 어쩌다 내가 이곳에서 갑작스레, 어쩌면 내 의지도 아니었는데, 돈을 벌 줄 아는 인간으로 변하게 되었는지에 대해서도 이야기할 시간이 없었다(사실 이것은 대대로 건축기사로 일했던 아버지나 내가 한 번도 제대로 해본 적이 없는 일이었다).

아버지 역시 계단에 서서 넋이 나간 듯 나를 바라보았다. 아버지도 많은 것을 하지 못했던 것이다…… 시간이 어디로 사라져버린 것인지 도통 이해할 수가 없었다. 도대체 이 여드레, 아흐레 동안 우리는 무엇을 한 것일까? 우리의 낮과 밤은 도대체 어디로 가버린 것일까?…… 도둑맞았다. 누군가가 이 시간을 몽땅 훔쳐 가버렸다.

다시 한번 기차가 굉음을 냈다…… 아버지와 나 사이 혈연의 정도 애처로운 소리를 내기 시작했다. 우리의 정도 소리 없이 외치기 시작했다. 우리는 서로를 바라보았다. 나는 무언가 정말 의미 있는 말을 해야 했다. 그 말을 하려고 긴장하기까지 했다…… 지금 말하리라…… 나는 마른 입술을 핥았다. 아버지에게 입도 맞추지 못했다…… 그러고는 그저 이렇게 말했다.

"많이 마시지 마세요."

아버지도 이 순간에 걸맞은 무언가 고상한 한마디를 남겼다.

"무슨 소리냐!"

그리고 기차는 떠났다……

나는 기계적으로 레스토랑으로 돌아왔다. 그리고 레스토랑 안으로 들어섰다…… 탁자 앞에 앉아서 기계적으로 보드카 백 그램을 들이켰다. 그리고 백 그램을 더 들이켰다.

하지만 음식은 전혀 먹을 수가 없었다.

레스토랑에는 사람이 별로 없었다…… 천박해 보이는 예쁘장한 여자와 함께 앉아 있는 대령. 머리에 붕대를 감고 창가에 앉아 있는 병사. 어두운색 옷을 입고 구석에 앉아 있는 산골 여인네들…… 그들 발치에는 보따리가 놓여 있었다. 가난한 여자들. 체첸 여자들인지 인구시* 여자들인지는 모르겠다…… 그들은 돈을 절약하기 위해 음식은 주문하지 않고 말없이 차만 마시고 있었다.

아버지는 이미 멀리 계셨다. 바퀴 소리가 멀어지자 세차게 뛰던 심장 박동도 잦아들었다. 하지만 아버지와 나, 둘이 함께 빠져들었던 그 암전의 순간, 작별의 순간은 여전히 마음에 남았다.

돈을 지불하고 레스토랑을 나섰다.

"냄새 때문에 그러세요?"

종업원이 물었다. 냄새 때문에 속이 안 좋아 안주 없이 보드카만 마신다고 생각했던 것이다.

지지고 볶는 진한 냄새가 열린 부엌문을 통해 사람들이 앉아 있는 홀로 흘러들었다. 강낭콩 수프…… 고기…… 음식 냄새의 안개…… 팬 위에서는 어제 것이 분명한 음식이 조용히 끓고 있었다. 냄새는 조심스레 올라와 위쪽으로 기어오르며 넓게 퍼져갔다. 그들도 원하는 것이다…… 위로 향하는 길을!

그 위쪽에서 냄새는 점점 더 짙어지고 독해졌다. 하지만 천장은 냄새

---

* 러시아 남서부 체첸 공화국과 카자흐스탄에 거주하는 종족.

를 내보내주지 않는다. 이 거지 같은 것들이 더 넓은 세상으로, 푸른 하늘로 떨치고 나아가게 해주지 않는다.

물론, 지하실부터 시작해서 하나씩 지어가고 있는 집 전체의 구조와 자잘한 필요에 관한 것은 내가 감독했다(전화로). 통신. 전기. 가스…… 하지만 1층과 2층은 아내가 직접 맡았다. 지금 아내와 딸은 짓고 있는 집에서 살고 있다. 거기 살면서 천천히 지붕을 올리고 있다…… 내가 전화로 가르쳐준 유일한 것은 인부를 구하고, 그들과 협상하는 방법이다. 짐꾼…… 석공…… 목수…… 그리고 특히 전기공…… 현대식 보일러와 난방 기기…… 요즘 식으로 전선을 보이지 않게 매립하려면 전기공이 꼭 필요하다.

여름이기 때문에 아내와 딸은 별채에서 잔다…… 거기가 훨씬 선선하다. 별채 측면은 초원과 맞닿아 있다.

나중에 나는 나의 노인장에게 체첸에서 일하고(그리고 전쟁을 하고!) 있는 나, 질린 소령이 벌어들인 돈이 절대 설렁설렁 벌어들인 쉬운 돈이 아니라는 이야기를 할 것이다. 카지노나 경마장에서 번 돈이 아니라고…… 언젠가는 이 돈을 벌기 위해 어떤 룰렛 게임을 벌이는지 설명할 수 있을 것이다. 우리가 이곳에서 매일 어떤 룰렛 게임을 하고 있는지 말이다.

내가 전화를 걸었을 때 아버지는 그저 웃었다. 아버지는 아내와 딸이 있는 곳으로, 지금 집을 짓고 있는 큰 강 기슭으로 이사할 생각이 전혀 없었다. 평생 가난하게 사는 것이 익숙하고, 다 늙어서 궁궐로 들어가고 싶지 않다고, 연금 생활을 하는 노인에게 '궁궐 생활'은 어울리지 않는다고 했다. 너무 깨끗한 바닥을 밟으며 살고 싶지 않다고, 분명 무언가로 더럽히게 될까 두렵다고 했다…… 아버지는 누구에게도 체면 차리지 않고, 누구라도 들을 수 있도록 요란하게 자기 수프를 들이켜고 싶다고 했다.

"궁궐은 무슨 궁궐요!"

나는 언성을 높이기까지 했다.

"그냥 평범한 좋은 집이에요."

"몇 층이냐?"

"2층요."

아버지는 내가 저지른 부끄러운 짓을 찾아내기라도 한 듯 흠! 하는 소리를 냈다.

"거봐라!"

그러고는 다시 심술궂게 웃었다.

"아들, 땅은 얼마나 되냐?"

"그냥 그래요. 땅도 있죠. 단풍나무 숲도 있고요…… 바로 우리 집으로 이어져요."

"아하! 단풍나무 숲도 있다고!"

아버지는 전화를 끊어버렸다. 나를 거지로 만들어 시베리아로 옮겨오게 하고 싶은 강렬한 마음이 아버지를 사로잡았던 것 같다.

이 대화에 대해 아내에게 보고를 하자 아내는 나를 나무랐다. 내가 배려심이 없었다고 했다. 캅카스에서 거는 당신 전화는 늘 좀 거칠어요…… 노인들하고는 더 부드럽게 말해야 해요…… 설득도 하고…… 달래기도 하고.

그러면서 직접 아버지에게 전화를 걸겠다고 했다.

"알아서 하시죠."

그러고는 나도 거의 아버지처럼 재빨리 전화를 끊어버렸다.

아버지는 나와는 전혀 다른 방식으로, 훨씬 부드럽고 따뜻하게 아내와 이야기를 나누었다. 심지어 조금은 고상한 대화를 나누었다. 철학자 연하면서…… 하지만 대답의 본질은 바뀌지 않았다. 아버지는 우리에게 오지 않을 것이다…… 손녀딸이 많이 자랐는데 보러 안 오세요?…… 언젠가는 보러 가야지…… 언제요?…… 건강을 봐서 해야 하지 않겠니.

"아가, 고맙다."

아버지는 아내가 던진 중요한 질문에 대해 부드럽게 답했다.

"하지만 너도 나를 좀 이해해주렴…… 나는 여기서 살고 싶다. 이 거지 같은 5층집들과 같이 여기 남고 싶어. 우리 고마운 아가야, 이해해 줘라, 내 인생이 여기 있잖니."

마지막으로 아버지는 아내가 너무도 힘겨운 삶을 살았지만 해외로 망명하기를 거부했던 안나 안드레예브나 아흐마토바의 시를 가끔이라도 읽는지 궁금해했다고 한다…… 아흐마토바가 자랑스럽게 썼지 — **나는 나의 민중과 함께했다.**

그렇단다, 아가.

'아가'는 낙심하여 전화를 끊었다.

아마도 아버지는 자기의 답변을 자랑스러워하며 기쁨에 가득 차 밖으로 달려 나갔을 것이다. 환희에 차서! 신선한 바람을 쐬러! 그렇게 거절하는 순간, 영혼은 광활한 공간을 필요로 한다.

아내는 아버지의 목소리가 낭랑하게 울렸다고 했다. 어련했을까!…… 나는 아내에게 그 노인네는 분명 전화를 끊자마자 자기 '민중'의 품으로 달려갔을 거라고 말했다. 다 무너져가는 5층집들이 줄줄이 이어져 있는 곳을 지나, 마음이 아리도록 잘 알고 있는 식료품점을 향해 곧장 달려갔을 것이다…… 그리고 거기서 술을 사겠지. 그러면 그곳에서 얼굴이 시퍼런 친구들이 시끌벅적하게 그를 맞아줄 것이다. 구석에 자리한 다 쓰러져가는 작은 가게!…… 유통기한이 지난 제품들을 파는 그곳 천장에서는 살짝 물이 샌다. 대가리로 한 방울, 또 한 방울, 물이 떨어진다…… 노인네는 그곳에서 마음이 따뜻해진다. 벌써 계산대 옆에서 이런저런 사람들과 농지거리를 하고는, 다시 밖으로 나와 목이 가느다란 병에서 술을 들이켜고 싸대기를 한 대 맞을 수도 있다.

아버지는 입맛을 다시며 잠시간의 고요를 즐기더니 작별 인사를 하며 작은 소리로 아내에게 말했다고 한다.

"아가…… 나는 내 민중과 여기 남을란다…… 사샤에게 그렇게 전해라."

6장

우리는 바자노프 장군의 집을 향해 천천히 달리고 있었다. 운전대는 내가 잡았다. 콜랴 구사르체프는 휴대폰을 들고 곁에 앉았다. 우리 두 사람은 저녁 식사에 초대받았다. 장군이 직접 전화를 걸었다…… 지난번 대화를 나눌 때 초대했어야 하는데, 그렇게 못 했다고, 바로 초대하지 못해 미안하다고 했다…… 장군 집에 그의 젊은 아내가 와 있어 주저했던 것이다…… 솔직히 말하자면, 망설였던 것이다.

"그런데 집사람이 좋다고 하더라고…… 당장 좋다고 하면서 초대를 하더라고!…… 와서 우리 집사람 좀 봐! 내 마누라가 어떤지 좀 보라고. 그리고 마누라도 눈을 반짝이며 잽싸게 젊은 장교들 구경 좀 하라고 하지 뭐. 삶의 활력을 느끼라고…… 기분 좋게 말이야…… 나같이 다 쓰러져가는 늙은이를 보는 게 무슨 재미가 있겠나!"

전화기를 통해 장군의 호탕한 웃음소리가 들려왔다.

그 소리는 내게까지 들렸다…… 그야말로 관대한 남편의 웃음이라 할 만했다. 이미 배가 부른 것이다. 젊은 아내로 인해 배가 부를 만큼 부른 것이다. 하루, 이틀 밤 사이에.

"미눗카 광장을 지나자마자…… 바로 초소로 가게."

"이미 지났습니다."

"그럼 거의 다 왔다는 얘기네…… 거기서 물어보게."

아버지의 기차표를 구해준 것에 대한 감사의 표시로 그곳에 가는 것이다…… 원래 이런 거지. 표를 구하는 데 힘을 보태주었으니까. 사실 진즉에 아버지가 체첸의 토굴이 아니라 코빌스크에 계시는 것에 대해 감사를 표했어야 했다. 아버지는 달콤한 휴가를 보냈고, 앞으로 10년 치는 될 만큼 많은 말을 쏟아냈으며, 건강한 몸으로 집에 돌아가셨다. 자기 꽃다발은 다 모으신 셈이다.

콜랴는 반짝반짝 빛이 났다. 보라고, 사령부 장군과 친분을 유지하는 게 얼마나 쓸모가 있냐고. 아무것도 아닌 장군이라도 말이야.

"가야 해, 가야 된다고, 사샤!…… 장군이 늘어놓는 체첸 옛날이야기 때문에 죽기야 하겠어! 그리고 젊은 마누라 구경도 좀 하자고…… 응? 어때? 사샤, 난 말이야, 젊은 모스크바 여자를 본 지 정말 오래되었어…… 지난여름부터 한 번도 못 봤다고!"

나는 운전을 했고, 콜랴는 큰 소리로 떠들어댔다. 차는 매끄럽게 나아갔다. 우리는 장군의 집에 거의 다 왔다.

콜랴 구사르체프도 가본 적이 없는 곳이라 달리며 계속 길을 물어야 했다…… 얼마 전 장군에게 할당된 이 자그마한 집은 병영의 가장 안쪽에 자리하고 있었다.

초소를 지키는 보초병은…… 어딘지 좀 모자란 놈이었다! 느려터진 속도로 이쪽저쪽을 가리켜 보이더니 한참 지나서야 우리가 바자노프 장군 이야기를 하고 있다는 것을 알아챘다.

"아, 그 장군님요……"

보초병은 계속 곧바로 가며 눈으로 초록빛 담장을 찾으라고 했다…… 사실 그도 정확한 위치를 몰랐던 것이다.

사람들은 바자노프 장군을 찾아가지 않는다. 그의 이야기를 두려워하기 때문이다. 하지만 어쩌겠는가. 장군의 온 존재가 고산민족들의 삶으로 꽉 차 있는 것을. **체첸인들…… 체첸!…… 내가 체첸 역사에 대해 이야기해주지! 가지 말게. 아주 새로운 이야기야! 기다려봐!** 그는 입다물고 앉아 있기에는 너무 많은 것을 알고 있었다…… 사령부에서도 모두 그를 피했다. 바자노프 장군이 **끝없는 대화로 고객을 질리게 만든다**고들 생각했다…… 대부분 이 사실을 알고 있었지만 모두가 아는 것은 아니었다. 그리하여 새로 온 중령이 우연히 장군의 집무실에 홀로 들어가면, 적어도 한 시간 반은 지나야 그곳에서 빠져나올 수 있었다…… 나올 때는 술에 취한 듯 다리가 후들거렸다!…… 그러고는 손으로 있지도 않은 연기를 걷어냈다.

사실 아프가니스탄에서 대령으로 복무했을 때 바자노프는 썩 괜찮은 전사라는 평을 들었다. 그 유명한 '사막의 사자' 마무드 샤 아바스를 두 번이나 공격했다. 이러한 사실을 증명해줄 만한 사진도 있다. 그 사진에서 알렉산드르 바자노프 대령은 몸을 숙인 채 지도를 들여다보고 있다.

그의 이야기에 따르면 장군은 바로 그곳, 아프가니스탄에서 무너졌다. 갑자기 아내가 죽었다는 전갈이 온 것이다. 바자노프 대령은 단 **이틀만이라도** 아내의 장례식에 참석하려고 무진 애를 썼다. 이제 막 흙을 덮은 무덤가에 잠시 서 있기라도 하고 싶었던 것이다. 작별 인사를 하려고…… 하지만 보내주지 않았다. 그리고 일주일 후 우리 군의 철수가 시작되었다.

그때 바자노프 대령에게 무슨 일이 일어났다. 전사로서의 뼈가 꺾였다고 할까. 아프가니스탄 이후 칼루가 지역에서 복무하며 머리는 완전히 백발이 되었고, 살은 축 처졌다. 그리고 자기만의 세계 속으로 완전히 빠져들어 말이 없어졌다. 무언가 하지 못한 말이 있었던 것이다. 친구들도 사라졌다.

그럼에도 그에게 장군 직위를 주었다. 직위를 주고는 그를 요지경 속이던 체첸으로 보냈고, 그곳 사령부에서 이도 저도 아닌 자리를 차지하고 앉아 있게 했다. 그는 이미 전쟁을 할 수 있는 군인이 아니었다. 하지만 자리는 차지하고 있었다. 그의 일, 그의 전쟁이 된 것은 '원거리 부대 통솔 및 부대와 지역 주민 간의 교류 관장'이었다. 하지만 어떤 '교류'도 관장할 필요가 없었다. 교류가 전혀 없었으니까. 그의 직무는 점점 더 애매한 것이 되어갔다…… 게다가 산길에서는 부대를 조직적으로 강탈했기에 바자노프 장군의 일은 완전히 무의미한 것이 되었다.

하지만 여자들에게 그는 여전히 장군이었다. 그의 매력적이고 단단한 대머리도 호감을 샀다…… 그는 손쉬운 먹잇감이 되었다. 전쟁이 일어난 지 두 해가 되던 해에 어떤 발 빠른 젊은 여자가 장군을 골라(그녀는 그의 짧은 휴가 기간 동안 어딘가에서 그를 보고 점찍어두었다) 자기에게 장가들게 만들었다. 레나라는 이름의 예쁘장한 모스크바 여자였다…… 그녀는 그가 체첸에서 전쟁을 계속하는 것에 반대하지 않았다. 대신 장군은 모스크바가 추울 때 그 여자가 와서 지낼 수 있도록 로스토프 근처에 다차를 지어주어야 했다. 그곳에 있으면 태양과도 가깝게 지낼 수 있을 테니까. 물론 장군과도.

로스토프는 러시아 쪽 입장에서 보자면 캅카스에서 멀지 않은 곳에 자리한 남쪽 도시이다. 드물기는 했지만 장군은 필요한 건축자재를 사서 차에 실어 그곳으로 보낼 수 있었다. 하지만 삽과 곡괭이를 들고 그곳에 가서 일할 비실비실한 병사 두어 명은 끝내 구할 수가 없었다…… 그래서 집 짓는 일은 간신히 지속되었다. 젊은 마누라는 전화를 걸고…… 찾아오고…… 돈을 요구하고…… 여름에 혼자 바닷가로 떠나버리겠다고 협박하며 장군을 압박했다. 물론 바자노프 장군은 혈기왕성한 젊은 아내 걱정을 하기는 했지만, 어느 때부턴가는 그 걱정도 시들해졌다. 별반 성의 없이 걱정을 했다…… 짓고 있는 다차용으로 푼돈을 쓰고는 곧 긴장을 풀었다. 이 늙은 전사는 이미 고산민족의 역사 속으로 깊이 침잠해 들었다. 영원히. 이런 사랑은 마약과도 같다.

하지만 이 취미는 그의 면을 세워주었고, 이제는 모두가 바자노프 장군을 알게 되었다. 그의 전사로서의 뼈가 매우 독특한 방식으로 꺾인 셈이다. 그리고 그 자리에 독서하는 장군이 등장했다. 대단한 것이 나타난 셈이다…… 출세에 관심이 없는 장군이 책을 좀 읽으면 어떤가?…… 커피 한 잔을 하고서…… 아니면 커피를 마시기 전에라도…… 게샤 준위는 아침부터 바로 그렇게, 정해진 순서에 따라 장군을 보필했다.

벌써 어제저녁부터 읽기로 표시해둔 책들,

커피,

아내 레나의 편지.

역사 연구 독서(장군은 자기의 독서를 이렇게 표현했다)는 마치 불처럼 전사의 성격을 단련했다. 그것도 가장 좋은 방향으로. 이것은 이미 단순한 취미를 넘어서는 일이었다. 장군은 정말 근사해 보였고, 가벼워 보였다!…… 그는 완전히 행복했다. 미친 듯 말이 많아졌고, 친절하고 선량했다. 이런 호인이 언젠가 '사막의 사자'를 공격했다는 사실이 믿기지 않을 정도였다.

사령부에 올려야 하는 모든 보고서는 민첩한 콜랴 구사르체프가 준비했다.

구사르체프는(그리고 때로 나도) 그의 관직과 큰 목소리를 이용했다. 장군은 제법 괜찮은 보호막이 되어주었다! 콜랴의 상사였기에 여러 번 나를 도와주고 구해주기까지 했다. 어딘가에 슬쩍 언질을 주거나…… 업무상 아는 누군가에게 전화를 걸어주었다…… 그러면서 우리를 비호해주었다. 어리석고 요란한 방식으로. 그는 할 줄 아는 일이 별로 없었으나 고함칠 줄은 알았다. 장군의 견장을 흔들고 얼굴을 붉히며. 정말 소리 하나는 끝내주게 칠 줄 알았다!…… 뭐 하는 짓들이야! 어떻게 이따위 짓들을 해?! 장교를 모욕하게 둘 줄 알아? 이건 내 장교야! 내 장교라고!

바자노프는 자기 집이 어디에 있는지 미리 알려주지 않았다고 준위를 닦달했다.

"너 이놈의 자식, 무슨 짓을 하는 거야! 무슨 생각을 하는 거야…… 생각이 많지, 그렇지? 달려 나가서 잽싸게 손님을 맞았어야지! 저기 교차로에 나가서!…… 소령님들께 내가 어디 사는지 보여드렸어야지!"

그는 마치 전대미문의 반역을 마주한 듯 정색을 한 채 분노하고 고함을 지르고 닦달을 했다. 그리고 그렇게 고함을 치면서도 불 위에서 익고 있는 고기를 아주 세심히 살폈다. 선량한 사람들만이 저렇게 악을 쓴다. 준위도 이 사실을 너무나 잘 알고 있었다. 건강을 위해 저러시지. 목구멍 청소 좀 하시려고. 힘 있는 양반이 소리 좀 지르시면 어떤가!…… 게다가 준위는 우리에게 눈을 찡긋해 보이기까지 했다.

마분지로 화로에 바람을 불어대고, 거무튀튀한 그을음을 훑으면서 장군은 옷을 갈아입으러 방으로 간 아내를 화려한 저음으로 불렀다. 고기 다 됐어요, 여보…… 이 말은 일종의 사인일지도 모른다…… 고기 다 됐어요!…… 아내에게 가장 아름답게 치장하고 나오라고 보내는 사인. 드디어 우리에게 아내 레나를 선보이기 위해 보내는 사인.

우리는 단박에 기분이 좋아졌다. 장군의 아내는 정말 젊고 아름다웠다. 게다가 집도 아주 깨끗하고 안락했다. 대단한 곳에 왔군!…… 집에 딸린 작은 텃밭까지도 정말 살뜰히 가꾸어져 있었다. 베란다에서 열 걸음쯤 떨어진 곳, 우거진 호두나무 아래에서 바자노프 장군이 손수 샤실리크*를 굽고 있었다. 그는 고기를 제대로 구울 줄 알았고, 또 직접 손님을 대접하고 싶어 했다!

기차표를 구하게 도와주셔서 감사하다는 나의 인사를 듣고 장군은 다음과 같은 질문을 던졌다.

"사샤, 사람들이 나에게도 부탁을 하는데 말이야…… 장갑차부대원들이…… 야간투시경이 필요하다는데 혹시 가지고 있나?"

"야간투시경은 없습니다."

내가 답했다.

"그럼 헬리콥터용은? 비행 연료는 좀 있나?"

"제트유도 없습니다."

나는 기계적으로 답했다. 아니요, 없습니다, 아니요(나는 지나치게 양보하며 사는 사람이 아니다). 장군은 전쟁과 관련된 일에서는 아무 힘이 없다. 아무도 아니고, 아무것도 아닌 존재. 사실 저 부탁들은 자기들끼리 나누는 장교식 수다일 뿐이다. 정담으로 나누는 수다…… 그 이상은 아니다…… 남는 제트유를 누구에게 따라줄지는 내가 직접 정한다.

---

* 꼬챙이에 양고기를 꿰어 구워 먹는 요리.

"뭐라고?…… 없다고?……"

그가 눈에 띄게 위엄을 차리며 물었다.

"없습니다."

장군은 눈을 부릅뜨고 볼을 부풀렸다. 아내 앞에서 강한 남자로 보이고 싶은 것이다. 나는 곁눈으로 구사르체프를 보았다. 콜랴는 나의 차분한 '없습니다'에 감동하고 있었다.

뭔가 더 이상 질문할 구실이 없어지자 바자노프 장군은 아내를 보며 부러 화가 난 듯 성질을 부리기 시작했다.

"생각해봐. 렌카,* 정말 기막힐 노릇 아니야!…… 창고지기 쥐새끼들이 무슨 짓을 하고 있는지 알아, 렌카? 내 말 듣고 있지?!"

젊은 아내는 남편의 이야기를 들으며 손가락으로 나를 위협했다. 물론 미소를 지으면서.

"저 창고지기들이, 렌카, 잔뜩도 처먹었다고…… 장교들도 전부 휴대폰이 있는 게 아니거든. 사령부 장교라도 다 휴대폰이 있는 건 아니야! 그런데 저자는 휴대폰이 두 개나 있다고. 내가 알아맞혔지, 사샤, 그렇지?"

그가 알아맞힌 것이 맞다(그러나 그는 내가 휴대폰을 여러 대 더 가지고 있다는 사실은 모른다. 알았다면 뒷목을 잡고 쓰러졌을 것이다. 나는 그 휴대폰들을 중요한 길목에 사는 체첸 농민들에게 나누어주었다).

"휴대폰이 두 대라니!…… 하나는 업무용이고, 하나는 마누라랑 정담을 나누는 용이라네! 정말 나쁘지?"

젊은 아내는 줄곧 미소를 지으며 손가락으로 나를 위협했다. 하지만

---

* 레나의 애칭.

그녀의 생각은 이미 앞으로 달려가고 있었다.

"베란다로 나가요…… 왜 여기서 연기를 마시고 있어요!"

그녀의 말이 떨어지자마자 바자노프 장군은 그 말을 이어받아 (여전히 목소리에 위엄을 담은 채) 말했다.

"그래요, 그래, 친구들. 샤실리크가 다 준비됐어요!"

하지만 이 수다쟁이 양반은 아내 렌카가 있는 쪽을 향해 한마디 덧붙이는 것을 잊지 않았다.

"여보, 우리는 전쟁의 연기를 마시고 있는 거예요. 여기서는 모든 연기가 다 전쟁의 연기니까."

장군다운 유머다!

술이나 마시고 장군에게 너무 마음을 쓰지 않았다…… 바자노프 장군은 아무것도 필요로 하지 않다는 사실을 나는 너무도 잘 알고 있다. 장갑차부대원들도…… 야간투시경도…… 제트유도 필요 없다…… 심지어 샤실리크도 필요 없다! 젊은 마누라 앞에서 살짝 자기 자랑을 하는 것, 그것이 장군에게 필요한 전부다. 조금도 비난할 일이 아니다!…… 마누라는 내일이면 떠나고, 아주 가끔만 이곳에 찾아온다…… 그는 사랑스러운 젊은 마누라 앞에서 장군의 위용을 좀 보이고 싶었을 뿐이다! 사실 비행 연료에 대해서라도 이야기를 풀어볼 수 있었을 것이다. 그는 그렇게 생각했던 것이다. 몇 푼 하지도 않는 것이니까.

더욱이 이 늙은 장군은 손님이 찾아온 것을 진심으로 기뻐하고 있었고, 세심하게 우리를 챙기고자 했다. 그는 수면 부족으로 내 광대뼈가 드러난 것을 알아보았다.

"잠을 잘 자야 해, 사샤. 그럼 더 활기 있어 보일 거야. 더 활기차게 살 수 있다고."

"그게 되시나요?"

내가 물었다.

"당연하지!……"

그는 크게 웃으며 킬킬거렸다.

그의 삶은 말 그대로 성공했고, 활기로 가득 차 있다. 이 노인은 더 이상 위로 기어 올라가려는 열망에 시달리지도 않고, 출세를 위한 일들을 벌이지도 않는다. 누구에게 아부를 하지도, 도둑질을 하지도 않는다. 그러니 무엇이 부족하겠나?…… 그는 그저 자기 삶을 살아가고 있다…… 산사람들에 대한 책을 읽고…… 그 이야기를 즐겨 나누면서.

모두가 샤실리크를 먹기 위해 식탁 앞에 앉았을 때도 그는 입을 다물지 않고 큰 소리로 잘 익은 고기 빛깔에 대해 떠벌렸다. 분명 아내를 위한 것이다…… 장교 여러분, 갓 잡은 쇠고기…… 양고기……를 드셔도 되고, 돼지갈비도 있습니다!

하지만 나와 콜랴에게 샤실리크 빛깔이 무슨 의미가 있겠는가! 그가 말하는 검붉은 숯의 빛깔이 무슨 의미가 있겠는가! 검붉은 숯이 재를 뒤집어썼거나 말거나 무슨 상관이 있겠는가!…… 우리를 사로잡은 것은 삶의 모든 기쁨을 싣고 남편에게 온 젊은 아내의 스웨터 빛깔이었다. 물론 그녀는 삶에 대한 교태 어린 불만도 함께 실어 왔다…… 로스토프 근교의 다차에 대한 불만도!…… 끔찍해요, 정말 끔찍해요!…… 아직 다 짓지도 못했는데 벌써 무너지고 있어요. 정말 보기 싫은 담장이에요. 엉겅퀴가 키만큼 자랐어요…… 정말 심하죠?…… 모든 게 그냥 버려져 있어요…… 입구의 자동문 장치도요. 단추를 누르면 문이 어찌어찌 열리기는 하는데, 벌써 음악이 안 나와요! 유일하게 마음에 든 것이…… 거기서 '대부' 음악이 흘러나오는 것이었거든요.

보아하니 렌카는 지루한 삶을 살고 있다. 진짜 재미라고는 하나도 없는 삶…… 하지만 정말 예쁜 여자였다. 구사르체프는 내게 눈을 찡긋거렸다.

정말 예쁜 여자다!…… 토끼 새끼! 굽이쳐 울려 퍼지는 젊은 웃음, 가볍지만 정확하게 우리, 장교들을 겨냥한 초절정의 교태. 그 시각, 그녀의 사람 좋은 늙은 남정네는 온통 구운 고기에 빠져 있었다. 샤실리크를 너무도 세차게 깨물어 이가 쇠꼬챙이에 부딪히는 소리가 들렸다. 빠드득 소리를 내며…… 한숨을 내쉬었다! 아, 고기가 끝내주네!…… 그녀는 특히 구사르체프에게 교태를 부렸다. 장군은 샤실리크 쇠꼬챙이를 갉아대면서도 이 모든 것을 지켜보고 있었다. 그는 여자를 잘 알았다. 알았기에 오히려 미소를 지었다(장군은 우리를 이용해 그녀를 놀리고 있는 것이다. 괜찮은 방법이다…… 그녀는 내일이면 떠나니까. 하지만 오늘 밤 그녀는 우리에게서 받은 탐욕스러운 군인의 눈길을 장군에게 쏟아낼 것이다).

서른쯤 되어 보이지만, 어쩌면 서른다섯 정도인지도 모른다. 보기 나름이니까!…… 술 마시기 전에 보는 것과 술에 취해 보는 것은 다르다. 그녀의 가슴골 사이에는 펜던트가 드리워져 있다. 은으로 만든 펜던트. 좀 억지로 끼워 맞추어보면 그 펜던트는 반달처럼 보였다. 부적이다. 산사람들에게 포로로 잡혔을 때 도움을 줄 수 있다고 하는 부적. 그 순간 장군의 아내 레나와 여러 차례 강간을 당한 병사의 어머니 아뉴타가 동년배라는 사실이 머릿속을 스쳐 지나갔다…… 거의 그럴 것이다!…… 아뉴타가 레나보다 다섯 살 정도 많겠지만, 스물다섯 살은 더 되어 보였다.

이 여자는 집에서 키운 예쁜 토끼!…… 장군의 마누라다!……

그녀가 냅킨을 가져오려고 식탁에서 일어났다. 엉덩이를 보여주기 위해서다. 탱탱하고 단정한…… 엉덩이. 샤실리크 대신 그녀를 먹고 싶다.

나는 절제할 줄 아는 남자니까, 절제에 아주 능한 남자니까, 그녀에게 바로 달려들지는 않을 것이다. 아마도 처음에는 그녀를 부드럽게, 부드럽게 주무를 것이다…… 그러고 나서 먹어치울 것이다…… 취기가 오르는 것이 느껴진다. 좋은 보드카다…… 나는 그녀의 엉덩이도, 정문에서 음악이 흘러나오지 않는 다차도 다 먹어치울 것이다…… 나는 냅킨을 쳐다보는 척했고(그녀의 스웨터 색과 같은 색의 냅킨이다), 실제로도 냅킨을 쳐다보았다! 하지만 바로 그 방향에 그녀의 허벅지가 있었다. 그 허벅지가 다가왔다. 부드러운 허벅지. 부드럽게 근육이 붙은 허벅지…… 마법에 걸린 것 같다…… 갑자기 그녀의 모스크바산 허벅지와 로스토프 근교 돈강 유역에 있는 다차가 하나인 것처럼 생각되었다. 그리고 이 하나를 한번에 먹어치울 수 있을 것 같았다…… 그렇다…… 이미 제대로 취했다.

나는 스스로에게 말했다. 내 엉덩이는 집에 있다고. 저것보다 조금도 못하지 않은 엉덩이라고…… 저기 러시아에, 우리의 큰 강 기슭에…… 아내…… 마누라…… 그리고 그곳에도 짓고 있는 집, 다차가 있다고…… 사실 나를 은밀하게 흥분시키는 것은 바로 그 엉덩이와 그 다차라고. 멀리서도 제대로 흥분시킨다고…… 하지만 나의 그것은 너무도 멀리 있다. 반면, 남의 그것은 바로 곁에 있다. 손만 뻗으면 되는 곳에…… 숨기려 할 필요가 뭐가 있겠나!…… 이런 욕망은 소멸되는 법이 없다. 공사장에서도. 병원에서도. 아마 악취가 나는 토굴에서도.

게샤 준위가 차를 내왔다…… 아주 적절한 순간에. 장군은 체첸과 산사람들 이야기를 아직 시작도 안 했지만, 우리는 그것을 결코 피할 수 없으리라는 것을 안다…… 이제 곧 폭포수처럼 쏟아져 내릴 것이다. 반드시…… 저녁 값이기도 하고, 초대의 대가이기도 하며, 탱탱한 엉덩이를 바라본 값이기도 하다…… 제대로 값을 치르는 셈이다.

이제 곧 고성능 폭약처럼 그의 이야기가 폭발할 것이다. 그러면 셀 수 없이 많은 파편이 흩뿌려질 것이다. 역사적 참고 자료…… 인용…… 숫자…… 사실…… 전설…… 쌍!

하지만 아직은 샤실리크가 남아 있다. 이 파티의 풍성한 서막이다 (노련한 수다꾼인 그는 그렇게 단번에 산에서 눈을 흩뿌리려 하지 않았다. 눈덩이를 키우고 있는 것이다). 장군은 나와 콜랴가 좀 놀 수 있는 공간을 주었다. 엉덩이 꿈도 좀 꿀 수 있게 해주었다…… 능구렁이다…… 결국 우리는 그의 이야기를 전부 들어야 할 테니까. 소령 나부랭이인 나, 질린 따위는 이미 숨을 곳이 없다는 것을 알고 있다. 숨을 수가 없는 것이다. 어떤 굴속으로도…… 이제 보니 그가 먹잇감을 가지고 처음에 좀 놀아본 것이었다.

일종의 아침 식사로 바자노프 장군은 저 먼 태곳적 이야기부터 시작했다…… 전체적인 그림을 그려본달까. 그 자신도 아주 최근에야 알게 되었다고 한다. 산사람들이 어떻게 손금을 보는지를. 오! 그건 정말 독특한 기술이야. 집시들이 하는 것과는 달라!…… 산사람들은 특별한 통찰력을 가지고 있거든…… 그리고 정말 놀랍게 선을 읽어낸다고. 생각해보라고. 산사람들은 모두 친족 간 복수를 포함해서 많은 위험에 노출되어 있어! 항상 단검, 총알…… 그것도 늘 어딘가 구석에서 날아오는…… 더 정확히 말하면 산에서 날아드는 위험에 노출되어 있지!

"그러니까 산사람들이 그렇게 정확하게 남의 인생 길이를 점쳤다는 게 더 놀라운 거지. 더 정확히 말하면 길이가 아니라 인생의 짧음을 점쳤다고 해야겠지…… 이런 걸 믿나?"

우리는 믿었다.

"산사람들은 별자리도 같이 고려하거든! 내 생각에 이건 고대 그리스인들에게서 온 것 같단 말이지…… 그리스인들이 큰 파도처럼 캅카스 곁을 휩쓸고 지나간 적이 있거든. 쓰나미처럼…… 그리스인들은 여기서 페르시아인들이 있는 곳까지 전부 다 점령했어. 페르시아인들을 안주 삼아 먹었지."

장군은 여기서 직접 시연에 들어갔다. 더 이상 기다리거나 참을 수가 없었던 것이다. 게샤 준위부터 시작했다. 보아하니 이미 여러 차례 게샤의 손금을 봐준 것 같았다. 가내 훈련이랄까…… 준위는 자신의 (짧지 않은) 명에 대해 완전히 심드렁했다.

장군은 우리의 손을 잡아당기기 시작했다. 누구의 손을 잡을지 잠시 망설이다가…… 구사르체프의 손을 잡았다. 그러더니 그의 손바닥을 이리저리 흔들며 손금을 짚어보았다.

"그래, 그렇지, 그래……"

그는 생각에 잠겨 중얼거렸다.

"아하!…… 바로 이거군!"

구사르체프 소령도 비교적 후한 명을 받았다. 이제 안심하고 살면 돼!…… 산사람들은 반년도 틀리는 법이 없거든!

장군은 내 손을 잡았다…… 힐끗 훑어보고는…… 도로 내려놓았다…… 이미 손금 보는 일이 지겨워졌는지도 모른다. 그는 미래야 어찌 되건 간에 과거로, 과거로 돌아가고 싶어 했으니까! 과거라는 심연이 입을 크게 벌리고 바자노프 장군을 매혹했다. 그는 이미 수백 년을 단위로 사고하고 싶어 했다. 수세기의 깊이 속으로 들어가고 싶어 했다.

장군은 손을 뻗어 포도주 병을 들더니 마개를 열었다. 즉시 시음을 해보고는 다른 병을 집어 들었다…… 이게 더 낫군!…… 그러다가 결국 아직 내 손금을 봐주지 않았다는 사실을 기억해냈다. 뒤늦게 내 손을 잡고는 다시 주저하기 시작했다…… 누가 봐도 명백하게. 그는 갑자기 전통적인 점을 치기 시작했다…… 물병자리, 물고기자리…… 게자리, 아이고머니나!…… 알렉산드르 세르게이치…… 사샤, 자네 점은 안 보겠네…… 왜요?…… 너무 긴장이 되거든. 나중에 자네가 나한테 연료를 한 방울도 안 줄까 봐서 말이야, 하하하!…… 그리고 자네가 나한테 로스토프에서 일할 병사 두어 명도 절대 구해주지 않을 것 같아서……

그는 내 손을 붙들고 주물렀지만, 결국 손금을 봐주지는 않았다. 질린 소령의 명이 너무 짧아 감히 그 시한을 말할 수 없었던 것인지도 모른다. 내 저녁을 망치지 않기 위해. 체첸에서 우리 명은 아주 짧아지기도 하니까…… 전쟁이 아닌가!

장군은 입을 다물었고, 곧바로 우리 잔에 포도주를 따르는 데 정신을 팔았다.

그리고 마침내 시작되었다!…… 바자노프 장군은 본격적으로 체첸과 산사람들에 관한 이야기에 돌입했다. 이번에는 아주 오랫동안. 영원히 이어질 것처럼.

먼저 고대 관습에 대한 이야기부터 시작했던 것 같다. 희생 제물…… 전쟁…… 영웅…… 하지만 (조금도 다른 곳으로 새지 않고!) 장군의 이야기가 가장 열정적으로 폭발했던 지점은 유일신이 들어오기 전 산사람의 일상을 지배했던 우상에 관한 이야기였다.

산사람들은 다양한 우상신을 섬겼다. **댤라**(체첸인들도 인구시족도 댤라를 섬겼다)…… **갈-에르다**…… **시엘리**…… 과거에는 모두가 알았지만, 지금은 완전히 잊힌 신들이다. 그들의 영광은 그렇게 흘러가고…… 더 이상 존재하지 않는다. 벽화에조차 남아 있지 않다…… 아! 아무도 그들을 기억하지 못한다. 이미 끝나버렸다. 콸콸콸, 물에 빠져 익사라도 한 듯 사라져버렸다. 중세의 소용돌이에서 헤어 나오지 못한 것이다…… 그런데 오직 아산이라는 우상만이 사람들의 말 속에 살아남았다. 우리 시대까지 흘러들어온 것이다. 단 하나의 문장으로라도 살아남았다. 짤막한 이야기로!

사실 아산은 굉장히 오래된 신이다. 시간으로 보자면 **댤라…… 갈-에르다…… 시엘리**……보다 더 앞선 신이다. 아산이 그들보다 먼저 있었다.

당연히 지금은 아산 역시 존재하지는 않는다. 학문적 견지에서 제대로 보자면 아산에서 남은 것이 무엇일까?…… (짐작건대) 인명의 하나가 된 아누라는 이름이 남았다. 신들의 이름을 보자면 아스(라크인* 들의 신), 아슨츠바(아바진인**들의 신), 안스바(압하스인***들의 신) 등이 있다…… 그 외에도 체첸에는 아시노프 협곡이 있다. 거칠게 깎인 새 모양의 돌들에 둘러싸인 험한 곳이다. 하지만 이 우상이 남긴 가장 중요한 흔적은 아산을 둘러싼 무섭고 짤막한 이야기 속에서 찾을 수 있다. **아산은 피를 원한다**……

이 하나의 문장(혹은 속담)으로 아산이라는 우상은 시간의 벽을 넘었다. 산에 사는 노인들은 때로 죽어가면서 이 세 단어를 말한다고 한다. 어떤 무의식의 표출이랄까. 어쩌면 죽기 직전의 헛소리 같은 것인지도 모른다. 시간 속에서 잊힌 주문의 파편 같은 것. 아니면 기도의 흔적이거나 그저 중얼거림일 수도 있다…… 하지만 언어의 의미는 이런 것이

---

* 다게스탄 원주민의 하나.

** 캅카스 원주민의 하나.

*** 압하지야의 원주민으로 주로 캅카스 북서부 지역에 살았다.

다!…… 수천 년을 지나 한 문장의 말 속으로 비집고 들어온다. 구체적인 내용이나 의미는 상실했지만, 여전히 살아 있다…… 스스로…… 지팡이도 짚지 않고…… 끝내 절뚝거리며 온다.

이 강력하지만 명확하지는 않은 세 단어, "아산은 피를 원한다"는 이제 전쟁영화에서나 가끔 들려온다. 고향의 산, 집, 아이들을 지키자는 다양한 의미를 지닌 호소의 말로 사용된다. 아름다운 문장에는 뭐든 가져다 붙일 수 있으니까…… 단어 자체의 탓이 아니다…… 게다가 아산이라는 우상 자체는 잊혔다. 더 이상 존재하지 않는다. 아무도 아산이 무엇인지 모른다…… 언제 그런 신이 세상을 다스렸는지, 어떻게 생겨난 신인지…… 하지만 바자노프 장군은 고서와 신간 서적들을 뒤지고 또 뒤졌다. 그것은 무의미한 작업이 아니었다. 결국 바자노프 장군은 끝까지 뒤져서 알아냈다. 그는 알고 있는 것이다.

한 시간…… 두 시간…… 어쩌면 세 시간…… 장군은 멈출 수가 없었다. 그가 쏟아내는 영감 어린 단어들의 홍수에서 진짜 영원한 시간으로부터 불어오는 바람을 느낄 수 있었다. 나는 더 이상 지루하지 않았다. 그가 이야기를 할 때마다 내 눈앞에는 산 정상들이 보였다. 그의 이야기를 들을 때…… 심지어 피라미드가 보이기도 했다. 저 높은 하늘로 독수리들이 날아올랐다…… 나만 그런 것이 아니었다. 우리는 마법에 걸린 것처럼 앉아 있었다. 단 한 번도 시계를 보지 않았다.

가장 먼저 정신을 차린 것은 그의 아내 레나였다. 그녀는 겁에 질린 듯 눈을 깜빡였다. 산이 건 최면에서 영원히 빠져나올 수 없을지도 모른다는 여인의 두려움…… 그녀는 예쁜 머리통을 흔들며 이 독한 영원성에서 기어 나오고자 했다. 단어가 무슨 죄가 있겠나…… 그녀는 늪과도 같은 환영들에서 벗어나고자 했다…… 레나는 갑자기 깨달았다. 장군이, 손님 접대를 즐기는 그녀의 남편이 결코 멈추지 않으리라는 것을. 그 자신이 폭포수처럼 쏟아지는 말의 홍수의 희생 제물이 되리라는 것을.

나와 콜랴는 여전히 마비된 상태였다. 하지만 그녀는 달랐다…… 나는 우리 모두의 정신을 차리게 만들었던 피날레를 아직도 생생하게 기억하고 있다…… 그 젊은 마누라가 이 모든 것에 종지부를 찍었다. 그러면서 다시 한번 자신의 먹음직스러운 몸매를 보여주었다. 그녀는 갑자기 남편의 무릎 위에 털썩 주저앉았다(그러면서 우리를 위해 높은 곳에, 언덕 위에, 오랫동안 기다렸던 단상 위에 다시 한번 나타나주었다. 보시지요! 자!…… 소령님들!…… 자!…… 마지막으로 한 번 더 감상하시지요!). 그러고는 작은 손바닥으로 끝없이 깊은 소리를 내는 남편의 아가리를 막으며 부드럽게 속삭였다.

"이제 그만요, 여보…… 이제 그-으-으-만요!…… 불면증이 있으시니 당신이야 좋겠지만."

그러면서 미소를 지었다.

"우린 다 어쩌라고요. 너무 늦었어요."

그러고는 이야기를 마무리했다.

"소령님들도 주무셔야지요…… 주무셔야 한다고요…… 주-우-우-무셔야 해요."

그러고는 매력적인 작은 입을 크게 벌려 멋들어지게 하품을 했다.

"사샤!"

영감에 찬 이야기를 풀어놓던 중 장군은 갑자기 나에게 질문을 던졌다.

"체첸 노인네들이 가끔 자네를 아산이라고 부르는 거 아나? 알렉산드르 세르게이치 대신 아산 세르게이치라고?…… 물론 이름을 부르는 거지…… 그 사람들은 나도 그렇게 불러. 한번은 그렇게 묻더군. 전화를 해서는…… 아산 파블로비치, 잠시 학교 문을 닫아도 됩니꺄? 폭격이 느무 잦아서요."

그는 체첸 노인네의 억양을 완벽하게 재현했다.

"그래서 내가 그랬지. 물론입니다, 닫으세요…… 이 상황에 학교는 무슨 학교입니까!"

장군은 우리가 대화에 보다 적극적으로 참여해주기를 원했다. 그는 재차 물었다. 그럴 만한 이유가 있어 자기의 독백을 멈춘 것이었다.

"그러니까 사샤…… 자네를 아산이라는 별명으로 부르지?"

나는 모른다고 답했다…… 확신할 수 없었다…… 그런 것 같기도 하고 아닌 것 같기도 했다.

"아하!"

바자노프 장군은 즉각 활기를 얻었다. 얼굴의 주름살, 붉은 핏줄이 전부 뛰놀기 시작했다.

"사샤, 그건 너무…… 너무…… 특징적인 산사람들의 빠른 말이야…… 처음에는 매 음절을 와삭거리며 발음하지. 알레-크시-크사-안-드으르…… 그러고는 악산드르 세르게이치가 되지…… 아하!…… 그러고 나서는 편하게 악산 세르게이치가 되는 거지……"

그는 두 팔을 벌려 보였다.

"하지만 결국 아산으로 끝나고 만다네. 아산, 결국 그게 남게 돼. 체첸 사람들이 러시아어를 잘하는데도 그런단 말이지. 말을 잘하는데도 빨리 말하는 습관이랑 기질 때문에 서두르는 거야. 그래서 문자들을 집어삼키는 거야…… 아산?…… 아니라고?…… 한 번도 들어본 적이 없나?"

"저요! 제가 들어본 적이 있는 것 같습니다."

구사르체프가 소리쳤다.

"길에서 노인네들이 사샤를 그렇게 불렀어요. 들어본 적이 있어요! 들어본 적 있습니다!"

"자네는? 사샤?"

바자노프는 한 번 더 나에게 물었다.

나는 고개를 저었다…… 들어본 적이 없는 것 같다. 한 번도 주의 깊게 들어본 적이 없으니 놓친 것일 수도 있다…… 이제는 신경을 쓸 수밖에 없게 되었으니, 싫어도 그렇다고 말할 수 있을지도 모르겠다…… 산사람들의 말 속에는 그런 것이 있다. 그럴 수도 있다. 체첸 노인들은 나와 자주 만날수록 점점 더 빠른 속도로 내 이름과 부칭을 부르고, 그럴수록 나를 알렉산드르에서 아산으로 바꾸어 부르는 길을 더 빨리 넘는다. 우습다!

그의 관찰력을 모두가 인정한 것 같아 기분이 좋아진 바자노프 장군은 손뼉을 치며 말했다.

"자, 집중, 집중하세요, 장교 여러분…… 이제 중요한 이야기입니다. 가장 중요한 이야기! 나는 어느 날 갑자기 언제, 어디서, 어떻게 이들에게 아산이라는 우상이 생겨났는지 알게 됐어요."

그는 의미심장한 침묵을 유지하고 싶었지만 참지 못하고 말을 뱉었다.

"나는…… 나는 끝까지 뒤졌어요…… 이건 책에도 없고, 고문서에도 없는 거니까…… 이건 내가, 나 스스로 찾은 겁니다!"

그의 자랑마저 사랑스러웠다. 늙어가는 장군은 마치 초등학생처럼 자랑을 해댔다…… 기쁘게! 그는 학자연하지도 않았다. 그저 기대하지 못한 수확을 거두었고, 그것을 나누는 것이다. 우리와. 아무런 대가 없이!…… 후하게!…… 심지어 그것을 나누고 싶어 애가 닳기까지 했다. 언제 다시 이렇게 좋은 기회가 찾아올까. 멋진 식탁 앞에 앉아서…… 포도주가 있고…… 곁에는 마누라가 있고…… 그리고 꼼짝 못 하게 잡아둔 두 명의 청중이 있는 곳에서. 게다가 둘 다 소령 아닌가! 그들은 이미 도망칠 수 없다…… 홀로 외롭게 얻은 모든 진주를 게샤 준위에게만 던져줄 수는 없는 노릇 아닌가.

"자! 이제 문제를 내보지…… 우상의 이름의 근원은 아주 오래전으로 거슬러 올라가야 하네…… 자, 누가? 자네들 중 누가 맞힐 수 있을까?…… 어디서 온 이름일까? 그리고 왜 아산일까?"

사실 도저히 '맞힐 수' 없는 문제다. 두 시간, 이미 세 시간째로 접어들며 소령들은 완전히 녹초가 되어 있었다.

"자, 이야기들 좀 해보지?"

그가 물었다.

그러고는 한 번 더 말했다.

"자, 누굴까?"

그렇게 그로즈니 근방 백 킬로미터 이내에 자신보다 더 통찰력 있는 사람은 없다는 것을 확인하고 난 후에야 바자노프 장군은 입을 열었다.

"물론 그 사람이지…… 2천 년 전에 있었던 사람 말이야…… 패배를 모르는 신으로 고대 민족의 의식 속에 각인된 그 사람…… 전쟁의 신…… 자, 그럼 누굴까?…… 자, 이러면 뻔하지 않아? 친구들, 그건 바로 알렉산드로스 대왕이야! 마케도니아 사람!"

우리는 그의 발견에 환호를 보냈지만, 실은 시들한 환호였다…… 동의를 하기는 했지만, 그다지 열광하지는 않았다. 그래 뭐…… 그럴 수도 있겠네. 영웅. 젊은 황제. 지구의 지배자…… 술에 취해서는 (생각으로라도) 수천 년의 간극을 재빨리 뛰어넘어 인류의 깊은 곳으로 다가가기가 쉽지 않다. 만일 **그녀**가, 그의 젊은 아내 레나가 고대 그리스인들에 대한 이야기를 시작한다면…… 그리고 이야기를 하면서 일어서기까지 한다면 우리는 다시 기운을 차렸을 것이다. 그리스인들이 아니라 매머드에게라도 달려갈 수 있었을 것이다…… 여자의 목소리는 심장을 긁어대니까. 정신을 차릴 수 없게 만드는 몸매까지…… 그녀가 일어서기만 한다면……

"아주 잘 알려진 견해가 있네. 학술적으로도 인정받은 견해지."

우리의 학자-장군님이 이야기를 계속했다.

"오늘날 산사람들 이름의 일부에는 알렉산드로스 대왕 이름의 흔적이 남아 있어. 그들의 의식 속으로 들어왔던 **역사**의 흔적이지."

그는 정력적으로 그 이름들을 열거했다.

"체첸인들의 아슬란…… 압하스인들의 산드로…… 그리고 그루지야인들의 알렉산드르…… 이스칸데르…… 스칸데르베크…… 이 이름들이 모두 **알렉산드로스들**인 거지. 이건 모두 고대 그리스인들과 산사람들 사이에 있었던 전투의 반향인 거야(과거에 이 산사람들이 그런 전투를 했었거든. 기억해두라고. 바로 그랬어!). 2천 년 전에 말이지!…… 이름에 남겨진 마케도니아인의 흔적인 거야!"

어떤 순간에 나는 거의 잠에서 깨어났다. 흥미롭다!…… 이들이 산에 살게 된 것이 높은 곳을 좋아했기 때문이 아니란 말이지.

"……산사람들 말이야…… 사실상 마케도니아인이 그들을 산사람으로 만들어버린 거야. 산으로 몰아넣은 거지…… 살아남은 사람들을. 나머지는 다 죽여버렸고."

장군은 손으로 부드럽게 책장을 어루만졌다.

"그렇게 해서 내가 아산이 생겨난 시기를 추정할 수 있었던 거야. 이 우상이 탄생한 것은 바로 알렉산드로스 시기인 거지…… 자, 집중!"

그는 우리를 압박하며 이야기를 계속했다.

"아산은 알렉산드로스 대왕의 대항마로 탄생한 거야…… 그의 이름에서 탄생했지만…… 더 나아가 그의 이름의 대항마가 된 거지. 그게 아산이 피를 갈구하는 이유야…… 이건 내 가설인데…… 아산은 반드시 필요한 존재였기 때문에 탄생하게 된 거야…… 일종의 컬트이자…… 자기 방어로. 그리스인 전쟁 천재로부터 자신을 지키기 위해서…… 산사람들이 **일종의 방패처럼** 자기 우상을 세운 것이지."

"역시 아마추어군."

콜랴가 내 귀에 대고 속삭였다.

"하지만 저런 '찻주전자'*들이 대단한 발견을 많이 하기도 해."

"물론 아직까지는 가설에 불과해! 어떤 발견이라고 할 수도 없지! 친애하는 소령님들, 나는 읽고 또 읽었어…… 그러다 우연히 발견하게 된 거라네."

나처럼 그 시대를 잘 모르는 사람조차도 때로 장군이 너무 단선적으로 자기 논리의 고리를 엮어간다는 사실을 알 수 있었다. 역사를 들이파다 보면 아차, 하는 사이에 나머지 그림을 자기가 그리게 된다…… 시간을 곧게 이어 펴는 것이다…… 그러면서 사실을 왜곡한다…… 하지만 얼마나 열정적으로 이 일을 하고 있는가! 그는 독학자이고, 그 사실을 숨기려 하지도 않는다.

---

* 초심자나 아마추어를 일컫는 속어.

"젊어서부터 공부를 했더라면 얼마나 좋았겠나!…… 아! 시간이 아쉬워. 괜히 군인 견장만 달고 다녔어. 도대체 무엇을 위해서?…… 인생이, 콜랴, 스쳐 지나가버렸어!"

"싸우셨잖아요."

아주 적절하게, 그리고 자연스럽게 콜랴 구사르체프가 상관에게 아부의 말을 던졌다.

"싸웠지…… 그래, 정말 대단했지!…… 하지만 콜랴, 내가 얻은 게 뭐지?…… 더 빨리 늙었을 뿐이야! 아, 지나가버린 시간 동안 얼마나 많이 읽고 생각할 수 있었을지를 생각하면!"

'아'는 무슨 '아'!

장군이 이야기하는 사이, 콜랴 구사르체프는 나른하고 얼빠진 표정으로 변해갔다. 나는 긴장했다…… 그는 의자에 몸을 젖힌 채 앉아 있었다. 눈을 반쯤 감은 채. 주변이 조용하니 잠이 더 오는 듯했다. 하지만 동시에 어떤 움직임을 숨기고 있었다…… 구사르체프는 식탁 아래에서 자기 다리로 젊은 여자의 다리를 건드렸다. 보스의 아내를 건드리고 있었다. 그녀의 작은 발을…… 콜랴는 살짝 몸을 기울였다. 그의 왼쪽 어깨가 오른쪽보다 조금 더 높아졌다. 다리를 뻗어 마침내 닿은 것 같았다. 복사뼈를 복사뼈에 비볐다…… 부드럽게…… 살짝살짝…… 그러고 나서 그의 어깨 위치가 반듯해졌다…… 나는 그를 툭 하고 쳤다. 어린애처럼 무슨 장난질이야! 이러다 아주 안 좋은 꼴을 보게 될 수도 있어.

분명 콜랴가 그녀를 절절하게 마음에 들어 한 것은 아니다. 그저 장난질이다!…… 포도주에 살짝 취했기 때문에. 그 외에는 할 짓이 없기 때문에…… 보스의 이야기를 듣기가 지겨웠기 때문에…… 무겁게 누르는 전쟁 때문에. 이런 경우 나는 인간의 본성에 대해 그다지 놀라지 않는다. 콜랴는 그저 어리석은 놈인 것이다! 아무것도 상관없는 쿨한 인간인 듯 허세를 부리고, 순간적으로 머리를 굴릴 줄 아는 똑똑한 장교에…… 유머까지 갖춘 재미있는 사람이지만…… 한순간에 저런 바보가 된다!

나는 다시 한번 그를 밀쳤다.

이것이 콜랴의 약한 고리이다. 많은 이의 약한 고리이기도 하다. 젊으니까…… 그저 홀린 듯 열에 들뜬 것일 뿐인 순간에 그는 자기가 결단력이 있다고 생각한다. 누구나 알고 있는 실수이다.

장군은 입을 다물지 않았다. 영감에 가득 차서!…… 자기 말에 체첸 단어를 섞기도 하고 드물게는 다게스탄어를 넣기도 했다…… 노흐치!…… 아치흐!…… 즐기고 있는 것이다.

학자-장군님은 새 모양을 한 몇 개의 돌들로 대범하게 하나의 형상을 만들어냈다. 하지만 이 돌들은 실제로 존재하는 것이다. 아시노프 협곡에……

사실이 서로 맞지 않거나 공백이 있으면 바자노프 장군은 그것을 자신이 그린 그림으로 메워나갔다. 이것은 무언가에 흠뻑 빠진 사람들에게서 자주 발견되는 특징이다…… 조금의 주저함도 없이! 산사람들은 고대 이교의 신이었던 아산이 새의 모양을 하고 있다고 생각했다. 휜 부리를 가진 거대한 새…… 인간의 피를 원하는 새. 전쟁이 일어나면 만족할 만큼의 피를 얻는 새.

그 무시무시한 마케도니아인은 수많은 민족을 산속으로 밀어 넣었다. 그 그리스인은 모두를 두려움에 떨게 만들었다…… 그의 이름을 듣기만 해도 아이들이 이불 속에 오줌을 지릴 만큼…… 손주들도 증손주들도 두려워 오줌을 지렸다. 5대에 이르기까지도…… 그리하여 이 깨달음, 유전적으로 심긴 이 두려움을 끊기 위해…… 바로 그 때문에 산에 사는 민중이 아산을 만들어냈다…… 우상을 만들어낸 것이다!…… 마케도니아인 못지않게 광폭한 신을. 그리하여 알렉산드로스 대왕의 대항마로 자신의 알렉산드로스를 세운 것이다. 그들은 자기 우상의 이름을 산사람들에게 맞도록, 발음하기 쉽도록 조금 바꾸었을 뿐이다. 발음하기 쉽도록…… **아산**이라고.

콜랴 구사르체프가 다음과 같은 이야기를 들려준 적이 있다. 하루는 아침 일찍 출근해보니 바자노프 장군이 막 일어나 이를 닦고 있었다…… 그리고 간이부엌에서는 너무도 좋은 향기가 흘러나왔다! 놀랄 만큼 좋은 향기가!…… 잘 웃는 게샤 준위가 장군의 커피를 끓이며 구사르체프 소령에게도 커피를 주겠다고 했다. 그러면서 좋은 분들께는 좋은 커피를 끓여드린다고 했다.

그러더니 잠시 틈을 보다가 미소를 거두고 장교에게 신세 한탄을 늘어놓았다. 더 이상 체첸인들과 체첸 풍습에 대한 바자노프 장군의 이야기를 들어줄 힘이 없다고 했다…… 준위의 말에 따르면 이제는 자기가 직접 밤에 어두운 구석에서 들려오는 산사람들의 목소리를 듣는다고 했다. 게다가 환영까지 본다고…… 그리하여 준위 한 사람이 꾸는 무섭고 끔찍한 꿈들이 모즈도크 군인병원에 입원해 있는 폭발후유증 환자들이 꾸는 악몽 전부를 합친 것과 맞먹을 정도라고 했다.

그렇게 살고 있었던 것이다. 준위는 신청서를 제출하고 싶었지만 두려웠다. 전출신청서를 제출하고 싶었다. 어디라도 보내달라고…… 베데노도 좋고…… 전쟁터, 체첸놈들의 총알 아래도 좋다는 것이다…… 장군은 정말 그를 질리게 만들었다…… 준위는 고개를 절레절레 흔들었다. 문제는 밤마다 준위가 비명을 지르며 이불을 발로 차고 침대에서 뛰어내린다는 것이었다. 바닥으로!…… 그는 언제나 장군을 보필할 준비가 되어 있었다. 이리저리 뛰어다니고 머리를 다듬어주고 장화를 당겨주고 커피를 끓이고…… 그저 이야기만 듣지 않을 수만 있다면 말이다!

끝없는 말로 준위를 질리게 만든 바자노프 장군의 이야기를 들으니 헛소리로 한국인 박을 괴롭혔던 나의 아버지가 생생하게 떠올랐다. 이 둘은 어쩌면 그리 똑같을까! 물론 장군은 아산을 강렬하게 그려냈다…… 얼마나 많은 책을 읽었던가! 고대! 그것도 어떤 고대인가!…… 하지만 레닌 묘에 대해서라면 내 아버지의 상상력도 장군에게 조금도 뒤질 바 없고, 그 열정 또한 조금도 부족하지 않다.

두 노인네는 자기들의 허옇게 센 머리에 놀라운 열정의 불꽃을 지폈다. 나는 갑자기 그들이 얼마나 다른지, 또 동시에 얼마나 비슷한지 깨달았다. 그들은 무언가를 발견한 것이다. 찾아 헤매다 마침내 찾은 것이다. 저물어가는 인생을 직시하지 않기 위한 어떤 것. 그러니 어찌 자기 것을 다 말하지 못하고…… 다 외치지도 못한 전(全) 세대에 대해 생각지 않을 수 있겠는가…… 이들은 노인이 아니라 시인이다!

(내가 여러 차례 관찰한 바에 따르면) 전쟁, 전쟁이라는 주제와 관련된 어떤 것과 접점을 가지게 되는 순간, 노인들의 머릿속에는 거대한 자기기만이 생겨난다. (협곡 이쪽저쪽에서 죽어가고 있는 젊은 놈들과 달리) 자기들은 절대 죽지 않을 거라는, 불멸이라는, 그래서 백 년도 살아낼 거라는 자기기만. 백 년은 살아낼 것이라는 믿음이 노인들 속에 어마어마한 에너지를 풀어놓는다. 이것은 쉽게 찾아볼 수 있는 현상이다!…… 그

리고 그 믿음으로 이들은 거의 백 살까지 살아내기도 한다. 아흔여섯에서 아흔여덟까지!…… 고집스러울 정도로 전쟁에 대해 외쳐대는 것도 바로 노인들이다. 승리를 거두게 될 최후까지!…… 전쟁에 대해 외치기에는 너무 똑똑하고 눈치도 빠른 노인들은 그에 필적할 만한 뜨거운 관심사를 찾아낸다…… 아산을 찾아내는 것이다…… 죽음과 레닌 묘를 둘러싼 놀이를 찾아내고…… 모든 것을 무너뜨릴 준비가 된 군중을 찾아낸다. 반드시. 그들은 반드시 거대한 피바람이 부는 너른 땅으로 나간다.

"……몇몇 야전 지대에서는 지금 '아산'이라는 단어가 들려오고 있어. 아산이 유행하게 된 거지…… 그 이름이 돌아온 거야…… 우상이나 신으로가 아니라 어떤 신호, 암호처럼 말이야. 아니면 그저 유행하는 콜사인으로…… 한 전사가 다른 전사에게 전해주는 거지. 문제가 생기면 그 즉시."

"전쟁에서 생기는 문제 말인가요?"

내가 재차 물었다.

"그렇다고 할 수 있지…… 예를 들어 우리 종대가 협곡으로 들어간다고 해보자고. 아니면 우리 헬리콥터가 강제 착륙을 해서 땅 위에 털썩 내려앉았어…… 서둘러 병력을 모아야 할 때 무선주파수로 전달하는 거지…… 그렇다니까!…… 반복해서 방송을 하는 거야. 아주 짧게, 러시아어로. **아산은 피를 원한다…… 아산은 피를 원한다.**"

"러시아어로요?"

"게릴라들이 있는 지대에는 체첸인이 아닌 놈들도 많으니까…… 체르케스놈들도 있고 압하스놈들도 있지. 그 유명한 압하스 대대도 있지 않나…… 다게스탄놈들도 언어가 다 제각각이고…… 그래서 러시아어로 하는 거야. 모두가 이해할 수 있도록."

식탁 앞에 앉은 우리는 모두 주의 깊게 그의 말을 들었다.

"내 생각에 산에 사는 노인들에게는……"

장군은 미소를 지으며 말했다.

"우리도 같은 알렉산드로스 대왕에서 유래한 이름을 가지고 있는 거야…… 질린 소령도 아산이고, 늙었지만 나도 아산인 것이고…… 게다가 당신들의 추앙을 받는 유명한 흐보리 대위도 역시 사샤잖아. 그러니까 역시 아산이라는 거지."

"흐보리는 이제 소령이 됐습니다."

"아! 축하할 일이네."

영감에 가득 찬 장군의 이야기가 갑자기 우스꽝스럽게 흘러가버리지 않았더라면 나는 아마도 이 매혹적인 아산학을 잊어버리고 기억 속에 담아두지 않았을지도 모른다.

우리의 주인 양반은 갑자기 시계를 보았다. 손님들이 집으로 돌아갈 때가 되었다는 암시를 하려던 것이 아니었다…… 전혀 그게 아닐세, 소령들!

그는 그저 시간을 확인했던 것이다. 왜냐하면 정확히 9시 00분에. 완전히 군대식으로! 매복을 한 채 권태 속에서 기다리고 있는 반군 지대들 중 하나…… 작은 지대!…… 아마도 아주아주 작은 지대가 저녁 9시 00분에! 매일매일 신호를 보낸다…… 콜 사인, 아니면 어떤 호출 같은 것일까? 어찌 알겠나!

"벌써 이틀째 그 소리를 들었네. 그 주파수를 잡았지…… 11.5."

장군은 잠시 실례하겠다고 하며 일어섰다. 그러고는 서너 걸음을 옮겼다. 거대한 몸이 우리 곁을 스쳐 지나갔다…… 나는 벽장에서 무전기를 꺼내는 장군의 확신에 찬 손놀림을 보았다…… 그런 무전기는 군사 학교에서나 볼 수 있는 것이었다. 평범하고 오래된 군용 장비.

그는 저장해둔 주파수를 재빨리 찾아냈다.

"자, 들어보라고……"

하지만 처음에는 직직대는 소리만 들려왔다…… 장군은 서서히 볼륨을 올리다가 나중에는 완전히 큰 소리가 나도록 소리를 높였다. 주파수를 따라 쉰 소리와 기침 소리 사이로 목소리가 들려왔다…… 우리는 기다렸다. 그때 갑자기 완전히 사무적인 목소리로 다음과 같은 소리가 들려왔다.

"아산은 돈을 원한다…… 아산은 돈을 원한다…… 아산은 돈을 원한다……"

약간 악센트가 느껴지는 소리였다.

우리는 단번에 웃음을 터뜨렸다. 너무도 갑작스러웠으니까. 그래도 우상인데! 신인데!…… 잠이 확 깨는 것 같았다. 어찌 잘 수가 있겠는가! 그나저나 너무도 현대적인 우상이다!

여흥이 살아났다. 알코올이 충만한 나는 무릎을 치며 '그래! 그래!'를 외쳤고…… 콜랴 구사르체프는 너무 웃는 바람에 몸을 펴지 못했다…… 우리 모두는 설명할 수 없을 만큼 들떴다. 우리 안에 무언가가 끊어진 것 같았다. 우리 안에 무언가 전쟁보다 더 거대한 것이 드러난 것 같았다. 그 어떤 우상도, 그 어떤 피바람도, 죽은 자들도, 폭발후유증 환자들도 뚜렷한 이유도 없이 급작스럽게 찾아온 우리의 기쁨, 갑자기 신나게 펼쳐진 살아 있는 자들의 이 삶을 멈출 수가 없었다…… 우상 따위 개나 줘버리라지! 저 냄새나는 수천 년 세월도 무슨 상관인가!…… 돈은 더더욱 상관없다!…… 침이라도 뱉어주자!…… 그리고 내일 일은 내일에게 맡겨두자!

우리는 겨우 웃음을 멈추었다. 겨우겨우 웃음을 가라앉혔다. 장군의 마누라 레나는 냉소를 담아 장군에게 말했다.

"여보, 나도 하고 싶어요. 하고 싶고, 할 거예요…… 당신이 하는 것처럼 고대로 할 거예요. 매일 저녁…… 돈에 대해서…… 좋죠? 정확히 9시 00분에요."

하지만 역사 연구자는 우리의 웃음 때문에 마음이 상했다. 그리하여 그 즉시 소리를 쳤다.

"내가 미리 말했지! 뭐가 웃기다고들 웃는 거지!…… 팔이 두 개인 새라고 말했지……"

그렇다. 아산은 얼굴이 두 개다…… 그리하여 거래가 가능하다면, 연방군과 합의를 볼 수 있다면, 아산이 원하는 것은 돈이다.

하지만 전투가 벌어지고 전투를 통해 종대를 섬멸해야 한다면…… 아산은 피를 원한다.

장군은 설명을 하며 우리를 설득하려 했다! 그리고 고집을 피웠다!…… 하지만 우리는 계속 킬킬거렸다. 불쌍한 아산! 어딘가 산속에 돈 한 푼 없이 쭈그리고 앉아 있구나! 불쌍한 놈…… 씻지도 못했겠지…… 담배꽁초를 피우며 겨울을 나는 반군처럼. 산에서 내려와 저질 담배 한 갑도 사서 피우지 못하고.

"내가 말했잖아. 아산은 두 팔을 가진 새라고……"

장군은 서둘러 설명을 했다. 체첸놈들이 하는 이 콜 사인은 이중적인 의미를 가진다고. 이중적인 목적을 가지고 있다고…… 체첸의 모든 관구에 보내는 신호라고.

주인 양반에 대한 예의 때문이기는 했지만 우리는 이야기를 들으며 다시 한번 놀라는 척했다. 인상적인 새로군요!

일어설 준비를 하며 남은 포도주를 비웠다…… 우리는 내일 일과 여러 가지 일에 관해 생각하고 있었다…… 그러는 동안에도 무전기의 목소리는 나지막하게, 무심하게 같은 말을 반복했다.

"아산은 돈을 원한다…… 아산은 돈을 원한다…… 아산은 돈을 원한다……"

장군은 밤이 되어서야 우리를 놓아주었다…… 그는 젊은 아내와 잠을 자야 했고, 우리는 돌아가야 했다. 그를 기다린 것은 침대였지만 우리를 기다린 것은 길이었다.

차가 있는 곳까지 우리를 배웅하며 바자노프 장군은 기분이 좋았다. 당혹감에서는 완전히 회복된 것처럼 보였다. 알차게 보낸 저녁이 못내 흐뭇한 것이다!…… 정말 손님 접대를 즐기는 주인이다. 인심 좋게 술을 내놓았다! 고기는 또 얼마나 좋은 것이었던가!…… 이 선량한 양반은 아직도 작은 소리로 웅얼대고 있는 무전기를 왼손에 들고 있다.

왜 그런지 그는 내가 비웃는 역할을 주도했다고 생각했다. 그래서 살짝 패배를 만회하고 싶어 했다. 아주 잠깐 동안 장군의 내면에 예전 그 아프간의 전사가 되살아났다. 그는 밤의 무서운 이야기들로 나, 질린 소령을 겁주려 했다…… 농으로…… 시시하고 우스꽝스럽고 허풍스러운 반격으로.

계속 같은 주제로.

"그래, 그렇지! 알렉산드르! 그래, 그래, 사샤…… 조심하는 게 좋을 거야…… 그 주파수 기억하지?…… 11.5…… 갑자기 아산이 마음을 바꾸었다는 이야기를 듣게 되면……"

무전기에서는 계속해서 삑삑거리는 소리가 들려왔다…… 고요가 부는 휘파람.

"아하! 아하!…… 알렉산드르, 들리지?…… 벌써!…… 이 휘파람 소리가 얼마나 긴장돼 있는지 들어보라고…… 이 삑삑거리는 전파 간섭이 얼마나 신경을 건드리는지! 이게 우연은 아니거든…… 알겠나?…… 이제 이들이 갑자기 아산이 마음을 바꿔 돈이 아니라 피를 원한다고 주절대면?…… 그가 갑자기 피를 원하면?…… 혹시 모르니 돌아가는 길에 총알을 좀 줄까? 남는 권총 한 자루라도 줄까?"

장군은 미소를 지었다. 어리석은 척 딴전을 피우며.

우리가 아직 식탁 앞에 앉아 있었을 때 그의 아내 레나가 수다쟁이 남편으로부터 완전히 분리된 것처럼 보이는 순간이 있었다. 그녀는 다가온 밤에 완전히 몸을 맡겼다…… 그러고는 콜랴 구사르체프를 힐끔거리지도, 장난을 치지도 않았다.

그녀의 시선은 자기의 젊고 아름다운 손, 그리고 술잔과 잔에 담긴 다 마시지 못한 포도주에 고정되어 있었다. 그녀는 포도주를 어찌해야 할지 몰랐다. 그녀에게는 너무 신 포도주였다!…… 으으…… 사람들은 도대체 왜 이 술을 좋아하지. 그녀는 더 달콤한 포도주를 좋아했다…… 그녀는 사발처럼 생긴 아름다운 술잔을 찬찬히 바라보고 있었다. 그러면서 조용히 그 안에 담긴 포도주를 흔들어보았다…… 붉은 것이 잔 가장자리에 칠해졌다…… 다행이네…… 더 이상 피에 관한 이야기는 안 하니.

하지만 아니었다. 그녀의 수다쟁이 남편은 다시, 또다시 그 망할 마케도니아인에 대한 이야기를 시작했다…… 장군이 일어섰다…… 자기

이야기를 뒷받침해줄 책을 찾아 무언가 인용하려는 듯. 책에 책갈피를 꽂아두었을 테니 찾아보면 알 수 있을 것이다…… 손으로 책을 꺼냈는데, 잘못 꺼냈다. 그때 책장 전체가 기울더니 책이 쏟아져 내렸다. 책들은 와르르 쏟아져 내렸다…… 하지만 장군은 여전히 찾는 책이 어디에 있는지 알 수가 없었다…… 그는 떨어지는 책들을 움켜잡으려 했다. 양손으로. 투실투실한 장군의 손이 떨렸다…… 책을 놓치고 허공을 잡기도 했다…… 포도주로 취기가 오른 우리 둘도 바로 반응하지 못했다.

장군은 몸을 웅크렸다. 무릎으로 털썩 주저앉은 것이다…… 이 책 저 책을 움켜쥐고 바닥을 더듬으며 책을 찾으려 했다…… 그가 무엇을 찾고 있었는지는 모르겠다. 아마도 무언가 산사람들의 과거에 관한 것이었을 것이다. 무언가 보이지 않고 잡을 수 없는 것…… 그는 과거 자체를 찾고, 움켜쥐려 했다.

콜랴는 장군을 도우러 달려들어 책을 주워 올렸다…… 하지만 나는 그 최초의 순간을 기억한다. 장군은 당황한 듯 책들을 붙잡고 있었다…… 마치 손바닥으로 비를 가리는 것처럼. 책들은 아래로 쏟아져 내리며 바닥에 흩뿌려졌다. 그는 단 한 권도 제대로 잡을 수가 없었다……

술 때문에 정신이 혼미한 채로 나도 무엇 때문인지 일어섰다…… 그때 장군의 아내는 나란히 놓인 의자에 앉아 있었다.

그녀는 두 팔을 벌리고 서 있는 노인을 바라보지 않았다. 떨어지고 있는 책들을 쳐다보지도 않았다…… 그녀는 살짝살짝 흔들리고 있는 자기의 붉은 포도주를 바라보고 있었다. 가벼운 손동작으로 포도주를 하얀 술잔의 벽까지 몰아갔다. 끝까지 몰아가다가 다시 흔들었다…… 나는 아직도 그녀의 가벼운 미소를 기억한다…… 그리고 그 포도주가 어떻게 일렁였는지도.

7장

나는 콜랴 구사르체프를 비난하고 있다. 아주 심하게 분노한 것은 아니었지만 충분히 진지하게, 그리고 사무적으로 이야기했다. 사령부 소속인 만큼 그는 작은 종대가 구데르메스로 떠난다는 사실을 알려주었어야 했다. 구데르메스에도(그리고 거기까지 가는 길에도) 연료를 전달할 사람들이 있었다…… 작은 종대이기 때문에 말하지 않았다니 이 무슨 말 같지 않은 소리인가! 흐보리가 부상당한 이후 우리는 어떤 종대라도 좋았다. 체첸의 길을 따라 뛰는 법을 익힌 벼룩만 있어도 기뻤을 것이다. 게다가 거기에 디젤유 다섯 통만 실을 수 있었더라면 얼마나 좋았겠는가!…… 구데르메스까지라도 말이다!

콜랴는 입을 다물었다. 가장 현명한 방어 자세다…… 물론 그의 계급이 그다지 높지 않기 때문에 사령부에서 일어나는 모든 일을 다 제때 알아내기는 힘들 수도 있다. 생각해보면 그가 왜 사령부 복도에서 냄새를 맡고 엿듣는 일을 해야 하는가? 왜 언제나 귀를 쫑긋 세우고 있어야 하는가?…… 몇천 안 되는 돈을 벌어보려고?

그럼 흐보리는? 그의 질문에 나도 모르게 그런 답이 튀어나왔다. 그럼 흐보리는? 왜 흐보리는 그 몇천도 받지 않고 항상 나를 도왔지?

구사르체프는 갑자기 몸을 떨었다. 흐보로스티닌을 언급하는 것은 많은 장교의 마음을 찌르는 일이다. 콜랴가 소리쳤다.

"도대체 뭘 원하는 건데? 그 자식은 명예를 가졌잖아…… 그 자식은 명예를 먹는다고…… 쉬지도 않고!"

그는 같은 말을 반복하며 흥분했다. 이건 말하나 마나 한 일이잖아.

"그자는 명예를 가졌다고…… 사샤, 그 녀석이 왜 돈이 필요하겠어?"

나는 입을 다물었다. 말문이 막혔다…… 아마 나 스스로는 이 문제를 이렇게까지 본격적으로 생각해볼 수 없었을 것이다. 콜랴는 자기도 모르게 튀어나온 외침으로 섬광처럼 흐보로스티닌을 조명해주었다. 흐보리는 자기의 명예를 먹고 살았던 것이다. 재미있다! 콜랴가 성냥에 불을 붙인 것이다…… 아주 짧은 순간에.

옛날 수도원에 버섯만 먹는 저명한 은둔자들과 금식수행자들이 살았다는 이야기를 읽은 적이 있다(사실 버섯은 단백질이 풍부한 음식이다). 가을에는 버섯을 구워서 먹고 다른 시기에는 말린 버섯을 먹었다고 한다…… 명예가 그들의 양식이 되었기에 그들은 배고프지 않았다고 한다. 조금도. 사방에 울려 퍼진 그들의 이름 덕분에. 그렇다고 이것이 무언가 아주 특별한 현상은 아니었다. 그냥 나란히 흘러가는 일상이었다. 수도사들, 형제들은 모두 정진 기간이 끝나면 고기를 먹고…… 맛있는 생선도 먹었다. 은둔자들도 예외가 아니었다. 그들은 식용버섯과…… 명예를 먹었다.

나는 이런 상황을 훨씬 더 잘 이해할 수 있다. 질린 소령은 창고지기이다. 그리하여 나는 훈장 소리를 쩔렁이며, 말을 할 때면 언제나 자기가 얼마나 완전한 존재인지 과시하려 애쓰는 오만한 Z대령을 점점 더 믿지 못한다. 오히려 점점 더 흐보리를 믿는다(그가 살짝 자기 자랑을 늘어놓는 사람일지라도).

그리하여 흐보리가 있는 병원으로 전화를 걸 때면 매번 심장이 뛴다. 혹은 심장이 철렁 내려앉을 준비를 한다. 흐보리를 생각하면 마음이 아프다.

그는 총상을 입었다. 총알이 신장을 건드렸는데…… 갑자기 상황이 악화되었고 수리하는 데 적어도 반년은 걸린다고 한다.

"좀 어떤가요?"

"아직은 뭐라 말할 수 없습니다."

의사는 화가 나 있다.

"도대체 뭘 원하시는 겁니까! 수술 경과를 보는 중 아닙니까."

"또 수술을 해야 하나요?"

"그럴 수도 있습니다."

비록 아주 조금이기는 하지만, 나는 내가 흐보리의 부재로 시들어가는 나의 비즈니스를 흐보리 자신보다 더 안타까워한다는 사실이 아프다. 너무도 부끄럽다. 하지만 그건 사실이다. 비즈니스는 아이와 같다. 흐느끼며 울어댄다. 한탄을 늘어놓는다…… 물론 통곡하고 싶을 만큼 흐보리가 안타까운 것도 사실이다. 그는 진짜 남자다. 그런 그가 체첸놈들과 협곡에서 계속 싸우고, 간호사들 사이에서 인기를 누리고…… 먹을 수 있는 만큼 실컷 자기의 명예를 먹었으면 좋겠다. 그는 진짜 전사이고…… 진짜 친구이다. 그런 이들도 존재한다.

"그에게 딱 두 마디만 해도 될까요?"

"내일 하시죠…… 오전 회진 후에요. 제 전화로만 통화하실 수 있습니다. 소령의 휴대폰은 저희가 가지고 있습니다."

"압니다. 몇 번 전화해봤습니다."

흐보리의 계산대로라면 그가 병원에 누워 빈둥거릴 날은 대략 열흘쯤 남았다…… 길어야 두 주. 그러나 그의 주치의는 그야말로 기가 막혀 했다. 열정적으로 손사래를 치며 말했다.

"두 주라고요?! 이 사람 농담하는 겁니다."

수다스러운 환자의 말을 끊기 위해 의사는 전화기를 빼앗아 들고 복도로 나갔다…… 그리고 나간 김에 상황을 자세하게 설명해주었다. 그래요, 그렇습니다. 흐보로스티닌 대위는 사건 진행을 아주 빠르게 만드는 사람 중 하나죠…… 정말 좋은 장교예요. 모두가 알아요. 영웅이죠…… 하지만 그런 사람들이 대부분 그런 것처럼 흐보로스티닌도 시간 감각이 없어요. 어쩌겠습니까! 자기가 곧 시간인 줄 알아요…… 시간도 흐보로스티닌 대위가 있는 곳에 있는 거죠.

민중에게 흐보리는 여전히 대위로 남아 있다. 그래, 그러면 어떤가!

흐보리는 사실상 거의 손실 없이 종대를 이끌었다. 그러면서 킬킬대고 잘난 척하며 침을 뱉었다…… 그는 세월이 흐르며 내 기억 속에서 반쯤 지워진 해적 영화를 생각나게 하는 인물이다. 텅 빈 리조트 같은 곳에서 수백 번은 틀었을 낡은 영화…… 그런 곳에서 상영하는 영화의 화면에서는 중요한 것, 오직 바다만 선명하게 보였다. 미친 듯 요동치는 바다! 바다는 겨우 보이는 돛단배를 이리저리로 휘몰아 갔다…… 사기꾼…… 나쁜 자식들…… 해적들…… 금덩이가 울리는 소리. 그리고 여기에 반드시 술을 좋아하는 대단한 영국인 선장이 등장한다. 흐보리와 같은. 다만 몸피가 훨씬 큰. 그도 자랑질을 즐긴다. 꼭 그래야 한다!

흐보로스티닌이 군대로 돌아오면 아마 그 즉시 그에게 짐을 지울 것이다!…… 개자식들!…… 일주일도 쉬게 두지 않을 것이다…… 영웅은 거절하는 법이 없으니까. 영웅은 마땅히 받아야 할 휴가를 원하지 않는다(이건 사실이다…… 그리고 나는 흐보리의 상관들을 비난할 자격이 없다. 아마 나도 똑같은 방식으로 그에게 짐을 지울 테니까. 그가 자기 지프에 올라타자마자)! 소령으로 승진했을 때 내가 위장복을 가져다주며 고집을 피우고 나서야 그는 겨우 위장복을 입기 시작했고, 스나이퍼들을 놀리는 짓도 그만두었다(어쩌면 그 때문에 많은 이에게 그가 여전히 대위로 남아 있는지도 모른다).

나는 산세가 가장 험하고 가장 위험한 곳으로 가는 흐보리에게 짐을 지우곤 했다(그와 함께 나의 휘발유들도 움직였다). 그 대가로 내게는 배송 비용, 힘든 일을 수행한 비용을 지불했지만, 흐보리에게는 아니었다…… 그는 **명예를 먹었으니까**. 명예를 먹으며 그는 그저 흐보로스티닌 대위로 남았다. 나는 현실적인 인간이다. 그저 질린 소령일 뿐이다(창고지기. 괜찮은 사내). 하지만 우리는 서로 기가 막히게 잘 맞았고, 둘 다 우리 사이에 진짜 남자 간의 우정이 존재한다는 것을 알았다…… 우린 이름도 같다…… 사샤와 사샤! 전쟁에서 친구가 되는 데 많은 것이 필요할까? 우연이면 충분하다…… 전쟁은 굉장히 감각적인 것이기도 하니까.

날아오르기 위해 새는 날개로 허공을 내리쳐야 한다. 먼지를 일으키며 날개를 흔들어야 한다…… 그것 없이는 절대 안 된다. 많은 장교는 흐보리와 그의 개성 강한 상관, 직속상관이자 사령관인 사블린 간의 불화가 그런 날갯짓이 되었다고 생각한다(그의 명성이 하늘로 막 피어오르던 시기에 있었던 일이다). 그렇게 된 것이었다. 그것이 우리 장교들이 이 상황을 더 쉽게 이해하는 방법이다. 흐보리는 바로 우리의 눈앞에서 전설로 자라갔다. 아무것도 아닌 존재에서…… 날아오른 먼지 속에서.

사블린 대령은 별 볼 일 없는 흐보로스티닌 대위에게 사실상 돌아올 수 없는 험한 경로를 따라 종대 인솔 임무를 맡기곤 했다. 사블린 대령은 종대의 상황도, 산악도로의 상황도 모두 알고 있었다. 때문에, 흐보로스티닌을 돌아올 수 없는 길로 보냈다는 것이 모두에게 자명했다(그러나 대위는 어찌 되었건 돌아왔다). 너무 길어서 아무도 그 성씨조차 기억할 수 없는 어떤 대위가…… 좌우의 산비탈에서 날아오는 총알을 피할 길 없는 비좁은 협곡을 종횡무진 누볐다. 결코 뚫고 지나갈 수 없는 곳도 반드시 통과해내곤 했다…… 더욱 중요한 것은 적어도 종대의 4분의 3은 온전히 지켜서 인솔했다는 것이다. 게다가 부상병들까지 챙겨서 돌아오곤 했다. 물론 본인도…… 먼지가 수북이 쌓인 군용차량들과 함께. 그런 먼지는 매복하고 있는 적을 만나 박살이 난 협곡에서만 쌓일 수 있는 먼지다. 먼지가 무슨 죄인가. 먼지가 일고 나면 할 수 있는 일은 침을 뱉는 것뿐이다…… 대령은 이를 갈며 포상자 명단에서 그의 이름을 지웠다. 모두에게 포상을 했다. 흐보리만 빼고. 실패를 모르고 거만하며 자랑이 심한 그놈만 빼고.

"그 낯짝 좀 안 봤으면 좋겠어."

사블린 대령은 흐보리에 대한 자신의 미움을 이렇게 단순하게 설명했다.

그는 흐보로스티닌의 엄격하지만 잘 웃는 얼굴, 그의 마른 얼굴이 혐오스럽다고 느꼈다. 어찌 보면 심지어 기품 있어 보이는 그 얼굴이 말이다(물론 처음부터 어떤 기품을 발견한 것은 아니었다. 오만한 대위가 명성을 얻고 나자 그런 것이 보이기 시작했다). 그래, 그래, 그 녀석이 또 종대를 구해냈다고. 실실 쪼개기 좋아하는 운 좋은 놈…… 그 낯짝 좀 안 봤으면!

사블린 대령 자신은 목 위에 초소처럼 네모진 근사한 얼굴을 달고 있었다. 기념비적인 가슴팍은 넓고도 넓었다…… 그야말로 진정한 훈장 수훈자요, 진짜 전사였다. 직접 빗발치는 총알 아래서 포복하기를 즐겼다. 그러면서 곁에 있는 젊은 놈들을 참지 못했다…… 그리하여 체첸놈들까지 자기들이 놓은 덫에서 번번이 빠져나가는 종대가 있다는 것을 알게 된 것이 못내 짜증스러웠다. 체첸놈들은 그의 이름을 소리 내어 불렀다. **흐보리.** 단어의 뜻도 생각하지 않으면서. 그저 더 짧게 줄여 부른 것이다…… 흐보리! 잘도 빠져나가는 우고리* 같은 놈.

하지만 전설에 따르면 사블린 대령은 이미 자신의 역사적 사명을 다 했기에, 그 자리에 계속 머물렀다면, 자기의 네모난 그림자로 이 사람 저 사람의 길을 방해만 했을 것이다(지금 그는 어디 있을까? 질투심에 불타 또 젊은이 하나를 골라 괴롭히고 있을까?!). 사블린 대령은 어딘가로 전출 명령을 받았다. 상부에서 그를 치워버린 것이다.

그제야 높디높은 사령부 지휘관들은 자신들의 거대한 종대를 인솔하는 우아한 안내자를 발견하고 그 가치를 인정하게 되었다. 아무것도 아니었던 대위를 눈여겨보게 된 것이다. 아니, 어떻게, 어떻게 이럴 수가 있지! 흐보로스티닌-흐보리!…… 심지어 어떤 때는 그를 보호하기도 했다. 물론 무언가로부터가 아니라 무언가를 위해 보호했다. 힘든 노선으로 종대를 파송할 때를 대비해서.

* '뱀장어'를 뜻하는 러시아어.

놀라운 것은, 낯짝 때문인지 아닌지는 모르겠지만 지금도 여전히 흐보로스티닌에게 높은 계급을 주지 않는다는 점이다. 무슨 일 때문인지 그를 완전히 마음에 들어 하지는 않았다(운 좋고 개성 강한 사람은 크게 출세할 수 없는 법이다. 그렇게 생각하면 당연한 일이다!). 그래, 그래, 대단하군…… 그래, 그래, 전설적인 대위지. 하지만 이 전설을 여기 우리 구역에 두자고(우리 군사 구역에만 머물도록). 더 높이 기웃거리지 않도록…… 자기 사닥다리 한 칸에 머무르는 것이 딱 좋은 재능이야. 그게 더 나아.

그런데 솔직히 말하면, 훈장 하나 받지 못한 나의 친구 흐보리 대위에게는 무언가 중요한 것이 결여되어 있다. 나조차 그렇게 생각하고 있다. 솔직히 말한다면 말이다……

그에게는 어떤 듬직한 무게감이 부족했다. 무언가 그런 것이 부족하다는 말이다(가슴에?…… 어깨에?…… 모르겠다). 물론 그의 나이에는 누구나 술을 좋아한다. 하지만 그는 너무 가볍다!…… 거품처럼…… 그의 바보 같은 광대짓도 가볍다. 어쩌다 사령부에 들르면 그는 사무 보는 여직원들의 시선을 기꺼이 즐긴다. 언제라도 자랑질을 시작할 준비가 되어 있다…… 그리고 그의 의심스러울 만큼 가벼운 상처들도(출혈! 신장 손상! 다른 사람이라면 반년은 아웃이었을 것이다!……). 게다가 간호사들!…… 그리고 항상 그를 떠나지 않는 그 미소. 광대짓을 즐기는 가벼운 사람! 그것이 흐보로스티닌에 대한 사람들의 평가다. 그가 할 줄 아는 것이라고는 매복부대에게 습격받은 종대를 구해내는 것밖에 없다. 거친 체첸 협곡의 희망 없는 자리에서.

창고에서 휘발유와 디젤유나 만지는 사람인 나는 영웅이란 것에 대해 지극히 회의적이다. 영웅이란 수다의 산물이라고 생각한다. 영웅은 일화와 소문, 위대한 업적에 대한 이야기들을 가득 채워 넣은 창고와 같다. 하지만 나는 나의 흐보로스티닌을 그보다 더 높이 평가한다. 내 친구를 귀하게 여긴다. 그래서 그가 쓰레기장이 되는 것을 원하지 않는다. 그냥 흐보리. 그냥 장교…… 그냥 전문가로 그를 보고 싶다.

매복부대의 공격을 받은 그의 종대에 함께 갇혀본 일이 있다. 단 두 번뿐이었지만…… 두 번 다 내 연료를 호송하느라 그들과 동행했다. 당시 나와 흐보리는 아직 친구 사이가 아니었기 때문에 그때 내 시선은 훨씬 객관적이었다. 그래, 그렇긴 하다…… 분명 그는 성공했다. 그리고 그곳을 빠져나왔다.

그런데 두 경우 모두(그가 인솔해낸 두 종대의 경우 모두) 전사들 사이에서는 일종의 전범으로 평가받았고, 또 아직까지도 그렇게 전해진다. 대등한 전력으로 맞선 거지! 특별한 경우라고 할 수 있지…… 당시는 체첸인들의 전력이 우세한 상황이었고, 흐보리는 막 떠오르기 시작한 별이었다. **매복을 뚫어내는 본능적인 힘!…… 협곡을 지나온 빛나는 탈출! 협곡 우측 산비탈을 차지한 빛나는 공격!…… 그 외에도 수많은 빛나는 무엇무엇…… 물론, 그렇다!…… 고전적인(그리고 고전이 된) 생존 병력의 우측 협곡으로의 이동!……** 군 신문과 보고서에는 이런 찬사들이 넘쳐났다. 하지만 그 전투의 산증인인 나는 그 어떤 빛도 기억하지 못한다. 보지 못했으니까. 빛이라고는 없었다. 대신 거기에는 어떤 불명료함만 있었다. 뒤죽박죽 엉망이 된 전투…… 전쟁이니까.

첫번째 전투는 세르젠-유르트 근처 협곡에서 벌어졌다. 위장복 착용을 깜빡 잊은 채 참여했기에 그 전투가 더더욱 기억이 난다. 길을 나서자마자 나는 벌써 긴장하기 시작했다…… 멋지게 차려입은 소령이 종대한가운데에 자리하고 있었으니까. 군용 지프를 타고…… 그것도 덮개도 없는 오픈형 지프를 타고. 햇빛은 또 얼마나 강렬하던지!…… 햇빛은 스나이퍼들을 불러 모으며 내 왼쪽 어깨에 달린 별 위에서 신나게 뛰놀았다…… 첫번째 관목(저기 매복병이 있을까?)…… 두번째 관목(그럼 저기 있을까?)…… 나는 길을 따라 흩어져 있는 흐드러진 관목들을 보고 겁에 질렸다.

지프에는 나와 병사가 함께 타고 있었다. 물론 그를 위험에 처하게 하지 않고도 그의 위장복을 벗겨 입을 수 있었을 것이다. 하지만 용기가 없었다. 그때 나는 극도로 예민해 있었다. 규칙상 위장복을 입고…… 내 계급을 숨겨야만 했다. 병사에게 운전을 시키고 뒷자리 구석에 몸을 숨길 수도 있었다.

하지만 그때 종대는 이미 그늘로 들어서고 있었다. 협곡에 도착한 것이다!

선두 탱크를 파괴한 체첸놈들은 우리를 꼼짝 못 하게 가두었다. 협곡은 총알이 쏟아지면 완전히 총알받이가 될 수밖에 없는 모양새로 뻗어 있었다. 왼쪽 산비탈에서도, 오른쪽 산비탈에서도 총을 쏠 수 있는 지형이었다. 뒤따르는 행렬의 속도가 완전히 늦춰졌다…… 놈들이 종대를 세운 것이다…… 이쯤 되면 그저 매복이 아니라 고전이다. 장관이다. 호보로스티닌은 어딘가 자기 지프에 타고 있었다. 이미 끝장난 종대는 그대로 서 있었다.

빗발치는 총탄을 맞고 서 있는 우리 탱크들과 두 대의 장갑수송차가 그래도 방탄차였던 것과 달리, 나의 지프는 조금도 보호받지 못했다. 나는 너무도 겁에 질려 아무 말도 못 하고 운전대 위에 손을 얹은 채 앉아 있었다…… 기억하건대 그저 어깨만 으쓱했던 것 같다…… 견장 위에 달린 별들만 움찔 움직였을 것이다. 장하다! 장하다, 질린! 행진 중에 죽는구나…… 뭔가 장엄하기까지 하다!…… 그러다가 마침내 정신을 차리고 차에서 뛰어내렸다. 그러고는 다른 병사들처럼 굴러서 풀숲으로 숨었다…… 그 후에는 무슨 일이 있었나? 포격은 아주 체계적이었다. 양방향에서, 장맛비가 내리는 것처럼 쏟아부었다. 풀숲에 엎드린 내가 무엇을 할 수 있었겠는가. 작은 권총 한 자루를 손에 쥐고서!

장갑수송차에서 뛰어내린 우리 병사들은 벌써 풀숲에 엎드린 채로 총을 쏘아대고 있었다…… 하지만 시간문제일 뿐 이미 포위당한 그들은 모두 죽을 것이다. 아무도 살아남지 못할 것이다. 선두 탱크에서 온몸에 불이 붙은 탱크병들이 떨어져 내리는 것이 보였다. 어디선가 위장복을 입은 우리 군인 하나가 뛰어나왔다. 그는 자동소총을 내던지고 탱크병들의 몸에 붙은 불을 끄려 했다…… 맨손으로…… 치고 또 쳤다! 그러면서 상상하기도 힘든 소리를 질렀다. "아아아아! 아아아!" 마치 일렁이는 불꽃이 그의 몸에 붙은 것처럼.

나는 풀숲에, 야트막한 구덩이 속에 있었다. 왜 그랬는지는 모르겠지만 어깨 위의 견장 때문에 화가 나고 짜증이 났다. 이젠 아무도 볼 수 없겠구나…… 나도, 나의 이 멋진 견장도. 아내도, 딸도. 크라마렌코도. 창고도. 연방보안국 사람들도(내일 소환되어 연방보안국에 출석하기로 되어 있었다…… 거기서 한바탕 소동이 벌어지겠지. 종대의 사망 소식을 들을 때까지). 나는 여기 있는데. 구멍 안에…… 이리저리 몸을 뒤척이고 꿈틀대면서. 어딘가로 높이 권총을 쳐들고…… 그리고 겨누기까지 한다. 협곡의 비탈을 향해, 체첸놈들이 숨어 있는 관목을 향해. 그곳에 이리저리 흔들리며 끝없이 불을 뿜어대는 놈들의 망할 총구가 보인다…… 저 총알 중 어떤 것은 내게 맞겠지. 내 것이구나.

내가 언제 흐보로스티닌을 보았더라?…… 아니다, 아니야. 먼저 AGS-17(자동유탄발사기)을 든 병사를 보았다…… 그 병사는 쏟아지는 총알과 근거리에서 터지는 폭발에 놀라(아마도 신참일 것이다) 말 그대로 돌아버렸다. 총알이 비처럼 쏟아지는데 가장 잘 보이는 곳에 자리한 풀숲에서 튀어나오더니 협곡의 산비탈 쪽으로 기어가기 시작했다. 그곳에 숨으려는 것이다(아니 체첸놈들 속에 숨을 셈인가?). 오른쪽 비탈을 향해서…… 관목 쪽으로…… 겨우겨우 기어오르고 있었다. 하지만 유탄발사기를 버리지도 못했다. AGS-17은 무겁다. 다 펼친 상태로는 보통 두 명의 병사가 운반한다. 그런데 어떻게 혼자 그것을 지고, 그것도 산을 오르려는지.

숨을 수 있는 관목까지도 이르지 못할 것이다…… 그의 군화는 등산용이 아니다. 방수면포는 풀 위에서 자꾸 미끄러졌다…… 병사는 넘어졌다가 다시 일어나 미끄러지는 다리를 바로 잡고 서기를 반복했다. 이 정도면 과녁인 셈이다. 너무 뻔해서 쏘고 싶지 않을 정도의 과녁이다. 그는 땅을 파고 있다. 때로는 총구로…… 때로는 양쪽으로 펼쳐진 유탄발사기의 다리로. 그야말로 야단법석을 떨고 있다…… 이 짐에다가 유탄띠가 든 가방까지 들었다. 관목이 있는 곳에 이르면 그를 지체 없이 죽일 것이다. 거기 체첸놈들이 있다면…… 나는 눈길을 거두지 못하고 그를 주목했다. 그가 내게도 어떤 기회를 주고 있었기 때문이다. 그래도 관목은 관목이기 때문이다!…… 만일 거기 아무도 없다면?…… 바로 그때 장교가 병사에게 달려들었다. 내가 있는 곳에서 열에서 열다섯 걸음쯤 떨어진 곳에서. 바로 곁에서!

놈들이 좁은 길 위에 미리 쓰러뜨려둔 소나무들 때문에 탱크는 움직일 수가 없었다. 탱크는 계속 빙빙 돌았다…… 돌며 그저 계속해서 나무를 들이받았다…… 나는 흐보로스티닌을 알아보았다. 그는 탱크에서 튀어나왔다(원래 지프에 있지 않았던가!). 주위에서는 총격이 계속되고 있었다…… 하지만 흐보리는 유탄발사기를 든 채 진흙탕에서 미끄러지고 있는 병사에게 달려들었다. 이해할 수 없는 상황이었다. 종대의 인솔자가 산비탈 쪽으로 기어가고 있다. 주변에 있는 어떤 관목에서라도 그를 쏠 수 있었다. 그 순간에는 백 퍼센트 가능했을 것이다…… 하지만 아니었다…… 아무도 그를 쏘지 않았다.

병사를 따라잡은 흐보리는 그를 돕기 위해 AGS-17의 총구를 붙잡았다. 그러고는 유탄띠가 땅에 끌리지 않도록 잡아매주었다. "힘내, 병사, 힘내라고!……" 흐보리는 그렇게 소리쳤다. 나는 그 말을 기억해두었다. 그 말이 내 뇌수에 박혔다…… 흐보리는 병사 한 명을 돕기 위해 종대를 버려두었다. 그 둘은 험준한 절벽을 올랐다. 그리하여 관목이 있는 곳까지 다다랐다…… 나도 그때 내가 무슨 생각을 했는지 모르겠다. 하지만 나도 풀로 뒤덮인 구덩이에서 나와 그들을 좇아 뛰었다…… 총알이 바로 곁에서 휙휙 소리를 내며 날아다녔고, 달리는 중에 어딘가 나무 구멍으로 기어 들어가고 싶다는 어린아이 같은 생각이 내 머릿속을 스쳤다. 거기서 살았으면 좋겠다. 나무 안에서…… 수백 년이 흐르도록……

왜 흐보리를 따라 달렸을까?…… 나도 모른다. 무의식적인 행동이었다. 그저 위로, 위로…… 그 둘은 내 앞에서 기어 올라가고 있었고, 나는 뇌수에 박힌 그 이야기를 계속 들으며 따라갔다. "힘내, 병사, 힘내라고!"…… 우리가 오른 그 지점에서 갑자기 관목들이 사라졌다. 언덕도 그렇게 가파르지 않았다…… 그리고 바로 거기에 기관총사단의 진지가 있었다…… 거기 체첸놈이 한 명 있었다…… 가까이…… 다섯 걸음 정도 떨어진 곳에.

수염이 덥수룩한 체첸놈이 그들을 보았다. 양쪽으로 다리를 벌린 유탄발사기를 안고 그의 곁을 지나 달려가고 있는 두 사람을…… 수염 씨는 천천히 기관총 총구를 돌렸다. 달려가는 이들을 좇아 조준하여 쏘려 했다…… 바로 그 순간 나는 흐보리의 명령을 들었다. 흐보로스티닌이 몸을 돌리며 내게 외쳤다. 마치 이 체첸놈에게 자기 시간을 낭비하고 싶지 않다는 듯이(사실 그는 자기를 뒤좇아 달리고 있던 나를 그제야 발견했다!).

"소령, 저자를 쏴!"

체첸놈은 그제야 나를 보았고 다시 기관총 총구를 돌리기 시작했다. 이번에는 총구를 나로 향하여. 그러다가 그럴 시간이 없다는 것을 뒤늦게 깨달았다…… 정말 드물게 굼뜬 체첸놈이었다…… 그는 자동소총을 집어 들었다…… 하지만 내가 더 빨랐다…… 나는 심지어 위험을 감수하며 그에게 좀더 가까이 달려가기까지 했다. 바로 총을 쏘지 않았다…… 권총을 발사해서 확실히 맞힐 수 있도록(나에게는 권총밖에 없었다)…… 그리고 명중시켰다. 두 번.

하지만 더 이상 흐보로스티닌과 병사를 좇아 달리지는 못했다. 곧바로 체첸놈 세 명이 더 튀어나왔다…… 그사이 나는 관목 속으로 숨었다…… 그들은 죽은 자에게 달려갔다. 물론 그들은 흐보리와 유탄발사기를 든 병사가 그를 죽였다고 생각했다. 두 사람은 그들을 잡으러 산 쪽으로 내달았고, 한 사람은 망자 곁에 남아 곡을 하기 시작했다…… 너무도 가늘고 구슬픈 곡이었다. 체첸말로 만가를 읊었지만, 감히 알아듣지 못했다는 말은 못 하겠다…… 너무도 이해할 만했으니까. 망자는 어쩌면 형제였고, 어쩌면 아들이었을 것이다.

나는 그를 쏘지 않았다. 등 쪽으로 다가가 쏠 수도 있었지만 죽이지 않았다. 내가 몇 걸음 걸어도 그는 그 소리를 들을 수 없었을 것이다. 나는 방금 사람을 죽였다는 사실을 생각할 겨를도 없었다. 그 낯선 소리는 너무도 슬프게 울부짖으며 통곡했다!…… 그 울부짖는 소리가 나를 괴롭혔다. 하지만 문제는 울음소리가 아니었다. 나는 진이 빠져버렸다…… 갑자기 힘이 빠졌다. 그리고 갈증, 갈증이 찾아왔다…… 마시고 싶다. 마시고 싶다.

바닥에 주저앉았다. 물이 마시고 싶었다…… 다른 어떤 것도 원하지 않았다. 앉아서 이 대학살이 끝날 때까지 기다리고 싶었다.

처음에 산으로 기어오르는 병사를 보았을 때 흐보리에게는 아무런 전략도 없었을 거라고 확신한다. 나중 일이 어떻게 전개될지 예견할 수 없었을 것이다. 아무도 예견할 수 없는 상황이었다…… 병사는 진창 속에서 미끄러지며 위로, 위로 기어오르고 있었다…… 저 위, 저 위에 있는 구원의 관목을 향해 어딘가로 기어가고 있었다…… 그저 숨기 위해서!…… 아마 병사는 자기가 유탄발사기를 들고 오른편 산비탈을 향해 기어가고 있다는 사실도 인지하지 못했을 것이다. 그는 그저 잠시 돌았던 것이다. 그래서 어디로 가는지도, 도대체 왜 AGS-17을 끌고 가는지도 모른 채 그저 기어오른 것이다.

하지만 이제 그들은 둘이 되었다. 흐보리가 그를 돕고 기운을 북돋아주자, 그 둘은 관성을 따라가 움직이듯 계속해서 산을 올랐다. 요란한 소리를 내며 관목 숲을 지나서! 위로, 더 위로 기어올랐다! 때로 네발로 기어서…… 용감한 병사는 그들이 아직도 체첸놈들에게서 도망치고 있다고 생각했을 것이다.

그 후에 벌어진 일에 대해서는 모른다…… 어떻게 해서 그곳 산비탈에 흐보리와 병사 외에 두 명의 우리 병사가 더 나타났는지…… 두 명의…… 술 취한 병사가…… 게다가 두 대의 AGS-17까지. 그 둘이 유탄발사기를 끌고 그곳까지 간 것일까? 그것은 거의 불가능한 일이다…… 체첸놈들 것을 빼앗아 온 것일까?…… 모른다. 나는 그저 유탄발사기 한 대가 그곳에 있는 것만 보았다. 얼마나 고생해서 가지고 온 것인가. 흐보리와 병사가 가지고 온 바로 그 유탄발사기 말이다.

운이란 바로 이런 것이 아닐까?…… 제아무리 뛰어난 본능을 지녔더라도 흐보리가 저 위, 작고 옹색한 장소에 유탄발사기로 저 깊은 아래를 조준하고 있는 체첸놈들의 예비 진지가 있으리라는 생각은 하지 못했을 것이다. 더욱이 어제까지 농부였던 놈들이 그 유탄발사기를 지키고 있다 군인들을 보자마자 줄행랑을 치리라는 것을 어찌 알 수 있었겠는가. 만일 거기 노련한 군인들이 있었더라면 어떻게 되었을까?

두 명의 우리 병사는 어떻게 그곳까지 갔을까? 누가 그들을 보냈을까?…… 누가 봐도 술에 취한 두 병사…… 어쩌면 내 곁을 지나갔을지도 모른다. 내가 탈진 상태로 아직 그곳에 앉아 있을 때. 나는 아무것도 보지도 알아채지도 못했다. 처음으로 사람을 죽였으니까…… 그리고 상상할 수도 없을 만큼 목이 말랐으니까…… 마시고 싶었다!…… 하지만 주변에는 물 한 방울도 없었다. 그저 드문드문 나 있는 나무들. 군데군데가 푸른 하늘뿐이었다.

바로 그때 위에서 이런 소리가 들렸다. "힘내, 병사, 힘내라고!……" 흐보리가 이제는 신나는 목소리로 외치고 있었다. 산으로 도망치느라 넋이 나갔던 병사는 그제야 자신이 살았고, 도망쳐 나왔다는 사실을 깨달았다…… 오호, 여기 두 사람이 더 있네. 그들은 어디서 왔을까? 그리고 여기 대위님도 계시네.

병사는 그 즉시 용기백배하여 흐보리가 유탄발사기 설치하는 것을 돕는다…… 산 위로 숨어들었던 두 명의 술 취한 병사도 합류하여 잽싸게 유탄발사기를 설치하고 그 총구를 협곡의 가장 깊은 곳이 아니라 아래로, 언덕을 향해 돌린다. 가까운, 가장 가까운 관목들, 체첸놈들이 개미 떼처럼 숨어 있는 그 관목들을 향해 조준한다. 총구 하나는 우측으로, 다른 하나는 좌측으로…… 이것이야말로 운이 아닐까?…… 조금 오른쪽으로…… 조금 왼쪽으로. 그러고도 총구 하나가 남는다. 그리고 끝없이 이어지는 유탄띠. AGS-17은 유탄띠를 기가 막히게 집어삼킨다.

AGS-17들이 작동하기 시작하자 협곡 우측 전체, 산비탈 전체가 불바다가 되었다. 더 대단한 것이 필요하지 않았다. (1,700미터 떨어진 곳까지 조준이 가능한) 자동유탄발사기는 유탄을 매우 촘촘하게 발사한다. 체스 대열로. 그리고 유탄은 폭발하며 투하 지점 10미터 근방의 모든 것을 쓸어버린다…… 관목 하나하나…… 심지어 풀 한 포기까지도…… 불은 모든 것을 쓸어버리고 뿌리째 뽑아버렸다…… 불이 남긴 유일한 것, 불이 더 강하게 만든 유일한 것은 부상자들의 비명 소리였다. 끔찍한 비명 소리…… 애원하는 소리…… 갑자기 뒤에서 폭격이 시작된 것이다! 처음에는 체첸놈 중 누군가가 자기편을 공격한다고 생각했다…… 뒤통수를 치며 끝없이 이어지는 유탄발사기 공격…… 마지막 3분간 흐보리와 용기백배한 병사, 그리고 합류한 우리 병사 둘은 나무만 파괴한 셈이었다.

종대는 빠져나왔다. 늘 그렇듯 승리에 들뜬 장교들은 아직 그 열기가 식지 않은 전투를 복기하고 있다…… 나란히 서서 서로의 말을 끊으며…… 흐보리도 그들 속에 있었다. "중요한 건 누가 먼저 제초기를 돌리냐 하는 거지." 나도 그의 웃음소리를 들었다. 행복에 겨운, 그리고 늘 그렇듯 조금은 과하게 가볍고, 젠체하는 그의 음성을. 장교들은 바로 그 자리에서 그의 말을 해석하기 시작한다. 전투 공간 전체를 아우르며 모든 것을 전멸시킬 수 있는 발포가 가능한 시간과 장소를 찾는 것이 중요하다는 말이겠지. 그리고 계속해서 같은 말을 반복해댔다. 우측 언덕! 우측 산비탈!

나는 내 눈으로 체첸놈들이 도주하는 것을 보았다. 산비탈을 따라 앞쪽으로, 또 뒤쪽으로 도주했다…… 어디가 되었든 그저 도망치기 위해서 달렸다…… 무기만은 버리지 않은 채로…… 우측 산비탈 전체가 숯덩이가 되었다. 군데군데 풀이 아직 타고 있었고…… 관목들은 앙상한 가지가 되어 흔들렸다. 그 앙상한 가지에서 연기가 피어올랐다.

그리고 반은 죽었다고 생각했던 우리 종대의 생존 병력 전체가 바로 그곳을 향하여, 유탄발사기 폭격으로 완전히 텅 비어버린 오른편 산비탈을 향하여 이동하기 시작했다. 아주 빠른 속도로, 놀랄 만큼 민첩하게…… 어떻게? 어떤 명령을 따라서?…… 어떤 명령도 없었다…… 어떤 계획이 있었다고도 하고, 흐보리가 신호를 주어 신호탄을 쏘았다고 하는 이들도 있었다. 하지만 실제로는 신호탄을 쏘지 않았다! **아—아—무것도 없었다.** 그때 나는 이미 완전히 정신을 차렸고, 모든 것을 볼 수 있었다. 나도 내 작은 권총을 들고…… 싸웠다…… 나름의 기여를 했다…… 신호가 있었다면 분명 그 신호를 들을 수 있었을 것이다. **하지만 정말 아무것도 없었다……** 장교 중 한 사람은 이것을 우리가 다 이해할 수 없는 전투의 법칙이라고 불렀다. 살아 있는 에너지가 목숨을 부지할 수 있는 공간이 어디 열려 있는지 본능적으로 느끼며 저절로 움직이고, 이동하고, 길을 건너고, 기어가기까지 한다는 것이다. 동물적인 자기의 감각으로…… 동물적인?…… 그렇다면 왜 흐보리를 찬양해야 하는가?!

협곡 바닥에 딱 붙어 있던 우리 병사들은 완전히 불타버린 우측 산비탈을 따라 움직였다. 그러면서 전력을 다해 총을 쏘았다. 이제 더 이상 무자비한 폭격도, 매복도 없다. 그저 전투가 벌어지고 있었다. 우측 산비탈에 자리한 우리 군인들과 좌측 산비탈에 자리한 체첸인들이 싸우는 것이다. 그리고 우리 탱크들도…… 이제는 탱크들도 대범하게 우측 산비탈에 정차하고서 포구를 돌려 좌측 산비탈을 폭격했다. 관목을 하나하나 파괴하며…… 제초기가 돌아가기 시작한 것이다!

분명 종대를 구해냈다. 할 말은 없다. 하지만 그가 한 모든 일이 웬일인지 손가락셈처럼 단순하고 심지어 원시적이기까지 했다. 그저 우연인 것이다!…… 미리 준비한 전략도, 기억에 남는 신호탄 하나 쏘아 올린 것도 없었다. 지휘관의 어떤 책략이라 할 만한 것이 전혀 없었다.

힘내, 병사, 힘내라고…… 이게 다라고?…… 다른 것은 없다고?…… 분명 종대는 살아 나왔다. 저녁 무렵 종대는 체첸놈들을 모두 몰아내고, 길을 싹 쓸어내고, 부상자들을 챙긴 후 이동하기 시작해 그곳을 빠져나왔다. 평평한 길을 따라 먼지를 일으키며.

하지만 이 전투에는 분명 무언가 강렬한 것이 빠져 있었다. 나는 무언가 천재적인 수를 기대하는 사람이 아니다…… 화려한 어떤 것이 필요한 것도 아니다…… 맞다, 흐보리는 분명 성공을 거두었다. 그 병사와 짝을 이루어서…… 논쟁의 여지가 없다…… 하지만 왜 그가 직접 위로 기어 올라갔을까? 이 모든 것을 미리 예견하고 적시에 두서너 명의 특공대원을 보낼 수는 없었을까?…… 좋다, 특공대원이 없었다고 치자. 하지만 두서너 명의 노련한 군인은 있지 않았을까?…… 그들을, 전문적이고 용맹한 그들을 보내서 유탄발사기를 들고 산비탈을 오르게 할 수도 있지 않았을까. 적시에 보냈더라면 좋지 않았을까. 종대에 이미 총구멍이 난 후가 아니라.

트집을 잡는 것이 아니다. 친구에 대해 말하고 있으니까!…… 물론 나는 그를 높이 평가한다. 우정 어린 과찬을 할 때는 그를 수보로프*와 비교하기도 한다. 수보로프처럼 바싹 마르고…… 작고…… 잘 웃고…… 자랑을 즐기고…… 하지만 수보로프는! 위대한 과거가 아닌가!…… 역사가 아닌가!…… 그가 예카테리나와 주고받은 편지까지 남아 있지 않은가.

흐보리가 죽으면, 그에게는 아무것도 남지 않을 것이다. 물론 얼마간은 안타까워할 것이다…… 특히 간호사들이…… 위험을 감지하는 놀라운 감각을 가진 친구였지! 전사의 뼈를 가진 친구였어! 청렴했지…… 하지만 그 외에 무엇이 남을까?…… 장교들에게 셰익스피어를 인용하곤 했다?! 그것도 겨우 두어 문장만(물론 우리는 그것조차 모르긴 했다). 그러고 나면 모든 것이 덮일 것이다. 작은 나뭇잎으로. 보슬보슬 내리는 비로…… 그렇게 땅속으로 사라지고 말 것이다…… 모든 것이 사라질 것이다. 모두가 잊게 될 것이다. 흐보로스티닌이라는 사람이 존재했다는 사실조차 기억하지 못할 것이다. 소령 나부랭이. '제초기를 돌린다'라는 바보 같은 문장만 남을 것이다. 그조차 말 자체로만 남을 것이다. 누구의 말인지 아무도 모를 것이다…… 무엇이 더 있을까. 그렇다면 도대체 무엇에 열광해야 하는가?…… 그는 그저 종대를 협곡에서 구해낼 줄 알았다. 그게 전부다.

---

* 수보로프Aleksandr Vasilévič Suvorov는 18세기 러시아 제국의 군사령관으로, 러시아의 국민 영웅으로 추앙받는다.

당시 나는 다소 흥분해서 창고로 돌아왔다. 창고 정문이 열리자마자 정문 초소로 전화가 걸려왔다.

"소령! 흐보로스티닌이오…… 인사나 합시다."

"그래볼까요."

내가 웃었다.

안도하며 웃었다. 악몽처럼, 전투 내내 체첸놈들을 향하여 견장에 달린 별을 반짝였다는 사실을 기억해내며.

전투가 진짜 전투가 되었을 때…… 전투가 납득할 만한 것이 되고, 심지어 대등한 것이 되었을 때, 우측 산비탈과 좌측 산비탈(그러니까 우리 편과 적의 편)이 서로를 향해 포탄을 퍼붓고 있을 때 모두가 총을 쏘았다. 심지어 우리의 반쪽짜리 승리에 제때 합류하게 된 나 같은 창고지기도 작은 권총을 들고 반대편 관목을 향해 총을 쏘았다…… 열을 내면서! 패배하지 않은(적어도 패배하지는 않은) 전투에 달콤한 감동을 느끼며!…… 그때 새 탄약을 손에 들고 총알을 갈다가 문득 협곡의 바닥을 보았다. 그다지 깊지 않은 협곡 바닥에서 연기가 피어올랐다. 군용차들은 체첸놈들을 향해 미친 듯이 총알을 박아대고 있었다. 몇몇 차는 이미 폭격을 당해 탄내를 풍기고 있었다…… 나는 총을 더 쏘았다. 그러다 총알이 끝나버렸다…… 그리하여 내가 다시 한번 아래를, 협곡을 내려다보았던 것을 기억한다. 그리고 나는 보았다.

양측에서 벌이는 이 맹렬한 사격에도 불구하고 휘발유수송차도, 연료통이 든 트럭도 단 한 발의 총알, 아니 파편조차 맞지 않았다…… 그 차들은 가장 잘 보이는 곳에 세워져 있었다. 휘발유는 고막을 찢을 듯한 굉음으로 가득 찬 협곡 바닥에 자리하고 있었다. 지옥의 불 속에서 고요히 꽃을 피우고 있었다. 좌측 산비탈에서도, 우측 산비탈에서도 그 휘발유를 자기 것이라 생각했기에 가능한 일이었다. 그런데 아직 아무에게도 배송하지 못한 그 휘발유는 **내 것**이었다.

바로 그것을 위해서 종대도 이동한다…… 부대가 주둔하는 지점과 장소마다 필요한 물품(식료품, 때로는 물)과 군용 필수품(연료와 탄약)을 운반하기 위해서.

내가 참여했던 두번째 전투에서 기억에 남는 것은 협곡이다. 깊고, 혐오스러울 정도로 축축한 협곡…… 그 협곡은 베데노 바로 근처에 자리하고 있었다. 하지만 그보다 더 강렬하게 뇌리에 박힌 것은 정말로 기이했던 흐보리의 뜀뛰기였다. 빗발치는 총알을 뚫고 키 큰 풀 사이를 경중경중 건너가던 그의 걸음걸이, 그의 뜀뛰기…… 벼룩처럼 예닐곱 번의 뜀뛰기를 하여 작은 장갑수송차에 도달한 그는 얼어붙은 듯 앉아 있던 운전사에게 소리쳤다. 밟아(그것은 상륙부대의 군용차량이었다. 병사들은 그 차를 꼬마 탱크라고 불렀다. 그 차는 상대적으로 가볍고 우아했다! 낙하산에 달아 상륙시킬 수도 있는 차였다)! 하지만 그 작은 장갑수송차도 앞으로 나아갈 길이 없었다. 체첸놈들이 아주 교활하게 고성능 폭약으로 선두 탱크를 폭파시키는 바람에 그 탱크가 협곡을 코르크처럼 막고 있었다. 지나갈 방법이 없었다…… 탱크는 마치 마개처럼 협곡을 막고 서서 온통 연기를 뿜어댔다.

협곡은 이미 불바다였다. 그런데 흐보리가 그 작은 장갑수송차를 종대에서 끌어냈다. 그러고는 협곡의 산비탈을 향해 곧장 기어 올라갔다…… 끔찍할 정도로 비틀거리면서…… 경사면에 자리한 작은 장갑수송차는 언제라도 뒤집어질 것처럼 보였다. 나는 소형 장갑수송차 내부가 어떻게 생겼는지 모른다. 거기 누구 자리로 흐보리가 그렇게 잽싸게 올라탔는지도 모른다(아마도 다섯 명의 상륙부대원은 이미 그 전에 모두 풀밭으로 흩어졌을 것이다). 지난번처럼 종대는 이미 끝장난 상황이었다…… 모두가 그것을 알고 있었다. 그리하여 모두가 작은 장갑수송차를 주시했다. 흐보리는 운전사에게 소리 질러 명령을 내리며(손짓을 하며) 마치 취한 사람을 안내하듯 군용차를 몰아가고 있었다. 차는 비틀거리고…… 이쪽저쪽으로 거칠게 방향을 바꾸며 궁지에 몰린 듯 달리고 있었다!…… 쳐다보는 것만으로도 무서울 지경이었다! 기적은 이 서커스 공연에서 시작되었다.

하지만 그보다 더 손에 땀을 쥐게 했던 광경은, 거의 50도로 기운 경사면 위에서 묘기를 부리는 이 작은 장갑수송차를 따라 육중한 탱크가 기어가기 시작했을 때 펼쳐졌다…… 뒷걸음질을 치고 또 치면서 흐보리의 작은 탱크는 협곡을 빠져나갔다. 체첸놈들이 쓰러뜨려둔 참나무 가지를 따라. 우지끈 소리를 내는 나무 꼭대기의 가지를 짓밟으며. 참나무 가지의 비교적 가느다란 부분을 골라 지나며. 그리고 이 작은 장갑수송차를 따라, 흐보리를 따라, 무거운 탱크가 기어가고 있었다. 유일한 탱크가. 하지만 여기서도 운이 뒤따랐다! 대단한 운이다! 탱크가 뒤집어지거나…… 아니면 꼼짝없이 멈추어 서거나, 고장이 나거나…… 영원한 안식에 들어갔다면!…… 승리의 화신인 우리 흐보리가 엉성하고 작은 장갑수송차에서 혼자 무엇을 할 수 있었겠는가!

탱크는 흐보리의 묘기를 그대로 따라 하며 작은 탱크의 뒤를 좇았다. 분명 운전병은 흐보리를 믿었을 것이다(누구나 맹목적으로 흐보리를 믿는다). 탱크는 작은 장갑수송차의 작은 동작 하나하나까지도 그대로 따라 했다. 그 동작들을 정확하게 반복하며 게처럼, 게걸음으로 협곡을 빠져나갔다…… 총격전에 휘말리지도 않았다. 체첸놈들은 이 게걸음치는 물체들을 보고도 그다지 흥분하지 않았다. 뒷걸음질하는 물건들에 관심을 두지도 않았다…… 자빠지겠지!…… 알아서 뒤집어질 거야!

하지만 두 대의 군용차가 뒤집어지지 않고 무사히 협곡을 빠져나갔을 때에도 체첸놈들은 그다지 큰 관심을 보이지 않았다. 전투를 하고 있었으니까. 주된 수확물은 협곡에 그대로 남아 있었으니까…… 겨우 두 대가 줄행랑을 쳐서 살아 나갔다. 가버렸다. 뭐, 어떤가, 갈 테면 가라지.

하지만 작은 장갑수송차와 그 뒤를 따르던 탱크는 협곡을 빠져나가자마자 도망칠 생각을 하지 않았다. 오히려 방향을 바꾸어 아주 빠른 속도로 오른쪽 산비탈을 굴러가기 시작했다. 군데군데 맨땅인 곳…… 비교적 완만한 곳으로(그곳의 지형은 강기슭과 같았다). 그리하여 두 대의 군용차량 모두가 체첸놈들 머리 위쪽에 자리를 잡게 되었다. 그들보다 높이 자리한 것이다…… 물론 협곡이 계단 모양으로 생겨서 그들이 체첸놈들에게 직접 사격을 하는 것은 불가능했다. 그놈들 쪽으로 더 가까이 기어가는 것도.

그리고 다시, 뭐라 해도 좋지만, 운이 따랐다. 다시금 기적이 일어났다!…… 기적이 있는 곳에 반드시 흐보리가 있다.

흐보리가 곡물창고에 대해 미리 알았을 리는 없다. 산비탈을 기어올라간 후 그는 당연히 아래를, 협곡을 바라보았다. 궁지에 몰려 파멸하게 된 종대를 보았다…… 하지만 그것 외에 또 다른 것이 보였다. 그는 마을을 향해 나아갔다! 그의 소형 장갑수송차와 마을 사이, 그의 바로 눈앞에 직육면체의 곡식창고가 그 위용을 드러내고 있었다. 평평한 나무지붕을 얹은 곡식창고가. 이것이 운명의 귀띔이 아니면 무엇이겠는가.

대포의 포구를 협곡에서 곡식창고 쪽으로 돌려두고 소형 장갑수송차와 그 뒤를 따르는 탱크는 첫 포격으로 나무로 된 지붕을 모조리 불

살라버렸다(탱크가 주된 사격 수단이었다). 지붕은 불타오르며 아래로 무너져 내렸다. 창고 내부에는 선별하기 위해 저장해둔 곡식들이 가득했다…… 불은 엄청난 속도로 높이 타올랐다! 모든 것이 불길에 휩싸이며 소리를 냈다…… 옆에 증축한 곡물창고에도 불길이 옮겨붙었다. 건물들은 나란히 지어져 있었다.

마을은 곡물창고 뒤쪽으로 좀더 떨어진 곳에 자리하고 있었다. 하지만 불길이 너무도 거셌다. 물론 비명 소리도 들려왔다. 울부짖는 소리!…… 여인들의 소리! 그들은 불길을 보고 겁에 질렸다…… 마을은 불타지 않았다. 하지만 고함치며 울부짖는 여인들의 소리가 멀리서 활활 타오르는 불길에 특별한 광기를 더했다. 그것은 정말 특별한 소리였다. 누군가는 물건을 내왔고…… 누군가는 제때 울타리에 물을 뿌렸다…… 하지만 여자들이 가장 먼저 한 일은 수많은 아이들과 함께 집 밖으로 뛰쳐나와 소리를 지르는 것이었다.

매복을 하고 있던 체첸놈들 대부분은 이 마을의 농민들이었다. (집에서 멀리 떠나지 않기 위해) 협곡 이편에서 전쟁을 하고 있었다. 그들은 큰 불길이 만드는 노란 기운 너머 저 멀리서 아내와 어미들이 미친 듯이 뛰어다니고 있는 것을 보았다. 이것은 죽음보다 두려운 일이었다. 그들 중 대다수는 미친 듯이 달려갔다. 집에 있는 혈육을 구하기 위해!…… 자동소총과 유탄발사기를 다 내던지고 달렸다.

물론 몇몇은 그래도 자동소총을 들고 있었다. 하지만 더 이상 전투에 참여하지는 않았다. 그들은 자기 몸을 사리지 않으며 집을 향해 달렸다…… 곧장…… 탱크와 소형 장갑차를 겨우 우회하여. 흐보리도, (그를 한 걸음 한 걸음 따라온) 탱크 운전병도 달리는 이들을 향해 발포하지 않았다. 달리도록 두자. 매복은 약해져가다가 끝나버리겠지…… 1초라도 체첸놈들을 지체하게 하고 싶지 않았다. 모두 집으로 돌아가!…… 가족들을 도와야지…… 불길이 가까운 곳에서 일고 있으니까! 불길은 콘크리트로 만든 곡물창고 안에서 마치 거대한 페치카 속에 있는 양 울부짖었다. 기둥처럼 솟아오르는 불꽃에서 간헐적으로 총을 쏘는 듯한 소리가 들려왔다.

오른편 산비탈 구릉에는 할 일을 다 한 두 대의 군용차량이 그대로 서 있었다. 탱크와 소형 장갑수송차. 그들은 더 이상 발포하지 않았다.

군데군데 파여 있는 구덩이와 가까운 관목 속에 숨어 있던 오렌부르크인들(그들이 종대를 호송하고 있었다)은 이 모든 움직임 안에 어떤 계책이 있다는 것을 즉시 알아챘다. 그리고 체첸놈들이 모두 우측 산비탈을 떠나버렸다는 사실도 알게 되었다. 어떻게?…… 그건 모르겠다. 오리무중이다. 나도 도랑에 엎드려 있었다. 이번에는 위장복을 입고 권총 대신 자동소총을 들고…… 하지만 이 전쟁의 잔해 속에서도 신호탄을 보지 못했다. 어떤 명령도 듣지 못했다…… 사실이다…… 오렌부르크인들은 스스로 알아서 이동하고, 기고, 뛰면서 우측 산비탈로 건너갔다. 이제 전투가 시작되었다. 우측 산비탈과 좌측 산비탈이 맞서 싸웠다.

30분 후에 헬리콥터가 왔다. 그들은 상공에서 흩어져 있는 반군들을 폭격했다. 체첸놈들이 운이 없었다. 작년에 불타버린 숲이 채 자라지 못했던 것이다. 작은 숲속 나무들은 성기게, 정말 드문드문 자라 있었다. 그래서 도망가는 그들의 모습이 다 보였다…… 헬리콥터에 탄 군인들은 사격장에라도 온 것처럼 쉽게 그들을 맞힐 수 있었다…… 그들은 마치 사격장의 인형들처럼 껑충껑충 뛰었다. 그렇게 껑충껑충 뛰다 쓰러져갔다…… 또 한 명 쓰러졌다…… 또 한 명…… 그리고 더 이상 일어서지 못했다. 불을 보고 달아난 농민들만 살아남았다. 신은 단순한 사람들을 보호하신다.

하지만 이 전투의 시작은 얼마나 끔찍했던가! 선두 탱크는 불타오르며…… 마개로 막은 듯 길을 차단해버렸다. 오렌부르크인들을 태운 두 대의 장갑수송차도 주저앉았다…… 왼쪽과 오른쪽 산비탈에서는 종대를 향해 총알을 난사했다. 신이 난 체첸놈들은 우리 군인들보다 훨씬 더 총을 잘 쏘았다…… 빗발치는 총알! 축 늘어진 긴 창자같이 무기력한 종대 내부 어딘가에 흐보로스티닌 대위의 작은 지프, 낡은 '가즈'*가 자리하고 있었다. 그리고 흐보리는 이 지프에서 내려 요상한 뜀박질로 작은 장갑수송차까지 다다랐다. 내 눈앞에서. 그리고 아마도 많은 이의 눈앞에서(그는 정말 우스꽝스럽게 보였다. 벼룩처럼 뛰었는데, 벼룩보다 더 민첩했다. 날아올랐다가 엎드리고!…… 그것도 너무 신속하게 날아올랐다가 다시 엎드리고를 반복했다…… 영웅이다! 이 동네에 사는 수십 마리 벼룩과 붙어도 그가 이길 것이다. 작은 탱크에 뛰어오를 때까지 그는 그렇게 뛰었다).

그때 나는 이미 그날이 내 인생의 마지막 날이라고 생각하고 있었다. 종대는 결코 이곳을 빠져나갈 수 없을 것이다. 나는 마른 입술만 핥고 있었다. 이미 오래전에 아주 빠른 속도로 마른 입술을 적시는 법을 배웠다. 그리고 마지막 날에 대해 생각하는 법도. 우리 모두는 그것을 배웠다. 전쟁이었으니까.

이 전투가 벌어진 다음 날…… 아니…… 3일째 되던 날 로슬리크가 불러 공사장으로 갔다. 가보니 로슬리크는 그곳에 없었다. 막 담배를 피

* GAZ: 고리키 자동차공장Gor'ovskii Avtomobil'nyi Zavod에서 생산한 차. 주로 트럭, 지프, 버스를 생산한다.

워 물자 체첸 노인들이 몰려왔다. 불안하게 흔들리는 작은 간이의자에 앉자마자⋯⋯ 그들은 말 그대로 어디선가 솟아난 듯했다. 아직 다 올리지 못한 저 벽이 노인 한 무더기를 내게 던져준 것 같았다.

그중 한 노인은 긴 털모자를 쓰고 백발에 얼굴이 온통 굵은 주름투성이였다. 얼굴만 아는 그가 내게 다가와 산사람들 방식대로 나를 안았다. 볼과 볼을 마주 댔다⋯⋯ 먼저 오른뺨을⋯⋯ 그리고 이어 왼뺨을. 내가 모르는 두 명의 노인도 나를 안으려 했지만 나는 눈빛으로 포옹은 이거면 됐다는 사인을 보냈다. 내가 원하지 않았다⋯⋯ 이곳의 노인들은 마치 위험 지대와도 같다. 병균의 온상이다. 이들은 그 즉시 격식을 갖추며 물러섰다. 그리고 기다란 모자를 벗었다. 말없이. 그러고는 벗은 모자를 손에 쥐었다. 역시 존중의 표시로.

하지만 내가 고개를 들어 그들에게 (질문하는 듯한) 눈빛을 던지기가 무섭게 한목소리로 울부짖으며 신음 소리를 냈다⋯⋯ 심지어 한 노인은 통곡했다. 그들은 이런 방식으로 애원을 한다.

"사-아-시크. 사-아-시크⋯⋯ 흐보리를 내주게."

노인들이 여러 목소리로 한꺼번에 말하면 늘 그렇듯 알아듣기 힘들다. 명확하지가 않다. 병원에서 검사를 받을 때 듣게 되는 "피를 주세요"*라는 소리처럼 들렸다.

본질적으로는 내가 들은 것이 맞았다⋯⋯ 그들은 더도 아니고 덜도 아니고 흐보로스티닌을 내달라고 요청하고 있으니까. 그의 피를. 그의 생명을. 게다가 아주 공손하게. 어찌 되었든 이것은 청원자들의 방문이다⋯⋯ 이 불쌍한 노인들에게 나는 큰 사람이다. 아주 큰 사람. 나는 휘

---

* 러시아어로 "흐보리를 내주게(스다이 흐보리Сдай Хворь)!"와 "피를 주게(스다이 크로피Сдай кровь)!"는 유사하게 들린다.

발유와 디젤유의 주인이다. 나는 무엇이든 할 수 있다.

하지만 달리 보면 이것이야말로 코미디다!…… 이 상황이 코미디인 것은 내가 체첸인들에게 그 누구도 내준 적이 없기 때문만은 아니다. 그보다는 그들이 이 거래, 자기들이 하는 이 제안을 조금도 이상하게 여기지 않는다는 점이 코미디다. 그들은 연방군 장교에게 이런 부탁을 하는 것을 아주 정상적인 일, 사무적인 일로 여겼다. 마치 현물시장에서 이루어지는 거래처럼.

"사-아-시크…… 흐보리를 내주게."

이 코미디를 계속해야 한다. 내 이름 때문에. 지금 나는 내가 아니라 사시크다. 사시크는 곤봉을 들고 고함을 치며 이들을 쫓아낼 수 없다…… 사시크는 고귀한 사람이기에 이 말도 안 되는 일에 대해 마치 중차대한 업무를 논하듯 이야기해야 한다…… 담소를 나누어야 한다. 그리고 조건을 따져야 할지도 모른다. 그러지 않으면 노인들이 내일부터 사시크를 존경하지 않게 될 것이다.

생각하는 듯한 표정을 지으며 내가 물었다.

"흐보로스티닌을 달라고요?…… 도대체 왜 그러시는 거죠?…… 그럼 당신들하고는 누가 싸우죠?"

그들은 거의 통곡을 해댔다.

"내줘-어-어-어-어-어…… 사-아-아-아-아-아-아-시크…… 그가 우리 곡식을 불태웠어."

"여러분은 탱크에 탄 그의 병사들을 태워버리지 않으셨습니까. 선두 탱크 말입니다. 잊으셨어요?"

"우리는 아무도 태워 죽이지 않았어. 우리는 평화를 사랑하는 사람들이야…… 사-아-아-아-아-시크."

그들은 다시 나에게 달려들었다. 두 명은 무릎을 꿇었다…… 이들은 심한 냄새를 풍긴다…… 은빛 백발로 이렇게 다가들면 모든 것이 쉽지만은 않다. 두 사람은 백년은 되어 보이는 낡은 재킷을 입고 있다(이것은 이미 할아버지의 할아버지로부터 여러 대에 걸쳐 내려온 옷이다. 죽으면 재킷을 다음 대에 물려준다…… 입고 기억하라는 뜻으로). 하지만 무릎을 꿇고 있어도 이들을 보고 이들의 존재를 가까이에서 느끼고 싶지 않다. 나는 거리를 유지하는 것을 좋아한다. 그런데 이들은 다가든다…… 머리가 어지러워질 것 같아 두렵다.

"그만, 그만요!"

내가 외쳤다.

"일 이야기만 하십시다…… 기어오시는 건 그만하세요."

내가 아는 노인은 좀 다르다. 그는 진짜 산사람이다! 단순하고 고결하게 행동한다. 그는 고개를 약간 숙인 채 서 있다…… 자기와 함께 온 사람들 때문에 조금 부끄러워하는 것 같다(하지만 이런저런 이야기를 늘어놓아 그들을 모욕하지 않는다). 그는 심장 가까이에 손바닥을 댄 채 서 있다.

당장은 아니었지만 금세 그들의 우두머리가 누군지 간파할 수 있었다. 우울해 보이는 체첸놈인데 지금 눈에 띄지 않게, 품위 있게 행동하려 애쓰고 있다. 이자가 노인들을 내게로 몰아왔을 것이다. 마치 양 떼처럼. 나를 매수해보려는 것이다…… 시도는 해볼 수 있지 않은가?…… 갑자기 동의를 할 수도 있으니까! 볼과 턱의 수염이 일찍 세서 제법 노인처럼 보이는 자였다. 그는 한 무리의 노인 속에 몰래 숨어 있다. 실제 그는 늙은이가 아니다. 대담한 눈길을 숨기고 있다.

"사-아-시크…… 사시크."

저런 사기꾼은 아무도 두려워하지 않는다. 그는 일을 하러 온 것이다. 노인들은 아무것도 아니다. 그저 눈속임일 뿐이다. 그가 노인들을 이용해 나를 매수해보려 한 것이다. 갑자기 통할 수도 있으니까…… 순간 나는 내가 이방인이라고 느낀다. 나는 그저 나일 뿐이지만, 천년 세월 계속되어오는 그들의 거래 안에 들어와 있다. 천년 된 산의 현실 속에 들어와 있는 것이다. 남의 시장에, 남의 땅에 서 있는 것이다.

게다가 땀내를 풍기는 이 노동자들, 이 가련한 할아버지들은 복수를 꿈꾼다. 그리고 그들 뒤에, 그들의 울음소리 뒤에는 돈이 있다(확신컨대 묵직한 돈다발이 있다. 이곳은 동양이니까!).

진짜 복수를 꿈꾸는 이들의 모습은 저렇다. 그들은 무릎을 꿇고 있고…… 나는 서 있다…… 그런데 놀랍게도 그렇게 선 채로 그들의 압력과 압박을 너무도 분명하게 듣고 느끼고 있다. 열린 거래로 부르는 그들의 초대. 무릎을 꿇고 앉아 울부짖는 것으로 살짝 위장한 그 초대.

"주게."

내가 그들에게 사시크로 남아 있어야만 하는 것은 재미나 헛된 명예를 위해서가 아니다…… 반드시 그래야만 하기 때문이다. 나는 그들과 살아가야 한다.

그래서 그들을 참을성 있게 대한다.

"그럴 수는 없어요. 절대 그럴 수는 없습니다, 어르신들…… 그렇게 되면 전쟁의 균형이 깨질 겁니다. 그럼 이 시들시들하고 고요한 전쟁이 미친 전쟁이 될 수도 있어요…… 왜 그런 짓을 하려 하십니까?"

나는 차분하게 조목조목 설명했다.

"전쟁은요, 어르신들, 특별한 사람들이 유지해나가는 겁니다. 큰 사람들이요. 흐보리, 아니 흐보로스티닌은 이 전쟁에서 바로 그렇게 큰 사람입니다."

"그자는 대위인데."

"그건 그냥 전시용입니다. 일종의 위장이죠…… 지금 우리 쪽에는 흐보로스티닌 같은 사람이 없습니다. 군 전체에 없어요. 아시지 않습니까…… 여러분의 바사예프는 계급이 뭡니까? 네?"

침묵이 흐른다.

"바사예프도 계급으로 보면 아무것도 아니죠…… 이해하셨지요? 어르신들, 더 이상은 드릴 말씀이 없습니다."

노인들은 갑작스러운 균형 논리에 막혀 입을 다물었다. 동양에서는 그렇다…… 아마 그들은 후회하고 있을 것이다. 우리 노인네들이 이야기를 잘못 풀어간 것일까? 제대로 된 패를 들고 오지 못한 것일까?

그리고 바로 이 대목에서 나는 분노해야 한다. 그들의 계속되는 침묵에 광분해야 한다. 동양이란 미묘한 곳이다(동양에서는 강자의 분노가 가장 중요한 진리다). 이렇게 고요할 때…… 이제 청원자들이 일어나 떠나야 할 때.

"흐보로스티닌을 내놓으라고요?"

나는 갑자기 고함을 쳤다.

"아버님들 어떻게 되신 거 아닙니까? 사람을 귀하게 여기셔야죠! 지혜로운 분들 아닙니까…… 그런데 지금 꼭 산적들처럼 행동하시는군요…… 여러분의 바사예프를 칼로 베어보세요!…… 어떤가요?!"

나는 분노했다(업무를 수행하고 있다).

"그러면 흐보리를 놈들에게 내주죠! 전쟁에서 거래는 동등해야 하니까요."

내가 소리쳤다.

"어떻게든 바사예프를 베어보세요. 끼리끼리 모이는 곳에서요……"

"사시크……"

노인 중 한 명이 다시 우는소리를 내기 시작했다.

"제가 무슨 말을 더 하겠습니까…… 가서 베어 오세요. 대신 딴 놈은 절대 안 됩니다!…… 텔레비전에서 그놈 시체를 이리저리 비춰주게요."

나는 열을 냈다.

"……화면에 냄새나는 어떤 체첸놈이 아니라 바사예프가 보이게요. 낯짝이 보이게요. 얼굴은 절대 상하게 하시면 안 됩니다. 얼굴을 알아볼 수 있게요. 아시겠어요?…… 아니면 대가리만 잘라내셔도 되겠네요. 하지만 귀는 자르시면 안 되겠죠. 단번에 알아봐야 하니까……"

"사-아-아-아-시크."

이제 끝이다. 모두가…… 일어났다…… 어르신들, 일어섯! 전체 집으로!

그렇게 떠났다…… 노인들은 아직 완성되지 않아 흔들리고 위험한 계단을 거의 깡충깡충 뛰어서 내려갔다. 난간도 없는 계단을…… 산사람들이란!

대신 자기들의 자동차, '지굴리'를 향해서는 천천히 걸어갔다. 속이 상했던 것일까? 실패에 대한 이야기를 나누고 있을까?…… 노인들 중 한 사람은 승마바지를 입고 있다. 그 거대한 주머니에 돈다발이 들어 있지는 않을까? 뭔가 이상하다고?…… 이들은 그런 사람들이다. 뭐든 몸에 지니고 다닌다. 이들에게는 식은 죽 먹기인 일이다. 돈을 지닌 노인은 팔을 내리더니 자기 몸을 따라 팔을 쭉 뻗어본다. 돈이 제자리에 있는지 살짝 점검해보는 것이다. 그저 지나가듯. 승마바지 주머니를 살짝 건드리며.

드디어 '지굴리'가 있는 곳까지 다다랐다. 지굴리 보닛에는 작은 러시아 국기도 달려 있다.

오렌부르크인들은 그 협곡에서 단 한 사람도 잃지 않았다. 대단하다! 그들에게 할당되었던 선두 탱크와 그 탑승자들만 사망했다…… 사령부에서는 이번에 구출된 종대를 특별히 만족스러워했다. 그들 눈에 띈 것이다!

그러더니 갑자기 바로 시카도프 장군이 작전 회의 때 여기저기 전투에 흩어져 있는 경찰들 대신 단출한 오렌부르크인들을 종대와 함께 보내는 것이 어떻겠냐고 제안했던 사실을 기억해냈다(성공을 거두었을 때 한두 가지 사소한 디테일을 기억해내는 것은 굉장히 기분 좋은 일 아닌가). 녀석들이 그의 기대를 저버리지 않았다고…… 이런 이야기들이 오갈 때 시카도프는 그저 소극적으로 답했다. 그렇죠…… 그랬죠…… 제 생각이었죠. 시카도프는 3분간 이야기를 했다. 하지만 그가 겸손하고 짧게 말할수록, 그 3분간 그가 곧 훈장을 목에 걸게 되리라는 사실이 분명해졌다. 그리고 그는 훈장을 받았다!

장교식당에서 다들 떠들어대며 **흐보리가 또 종대를 살려냈다**는 말을 들었을 때 그 말이 그의 마음을 쿡 찔렀다…… 바로 옆 탁자에서 들려온 말이다…… 아, 이런 수다쟁이들! 전사들은 우연히라도 다른 사람의 이름이 언급되는 것을 좋아하지 않는다(사실 누가 그걸 좋아하겠는가). 우연히 언급된 그 이름이 갑자기 심장 어딘가를 쿡 찌른다. 바로 옆 탁자에서!…… 그 녀석이 누군데! 과대평가 받는 대위 나부랭이! 많은 이는 그에 관해 듣기도 싫어했다. 심지어 침을 뱉었다…… 그저 종대를 끌어내는 것 말고는 아무것도 할 줄 모르는 놈.

장교식당에서도 그를 흐보리라 불렀다. 지금도 그를 그렇게 부른다. 체첸 사람들도, 우리 쪽 사람들도.

연료통을 들어 올리는 기중기가 작동한다(크라마렌코 만세!)…… 연료통들을 간이창고 높이로 올린다. 심지어 더 높이 올릴 수도 있다. 굴림대 위에는 쉽게 튀어 오르는 빈 연료통의 속도를 줄이기 위해 노란빛 톱밥을 잔뜩 깔아두었다. 경사를 완만하게 하여 판자도 깔아두었다. 연료통은 통통 튀며 달려와…… 톱밥의 품에 안긴다…… 하지만 그럼에도 빈 통을 단단히 잡아주어야 한다. 폭발후유증 환자 알리크 옙스키는 다리를 벌리고 앉아 그 일을 하고 있다…… 위쪽에서는 이미 두번째 통을 보냈다. 기다리지도 않고…… 환자를 불쌍히 여기지도 않고.

"옙스키 이병!"

하지만 둘 다 아무 소리도 듣지 못한다.

"옙스키!"

다시 한번 힘껏 고함을 질렀다…… 오늘은 둘 다 장갑이라도 끼고 있다. 아니면 손톱이 부러진다.

작업 중에는 이들을 길게 불러내지 않는다. 곤란하게 만들지 않기 위해서다. 병사들은 이런 일로는 머리가 빨리 돌아간다. 그 누구도 상사의 귀염을 받는 병사를 좋아하지 않는다.

그들을 잠시, 3분간만 불러냈다. 잠깐 숨이라도 돌리라고.

그러고는 묻는다.

"어떤가?…… 통 굴리기가 어렵진 않은가?"

"전혀 아닙니다, 소령님!…… 노…… 노력하고 있습니다!"

그들은 물고기처럼 입을 열고 물고기처럼 웃는다…… 그러면서 동시에 헐떡거린다.

말을 하면서도 아직 무슨 핑곗거리를 생각해낼 수 있을지 잘 모르겠다. 이 3분간 무엇을 할 수 있을지…… 일부러 보라고(그리고 다른 병사들이 들을 수 있도록) 그들의 더러운 군복 상의에 대해 야단을 친다. 덜렁거리는 허리띠에 대해서도. 이놈의 새끼들, 이렇게 정리가 안 되나!

두 사람 모두 그 즉시 허리띠를 졸라맸다. 하지만 방금 전까지 통을 굴렸기 때문에 여간해서는 이들의 숨소리가 고르게 돌아오지 못한다.

"너희는 약속한 한 달간의 일을 다 했다…… 하지만 아직 너희 부대가 있는 쪽으로 가는 종대가 없어. 흐보로스티닌 소령도 코스토마로프 소령도 모두 병원에 있기 때문이다…… 너희도 알고 있지? 들었지?…… 두 안내자가 모두 아웃이라 그들이 복귀할 때까지 기다려야 한다."

그리고 다음과 같이 덧붙였다.

"그동안은 너희에게 더 쉬운 일거리를 찾아주려고 한다. 취사 일은 어떤가?…… 보초는 그렇고…… 아니다…… 보초를 맡기지는 못하겠다. 나는 그럴 권한은 없다…… 하지만 취사병으로는 보내줄 수 있다."

아닙니다. 그들은 부엌으로 가고 싶어 하지 않았다. 알리크는 심지어 눈이 하얗게 변했다(그는 전투병이다. 해서는 안 될 일을 하게 될까 두려워했다).

그는 작은 목소리로 반대 의사를 표했다.

"소-소-소령님…… 취사병으로 보내주실 피-피-필요 없습니다…… 우-우리는 군인입니다. 저-저희는 도…… 돌아가야 합니다……"

우둔한 올레크-올레시카도 갑자기 '차렷!' 자세로 몸을 꼿꼿이 세웠다. 충성을 맹세합니다!라고 외칠 심산이다.

나는 그의 말을 막으며 화가 난 듯 소리쳤다.

"충성에 대해서는 알아, 안다고."

주도권을 쥔 것은 알리크다. 그는 태엽 인형처럼 반복한다.

"저희를 보내주십시오…… 저희 부대로…… 소-소령님. 약속하셨습니다."

"약속했지. 그러니까 보내줄 거야."

그러자 그들은 말 그대로 빛나기 시작했다! 온통 해처럼 밝아졌다…… 입술이 떨리고 있다.

그러더니 곧장 제자리로, 연료통이 있는 곳으로 달려간다. 너무도 행복해서! 그들은 일하고 또 일할 준비가 되어 있다. 날아드는 텅 빈 연료통을 가슴으로 받을 준비가 되어 있다. 진짜 환자다! 올레크도 마찬가지다…… 작업장이 부른다! 두 사람 다 간신히 서 있는 상태였음에도.

나는 자리를 떴다.

스네기료프 중사, 편하게 스네기리라 부르는 친구가 이들을 비호하는 듯하다. 자기 사람으로 대해준다. 그가 이들을 찾아내 살 곳을 제공해주었다.

(크라마렌코의 말에 따르면) 스네기리는 이제 더 이상 그들을 놀리지 않고, 병사들이 지루한 나머지 담배를 피우며 바보 같은 농지거리를 하면 이를 진압한다. 사실 이들이야말로 군인들을 위한 최고의 안줏거리가 아닌가!…… 담배 한 대 피우는 동안…… 나의 운반병들은 모래통 곁에 앉아서 담배를 피워대다가 갑자기 자기들끼리 쳐다보며 눈을 찡긋거린다…… 이쪽을 보기도 하고 또 완전히 반대쪽을 두리번거리기도 한다…… 그러다가 작은 소리로 서로에게 속삭인다. "장교다…… 장교가 온다!" 그러면 올레크, 알라빈 이병은 벌떡 일어난다. 마치 용수철처

럼 솟아오른다…… 그들은 이것을 **겁주기**라고 불렀다…… 그러고는 앉아서 담배를 피워댄다. 그러면 알라빈 이병은 선 채로 계속 목을 빼고, 나타났다는 장교의 견장을 향해 어느 쪽으로든 경례를 붙이려 대기하고 있다.

병사 드로즈도프. 우리가 반군들에게서 아주 드물게 성공적으로 몸값을 주고 사온 병사다. 그런데 그의 친지들은 너무도 오랫동안 답이 없다. 요즘 사람들은 바쁘니까!……

나와 루슬란은 한 건당 바로 천 달러를 받았다. 나는 그 금액을 내 수첩에 적어 넣었다. 그 금액은 어머니회에서 받는 것이다. 구사르체프는 조금 후에 자기 몫을 받곤 했다(어머니들에게는 사령부 소속 군인이 관여한 것에 대해 입을 다물어달라고 부탁했다).

추워질 때까지 우리는 열심히 포로를 교환하거나 몸값을 주고 되사오는 일을 했다. 그들 중 일부는 귀가 없었고, 일부는 강간을 당하기도 했다. 나는 병사 드로즈도프를 사진으로만 보았었다. 귀까지 활짝 웃고 있는 모습의 그는 운이 좋았다. 장애인이 되지도, 특별히 험한 꼴을 당하지도 않았다. 그런 경우도 있다…… 전쟁이다.

제대로 된 남자들은 모두 쉬고 있다. 코스토마로프는 이질에 걸렸고, 흐보리는 링거병을 달고 있다. 둘 다 긴 휴가를 보내고 있다…… 그래서 종대와 함께 베데노 방향으로 무언가를(혹은 누군가를) 보내는 것은 그저 위험한 일 이상의 일이 되었다. 소문은 정말 빠르게 퍼지니까.

두 남자 모두 성이 아주 길다. 게다가 음절도 정확하게 나뉜다. 흐보로-스티닌과 코스토-마로프. 나는 때로 어딘가에 쓰인 이들의 이름을 머릿속에 그려본다. 이 안내자들의 성씨는 내 눈앞에서 물결처럼 굽이치며 휘어진다…… 마치 그들이 이끄는 종대가 길을 따라 휘어지고 굽어지는 것처럼.

이미 세 시간째 짐을 내릴 일도 실을 일도 없다. 짱이다!…… 붉은 낯짝을 한 나의 병사들이 그늘에 있는 벤치에 앉아 웃고 있다. 곁에는 모래통이 놓여 있다…… 꽁초를 버리는 통이다. 이곳은 병사들이 긴장을 풀며 여자들에 대한 수다를 떠는 곳이기도 하다. 나이도 경험도 많은 여자들에 관해서.

나는 간이창고를 따라 걸어간다. 서두르지 않고 천천히. 해를 받으며.

"어이, 거기!…… 이제 웃을 만큼 웃었어!"

스네기리 중사는 병사들을 향해 관리자처럼 소리친다.

그의 말이 들리지만 돌아보지 않는다. 그러고 싶지 않다. 나는 보지도 듣지도 못했다. 이건 그들의 일이니까. 군대라는 곳은 그렇게 구성되고 돌아간다.

아하!…… 이번에도 스네기리가 폭발후유증 환자를 보호한다.

"올레시카!"

스네기리가 무섭게 소리친다.

모두가 조용해진다.

"올레시카!…… 자, 어디 얼른 철봉으로 가봐…… 이 뚱뚱한 녀석들에게 시범 좀 보여줘!"

알라빈 이병, 그러니까 올레시카는 모래통에서 두 걸음 떨어진 철봉으로 가서…… 턱걸이를 시작한다. 힘이 없다면 민첩함이라도 보여주라는 것이다!…… 운반병들은 밤중까지 힘든 일을 하고는 너무 많이 먹는다. 의사의 말에 따르면…… 그야말로 처먹어댄다!…… 밤까지 심장을 지나치게 많이 쓰다 보니…… 운반병의 몸엔 힘과 체중이 저장용으로 쌓이게 된다. 그렇기 때문에 그런 병사는 철봉에 무거운 자루처럼 매달린다…… 겨우 세 번, 아니면 네 번 턱걸이를 한다.

"아홉…… 열…… 열하나……"

스네기리가 큰 소리로 수를 센다.

심지어 이렇게 적은 수의 사람들 사이에서도 대장 노릇 하는 것은 달콤하다. 얼마나 달콤한지 모른다!…… 분명 스네기리는 자기가 병사들에게 아주 명확한 교훈을 전하고 있다는 사실에 만족하고 있다. 이게 사람 다루는 기술이지!

스네기리 중사는 곁을 지나는 질린 소령을 돌아보지 않았다. 그는 분명 나를 보았다. 눈치 빠르고 예민한 스네기리는 모든 것을 이해했다.

"열넷…… 열다섯……"

곁눈질로 바싹 마른 병사의 몸이 철봉에서 턱걸이를 하는 모습을 본다. 어떻게 팔을 굽히는지…… 알라빈 이병에게 저 한 번의 턱걸이가 얼마나 힘든 것일지…… 나는 다른 쪽으로 간다. 이것은 그들의 일이다. 하지만 스네기리가 다음 숫자를 셀 때마다 박자를 맞추어 속으로 반복한다. 나도 모르게. "힘내, 병사, 힘내라고!"

8장

초소에서 호출이 왔다. 출입문 쪽에 문제가 생긴 듯하다. 욕이 나왔지만 서둘러 정문으로 향했다. 가는 길에 벌써 장갑수송차의 경적 소리가 들린다. 장갑수송차가 내는 기적 소리 같은 베-베-베 소리. 그 소리가 뇌수를 울린다…… 정문 너머에 두 대의 군용차량과 군인들이 있다. 내 휘발유를 호송하기로 되어 있어 그들은 대기하고 있는 것이다…… 그러니 그들이 여기, 우리가 있는 정문 안으로 들어올 필요는 없다. 그저 신호를 울려대며 소란을 피우고 있을 뿐이다. 지루하니까!…… 첫번째 장갑수송차는 분명하게 끊어지는 베-베-베 소리를 내고…… 두번째 장갑수송차는 더 긴 소리를 내며 그에 화답하고 있다…… 모스부호로 이야기를 나누는 것이다.

대기 중인 병사들은 어디든 되는대로 앉아 있다. 돌 위에…… 풀밭 위에…… 통나무에…… 하지만 앉아 있는 모양새가 가관이다. 체면을 차리지 않는 정도가 아니라 혐오스러운 꼴로 앉아 있다. 그야말로 추잡스럽게. 이것이 가장 적확한 표현이다. 그들은 무릎을 벌리고 물건을 앞으로 뻗쳐 내민 채 앉아 있다…… 작은 언덕처럼 툭 튀어나온 거시기를 한껏 내민 채로…… 가까스로 총알을 피한 병사들은 그렇게 앉아 있곤 한다. 내가 아는 한 이미 아침에 두 번씩이나 그들에게 발포 명령이 떨어졌다. 추잡스러운 자세 때문에 총알을 맞을 뻔한 병사들은 쉽게 알아볼 수 있다. 살아남았기에 기필코 자손을 잉태시켜야 하는 것이다. 살아남은 자신의 능력을 후대에 전해야 하니까. 다음 세대를 위하여…… 살아남은 자들이여, 거시기를 앞으로! 전쟁의 아드레날린을 넘치도록 처먹은 이들이여!…… 하지만 동시에 그들의 눈에는 너무도 짙은, 그야말로 농축된 애수가 스며 있다. 그들은 여자들을 기다리고 있다. 여편네…… 여편네들을 달라고!…… 어떤 년이라도 좋으니까…… 저 개자식 질린 소령 말고. 도-대-애-체 왜 저 자식이 문에서 기어 나오는 거지!

장갑수송차들은 나를 보더니 멋대로 만든 바보 같은 모스부호 주고받기를 멈추었다. 더 이상 경적을 울리지 않았다…… 하지만 아무런 도덕성도 없는 표정, 경멸 어린 눈길로 나를 보는 그 표정이 병사들의 얼굴에서, 그들의 낯짝에서 사라지지는 않았다. 그들에게 나는 창고지기일 뿐이다…… 병사들은 풀밭에서도, 돌 위에서도 발딱 튀어 오르지도 일어서지도 않았다…… 그들은 나를 **보지 못했다.** 주저앉아서는 어딘가 옆으로 침을 뱉을 뿐이었다. 그런 놈들이다. 이제 막 전투에서 돌아온 놈들.

만일 저놈들이 정문으로 밀고 들어와 내 영역을 침범했다면, 한순간 놈들에게 재갈을 물려 찍소리도 못하게 만들어버렸을 것이다. 하지만 여기서 소리치는 것은 쓸데없는 도발이요, 위험한 처사다…… 그들은 폭발물과도 같다…… 게다가 솔직히 나는 그들을 이해한다. 그들과 그들의 추잡스러운 괴로움을. 살아남은 자들의 현실을.

재빨리 정문 너머의 공간을 둘러보며 괴상하게 앉아 있는 병사들을 눈길로 쓱 훑어주고는…… 내가 아는 지프를 찾는다…… 방금 경적을 울린 것이 그가 아니었을까…… 나는 구사르체프를 기다리고 있다. 물론 소리로도 그의 차를 구분할 수 있다. 하지만 눈으로 찾아볼 수도 있으니까.

그리고 창고로 돌아왔다……

빨리 짐을 실어야 한다. 곧바로 두 대의 트럭에 연료통을 실었다. 저 두 대의 장갑수송차, 조금 전까지 베-베거리던 차들이 연료통을 호송할 것이다. 그리고 다리를 떡 벌린 채 자동소총을 무릎 위에 얹은 저 아리따운 병사들을 다시 총알이 빗발치는 전장으로 데려갈 것이다.

하지만 내 운반병들은 아니다…… 내 운반병들은 전부 일을 한다! 우르릉 쾅쾅거리는 연료통 소리 속에서, (트럭 짐칸에서 묻어나는) 중유의 검은 기름 먼지 속에서 지옥에서의 한철을 보내듯 일한다. 그들의 얼굴이 이토록 붉어진 것을 오랫동안 보지 못했다. 그들은 욕도 못한다. 입을 벌린 채 그저 헐떡인다…… 그런 속도로 두 대의 차에 짐을 실었다. 움직여! 움직이라고! 아침에 발포 명령이 떨어졌다는 사실을 알고 있는 크라마렌코는 그들을 몰아친다.

물론 그 와중에 나의 두 환자도 제대로 당하고 있다…… 당연한 일이다!…… 알리크와 올레크…… 그렇다…… 이들은 어디서도 관대한 대접을 받지 못할 것이다. 어디서나 바보들을 앞세우는 법이니까!…… 두 사람 모두 짐칸에 있다. 그들을 향해 퉁퉁 튀며 춤추듯 날아오는 연료통들을 하나하나 세우고 있다. 춤추며 다가오는 쇠로 된 사악한 놈들을!…… 디젤유와 춤을! 스네기료프 중사가 이 환자들을 비호할 때도 있지만 지금은 아니다. 춤추는 통들과 일할 때는 아니다. 계급장이란 그래서 필요하다는 것이 스네기료프 중사의 상식이다…… 너 있는 곳에서 죽어라 일해!

나는 그들을 작업장에 데려 온 것을 후회했다. 실패였다!…… 하지만 이런 실패에도 불구하고 변명거리가 있기는 하다. 한 의사에게서 폭발후유증 환자들의 증상 치료에 육체노동이 도움이 된다는 이야기를 들은 일이 있다…… 제법 괜찮은 의사가 한 이야기다. 육체노동이 후유증의 양상을 바꾸어준다는 것이다. 한 증상이 사라지고 다른 증상이 나타난다. 그 다른 증상이 사라지면 숨겨져 있던 또 다른 증상이 모습을 드러낸다…… 이것이 쉽지 않은 치료의 과정이다. 증상이 바뀌다 보면…… 그렇게 영혼의 트라우마도 사라진다는 것이다.

"충성을 맹세합니다! 우리는 자동소총을 가지고 있습니다!" 올레크는 간혹 그렇게 소리친다. 무기를 버리지 않았다는 것이다. 이미 그에게 박혀버린 죄책감이다…… 그러고는 손으로 빈 어깨를 쥐어보거나 손바닥으로 두드려본다…… 자기 어깨에 있어야 하는 자동소총을 찾는 것이다. 물론 우리는 그들의 자동소총을 압수하여 그 즉시 치워두었다. 그들의 손이 닿지 못하는 먼 곳으로. 깊은 곳으로. 운반병들의 자동소총이 쉬고 있는 바로 그곳으로.

말더듬 외에 알리크가 가진 외적 증상은 눈물뿐이다. 왼쪽 눈에서 흐르는 눈물. 아무 이유 없이도 흐르는 눈물…… 한 줄기 눈물일 뿐이지만 거의 멈추지 않고 흐른다…… 조용히…… 흐르고 또 흐른다. 이것만이라면 얼마나 다행이겠는가. 알리크의 내면에는 설명할 길 없는 공포가 자리하고 있다. 이름 모를 꽃들로 만들어진 공포의 꽃다발이 그의 내면에 있다. 언젠가 알리크가 무심코 이런 말을 한 적이 있다. 아무 이유 없이 그저 두려울 때가 있다고. 갑자기 머리에서부터 어두운 파도가 그를 덮친다고. 그리고 그 어둠 속에서 갑자기 노란 파편들이 흩어진다고. 태양의 파편인지, 달의 파편인지 모르겠다고. 작고 둥근 거울에서 나온 작은 토끼들처럼 노란빛 조각들이 그의 눈을 향해 달려든다고. 바로 눈동자를 향하여.

분명 이 아이의 머릿속에서 무언가가 살짝 고장이 났다. 그건 분명하다.

병사들이 없을 때…… 나는 이 둘을 내 사무실로 불러들여 친척들에게 전화를 걸게 했다. 나름 선심을 쓴 것이다. 그들은 눈에 띄게 두려워하며 내 오피스 겸 아파트로 들어섰다. 군화 자국을 남기지 않으려 무진 애를 쓰면서. 더울 때는 발자국이 쉽게 남기 때문이다…… 그래서 거의 까치발을 하고 들어왔다.

그들은 마치 기적을 보듯 휴대폰을 바라보며 입을 떡 벌렸다…… 이미 백년은 누구와도 이야기를 나눈 적이 없는 것이다.

올레시카는 갑자기 두 팔을 벌리더니 자기에게는 아무도 없다고 말했다. 어머니와 아버지는 이미 돌아가셨어요. 네, 네, 그렇게 일찍요…… 그래서 아무도 없어요…… 할아버지만 계셔요. 하지만 올레시카는 할아버지 번호를 기억하지 못했다. 그는 휴대폰을 쥐고 만지작거리기만 했다.

반면 알리크는 즉시 흥분하여 참지 못하고 계속 같은 말을 반복했다. "저는 엄마가 있어요…… 엄마, 엄마, 엄마……"

하지만 결국 할아버지의 전화번호를 기억해낸 것은 올레시카였다. 그는 모스크바 근교에 있는 작은 마을로 전화를 걸었다…… 놀라운 일이다!…… 그러나 무슨 말을 해야 할지를 몰랐다…… 살짝 충격을 받고 긴장한 것이다…… 할아버지와 올레시카의 대화는 전혀 진전되지 못했다. "음, 음, 음……" 올레시카가 중얼거렸다. "할아버지, 저예요. 안녕하세요…… 음, 음, 음." 할아버지도 그의 이야기를 잘 이해하지 못했다.

마침내 두 사람 중 먼저 정신을 차린 할아버지가 물었다.

"알겠다. 너는 거기서 뭘 하니?"

올레시카와 나란히 서 있었기 때문에 멀리 있는 할아버지의 목소리가 잘 들렸다. 고요하고 평화로운 목소리, 심지어 여유가 넘치는 배부른 목소리, 모스크바 근교 다차촌에 사는 자의 목소리를.

"싸우지요."

"아, 그렇구나…… 참호에서 싸우냐?"

"아뇨. 지금은 창고에 있어요……"

할아버지는 잠시 생각하더니 이렇게 말했다.

"이런 한심한 놈."

"왜요?"

"그럼 여편네는? 아가씨는 있어?"

그들의 대화는 아주 빠른 속도로 은밀한 것이 되어갔다. 나는 두어 걸음 물러섰다.

하지만 1분도 지나지 않아, 올레시카는 전화기에 대고 불분명한 말을 중얼거리더니 전화를 끊어버렸다. 할아버지가 그를 질리게 만든 것이다…… 늙은 염소 같으니! 병사에게 뭔가 다정한 이야기를 할 생각은 못하고…… 할아범은 어린 병사들이 창고에서 싸우는 동안, 그들, 늙은 염소들이 차례로 아가씨들을 데리고 잔다고 말했다.

"할아버지가 기운이 좋으시네!"

나는 웃었다.

이어서 알리크가 전화기를 붙들었다. 하지만 아무리 애를 써도 번호를 기억해낼 수가 없었다. 분명 번호를 알고 있었던 것 같다. 그는 손가락으로 번호를 눌렀다…… 할 수 있는 한 계속…… 그러고는 화를 냈다. 갑자기 들려온 낯선 목소리에 폭발해버렸다. "닥치라고!…… 이 등신아, 전화 끊으라고!…… 네놈한테 전화를 한 게 아니야!" 알리크는 다시, 또다시 숫자를 눌러보았다. 나중에는 희미해져버린 번호를 손가락의 감각으로 찾아보려 애썼다. "엄마?!" 그가 물었다. "엄마?!"

그러더니 갑자기 얼음처럼 굳어버렸다. 그러고는 전화기를 보았다. 완전히 절망한 채로…… 기적은 자기를 위한 것이 아니라는 사실을 깨달은 것 같았다. 그의 손에 들고 있는 것은 남의 기적이다…… 나는 갑자기 그가 내 휴대폰을 바닥에 내동댕이칠지도 모른다는 생각이 들었다. 그의 눈빛이 마음에 들지 않았다. 눈이 하얗게 뒤집히고 있었다.

손을 내밀었지만 그는 전화기를 내놓지 않았다.

"옙스키 이병!"

나는 엄하게 소리쳤다. 그리고 직접 가까이 다가가 그의 얼어붙은 손에서 휴대폰을 빼앗았다.

나는 곧바로 창고로 향하는 길로 접어들었다. 폭발후유증 환자들도 나의 뒤를 따랐다.

"부엌으로 옮겨 가는 것도 한번 생각해봐."

그들에게 말했다.

그리고 더 빨리 걸었다.

정문 곁에 크라마렌코가 나타났다.

"알렉산드르 세르게이치! 지금 구사르체프 소령님이 차를 몰고 온답니다! 전화가 왔습니다!"

"갈게, 간다고!"

내가 소리쳤다.

나는 빨리, 더 속도를 내며 걸었다. 하지만 그들을 돌아보지는 않았다…… 맙소사! 차라리 그런 시혜를 베풀지 말 것을…… 그들은 너무도 가련한 꼴을 하고 있다. 알리크는 애벌레처럼 몸을 수그린 채 등을 둥그렇게 말고 있다…… 올레시카의 상황도 나을 것이 없다. 큰 키에 좁은 어깨, 굽은 등을 하고 걷고 있다.

마음이 저려왔다. 가까이서 보면 때로 그들의 모습에 화가 치민다. 어찌나 초라한 꼴을 하고 있는지…… 하지만 멀리서 보면…… 돌아보지 말자. 무언가 먼 것, 이곳과는 상관없는 것을 생각하자. 하늘, 은하수? 멀리서 그들을 보면 너무 불쌍해서 마음이 무너진다. 마치 심장이 신약에 반응하는 것 같다…… 나는 부드러운 마음을 가진 사람이 아닌데. 전혀! 꼭 그래야 할 때조차도 내 마음은 쉽사리 무너지지 않는데.

창고 정문 밖으로 나섰다. 휘발유를 실은 트럭들과 트럭들을 호송하기로 되어 있는 장갑수송차들이 모두 떠났다…… 아무도 없다.

무언가 텅 빈 곳을 바라보고 싶다(창고를 따라 장시간 돌아다니다 보면 너무 많은 사물 때문에 눈이 피로하다). 지금 여기, 정문 너머 탁 트인 공간에 차들이 없으니, 단번에 저 먼 곳까지가 다 보인다. 아무것도 없는 공간이 보인다. 눈은 무한을 원하고 갈망한다. 반투명한 가벼운 먼지일지라도. 그런 것 너머에는 우리가 볼 수 없는 무한이 감추어져 있지만, 그것이 언뜻언뜻 드러나는 순간들도 있다…… 무한이 우리와 숨바꼭질을 벌인다.

그렇다!…… 저기 구사르체프가 온다. 자기의 빠른 지프를 타고. 사령부 소속 군인들이 모두 그렇듯 정말 운전을 잘한다!…… 그들이 탄 것은 자동차가 아니라 말이다. 물론 이곳 체첸에 진짜 지프는 한 대도 없다. 전쟁 중인 체첸에는 낡은 군용 '가즈-69'들만 가득하다…… 그리고 모두 잘난 척을 하며 그것을 지프라고 부른다.

구사르체프는 브레이크를 밟으며 카랑카랑한 소리로 내게 외친다. 오늘 두번째 종대는 구성이 안 된다네…… 오늘도 안 되고, 내일도 안 될 것 같아, 사샤!…… 그도 이유를 모른다! 전화를 할 수도 없었다(전화로 그런 이야기를 하면 안 된다).

그는 계속해서 위풍당당한 젊은이처럼 외쳐댔다.

"사샤, 가자고!…… 사령부에서 상품발송명령서가 한 시간 일찍 나올 거야."

"차 가지고 갈게."

"뭣 하러! 내 차로 가지!…… 나도 사령부로 돌아갈 거야."

콜랴는 손수건을 꺼내어 얼굴에 흐르는 땀을 닦는다. 애썼다. 노동하며 흘린 땀이다…… 식혀야지!…… 그는 그저 땀을 식히려고 차에서 내렸다. 잠시라도 바람을 맞으며 서 있으려고…… 손에는 손수건을 든 채로.

1, 2분 후에 우리는 바로 출발했다(나는 잽싸게 몇 가지 서류를 챙기러 창고에 들렀다. 그리고 크라마렌코에게 지시 사항들을 일러두었다).

당분간 떠날 종대가 없을 거라는 사실이 암담했다. 애쓰며 버텼는데…… 카라반을 이끌 자가 그렇게 없단 말인가?…… 디젤유통이 있는데도 좋은 사람에게 가져다주지 못한다는 말인가! 움직임이 없으면 삶도 없다…… 군의 종대가 길을 나설 때 함께 서서 흥분할 수가 없다는, 이런 별것 아닌 상황에도 낙담이 된다. 길 떠나는 차들 뒤로 피어오르는 먼지도, 종대보다 더 높이 날아오르는 야생 거위들도 볼 일이 없을 것이다.

콜랴의 말에 따르면 요즘 체첸놈들이 미친 듯 날뛰고 있다. 사방이 체첸놈 천지다. 그들은 연락병들에게까지 파고들어 우리 암호 체계로 침투했다. 그렇다고 해서 암호를 다시 짜면 이곳은 그야말로 조용한 정신병원이 될 것이다…… 머지않아 체첸놈들은 모든 것을 알아낼 것이다. 누구에게 무엇이 전해지는지. 창고에서 출발하여 어떤 경로로 가게 될지까지도.

콜랴는 계속해서 떠들어댔다. 하지만 아직 체첸인들에게 자동소총을 판 일에 관해서는 말하지 않는다. 레일 조각을 가득 채워 늪지에 가라앉힌 내 '우아지크'에 대해서도…… 한마디 말도 없다…… 말하지는 않았지만 말하고 싶어 하는 듯하다. 그는 나를 준비시키려 했다. 말없이 팔아넘긴 자동소총 때문에 편히 잠을 자지 못할지도 모른다.

"사샤, 스타로프로미슬롭스키 지역에서 창고가 불탔는데 거기 주로 무기가 있었나 봐…… 모두가 달려들어 거기서 무기를 그냥 막 빼내고 있는 모양이야."

그래서 뭐?

우리도 가서 좀 집어오자고?

나는 전혀 반응하지 않았다. 원래 단둘이 길을 갈 때는 아주 편안한 대화를 나누는 편이다.

하지만 콜랴는 곧바로 산에서 온 '조용한' 체첸인들에게 무기를 판매하는 일에 대해 말하기 시작했다. '조용하다'는 것은 누구의 편도 아닌, 그러니까 중립적인 사람들이란 뜻이다. 어쩌면 우리 편인지도 모른다…… 그렇기에 그들에게 무기를 파는 것이 반드시 범죄가 되는 것은 아니라는 이야기다.

"하지만 그놈들은 내일이면 반군이 될 놈들이지."

"사샤, 사실 그게 우리랑 무슨 상관이야!"

그는 내게서 대략적인 동의 비슷한 것이라도 받아내고 싶은 듯했다.

"사샤, 자네가 직접 말했잖아. 비즈니스는, 만일 그게 제대로 된 비즈니스라면, 스스로 확장의 기회를 노린다고…… 그러니까 우리도 시도를 해봐야지. 그렇지 않아?"

구사르체프는 나를 설득하며 벌써 살짝 압박해오기 시작했다. 하지만 나는 내 일이 무엇인지 안다. 우리의 사업은 휘발유, 디젤유 사업이다. 괜찮은 사업이고, 비교적 안정적인 사업이다…… 뭘 더 바라겠는가!

"시도해볼 생각 없어."

나는 웬일인지 웃음을 터뜨렸다.

콜랴는 불쾌감을 감추지 못하고 지프를 더 빨리 몰기 시작했다. 밟아대기 시작한 것이다.

"하지만 어찌 되었든 체첸인들이 오늘 자네에게 부탁을 할걸…… 이제 보라고. 그런 청을 듣게 될 거야…… 당장 오늘이라도."

충분히 그럴 수 있다…… 상품발송명령서 수령 외에도 사령부에서 지역 지도자들, 우리 편 체첸인들과의 짧은 미팅을 잡아놓았다. 그곳에 '조용한' 체첸인들이 올 수도 있다. 그들이 그런 청을 할지도 모른다…… 구사르체프는 아마도 그것에 관해 생각했던 것 같다. 자동소총과…… 그 '조용한' 사람들에 관해서. 물론 AK총 몇 자루는 우리 창고에서도 긁어모을 수 있다.

콜랴가 무슨 생각을 했는지는 모르지만, 그 때문에 길에서 느낄 수 있는 평안함이 깨어져 짜증이 났다. 창고 일을 하는 사람은 인색하고 조심성이 많아야 한다. 창고지기, 순결을 잘 지키라고…… 우리 편 체첸 사람들이 내일이면 너무도 쉽게 반대편 체첸 사람들에게 무기를 팔아넘길 거라고. 그러니 더더욱 잘 지키라고!

체첸인들에게 옷도 줄 수 있고, 휘발유도 조금 줄 수 있지만, 무기는 한 자루도 줄 수 없다. 게다가 가지고 있는 무기도 거의 없다. 사실 그들이 훨씬 더 많은 무기를 가지고 있다! 산에 있는 어떤 마을에 가도…… 수없이 많은 무기가 있다. 겨우 열 살 남짓한 체첸 꼬마들도 모두 '칼라시니코프'를 가지고 있다. 그러다가 무슨 일이 생기면 제대로 알아보지도 않고 총을 쏘아댄다. 사냥개처럼, 빨리 움직이는 모든 대상에 반응한다. 누가 어디로 달려가는지와 상관없이 소년은 (너를 향해) 즉시 총구를 들이댄다. 쏠지 안 쏠지는 알 수 없지만 총구를 들고 쫓아오는 것만큼은 분명하다. 날아오른 오리를 쫓듯. 이미 본능이 된 것이다.

그리하여 누군가의 총구가 쫓아오지 않기를(혹은 그 총에 맞지 않기를) 바란다면 절대 급격하게 움직여서는 안 된다. 그것이 이곳의 법칙이다.

"급격하게 움직여서는 안 돼."

나는 나도 모르게 속생각을 소리 내어 말했다.

"알았어, 알았다고."

콜랴 구사르체프는 내가 이 말을 자기에게 했다고 생각하고 불만스레 중얼거렸다.

그때 우리는 좁은 길에서 마주친 종대에 길을 양보하고 있었다. 종대는 그로즈니에서 우리가 있는 한칼라 쪽으로 향하고 있었다…… 지도부가 탄 지프, 트럭들, 두 대의 장갑수송차, 장갑차에 빽빽이 들어찬 경찰기동대원들. 그들은 웃고 있다. 전쟁이란 즐거운 것이다…… 가끔은.

구사르체프는 다시 자기 이야기를 시작한다. 장갑수송차들을 바라보며…… 콜랴가 나를 흔들어보기로 마음먹은 것 같다. 사과나무를 흔들듯이. 뭐라도 떨어지기를 바라며.

"사샤, 자네가 사령부 밖에서 그 체첸 사람들과 이야기를 해보면 어떨까?"

자동차는 매끄럽게 나아가고 있었다. 그의 매끄러운 질문과 더불어. 하지만 나는 그때까지도 콜랴가 그저 떠들어대고 있다고 생각했다.

"할 말 없어…… 콜랴, 할 말 없다고."

나는 그로즈니까지 이어지는 이 익숙한 길을 사랑한다…… 특히 햇빛이 쏟아질 때. 특히 내가 운전을 할 때…… 차의 속도를 올리며 나를 취하게 만드는 여름 바람을 맞는 것을 좋아한다.

취할 듯 부드럽고 조용하게 불어와 사람을 매혹시키는 따뜻한 바람! 하늘이 그 바람을 오늘, 오로지 나를 위해 불게 한 것 같다(여름의 한가운데 딱 한 번 있는 어떤 이벤트처럼). 그럴 때 가장 먼저 드는 생각은 전쟁이 없다는 것이다. 전쟁은 없다. 그뿐이다. 없다. 총을 쏘든 쏘지 않든 중요하지 않다. 전쟁이 없다고 생각하자.

작은 숲은…… 작지만 그 안에 간계가 숨어 있다. 그로즈니까지 이어지는 길은 이 지점에 이르면 그 어느 곳보다 더 일어날 일을 예측할 수 없는 곳이 된다. 주변의 모든 것이 보이는 것 같지만, 동시에 보이지 않는다. 왼쪽은 완전히 폐허다. 하지만 여기서 나고 자란 사람들이 아니라 외지인들만이 이곳을 폐허라고 생각한다…… 이곳 어딘가에서, 능선에 숨겨진 길을 따라가며 혈기왕성한 스네기리 중사가 알리크와 올레시카 둘을 데리고 왔다…… 이 숲에서…… 두 사람 모두 자동소총을 들고 있었다. 멀리서 보면 그냥 평범한 젊은 병사들처럼 보였을 것이다.

가까이서 보아도 그들은 불구자는 아니다. 어딘가 병적인 눈빛에 주목하지 않는다면. 한 녀석의 눈물짓는, 조금은 광기 어린 눈과 다른 녀석의 긴장되어 딱딱하게 굳어버린 눈을 보지 않는다면.

오늘 어둡기 전에 돌아와 이 낯선 폐허들을 둘러보면 좋겠다. 나와 콜랴는 우리가 곧 돌아갈 수 있을 것이라 생각하고 싶었다.

사령부 주위에 차들이 가득했지만, 주차할 곳을 찾았다.

○○부대…… 휘발유, 디젤유…… **하지만 그들은 베데노 근처에 있다. 갈 수 없다.**

○○부대…… 걸쭉한 기계용 기름(MVP*…… 반 통…… 방향탐지기용……). **쉽다! 구데르메스 근처다. 그들에게는 당장 보내자. 아낄 것이 뭐가 있겠는가! 기름이 더 되어지면 품질이 떨어질 수 있다. 품질이 떨어지면 아무 짝에도 쓸모없게 된다.**

○○부대…… 보병용 화염방사기 '시멜' 10대…… **이 부대는 가까이에 있다. 그리로 가는 첫 종대에 실어 보내자. 우리 창고 어딘가에 '시멜'이 있었다. 기억해보니 바로 이 부대를 위해서 크라마렌코가 주문해두었다.**

○○부대…… 아주 오래된 신청서. 디젤유. **이들은 샬리를 지나 베데노에 채 못 미치는 곳에 자리하고 있다. 루슬란이 이 지역과의 접촉을 시도했던 것 같다…… 체첸인들이 종대를 통과시켜주기로 한 듯하다. 대신 그 대가로 그들에게도 연료를 주어야 한다…… 아니면 돈을 주어야 하나?…… 디젤유를 더 많이 주문한다면 가보자! 이들에게 줄 디젤유도, 체첸인들에게 줄 디젤유도 충분할 것이다……**

○○부대…… 헬리콥터 조종사들. 비행용 제트유…… **바실료크를 잊**

* 기계용 기름의 한 종류.

지 말 것. 바실료크에게는 제트유가 있지만…… 여분으로 가지고 있도록. 바실료크가 나에게 빚진 것이 있으면 좋으니까.

누구에게 무엇을 얼마나 주어야 할지 기록한 상품발송명령서 목록이다…… 나는 드물게 사령부에 온다(지위가 높지 않으니까). 그래서 자유롭다…… 내 창고는 낡았다. 물론 이런저런 것들에 관심을 가져볼 수도 있을 것이다. 하지만 실질적으로는 연료만 배송한다.

주문 내역을(그리고 희망 사항들을) 수첩에 적었으니 사실상 일이 끝났다. 나는 사령부의 복도를 따라 어슬렁거리기 시작했다. 이곳은 특별한 세상이다. 내 세상이 아니다…… 내게는 낯선 세상이다. 마구간 같은 나의 창고와 비교해보면 너무도 빛나는 세상이다(내 세상에서는 악취가 풍긴다). 하지만 때로 나를 부른다…… 그리하여, 기회가 생기면, 나도, 많은 이들처럼 기꺼이 그곳을 둘러본다…… 명패가 적힌 사무실의 문을 들여다보고, 진짜 전사들을 구경한다. 누군가의 명예는 천둥처럼 울리고, 누군가의 이름은 소문을 통해 전해진다…… 전쟁이다!

체면을 차리며 여기저기 조금 거닐다 건물 측면에 자리한 가장 큰 방에 코를 디밀어본다…… 슬쩍 들여다보는 것이다. 그곳에서는 작전회의가 진행 중이다. 잠깐 들여다본다고 뭐라 할 사람은 없다(누군가를 급하게 찾는 것일 수도 있으니까). 그러고 나서 손가락 두께만큼 문을 열어 둔다(누군가를 보게 될 수도 있으니까).

마마예프가 보고를 하고 있다…… 그는 사령부 장군이다. 마마예프보다 언변이 좋고 설명을 잘하는 사령부 소속 군인은 없다고들 한다. 그가 하는 모든 발표는 작은 작품이다. 여운을 남기는 단어들! 너무도 적절한 비교!…… 중요한 문장, 강조하고 싶은 문장, 아주 제대로 작성한 문장을 말할 때 그는 청중이 열광할 수 있도록 말의 속도를 늦추고, 심지어 불분명하게 발음을 한다. 우아하게! (하지만 전사들 사이에서 마마예프는 크게 인정받지 못한다. 누구에게나 자기 기준이 있으니까…… 매일 화약 내음을 맡는 장교들 사이에서 그의 별명은 **믈랴믈랴예프***이다.) 전사들…… 그들은 사령부 소속 군인이 말할 때 지루함을 감추지 못한다. 그리고 아주 특징적인 자세로 앉아 있다. 오늘 아침, 길에서 총격을 당하고 내 정문 앞에 앉아 있던 군인들과 똑같은 자세로(베-베거리며 신호를 보내던 그 두 대의 장갑수송차에서 나온 병사들 말이다). 정말 똑같다!…… 선임 장교들이 **그 병사들을 따라 하고 있는 것** 같다…… 다리와 무릎을 벌리고 어기적거리며 앉아 있다. 바지 아래 거시기의 작은 둔덕을 앞으로 내밀어 잘 보이도록 하고…… 대령과 중령들은 바로 그렇게 앉아 있다. 거시기를 내밀고…… 그들에게서는 피와 정액 냄새가 날 것이다. 그들은 다른 냄새를 풍기는 모든 이들을 경멸한다.

능력 있고 똑똑한 사령부 소속 마마예프가 발언을 마쳤다. 그는 빨리, 심지어 아주 빨리 컵에 든 물을 들이켰다…… 눈 깜짝할 사이에!…… 하지만 그가 이처럼 빠르고 아름답게, 그리고 지적으로 물 한 모금을 마신 순간, 두 사람이 서둘러 방을 빠져나갔다. 그중 한 사람은 유명한 '야전' 장군 트로신이다(그가 문을 열고 나올 때 나는 간신히 문에서 껑충 뛰어 뒤로 물러섰다). 트로신은 나가면서 쾅 소리가 나도록 문을 단단히 닫았다. 자기도 모르게. 우연히. 하지만 소리가 나도록…… 제때에 물러서지 않았더라면 내 이마에 혹이 생겼을 것이다.

도망친 것은 트로신 장군 한 사람만이 아니었다. 서둘러 방에서 나간 사람들 중 일부는 카페에 흩어져 앉아 있다. 나도 그곳으로 갔다……

---

* '웅얼웅얼 씨' 정도의 의미로 번역될 수 있다.

장교들은 카페의 자유로운 분위기 속에서 이미 한껏 마음이 부드러워져 신나게 차를 마시고 있다. 판매대에는 아직 샌드위치가 남아 있었다. 괜찮은 샌드위치다!⋯⋯ 구석에 놓인 탁자에 앉은 지인 두 사람이 보인다. 계급이 별반 높지 않은 이들이 앉아 있는 그 자리에 나도 끼어 앉았다⋯⋯ 차를 마시려고.

사령부와 조금 떨어진 곳에 있는 거리에서 '우리 편' 체첸인이 서성이고 있다. 나를 기다리고 있다⋯⋯ 그는 이미 우리가 받은 주문에 관해 알고 있다. 체첸인들도 자기네 정보원이 있으니까⋯⋯ 그는 소박하게 요구했다. 상에서 떨어지는 부스러기라도 달라는 것이다. 언제나 그렇듯 휘발유와 AK-74에 필요한 탄환을 청한다. 찾게 되면 주겠노라고 약속했다.

그들과 헤어져 휴대폰을 켜자마자 전화벨이 울린다. 그 유명한 바실료크가 연료를 청한다. 자기가 아니라⋯⋯ 친구를 위해서(아프가니스탄에서 알게 된 친구라고 했다). 그 친구는 페테르부르크에서 이곳으로 전출되었다. 일급 비행사로 '수시카'*를 탄다⋯⋯ 훌륭한 전사이기도 하다. 하지만 이곳에서는 신출내기인 만큼 누구도 그에게 연료를 대주지 않는다고 했다.

"바실료크⋯⋯ 자네도 기억하지. 나는 말로 하는 거래는 안 믿어. 사람 얼굴을 봐야 하거든⋯⋯ 만날 수 있게 해줘."

"그냥 오가며 간단히 만나도 괜찮지?"

"뛰다가 만나도 좋고, 날다가 만나도 좋아⋯⋯ 하지만 그 사람 얼굴을 보고 알아야 해."

---

* 비행기 제작 회사 수호이Sukhoi사에서 만드는 수Su 비행기의 별명. 수시카는 도넛 모양의 딱딱한 과자 이름이다.

"그 친구 지금 그로즈니에 있어. 지금 잠시 사령부에 들르라고 할까?"

"좋지."

"그 친구가 자네를 찾을 수 있을까?"

"내가 입구에 있겠네."

곧 그 친구를 만났다. 일급 비행사라고 했지만 어딘가 자신이 없어 보였다. 하지만 그의 얼굴은 마음에 들었다.

그 후 나는 구카예프와 그의 형제를 만나러 길을 나섰다. 프로미슬롭스키 지역으로 간다. 그들은 충직한 체첸인들이다(힘이 없고 약한 산사람들의 일족이라 언제나 연료 배급에서 제외된다). 아파트에서 대화를 나누었다…… 이들과는 반쯤 무너지고 전기도 들어오지 않는 그로즈니 5층 건물에서 만난다…… 누구라도 긴장할 만한 상황이다! 어두운 방. 위태위태한 간이의자에 앉아 이야기를 나눈다…… 앉자마자 신속하게 거래가 시작된다. 랜턴을 켜고.

그렇다, 위험한 거래다!…… 하지만 이 대화는 꼭 필요한 것이기도 하다. 그래서 그럼에도 불구하고 이들을 만난다. 권총을 지니고.

"블라디미르의 성모가 자네를 찾던데."

마치 성화(聖畵)에 대한 이야기처럼…… 그렇게 들린다. 이곳에서는 그런 악의 없는 농담을 하곤 한다. 당연히 성모가 아닌 속세의 여인에 관한 이야기다. 블라디미르 지역에서 온 병사의 어머니에 관한 이야기다. 우리는 그녀의 아들을 체첸의 토굴에서 구해냈다. 루슬란이 포로를 찾아 헤맸고, 나와 콜랴 구사르체프가 몸값을 치르고 사올 수 있도록 도왔다. 그녀가 돈을 가지고 왔을지도 모른다.

체첸인들은 구데르메스 근처에서 그녀에게 아들을 돌려보냈다…… 믿을 만한 이들을 통해서. 그런데 여기서 문제가 생겼다. 이 믿을 만한 체첸인들이 거래를 하며 서두르는 바람에 선불로 돈을 지불했고, 지금은 돈을 기다리고 있다. 그런데 몸값을 주고 산 병사는 현실에서는 아직 존재하지 않는다. 사라진 것이다…… 유령처럼…… 연방보안국 요원들이 데려가버렸다. 감옥에서 나오자마자 사방에서 쏟아지는 심문으로 눈이 멀 지경이 되기 전에 연방보안국 사람들이 그를 빛으로 이끌어낸 것이다.

그들은 포로의 첫날밤을 소유할 권리를 가진다. 무엇을 기억하는지? 강인지? 산인지?…… 수배된 유명한 체첸인 중 누구를 보았는지?…… 우리 포로 중에는 누구를 만났는지?…… 분명 쉽지 않은 심문일 것이다. 노예로 토굴 생활을 한 그의 발음은 끔찍하게 부정확했다. 루슬란의 말에 따르면 토굴에서 지낸 그에게는 이가 하나도 남아 있지 않다. 그리고 목이 부어 있다…… 하지만 이제 어머니는 그를 만나러 갈 수 있다. 그녀에게 그렇게 말했다.

왜 어머니가 바로 아들을 만날 수 있게 해주지 않을까?…… 어머니가 어린 아들의 마음을 약하게 만들기 때문이다. 어머니는 특별히 아들을 약하게 만든다. 끔찍한 기억을 누른다…… 어머니가 아들을 만나도록 허락한 것을 보면 연방보안국 요원들이 이미 그 병사에게서 온갖 시시한 정보들을 다 쥐어짠 모양이다. 이제 병사는 다른 것, 그가 원하는 어떤 것을 생각해도 좋다. 밤하늘의 별에 관해 생각해도 된다.

나는 사령부로 돌아가서 이곳저곳을 찾아보았다…… 차들이 주차되어 있는 경비 구역도 다 찾아보았다. 하지만 구사르체프의 지프는 거기에 없었다.

콜랴에게는 그로즈니에 다른 볼일이 더 있다는 이야기다. 오래 걸리는 일일까?

일이 끝나면 나도 원하는 것은 무엇이든 생각할 수 있다. 밤하늘에 관해 생각해도 된다…… 하지만 나는 벌써 친숙한 악취를 풍기는 나의 창고에 관해 생각하고 있다. 그곳에 있는 나의 오피스 겸 아파트에 관해…… 달빛 드리운 들판에 관해…… 거기서 아내에게 거는 전화에 관해…… 그리고 내가 얼마나 조용히, 그리고 외로이(그러니 행복하게!) 추억을 끌어안고 저녁 시간을 보내는지에 관해. 약간의 알코올을 더한 두세 잔의 뜨거운 차에 관해.

"하여간!"

결국은 내 입에서 욕이 나왔다. 역시 콜랴는 콜랴다. 당연히 내 차를 가지고 이곳에 왔어야 했다.

그때 병사의 어머니(블라디미르 지역에서 온 어머니)가 다가왔다. 그녀는 인사도 하지 않고 나에게 자기를 아들이 있는 곳으로 보내달라고 조르기 시작했다. 아들이 이미 기다리고 있다고…… 구데르메스 근처에서. 그녀는 그쪽으로 큰 종대가 이동한다는 이야기를 들었다…… 하루나 이틀 뒤에요…… 아닌가요?…… 어떤 종대여도 좋아요…… **낙하산을 타고라도 좋아요**…… 그녀는 그렇게 말했다.

그녀는 빛났다. 정말 성화처럼 보였다.

그리고 품 안 어딘가에서 자루를 꺼냈다. 돈이다. 8천 달러.

"크세냐, 돈을 그렇게 가지고 다니시면 안 됩니다! 정신 나갔어요!…… 크세니야 페트로브나!"

"괜찮아요, 괜찮아요."

그녀가 미소를 지었다.

"당신네 위원회에 돈을 두고 오셨어야죠. 그럼 제가 나중에 받을 수 있는데요."

"괜찮아요. 사람들이 다 도와주시는데요…… 전부 저를 도와주시더라고요."

그녀는 반짝반짝 빛났다. 아들을 찾았다는 사실이 너무 기쁜 나머지 그 돈 중에서 나에게 천 달러를 더 주려고 했다. 질린 소령님, 이건 제가 개인적으로 드리는 거예요…… 나는 받지 않았다. 위원회에서 내 수고의 대가로 이미 천 달러를 받았다. 천 달러는 공정가격이다.

"8천은 필요 없어요. 아시지 않습니까. 7천입니다. 체첸 사람들에게 7천만 주시면 됩니다."

그녀는 계속 고집을 피웠다. 감사의 표시로…… 하지만 나는 꼭 필요한 7천만 받았다.

어머니들에게서는 돈을 받지 않는다! 7천이라니! 정말 영악한 체첸 놈들의 계산법이다!…… 협상한 놈에게…… 중개인에게…… 야전사령관에게…… 상상하기조차 어려운 산사람들의 일 처리 방식이다.

"받으세요……"

이번에는 단호하게 그녀에게 돈을 돌려주었다.

"크세니야 페트로브나, 이 돈을 쓸 데가 있을 겁니다…… 어쩌면 여기서 아드님 이를 해 넣어야 할 수도 있어요."

"이에 무슨 문제가 생겼나요? 무슨 일이죠?"

그녀가 깜짝 놀라 물었다.

"아닙니다. 그냥 혹시나 해서요…… 무슨 이야기를 들은 것도 같아서요."

그녀는 순간 안도했다. 여전히 밝게 빛나고 있다.

"저도 담배를 배울까 봐요. 한 번도 담배를 피운 적이 없거든요!"

그녀는 극도로 흥분했다.

그런 순간에는 무언가 환각제 같은 것을 원하게 된다. 정말 싸구려라도.

"담배에 중독되시면 안 됩니다."

"한 대 피워볼게요……"

"크세니야 페트로브나!"

우리는 한 시간도 넘게 구사르체프를 기다렸다. 콜랴가 나타났을 때 그녀는 담배 한 대를 더 피우며 기침을 하고 있었다.

이제 돌아가도 된다…… 콜랴는 빠른 말로 그로즈니를 헤매고 다닌 것이 무익한 일은 아니었다고 했다. 폭격 맞은 5층짜리 건물을 헤집고 다닌 보람이 있다고…… 자세한 이야기는 나중에 하겠다고(어머니가 있을 때 할 수 있는 이야기는 아니니까).

한칼라로 돌아가는 길은 쉽지 않았다. 너무 지체했다!…… 다행히 차를 몰던 콜랴 구사르체프가 길가에 보이는 작은 불빛을 적시에 발견했다…… 집으로 가는 길의 반 정도를 지나온 상황이었고, 이미 깊은 밤이었다.

담뱃불은 쉽사리 찾을 수 있다. 나도 멀리서 담배 피우는 놈을 볼 수 있었다. 관목에 숨어 있던 그의 얼굴이 아주 잠깐 보였다.

구사르체프는 급하게 차를 세웠다.

"어이, 거기 누구야?"

어둠 속에서 목소리가 들렸다(사실 그쪽에서 대답을 안 할 수도 있는 상황이었다).

"얘기 좀 해야 할 것 같은데."

야간에 들리는 체첸인의 단호한 목소리다. 악센트가 아주 심하다……

"관목 속에 숨어서 이야기할 거야?"

콜랴가 운전대를 쓰다듬으며 비웃듯 외쳤다.

"길로 나와. 어디 얼굴이나 보고, 그리고 이야기하자고."

"좋지."

하지만 나는 우선 몸을 숙이고 손으로 더듬어 병사 어머니의 뒤통수를 건드렸다. 그녀는 뒷자리에 앉아 있었다…… 그녀는 순종적으로 고개를 숙였다. 상황을 이해한 것이다…… 하지만 고개를 숙이는 것만으로는 부족했다. 나는 손으로 그녀의 머리를 더 세게 눌렀다. 그녀는 뒷좌석에 반쯤 누웠다…… "네, 네, 알겠어요……" 그녀가 속삭이듯 말했다.

그러고 나서 우리는 대범하게 차 문을 열었다. 구사르체프는 왼쪽 문을, 나는 오른쪽 문을(자동소총은 우리 무릎 위에 있었다).

구사르체프는 그들을 향해 큰 소리로 외치며 같은 말을 반복했다.

"좋다면서…… 나와."

그러고는 자동차를 대여섯 걸음 정도만 앞으로 움직였다…… 관목 숲에서 움직임이 느껴졌다. 하지만 아무도 길로 나서지 않았다. 그건 이제 곧 총격이 시작될 거라는 뜻이었다.

스톱, 스톱!…… 구사르체프와 나는 그 즉시 관목을 향해 총을 갈기기 시작했다. 두 사람 모두 총구를 자기 쪽 차 창틀에 얹고 반쯤 일어나(한 다리는 땅에 두고) 발사…… 발사!…… 우리가 그들을 앞섰다. 2, 3초 정도.

그리고 그들이 총격을 시작하자마자 뒤로 빠졌다. 재빨리! 뒤로 빠져나왔다.

성공했다.

순간 사방이 조용해졌다. 그러더니 마침내 관목 숲에서 비명 소리가 들려왔다. 울부짖는 소리다. 총격전이 벌어졌을 때 우리가 누군가를 맞힌 것이다…… 아, 그는 무섭도록 울부짖었다!…… 누군가가 그의 입을 막는 것 같았다. 하지만 그는 재갈을 빼내 던져버리고는 다시 울부짖었다.

그를 실어 내갔다…… 울부짖는 소리도 멀어져갔다. 멀리 떨어져 있는 우리에게도 그의 소리가 잘 들렸다.

매복부대가 다 떠난 것일까?…… 아니면 일부만 철수한 것인가?…… 뒷자리에는 유탄발사기도 있다. 나는 그것을 손에 쥐었다…… 하지만 구사르체프가 말했다. 기다려봐.

우리는 갑자기 끝나버린 총격과 고요에 질린 듯 서 있었다. 모터만 부릉부릉 소리를 냈다.

병사의 어머니가 고개를 들었다. 나는 그녀가 목을 좀 풀 수 있게 해주었다…… 하지만 이어 다시 그녀의 머리를 뒷좌석 쪽으로 눌렀다. 그녀는 거기서 작은 소리로 기침을 했다. 뒷자리에는 먼지가 많았다.

1, 2분을 기다렸다가 천천히 앞으로 달리기 시작했다…… 아까 지나갔던 그 관목을 향해…… 여러 가지 경우에 대비하여 다시 후진해 달아날 생각을 하며…… 물론 그들도 우리를 경계하며 망을 보고 있다.

사실 숨어서 누구를 기다리든 그들에게는 매한가지다. 반군이라면…… 무기를 빼앗고…… 차를 빼앗으면 된다. 그래서 누구든 빈털터리로 만들면 된다. 관목에 앉아 있다 보면 여러 가지 흥미로운 것들이 그 곁을 걸어서, 또는 차를 타고 지나간다.

하지만 이번에는 운이 없었다. 매번 먹이를 물 수 있는 것은 아니다.

다시 총을 쏠 필요도 없었다…… 아까 총격전에서 우리가 또 한 젊은이에게 총상을 입혔던 것이다…… 너무도 구슬픈 울음소리가 들려왔다. 부드러운 울음소리. 아주 어린 청년들만 그렇게 울 수가 있다. 주의 깊게 들어보면, 그들의 울음은 주변 사람들만이 아니라 아무 상관이 없는 이들에게까지 이른다. 심지어 적에게까지. 관목 속에서 들리는 울음소리일 뿐인데…… 인적 없는 한밤중에 들리는 울음소리인데…… 내 영혼도 고요해진다. 내 영혼도 그가 가엽다. 하지만 어쩌겠나, 친구?! 전쟁인걸.

관목에서는 다시 울고 있는 이를 돌보고 있다…… 그의 가는 목소리가 사위와 하늘까지 다다랐다…… 우리는 그 기회를 이용했다. 최적의 순간을. 나는 콜라를 쿡 찔렀다. 우리 지프는 매복한 이들을 지나 질주했다. 길의 반대편 끝을 향해 액셀을 밟았다. 심지어 길 끝에서 위태롭게 튕겨 나갈 뻔하며…… 빠져나왔다.

그리고 달렸다. 부상을 당해 구슬프게 울던 청년 대신 이제는 병사의 어머니가 작게 소리를 냈다. "앉으셔도 됩니다"라고 말했지만 그녀는 계속 먼지투성이 뒷좌석에 머리를 박고 엎드려 있었다. 방금 전에 겪은 일로 인해 울고 있다.

반군이 우리를 지켜주었을 리 만무하다…… 그저 공격하고 도적질했을 것이다. 배가 고프니까. 지방 소도시에서 수많은 아이를 데리고 사는 그들은…… 일자리가 없다. 루슬란-로슬리크는 경멸적으로 그들을 촌것들이라고 부른다.

정문이 열리기가 무섭게 보고가 들어온다. 보초병이 말했다. 나의 부상병들, 그 조용한 병사들이 도망쳤다는 것이다. 달아난 것이다. 오늘…… 밤을 기다렸다가……

"와!……"

욕이 튀어나왔다.

병신 같은 것들. 천치 같은 것들…… 정말 분통이 터진다. 둘 다 정말 답이 없는 놈들 아닌가?

"소령님, 괜찮을 겁니다. 그 녀석들 전쟁도 해봤으니까요."

크라마렌코가 나를 위로했다.

"전쟁은 무슨 빌어먹을 전쟁! 그 자식들 자동소총도 없는데!…… 등신들!"

"한 놈은 총이 있습니다……"

이런 경우 그게 더 나은 건지 아닌지도 모르겠다.

"어떻게 했는지는 모르겠지만 훔쳐갔습니다, 소령님. 스네기리 중사에게 물어보셔야 합니다."

"자네가 물어봐!"

피곤했다…… 상상할 수 없을 만큼 자고 싶었다. 크라마렌코에게 병사 어머니의 잠자리를 찾아주라고 일렀다. 잠자리 좀 찾아드려. 잠 좀 주무시게!…… 아들한테 가셔야 하니까. 구데르메스까지, 안전한 지역으로 가셔야 해…… 한 이틀 있으면 그쪽으로 종대가 갈 거야. 알겠지?

나는 잠을 자러 내 방으로 갔다. 그러고는 자려고 쓰러지듯 누웠다…… 하지만 이번에는 잠이 오지 않는다.

이 자식들은 지금 어디에 있을까?…… 이 등신들은 이미 한칼라를 벗어났을 것이다. 그건 분명하다. 아니면 벌써 순찰대에게 잡혀 어딘가 사령부 깊숙한 곳으로 끌려 들어가 빼꾹거리고 있을지도 모르겠다…… 앉아 있겠지…… 아니지, 아니야, 경험이 많은 녀석들이니 그로즈니 근교로 난 큰길까지는 갔을 거야…… 그다음은?…… 그곳은 어느 편도 아닌 중립 지대인데…… 차를 태워달라고 히치하이킹을 하겠지…… 지금 한칼라에서 베데노 쪽으로 가는 종대는 전투부대뿐인데. 그것도 중요한 일이 있을 때만…… 종대가 임무를 수행하러 가는 거면, 녀석들을 태워줄 리가 만무하다. 아마 더 속도를 내서 지나가버릴 것이다…… 장갑차에는 바퀴벌레도 안 태우는 법이니까(혹시 돌아오는 길이라면 모르겠지만). 방탄차도 없이, 형편없는 것이라도 장갑수송차도 없이 그놈들은 절대 베데노까지 갈 수 없다. 그곳은 절대 지나갈 수 없는 곳이다…… 거기에는 체첸놈들이 있으니까. 아니면 체첸 농민들에게 잡혀 토굴로 끌려갈 수도 있지. 노예로!…… 이번에는 거기 자연 속에서 일해보시든가! 연료통 굴리는 일은 아닐 테니까.

그럼에도 나는 그로즈니에 있는 사령부로 전화를 걸었다. 야간 당번병에게. 그리고 장교를 깨워달라는 부탁까지 했다. 도주는 도주니까…… 녀석들이 어딘가에서 순찰병에게 잡혔을 가능성도 충분하다. 그러면 그들을 심문하고, 다시, 아주 제대로 뒤흔들어놓을 것이다.

"병사 두 명이다."

나는 장교에게 반복했다.

"내 창고에서 일을 했다…… 옙스키와 알라빈…… 이병이다…… 아니, 무슨 일을 저지른 것은 없다. 그냥 평범한 병사들이다. 하지만 경미한 폭발후유증을 앓고 있다."

사령부에서는 그들에 관해 아는 바가 없었다.

나는 그들이 지나갈 법한 도로변에 있는 주요 초소로도 전화를 걸었다. 거기에도 없다…… 그 어디에도 그들을 본 사람도, 아는 사람도 없다…… 아무런 흔적도 없다…… 정말 그로즈니 근교를 벗어난 걸까? 그래서 제법 멀리까지 갈 수 있었을까?

마음이 답답하고 화가 났다. 아침에도 전화를 걸었다. 하지만 아무것도 없다…… 아무것도…… 어디서든 알리크의 성만은 반드시 되물었다. 놀라면서.

"옙스키 말입니까?"

그들은 사흘간 사라졌다.

하지만 나흘째 되던 날 돌아왔다. 보초병은 창고 병사들을 들여보내듯 그들을 들여보내주었다…… 그들은 굶주리고, 지쳐 있었다. 그리고 무엇보다 도주에 성공하지 못한 자신들을 부끄러워했다…… 하지만 그것을 실패라 부를 수 있을까?! 어떻게 보느냐에 따라 다르다!…… 이들은 어디서도 잡히지는 않았다. 사흘 밤낮을. 그로즈니의 현실을 고려한다면, 폭발후유증 환자들에게 이것은 절대 패배가 아니다. 이들은 긴장의 끈을 놓지 않는 순찰대와의 시합에서 지지 않았다. 오래도록 이어진 이 피곤한 경기에서 결국 비긴 것이다. 그제야 나는 그들이 전에 비록 짧은 시간이었지만(한 달 정도 되었을까?) 척후부대 생활을 했다는 사실을 기억해냈다. 그 한 달 동안 그들은 무언가 값있는 것(아니 값으로 매길 수 없을 만큼 귀한 것)을 얻었다. 어떤 식으로든 자기들의 콧구멍으로 느낀 것이다…… 무언가 늑대의 후각같이 지극히 예민한 어떤 것이…… 그들을 이끈 것이다. 길을 일러준 것이다…… 그들의 콧구멍 귀퉁이 어딘가에 그것이 남아 있는 것이다.

무언가가 그들을 이끌었다. 결국 목적지까지 이끌지는 못했지만.

그들이 돌아온 첫째 날, 나는 그들을 욕하고 벌하지 않았다. 나 없이 너희는 어디도 갈 수 없다고 소리치지도 않았다…… 그들이 돌아온 후 그들과 말을 섞고 싶지도 않았다. 사흘째가 되어서야 그들을 불러들였다…… 그들이 조금이라도 쉬고 난 후에. 이미 다른 병사들과 같이 연료통을 굴리고 있을 때.

크라마렌코가 녀석들을 내 사무실로 데리고 왔다. 그들을 데려다 준 후 사무실 문밖에 숨어서 기다리고 있었다. 만일의 사태에 대비하여…… 크라마렌코는 내 안에 분노가 쌓였을 때를 아주 잘 안다.

분노와 악. 나는 놈들에게 그야말로 악을 썼다!

알리크부터 시작했다. 그래도 그가 더 책임을 질 능력이 있기 때문이다.

"야, 이 개새끼야, 너는 완전히 벼랑 끝에 있었던 거야…… 개 쌍놈의 자식아! 체첸놈들 이야기를 하는 게 아니야. 우리 편 이야기를 하는 거야…… 뭐라고? 심문 받던 시절이 그리웠어? 바람 잘 통하는 시원한 감방이 그리웠구나?…… 네놈은 자동소총도 없이 갔잖아. 이 병신 같은 새끼야! 이 빌어먹을 놈아! 탈영병이라고 생각했을 거라고…… 탈영병으로 분류되는 게 뭔 줄 알아?"

나도 내가 악을 쓰며 소리쳤던 내용을 다 기억하지 못한다. 문 뒤에서 있던 크라마렌코도 기억하지 못한다. 그저 자기도 온몸에 땀이 났다고만 했다…… 그는 손수건을 꺼냈다. 그리고 여러 차례 이마와 목의 땀을 닦아야 했다…… 한두 번은 내 소리 때문에 비틀거리기까지 했다. 내가 그의 뇌에 못을 박고 있는 것 같았다고 했다.

누군가에게 악을 쓰다 보면 그 사람에게 매이게 된다. 왜 그런지는 모르지만 욕을 하다 보면 가까워진다. 협박하고 온갖 욕설을 퍼부을 때마다 그들은 아주 조금씩이라도 더 소중해진다. 그렇게 된다.

몽둥이를 휘두르듯 하며 두 폭발후유증 환자를 내몰고 나서 크라마렌코를 불러 보드카를 꺼냈다. 혼자 마시지 않으려고.

심문관은 단번에 그들의 아가미를 짓눌렀을 것이다. 어떻게 부대에서 떨어져 나왔지? 탈영병들이네, 탈영병들이야…… 니들 두 놈 모두 폭발후유증을 앓게 된 거면 도대체 어떤 포탄이 터진 건데? 몇 구경이었지? 체첸놈들에게 그런 구경의 포가 있기는 해?…… 그리고 네놈들은 폭발후유증을 앓게 되었다면서 어떻게 폭발 후에도 서로 헤어지지 않았지?…… 아기들처럼 손이라도 잡고 있었나? 기억을 못 해?…… 왜 기억을 못 해?

그러고는 두 사람을 갈라놓을 것이다. 숨겨진 죄를 찾는다고…… 감추고 있는 죄를 찾는다고…… 도대체 그렇게 오랫동안 어디를 싸돌아다녔지? 체첸놈들이 어떤 협곡에서 공격을 했는데? 병사의 죄를 찾아내는 것은 그들의 기쁨이다. 탈영한 거지?…… 아니면 뭐 그냥 겁쟁이인가?…… 아니면 장교들을 들개라고 부르는 놈들 중 하나였나? 무슨 일이 생기면 등에다 총을 쏘려고?

심문관들은 다 그렇다. 그들은 그것을 너무도 즐긴다.

그러면 어린 병사는 회개할 것이다. 그의 다리 사이를 기어 다닐 것이다. 네, 제가 잘못했습니다. 폭발후유증을 얻은 것은 다 제 잘못입니다. 맞습니다! 맞습니다!…… 그러고는 무언가에 서명을 하려고 서두를 것이다. 감히 따지지 않겠습니다. 보세요, 저는 완전히 심문관님께 동의합니다. 그리고 심문관님께 전부 다 말했어요!

저를 남겨두지만 마세요! 저를 버려두지 마세요!…… **겁내지 마, 병사, 겁내지 말라고! 자네가 사인한 이 종이가 자네를 남겨두지도, 버려두지도 않을 거야.**

이제 저놈들 생각을 그만해야 한다. 나가야 한다…… 나의 꿈결 같은 달빛 들판으로…… 손으로 산사나무 관목을 건드려보고…… 전화를 걸어야 한다. 내 마누라가 어떻게 사는지, 어떻게 집을 짓고 있는지.

"사샤, 무슨 일 있죠?"

아무리 숨기려 해도 목소리에 묻어나는 것이 있기 마련이다.

"아니, 별일 없어."

"얘기해요……"

"당신이 얘기해…… 딸내미는 어때? 새 학교에는 적응했어?"

점심 식사 후에 한칼라 외곽에서 체첸 스나이퍼의 총에 맞은 병사의 신원을 확인해달라며 죽은 병사를 실어 왔다…… 내 병사다…… 내 창고에서 일하던 내 병사다. 이 녀석은 무엇이 부족했던 것일까…… 등 따습고 배부른데. 이 도망자는 무엇을 원했던 것일까?…… 심장 아래에 구멍이 난 그를 방수포 위에 얹어 들고 왔다. 내게 보여주고는 다른 곳으로 가지고 가버렸다.

그의 머리가 방수포 위에서 살아 있는 것처럼 통통 튕기며 흔들렸다…… 금발의 젊디젊은 머리카락!…… 녀석들도 자기 힘으로 가려다가는 저 꼴이 되고 말 것이다…… 두말할 필요도 없이 반도 못 가서. 이편도 저편도 아닌 지역에 다다르면 첫 1킬로미터도 못 가서 총알을 맞게 될 거다! 올레시카나 저 말더듬이 알리크의 죽은 머리를 저렇게 방수포에라도 실어 오면 다행일 것이다. 누군가가 시신을 운반해 오기라도 한다면 말이다…… 실은 훨씬 간단하다. 팔과 다리를 잡고 휘휘 흔들어 던져버린다…… 도랑으로…… 그러면 풀밭에서 보이지도 않는다. 그곳에서 썩어가는 것이다. 저 두 명의 모자란 폭발후유증 환자가 왜 창고 안에서 허리 한번 펴보지 못하고 일했는지…… 왜 그렇게 살았는지…… 왜 그렇게 최선을 다해 연료통을 굴렸는지에 대해서는 아무도, 눈곱만큼의 관심도 가지지 않을 것이다.

나는 일찍 일어났다. 크라마렌코는 더 일찍 일어났다. 그는 정문 옆에서 나를 맞았다. 우리는 거의 부딪쳤다.

"운전병들은 말짱하지?"

"네, 소령님. 한 사람 한 사람 숨을 쉬어보라고 했습니다."

그들은 음주 측정을 위해 크라마렌코의 얼굴에, 그의 날카로운 코에 대고 숨을 내쉬어야 한다.

우리는 디젤유통을 실은 트럭 네 대를 보냈다. 마지막으로 종대를 정렬하는 지점, 그러니까 한칼라에서 나가는 길목에서 종대와 합류하게 되어 있었다. 구신이 그렇게 명령했다. 그가 종대를 인솔한다.

"차 출발시켜."

"이미 가고 있습니다, 소령님."

좀 떨어진 곳에서 나는 알리크와 올레시카를 보았다. 저놈들은 왜 일어났지?

"자네가 깨웠나?"

내가 물었다.

"전혀 아닙니다, 소령님…… 자기들이 일어났어요…… 밤에 종대가 떠난다는 이야기를 들었나 봅니다."

"종대는 구데르메스로 가는 거야! 자네, 보고 들었어?!"

크라마렌코는 눈을 깜빡였다. 그도 보고를 들었다…… 그는 모든 것을 아주 잘 알고 있다. 하지만 갑자기 변화가 생길 수도 있지 않은가…… 갑자기 명령이 내려와 종대를 망할 놈의 베데노 쪽으로 보내라고 할 수도 있지 않은가. 혹시 모르는 일이니까!…… 어찌 되었든 가능한 한 빨리 저 녀석들을 보내야 하니까. 분명 크라마렌코도 폭발후유증 환자들에 대해 무던히 걱정하고 있다.

"소령님, 자기들이…… 자기들이 일어났습니다. 누가 깨웠겠습니까요!"

그들, 그 환자들, 아침부터 정문으로 달려 나온 그 젊은 애들은 선 자리에서 발을 바꾸어가며 몸을 풀고 있었다…… 이런 신새벽에…… 혹시 모른다는 일말의 기대로 일어난 것이다.

나는 크라마렌코에게 그 친구들을 쫓아 보내라고 일렀다. 잠이라도 좀더 자라고 해…… 대신 빨리 블라디미르에서 온 어머니를 찾아. 크세니야 페트로브나 말이야. 어디선가 자고 있을 거야. 어디든 잠자리를 마련해주라고 했잖아…… 어디?…… 보초병에게 물어봐…… 그리고 빨리!

디딤판 위에 선 채로 내가 직접 지휘해 첫번째 트럭을 정문 밖으로 내보냈다…… 다른 세 대의 트럭이 들어설 수 있도록 여분의 자리를 남겨두고 세웠다. 나름의 전략이다!…… 첫번째 차가 어떻게 운전을 하는지가 중요하다. 그다음부터는 만나는 지점에서 운전자들이 스스로 상황을 조절한다.

이런 정신없는 상황 중에, 어스름한 아침의 어둠 속에서 우스운 일이 벌어졌다.

지금은 왜 그랬는지 기억나지 않지만, 그때 나는 창고가 있는 곳으로 돌아와 길을 따라 걷고 있었다. 한 걸음, 한 걸음 천천히…… 여기서는 내가 주인이다. 내가 걷고 싶은 대로 걷는다…… 이렇게 주인처럼 천천히 걷고 있는 나에게 올레크와 알리크가 따라붙었다. 나의 두 폭발후유증 환자가…… 이제라도 자볼까 하고 걷고 있겠지! 놈들을 야단치지 않았다. 그들에게 신경 쓸 겨를이 없었다.

어느새 알리크는 나와 나란히 걷고 있다. 이제 끈덕지게 조르기 시작할 것이다.

"소-소-소령님……"

알리크의 눈에서 눈물이 흘렀다.

하지만 그의 눈에서는 항상 눈물이 흐른다. 왼쪽 눈에서…… 그러다 이 폭발후유증을 앓는 병사는 짜디짠 눈물을 잠시라도 멈추는 법을 알게 되었다. 익힌 것이다…… 알리크는 어딘가를 둘러보는 것 같았다. 그러다가 갑자기 머리를 가볍게 흔들어 눈물을 털었다. 아주 민첩하게……

나는 심지어 그의 눈물 한 방울이 날아가는 것을 볼 수 있었다. 그 눈물은 예광탄*처럼 날아갔다. 눈에 보이도록…… 여기저기 파여 있는 창고 부근 아스팔트 위로…… 눈물 한 방울은 멋지게 먼지 속으로 날아들었다.

"저-저-저희는…… 저희 부대로 돌아가야 합니다…… 소령님…… 시-시-시간이 가고 있어요."

그사이 그의 친구 알라빈 이병은 눈에 띄게 뒤처져 따라오고 있다. 점점 뒤처지더니 지금은 아예 뒤에서 따라오고 있다. 웬 섬세함인가?! (뒤처진 김에 후방경호라도 하는 건가?…… 알리크와 내가 나누는 대화를?)

그러다 문득 깨달았다. 우습다…… 지금 이 괴짜들이 내게 돈을 건네려는 것이다.

---

* 발사된 후 빛을 내며 날아가는 탄알. 야간에 신호하거나 목표물을 지시하는 데에 쓴다.

아무리 해도 안 된다면…… 일이 진행되지 않는다면, 기름칠을 좀 해야 하지 않나?…… 이런 천재적인 생각이 나의 애송이들 머릿속에 떠오른 것이다.

반드시 자기 부대로 돌아가야 한다고 나를 설득하는 동시에, 경계하듯 주위를 둘러보던 알리크가 걸음을 멈추었다. 나도 모르게 함께 멈추어 섰다. 한순간 우리는 나란히 서 있었다. 알리크는 한 손을 자기 바지 속주머니에 집어넣었다…… 병사들은 직접 그런 주머니를 만들어 달곤 한다(집에서 일러준 대로. 찍를 내어 작은 주머니를 만든다……). 그리고 거기서 여덟 번 접은…… 사각거리는 종이를 꺼냈다.

웃어야 할지, 울어야 할지 몰랐다. 그를 막지는 않았다. 그저 날아가는 병사의 눈물 한 방울을 다시 한번 눈으로 좇았다. 이번에는 눈물방울이 제대로 날아가지 못하고…… 그의 장화 코 위로 떨어졌다.

그는 주머니에서…… 여덟 번 접은 초록색 종이를 꺼내 들었다. "저희를 저희 부-부대로 보내주십시오. 둘 다요. 제-제-제발요……" 그는 웬일인지 더 심하게 말을 더듬었다.

긴장했기 때문일 것이다…… 그러면서 설명을 했다…… 어머니가 그에게 이런 조언을 했다는 것이다. 어려운 일이 생기면 돈을 꺼내라. 전쟁터에 있는 사람들도 사람이니까. "저희 어머니는 우-우-웃긴 분이세요. 초등학교 선생님이에요…… 제일 어-어-어린애들을 가르치세요. 어떤 도-도-돈이든 보시면 자-자-그마한 돈이라고 하세요……" 또 한 명의 어머니가 있구나. 나는 생각했다.

아이들의 기대를 저버리지 않기 위해 그 돈을 받았다. 그것이 더 안전하다…… 그렇게라도 안심하도록…… 나는 보이지 않는 알리크 어머니의 존재를 느꼈다. 그의 어머니는 영리하고 재빠르게 모든 것을 생각해내셨다. 속주머니와 구세주가 될 백 달러 역시 어머니의 작품일 것이다. 역시 페테르부르크 엄마다!

그 돈을 받았고 되돌려줄 것이다. 내 주머니에 있어야 이 돈을 더 안전하게 지킬 수 있을 것이다…… 어떻게 우리 술주정뱅이 운반병들이 이 백 달러 냄새를 맡지 못했을까!

아주 짧은 순간 내 머릿속에 앞으로 있을 종대 파송의 한 장면이 떠올랐다. 흐보리나 코스토마로프가 베데노로 종대를 인솔해 간다면(어찌 되었든 이 긴 성을 가진 두 사람 중 하나가 될 것이다)…… 이런 장면이 펼쳐질 것이다. 그들을 떠나는 종대에 합류시키고, 이 두 애송이를 장갑수송차 상판에 앉혀놓기까지 하고 나면 그때 이 **자그마한 돈**을 돌려줄 것이다.

갑자기 무언가 떠오른 것처럼 기억해낼 것이다…… 아, 이런!…… 그러고는 손을 뻗어 둘 중 한 놈의 손에 이 백 달러를 쑤셔 넣어줄 것이다. 애송이들, 이 돈을 쓸 일이 있을 거야. 당황한 그들은 손에 쥐여준 지폐를 거절하지도 못할 것이다.

그러면 놈들 뒤에 대고 외쳐줄 거다. 신나게 출발하는 장갑수송차의 뒤에 대고.

"페테르부르크에 계신 엄마한테 안부 전해라!"

내 작은 지프를 타고 천천히 차를 몰아 길로 나섰다. 연료를 실은 나의 트럭 네 대가 어떻게 가고 있는지 살피며 이들의 뒤를 따랐다. 연료통이 단단히 매어져 있어 귀를 기울여보아도 덜덜거리는 소리가 들리지 않는다. 운전병들도 믿을 만하고 정신도 말짱하다.

아하! 저기 블라디미르의 성모가 계시네. 정문을 빠져나와 곧장 나에게로 뛰어온다. 가벼운 발걸음으로.

차를 세우고 그녀를 곁에 태웠다.

"한숨도 못 잤어요."

그녀는 살짝 숨을 헐떡였다.

나는 고개를 끄덕였다.

우리는 한칼라를 벗어나는 지점, 종대를 만나기로 한 곳으로 갔다…… 이미 해가 뜨고 있다…… 병사의 어머니는 아들을 만날 생각에 옷을 갈아입었다. 보아하니 새 옷이다. 소박하지만 품질 좋은 옷이다. 옷만 보아도 오늘이 그녀의 축제일인 것을 알겠다!

트럭들이 한칼라를 벗어나 약속 장소에 도착하자마자 말이 없던 어머니는 잠에서 깨어난 듯했다. 내 지프가 서자마자…… 그녀에게서 봇물이 터지듯 말이 터져 나왔다…… 이제 아들을 보게 될 것이다! 보게 될 것이다! 보게 될 것이다!…… 그녀는 잠시도 입을 다물지 않았다. 그녀는 이미 아들에 관해 알고 있었다. 크라마렌코에게서 들었을까?…… 그녀는 한순간도 쉬지 않고 지껄였다. 덜덜 떨면서…… 이가 없는 아들이 귀까지 먹었다. 한쪽 귀가. 왼쪽 귀가…… 이제 항상 오른편에 앉아서 아들과 이야기를 해야 한다…… 그렇다, 그녀는 어찌 되었든 나에게 돈을 줄 것이다…… 나중에…… 내가 그녀에게 그 천 달러를 돌려준 것이 얼마나 고마운 일이었는지. 그 돈이 너무도 필요한 이때에 말이다(그녀도 이제는 알고 있다). 질린 소령님이 그렇게 저를 도와주셨어요, 도와주셨답니다…… 그러면서 본인은…… 아무 부탁도 드리지 않았는데…… 그녀는 모두에게 말할 것이다. 좋은 사람들이 그렇게 많은 것은 아니지만…… 하지만 있어요. 좋은 사람들도 있답니다!

더 이상 그녀의 이야기를 듣고 있기 힘들어 담배를 피우러 나가는 척하며 차 밖으로 나왔다. 하지만 그녀도 나를 따라 나왔다…… 말을 멈출 수가 없었던 것이다…… 담배 연기도 상관없었다. 소령님은 차에서 담배를 피우실 수도 있었을 텐데…… 그녀는 다음에는 자기도 담배를 피워보겠다고 했다. 아들도 담배를 피우니까. 체첸의 토굴에서 4개월간 있으면서 담배를 끊게 되지 않았다면 말이다. 거기서 아들에게 담배를 주었을 리는 없으니까…… 쏟아지는 그녀의 말들 사이로 갑자기 매미 울음소리가 들려왔다.

비참한 인간의 말보다 이 천상의 울음소리가 얼마나 좋은지!…… 저 먼 곳을 바라보았다. 벌써 그로즈니에서 오는 종대가 보인다. 작은 불빛을 내며 다가오고 있다.

"차 있는 쪽으로 가세요."

내가 말했다.

그녀는 그 즉시 서둘러 자기 자리로 돌아갔다. 크세니야 페트로브나는 심지어 달려갔다. 그렇게 달리면서도 계속해서 말을 했다. 죄 없는 어미들이 있다. 그런 이들도 한 번은 마음속에 있는 것을 전부 쏟아내야 한다.

장갑수송차들이 보인다…… 화물차들도(탄약과 연료를 실은 차들이다). 종대의 맨 끝에 자리한 탱크까지 보인다.

나의 트럭 네 대는 종대에서 미리 할당해준 자리를 향해 움직인다. 하지만 크세니야 페트로브나를 그들과 함께 앞칸에 앉힐 수는 없다. 구신은 병적인 인간이다. 그는 참을 수 없을 것이다. 그에게 여자와 연료는 결코 함께 있을 수 없는 것들이다.

장갑수송차는 거의 움직이지 않았다. 종대 대열을 완성하기 직전 잠깐 주어지는 이 사이 시간에 나는 어머니의 자리를 찾아주었다. 중요한 순간이다!…… 세 대의 지프가 있지만 거기에 크세니야 페트로브나를 위한 자리는 없었다. 젠틀맨들은 아직 잠이 다 깨지 않았고, '질레트' 면도기로 면도도 하지 못했고, 향수도 뿌리지 못해서 아침부터 여자 생각을 할 겨를이 없었다.

게다가 누군가는 삐딱하게 바라보기도 했다. 화가 난 듯이! 거기 있는 대부분의 사람들에게 그녀는 내 여자였다. 내가 더 좋은 자리에 앉히기를 원하는…… 그러니 죄송합니다, 소령님. 결국은 장갑수송차밖에는 자리가 없다.

"여러분!"

나는 신나는 목소리로 가장 가까운 곳에 있는 장갑수송차 쪽을 향해 외쳤다.

"좀 좁혀 앉으세요. 이분은 엄마십니다…… 엄마를 귀하게 대접해 드려야죠."

"아-아-아-아…… 와-아!"

장갑수송차에서 환호 소리가 들렸다. 다들 신이 났다…… 엄마의 나이는 마흔 남짓이었다. 아침에 차려입은 그녀는 더 어려 보였다.

하지만 그녀가 장갑수송차 상판에 앉아 갈 수는 없는 노릇이다. 저렇게 차려입고…… 더구나 치마를 입고…… 다행히 병사들은 지프에 탄 이들보다 관대했다. 병사 하나를 그 즉시 장갑수송차 안쪽에서 빼냈다…… 거기서 안식처를 찾은 한 녀석을…… 그러고는 어머니가 윙윙대는 전투용 차 안으로 들어갈 수 있도록 도와주었다. 모두가 아주 신속하게. 능숙하게. 따뜻한 장소에서 쫓겨난 병사는 장갑수송차 상판으로 기어올라 자리를 잡고 자동소총을 무릎에 두고는 있는 힘껏 하품을 했다. 쌰…… 그는 생각했다…… 무슨 일이 있으면 또 날아오는 총알에 처음으로 맞겠구나.

구신은 자기 지프에서 딱 5초간 고개를 내밀었다. 손에 메가폰을 들고…… 장갑수송차를 지휘했다…… 나를 보고는 손을 흔들었다. 그리고 무언가 즐겁게 외쳤지만 메가폰을 사용하지는 않았다(병사들이 목 쉰 소리로 외치는 그의 명령과 혼동하지 않도록).

완전히 날이 밝았다…… 종대는 이동하기 시작했다. 나는 점점 속력을 내고 있는 전투용 차들의 대열에 나의 트럭 네 대가 끼어 들어가는 것을 보았다. 누구에게도 방해가 되지 않았다…… 모든 것이 매끈하게 해결되었다. 깔끔하게!

종대는 달리면서 하나의 단일한 선처럼 이어졌다. 길의 작은 모퉁이를 만나자 아름답게 휘어졌다. 장관이다!…… 심장 뛰는 소리가 들린다. 이미 속력을 낸다. 달리기 시작한다…… 전쟁이란 때로 장엄하고 감각적이다. 이렇게 아주 드문 순간, 전쟁은 감동을 준다. 전쟁은 무언가를 약속하기도 한다…… 죽음 외의 무언가를.

이제 곧 태양이 떠오를 것이다.

아…… 거대한 새 떼가 자동차 떼를 가로지르며 날아간다. 날카롭게 각을 세우고. 종대와 새 떼는 거의 함께 가고 있다…… 멀어져가는 차들의 소음이 잦아들자 새들의 울음소리만 들려온다.

나의 지프는 길가에 오롯이 홀로 서 있다. 손에 쌍안경을 들고 잠시 동안 날아가는 새 떼를 바라본다. 아직 새들이 보인다…… 기러기들이.

9장

마침내 그가 입을 열었다. 더 이상 입을 다물고 있을 수도, 입을 다물고 싶지도 않았던 것이다……

그리하여 친애하는 콜랴 구사르체프는 자동소총을 나의 '우아지크'에 가득 채운 후 체첸인들에게 팔아치웠다고 고백하여 나를 아연실색하게 만들었다. 무기를 좀 팔았어…… 그래, 그랬어. 이것 말고도 그는 파손된 탱크를 팔아넘겼다…… 그래, 그랬어. 뭔가 새로운 비즈니스 아이템을 찾고 싶었던 것이다. 그러니까, 나와 함께…… 휘발유, 디젤유 사업과 병행할 새로운 비즈니스를 시작해보고 싶었던 것이다…… 이 사실을 감추고 밝히지 않은 것은 먼저 자기가 시도해보고 싶었기 때문이라고 했다. 할 수 있는 일인지 확인하고 싶었다고 했다…… 첫 성공을 거두고 싶었어…… 그런데 해보니까 되더라고! 되는 것 같아. 그렇지 않아?

"자네 정말 대단하군."

나는 최대한 절제하며 그에게 말했다.

그는 자기의 이 멍청하기 짝이 없는 사업으로 나를 곤경에 빠뜨렸다!…… 그래, 자기는 사령부 소속이라 이거지! 그가 실패하고, 그가 벌인 일이 발각 되었더라면, 나는 왜 잡혀가는지도 모르는 채 끌려갔을 것이다. 나도, 루슬란도…… 체포될 수 있었다…… 파트너라고, 개자식! 악에 받쳤다(하지만 절대 싸워서는 안 된다. 어떤 경우에도!……). 좋아, 자세히 이야기해봐. 알았으니까, 콜랴, 자세히 이야기해보라고……

얼마 동안 나는 분노를 드러내지 않으려 고개를 들지 않고 앉아 있었다. 침착해야 한다…… 그는 개자식이 아니다. 범법자도 아니다. 그냥 구사르체프다. 그렇게 세 명 모두 체포될 수도 있었다. 그는 그저 젊은 놈이다…… 어리석은 바보다! 이런 놈은 흥분하지 말고 다루어야 한다.

차분하고 냉정하게 설명을 하자. 이야기해봐, 콜랴…… 이제 무슨 일인지 말해봐!

나의 '우아지크'를 자동소총으로 가득 채우고 그는 완전한 승리를 거두었다…… 그렇다니까. 값을 잘 받았어. 게다가 아주 짧은 시간에…… 하지만 이 모든 것은 순전히 미친 듯 운이 좋았기 때문에 가능했다. 나는 그에게 설명했다…… 조사관 루콥킨이 늪지를 샅샅이 뒤졌는데도 '우아지크'가 걸리지 않은 것은 그야말로 기적이었다. 조사를 위해 특수 제작된 긴 갈고리, '클린턴'이라고들 부르는 그것을 가지고도 말이다…… 나는 나를 속인 것도 모자라, 이제는 자기의 형편없는 성공담으로 나를 질리게 만든 친애하는 콜랴 구사르체프에게 설명을 해준다……

조사관이 데리고 다니는 군인들, 그 건장한 시베리아놈들은 자기들 갈고리로 정말 무거운 철기도 간단하게 끌어낼 수 있는 놈들이야. 늪지에 빠진 것으로 되어 있는 자동소총까지도 말이야…… 레일 조각은 갈고리로 걸 수 없지. 그래. 하지만 기계 부품 조각들은 걸기 쉽다고. 부품들 말이야, 콜랴…… 알겠어? 그럼 어떻게 되는 거지? 그 몇 초 안에 모든 것이 결정되는 거라고…… 얼마나 경악할지 상상이 되지! 가라앉은 '우아지크'에서!…… 늪지 표면으로…… 반짝이는 물거품과 함께 썩은 내를 풍기며 올라오는 거야…… 정말 신나는 일이지! 황당하게도 녹슨 철 조각들이 올라오는 거야. 암담할 정도로 녹이 슬고 시커먼 철 조각들이. 노골적인 거짓을 만천하에 드러내주는 그 철 조각들이 말이야.

또 무슨 자랑을 하고 싶지, 콜랴?……

그는 파손된 탱크도 한 대 팔아넘겼다…… 하지만 그것도 비즈니스가 아니다. 구사르체프는 그루지야인들에게 탱크를 팔았다. 금전적인 측면에서 보자면 군용차를 괜찮은 값에 넘긴 셈이다. 하지만 콜랴는 탱크를 보내기 위해 무서운 것도 없고 모든 일에 목숨을 걸지만 믿을 수가 없는 용병들을 고용했다. 그 젊은 놈들은 겁을 상실하고, 감정도 없으며, 그저 동물적인 아드레날린으로 살아간다…… 그래서 결국 어떻게 되었지?…… 그루지야인들은 이 용병들을 못마땅해했다. 그럴 만한 충분한 이유가 있었다! 판크 협곡까지 가는 동안 그놈들은 그야말로 탱크를 쥐어뜯어놓았다. 그 안에 있던 모든 전자기기들을 훔쳐가버린 것이다…… 'T-80' 탱크! 그나마 다행이었던 것은 구사르체프가 돈을 선불로 받았고, 그 그루지야인들이 바보들이었다는 점이다!…… 하지만 다른 그루지야인들도 그런 바보일 리는 없거든. 게다가 콜랴, 바보들은 원한을 길게 품어.

나는 그에게 그가 벌이는 일들은 비즈니스가 아니라는 점을 설명했다. 차분하게. 최대한 절제하면서…… 그건 도무지 비즈니스라고 부를 수 없는 일이야.

우리는 나의 작은 업무용 오피스 겸 아파트에서 보드카를 마시고 있었다. 아파트는 1번 창고와 나란히 붙어 있다. 콜랴 구사르체프는 벌써 오래전부터 이런 대화를 원했던 것 같다…… 그래, 누리라고 하자. 실컷 누리라고. 고백한 것은 잘한 일이니까.

"잘한 건 잘한 거지."

나는 그를 칭찬하며 가득 채운 잔을 든다.

그도 좀 성급하게, 또 조금은 예민하게 탁자에서 자기 잔을 들어 부딪친다.

"사샤, 나는 그냥 한번 해보고 싶었어!…… 돈이 하나도 없으니까."

그는 너무 쉽게 변명을 해댄다.

"그만하지!…… 그렇다면 왜 그때 다 저질러놓고 이제 와서 나한테 얘기를 하는 거지?…… 보드카 한잔했다 이건가?"

"같이 하고 싶어서 그래."

"그래…… 같이 하고 싶다 이거지…… 그럼 이제 그 '같이'에 대한 내 의견도 듣고 싶어?! 무기 판매에 대한 내 의견을 듣고 싶다는 거지…… 그럼 그러지!"

참을 수 없는 분노가 치밀어오른다. 하지만 차가운 분노다.

"이게 내 의견이야. 들으라고."

"잠깐만."

"아니, 자네가 잠깐만 기다려…… 잘 들으라고…… 체첸놈들은 무기를 팔라고 부탁하지 않고…… 요구하게 될 거야…… 그 차이를 알겠어?…… 그놈들과 두번째 거래를 시작하는 순간부터 말이야. 두번째 거래부터 말이야, 콜랴!…… 자네가 창고에서 첫 판매를 시작하자마자 말이야……"

나는 낮은 소리로 말한다. 조용하게.

"무기 판매는 말이야, 다른 사람들이 하는 거야. 아예 다른 식으로 생겨먹은 사람들이 하는 거라고. 다른 식으로 돈을 만지는 사람들이 하는 거야. 우리는 깜냥이 안 돼…… 무기 판매 시장에 새 선수, 그것도 피라미 선수가 나타났다는 것이 알려지면!…… 그 즉시 체첸놈들이 덤벼들 거야. 체첸놈들은 절대 부탁하지 않을 거야. 머저리 같은 자네한테 요구할 거야. 그러면 자네는 정말 금세 줄줄 싸게 될 거야, 콜랴…… 미안하지만 사실이야."

계속 들으라고 하자.

"너희 사령부에서나 그렇게 말하는 거야. **나는 바지에 지렸어…… 우리는 바지에 지렸어……** 여기에는 콜랴, 바지 같은 건 없어. 그야말로 저속하지. 자네는 질질 싸게 될 거야, 콜랴……"

의도적으로 독한 말들을 반복한다.

"이 일 자체가 정말 더러운 일이라는 것에 대해서는 아예 말을 안 할게…… 작은 인간들은 무기 장사를 할 수가 없어. 기억해둬. 무기 장사는 자네에겐 죽음이야. 아주 빨리 죽게 될 거야, 콜랴."

나는 조용하게 말을 이어간다. 그에게 중요한 것, 가장 핵심적인 것을 전하고 싶다. 그것도 아주아주 작은 소리로. 콜랴, 너는 작은 인간이야. 너랑 나는 작은 인간들이라고.

그는 창백해졌다. 보드카를 어지간히 마셨는데도.

무겁고도 긴 침묵이 이어진 후에(이 모든 것을 제대로 이해하려면 그에게도 시간이 필요하니까) 나는 다소 부드럽게 말을 이어간다. 화해를 제안한다.

"콜랴, 자네가 할 수 있는 수준의 일을 해. 정 그렇게 다른 비즈니스를 하고 싶다면…… 작은 인간인 자네 수준에 맞는 일을 하라고."

자동소총, 유탄발사기를 찾아 창고를 뒤지고, 체첸으로 들어온 기차 칸을 뒤지고…… 죽어라 탄약을 찾아다니는 것보다, 친애하는 콜랴, 자네한텐 판자와 못이 더 나아. 슬레이트와 벽돌, 시멘트 포대…… 그것들도 그로즈니로 오는 기차 칸에서 찾을 수 있어…… 서두를 필요도 없고, 낚아챌 필요도 없어…… 그로즈니 사람들과 관계를 트기 시작하면 되거든. 서두르지 않고…… 건설업 관련 비즈니스를 차곡차곡 쌓아가는 거지. 보기에는 별것 없어 보이고 전혀 폼 나지 않지만 항상 믿을 만하고 언제나 수요가 있는 것이 건축 자재 비즈니스야…… 그런 건 일이 아니야?…… 화물열차를 타고 가며 사람들을 사귀어봐…… 기차 지선들이 만나는 종착 지점들도 들여다보고. 열차 칸도 하나하나 들여다보고.

완전히 창백해진 채 구사르체프는 말없이 내 이야기를 듣고 있다. 그러다 갑자기 단호하게 내 말을 끊는다.

"다시는 나한테 그런 거 제안하지 마."

그는 모양 빠지는 일은 참을 수 없어 한다.

나는 그저 어깨를 으쓱했다. 좋아…… 알아서 살아보시게. 권하지는 않을 테니까. 싫으면 할 수 없지.

우리는 말없이 술을 마신다.

마침내 그가 용기를 내고 있는 것이 보인다. 그러더니 입을 연다.

"사샤…… 나는 못 버티겠어. 돈이 한 푼도 없다고!…… 이제 곧 휴가도 나가야 하는데……"

그러고는 계속한다.

"사샤…… 지금 우리 상황이 어떤지 한번 생각해보라고! 흐보리는 수술했지…… 코스토마로프까지 다시 설사를 시작했지! 전문가라고? 좋지! 질질 싸는 전문가, 좋지…… 그런데 어떻게 살아? 나는 돈이 하나도 없다고. 곧 휴가인데. 어떻게 살지?"

그가 치고 들어온다.

"살고 있잖아."

"자네는 살고 있지. 재능이 있으니까. 자기 때를 기다리고 있는 거잖아…… 아, 자넨 정말 잘 기다려, 사샤! 정말 멋지게 **기다리고 있지!**……"

참으로 귀엽게 심리전을 펴려 하지만, 그의 수는 다 읽힌다…… 이렇게 술 한잔을 걸치고는 귀하디귀한 자기 자신을 깎아내리면서, 반대편에 앉아 술을 마시고 있는 상대를 저 높은 곳까지 추켜세운다. 이 말은…… 그러니까 그가 아직도 자기 속에 있는 것을 다 꺼내놓지 않았다는 뜻이다. 뭔가 할 말이 더 있다는 것이다. 뭔가 머릿속에 남아 있다는 것이다……

"콜랴, 돌려 말하지 말고 직접 하자고."

그가 갑자기 웃는다.

"직접적으로 말하고 있는데. 어떻게 더 직접적으로 하지…… 자네는 재능을 타고났고, 나는 아니거든."

피식 웃음이 난다. 나는 재능을 가지고 태어나지 않았다. 오늘날 내가 할 줄 아는 모든 것은 (그것을 어떻게 부르든 간에) 바로 이곳에서 저절로 생겨난 것이다. 전쟁 통에서 생겨난 것이다…… 신이 딱! 소리를 내며 손가락을 튕긴 것이다. 전쟁이 막 시작되던 그때에.

그때 신이 인간의 귀가 듣도록(아마 그때 내 귀가 가장 가까이 있었나 보다) 손가락을 튕긴 것이다. 바로 그때 자비로운 그의 머릿속에 이 질린 소령에게도 뭔가 할 수 있는 어떤 능력을 보내줄까, 하는 생각이 든 것이다. 전쟁 통에는 바보 같은 놈에게도 무언가 보내주어야 하니까. 가끔이라도. 어쩌다 한 번이라도.

우리는 술을 마신다…… 어찌 되었건 콜랴의 아부가 내 마음에 와닿기 시작한다. 보드카로 데워진 마음을 향해 점점 더 가까이 와닿는다.

하지만 그럴수록 나는 사랑스러운 콜랴 구사르체프가 이 모든 대화를 어디로 끌고 가고 있는지 더 주의 깊게 살핀다.

분명 그에게는 무언가 더 말하고 싶은 것이 있다. 하지만 그는 입을 다물었다…… 오늘은 입을 다무는 것이다. 오늘은 이 말까지 하지 않아도 제대로 당한 날이니까.

그는 아직 젊다!…… 나와 둘이 마주 앉아 있을 때면 종종 다른 이들이 거둔 성공에 관한 이야기를 늘어놓는다. 슈마노프에 관해…… 흐보로스티닌에 관해…… 사실 구사르체프 소령 자신도 비교적 유명한 인물이다(사령부 군인들 중에는 그렇다). 그는 용감하고 매너도 좋다. 지금처럼 너무 급하게 자기 것을 얻으려 하지만 않는다면, 많은 이의 호감을 살 만한 인물이다.

그는 흥분을 잘한다. 때로는 그의 인생에 매우 잘 어울리는 그의 인상적인! 성씨*가 그와 유희를 벌이고 있는 것은 아닐까 하는 생각이 들기도 한다.

우리는 더 이야기를 나눈다…… 콜랴는 또 흥분한다! 그는 크리코에게 열광한다. 하지만 그 크리코라는 작자는 사실상 유치하게 아무 데나 끼어드는 중령으로, 꼭 미친놈처럼 체첸을 헤집고 다닌다. 그는 너무 빠르고, 너무 요란하게 명성을 얻고 싶어 한다. 포로로 잡힌 아랍인을 용병과 바꾸고…… 반군 세 명의 시체를 토굴에 있는 우리 편 노예 한

---

* 구사르체프라는 성의 어근 '구사르'는 경기병이라는 뜻이다.

명과 바꾸고…… 심지어 돈을 떼어 (거래마다) 죽은 자들의 징표인 인식표를 사 모으기도 한다. 몇 줌씩.

나는 다시 콜랴를 진정시킨다. 그 크리코는 미친놈이야. 너무 부산해. 아마 오래가지 못할 거야. 먼지를 먹고 사는 놈들 중 하나야. 계속 시시한 일로 요란을 떨지…… 이렇게 말하긴 뭣하지만 그런 놈은 오늘내일이라도 죽게 되어 있어.

자리를 뜨기 전에 콜랴 구사르체프는 여러 번 술잔을 부딪치며 술을 마시고 싶어 했다. 그렇게 하여 솔직한 대화를 나눈 우리가 더 가까워졌다는 사실을 강조하고 싶었던 것이다. 나도 그에게 동의하고, 기꺼이 마신다. 긴장을 풀어야 한다. 정말이지 힘든 하루였다…… 밤이 이미 나를 조각조각 갈라낸다. 주인마님 같은 밤이!…… 이제는 가서 자라고 콜랴를 보내야겠다…… 그리고 달빛 쏟아지는 들판으로 나가야지…… 어둠 속에서 아내의 번호를 하나하나 눌러야지. 딸은 밤에는 자고 있어 통화를 할 수 없다…… 지금은 오직 아내 목소리를 듣고 싶다.

하지만 콜랴는 아직 가지 않고 있다.

"자네가 나한테 설명을 해줬어…… 정말 설명을 잘 해줬어, 사샤."

"그래."

"우린 친구지?"

그가 내 눈을 들여다본다. 하지만 나는 경계를 늦추지 않는다.

"우린 일을 하는 거야, 콜랴. 진지한 일을."

그는 다시 무언가 말하고 싶어 한다. 하지만 감히 하지 못한다…… 분명 뭔가가 더 있다. 무얼까?…… 하지만 결국 말하지 않는다.

갑자기 생각난 듯, 콜랴는 우리의 딱딱한 대화를 조금이라도 부드럽게 만들고자 나를 돕겠다고 한다. 그는 이렇게 제안했다.

"자네 폭발후유증 환자들 말이야, 내가 데리고 갈게. 내가 직접."

그는 나에게 있는 이 골칫거리를 알고 있다.

"데리고 갈게…… 그 친구들 둘 다 자기 부대에다 넣어줄게…… 마침 바자노프가 나를 베데노 쪽으로 보내거든."

베데노 근교에 있는 우리 부대들은 물품 수급에 어려움을 겪고 있다. 통조림이나 찐 고기조차 부족한 형편이다…… '현지 주민과의 '교류'를 책임지고 있는 바자노프 장군이 구매 통로 확보를 위해 구사르체프를 보내는 것이다. 하지만 실상은 체첸인들 쪽이 아니라…… 체첸 지역에서 살고 있는 다게스탄 사람들을 상대로 알아보라는 것이다.

아무러면 어떤가?…… 어차피 가는 길에 구사르체프가 두 병사를 거저 데려 가겠다는 것이다. 그는 웃고 있다. 사령부 군인에게는 모든 것이 수월하다(그런 의미에서 보면 나에게는 이동의 자유가 없다. 초소에서 이해하지 못할 것이다. 한칼라의 창고 감독이 그렇게 멀리 나다닐 이유가 없으니까)!

"내가 데려 갈게…… 지프를 타고 가거든. 혼자서. 호위대 없이."

"대단한데!"

나는 그를 추켜세웠다.

그리고 지도를 꺼내 손가락으로 짚어가며 그가 가야 할 지점을 가리켜 보였다. 내 환자들의 원부대가 있는 곳을.

"사샤, 지도는 치워…… 그 부근은 아주 잘 알아."

당시에는 시끄럽고 육중한 호위부대 없이 혼자 길을 따라 차를 몰고 달리는 것이 유행이었다. 유행이었을 뿐 아니라 그럴 만한 이유도 있었다!…… 심지어 장교들에게 지프를 이용하라는 비공식 명령까지 내려왔다. 장갑차에 대한 폭격이 너무 잦았고, 너무 많은 이가 죽어 나갔다!…… 물론 지프에도 총격을 가할 수 있다. 하지만 매복병들은 종종 혼자 가는 차는 그냥 보내준다. 장갑차 없이 혼자 가는 경우에 오히려 운이 좋을 수 있었다.

호기롭다!…… 사령부 군인들은 상황을 파악하고 먼저 지프로 갈아탔다. 그러고는 잘들 타고 다닌다. 엄청난 속도로! 체첸놈들에게도 그들이 탄 것과 똑같은 지프가 넘쳐난다(한때 연방군 경찰에게서 빼앗은 것이다). 게다가 위장복을 입으면 체첸놈들도 똑같아 보인다! 그리하여 길을 따라 엄청난 속도를 내는 지프(누가 탔는지 알 길 없는 지프)는 먼지를 일으키며 속도도 줄이지 않고 달려간다!…… 네 편인지 아닌지 알아맞혀 보든지.

구사르체프는 내 손을 꽉 쥐었다.

"데리고 갈게, 사샤…… 약속해."

그리고 다음과 같이 덧붙였다.

"사샤, 놈들에게 낡은 위장복, 요즘 체첸놈들 사이에서 유행하는 위장복 좀 구해줘."

"그래."

"제일 낡은 걸로. 냄새 풍기는 걸로!"

코스티예프…… 강세가 '이'에 떨어진다…… 나는 그와 함께 미눗카에서 아주 가까운 곳에 그 유명한 집들, 지금은 무너져 연기처럼 사라져버린 집들을 지었다. 대로가 광장으로 이어지는 곳에. 사람들은 그 집들을 **백학**의 집이라고 불렀다…… 왜 그랬는지는 모른다. 살짝 휘어 올라간 지붕이 새의 날개처럼 보였을지도 모른다…… 대로 쪽에서 오는 사람들에게 그 모습이 인상적이었던가 보다…… 나란히 자리한 지붕들의 경사가.

하지만 당시 그로즈니에 집이 필요한 사람이 누가 있었겠는가! 그러다 보니 나와 코스티예프에게 창고를 지으라는 명령이 내려왔다. 두 개, 세 개…… 다섯 개…… 그렇게 하나하나 지어갔다.

우리는 진짜로 친해졌다. 질린과 코스티예프. 두 명의 엔지니어-건축기사…… 나는 진지하게, 그리고 구체적인 목표를 정해서 그로즈니에서의 일이 끝나면 우랄에 있는 코빌스크를 떠나 그가 사는 페테르부르크로 완전히 이주할 계획을 세웠다. 처자식을 데리고 그의 처자식이 있는 곳으로. 코스티예프는 페테르부르크의 아파트 문제를 도와주기로 약속했다. 우리는 그렇게 가까웠다. 함께 창고를 짓고, 설계도를 작성했다. 코스티예프는 저녁마다 음악을 들었다…… 한 편의 목가시와도 같은 생활이었다.

그 후 나와 코스티예프에게 우리가 지은 창고를 경영하라는 명령, 공식 용어로 **관리하라**는 명령이 내려왔다. 우리는 둘 다 쉽게 동의했다. 어찌 되었든 창고는 평화로운 삶을 살 수 있는 한 뼘의 땅이었으니까. 코스티예프는 자유계약직 엔지니어였고 나는 기술부대 소속 군인이었다…… 물론 나의 경우는 명령을 따라야 했다…… 두 명의 책임자가 생긴 것이다. 러시아인과 체첸인. 규정대로 된 것이다.

코스티예프는 체첸인이었지만 오래전부터 페테르부르크 토박이였다. 페테르부르크식 발음이 그의 성을 제대로 바꾸어놓은 것 같다. 처음에는 하시예프였다가…… 그다음에는 가지예프…… 물론 정확한 것은 모른다…… 어찌 되었건 반란 초기부터 코스티예프는 조하르 두다예프를 주시했다. 체첸인다운 예민함으로, 조심스럽게. 그리고 두다예프 장군이 무는 혼란스러운 위원회에서 한 걸음 올라서고, 이어 이른바 무기위원회를 향해 뻗어 있는 계단을 또 한 계단 오르자마자 내게 말했다. "사냐*······ 두다는 곧 전쟁이야······" 그는 작은 소리로 손가락 끝을 비비며 이렇게 말했다. 손가락과 손가락을 비비면서······ 그에게는 눈에 잘 띄지 않는 그런 버릇이 있었다. 인텔리겐치아라 할 만한 체첸인들은 아주 초기부터 두다예프를 두다라 불렀는데, 그 소리는 나름 진지하고 의미 있게 들렸다. 둣카가 아니라 두다**······ 나팔······ 호른!

우리 창고는 터질 듯 꽉 찼다. 탁 트인 중앙 공간이나 비어 있는 구석이나 가릴 것 없이 모든 곳이 무기로 가득 찼다. 거기다 휘발유와 디젤유도 이곳으로 왔다. 마치 헛간에 내던지듯 던져두고 갔다. 장물을 숨기듯!······ 반면 보안 시스템은 형편없었다. 나와 코스티예프는 물품 목록을 4분의 1도 작성하지 못했다. 없는 것이 없는 무기고였다!······ 높은 분들은(모스크바 쪽에서도, 체첸 쪽에서도) 우리 두 사람이 이 수천 자루의 총을 관리하고 책임져주기를 바랐다. 황당한 일이라 생각되겠지만, 그저 황당한 일만은 아니었다······ 코스티예프는 놀라우리만큼 빨리, 누구보다 먼저 우리의 창고가 함정이라는 사실을 깨달았다. 역시 체첸인이다! 그는 끝내주는 콧구멍을 지녔다. 살 떨리게 예민한 손가락 끝은 또 어떤가······ 그 정도면 또 하나의 감감기관이다.

두다예프가 체첸 소비에트의 가장 높은 계단 위로 위풍당당하게 올라설 마음을 먹었다는 사실이 드러난 첫날 저녁······ 바로 그 저녁에······ 그날 저녁은 따뜻했다. "사냐, 저기 말이지," 내 친구 코스티예프

* 코스티예프는 질린 소령을 알렉산드르의 일반적인 애칭인 사샤 대신 사냐라고 부른다.
** '둣카'는 러시아어로 작은 피리를 뜻한다. 이 문장에 담긴 언어유희의 의미를 살려 번역하면, "작은 피리(둣카)가 아니라 큰 피리(두다)"가 될 것이다.

는 손가락 끝을 비벼댔다. "모르겠어. 이제 모르겠어, 사냐. 자네랑 내가 페테르부르크로 갈 수 있을지 말이야……" 바로 그 저녁 그와 나는 진하게 술을 마시고 진한 대화를 나누었다. 그러고는 밤에 각자의 고민을 안고 흩어졌다. 나에게는 **'찬성'**이라는 결론도, **'반대'**라는 결론도 있었다. 밤새 자지 못했다.

밤새 생각했다…… 이렇게…… 저렇게…… 그래서 아침이 밝자마자(심지어 서두르기까지 했다) 모든 것을 다시 한번 차근차근 이야기해보고 싶었다…… 하지만 이미 이야기를 나눌 상대가 없었다. 아주아주 이른 아침에 내 친구 코스티예프는 자기가 살던 페테르부르크로 도주했다. 체첸인의 신속함이 어떤 것인지 나는 우리 장군들보다 훨씬 빨리 실감했다.

그렇게 나는 남았다. 사실상 이미 누구도 나의 상급자 노릇을 하지 않았다. 창고는 그냥 버려져 있었다…… 직접 만든 위조 명령서, 가짜 서류들을 들고 내게 몰려왔다…… 때로는 서류 한 장 들지 않고 오기도 하고, 도장 찍힌 진짜 서류를 들고 오기도 했다…… 그중에는 두다예프 장군 서명이 적힌 서류도 있었다! 뭐든 상관이 없는 것이다! 창고 주변은 언제나 찾아오는 사람들로 넘쳐났다…… 작은 도적 떼가 서로 밀치며 바글대고 있었다…… 그들 모두가 원하는 것은 단 하나, 무기였다.

그들은 정말 끔찍하게 고함을 질러댔다!

나는 이미 그전에 어떤 회의석상에서 두다예프를 알게 되었다. 그는 그곳에서 아주 빠르고 날카로운 시선으로 나를 보았다. 왜 그랬는지는 모르겠지만 그는 건축기사들에게 관심이 있었다…… 어쩌면 그때 이미 창고에 관해 알고 있었는지도 모르겠다. 창고가 결국은 무기고로 사용되리라는 것을…… 건축기사들이 더 이상 무언가를 지을 필요가 없다는 것을. 그들은(그러니까 높은 곳에 있는 이들은) 이미, 코스티예프가 표현한 대로, **벽을 쌓아 올리는 것의 무의미함**을 느끼고 있었다.

그러면서도 아주 평화롭게, 빙글빙글 돌려가며 서로에게 거짓말을 해댔다. 헛소리로 가득한 그들의 미팅에서 모두가 껌을 씹어댔다…… 이렇게 지어야 합니다…… 아닙니다, 이렇게 지어야 하지요…… 코스티예프 없이 홀로 남은 나는 입을 다물었다. 기억하건대 왜 **창고 담당**인 저자는 아무 말도 없느냐는 지적을 받기도 했다. 도대체 뭐 하는 사람이오?…… 하지만 그들의 장단에 맞춰 놀아날 생각이 없었다. 나는 계속 입을 다물었다. 그들의 거짓말에 토악질이 날 지경이었다.

휴식 시간에 두다예프가 다가왔다. 그리고 내 어깨를 두드리며 말했다. 소령, 아주 훌륭했소. **정말 입을 잘 다물고 있으시던걸, 소령.** 그러고는 미소를 지으며 다음과 같은 말을 덧붙였다.

"비-이-이-밀스러운 사람일세."

두다예프는 아주 빨리, 그리고 쉽게 사람을 파악했다. 그는 나와도 살짝 비위를 맞춰주며 이야기를 나누었다. 하지만 거기에 존중은 없었다. 조금도 나를 존중하지 않았다. 그때까지는 그랬다.

무언가가 위에서부터 나에게 내려왔다. 탁! 탁!…… 이런 일은 신이 측량할 수 없는 높이에서 똥 같은 우리에게까지 내려와 갑자기 손가락을 튕기며 너무도 선명한 소리를 낼 때 일어난다.

술에 취해 있을 때도 나는 스스로에 대해 충분히 객관적으로 생각하는 편이다…… 사람이 성공을 거둔다는 것은(그것이 아무리 내 능력이라 말한다 해도) 재능이 직접 자기에게 맞는 사람을 찾아왔다는 뜻이다.

재능은 우리 용량만큼 우리에게 주어진다. 사람은 갑자기 돌에 발이 걸리듯 그렇게 자기의 작은 재능과 부딪치게 된다. 그러고 나면 그저 구해주시고 보호하여주옵소서!를 외칠 수밖에 없다.

만일 그 불안하고 요란하던 시절, 내가 무기를 판매할 생각을 했더라면(그냥 구상만 했더라도 말이다! 사실 그럴 수 있는 기회들이 있었다), 나는 이미 오래전에 죽었을 것이다. 휘발유와 디젤유가 나의 가장 높은 천장이다. 하지만 그것 역시 그 소리를 들을 줄 알아야 할 수 있는 일이다. 탁! 탁!

술에 취한 콜랴 구사르체프가 나의 재능 운운하며 했던 아침. 그리고 콜랴에 대한 걱정…… 자동소총을 가득 실은 바보 같은 '우아지크'에 대한 걱정.

더 마시고 싶다. 하지만 취기의 정점을 술주정으로 날려버릴 수는 없다. 보드카와 함께 쌓은 파도를 그저 흘려보낼 수는 없다…… 마침 콜랴가 떠났다…… 이제 아무도 없다…… 자유로운 파도를 내 안에(그리고 나를 위해) 품어야 한다. 그 안에서 일렁이도록. 날아오르고 또 떨어지도록. 파도…… 파도는 돌을 때리고 핥는다.

아니, 벌써 아침인가?…… 나뭇가지 위에 앉은 새들이 활기차다. 탁! 탁!

아침부터 로슬리크-루슬란이 전축 판이라도 틀어 놓은 듯 진짜 산 사람의 우정에 관한 이야기를 읊기 시작하면, 나는 웃는다. 그리고 제때에 페테르부르크로 튀어버린 내 친구 코스티예프에 대한 이야기를 들려준다…… 얼마나 빠르던지! 아침까지도 못 기다리고 떠나더라…… 그런데 로슬리크, 문제는 우리 사이에 진짜 우정이 있었다는 거야!

로슬리크는 크게 성을 낸다.

"시간이 얼마나 지났는데, 아직도 그걸 기억한단 말이야!…… 그럼 안 되지!"

그러고는 그야말로 광분한다. 두 눈은 이글이글 불타오르고…… 팔을 휘둘러댄다.

"코스티예프라고! 도대체 당신의 코스티예프가 누군데! 그놈은 체첸인도 아니야. 성도 체첸 성이 아니잖아!"

호전적인 민족주의자들은 보통 지질하고, 어딘가 모자라고, 때로 추하다. 그리고 항상 무기에 목을 맨다. 왜냐하면 다른 방법으로는 인생에서 아무것도 얻을 수 없기 때문이다. 그들의 무의식은 그런 것이다…… 그런 유형의 인간들은 모든 민족에게서 찾아볼 수 있다…… 이런 정도는 나도 예견할 수 있었다. 하지만 첫번째 파도와 함께 어떻게, 그리고 어떤 모자란 놈들이 내게 밀어닥쳐 왔는지는 말로 설명하기 힘들 정도다…… 어찌 되었든!…… 어찌 되었든, 정말 넘치도록 밀려들었다!

해도 너무했다…… 애꾸. 언청이. 그도 아니면 키가 1미터도 안 되는 놈. 그리고 한 놈 걸러 한 놈은 얼굴에 틱 장애를 가지고 있었다. 그러면서 목은 또 얼마나 무섭게 흔들어대던지…… 그런 놈들은 집에 가둬두어야 한다. 왜 그런 놈들을 밖으로 내보내는가?…… 몸을 흔들거리며 들어와서는 법적 근거에 따라 무기를 내주라고 적혀 있는, 문법이 엉망인 서류를 흔들어댔다…… 심지어 꼽추도 있었다. 하지만 나는 버티고 섰다. 버티고 서서 주지 않았다. 그러자 그 괴물들은 러시아인들을 들이댔다. 화려하게 썼지만 역시 위조된 서류를 흔들며 달려들었다. 그런 치들도 그냥 돌려보냈다.

요란하고 추한 도당이 간이창고와 간이창고 사이를 누비며 창고 있는 곳까지 기어들었다. 그때까지는 아직 하늘을 향해 자동소총을 쏘아댔다. 악에 받쳐서. 내 하사관은 소리를 질렀다, "소령님, 소령님! 이쪽입니다!" 그러면 나는 '이쪽으로' 뛰어갔다. 그러고 나서 다시 '이쪽으로' 뛰어갔다. 걸어 다니지 못하고 뛰어다녔다…… 권총집을 움켜잡기도 했지만 꺼내지는 않았다(위협은 그 실행보다 강력한 법이다). 체첸놈들은 이미 도처에 있다…… 간이창고마다 네댓 명씩. 먹이를 찾고 있다…… 무기가 안 되면 휘발유라도 내놔, 아니면 죽여버리겠어!

모두가 미친 듯 뛰어다닌다…… 나도 미친 듯 뛰어다닌다…… 여기저기서 하늘을 향해 자동소총을 쏘아댄다. 아무 이유 없이. 음향 효과를 위해!…… 그 음악과 비명 사이로 갑자기 가죽점퍼가 보였다. 먼저 평온해 보이는 커다란 가죽점퍼가 보였고…… 그다음 헬리콥터 조종사가 보였다…… 러시아인이다.

놀랄 만큼 차분한 헬리콥터 조종사는 서서 무언가를 씹고 있다. 냄새를 없애려고. 무엇인지 알겠다. 고수잎이다(어제 마신 술 때문일까?). 나는 그에게 달려들었다. "파르동*, 무슨 일로 온 거지?!" 나는 광분하여 물었다. 기선을 제압하려고 악의를 담아서…… 그의 가죽점퍼에는 별도, 계급장도 없다. 그가 손을 내밀었다. 이건 또 뭐야!…… 나는 그의 손을 잡지 않았다. "제트유가 필요해서…… 날기는 해야 하니까." 그가 미소를 지었다. 한칼라에서 온 것이 분명하다. 그들은 이곳 그로즈니에 사는 우리보다 훨씬 더 자신에 차 있다.

그는 너무도 분명하게, 너무도 시원하게 미소를 지었다. 신경증적인

---

* 프랑스어로 '미안합니다'라는 뜻이다.

틱 장애를 앓는 사람들 사이에서 비현실적일 정도로 차분했다. 하늘에서 온 사람…… 물론 나는 가죽점퍼 밑에 있는 그의 견장을 들여다보지 않았다. 하지만 그가 보여준 기품, 모든 사람이 달고 다니는 그 보이지 않는 견장에 대한 생각이 이미 내 마음을 움직였다…… 대단한 놈인걸!…… 나에게 이 개똥 같은 연료가 무슨 소용인가! 그걸 타고 앉아 나는 뭘 하고 있는 건가?…… 체첸놈들은 이제 곧 창고 안에서도 과녁놀이를 시작할 것이다…… 휘발유통을 과녁 삼아! 그러면 그들과 함께 나도 불타 없어지겠지.

그리하여 오로지 창고 화재를 막기 위해(아직 일어나지 않은 대형 화재가 나를 사로잡았던 것 같다!) 그를 향해 소리쳤다.

"가져가! 다 가져가!…… 대신 빨리."

그들은 연료를 실었다. 저쪽 창고에도 예닐곱 통의 연료가 있었다. 아니 여덟 통. 찌그러진 여덟번째 통을 굴려나갔다. 거의 삼각형이 되어버린 연료통…… 그 통은 이리저리 튀었다…… 그들은 이 모든 것을 깃털처럼 가볍게 차에 실었다. 짐꾼들이 아니라 비행사들이!…… 그들은 그와 함께 왔다. 세상에나! 아, 아!…… 모두 가죽점퍼를 입고 있다…… 바실료크! 그들은 그를 그렇게 소리쳐 불렀다. 바실료크! 알고 보니 그는 당시에도 이미 중령이었다!…… 젊디젊은 중령! 공군은 진급이 빠르다. 나쁜 자식. 나는 생각했다. 고맙다는 말 정도는 할 수 있잖아. 고수만 씹고 있네! 저놈은 그 한마디가 그렇게 아까운가!

실어 내가는 연료통들을 보고는 체첸놈이 곧장 나에게 달려들었다. 자기도 달라는 것이다. 자기에게도 휘발유를 달라는 것이다!…… 여자에게 달려들듯 달려들었다. 한번 주면 준 거 아니야…… 그러니 내놔…… 그놈은 틱 장애도 없고 꼽추도 아니었다. 말을 더듬지도 않았다.

여기 속한 사람이 아닌 것 같았다. 그러다 갑자기 깨달았다. **몸이 기울었구나!**…… 한쪽 어깨가 다른 쪽 어깨보다 적어도 10센티미터는 높다. 척추가 휘었기 때문이다. 그래서 기억에 남는다!…… 그 체첸놈은 왼쪽 무릎 아래를 긁고 싶어 했다. 적어도 그렇게 보였다. 왼쪽 팔을 심하게 아래로 늘어뜨리고 있다. 이 몸통이 기울어 있는 놈과 함께 첫번째 파도의 진격이 끝났던 것으로 기억한다.

그에게 말했다. 가져가. 그리고 직접 그를 창고 안으로 들여보내주었다. 친애하는 손님께서 텅 빈 창고의 구석구석을 보시도록. 그곳 구석에서는 아직도 연료통 냄새가 났다. 하지만 연료통은 이미 없었다…… 성이 난 체첸놈은 자동소총을 쳐들고 하늘을 향해 쏘아대기 시작했다. 그저 위를 향해. 그러면서 지붕을 벌집처럼 만들어놓았다…… 하지만 내 기억이 맞다면 구멍조차도 왼쪽으로 기울어 뚫렸다. 서편으로.

두번째 파도가 인상적이었던 것은 키가 크고 어깨가 떡 벌어진 잘생긴 놈들이 찾아오기 시작했기 때문이었다. 그들은 아주 빠른 속도로 턱수염을 밀었다. 그러자 언젠가 어디선가 본 적이 있는 배우처럼 보였다…… 나는 그들의 얼굴을 찬찬히 들여다보기까지 했다. 사실 체첸인들은 잘생긴 민족이다.

그 미남들은 산속에 처박혀 지내며 이곳에 등장할 시간을 애타게 기다려왔던 것 같다. 기다림이 길었던 만큼 놀랍게 빠른 속도로 내려왔다. 말 그대로 산마루에서 뚝 떨어진 것 같았다. 그리고 내려오자마자 무기를 원했다. 손에는 멋지게 자동소총을 들고서…… 한 놈은 바로 내 이마를 겨누고, 다른 놈은 사타구니를 겨누었다…… 그렇게 두 군데를 나누어 겨냥하면 총구 아래 선 남자는 특별히 긴장하게 된다…… 그들은 그렇게 총을 겨누고는 웃었다. 아이고, 아이고, 코스티예프의 친구가 아니신가!…… 그놈은 잽싸게 튀어버렸지!…… 그렇게 총구 아래 서면(그것도 두 개의 총구 아래 서면) 말이 나오지 않는다. 그리고 절실하게 체첸인이 필요하다는 생각을 하게 된다. 말을 할 줄 알고, 체첸의 삶의 방식을 아는 체첸 사람이 필요하다…… 그러면 우리 두 사람은 함께 창고에 딱 붙어 지낼 수 있을 텐데!

그러면 그가 그들과 거래를 하고, 나는 볼을 잔뜩 부풀리고는, "좋아, 좋아…… 전화를 해보지"라고 말하는 거다. "먼저 무기와 당신들 관련으로 정확히 알아보겠어……" 에흐, 코스티예프!…… 당시 나는 체첸인들이 자기들끼리 소리를 질러대면 단 두 마디도 이해하지 못했다. 자동소총을 들고 들이닥친 무리의 눈 밑에는 틱 장애가 보이지 않는데, 이제는 오히려 내가 계속 눈을 깜빡이게 되었다…… 그들의 침이 내 눈동자까지 튀었다. 고함 소리와 함께 흩뿌려지는 지독한 침. 그 개자식들은 서로 싸우며 결정을 내리지 못하고 있었다. 나를 그냥 죽여버릴 것인지, 아니면 내 고환만 망가뜨릴 것인지…… 그래서 소령의 목소리가 더 부드러워지게 만들어줄 것인지…… 내시 소령 질린. 어때?…… 괜찮게 들리나?

하지만 나는 그들도 멈추게 했다. 그저 거기서 멈추게 할 수 있었다…… 나는 무언가를 끄집어 내왔다…… 거기에 자동소총 몇십 자루가 들어 있었다. 그래도 몇백 자루는 아니니까. 놈들에게 무언가라도 집어주어야 했다. 일종의 미끼처럼 모든 간이창고에 깜빡 잊고 둔 것처럼 총을 몇 자루씩 보관해두었다. 마치 누군가에게 약속되어 있는 상품인 것처럼…… 그러면 체첸놈들은 탐욕스레 그 총자루들을 붙들었다. 그들은 AKM*이라면 사족을 못 쓴다.

* 개량형 AK총.

한번은 알 수 없는 산지 방언을 쓰는 시끌벅적한 소규모 도적 떼가 나타났다. 놈들은 미쳐 날뛰며 간이창고를 부수고 들어갔다!…… 들어가서는 악을 쓰고…… 겁을 주고…… 나의 보초병들과 운반병들은 점점 더 조용해지고 말이 없어졌다. 잘린 귀에 대한 소문…… 토굴에 던져진 노예들…… 병사들은 땀에 흠뻑 젖었다. 그러면서 점점 더 많은 병사가 탈영하기 시작했다…… 매일 아침 부대원들이 사라져갔다. 곧이어 하사관까지 도망쳐버렸다. 내가 붙잡을까 봐 인사 한마디 남기지 않았다.

크고 작은 도적 떼가 '칼라시니코프' 10여 자루에 만족하는 동안, 나도 몸값을 치르고 자유의 몸이 되려 몸부림쳤다…… 완전한 붕괴…… 놀라울 것도 없었다! 창고는 나라와 같았고, 나라는 창고와 같았다. 나의 책임자였던 피르소프 대령과 표도로프 대령은 보초병력을 강화해주겠다고 약속했다…… 심지어 장갑수송차도 두어 대 보내주겠다고 했다…… 나는 소리를 지르고, 통곡을 하고, 고함을 쳤다. 하지만 답으로 들은 것은 그들의 가벼운 대령식 헛소리뿐이었다. 전화로 하는 생구라.

당연한 일이지만 책임자의 자리에 있으면 더 많은 것이 보인다. 분명 체첸인들은 러시아로의 무기 반출을 허락하지 않을 것이다. 그렇다고 체첸인들에게 총자루를 남겨두었다가는 후일 일어날 수 있는 유혈 사태에 대한 책임을 져야 할 것이다. 그래서 높은 양반들은 말 그대로 도망을 쳤다. 모든 업무와 책임을 하급자들에게 남겨두고…… 그들은 이 모든 상황을 훨씬 더 잘 알 수 있었으니까!…… 그들은 도망쳤다. 그럼 나는? 나는 어떻게 되는 것인가?…… 물론, 나는 남겨졌다…… 명령에 의해…… 매일 늦은 저녁까지 잠도 자지 못하면서 망할 놈의 서류 잡무에 여념이 없었다. 탄원서도 썼다! 하나같이 어리석은 탄원서들을 쓰고 또 썼다! 그리고 전화를 걸고 또 걸었다…… 나의 상관인 두 명의 대령은 그 탄원서와 전화에 대해 도리어 화를 냈다.

"소령, 자네는 도대체 뭘 원하는 건가?! 지금은 전쟁 중이라고!"

그러면서 자기들은 짐 가방을 챙겼다.

우리 부대는 사실상 이미 떠나버렸다…… 모든 건설 작업은 중지되었고, 모든 창고는 긴장한 채 떨며 도적질을 기다리고 있었다. 그런데도 나는 남아서 용기를 내라는 명을 받았다. 벽처럼 서 있으라는 명령을 받았다.

홀로 벽처럼 서 있으라는 말을 어떻게 이해할 수 있을까?…… 이렇게 이해할 수 있다…… 그들이 나를 창고 책임자로 남겨둔 것은 나중에 재판에 회부하여 재판을 받게 한 후 감옥에 처넣기 위해서였다. 창고가 남김없이 다 털리고 나면…… 그 두 명의 대령, 나의 상관인 피르소프와 표도로프는 내 운명을 아주 쉽게 결정해버렸다. 나는 우연히 그들의 말을 엿들었다. 그들은 조금도 표현을 가리지 않았다. "만일 연방군이 그로즈니로 돌아오면 무기 횡령죄로 그 자식을 재판에 회부하자고." 심지어 다른 대안도 있었다. "만일 연방군이 돌아오지 않으면, 그 자식을 거기 두고…… **잊어버리자고**. 체첸놈들에게 내주는 거지. 거기서 찢어 죽이든 어쩌든 하겠지."

형식적으로 그들은 자기들이 떠난다는 사실을 내게 알렸다. 어찌 되었든 떠나면서 둘이 벌인 술자리에 나를 불렀다(명령 형식으로 소환했다). 우정의 표현으로 나에게 소령의 별, 새 계급장을 달아준다는 명목으로…… 소령 진급 대상이 된 것은 이미 아주 오래전, 코스티예프가 도망치기도 전의 일이었다. 그런데 이제 와서 축하주를 마시자는 것이었다.

이 대령들에게는 나를 공식적으로 남겨두었다는 것을 증명할 어떤 사실 관계가 필요했던 것이다…… 인수인계를 했다는 것을 기정사실화해야 하니까…… 그러면 당연히 나중에 한 대령 놈이 다른 대령 놈을 변호하며 나를 비난하는 증언을 할 것이고, 또 그것을 서로 바꾸어서도 할 수 있게 되는 것이다. 갑자기 무슨 일이 생겨 심문을 받게 된다면.

사실 이것은 아주 단순한 계획이었다. 셋이 함께 모든 것에 관하여 논의하였고, 조금의 거짓도 없이 정직하게 최종 결정을 내렸으며, 함께 앉아서…… 술까지 마셨다……는 것을 근거로 가지고 싶었던 것이다.

그들과 한 식탁 앞에 마주 앉았던 나는 이 모든 상황을 이해했음에도 여전히 바보처럼 앉아 있었다. 그렇게 되기도 한다…… 그들은 잔에 술을 가득 채웠다. 나는 이제 어떤 일이 벌어질까 생각하고 있었다. 멍청하게 그런 생각을 하고 있었다…… 나에게 닥친 일이 너무 당황스러웠기 때문에. 그래서 그들과 그저 술을 많이 마셨다. 안주는 거의 먹지 않았다.

대신 모든 것을 들을 수 있었다.

당연히 그들은 내가 어떤 일을 겪게 될지, 이곳에 남아 어떤 골칫거리로 머리를 썩이게 될지 훤히 알고 있었다. 체첸인들에게 한 방울, 한 방울씩 휘발유를 내어주고…… 한 상자 한 상자씩 총알을 내주면서. 결국은 체첸놈들과 잘 지내지 못하고 살해를 당하게 될 것이다…… 나를 찢어 죽이고 말 것이다…… 그런 작은 대위들, 작은 소령들이 바다처럼 넘쳐난다…… 불쌍할 것도 없다…… 살아남는다 해도 체첸놈들에게 점점 더 많은 무기를 내준 것에 대해 죗값을 치르게 될 것이다. 칼을 목젖에 대고, 총구를 입안으로 쑤셔 넣는 상황이었음에도.

"이 땜빵을 이렇게 남겨두자고. 혼자 두는 게 좋겠지."

두 대령 중 누가 먼저 그렇게 말했는지는 중요하지 않다. 어차피 나머지 대령은 오히려 거들기만 했으니까.

"아주 좋-오-오-은 땜빵이다!"

"알아챌까?…… 아-아-아니!…… 절대 모를걸! 이 녀석 대가리는 집중해서 생각을 할 줄 모르거든. 진짜 소령이지!…… 하지만 이놈이 뭔가 생각해낸다 해도 그땐 이미 그게 우리에게 필요한 인포메이션은 아닐 거야."

"생각해낼 새도 없을걸. 뭘 할 새도 없을 거야…… 아마 체첸놈들이 여기 남은 놈들의 똥구멍을 찢어놓을 테니까."

그렇게 말했다…… 망할 놈의 두 대령, 피르소프와 표도로프가. 그리고 잠시 사용하는 간이용 땜빵, 얼마 지나지 않아 이놈 저놈들이 똥구멍을 쑤셔주도록 되어 있는 나는 그들의 깨끗한 사령부 사택의 높고 아름다운 지붕 아래 누워 있었다…… 갑작스럽게 나온 내 토사물 속에 누워 그들의 이야기를 듣고 있었다. 그때 나는 나의 대령들을 너무 존경하고 있었다.

나는 존경하고 있었다…… 그래서 부끄러웠다. 내가 너무 서둘러 술에 취한 것이. 형편없이, 어리석게 진탕 마신 것이. 잠시라도, 5분, 10분이라도 그들이 나를 보지 않았으면 좋겠다고 생각했다. 내가 토하는 동안이라도. 5분, 10분이라도. 갑자기 땅에 떨어진 소령의 호기를 정리하고 다듬을 수 있도록.

대령들, 그들이 직접 나를 재촉했다. 사이좋게 나를 관목 쪽으로 밀어 넣었다.

"가봐, 대위, 가서 토하라고. 하지만 연병장 쪽은 돌아보지 마!"

"이미 소령이야, 잊었어?…… 가봐, 가봐, 소령."

"연병장 쪽을 돌아보지 말고 관목에다가 하라고. 아직 라일락과 찔레꽃은 구분할 수 있지?…… 라일락에는 안 되고, 찔레꽃에다가 하라고!"

기진한 채로 나는 그곳을 나왔다. 아스팔트로 된 연병장은 무한히 길게 보였다. 저기까지는 못 가겠구나. 하지만 찔레꽃 관목도 지평선 높이까지 자라 있었다. 그렇게 보였다. 그만큼 괴로웠다…… 못 가겠다…… 나는 찔레꽃 관목이 있는 곳으로 가지 않았다. 그곳으로 기어들지 않았다…… 그저 현관 계단 아래로 들어갔다(언젠가 어린 시절 내 아버지처럼)…… 나를 헤집어놓고 쥐어짜고 뭔지도 알 수 없는 것들을 토하게 만든 그들 집의 높은 현관 계단 아래로! 내가 먹지도 마시지도 않은 것들!…… 그것들이 내게서 분수처럼 세차게 흘러나왔다.

대신 나는 들었다…… 아버지, 저놈들이 보드카 두 잔 사이에 저를 인질로 남겨두었어요. 이 지역에서 나온 끔찍한 보드카와 소시지, 치즈, 그리고 훈제 생선…… 아, 그것 때문에 토했구나…… 수입해 들여온 생선 때문에. 작은 훈제 생선 때문에…… 아버지, 그놈들은 저를 배신했어요. 창고에서 하는 것처럼 없는 물건 취급해버렸어요…… 안주를 먹으며 인질로 넘겨버렸어요…… 술 한잔 하면서요…… 아내와 그때 아직 한참 어렸던 딸이 아비 없이 남게 된다는 사실 따위는 안중에도 없었겠죠. 내가 어떤 삶을 사는지, 나도 한때는 (그들처럼) 어린 소년이었다는 사실도…… 나에게도 어머니가 있었고, 아버지가 저한테 낚시하는 법을 가르쳐주신 것도, 나무를 잘라 낚싯대 만드는 법을 가르쳐주신 것도 아무 상관이 없었겠죠…… 부드럽게, 하지만 빠르게 낚싯줄을 당겨라. 낚싯줄이 물속에서 미끄러지며 손가락을 아프게 누를 때 말이야…… 아버지, 놈들에게는 아무 상관 없었겠죠…… 그런데 저는 그놈들 현관 계단 아래에 있었어요. 아버지가 그랬던 것처럼요.

아버지는 기억 못 하실 거예요. 하지만 저는 기억해요. 아버지가 몸을 굽히시더니 갑자기 엄청 빠른 속도로 현관 계단 밑으로 기어 들어가셨어요. 꼭 무슨 일이라도 난 것처럼…… 오래전의 일이에요…… 그쪽으로 쑥 하고 들어가시더니 거기서 조용히, 차분하게 토하셨어요. 뒤쫓아 나온 꼬맹이들이, 자식새끼들이 아버지를 보지 못하게요. 아버지를 놀리지 못하게요…… 근데 저는 아버지를 봤어요. 눈이 큰 꼬맹이는 아버지를 보았는데, 다른 아이들은 보지 못했죠. 계단 밑에 정말 조용히 숨으셨거든요. 아주 잘 숨으셨죠. 진짜 정직한 소비에트형 인간이세요. 수치를 아시는.

많은 세월이 흐른 후에 피르소프와 표도로프는 창고를 방기한 죄로 재판에 회부되었다. 물론 나 대신 회부된 것은 아니었다…… 전반적으로 그들이 저지른 일들로 인해 회부되었다…… 그들이 나를 방패막이로 쓰고 싶어 했던 것처럼, 누군가 높은 사람이 그들을 방패막이로 썼던 것이다. 어찌 되었든 놈들은 자기들의 벌을 받았다. 전쟁은 정의로운 것이기도 하다…… 때로는.

재판을 받을 때…… 견장이 뜯긴 채 가련하고 바싹 마른 처량한 모습으로 재판을 받을 때, 어쩌면, 그들은 체첸을 뜨며 자기들이 얼마나 달게 먹고 마셨는지를 기억했을지도 모른다…… 명령을 내려 한 놈을…… 거기에 버려두고…… 얼마나 기름지게 살았는지를! 언젠가는 분명 심문을 받게 될 사람을 그곳에 남겨두고서…… 지금은 이들이 심문하고 있지만, 나중에는 또 다른 이들이 심문하게 될지도 모른다…… 탁! 탁!

만일 신의 손가락에서 흘러나오는 그 선명한 탁! 탁! 소리가 없었더라면 작은 소령이 어떻게 살아남을 수 있었겠는가! 창고 착복 혐의로 재판을 받거나 분리주의자들을 돕고 배신했다는 죄로 재판을 받는다는 두 가지 선택밖에 없었던 소령 나부랭이가…… 아니 더 간단하게는 첫번째 파도가 밀려왔을 때 시끄러운 체첸놈들의 총에 맞아 죽을 수밖에 없었던 소령이. 그때 그들은 도대체 어디서 그렇게 밀려왔던 것일까?…… 언청이 입을 하고. 한쪽 귀만 있는 얼굴을 하고…… 얼굴에 틱 장애가 없는 사람은 정말 드물게만 볼 수 있었다…… 아마 대부분의 사람들은 잘생긴 사람이 자기를 죽이든, 정말 최고로 추한 몰골을 한 사람이 죽이든 큰 상관이 없다고 생각할 것이다. 하지만 나는 경험으로 안다. 그래도 잘생긴 사람이 총구를 들이대는 경우가 낫다…… 그게 더 평안하더라.

마침내 밀려들어 왔다. 그들은 간이창고를 누비고 다녔다. '칼라시니코프' 상자 주위를 에워싸면서. 세번째 파도…… 그것이 완전한 종말, 끝일 수도 있었을 것이다. 나의 끝이기도 하고, 창고의 끝일 수도 있었다. 그러니 콧수염을 기른 그자가 잠시라도 창고를 세우고 관리할 수 있었던 것은 분명 칭찬할 만한 일이다. 장군은 머리를 써서 일할 줄 알았다.

당시 나는 그에게도 도움을 청했다. 옛정을 생각해서…… 나는 창고 담당 아닙니까, 나는…… 누구의 것도 아닌 땅에 있습니다. 장군님, 도와주세요. 저 미친놈들을 좀 치워주세요.

그의 답은 간단했다. 그럴 수 없네.

"나도 우연히 여기 있게 된 거야. 나도 우연히 있게 된 거라고. 소령, 믿어주게…… 리더가 되는 것은 정말 큰 우연이야!"

무한한 공명심을 가진 사람이 다 그렇듯 그는 겸손하게 말할 줄 알았다. 하지만 얼마간의 시간이 지난 후 그런 생각이 들었다. 그가 진실을 말한 것일 수도 있다고. 그가 알고 있던 진실을. 그가 감추려 하지 않았던 진실을.

파도에 올라타는 것…… 서두르지 않고, 무엇이든 덥석 낚아채려 하지 않는 것. 그것이 리더가 갖추어야 할 재능의 전부이다. 사실이건 거짓이건 모든 수단을 동원하여 가능한 한 많은 별을 견장 위에 쌓고, 모으고, 닥치는 대로 얻어낸 후 파도를 기다리는 것이다…… 그리고…… 그리고…… 서둘러서는 안 된다.

그는 자기 민족의 고통, 모욕받고 학대받은 사람들의 고통을 민감하게 느꼈다(무엇보다 그들은 살던 곳에서 강제 이주 당했다…… 전원이!). 그는 분노의 순간을 포착할 줄 알았다. 저항의 변곡점들…… 이제는 분노를 해소시켜야만 하는 그런 특별한 순간들, 특별한 변곡점들. 그때 방향을 잡아야 한다!…… 거기서 적을 대하는 그의 특별한 정조, 존중하는 동시에 비웃는 독특한 정조가 발원한다. 그는 이것을 기가 막히게 사용할 줄 알았다! **러시아인들을 시베리아로**…… 이렇게 쓰인 현수막을 보고는 이를 금하고 약간 수정하여 쓰도록 명령했다. **러시아인들을 집으로**…… 이 글귀는 담벼락에서, 5층 건물의 벽면에서, 울타리에서 아름답게 빛났다. 반쯤 무너진 공공건물들에서도.

그는 아주 반듯하게 배를 운항할 줄 알았다.

그러니 두다예프 자신도 그들을 향해 한마디 고함쳐줄 수 없었을지도 모르겠다. 체첸놈들은 고삐 풀린 망아지들처럼 간이창고와 창고 구역 전체를 누비고 다녔다. 이미 그냥 자기들끼리…… 개미 떼처럼…… 기어 다녔다. 무언가를 질질 끌고 다니기도 했다…… 두 명 남은 나의 마지막 보초병은 그들에게서 상자를 빼앗았지만, 제자리에 가져다두지는 못했다. 그래도 손에서 빼앗기라도 했었는데…… 운반병들이라도 남아 있었지만 그들도 결국 사라졌다. 도망친 것이다! 러시아로…… 여기저기 정리된 것은 아무것도 없었다…… 상자들은 아무 곳에나 너부러져 있었다. 나는 더 이상 물품 목록에 따라 어디에 무엇이 놓여 있는지 찾으려 하지 않았다. 목록은 오히려 방해만 되고 헷갈리게만 만들었다. 그렇게 모든 것이 엉망진창이었다.

도저히 생각할 수조차 없는 일들이 벌어지고 있었다. 완전히 돌아버린 놈들! 완전히 맛이 간 놈들! 그들이 창고를 누비고 다녔다…… 그러다 무기가 들어 있는 상자 곁에 가까이 다가가면 그야말로 몸을 떨었다. 부들부들 떨었다. 그들 안에는 가족, 혹은 마을 단위로 카자흐스탄 초원이나 시베리아로 강제 이주를 당했던 그 조용하고 평화로운 체첸인들(그들의 할아버지들)로부터 물려받은 것은 아무것도 남아 있지 않았다.

마지막까지 남은 나의 두 병사는 이 낯선 나라의 힘 앞에서 완전히 말을 잃고 귀가 먹은 채 지냈다. 그들은 아무 말도 하지 않았다. 나도 말을 잃었다…… 내 눈으로 본 것들이다! 아직 기계기름 냄새가 나는 창고의 새 '칼라시니코프'가 체첸의 젊은이들을 매혹하듯, 그렇게 남자를 매혹시킬 수 있는 여자는 세상 어디에도 없으리라. 그러니 유탄발사기는 어땠겠는가!…… 그것은 기적이었다! 춤을 추다 실신할 만큼 좋은 것이었다!…… 믿기지 않겠지만 나는 이 미친놈들 중 하나가 상자 귀퉁이를 쓰다듬고 입 맞추는 것을 본 적이 있다. 상자 나무판 사이로는 RPG-26 발사기 자루가 보였다.

이제 나는 상자 단위로 몸값을 지불한다…… 자동소총, 총알…… 하지만 무기는 여전히 너무너무 많았다. 넘치도록 꽉 찬 창고는 임신한 여자와도 같았다. 해산이 임박한 여인이 가지게 되는 어떤 예감 중 하나는 우리 창고에 곧, 이제 곧 두다예프가 직접 나타나리라는 것…… 그리고 바로 저기, 입구에 서게 되리라는 것이었다…… 미소를 지으며 나타날 것이다. 차가운 미소, 긴장된 차가운 미소를 지으며…… 그 미소는 내 귀를 **차례대로** 하나씩 잘라주겠다는 젊은 놈들의 바보 같은 협박보다 훨씬 더 나를 불안하게 만들고 긴장시켰다…… **문짝에 짓눌러서** 대가리를 박살내주겠어…… 모든 협박은 기술을 강조한다. 뒤따라 나오는 시끄러운 산사람들의 욕설로 판단하건대 그 기술은 심각한 것이었다…… 그러다 보니 그들의 욕설 속에 간간이 섞여 들어가는 러시아 욕설이 너무도 귀엽게 느껴졌다.

위쪽 선반에 있던 상자 하나가 체첸놈 손에서 미끄러져 3미터 높이에서 떨어졌다. 귀가 먹먹하도록 엄청나게 큰 소리가 났다. 체첸인들도 우리도 무언가 폭발했다는 생각에 즉시 조용해졌다…… 아니면 이제 곧 포탄이 하나씩 터질 거라고 생각했다. 누군가는 바닥으로 엎드렸다…… 마침 위쪽 선반에 포탄이 있었기 때문이다. 흰 먼지구름이 우리를 덮었다. 떨어진 것은 석회였다…… 겨우 석회였던 것이다!…… 두려움이 사라졌다. 죽음과 같은 침묵의 1분은 기쁨에 찬 날카로운 비명 소리로 폭발했다. 소리 지르며…… 춤을 추었다……

그러고도 며칠 동안 우리는 그 석회 먼지 때문에 가래를 뱉어야 했다. 밤에는 목구멍 안에 덩어리가 걸려 있었다.

당시 우리는 언제라도 하늘로 날아오를 수 있었다. 나는 창고 처마에 앉아 있는 까마귀나 비둘기들을 바라보곤 했다…… 폭발이 일어나면 새들이라도 날아오를 수 있을까?…… 두 명 남은 나의 병사(이중 한 명은 바로 그 밤에 도망을 가게 된다)는 우울하게 욕설을 내뱉었다. 그들의 눈은 푹 꺼졌고, 공포 때문에 이마에는 늘 땀이 배어 있었다…… 내 말은 더 이상 그들을 위로하지 못했다.

애꾸인 체첸인, 미친 것이 분명한 체첸인…… 그는 내 의자에 앉아서 총을 쏘아대며 지붕에 구멍을 만들고 있었다(왜 그러는지 모르겠지만 그냥 위를 향해 총을 쏘아대고 있었다)…… 그런 그의 곁을 지나다 소리쳐 경고했다. 혹시라도 윗 선반에 있는 포탄 상자를 맞히면 우리는 끝이라고…… 그와 나는 둘 다 동시에 알라에게 가게 될 거라고…… 그렇게 말해주었다. 우리는 알라에게까지 날아가게 될 거야…… 까마귀랑 비둘기들만 살아남게 될 거야. 아마 비둘기도 전부 살지는 못하고, 그 순간 날고 있던 놈들만 살게 되겠지…… 체첸인은 웃음을 터뜨렸다. 큰 소리로 웃어댔다.

그러고는 자기가 딱 네 발을 발사해서 나의 그 위험한 상자를 열 수 있다고 장담했다…… 상자의 귀퉁이만 맞힐 수 있다고…… 포탄은 단 하나도 건드리지 않을 수 있다고. 알라도 귀찮게 해드리지 않을 수 있다고…… 그러더니 그 즉시 시연을 해 보였다. 나는 심장이 멎는 줄 알았다…… 애꾸눈의 마니아! 안대도 하고 있지 않았다. 눈이 있어야 할 자리에 쭈글쭈글하게 꿰매어놓은 구멍이 있을 뿐이었다…… 그런데 그는 정말로 상자의 네 귀퉁이를 맞혔다. 그러자 상자 상판 하나가 마술처럼 천천히 왼쪽 끝부터 올라왔다. 상자가 열린 것이다…… 진짜 사수였다! 애꾸는 총을 겨누어 쏘기가 더 쉬울지도 모른다는 어리석은 생각마저 들었던 것을 기억한다. 눈을 찌푸릴 필요가 없으니까.

나의 마지막 병사는 강간을 당했다. 조용히. 자기들 일을 보면서. 그들은 상자를 요구했다…… 그는 온몸에 종기가 난 병든 병사였다. 그때 나는 이 마지막 병사도 도망가게 되리라는 것을 알았다. 더 멀리. 러시아로. 그리고 거기서 더 깊이 숨으리라는 것을.

그는 괴로웠지만 불평하지 않았다. 말이 없는 병사였다. 그 사실을 알았을 때 오히려 나는 괴로운 나머지 눈물이 솟았다…… 그가 걱정되었다. 당시 나는 정말 지쳐 있었다. 무기를 지키려 묶어둔 개 노릇을 하는 것에 지쳤다. AK 총자루와 유탄발사기 들을 지키는 개. 이미 그것이 누구의 것인지도 중요하지 않았다.

"세료가!…… 세료가! 나야……"

몇 번이나 그의 이름을 불렀다.

그러다 창고 헛간 뒤에서 그를 발견했다. 그는 담배를 피우고 있었다. 그의 곁에 앉았다. 그는 고개를 돌려 내가 지치고 악에 받친 것을 보았다…… 담뱃갑을 꺼내더니 저질 담배 한 개비를 내밀었다. "어떻게든 지나갈 거예요, 소령님." 그가 작은 소리로 말했다. 그러고는 목을 메여오는 멍울을 삼켰다…… 그는 나를 위로했다. 나를 불쌍히 여겼다. 나도 이곳에서 도망칠 수 있다고 말해주었다.

그는 자기를 강간한 놈들에 대해서는 아무 말도 하지 않았다. 그는 인생을 더 단순하게 보려고 애썼다. 그래, 그래, 그는 단순하고 선량하다. 나도 단순하고 악하지 않다. 그런데 그래서 뭐?…… 그래서 모든 것을 삼키는 악의와 분노 대신 그와 나는 무엇을 얻었나?

10장

얼마 지나지 않아 두다예프가 나타났다. 더 이상 아무도 지키지 않는 나의 창고로 그가 왔다(강간당한 병사가 나의 마지막 병사였다). 물론, 아무런 예고 없이…… 호위병들은 차에 남겨두고 홀로. 들어와서는…… 나를 보았다.

그는 슬쩍 보기만 해도 어떤 무기가 있는지 알 수 있을 만큼 전투 경험이 많은 군인이다. 총자루를 들여다보거나 윤활유 냄새를 맡을 필요가 없다. 프로다!…… 그는 내가 떨어져서 바라볼 수 있는 곳에 서 있었다. 1번 창고 입구에…… 예상했던 대로…… 미소를 지었는데, 내 예감 속에서 보았던 것보다는 더 단순하고 선량한 미소였다. 더 따뜻한 미소였다.

그는 조금도 주저하지 않았다. 흩어져 있는 엄청난 양의 무기를 노골적으로 쳐다보지도, 나를 바라보지도 않았다…… 그는 어딘가 위쪽, 총구멍이 난 창고 지붕을 바라보고 있었다. 하지만 동시에 이미 보아야 할 무기를 다 보았고, 모든 상황을 파악했다. 그는 아무것도 집어 들지 않았다. 그저 손가락 끝만 비벼댔다. 손가락에 손가락을 대고. 눈에 띄지 않게(하지만 내 눈을 피할 수는 없었다).

"질린, 자네는 좋은 남자야. 우린 잘해갈 수 있을 거야."

그가 소박하게 말했다.

"아주 잘해나갈 거야."

그는 팔을 넓게 벌려 보였다. 지평선까지 닿을 듯 넓게…… 그리고 마지막으로 친구처럼, 호의를 담아 내 어깨를 가볍게 툭 쳤다. 진심을 담아서라고 말할 수 있을 만큼 다정하게(하지만 존중의 마음은 없이…… 그때까지도 그는 나를 존중하지 않았다. 만일 그사이라도 그런 마음이 생겼다면, 그런 변화는 당장 느껴지는 법이다).

힘이 알아서 나를 찾아온다면, 좀더 기다리지 못할 이유가 무엇이겠는가. 두다예프는 끝까지 기다렸다. 그리고 과열되어 격해진 집회 장소에서 소비에트로 나아갔다(그는 군중의 리더였다). 자기의 정확한 걸음걸이로. 그에게는 그런 능력이 있었다…… 콧수염! 그리고 절제된 미소…… 그가 웃으면 갑자기 수염이 갈라지듯 양쪽으로 움직였다. 어딘가 맹수를 연상시키는 단단한 갈라짐…… 하지만 그의 미소는 따뜻했다. 누구도 겁에 질리게 만들지 않았다. 아직 걷어차여 쫓겨나지 않은 소비에트 관료들과도 기꺼이 대화를 나누었다. 그리고 그들에게 새로운 아이디어를 내놓기도 했다. 사실상…… 그는 제안을 했다.

그에게 힘이 주어졌다는 것을 느꼈기에 두다예프가 창고로 온 그때, 그와 이야기를 시작했다. 그의 따뜻한 미소에 무너졌다(그리고 후에도 그 일을 후회하지 않았다). 당시 나는 완전한 침묵 속에서 살았다. 그런데 그때 갑자기 내 안에서 화가 터져 나오는 것을 느꼈다. 그리고 그에게 이곳에서 나를 배신한 사람들 이야기를 쏟아놓았다…… 모조리…… 도망친 대령들 이야기…… 내 곁에 있던 사람들 이야기…… 심지어 친구, 가장 친한 친구 이야기도 털어놓았다.

두다예프는 고개를 끄덕였다. "자네의 코스티예프…… 알지…… 기억해…… 페테르부르크로 도망쳐버렸지." 그는 단번에 나를 이해했다.

불평을 늘어놓지는 않았다. 그저 좀 격앙된 어조로 말했다. (소비에트 회의의 경험으로) 두다예프가 고양된 말들을 좋아한다는 것을 알았다. 캅카스의 영향도 있으리라. 배신자는 검은 것이고, 친구는 흰 것, 더할 나위 없이 흰 것이다.

두다예프는 진지해졌다.

"원래 친구들이 배신을 하는 거야, 소령…… 가장 가까운 친구들이! 다른 사람들이 아니라 친구들이 배신을 해……"

그리고 장군이 입을 열었다. 그는 살짝 흥분했다. 그리고 손가락과 손가락을 살짝 비벼댔다. 그의 웅변이 시작되었다. 물론 본질적으로는 우리를 배신하는 가장 가까운 친구들에 대한 이야기를 반복한 것에 불과했지만…… 왜 그들은 우리를 배신할까?

왜냐하면 그 외의 모든 사람들은 우리를 **팔아넘기니까.** 지인들이 **팔아넘기고**…… 동지들이 **팔아넘기고**…… 동료들이 **팔아넘긴다**…… 만일 그들에게, 또 다른 모든 사람들에게 속았다면 그건 별일이 아니다. 그게 정상이니까. 그게 인생이니까. 만일 지인들이, 동지들이, 그리고 그 외의 모든 다른 사람들이 너에게 비열한 짓을 한다면 그들은 그저 평범한 사람들인 것이다. 그런 일은 별 의미가 없다…… 아무 의미도 없는 일이다. 캅카스에는 늑대와 갈색 말에 대한 우화가 있다……

두다예프는 엄숙하게 말하거나 무언가 가르치려 들지 않았다. 그저 가볍게, 그리고 기꺼이 그 서글픈 우화를 들려주었다…… 그렇게 이야기를 하면서도 창고와 상자들을 둘러보았다. 나는 갑자기 여기 있는 그도 다른 모든 이들과 똑같다는 사실을 깨달았다. 그도 무기를 보면 흥분한다.

어떤 사람이 늑대 새끼를 키우며 나중에 자라서 자기 개가 되어주길 바랐다. 응당 늑대 새끼는 자라서 늑대가 되었고, 숲으로 도망쳤다. 어느 날 그 사람은 숲에서 도망친 늑대를 만나 나무라듯 말했다. "너는 배신자야." 그러자 다 자란 늑대가 답했다. "나한테 다른 이름을 찍어 붙이지 마. 나는 그냥 늑대야. 네 친구가 아니었다고."

"나는 네놈 친구가 아니었어." 늑대가 말을 이었다. "네 친구였고, 네가 그렇게도 사랑했던 네 갈색 말, 네가 너 자신보다 더 잘 먹이고, 더 달콤하게 마시게 하고…… 불쌍해서 채찍질 한번 한 적이 없고…… 아침마다 울음소리로 너를 깨웠던 그 말이…… 어제 너를 잊고 젊은 암말의 뒤를 쫓아 오솔길을 달려 산꼭대기까지 내뺐더군…… 우리 숲이 있는 곳까지 말이야…… 바로 어제 내가 그놈의 목을 물어뜯어 죽였어. 그놈이 바로 배신자야."

하지만 그 우화는 나와 코스티예프에 관한 것은 아니었다. 뭐라 하든 간에 나는 그와 함께 멋진 집을 지었다. 어찌어찌 주물럭거렸더니 갑자기 짜잔! 아름다운 집들이 되었다!…… 그 몇 채 안 되는 집들은 비상 직전에 날개에 힘을 준 작은 새 떼처럼 보였다. 백학의 집이라니, 놀라워!…… 페테르부르크 사람이었던 코스티예프마저도 입을 다시며 말했다.

"대위, 정말 괜찮은 집이 지어졌는걸!"

당시 기술부대 소속 대위였던 나도 답했다.

"시대에 부응하는 집이지."

하지만 그 시대는 길지 않았다. 석재는 내가 골랐다. 산에서 떠오르는 태양 빛을 받도록. 햇빛이 그 위에서 뛰놀도록. 은빛으로 반짝이는 높은 집이 되도록…… 네 채의 집 모두 높게 지었다. 거의 탑처럼. 이제 곧 산으로 날아갈 것처럼.

지금 그곳은 완전히 폐허가 되었다. 가끔 그 폐허 곁을 지날 때면 나는 무슨 이유에선지 자동차의 속도를 잠시 늦춘다. 그리고 그곳을 들여다본다.

신속함이야말로 사람을 홀리는 체첸인의 특성이다. 정신을 차릴 수 없게 만든다!…… 정직한 늑대와 배신자 말에 대한 이야기가 끝나자마자 두다예프는 단호하게 창고 안쪽으로 걸어 들어갔다…… 맛있는 우화로 나를 배불리 먹이고서. 걸어가면서 램프의 불을 켰다…… 하나씩, 하나씩…… 그는 정복을 입고 있었다. 장군 견장을 멋지게 달고 내 곁에서 걸었다. 앞으로, 앞으로! 내가 쫓아오는지, 어떻게 반응하는지에는 조금도 신경 쓰지 않았다.

수염을 벌리며 미소를 지었다. 그는 차고가 있는 곳에서 장갑수송차를 가져갈 것이다. 분명하다…… 탱크 두 대도. 이제 더 이상 탱크는 없다…… 자동소총을 가득 채운 트럭도…… 저장고에 조금 남아 있는 식량도…… 창고 휘발유는 어디 있지? 사실 그에게 아직 휘발유는 필요없다. 괜찮아, 디젤유가 좀 필요하고…… 총알도…… 예비로 산에서 쓸 디젤유를 가지고 있는 것도 좋겠군!

나는 아무 말도 하지 않았다. 내가 여기서 아무것도 아닌 존재라는 것이 너무도 명백했으니까. 당시에는 거래를 할 때 말을 듣지 않으면 그 자리에서 쏘아 죽였다…… 그래서 근무자들은 모두 공포에 중독되어 있었다. 월요일에 수요일까지 살 수 있을지를 확신할 수 없는 나날이었다. 나도 그랬다. 당시 나는 매일 아침 전화를 걸어 보충 병력이나 보초병들을 청하는 대신 내 목숨을 부지해달라고 상부에 간청하고 있었다. 제발 나를 소환해달라고…… 러시아로 도망칠 권리를 달라고…… 강간당했던 나의 보초병처럼 그렇게 작은 소리로 애원했다. 그는 작은 소리로 내게 말했었다. "어떻게든 지나갈 거예요, 소령님." 그러고는 사라졌다. 나의 마지막 병사가.

두다예프는 원하는 만큼, 할 수 있는 만큼 다 가져갔다. 장군의 제복은 화려했다. 그는 아직 소비에트 제복을 입고 있었다…… 제복은 법이다. 제복이 있는 곳에 권리가 있다. 하지만 그 권리도 내 창고를 텅텅 비워낼 만큼은 아니었다…… 어찌 되었든 서로 부서가 달랐으니까.

하지만 내가 무엇을 할 수 있었겠는가!…… 내가 누군데?! 내가 뭔데?! 중령이 가져가든, 장군이 가져가든, 러시아놈이 가져가든, 체첸놈이 가져가든, 누가 되었든 무슨 상관인가. 왜냐하면 그들은 총알을 장전한 총을 들이대고…… 나는 아무것도 아니며, 언제라도 여분의 휘발유한 통을 가지고 내게 총질을 할 것이기 때문이다. 지금은 그런 것이 권리다. 그런 것이 제복이다.

사실상 창고를 탈탈 털어 가면서 두다예프는 내게 도망치라고 충고했다. 아주 인간적으로. 장군의 말과 특권으로 소령인 나를 어느 정도 비호하면서.

그 나름대로는 내게 선심을 쓴 것이었다. 사실 그는 나에게 그 어떤 말도 할 필요가 없었다. 그는 통상 보급장교, 시설관리자, 창고감독관 등과 같은 기타 쓰레기들을 레닌 흉상과 함께 방구석에 가둬두고(심심하지 않도록), 아무 말 없이 필요한 모든 것을 가져가곤 했다.

그는 여기서도 말없이 네 개의 간이창고를 다 돌았다. 그러고 나서야 입을 열었다. 무기에 대해서가 아니라…… 나에 대해서.

"소령…… 나는 자네를 높이 평가하네…… 자네를 기억하고 있어."

나는 아무 말도 하지 않았다.

"하지만 자네는 전사는 아니야."

"그렇습니다."

"소령, 다차를 지어보는 게 어떨까. 전역하고 말이야…… 완전히 떠나는 거지. 지금이 딱 좋을 때거든…… 전역한 소령에게 다차란 아주 좋은 거지."

그는 '아주'라는 단어를 강조하며 다시 한번 말했다.

"다차는, 전역한 소령에게 아주 좋은 거야."

그는 내게 귀띔을 해주었다.

"큰 강가에 말이야. 어떤가?"

"무슨 말씀인지……"

그의 말을 따라잡을 수가 없어 물었다.

"강가에 집을 지으면 어떻겠느냐 말이야…… 당신네 러시아에는 땅이 넘쳐나니까. 게다가 얼마나 아름다운가!…… 어디든 좋으니 큰 강이 흐르는 러시아 강기슭에 지어보는 거지. 어떤가?"

그는 인상적인 조언을 하는 것을 좋아하는 듯했다. 게다가 아주 적절한 순간 아닌가…… 그는 창고에서 원했던 것을 이미 다 보았다.

그는 나의 장갑수송차들로 보강하게 될(그리하여 이제는 온전한 종대가 될) 자기의 반쪽짜리 종대를 적시에 불러들였다…… 반쪽짜리 종대는 이미 그곳에서 기다리고 있었다. 아가리를 벌리듯 트럭 짐칸을 활짝 열어놓고. 우리가 진짜 친구들에 대한 사변을 늘어놓고 있던 그 순간에도 이미 트럭 짐칸 뒷문을 뒤로 젖혀 활짝 열어놓고 있었다. 두다예프가 말과 늑대로 나를 대접하고 있을 때…… 창고 정문도 이미 활짝 열려 있었다…… 가지고 가.

그가 데려온 사람들은 아무 신호를 주지 않았는데도 차에서 쏟아져나왔다. 두다예프는 그저 정문 쪽을 한번 바라보았다…… 그러자 그들은 개미처럼 이쪽저쪽으로 빠르게 움직이기 시작했다. 그리고 한순간에 모든 것을 들고 나가, 한순간에 실어버렸다…… 군용차들도 기어 나갔다. 두다예프는 자기 사람들에게 무언가 간단한 신호를 보내기는 했지만, 역시 아무 말도 하지 않았다. 그저 팔을 펴고 구부린 두 개의 손가락으로 신호를 보냈다.

내가 있는 곳으로 다시 돌아온 두다예프는 조금 더 엄격해 보였고, 이제 그만 가겠다고 말했다. 그러면서 질린 소령은 허튼짓을 해서는 안 되며…… 그가 질린 소령과 말을 섞는 것은 오직 과거의 인연으로 소령을 존중하기 때문이라고 했다.

"이건 오직 자네가 백학의 집을 지었기 때문이네. 알겠나?"

그의 수염이 가볍게 미소를 지었다. 그리고 부록으로 후한 장군식 충고도 남겨주었다!…… 적어두게. 두다예프 장군이 이것도…… 저것도 가져갔다고…… 이것저것, 여기저기 있는 것도 다 가져갔다고…… 알겠나?…… 그런 메모를 남겨도 우리 사람들이 자네 머리를 베어버리겠지만, 적어도 당장 따버리지는 않을 걸세. 일주일, 아니 적어도 2주 정도는 시간을 주겠지. 그럼 자네가 도망칠 시간은 있을 거야…… 공백이 생기는 거지…… 알겠나?

미소를 지으며 하는 강도질…… 수염을 움직이며…… 아버지, 아버지가 좋아하는 그놈은 확실히 인상적이었어요. 아버지 말씀이 맞아요.

나의 군용차들로 더 묵직해진 종대는 천천히 돌아 나갔다. 무언가 가슴이 답답했다. 설명할 수 없는 감정이다. 화가 나기 시작했다. 모욕이라도 느낀 것일까?

처음에는 통상적인 창고지기의 인색함 때문이라고 생각했다. 그래, 그래, 욕심이지…… 하지만 갑자기 그 총들, 유탄발사기들, 군용차들이 끔찍하도록 아까워졌다…… 탄약 상자들이 아까웠다. 마치 내 어린 시절에서 말린 과자가 든 상자를 훔쳐 가기라도 한 것처럼!…… 카키색이 가슴을 찌르도록 친밀한 어떤 것이 되었다. 그 색깔이 소리치기 시작했다. 빛바랜 도마뱀 색깔이…… 창백한 태양이 떠 있었고, 그럴수록 카키색은 빛의 감시로부터 더 깊이 숨어들었다. 두다예프의 종대 전체도 기꺼이 태양 빛으로부터 숨어들었다…… 점점 더 멀리 가더니…… 갑자기 사라졌다!…… 카키색은 그런 색이다! 이상하죠, 아버지, 하지만 사실이에요. 저는 그 숨는 색깔이 좋았어요.

그리고 두다를 알게 되었다. 그가 어떤 인간인지 깨달았다. 무기를 받기 전까지는 그도 흥분하고 있었다. 그의 영혼이 노래를 불렀다…… 무기는 마약이니까…… 그의 내면에 숨겨진 산사람의 모습이 드러났다!…… 이미 승자인 두다예프는 조금도 거리낌 없이, 거칠 것이 없는 전사 특유의 몸짓으로 자기 군용 지도를 펼쳤다. 역시 카키색이다…… 그러고는 생각에 잠겼다…… 그러더니 갑자기 나에게 소리쳤다. "격납고로 가. 자네 장갑수송차 목록을 작성해…… 전부 총구가 긴 것들로." 그렇게 소리치고 다시 장부를 보느라 고개를 숙였다. 그는 몰두하고 있었다.

음…… **음**…… **으음**…… **그렇지**…… **이렇게, 여기로**…… 두다예프는 산으로 가는 길을 머릿속에 그려보고 있다. 장군의 생각!…… **여기는 이렇**

게 지나가지…… 음…… 음…… 여기에 6시에는 도착하겠군…… 그러니까 여기서는, 음, 음…… 7시 30분에……

나는 그 자리를 떠나지 않고 서 있다. 머뭇거리며. 넋이 나간 듯 서 있다. 그와 나란히…… 산과 협곡의 주인인 장군은 작은 연필로 지도에 선을 그리고 있다. 샬리에서 베데노로 이르는 길을 따라서…… 나는 창고의 열쇠를 찾고 있는 척한다. 도둑맞은 창고의 문을 잠가야 하니까. 손으로 고르며…… 열쇠 소리를 짤랑거린다…… 나는 그에게 아무것도 아니다. 두다예프에게 나는 그저 조금 더 큰 땜빵, 나를 여기에 남겨둔 피르소프와 표도로프 대령이 생각한 것보다 조금 더 큰 땜빵일 뿐이다. 이미 죽은 존재다. 그는 자기 옆에 시체가 있다고 생각한다. 무슨 일인지 걸어 다니며 아직 썩은 내는 풍기지 않는 시체가.

그가 말했다.

"이봐, 열쇠 쩔렁거리지 마."

그러고는 지도를 보며 생각하는 바를 소리 내어 중얼거린다.

"아하, 여기에 7시 30분이면 도착하겠군…… 맞춰 갈 수 있겠어."

두다예프는 순간 나를 돌아보았다. 저 땜빵이 아직도 열쇠 소리를 내고 있네. 하지만 그때 나는 이미 냄새를 풍기기 시작했다. 신경과민이 되어 흘린 땀내를 풍기기 시작한 것이다. 멀리서도 맡을 수 있는 냄새를…… 나에게 이런 일은 처음이었다. 하지만 이런 필사적인 생각이 든 것도 처음이었다.

생각…… 대단한 생각이 들었다!

온몸에 땀이 났다…… 두다는 나를 바라보았다. 카키색 지도에서 눈을 들고. 물론 장군은 지도에서 길을 찾는 데에 골몰하고 있었다. 지그재그로 난 길과 십자로들을 따라가면서…… 그리하여 딱 한순간 고개를 돌려 깜짝 놀란 듯한 장군의 눈길로 나를 바라보았다. 흠…… 땜빵이 아직 살아 있네. 그런데 이미 악취를 풍기는군, 썩은 내가 나…… 이상하군!

"가보게, 가보라고."

그는 부드럽게 말했다. 그 냄새가 싫었던 것이다. 땜빵에게 더 심하게 소리를 지르지는 않았다. 저 땜빵은 전사가 아니니까. 그랬다간 저 땜빵이 진짜로 바지에 지릴지도 모르니까.

하지만 내 귀에서는 탁! 소리가 들려왔다. 왼쪽 귀의 청력장 안에서…… 탁! 탁!…… 이미 더 분명하게 들렸다. 내 귀보다 훨씬 높은 곳으로부터…… 그래서 그 후 나는 아무 저항 없이 그 소리가 하늘로부터 온 것이라고 믿게 되었다. 그곳에서 누군가가 거대한 손가락을 튕겨 너무도 선명한 탁! 소리를 낸 것이다. 거기서 나의 비즈니스 능력, 나의 그것, 콜랴 구사르체프가 아부하며 재능이라고 부른 그것이 생겨났다.

갑자기 나는 내 땀의 의미를 알게 되었다. 땀 냄새…… 그 의미…… 내 땀의 의미 말이다!…… 두다예프를 어떻게 다루어야 하는지도 알게 되었다…… 사실 두다예프만이 아니라 수많은 두다예프에 대해서 단번에 알게 되었다…… **그들을** 어떻게 다루어야 하는지…… 그들의 얼굴이나…… 지위나…… 민족과 상관없이. 그렇다. 하늘에서…… 신이 알려준 것이다.

종대는 떠났다. 두다예프는 첫번째 차에 타고 있었다…… 무슨 일이 생기면 관목으로 뛰어들 수 있을 것이다. 공군의 공격이 시작되면. 그의 계산이다…… 전문가니까! 제복을 조금 더럽히고…… 코가 조금 까질 수는 있겠지만 첫번째 차에 타야 한다…… 그리하여 그가 숨은 관목과 그의 긁힌 코를 머릿속으로 생생하게 그려보고 나는 창고의 무전기가 있는 곳으로 갔다.

돌처럼 단단하고 느린 걸음으로. **그들은 이렇게 다루어야 하는구나** (하지만 사실은 온몸이 불덩이같이…… 타오르고 있었다. 볼도, 귀도, 얼굴도 불타올랐다). 그리고 가죽점퍼를 입은 중령이 두고 간, 그의 성이 적힌 종이 영수증을 찾았다…… 고수를 씹던 바실료크가 남긴 영수증을.

한칼라에 있는 연대 연락병들은 무선으로 1분 만에 바실료크를 찾아주었다. 유명한 인물이었다!…… 그는 고수를 씹고 있지 않았다. 대신 아주 끝내주는 베이스의 목소리로 말을 했다. 근엄하게…… 그도 지도를 꺼내 들었다. 나는 그에게 짧게 말했다…… 도적질에 대하여. 수염에 대하여. 샬리에서 베데노로 가는 길에 대하여. 아주 짧고 정확하게 말했다. 아름답게 골라 실은 카키색 짐을 나르는 도마뱀 색깔의 종대에 관하여도.

바실료크는 아무런 약속도 하지 않았다. 그저 **수신 완료!**라고 말했다. 그 순간 마치 어딘가에서 댕강 잘려나간 것처럼 나는 주변의 모든 것으로부터 격리되었다.

춥다. 떨릴 만큼 춥다. 나는 얼음이 되었다. 온기라고는 피 한 방울만큼도 없다…… 기억하건대, 오롯이 혼자 힘으로 이 첫걸음을 내딛고 나자 한순간에 진이 빠졌다…… 내 창고의 물건들을 실은 종대는 여전히 길 위에 있다. 여전히 먼지를 일으키며 달리고 있다. 흘린 것들도 치우지 않았다…… 그들은 아직 가까이에 있다. 지금이 6시 몇 분쯤이니까 가까이에 있을 것이다. 하지만 나는 이미 그들이 갈 길을 알고 있다. 그들이 7시 30분에 어디로 가게 될지 알고 있다…… 정확히 7시 30분에. 어디서 어떤 모습으로 있게 될지 알고 있다.

그들은 죽사발이 되었다.

그때 신이 이 **죽** 때문에 나를 비난하셨고 나를 멈추셨다. **싸우지 마라**…… 신이 내게 세번째 길을 알려주었다.

질린 소령, 너에게 피는 이미 충분하다…… 너는 전사도 아니고, 복수자도 아니다. 너는 그저 평범하고 정직한 똥이다. 작은 소령 질린, 너는 누구도, 무엇도 아니지만, 이미 시작된 이 예측할 수 없는 피바람 속에서 당장 죽지는 않을 것이다…… **팔아라**…… 달리 네가 살 수 있는 방법은 없다.

제안하고, 팔아라…… **두다예프들**은 그렇게 상대할 수밖에 없다. 거리낌 없이…… 그것이 너의 사명이다!

두다예프는 당장 달려왔다. 제복도 입지 않은 채…… 재킷을 걸치고. 길에 있었던 모습 그대로.

하지만 정말 뛰어난 감각을 지녔다!…… 공군의 공격이 시작되었을 때 그는 제복과 코, 이마에 생채기를 내며 관목 속으로 뛰어들 필요가 없었다. 그는 (나의 창고에서) 그가 모으고 채운 종대와 함께 산으로 향하지 않았다. 그저 종대를 떠나보내기만 했다…… 그리고 그의 선택은 옳았다. 그는 바로 다른 일을 보러 갔다. 하지만 돌아와야 했다.

이미 7시 29분에 그가 보낸 종대에서 남은 것이라고는 먼지뿐이었다. 7시 30분에 장물을 호위하던 그의 전사들은 하늘로 날아갔다. 모두 한 번에. 아마도 7시 35분에 그들은 벌써 그곳에서 만났을 것이다. 그리고 이곳저곳으로 배치되었을 것이다…… 방별로…… 해먹별로…… 이미 오랫동안 그들을 기다려온 이슬람 극락의 처녀들이 그들을 애무할 준비가 되어 있을 것이다…… 하지만 두다예프 종대 전사 중 일부는 살아남왔다. 스스로 살아남은 것이다!…… 바실료크의 헬리콥터를 보자마자 (그리고 그 소리를 듣자마자) 체첸인 중 일부는 아주 정확하게 관목으로 숨어들었다. 군 복무 경험이 있는 이들일 것이다…… 예전에 군사학교에서 배우기도 했겠지……

두다예프는 견장을 달고 있지 않았고, 재킷으로 갈아입었지만 여전히 자기 자신과 상황을 잘 통제하고 있었다. 당시 그는 패배를 몰랐다…… 비교적 침착하게, 전사들을 데리고 다시 나의 창고로 오겠노라고 말했다. 그리고 다시 무기를 가져가겠다고 했다…… 바로 오늘!…… 똑같이…… 동일한 대수의 장갑수송차와 동일한 수량의 유탄발사기도. 당연히 '칼라시'도. 그리고 총알도.

살짝 쓴웃음을 짓고는 세세한 일들을 따지고 들려 하지 않았다.

"내가 다 가져가지."

그러고 나서야 내 눈을 들여다보며 물었다.

"누가 나를 배신할 수 있었을까?"

그러면서 아주 이상하게, 찌르는 듯한 눈빛으로 나를 보았다.

그는 답을 알고 있는 것 같았다. 하지만 그것을 믿기는 어려운 듯했다.

이 땜빵이, 그렇게 빨리, 그렇게 순식간에 상황을 정리했다고? 이 아무짝에도 쓸데없는, 정직한 땀내를 풍기는, 모두가 버린 소령 나부랭이가? 그가? 이 창고의 똥이?!

그런데!…… 그런데, 그러면서 두다예프는 처음으로(수년 만에 처음으로) 체첸인이 아닌 나를 진심으로 존중하며 바라보았다.

나는 어깨를 으쓱했다.

"배신을 하는 것은 친구들뿐이죠. 장군이 말씀하시지 않았나요…… 성실한 최고의 친구들만 배신을 한다고."

그는 여전히 나를 바라보았다. 눈을 떼지 않은 채.

"다른 모든 사람들은 팔아넘기니까요."

나는 말을 이었다.

"더러운 짓을 하지만 그건 당연한 거니까…… 놀랄 이유가 없죠! 그저 평범한 사람들인 거죠…… 장군이 그렇게 말씀하지 않았습니까."

나는 네 친구가 아니다. 땜빵에 불과한 내가 너에게 이런 일을 저질렀으니, 나도 나머지 사람 중 하나인 것이다. 네 친구가 아닌 거다. 그러니 나는 배신자가 아니다…… 놀랄 게 뭐가 있는가!

그는 지갑을 꺼내더니 가볍게 탁자에 천 달러를 던졌다. 백 달러씩.

"이 정도면 괜찮지?"

하지만 황제와 같은 손동작으로 내게 돈을 주면서도, 이제는 내게서 물건을 사면서도, 그는 (7시 30분에) 그의 종대를 길에서 날려버린 일이 나와 관련이 있다고 확신할 수는 없었다…… 믿을 수가 없었던 것이다! 이 똥이…… 이 아무것도 아닌 소령 나부랭이가. 이놈 뒤에 누군가 거물이 있다는 것일까?…… 그래, 누군가 대단한 사람이 있는 거야.

그렇지 않았다면 두다예프는 총을 꺼냈을 것이다. 이 모든 것이 나와 관련이 있다고 확신했다면. 흥분해서 총을 쏘았을 것이다…… 하지만 그는 총을 쏘지도, 심지어 꺼내지도 않았다. 대신 푸른 것을 꺼내 들고 묻기까지 했다. "이 정도면 괜찮지?"

나는 답했다.

"괜찮네요…… 종대의 반이 살아서 산까지 간다면 말이죠. 산에서는 종대의 반으로도 뭐 나쁘지 않을 테니까요."

그러자 두다예프는, 여전히 단 한순간도 이 모든 것이 내가 저지른 일이라는 것을 확신하지는 못한 채로, 다시 지갑에서 천 달러를 더 꺼내어 이미 내어놓은 천 달러 위에 얹었다. 종대의 나머지 반값을 얹은 것이다. 그 천 달러는 엇갈리게 내려놓았다. 다시 세지 않아도 되도록. 종대의 나머지 반을 위해서. 그러다 보니 탁자 위에는 돈이 십자 모양으로 놓이게 되었다. 나의 첫 천 달러가.

잠시 후 그들, 그의 사람들이 왔다…… 그러고는 터지도록 짐을 실었다. 총알 반 상자, 총 한 자루도 남기지 않고. 그런 다음 마지막 장갑수송차까지 다 몰고 나갔다. 장갑수송차는 거기 두 대밖에 없었다…… 트럭 세 대. 지프 두 대…… 그리하여 다시 종대가 만들어졌다. 그렇게 모든 것을 싣고는 떠나버렸다.

나는 완전히 털린 창고의 열린 문 앞에 서 있었다. 종대는 먼지를 일으켰다…… 체첸 사람들이 떠났다. 정문을 활짝 열어놓은 채로. 나에게는 이미 아무것도, 아무도 없었다. 운반병도, 보초병도.

활짝 열린 정문밖에 없었다.

우리는 정문 곁에 서 있었다. 두다예프와 내가…… 느긋하게 서 있었다. 말없이…… 그렇게 서로 화해하는 동시에 영원히 작별했다.

그리고 그때 바로 그곳에서 그에게 전화가 걸려왔다. 그는 휴대폰을 꺼냈다(휴대폰은 체첸인들이 우리보다 먼저 사용했다. 하지만 당시는 아무도 휴대폰이라는 것을 가지고 있지 않을 때였다). 그야말로 기적이었다. 수첩만 한 크기의 전화. 안테나도 전선도 없는!…… 꼭 초콜릿 판처럼 보였다. 그 초콜릿-수첩이 너무도 부드럽게, 새끼 강아지 소리 같은 멜로디를 내며 주변을 불러들였다. 두다예프는 즉시 위엄을 갖추고, 수염의 위치도 엄격하게 보이도록 만들고 전화기를 귀에 가져다 대고 누군가에게 짧게 말했다.

"출발했네."

그러고는 작은 수첩을 덮었다.

장군은 휴대폰을 본 나의 감흥에 만족하지 못했던 것 같다. 나의 감동이 턱없이 부족하다고 보았다. 그는 오만하게 나를 바라보며, 이런 것을 보면 '기적을 보았구나!'라고 느껴야 한다고 말했다. 이제 어떤 것이 가능해질는지 알겠나…… 산에서 연락이 가능해질 거야…… 소령, 산에서 하는 전쟁에서 이것이 어떤 기적을 의미하는지 자네는 상상도 할 수 없을 거야!

나는 이런 경우 산사람들이 하는 식으로 감탄한 듯 입을 다시며 혀로 소리를 냈다. 오, 정말 놀랍군요, 하는 식으로.

두다가 말했다.

"이제 이게 내 최고의 친굴세. 절대 배신하지 않을."

나는 마치 예견이라도 한 듯 기계적으로 답했다.

"어떻게 될지 보십시다, 장군님."

때로(생각 속에서) 나는 아버지에게 환상적인(하지만 사실 현실적인) 무기 판매 이야기를 들려준다. 다른 어떤 이가 아니라 바로 두다예프가 내 사업적 능력의 산파가 되어주었다는 이야기도(물론 두다예프 자신은 전혀 의식하지 못했다). 아버지는 정말 황홀해하며 그 이야기를 들었을 것이다. 아마 그랬을 것이다!…… 늙은 술꾼에게 기쁨이 되었을 것이다!

아버지는 거기, 코빌스크에서 어떻게 지내고 계실까?…… 눈을 감는다. 5층 건물들 사이를 지나 상점으로 가고 있는 아버지가 보인다. 너무도 가벼운 발걸음으로!

나의 첫 무기 거래는 결국 유일한 무기 거래가 되었다. 나는 스스로에게 질려버렸던 것 같다. 망연자실해진 것이다…… 그 후로는 총 한 자루도 판 적이 없다. 사회학자들이라면 어떤 관찰을 할 수도 있었을 것이다. 당시는 나뿐 아니라 많은 사람이 장사꾼으로 환골탈태하기 위한 일종의 도약을 하던 때였다. 모르겠다…… 나는 나비처럼 이제 막 고치에서 자유로워졌다. 나비가 자기의 첫 비행을 한 것이다. 그런데 첫 회전을 시도하고는…… 멈췄다…… 그러고는 가만히 앉아 있었다…… 다양한 풀들이 피워낸 꽃에 머물며 보호색을 만들어 적응하려 애쓰면서. 나비 날개 빛깔과 비슷한 꽃들 위에 앉아서.

게다가 상황도 나를 도와주지 않았다. 전쟁!…… 그로즈니는 불바다가 되었다…… 시간은 때로 기어가듯 천천히 흐르다가 또 상상할 수 없이 빠르게 흐르기도 했다. 폭동이 일어난 도시로 두 방향에서 바비체프*와 로흘린**의 공수부대원들이 들어왔다. 이 '협공 작전'이 당시의 사건 중 유일하게 기억나는 것이다.

내전이 되어가면 전쟁은 응당 더 잔혹해진다. 이해 불가한 어떤 것이 되어간다…… 전쟁을 하지만 전투병은 아닌 나는, 단지 나를 위해서(내 내면에서 이 상황을 소화하기 위해서) 마침내 이 전쟁에 대한 어떤 설명을 찾아냈다. 아주 단순한 설명을. **전쟁은 그 자체로는 부조리한 것이다…… 전쟁이 끝나기 전까지는.**

아니, 이렇게 말하는 것이 더 정확할 것 같다. **전쟁은 부조리하다, 승자가 정해지기 전까지는……** 그러니 승자가 없는 동안은 질문을 던지지

---

* 이반 일리치 바비체프Ivan Il'ich Babichev(1954~)는 러시아 군인으로, 1차 체첸전 당시 활약하면서, 1995년 초 그로즈니 공습을 지휘했다.

** 레프 야코블레비치 로흘린Lev Yakovlevich Rokhlin(1947~1998)은 소비에트-러시아의 정치가이자 군인으로, 1994~1995년 그로즈니 공습을 지휘했다.

말자. 왜? 어떻게 이럴 수가 있어? 도대체 누구의 잘못이야?…… 누가 먼저 때렸는지 따지는 것은…… 아이들 말싸움이니까.

승자가 밝혀지고 나면, 곧(어쩌면 천천히) 이해할 만한 이유들과 피할 수 없는 결과들이 드러나게 될 것이다…… 사건이 온전한 모습을 드러낼 것이다. 승자는 모든 것을, 그리고 모두를 자기(그러니까 타자가 아닌 **자기**들의) 자리에 세워놓을 것이다. 우리같이 평범한 사람들에게 다른 논리는 있을 수 없다.

95일이 지나고 있다…… 아직 논리는 없다. 그로즈니는 완전히 파괴되고 무너졌다…… 집들의 잔해. 불타버린 군용차들. 로흘린의 공수부대원들은 집들을 한 채 한 채 파괴하고 불사르다가 갑자기 불타버린 시멘트 공장과 아직 불타버리지 않은(!) 휘발유 창고를 발견하게 된다. 이 무슨 부조리인가!…… 휘발유통이 가득 들어 찬 창고는 멀쩡하다. 고요한 휘발유의 바다다. 주위는 온통 불바다인데!…… 아무도 없는 간이창고들이 줄지어 있다. 아무도 지키지 않는 창고들이. 정신이 약간 이상해진 소령 한 명을 제외하고는. 그는 손에 권총을 들고 열린 정문 곁을 뛰어다니며 이 휘발유통들을 아무에게도 주지 않겠다고 악을 쓰고 있다!…… 아무도 못 줘!

주위의 이곳저곳에서는 집들이 불타고 벽이 무너진다…… 지붕들이 큰 새처럼 공중을 날아다닌다…… 그런데 소령은 자기 몸으로 휘발유통들이 있는 창고를 막아서며 외친다.

"내 거야!…… 내 거라고!"

내가 바로 그 정신 나간 소령이었다.

공수부대원들은 나를 꼼짝 못 하게 붙들었다. 그들 중 마음 착한 대원 하나가 광기 어린 나의 창고 사랑을 이렇게 달랬다. "우리가 다 가져갈 거야, 소령…… 겁내지 말라고!…… 우리가 자네 휘발유통들을 다 가져갈 거야."

나에게 한 달간 휴가를 주었다. 나는 고향 코빌스크에 있는 아내와 딸에게 돌아갔다. 물론 아버지께도…… 아버지에게는 두다예프에 관한 첫 이야기들을, 아내에게는 두다예프의 2천 달러를 선물로 가져갔다…… 당시 나는 극도로 병적인 상태로 지냈음에도 그 돈을 잘 간수했다(당시 나는 창고 문 곁에서 홀로 외로운 나날을 보냈다). 어쩌면 나의 그 정신 상태 덕분에 그 돈을 간직할 수 있었을지도 모르겠다. 평범한 얼룩덜룩 점퍼 속에. 평범한 점퍼 앞주머니 안에.

집에서 나는 아내에게 이름을 알 수 없는 큰 강가에 집을 지으라던 체첸인의 충고에 관해 이야기했다. 봄에 이야기를 들려주었다…… 침대에서…… 사랑을 나눈 후의 고요 속에서…… 두다예프는 이미 그때 정확하게 이해하고 있었다. 체첸에서 도망친 소령은 자기가 살게 될 강의 이름을 말하지 않는 것이 더 낫다는 것을. 혹시 모르는 일이니까…… 그때, 침대에서, 아내와 나는 그것이 좋은 생각이라는 것에 동의했다…… 사샤, 정말 재미있는 생각이에요. **차원이 다른!**…… 그러니까 장군이겠지요!

"공군 장군이야."

나는 아내의 말에 힘을 실어주었다.

하지만 그 후로 1년이 더 지나고 체첸이 온통 엉망진창 세상이 되었을 때에야 나와 아내는 결심을 굳혔다. 그리고 그때는 지체하지 않고 나의 다음 휴가 때에 바로 큰 강을 택했다. 그리고 급히 강가에 있는 땅을 보러 다녔다. 하지만 그곳에서 집 짓는 일은 아내 혼자 시작해야 했다. 나는 다시 소환되었다……

그러고는 나를 보내주지 않았다. 모두가 느꼈던 것처럼, 체첸의 평화는 결코 견고한 것이 아니었다…… 그들은 나를 모즈도크로 보내어 치칼롭스크 공항 근처에 집을 짓게 했다…… 집과 막사들을 지었다…… 당시 치칼롭스크는 점점 더 수요가 많은 도시가 되어가고 있었다.

때로는 여기, 또 때로는 저기서 비행기가 활주로를 달리고 이륙했다. 휘파람 소리와 모터가 포효하는 소리가 들렸다. 당시 나는 기숙사 건설 현장에 있었는데, 갑자기…… 익숙한 목소리가 들렸다. 나를 부르는 소리가 들리는데, 어느 방향에서 나는 소리인지 알 수가 없었다. 비행기의 굉음 때문에…… 머리를 돌려…… 둘러보다가…… 갑자기 그를 보았다. 코스티예프!…… 그가 거기 서서 미소 짓고 있었다! 페테르부르크인인 그도 이곳 공항 부근 건설 현장으로 보내진 것이다. 평화가 돌아오자 건축기사들도 돌아왔다. 아마도 어떤 감독관의 수첩에(혹은 어떤 감독관의 머릿속에) 우리는 짝으로 계수되고 짝으로 존재했던 모양이다. 질린과 코스티예프, 엔지니어들.

우리는 서로 얼싸안았다. 물론 내게도 미움은 없었다…… 그가 떠났다! 그래서 뭐 어쩌겠는가?…… 더욱이 코스티예프는 설명을 했다. 당시 그를 한밤중에 빼내어 가버렸다고. 지금 페테르부르크로 돌아가지 않으면 여기서 영영 돌아갈 수 없다면서! 그리하여 한밤중에 짐을 싸고 이스마일로프라는 이에게 부탁을 했단다. 나에게 상황을 전해달라는 부탁을 하고…… 메모도 남겼다고 했다!…… 메모 위에는 큰 글씨로 '질린 소령에게'라고 써두었다고도 했다…… 하지만 나도 기억하고 있는 바로,

이스마일로프도 그 시기에 사라졌다. 그가 살해당했다고들 했다.

코스티예프는 모든 것을 아주 쉽고 납득할 만하게 설명할 줄 알았다. 역시 페테르부르크학파다…… 나도 미움을 품고 있지 않았다. 시간이 모든 것을 흩어버렸다. 미움을 품고 있을 수 있는 시기가 아니었다…… 어디 있었고, 누구를 잃었고…… 누가 체첸에서 살았는지 이미 셈을 하지 않았다. 전쟁이니까!

우리의 우정은 첫날부터 다시 부활했다. 마치 헤어진 적조차 없었던 것처럼…… 집 짓는 데 있어 나와 코스티예프는 정말 환상적인 한 팀이었다. 물론 백학의 집을 회상하기도 했다. 여전히 그 집들이 남아 있는지 한번 보기라도 하면 좋겠다!…… 하지만 그곳에 다녀오는 것은 이미 불가능한 일이었다…… 그로즈니는 우리 땅이 아니었다. 대신 거기로 날아갔다 오자는 낭만적인 아이디어가 떠올랐다(물론 포도주 덕분이었다! 모즈도크 포도주는 질이 좋았다! 끝내주는 포도주가 있었다!). 헬리콥터 조종사를 설득해서 도시의 변방까지 잠시 날아갔다 오자.

우리를 격추시킬 수 없을 것이다. 두다예프에게는 비행기가 거의 없었다…… 필요한 고도를 유지하고 날아가는 것이다. 나와 코스티예프는 손에 쌍안경을 들고 딱 30초만…… 그저 잠시 바라보고만 오는 것이다!

"상공에서 알아볼 수 있을까? 우리 예쁜이들을?"

"당연하지!"

우리는 잔을 부딪쳤다.

점점 더 늘어나는 공항 업무 종사자들을 위해 우리는 모즈도크에 두 채의 별채가 딸린 3층집을 짓기로 되어 있었다. 그때 나는 엔지니어로서 허세를 부려보고 싶은 생각에 사로잡혔다. 갑자기 야심가가 되어 열을 내었다.

집을 비행기 모양으로 설계하는 것이다. 우리가 이곳에서 함께한 작업이 오래오래 기억되도록. 두 채의 별채는 두 날개가 되도록 하고 비행기의 코 부분은…… 집 중앙에 완만한(자그마한) 돌출부를 만드는 것이다. 돌출부에 자리한 방들의 출창(出窓)을 이용해서. 그러면 3층에 자리한 출창은 저절로 반투명한 조종실처럼 보일 것이다. 어때?

"어때?"

나는 스스로에게 말했다.

"끝내주지?"

이 생각은 밤에 떠올랐다. 그때 나는 이미 잠자리에 들었다…… 침대에서 한 시간가량 이리저리 뒤척이며 돌아눕기를 반복했다. 잠이 오지 않았다. 한쪽 옆구리가 아프도록 누워 있다가…… 또 다른 쪽 옆구리로 돌아누웠다…… 그러고는 일어나서 옷을 입고 아직 한밤중일 때에 코스티예프에게 갔다.

그는 근처에 있는 한 노파의 집에 세 들어 살고 있었다.

물론 포도주도 챙겼다. 포도주 두어 병은 부드러운 대화를 위해서 꼭 필요하다…… 모즈도크 포도주는 최상품이었다!…… 어찌 되었든 우리 팀에서는 코스티예프가 주설계자였다. 그래서 통상적인 형태가 아닌 모양의 집을 지으려면 코스티예프를 설득해야 했다…… 그를 납득시켜야 한다. 물론 포도주를 한잔 하면서.

포도주를 각각 한 병씩 오른손, 왼손에 들고 날듯이 계단을 올라갔다. 저녁인지라 포도주병은(아직도 기억이 생생하다!) 차가웠지만 손에 달라붙지는 않았다.

조금 신경질적으로(흥분한 것이다!) 문을 두드리자 노파가 문을 열었다. 그러고는 세입자인 내 친구 코스티예프가 페테르부르크로 떠났다고 했다…… 목구멍이 간질간질했다…… 노파는 도시 이름을 꼼꼼하게 발음해주었다. 쌍크트 페테르부르크로…… 한 시간 전에. 완전히…… 짐을 다 챙겨서.

그리고 아침이 되었을 때 뭉근히 타고 있던 전쟁이 새롭게 불타오르기 시작한 것을 알게 되었다. 제2차 체첸전이 시작된 것이다.

군에서는 그로즈니와 그 근교가 전쟁에 휩싸이자마자 건설 현장에서 나를 빼내어 다시 창고에 처박았다. 창고로?…… 하지만 그로즈니로 보내지는 않았다. 거기에는 살아남은 창고가 거의 없었다…… 그들은 나를 한칼라로 보냈다…… 그리고 그곳에서 나는 제법 빠르게 휘발유 사업을 시작했다. 저절로 그렇게 되었다.

하지만 한칼라에서 내게 배당된 창고를 돌아본 첫날에는 모든 것이 극도로 불만스러웠다. 창고는 그야말로 똥이었고, 나의 그로즈니 창고에 비견될 만한 것이 하나도 없었다…… 우선 이 창고는 휘발유와 디젤유를 보관하는 데 적합하지 않았다(그런데 창고에는 휘발유와 디젤유만 가득했다). 간이창고도 연료통을 굴리고 내오는 데 적합하도록 지어져 있지 않았다(간이창고의 돌출부는 짐을 싣고 오는 수송차의 짐칸과 평행이 될 수 있도록 반듯하게 지어야 한다). 기중기는 삐걱거리고 쉬쉭 소리를 내며 한 시간마다 망가졌다. 잘못하다가는 손으로 짐을 싣고 내려야 할 판이었다…… 석기시대로군!…… 하지만 선택의 여지가 없었다. 전쟁이니까!

연료수송차 상황도 좋지 않았다. 대신 연료통들은 훌륭했다. 연료통들! 나를 움직인 것은 연료통들이었다…… 나는 갑자기 그 연료통들을 알아보았다(알아보았다고 느낀 것일 수도 있다). 내 연료통들. 그 연료통들은 실제로 그로즈니 대장간에서 가지고 온 것들이었다(어쩌면 내가 그렇게 생각했는지도 모른다……). 나는 갑자기 흥분했다. 그것은 내 연료통들이었다. 내 휘발유인 것이다!…… 나는 로흘린의 공수부대원들에게 바로 그렇게 소리쳤었다.

축복처럼 그곳에 무기는 전혀 없었다. 연료와 윤활유만 있었다. 나는 손으로 연료통들을 쓰다듬어보기까지 했다. 그러자 이 볼품없고 지저분한 연료통들이 내게 속삭이기 시작했다. 그것들을 건드려보았다. 부드럽게…… 이곳에 도착한 바로 첫날에.

연료통들은 세워져 있기도 했고 굴러다니기도 했다. 연료통들 천지였다…… 이번에는 내가 귀띔을 해주었다.

내가 사무적인 태도의 장교를 설득하거나 광분한 대령에게(혹은 체첸 중개인에게) 직접 "그래, 내가 자네에게 디젤유를 **주지**…… 휘발유도 **주겠네**…… 윤활유도 **주지.** 조금이지만 **주겠네**"라고 말했다면 그들은 나를 이해하지 못했을 것이다. 내 이야기를 듣지도 않았을 것이다. 자기 일밖에 모르는 일벌레도, 우리 일에 엮여 있는 체첸 중개인도…… 다를 바가 없다. 전쟁이니까!…… 그들은 그 즉시 더 요구하기 시작했을 것이다. 자기의 권리를 주장하고…… 협박하고…… 더, 더 내놓으라고 요구했을 것이다! 그러고는 갑자기 꺼내 든 권총을 내 귓구멍에 쑤셔 넣었을 것이다.

하지만 그들에게 "좋아, 내가 디젤유, 휘발유, 그리고 다른 것들도 주지. 하지만 돈을 지불하게…… **팔겠네**"라고 말하면, 갑자기 그들은 나를 이해하고 내 말을 듣기 시작한다. 전부. 이편도, 저편도. 세번째 팀도, 다섯번째 팀도. **팔겠네**라고 말하면 동의한다. 물론 트집을 잡고 푼돈을 깎으려 덤비지만 어찌 되었건 내 말을 이해한다. 물론 그들도 협박을 하고 때로는 광분하여 권총을 들이대기도 한다. 나는 그 총구를 수도 없이 보았다!…… 그 검은빛, 때로는 잿빛이 도는 구멍을!…… 하지만 이 모든 광대극은 전혀 다른 성격의 것이다. 그것은 흥정을 위한 광대극이다.

그들은 미쳐 날뛰지 않았다. 천장에 총을 쏘아대지도 않았다. 체첸인들도. 가장 광폭한 이들도. 애꾸들도…… 콧구멍에 틱 장애가 있는 놈들도…… 충분히 통제 가능하게 행동했다. 그리고 모두가 다음과 같은 내 말을 잘 알아들었다.

"내가 팔지. 다섯 통 모두. 대신 돈을 내."

아니면 보다 자연스러운 방법으로. 물품 보급을 맡게 되면 이렇게 말했다.

"받게 될 거야. 전부…… **팔겠네**…… 열번째 연료통은 내 것이라는 조건으로."

당시 군대의 기강은 여전히 무너져 있었다…… 질린 소령이 아니었다면 어딘가에는 휘발유와 중유통이 산처럼 쌓이고, 다른 곳에는 아무것도 없었을 것이다. 마치 사회주의 시절처럼. 정체되었을 것이다.

내가 연료의 10분의 1을 받는 것은 창고의 주인이거나 도둑이기 때문이 아니다. 나는 배송을 책임졌다. 그렇다, 나는 그렇게 그것을 벌어들였다…… 죽어라 일했다. 내게는 정보도 있고, 길목마다 내가 돈을 지불해야 하는 정보 제공자들도 있었다. 산에서의 전투는 결코 쉬운 일이 아니다…… 간혹 체첸놈들에게 휘발유와 중유를 팔았기 때문에 체첸의 야전사령관들도 사샤의 차와 함께 가는 종대들은 무사 통과시켜주었다. 누구도 할 수 없었지만 나는 연료를 필요로 하는 우리 부대에 연료가 정확하게 전달될 수 있도록 배송을 책임졌다(체첸 쪽 길은 루슬란이 맡아 감독했고, 우리 쪽 길은 콜랴 구사르체프가 맡았다). 그리고 힘든, 가장 어려운 길로 배송을 해야 할 때면 내가 직접 흐보리나 코스토마로프 같은 인솔자를 찾았다. 나는 연료에 대한 보증으로 가격을 책정한 것이다. 연료 배송에 대한 보증으로. 나도, 또 나와 같은 일을 하는 사람들도.

내가 시장 제도를 도입했다고 말하지는 않겠다. 그렇게 말한다면 그것은 어리석고 오만한 이야기가 될 것이다…… 하지만 나, 그리고 나와 같은 일을 하는 사람들은 전쟁이라는 조건하에 가격 제도를 도입했고…… 배송 시스템을 들여왔고…… 현금, 혹은 현금에 해당하는 현물 지불 시스템을 만들었다(배송 연료의 10분의 1)…… 처음으로 상거래 관계를 도입한 것이다. 물론 시장은 저절로 생겨났다. 시장은 항상 스스로 생겨난다.

한번은 사령부에서 누군가가 직접 나를 거론했다. 결국 나를 찌른 것이다. '질린'이라는 이름이 거명되었다. 체첸인들에게 운송비로 휘발유 세 통을 지급했다더라. 그리고 '부정부패'라는 단어도 단순한 위협 수준을 넘어서는 수위의 단어로 함께 거론되었다. 그곳에는 트로신도 있었고, 슈마노프도 배석해 있었다. 그리고 다른 힘 있는 인사들도 함께 있었다.

하지만 사령부 군인들이 앞장서서 나를 비호했다. 나를 필요로 했으니까. 당시 사령부에서는 이미 제법 똑똑한 치들이 일하고 있었다…… 어찌 되었든 군사아카데미를 졸업한 인재들이다. 먼저 마마예프가 매우 인상적인 연설을 했다. 그때 처음으로 전쟁에서 카오스보다 나쁜 것은 없다, 지금 우리가 제대로 겪고 있는 군의 해체보다 악한 것은 없다는 말이 흘러나왔다. 부정부패는 그래도 카오스보다 백배는 나은 것입니다. 부정부패는 어찌 되었든 하나의 문화이니까요……

"지금 우리는 부정부패도 불가능한 상황에 처해 있습니다."

마마예프는 아주 인상적으로 연설을 마쳤다.

하지만 긴장된 침묵이 다시 이어졌다. 사령부 군인들은 침묵하고 있었다. 어찌 되었든 마마예프는 요설가로 이름을 날리는 인물이었으니까.

뒤이어 구사르체프가 용감하게 발언대로 나섰다. 우리 모두는 안전이 보장된 길이 필요하다는 사실을 알고 있습니다. 산 주변의 길도 그렇지만…… 산길은 더더욱 그렇습니다…… 조금의 손실이 있을지라도 길의 안전을 확보하는 것이 반드시 필요합니다.

그의 발언도 훌륭했다. 하지만 역시 침묵이 이어졌다. 우리의 콜랴는 계급이 아주 낮았으니까.

하지만 그때 헛기침을 한 번 하고는 트로신이 베이스의 목소리로 말을 맺었다.

"좋아요, 좋습니다. 모두 계집아이처럼 굴지 맙시다. 때로는 길이 연료 자체보다 중요한 거 아닙니까. 이 두 통…… 아니 세 통…… 아니 몇 통이라고 했더라? 그 몇 통의 연료를 질린 소령의 비즈니스라고 보지 말고 체첸 야전사령관들에 대한 뇌물이라고 칩시다."

모두가 안도한 듯 단박에 긴장을 풀었다. 웃기도 했다. 그러고는 트로신의 말에 쿠투조프*의 지혜와 여유가 담겨 있다고 평했다. 사실상 나는 거의 징계를 받을 뻔했다.

물론 연료 시장의 경쟁자들은 나를 제거하고 싶어 미칠 지경이었다. 계급이 제법 높은 보급장교들은 팔꿈치로 찔러대며 나를 군법회의에 회

---

* 쿠투조프Mikhail Illarionovich Golenishchev-Kutuzov(1745~1813) 공작은 1812년 나폴레옹의 러시아 원정 기간, 프랑스에게 승리를 거두었다.

부하고 싶어 했다. 정말 엄청나게 나를 시기했다! 꽉 찬 연료탱크가 두 대나 와 있는데!…… 역에 정차해 있는데!…… 러시아에서 화물기차와 함께 도착했는데. 그것도 두 대나! 거대한 연료탱크가. 나는 그들의 계급이 아무리 높아도 한 방울도, 작은 통에라도 조금도 나누어주지 않았다.

디젤유는 그보다 더 빨리 해치웠다(디젤유는 체첸인들에게 더 필요했고, 값도 그들이 더 쳐주었다. 말하자면 야전에서 필요했다). 중유…… 심지어 중유도…… 내 경쟁자들이 특별 주문한 디젤유. 디젤유도 그로즈니까지 다 와서 도저히 이해할 수 없는 방법으로 사라졌다. 분명 연료탱크와 기차가 선로 위에 있었는데. 그들은 연료탱크를 보지도 못했다…… 연료탱크가 왔다 가기는 한 것인가?…… 환영이 아닐까?…… 내가 경쟁자나 소매상들에게 남겨준 것은 선로 위에 떨어진 휘발유와 디젤유 얼룩뿐이었다. 선로 사이에 떨어진 휘발유, 디젤유 얼룩. 어두운 땅 위에 떨어진 색색의 무지갯빛 점들. 마치 만료된 여권에 찍힌 기한 말소 표시와도 같은 점들.

수뇌부의 붕괴와 잦은 교체, 이 두 가지 요소는 시장에서 살아남아야 하는 우리를 반짝반짝 빛이 날 정도로 연마해준다. 하지만 모두가 그 시험을 통과하는 것은 아니다.

보급장교들이 어떻게 신의 귀띔, 이 모든 일이 시작된 시원에서 울렸던 놀라운 소리에 관하여 알 수 있겠는가. 탁! 탁! 지치고, 예민하고, 견장에 벌벌 떨고, 거기에 어떻게든 별 하나 더 달려고 노심초사하는 이들이 어떻게 그것을 알 수 있겠는가…… 어떻게 휘발유와 용기의 전혀 예기치 못한 상관관계에 대해 알 수 있겠는가. 두다예프는 (자기도 모르게) 나에게 거래할 때는 눈을 똑바로 쳐다보아야 한다는 것을 가르쳐주었다. 그는 나를 쏘지 않았다. 쏘지 못했다…… 그는 손가락만 비벼대고 있었다. 손가락이 분명 총을 향해 있었음에도.

두다예프가 죽었다. 그의 휴대폰이 그를 속이고 배신했다. 그의 가장 좋은 친구가. 정말 진짜 친구처럼 단번에, 저열하게 그를 배신했다. 그리고 자기는 살아남았다…… 연방군 미사일이 휴대폰의 귀띔(휴대폰의 전파)에 반응하여 폭파되었을 때 주변에 있던 모든 것도 함께 날아올랐다. 흙이 분수처럼 튀어 올랐다! 모든 것이 산산조각 나고 먼지가 되어버렸다…… 더 이상 붙일 수도 없게…… 땅도, 두다예프의 지프도, 땅 위에 깔아둔 냅킨 위에 놓여 있던 그의 음식도. 모두 날아올랐다. 모든 것이 분수처럼 날아올랐다…… 두다예프는 폭파로 갈기갈기 찢기지는 않았지만 너무 높이 날아올랐다가 떨어지는 바람에 죽고 말았다. 그도 다시 붙일 길이 없었다…… 대신 그의 신실한 친구는 온전하게 남았다. 그 역시도 흙 분수와 함께 하늘까지 날아올랐음에도. 전에는 신실했던 그 친구 말이다.

두다예프의 친지들은 이 작은 배신자에 대해서는 꿈에도 생각하지 못했다. 오히려! 장례식을 거행할 때 존경을 표하며 그의 휴대폰을 죽은 두다예프와 함께 무덤에 묻어주었다. 그 유명한 그의 군모와 함께…… 물론 무기도! 그가 사랑했던 지도도!…… 누가 카키색 공간의 주인이었는지 기억할 수 있도록!…… 산과 산길, 매복을 위한 깊은 협곡의 주인.

그런데 아뿔싸! 그런 그가 자기의 작은 무덤의 온전한 주인이 될 수도 없었다. 그의 묘에는 아무것도 없다. 기밀…… 묘에는 글씨도, 표지도 없다…… 적들이 발견할 수 없도록 이름 없는 묘를 만들었다…… 몰래 파묻은 것이다…… 너무도 비밀스럽게 매장한 나머지 갑자기 묘지가 어디 있는지를 놓쳐버리고 말았다(그런 소문을 퍼뜨렸다).

두세 사람 정도는 그의 묘가 어디에 있는지 알고 있을 수도 있다. 하지만 전쟁 중이 아닌가!…… 그 두세 사람은 어딘가로 가버렸을 수도 있고, 어딘가로 소환되었을 수도 있다…… 아니면 살해당했을 수도 있다. 전쟁은 때로 앞으로 나아가고 때로 뒤로 물러섰다. 그리하여 두다예프의 묘에 관해서는 이미 아무도 알지 못하게 되었다…… 하지만 갑자기 미사일이 산등성의 어떤 장소를 다시 폭격하기 시작했다. 두 개의 미사일이…… 그리고 두 개 모두 묘지 옆에 떨어졌다.

알고 보니 두다예프의 가장 가까운 친구가 땅속에서도 살아남았던 것이다. 땅속에서 갑자기 소리를 내기 시작한 것이다…… 적은 양의 전류로 전원이 켜졌고 갑자기 살아났다. 특별한 최면에 걸린 것처럼…… 정전기가 작동한 것처럼. 아주 약한 신호가 흘러 나간 것이다. 미사일이 폭격하는 바람에 다시금 땅이 솟아올랐고…… 그 안에 있던 모든 것들도 분수처럼 날아올랐다. 다시 하늘까지.

하지만 휴대폰은 살아남았다. 최초 모델 중 하나인 구식 휴대폰의 모양은 형편없어졌다. 폭발이 일어날 때 공중제비를 돌다가 풀밭에 내동댕이쳐졌다. 그러더니 여전히 삑삑 소리를 낸다. 하던 짓을 다시 한다. 마침내 알아서 꿰질 때까지. 가만히 있지를 못했다…… 진짜 친구는 길게 복수하는 법이다.

차를 마신다…… 창밖의 구름이 놀랍도록 희다.

저 구름 아래, 저 너머 어딘가에서 굽이치며 길이 이어진다(사실상 그리 먼 곳도 아니다. 체첸은 작은 나라니까). 그 길을 따라 지프가 돌진한다. 내가 잘 아는 지프다. 운전대 앞에는 내가 더 잘 아는 콜랴가 앉아 있다…… 콜랴 구사르체프. 노래를 흥얼거린다…… 그의 등 뒤편 뒷좌석에는 나의 두 폭발후유증 환자가 앉아 있다.

올레크는 총대를 꽉 쥐고는 굳은살을 뜯고 있다. 아, 올레크는 지금 너무도 만족스럽다! **충성을 다했으니까!**

아마 알리크는 자동소총을 무릎 위에 놓고 있을 것이다. 눈물이 흐르는 왼쪽 눈으로 자동차가 흔들릴 때마다 눈물을 흩뿌리고 있다. 눈물이 어디로 날아가는지도 모른 채…… 둔덕을 지날 때마다, 지프가 덜컹일 때마다.

전화를 기다린다. 물론 전화가 오지 않을 수도 있다. 콜라 구사르체프는 경계를 늦추지 않을 것이다…… 잠깐이라도 전화할 수 있을까? 전화할 맘을 먹을까?…… 별로 전화를 걸고 싶지는 않을 것이다. 만일 한다면, 이미 베데노로 난 길을 갈 때 걸겠지.

휘발유 사업을 시작하고 얼마 되지 않았을 때 경쟁자들, 소매상들이 나를 물먹인 일이 있었다. 정확히 딱 한 번…… 그것도 돈 문제는 아니었다. 그것이라면 그들의 성에 차지 않았을 테니까.

페트로프…… 아니다, 페트랴예프…… 아니다…… 페트루신이라는 중령이 있었다. 비교적 고위직 보급장교였다. 일병 계급장을 단 여자 하나를 휘발유 세 통을 요구하는 서류와 함께 보냈다. 사실 그 개자식은 그 세 통의 휘발유를 미리 받았다.

"그 여자, 내일 보내도 되네." 그는 미소를 머금은 목소리로 전화를 걸어 허락을 해주었다.

기다리고는 있었지만, 다소 당황한 채 이 살아 있는 대금을 바라보았다. 일병은 금발의 여인이었다. 그 여자를 보자마자 어쩔 줄을 몰랐다. 그야말로 기절할 지경이었다…… 이곳에서 저런 여인을 본 적이 없었다…… 실물로. 그것도 바로 두 발자국 떨어진 곳에서.

하지만 바로 이어, 너무도 빨리 또 한번의 전화벨이 울렸다. 이번에는 상부의 전화였다. 명령이 내려왔다!…… 연락병을 신속하게 코로베이니코프 장군에게 보내라는 지시였다. 절대 아침까지 지체할 수 없다고 했다…… 오늘 당장, 점심 전에 보내게. 그녀를 붙잡고 있지 말게, 소령! 연락병이 중요한 서류를 가지고 있네……

그러고는 전화를 끊어버렸다. 당연하지!…… 당연히 그녀는 엄청나게 중요한 서류를 가지고 있겠지. 저런 다리에. 저런 눈이라면!

그때 우리는 마침 단둘이 나의 달빛 어린 들판에 나가 있었다. 산사나무가 우리를 전쟁으로부터, 그리고 이 시끄러운 세상 전부로부터 격리시켜주는 곳에. 그곳은 안전하게 격리된 곳이었다…… 전화가 울렸을 때…… 나는 막 그녀 앞에서 폼을 재고 있던 중이었다. 멋지게…… 그녀에게 기적을 보여주고 있었다. 나의 들판과 작은 시내로 이어지는 작은 절벽을…… 각양각색 풀들이 자라는 초원을…… 이 모든 경치가…… 정말 특별한 나의 것들이었다.

그녀는 침묵했다. 동의한다는 듯 가볍게 미소를 지으며. “정말 여름이네요……” 갑자기 그녀가 입을 열었다. 나는 그녀의 가슴을 건드려보았다. 자그마한 가슴이었다. 그녀는 차분하게 있었다. 긴장한 듯 숨을 들이쉬지도 않았다. 그저 갑자기 무언가를 의미하는 듯 기침을 했다…… 그때 이미 그 전화가 울렸으니까. 그녀의 작은 가슴은 이미 내 것도, 그녀의 것도 아니었으니까…… 그 작은 가슴은 이미 여기 있는 것이 아니었다……

그 작은 가슴은 이미 코로베이니코프 장군의 것이었다. 힘 있는 대머리 장군. 코냑을 바로 목구멍에 들이부을 줄 아는 장군…… 준위들에게 죽을 만큼 겁을 줄 때 아주아주 굵은 저음으로 말하는 장군.

일병 아가씨는 그 즉시 떠났다. 나는 나의 개인적이고 특별한 들판과 홀로 남았다. 그러면서 여기저기를 서성였다…… 아주 작은 시냇물이 졸졸 소리를 내며 흘렀다. 들판은 향기를 풍겼다.

포레바…… 크라마렌코가 걱정을 한가득 안고, 하지만 행복한 얼굴로 뛰어들어 온다. 기중기가 배달된 것이다.

"알렉산드르 세르게이치!…… 결국 놈들에게서 받아냈어요."

여기서 '놈들'이란 사령부의 기술팀을 말한다.

크라마렌코는 앉지도 않고 곧바로 뛰어나가려 한다.

"부품 이야기를 드리려고 왔어요. 알렉산드르 세르게이치, 기술팀 놈들이 우릴 속이려 하거든요…… 감시를 해야 해요!"

"진정 좀 해."

"아니요. 그럴 수가 없어요…… 제 생각에는, 놈들에게 부품을 더 신청하는 거예요. 졸라서 얻어내는 거죠…… 그래서 그 남는 것을 잘 정리해서, 우리 망가진 기중기도 고치는 겁니다. 한꺼번에요!"

"그래, 그래보든가."

"놈들에게 우리 디젤유로 기름칠 좀 해도 되겠습니까? 소령님, 그게 훨씬 싸게 먹힐 겁니다."

나는 크라마렌코의 이야기까지 신경 쓸 겨를이 없었다. 하지만 그의 말이 맞다. 습관성 어깨 탈골이 있는 병사 둘보다는 기중기 두 대가 낫다.

킬라이는 그 길에서 그다지 눈에 띄지 않는 곳으로, 매복병들이 아주 좋아했다. 사실상 세르겐-유르트에서 시작하여 베데노까지 이르는 길 전체가 대단히 위험하다…… 하지만 작년에(올해도 마찬가지인데) 매복병들이 가장 많이 있던 곳이 바로 킬라이였다. 영어 단어를 쓰면서 멋 부리기 좋아하는 콜랴 구사르체프는 이 특징 없는 장소를 **포레바**라는 별명으로 불렀다. 이 새 이름은 부드럽고 여성스럽게 들렸다. 그리고 무언가 불확실한 것으로 살짝 흥분시키는 이름이기도 했다(어쩌면 아름답게 가려진 위험성 때문인지도 모른다. 소리의 기만이겠지만).

그렇게 별명으로 부르는 것도 쓸모가 있었다.

휴대폰이 소리를 내며 진동한다. 구사르체프의 전화다. 아하!

대략 30초쯤 침묵한다. 이 역시 그들의 사령부식 장난이다. 전화기에 대고 숨만 쉬는 것이다…… 말없이…… 그러고는 마침내 목소리가 들리지만, 말소리가 아닌 노랫소리다. 갑자기 바보 같은 노랫소리가 들린다.

"영원히, 영원히, 영원히-이-이-이……"

포레바를 무사히 지났다는 이야기다.

"잘했네!"

내가 말한다.

"최선을 다하고 있지!"

전화기를 땀이 난 한쪽 손에서 다른 쪽 손으로 옮겨 쥔다. 그러면서 존경심을 가지고, 아니 어떤 경이로움을 가지고 전화기를 바라본다. 이 삑삑 소리를 내는 전화기가 우리 삶을 얼마나 수월하게 만들어주는지…… 이것이야말로 전쟁의 기적이다!

"우리 환자들은 어때?"

"괜찮아. 뒷자리에 앉았어."

구사르체프는 반쯤 속삭이듯 목소리를 낮춘다.

"졸고 있어…… 사랑하는 총대를 끌어안고."

아, 드디어!…… 갑자기 흥분된다. 갑자기 휴대폰만이 아니라 콜랴도 존경받을 만하다는 사실을 깨닫는다. 그러자 사흘 전 내가 그를 얼마나 가혹하게 대했는지도 떠오른다(보드카를 마시며 허심탄회한 대화를 나눌 때…… 사흘이 아니라 나흘 전이었나?).

"콜랴…… 그러니까…… 녀석들을 데리고 가줘서 고맙네."

"별거 아니야, 사샤."

그는 정말 편안하게 그 말을 했다.

"별거 아니야, 사샤."

그리고 더 이상 그의 목소리를 듣지 못했다. 영원히.

11장

무전기로 소식이 들려왔다…… 반군들이 모크로예 협곡에서 연방군 종대를 불태웠다는 것이다. 그 종대에는 우리 창고에서 보낸 휘발유나 디젤유는 없었다. 하지만 우리는 이 작은 종대를 통해 여러 번, 아주 성공적으로 연료를 배달했다. 그런데 그 종대를 영영 잃게 된 것이다…… 루슬란은 들어오자마자 자기가 체첸말을 하고 있다는 사실도 잊은 채 욕을 해댔다. 나를 보고 눈까지 번득이며! 하지만 체첸말이어도 모든 것을 이해할 수 있었다. 실패는 어떤 말로든 이해가 되는 법이다…… 도대체 우리는 왜 이렇게 운이 없는 것일까!

루슬란과 이야기를 나눈다.

사실 나는 두 배로 걱정을 하고 있다. 그 길을 따라, 시간상으로는 조금 뒤처져서 콜랴 구사르체프가 녀석들을 차에 싣고 지났을 것이다. 포레바를 지난 후 그에게서는 더 이상 전화가 없다.

조금 진정한 후 루슬란도 간이의자에 앉아 묻는다.

“콜랴가 전화했습니까?”

"아니."

계속해서 새 소식이 들어온다. 하지만 여기저기서 산발적으로 들려오는 소식들이다.

고르니 아흐메트가 모크로예에서 매복하고 있다가 종대를 불태웠다…… 산사람들은 그가 사무적이기보다는 광폭하고 복수심이 강한 사람이라고 한다(구데르메스의 아흐메트와 다른 점이다……). 하지만 이번 매복은 탈취를 위한 것이었다! 아흐메트는 탈취한 연방군 휘발유를 누군가에게 팔고자 했을 것이다.

고르니 아흐메트와 그의 형제, 그들이 벌인 짓이다…… 하지만 뒤이어 우리의 반쪽 보병소대가 그들을 공격했다고 한다…… 전투가 벌어졌다는 것이다…… 무전기로 그렇게 전했다. 전투가 벌어졌다고. 도대체 어떤 반쪽 보병소대를 말하는 것일까?…… 코르자츠키 중위의 반쪽 보병소대라고? 도대체 그자는 또 누구인가?…… 어쩌다 그곳에 있게 된 것일까?

이 모든 소식은 모크로예에서 도망쳐 자기편에게 돌아간 아흐메트의 반군 두 명에게서 나온 것이다…… 그들이 매복과 전투에 대한 이야기를 전했다. 하지만 그들이 이겼고 반군들이 종대를 불태웠다면 왜 이 두 명이 따로, 독자적으로 도망친 것일까? 그들이 매복 작전에 성공했다면 말이다. 이 점에 대해서는 도망친 두 명의 반군도 침묵하고 있다…… 대신 그 둘은 기꺼이(그리고 믿을 만하게) 연방군의 반쪽 보병소대, 그리고 아흐메트의 형제에게 총을 쏜 우리 편의 눈먼 병사 이야기를 들려주었다…… 아하! 아흐메트의 형제가 부상을 당했군! 좋은 소식이네.

천천히, 하나씩 전투의 그림이 그려지기 시작한다. 하지만 그러고도 오랫동안 이 전투의 전체적인 논리를 파악할 수 없었다. 승자가 없었으니까.

기다려야 한다…… 승자가 없는 동안 모든 전투는 부조리하다. 루슬란은 동의하지 않지만, 나에게 이것은 2 더하기 2는 4만큼이나 명백하다.

또 세부적인 소식들이 들어온다. 이번 소식은 살아남은 우리 편 병사들에게서 나온 것이다.

거점소대가 마침 모크로예 협곡과 아주 가까운 곳, 심지어 협곡이 보이는 곳에 자리 잡고 있었다고 한다. 사실 거점소대 배치는 아주 일상적인 조치이다. 반쪽 보병소대 병사들은 지루한 나머지 빈 병 쏘기를 하고 있었다…… 샬리에서 베데노로 이르는 바로 그 길에서.

그리고 코르자츠키 중위가 이끄는 이 반쪽 보병소대와 체첸 척후병들 사이에 무력 충돌도 있었다고 한다. 결과는 성공적이었다!…… 이것을 성공의 전조라 생각할 수도 있었을 것이다…… 우리 편 병사는 세 명이 부상당했고, 체첸군은 두 명이 전사했다…… 그리고 결국 다섯 자루의 자동소총이 남게 되었다. 건장한 조라가 부상을 입은 것이 안타깝다(원래 덩치 큰 녀석들이 빨리 총에 맞는 법이다). 다행히 조라를 포함한 부상병들은 우리 편 종대를 만나 그로즈니로 후송되었다. 그리하여 부대에는 부상병은 없고 여분의 자동소총만 남게 되었다. 그리고 가벼운 승리감도. 무조건 승리를 확신할 수 있는 상황은 아니었으니까.

병사 중 누군가가 가까운 마을에서 암탉을 보았다고 했다…… 술로 승리를 자축해야 한다. 불법 주조된 보드카와 닭고기로!…… 코르자츠키의 병사들은 체첸 마을에서 필요한 모든 것을 자동소총 다섯 자루와 바꾸었다. 술도, 안주도.

보초를 세우고는 승리를 자축하기로 한다. 모두가 둘러앉는다…… 무지렁이 무힌이라는 별명을 가진 병사 하나만 빈 병 쏘기를 한다. 그러라지!…… 그는 총 쏘기를 좋아한다.

무한이 쏘아대는 잦은 총소리 사이로 멀리서 들려오는 듯한 총소리가 작게 울렸다. 퍽! 하는 소리. 탁! 하는 소리. 갑자기 코르자츠키 중위가 총에 맞아 쓰러진다…… 스나이퍼의 소행인가? 그렇다면 스나이퍼는 어디 있는 거지?…… 주변은 온통 고요하다…… 이 순간을 기다렸던 것이다…… 물론, 스나이퍼의 짓이다…… 이들도 관목을 향해 대응사격을 한다…… 이어 지휘를 맡은 보르조이-밥킨이라는 이중 성을 가진 중사가 반쪽 보병소대에게 모크로예 협곡 쪽으로 더 가까이 이동하라는 명령을 내린다.

중사는 작은 중위(코르자츠키는 작고 바싹 마른 장교였다)와 이야기를 나눈 바가 있어, 요 며칠간 거점소대가 주시해야 할 가장 중요한 곳이 협곡이라는 것을 알고 있었다…… 엄호해야 한다!…… 그곳으로 종대가 지나갈 것이다! 그러니 거점소대인 반쪽 보병소대는 준비를 하고 있어야 한다.

보르조이-밥킨 중사는 무선으로 반쪽 보병소대를 협곡 쪽으로 이동시키겠다고 보고했다. 당연히, 그들의 이동을 눈치챌 수 있는 길가를 따라가지 않겠다고 했다. 길가에서는 쉽게 스나이퍼의 표적이 될 수 있다(그러면 그들에게 들러붙어 하나씩 조준하여 쓰러뜨릴 것이다)…… 보르조이는 청년들을 바르게 인도했다. 숲 쪽으로 돌아서…… 그는 동물처럼 예민한 콜레소프 이병을 선두에 세웠다. 어려서부터 사냥꾼이었던 그가 타이가*에서 단련된 콧구멍을 벌름거리며 걸어간다…… 길의 냄새

* 유라시아 지역의 침엽수림 지대.

를 맡으며.

그리하여 협곡에 도착한다. 하지만 거기서도 협곡 안으로 바로 비집고 들어가지 않는다. 제대로 간 것이다.

그리고 그곳에 이르러서야 보르조이-밥킨 중사는 어제의 무력 충돌에서 거둔 승리를 자축할 수 있도록 허락해주었다. 동시에 지휘관의 명복을 빌자고 했다. 그들은 지휘관의 시체를 날라 왔다. 죽은 코르자츠키는 무거웠다. 깃털은 아니었으니까…… 살아 있을 때 바싹 마른 가볍고 작은 장교였던 그는 술에 관하여 철저하게 규칙을 지켰고 엄격했다. 가혹하기까지 했다! 하지만 이제는 그도 이들을 방해할 수 없다…… 게다가 불법 주조된 보드카도 있었다. 여기에 가벼운 승리감까지 더해졌다!

병사들에게 새로운 장소는 새로운 행성과도 같다. 이들은 여기서 신나게 마셔댔다. 그러자 졸음이 몰려왔다…… 보드카가 내장을 뒤집어놓지 않았더라면 모두 풀밭으로 쓰러졌을 것이다. 형편없는 저질 보드카였고…… 형편없는 저질 설사가 나왔다. 모두 설사를 해댔다. 이럴 때면 늘 복잡한 선택 앞에 서게 된다. 풀밭에 쓰러져 잠을 잘 것인가, 아니면 바지를 벗으며 관목 속으로 뛰어갈 것인가…… 동물처럼 예민한 콜레소프 이병, 어려서부터 사냥꾼이었던 그가 신음 소리를 낸다. 심지어 그의 시베리아표 위장에도 난리가 났다…… 반쪽 보병소대를 지휘하던 보르조이-밥킨 중사는 관목에 쭈그리고 앉아 정직한 질문을 던진다.

"다 나온 건가? 아니면 아직 나올 것이 남았나?"

그러다 마침내 반쪽 보병소대는 잠이 들었다.

고르니 아흐메트는 (구데르메스의 아흐메트와 달리) 대범하고 결단력이 있을 뿐 아니라 용의주도했다.

그래서 아흐메트의 사람들이 모크로예 협곡에 매복을 할 때 보르조이 중사가 지휘하던, 반쯤 잠든 반쪽 보병소대를 못 보고 지나친다는 것은 정말 말이 안 되는 일이었다…… 결과적으로 체첸놈들은 연방군 반쪽 보병소대 곁에 나란히 자리를 잡은 셈이었다. 협곡을 옆에 끼고 같은 쪽에, 바로 곁에 옆구리를 맞대고 자리를 잡았다.

기다리던 종대가 협곡에 들어서자마자 미리 준비한 지뢰가 첫번째 장갑수송차 바닥에서 터졌다. 연기가 솟아오르기 시작했다…… 장갑차를 타고 호위하던 병사들은 쏟아지는 자동소총 공격에도 불구하고 장갑차 상판에서 바로 뛰어내렸다…… 불을 뿜어대는 체첸 편 자동소총의 총구가 가까운 관목에 비죽비죽 솟아 있었다…… 찬사를 늘어놓고 싶을 때, 이런 경우를 고전적인 매복이라고 부른다.

종대는 소규모였고 제대로 된 무기도 갖추고 있지 않았다. 30분도 안 되어 종대는 전멸했다…… 이런 상황에서도 사업 머리가 있는 아흐메트는 디젤유를 실은 자동차를 잘 지켰다. 모든 것을 초토화시킨 폭격 속에서도 차 두 대를 모두 지켜냈다. 수완가다.

관목에서 쏘아대는 총격 소리에 잠에서 깨어난(정신을 차린) 중사의 반쪽 보병소대는 전장에서 세 걸음쯤 떨어진, 정말 가까운 곳에 있었다. 하지만 관목 속에 숨은 체첸놈들은 눈에 보이지도 않았고, 길 전체를 따라 포진해 있었다. 이런 상황에서 무엇을 할 수 있었겠는가…… 보르조이-밥킨 중사는 분산 배치되어 있는 적을 어떻게 공격해야 할지 몰랐다…… 누가 어디에 있는 건지?! 종대는 전멸했고 체첸놈들은 여기저기서 부상병들을 죽이고 그들의 주머니를 뒤지고 있다…… 전투가 끝나버린 것이다!…… 체첸놈들은 이제 떠날 것이다…… 그렇다고 해서 못

본 척 수수방관할 수만은 없었다. 그리하여 반쪽 보병소대 전체는 급하게 대구경 기관총 하나만 챙겨 들고 앞으로 전진했다.

하지만 그가 기관총을 챙기라고 명령한 것은 오로지 무헌이 그것을 운반할 것이기 때문이었다. 중사는 무헌을 좋아하지 않았고, 늘 그를 **무지렁이**라고 불렀다. 별명이었다. 얼마나 편리한가! 사실 보르조이-밥킨은 자기의 병사들이 모두 무식하다고 생각하여 제멋대로 그들을 부르곤 했다…… 격의 없이…… 모욕하려는 뜻도 없이…… 보르조이 중사 자신도 소형 유탄발사기를 챙겨 들었다. 그러고는 길게 생각하지 않고 병사들에게 공격 명령을 내렸다. 관목에서 곧바로 적을 향해. 그리고 다시 한 번 외치는 것도 잊지 않았다. "무헌! 무지렁이! 기관총 챙겨!" 그러고는 외쳤다. "만세-에-에-에!"

반쪽 보병소대도 외치기 시작했다. "만세-에-에-에!" 하지만 그들의 외침에는 별 감흥이 없었다. 그들에게도 총알이 쏟아졌다…… 그들은 그 즉시 엎드려야 했다. 하지만 체첸인들은 엎드린 그들을 전멸시켰다. 병사들은 너무도 바보 같은 상황에 처해 있었다. 숨기에는 이미 늦었다. 술에 취한 그들이 겨우겨우 눈을 뜨고 공격을 시작한 것과 달리 체첸놈들은 기운이 넘쳤고 딱 적당한 정도로 흥분해 있었다. 그들은 살짝 약을 했다. 심한 것은 아니고 마리화나를 피웠다. 전투 직전에!

"무지렁이!"

쏟아지는 총알 속에서 보르조이-밥킨이 외쳤다.

"소나무 뒤에 숨어!…… 저기 저 타고 있는 소나무 말이야!…… 기관총을 가지고 가서 거기 숨어!"

무헌은 다부지고 민첩했다. 그는 어렵지 않게 대구경 기관총을 끌고 갔다. 아마 더 멀리 끌고 갈 수도 있었을 것이다. 하지만 그는 너무도 졸렸다.

소나무는 전투의 주요 지점이 되었다. 그곳에 거대한 소나무가 쓰러져 있었고, 소나무 꼭대기는 갈라지는 소리를 내며 불타고 있었다.

"무지렁이! 내 말 들리지! 잠들지 마!"

중사는 무힌 곁에 엎드려서 병사의 졸린 광대뼈를 주먹으로 찔러댔다. 무힌은 기관총을 준비했다…… 썩은 나뭇등걸 위에…… 자! 서둘러!

쓰러진 소나무에서 먼저 체첸인이 튀어나왔다. 동물처럼 예민한 콜레소프 이병. 어려서부터 사냥꾼이었던 그도 같은 소나무 아래 숨어 있다가 체첸인을 맞으러 튀어나왔다. 그와 체첸인은 서로를 향해 끈질기게 자동소총을 갈겼다. 누가 먼저 죽었는지는 분명하지 않다. 전해지는 이야기에 따르면 두 전사의 영혼은 함께 하늘로 올라갔다…… 나란히…… 서로 손을 맞잡고 있었을지도 모르겠다. 예민한 콜레소프의 영혼과 체첸인의 영혼이. 서로 다른 신들에게 헤엄쳐 가기 전까지 나란히 있었을지도 모르겠다…… (하늘로 가는) 오솔길이 크게 갈라지기 전까지.

보르조이-밥킨 중사는 이미 탄알이 바닥난 자기의 소형 유탄발사기를 던져버리고는 잠이 든 무힌에게 쌍욕을 해댔다. 그러고는 기관총에서 무지렁이를 밀어내고 자기가 직접 기관총을 잡았다…… 이제 저놈들에게 뭔가 보여주겠어! 기대하라고!…… 하지만 중사는 그럴 새가 없었다. 바로 거기서 체첸인 하나가 아주 절묘하게 수류탄을 던졌다. 제대로!…… 수류탄이 터졌다. 중사의 머리도 무지렁이 무힌의 머리도 기관총 곁의 땅에 처박혔다. 게다가 그들에게 총알도 빗발쳤다…… 그들의 옷에서 연기가 피어올랐다. 불이 붙은 것이다…… 불꽃의 혀가 그들의 위장복 위에서 춤을 추었다.

전투는 끝났다.

술에 취하고 잠에 취한 병사들은 저항할 수 없었다. 반면 용기를 내기 위해 살짝 약을 한 체첸인들은 그들을 집어삼켰다. 승리의 열정에 도취되어 그들을 뭉개버렸다. 체첸인들은 바로 직전에 종대 하나를 전멸시켰으니까!…… 그런데 이제 연방군의 반쪽 보병소대까지 완전히 쓰러뜨렸다…… 열네 명의 병사에다 보르조이-밥킨 중사까지.

체첸 편 사망자는 두 명뿐이었다. 그리고 부상자가 두 명 나왔다.

승자의 배짱! 다 해치웠다…… 그러고는 병사들의 주머니를 뒤졌다. 칼도 근사하면 챙겼다. 수색이 쉽도록 장화 코로 시체들을 뒤적거렸다. 슬쩍 밀치면서…… 젊은 체첸놈 하나가 몸을 숙이고 이미 오래전에 차갑게 식은 코르자츠키의 시체를 살피다가 장교의 견장을 발견하고는 견장과 귀 한쪽을 잘라냈다.

가파른 언덕을 따라 심하게 비틀거리며 '지굴리'가 다가왔다. 이어 트럭도 왔다.

고르니 아흐메트가 진즉에 휴대폰으로 전화를 걸어 전장으로 오라고 청한 구매자들이 도착한 것이다. 전투 중에도 디젤유가 타버리지 않도록 지킨 아흐메트는 이제 여기저기 남아 있는 불을 끄라고 명령했다. 수확물에서 10미터 떨어진 곳에서라도 불이 타오르거나 불꽃이 튀지 않도록…… 둘 다 살펴! 연료 차 두 대 모두!

하지만 디젤유 거래는 쉽지 않았다. 아흐메트는 흥정하는 일을 동생에게 넘겼다.

"도쿠!…… 네가 끝내."

그리고 자기는 걸어서 협곡 입구가 있는 뒤쪽으로 향했다. 거기서 또 다른 거래가 기다리고 있었다! 아흐메트는 그곳에서 연방군 장교를 만나기로 되어 있었다. 구입한 군용 장화 대금을 치르기 위해서. 한 번에 해치우는 것이다…… 기왕 아흐메트 님이 산에서 내려왔으니 전부 한꺼번에 처리하는 것이다.

장화 거래는 이 전투와 아무 상관이 없는 것이었다. 그저 거래, 그저 비즈니스일 뿐이었다. 아흐메트는 자기 부대가 겨우내 신을 장화를 마련했다. 그는 현실감각이 뛰어난 사람이다!

이때 아흐메트의 형제 도쿠는 부상을 당했음에도 획득한 전리품 값을 올려대고 있었다.

"디젤유를 사. 안 살 거면 지금 전부 불 싸질러버릴 거야…… 이런 좋은 걸 길바닥에 둘 수는 없으니까."

구매자는 가격이 비싸다고 그를 비난했다.

"도쿠!…… 자네는 이거 말고도 종대 전체를 다 먹었잖아."

"종대는 무슨 종대! 개똥이지!…… 나한테는 이 디젤유도 다 개똥이야!"

"그러니까 나한테 주라고."

"거저 달라고? 차라리 불 싸지르고 말지."

"그러다 이게 사샤의 디젤유면 어쩔 텐가?"

아흐메트의 동생은 광분했다. 오늘의 승자가 노한 것이다.

"또 그 새끼 이야기군!…… 도대체 네놈들의 그 사시크는 언제 배가 부르다냐!"

"이게 사샤의 디젤유라면 곧 그 값을 치러야 할 거야."

"이젠 러시아놈 걱정까지 하시나?"

"자네 걱정을 하는 거야."

"네놈의 사샤도 나한테는 똥이야."

두 사람 모두 그들의 전리품인 디젤유에는 질린 소령의 것이 단 한 방울도 없다는 사실을 알고 있었다(거기에 내 디젤유는 없었다. 디젤유도, 휘발유도). 그저 그렇게 흥정을 한 것이다. 장사꾼들이니까! 한 놈이 값을 올리면, 다른 놈은 값을 깎는다. 그게 전부다.

그때 체첸놈들은 그들이 섬멸한 종대를 하나하나 소소한 것까지 다 뒤지며 살피고 있었다…… 이제 어떻게 되는 거지? 반군들은 점점 아흐메트의 형제 곁으로 모여들었다. 도쿠 곁에 서서 대단한 거래가 이루어지기를 기대하면서. 그들은 이제 곧 디젤유를 팔아넘기리라는 것을 알고 있었다. 그것도 아주 비싼 값에.

이곳을 찾아온 구매자들과 전쟁의 승자들 사이의 거래가 끝나자마자 주변은 분망해졌다. 전리품을 싣기 위해, 총에 맞은 연방군의 트럭에서 연료통들을 옮겨 싣기 위해 첫번째 트럭이 힘겹게 나아왔다. 불타버린 두 대의 장갑수송차 곁을 지나다가 트럭 가장자리로 수송차를 긁는 바람에 끼익 소리가 났다.

협곡은 짐 싣기에 좋은 장소가 아니다. 구매자의 첫번째 트럭, 이어 두번째 트럭도 위태로운 곡예를 펼쳤다. 다가왔다가 멀어지기를 반복하며 트럭들은 돈을 기다리고 있는 체첸 사람들과 반쯤 불타버린 소나무가 있는 곳과 아주 가까운 지점까지 왔다…… 그때 갑자기(아마도 모터에서 나는 소음 때문이었을 것이다) 무지렁이 무힌이 깨어났다. 수류탄 폭발과 함께 그의 눈도 날아갔다. 장님이 된 것이다…… 흥분한 무힌은 상황을 이해하지 못했다. 그는 자기가 잠들어버렸다가…… 밤중에 깨어났다고 생각했다. 야간전투가 지금도 진행 중인데 자기가 자고 있었다고 생각했다.

그는 이미 죽은 중사를 밀치고 손으로 더듬어서 자기 기관총 위로 엎어졌다. 그러고는 체첸인들의 목소리가 들리는 곳을 향해 총을 쏘기 시작했다. 그래, 내가 잠들어버렸어. 내가 잘못한 거야. 하지만 이제는 그도 싸우고 있다!…… 눈이 타는 듯 아파왔다. 무힌은 자기를 무지렁이라고 부르는 중사가 자기 얼굴에 알코올을 부었다고 생각했다…… 아니면 요오드를 부었을지도 모른다. 망할 놈! 바보 같은 중사, 바보 같은 장난질! 왼쪽에서 체첸말 소리가 들려오자 무힌은 서둘러 그쪽을 향해 기관총을 발사했다.

"아-아-아! 개자식들!!! 아-아-아!"

총을 쏘며 그는 악을 썼다.

그가 체첸인들의 손에 죽기까지는 시간이 걸렸다. 그 누구도 총격이 재개되리라고 생각할 수 없었기 때문이다.

최신식 대구경 기관총의 탄알은 상처를 입히는 것이 아니라 사람을 찢어발긴다. 조각조각. 사람만이 아니라 곁에 있는 바위도 산산조각 낸다. 무힌은 소리만 듣고 총을 쏘아대며 시체 위에도 무차별 공격을 해댔다. 목소리를 듣고 총을 쏘았기 때문이다.

이것이 너무도 갑작스러운 이 전투의 마지막 음계였다.

"아-아-아-아!"

무힌은 (자기도 모르는 사이에) 멀어버린 눈앞의 검은 공간 안에 갇힌 채 악을 썼다.

최근 구입한 군용 장화 값을 치르러 갔던 고르니 아흐메트는 그곳과 좀 떨어진 곳에 있었다. 승리에 흠뻑 취한 아흐메트의 형제 도쿠는 누구보다 큰 소리로 이 거래는 정당한 것이었다고 외쳤고, 가장 먼저 총에 맞았다. 불쌍한 아흐메트의 형제에게서 제일 먼저 뇌가 튕겨져 나갔다. 그의 머리는 쿵쿵 소리를 내며 굴러떨어졌다. 그는 도대체 어디서 총알이 날아온 것인지도 이해하지 못했다…… 주변의 모든 사람들이 악을 쓰고 울부짖었다. 갑작스러운 혼란이 모두를 덮쳤다.

트럭들과 잠재적 구매자들을 실은 '지굴리'는 즉시 도망쳤다. 경계를 늦추지 않고 있었으니까…… 그들은 계속해서 어떤 음모가 있지 않을까 두려워하고 있었다(예를 들자면, 아흐메트 측에서 무언가 음모를 꾸미지 않았을까 걱정했다). 반면 아흐메트가 자리를 비운 사이 완전히 긴장이 풀린 데다가, 이제 도쿠마저 죽게 되어 당황한 반군들은 무질서하게 총을 쏘아댔다. 이렇게 해야 할지, 저렇게 해야 할지를 바로 판단할 수가 없었다. 하지만 어찌 되었든 기관총 사수는 죽여야 했다. 연방군에게 보충 병력이 온 것이라고 생각했던 그들은 아직 관목 속에 엎드려 있거나 나뭇가지에 매달려 있었다…… 하지만 이제 그들의 모든 외침과 울부짖음, 관목이 갈라지는 소리는 눈먼 무한의 새로운 총격으로 이어졌다. 그들은 도망치지도 못했다. 반군들은 울부짖으며 자기들이 왜 이렇게 총탄 아래 스러져가야 하는지 이해하지 못했다.

도망치자!…… 숨자…… 관목 속으로……

나와 루슬란은 외부창고 공사장에 있었다. 우리는 지저분한 간이의자 위에 신문지를 깔고 앉아 인부용 임시 주택 곁에서 우울하게 차를 마시고 있었다. 대신…… 각자 앞에 휴대폰을 꺼내놓고(언제든 받을 준비를 한 채) 이미 알게 된 세부 사실들에 대하여 이야기를 나누었다. 그러면서 기다리고…… 기다리고…… 기다렸다. 새로운 소식이 들어오기를.

참지 못하고 내가 먼저 이곳, 공사장으로 왔다…… 그야말로 달려왔다…… 때로는 체첸인들이 더 많은 것을 알고 있으니까. 이어 루슬란도 이곳으로 왔다.

공사장은 시간이 멈춘 듯하다. 대신 고요하다.

나는 굳은살을 뜯는다.

"모크로예 협곡은…… 세르젠-유르트 뒤쪽 제법 먼 곳에 있어요."

루슬란이 상황을 분명히 한다.

"하지만 어찌 되었건 차-베데노에는 못 미친 곳이죠……쓸모없는 곳이에요."

"나도 알아. 포레바 뒤에 있지."

내가 고개를 끄덕인다.

"네."

"예전에는 거기가 조용했는데."

"매복한 거죠…… 그놈들이 알고 종대를 기다린 겁니다. 혼자 지나는 사람은 누구 편인지 알 수가 없으니 그냥 보내줍니다."

루슬란은 이 말을 하며 내게(그리고 자신에게) 작은 희망의 조각이라도 던져준다. 숨어 있다는 사실이 드러나지 않도록 매복병들이 구사르체프와 애송이들을 그냥 보내주었을 수도 있다.

우리 둘 다 손에 지도를 들고 있지 않지만, 머릿속에 쉽사리 지도를 그려볼 수 있다. 굽이치는 가상의 길. 푸른 숲…… 협곡의 흙빛 돌출부. 전투가 일어났다. 하지만 어떻게? 어떤 방식으로?

우리는 왜 그 종대에 엄호 병력이 없었는지에 대해 생각하며 이야기를 나눈다…… 아하! 그곳 산길에 거점부대가 있지. 거점부대 중 하나가 마침 모크로예에서 1킬로미터 정도 떨어진 곳에 있다…… 그렇다면 어찌 된 일일까?! 왜 그놈들은 체첸놈들을 미리 막지 못했을까?…… 거기서는 대단한 전투를 할 필요도 없는데. 그저 좀 시끄럽게 굴어주면 되는데. 총을 좀 쏘고…… 그러면 매복병들은 저절로 흩어졌을 텐데!……

이런 생각을 확인해주는 전화가 그로즈니에서도 걸려왔다. 모크로예 협곡에서…… 인명 손실. 20여 명이 쓰러졌다…… 소규모 반쪽 종대. 탄약과 연료수송차. 차량 네 대와 호위하던 장갑수송차 두 대.

우리는 디젤유 배송을 위해 체첸놈들이 불태워버린 이 작은 종대를 여러 차례 이용했다. 우리끼리 있을 때 종종 이 종대에 찬사를 보내기도 했다. 심지어 자랑도 했다! 빠르고 편리한 종대…… 거의 흐보리의 종대에 견줄 만큼 뛰어난 전술…… 우리에게 특별히 득이 되었던 것은 이들이 만일의 경우에 대비하여 항상 종대 선두에 디젤유를 실은 차 두 대를 미끼로 세운다는 점이었다. 어떤 경우에도 체첸놈들이 디젤유를 불태우는 법은 없으니까. 그들은 디젤유를 챙기는 쪽을 선호한다…… 탄약도. 정면 충돌이 있을 때조차도. 체첸놈들은 특별히 동요하지 않고 계획을 변경한다…… 그러면 양측 모두에 거의 손실이 없다…… 체첸놈들은 디젤유를 실은 선두 차 두 대만 챙겨 떠난다.

하지만 이번에는 신사적인 상호 이해 대신 피…… 살육…… 진짜 매복전이 펼쳐졌다.

"아까워요!"

루슬란이 음울하게 같은 말을 반복한다.

음울하고 정직하게…… 비록 체첸인이지만, 전투에서 연방군이 아닌 체첸인들이 승리했다는 사실이 이 민첩하고 작은 종대를 잃은 것, (그리고 어쩌면) 콜랴 구사르체프를 잃은 것을 보상해주지 못한다. 게다가 사실상 체첸 편이 이긴 것인지조차 불분명하다…… 처음 들어온 소식들에 따르면 그랬다. 하지만 첫번째 소식들은 한쪽의 이야기, 체첸 편에서 나온 소식들이었다.

무엇보다 콜랴…… 우리는 그 어떤 것보다 콜랴에 관해 생각하고 있지만, 콜랴에 관해서는, 구사르체프에 관해서는 가장 말을 아낀다. 그에게서 전화도, 연락도 없다. 우리는 이미 종대를 잃었다. 너무도 믿을 만하고 요령 있는 종대였는데…… 눈에 띄지 않는 작은 종대, 누구에게도 거슬리지 않는 그런 종대였는데…… 그런 종대의 분위기는 따뜻하다. 그 안에는 진짜 영혼이 있다. 나도, 루슬란도 그것을 알았다…… 살아 있는 존재는 늘 아깝다.

그 종대의 지휘관은 세르게예프였다. 특별히 유명하지도, 누구의 길을 막는 일도 없는 사람이었다. 거기에는 주코프라는 붉은 머리 중위도 있었다. 언젠가 그와 체스를 둔 적도 있는데. 운전병들도 너무나 훌륭했다! 한 사람, 한 사람 모두.

이 전쟁의 기적이라 할 휴대폰이 침묵하고 있다. 때로 내가 먼저 구사르체프에게 전화를 걸어보지만 답이 없다…… 답은 없지만 신호는 간다. 좋지 않다.

구사르체프와 녀석들은 전멸한 작은 종대보다 대략 한 시간 정도 뒤처져 가고 있었다. 하지만 속력을 내어 따라잡았을 수도 있다…… 종대를 엄호용으로 이용하기 위해(콜랴 구사르체프는 베데노까지 이 종대와 함께 가고자 했을 수도 있다. 충분히 그럴 가능성이 있다!). 그러다가 종대와 함께 불타버렸을지도 모른다…… 종대의 엄호는 양날의 검 같은 것이니까. 어쩌면 그는 그저 좀더 신명나게 길을 가기 위해 종대에 합류했을 수도 있다……

심지어 그들을 앞질렀을 수도 있다. 협곡과 협곡 사이를 누비며! 그는 콜랴 구사르체프가 아닌가!……

아!…… 특수부대와 연방보안국 요원들이 모크로예로 출동했고…… 조사가 진행 중이라 길이 봉쇄되었다는 소식이 들려온다…… 한시적으로 모든 길을 막는다. 그다음은 어떻게 되는 것일까?

구사르체프가 살아남았다면 당연히 길이 열리기를 기다리고 있지는 않을 것이다. 우리의 콜랴는 뒤돌아 한칼라 쪽으로, 집으로 돌아올 것이다…… 아주 손쉽게!…… 그럼 그 애송이들은?…… 애송이들은 당연히 돌아오고 싶어 하지 않을 것이다. 자기들끼리라도 부대로 가겠다고 하겠지.

하지만 그 '자기들끼리'도 걱정스럽다. 산길에 남게 된 두 명의 폭발 후유증 환자라니. 그들을 말릴 수는 없다. 그들은 언제나 앞으로! 앞으로!이다.

가장 좋은 것은 콜랴 구사르체프가 자기 지프를 타고 시간상 전투 전에 매복지를 지나쳐 간 경우이다. 하지만 그런 가정이 성립하려면 정말 있는 대로 속도를 냈어야 한다!

"종대를 크게 앞지르기는 어려웠을 거예요."

오랫동안 침묵하고 있던(하지만 동시에 같은 것을 생각하고 있던) 루슬란이 화가 치미는 듯 아직 다 만들어지지 않은 계단 난간을 주먹으로 내리친다. 그러고는 공사장의 허공을 향해 침을 뱉는다…… 콘크리트 아래 벽의 빈 공간으로. 아, 콜랴, 콜랴!

벨이 울린다…… 기차역에서 온 소식이다. 분명 전투가 있었다. 거점부대가 아무 일도 안 하고 그곳에 있지는 않았다. 비록 소수였지만 거점부대 병사들은 공격을 감행했다…… 그리고 전멸했다. 하지만 족적을 남겼다…… 병사 한 명이 눈이 먼 채로(전투 중 눈이 멀었다는 이야기일까?) 더운 날 쏟아지는 물줄기처럼 시원하게 체첸놈들에게 기관총을 갈겼다는 것이다. 줄지어 쓰러뜨렸다는 것이다…… 누가 전한 이야기지?…… 폭발후유증으로 관목에 숨어 있던 병사 한 명이 전한 이야기다…… 그는 체첸놈들에게서 두 발짝쯤 떨어진 곳 나무 아래, 나무뿌리 아래로 기어 들어가 있었다고 한다.

"어떻게 나무뿌리 아래에서 그걸 보지?"

"모릅니다. 어떻게 했는지 하여간 살아남았대요."

기차역에서 들려오는 소식들은 언제나 신뢰할 만하다는 것을 인정해야 한다. 그들은 모든 것을 확인하고 분명하게 밝힌 뒤에야 전화를 건다…… 감사한 마음에 전화를 걸어준 것이기도 하다. 일주일 전쯤 그들의 부탁으로 쉽지 않은 지역에 휘발유를 배달했다. 위험할 수도 있다는 것을 감지했기에 조심하며 아주 빠른 속도로 휘발유 스무 통을 배송해주었다.

아!…… 특수부대가 체첸놈 두 명을 체포했다고 한다. 곧 입을 열겠지!…… 그러면 더 많은 정보가 들어올 것이다.

루슬란은 내게 찻잔을 밀어준다.

"두 녀석에 대한 소식은 없나요?"

나는 어깨를 으쓱해 보인다. 아무 소식도 없다. 그것이 내가 조심하지 않은 지점이고, 내가 위험을 예감하지 못한 사람들이다…… 녀석들…… 그리고 콜랴도.

루슬란에게 전화가 온다.

"로슬리크네요!"

그가 번호를 보고는 외친다.

그러고는 전화기를 건네준다.

어떤 이유에서인지 로슬리크는 자세한 이야기를 하지 못한다. 모든 정보를 아주 신속하게 말한다. 서두르는 목소리로.

"우리 편(그러니까 체첸인들이라는 이야기다. 그들의 내부 정보인 것이다)이 전해줬어요. 쿠사이체프 소령이 죽었답니다…… 쿠-사이-체프…… 알렉산드르 세르게이치, 듣고 계세요?…… 제 생각엔 구사르체프인 것 같아요."

나는 침묵한다. 말문이 막혔다…… **쿠사이체프**는…… 구사르체프다. 성을 정확하게 발음하지 못한 것이다…… 체첸식으로 발음하니 우스운 성이 된 것이다!

콜랴 구사르체프가 모크로예에서?…… 죽었다고?…… 생각지도 못했다. 말도 안 된다…… 이건 전혀 다른 그림이다. 전혀 다른 측면의 그림이다(하지만 솔직히 나도 줄곧 바로 이것을 염두에 두고 있었다).

작은 소리로 로슬리크에게 묻는다. 너무 힘이 없어서 내 목소리는 거의 속삭이는 소리처럼 들린다.

"녀석들은?"

"아직 몰라요, 알렉산드르 세르게이치. 더 이상은 아무것도 모릅니다."

우리 휴대폰으로 계속해서 전화가 걸려온다. 내 정보원들이 애를 쓰고 있다!…… 무전기로도 연락이 온다…… 모크로예 협곡에서 있었던 전투에 대한 상세한 이야기들이 점점 더 많이 들려온다…… 눈먼 병사와 그의 기관총에 대한 이야기들도 다시 들려온다…… 하지만 구사르체프와 녀석들에 대해서는 아무 소식도 없다.

내 창고로 돌아온다…… 사무실 전화로 들어온 정보들이 이미 오래 쌓여 있을지도 모른다.

창고 정문을 들어서자마자 아까부터 나를 기다리던 병사들이 달려온다. 스네기리 중사와…… 두어 명의 운반병이다…… 그들은 즉시 나를 둘러싸고 제각각 질문을 퍼부어댄다…… 폭발후유증 환자들! 우리 환자들은 죽었습니까? 우리 환자들이 죽었다는데, 정말 그렇습니까?…… 모크로예에서요?

이미 모든 이야기를 들은 것이다.

"아직 아무것도 몰라."

내가 답한다.

스네기리가 살짝 신호를 보내자 병사들이 저만치 물러선다. 무언가 자기들만의 비밀이 있는 것이다. 스네기리가 서성거리고 있다.

"뭐야?"

중사는 잠시 주저하며 서성이다가 자기 생각을 말한다. 저놈들, 운반병들이요, 추도를 하고 싶답니다…… 녀석들도 이놈들과 한 팀이었으니까요…… 소령님, 소령님께 뭘 부탁드리는 건 아닙니다. 병사들에게도 쟁여둔 술이 조금 있어요. 아주 조금요!…… 하지만 병사들은 숨어서 몰래 추도하기보다는 내 허락을 받고 싶은 것이다…… 질린 소령의 허락을…… 모든 것을 격식대로. 저녁에…… 그리고 아침에 짐을 나를 때면 유리처럼 말짱해 있겠노라고, 약속할 수 있다고, 스네기료프 중사가 보장하겠다고.

나는 그들에게 고함을 쳤다.

"빨리도 파묻으려 하는군!"

그러고는 그를 돌려보냈다. 교활한 놈들…… 나보고 지금 군대 추도식까지 하자고. 밤에 술잔치를 벌이려고!

이들을 살피라고 크라마렌코를 보내야겠다.

새로 들어오게 될 정보, **몰래몰래 기어 들어오게 될** 정보의 느리고 은밀한 수를 이미 나의 피부로 느낀다.

술을 마셨다. 조금. 아직은 정보가 끝없이 이어지리라는 것을 알고 있다. 계속해서 전화가 걸려온다…… 모크로예에서 완전히 총알받이가 되어 불타버린 종대에 대한 이야기가 끊이지 않는다. 모두 같은 말들을 반복하고 있다…… 모크로예는…… 모크로예에서…… 모크로예에는……

또 새 소식이 들어온다(나는 이미 잠자리에 들었다……). 모크로예 전투에서 고르니 아흐메트가 죽었다는 것이다…… 오호! 야전사령관을 쓰러뜨리다니!…… 이제 아침부터는 더욱 신나게 전화가 걸려올 것이다. 그야말로 몰려들 것이다! 이제는 확실히 대등한 전투가 있었다고 생각할 수 있게 되었으니까…… 그리고 누구에게도 책임을 묻지 않을 것이다. 비긴 전투니까!

전사자 명단이 속속 들어오고 있다. 관목 속에 숨어 있던 또 한 명의 부상병이 자기 눈으로 직접 본 것을 전한다. 그의 말을 들어보아도 우리 전사자들의 명단을 그 정도에서 끝낼 수 있게 해준 것은 무힌이다. 그 눈먼 무지렁이 무힌 말이다.

반군들이 관목 사이를 뒤지며 숨어 있는 부상병들을 찾아내어 죽이고 있을 때…… 여기저기서 죽음을 확인하는 총성이 울릴 때…… 개암

나무에서 부상자들을 끌어내고 있을 때(관목은 믿을 만한 것이 못 된다. 아주 교활한 것이다. 다 처리한 것 같은데, 보면 여전히 살아 있다!) 그가 나타났다. 반군들은 먼저 전리품을 모아 쌓아두었다. 군인들이 합법적으로 돈벌이를 할 수 있는 시간이다. 수확의 시간이다…… 바로 이 수확의 시간에, 거기 쓰러진 거대한 소나무 곁에서 불에 그슬리고 눈이 먼 병사 무힌이 연기가 피어오르는 나무둥치에서 고개를 내밀었다.

그의 온몸에서도 연기가 피어올랐고, 얼굴은 피범벅이었다…… 오직 턱만 희게 보였다. 눈부실 만큼 희게 보였다. 그리고 전투가 막 시작될 때 옹이 진 그루터기 위에 세워두었던 기관총이 되살아났다…… 부상당한 무힌은 충격을 받은 상태였을 것이다…… 게다가 눈까지 멀었으니. 손으로 더듬어 기관총을 향해 쓰러지더니 총을 쏘기 시작했다…… 기계적으로. 처음에는 너무도 서툴게.

빠져나갈 수 없이 촘촘한 관목 사이에 주저앉아 있다가 살아남은 우리 편 병사는 날아가는 총탄의 움직임으로 무힌이 술에 취해 있거나 눈이 멀었다는 사실을 알 수 있었다고 했다. 무힌은 사방에 총탄을 갈겼다…… 총구를 이리저리 흔들어대며…… 나무 꼭대기를 따라서도 쏘고…… 하늘을 향해서도 쏘아댔다…… 그러다 우연히 체첸인 한 놈을 쏘아 맞혔고, 불행히도 그 체첸놈이 비명을 질렀다. 모든 것은 그때부터 시작되었다! 눈이 먼 그는 울부짖음, 무질서한 총성…… 비명…… 목소리에 반응했다. 또 한 명의 반군이 울부짖었다. 그러자 무지렁이 무힌은 이제 전투지를 향해 발사하기 시작했다…… 그리고 맞혔다…… 이어 또 맞혔다…… 반군들은 총탄과 이리저리 흔들리는 기관총 총구를 피해 관목 속으로 숨어들었다…… 그 빠져나오기 힘든 개암나무 속으로. 그들이 비명을 질러댈수록 눈먼 군인의 사격은 점점 더 정확해져갔다. 그야말로 총알을 뿜어댔다!…… 시체는 산처럼 쌓여갔다!…… 그는 스무 명도 넘는 반군을 자기와 함께 하늘로 데리고 갔다.

불에 그슬린 채 잠에서 깨어난 병사가 완전히 불타 죽기까지 체첸인들은 두 대, 아니 심지어 세 대의 유탄발사기로 여러 방향에서 여러 발의 탄알을 쏘아야만 했다.

그리하여 무지렁이 무힌 이병은 (개암나무 관목들이 줄지어 있는 곳에서) 마지막으로 (러시아 전사들에게) 위로가 되는 멋진 장면을 연출했다. 적들은 관목 속에서 얼어붙은 듯했고 시체 위에 시체가 쌓여갔다…… 그는 결국 사상자 수를 같게 만들었다…… 체첸인들은 그 시체들을 치우지도 못했다. 자기들의 손실을 감출 수 없었다…… 전투의 결산표가 명확하게 드러났다. 시체를 운반할 살아 있는 손이 모자랐던 것이다. 그들은 부상자만 데려갔다. 그것도 전부 데려가지는 못했다.

그리하여 영웅적인 무힌은(무전기는 계속 이에 관해 알렸다) 이 전투를 재평가할 수 있게 해주었다. 자기의 높은 사령관님들께 더할 나위 없이 큰 도움이 된 것이다…… 비록 전화로 나누는 사적인 대화로지만 많은 이가 이 점에 대해 반복적으로 이야기했다. 그야말로 감동한 채 같은 이야기를 하고 또 했다…… 이 사건이 없었더라도 이미 오점투성이였던 두 대령의 명성을 무힌이 되살려주었다고(두 대령 중 한 명은 전사이고, 한 명은 사령부 군인이다). 그들이 종대를 모크로예 협곡을 지나는 길로 보냈고, 이제 그것에 대해 책임을 져야 할 상황이었다. 정말 대단한 무힌이 아닌가!

관목 속에서 살아남은 부상병은 구사르체프와 두 명의 병사에 대해서는 아무 말도 하지 않았고, 또 알고 있는 것도 없었다. 걸려 오는 전화 통화에서도 그에 관해서는 아무런 소식도 들려오지 않았다.

하지만 체첸인들은 자기들의 소식통을 통하여 이미 더 많은 것을 알고 있었다. 병사 둘을 싣고 가던 구사르체프의 지프를 길에서 본 사람들이 있었다. 이제 새로이 들어오는 소식에는 우스꽝스러운 **쿠사이체프**라는 이름 대신, 구사르체프라는 정확한 이름이 들어 있다…… 그를 보았고, 그의 지프도 보았다.

그리고 우리 병사들이 어떻게 죽은 구사르체프를 지프에서 꺼냈는지도 보았다.

구사르체프가 병사들을 그들의 원부대로 보내줄 시간이 있었는지도 문제다. 그리로 가는 길에 모크로예 근처에서 그를 죽인 것일까? (그렇다면 병사들과 함께?) 아니면 (지프를 타고) 혼자 있는 그를 쏜 것일까?

전투 후에 모크로예에서 살아남은 또 한 명의 생존 병사가 있다. 어찌어찌하여 그를 찾아냈다…… 포화가 쏟아지는 중에 그는 관목 쪽으로 달려가 그 속으로 구겨지듯 숨어들어 엎드려 있었다. 마치 지렁이처럼 땅속으로 파고들었다…… 체첸놈들은 부상자들에게 총을 쏘기도 하고 웃기도 하면서 그의 바로 곁을 지나갔다. 하지만 그는 기침을 하지도 숨을 쉬지도 않았다.

그도 폭발후유증 환자다…… 그도 이상 징후를 가지고 있다(하지만 그가 그 사건 이전에 폭발후유증 환자가 되었을 수도 있지 않은가…… 그렇다면 그가 내 환자들, 알리크와 올레크 중 하나일 수도 있다).

로슬리크가 다시 전화를 건다. 그 역시 이미 쿠사이체프가 아닌 구사르체프의 죽음에 대한 확실한 소식을 들었다. 그는 친구를 잃은 나를 안타까워했다…… 하지만 루슬란이 나에게 공감하면서도 늘 그렇듯 나무랄 데 없이 세심하게 처신했던 것과 달리, 로슬리크는 자기 감정으로 터져버릴 것 같았다…… 그는 친구가 되기를 원했다! 그런데 마침 자리가 빈 것이다!…… 내 비즈니스에는 참여하지 못한 채 나의 우정을 갈구하던 로슬리크는 자기 마음 깊은 곳에 감추어진 것을 숨길 수가 없었고, 숨기려 하지도 않았다.

"사샤, 당신에겐 이제 친구가 필요해. 반드시…… 체첸인 친구 말이야."

로슬리크의 말은 거칠고, 세련되지도 않으며, 지금 상황에 적절하지도 않다. 하지만 진실되고 뜨겁다!…… 전화기가 뜨거워질 지경이다! 거칠고 냉정하지 못한 심장이 안달이 났다. 그리고 이미 전화기를 통해 나의 문을 두드린다. 진짜 산사람의 우정을 갈망한다.

"꼭 나일 필요는 없어, 사샤…… 꼭 나일 필요는 없다고…… 하지만 자네는 산사람 친구가 필요해. 말을 다 뱉기도 전에 자네를 이해할 그런 친구 말이야!"

그는 거의 소리를 친다. 강렬하게!…… 그사이 내 눈앞에는 그 길이 보인다. 협곡. 차도 곁으로 녹음이 보인다…… 지프가 간다…… 그리고 차 앞문으로 콜랴 구사르체프를 꺼낸다. 지프에서 총에 맞은 이들을 여러 차례 본 적이 있다.

콜랴의 모습도 똑같다. 운전대에 머리를 수그리고 있다. 죽은 지 얼마 되지 않은 경우에는 차에서 꺼낼 때 고개가 흔들린다…… 이쪽저쪽으로.

바자노프 장군이 전화를 건다. 그리고 대뜸 욕부터 해댄다…… 아무 설명도 하지 않고.

"당신!…… 당신 잘못이야, 소령!"

나는 변명을 늘어놓지 않는다. 충분히 이해하니까. 콜랴의 죽음으로 내가 오른팔을 잃었다면, 책 읽는 장군은 훨씬 많은 것, 오른 다리를, 아니 두 다리를 모두 잃었다! 장군이 (비록 생각으로라도) 체첸 땅을 누빌 수 있게 해준 것은 바로 구사르체프였다…… 오직 콜랴 구사르체프의 다리로 바자노프 장군은 사방을 다녔다. 오고, 가고, 체첸 땅을 누비고, **지역 주민과의 교류**라는 모양새라도 갖출 수 있었다. 그가 계속해서 달콤한 독서로 빠져들 수 있었던 것 역시 콜랴 구사르체프 덕분이었다. 온 세상을 잊은 채 마법 같은 과거 속으로 침잠하며 냄새나는 낡은 페이지들을 뒤적일 수 있게 도와준 것도 구사르체프였다……

"소령, 자네 잘못일세…… 자네 잘못이야. 자네가 잘못한 거라고!…… 자네가 콜랴에게 그 폭발후유증으로 정신이 이상해진 녀석들을 데려다달라고 청했으니까."

"콜랴를 잃은 것은 장군님뿐만 아니라 제게도 정말 큰 고통입니다."

"그걸 비교할 수 있겠나!"

바자노프는 무언가 더 말하고 싶어 했다. 무언가 개인적인 것을, 고통스럽게 말하고 싶어 했다. 하지만 목이 메어 말을 잇지 못한다. 그는 아무 말이 없다…… 이 아무것도 아닌 장군은 소리 없이 울고 있다.

"전쟁입니다, 장군님."

하지만 그는 이미 전화를 끊어버렸다.

나는 그에게 다음의 한마디만 덧붙일 수 있었다.

"아주 조금의 희망은 남아 있습니다…… 콜랴가 어떻게 죽었는지 본 사람은 아직 아무도 없습니다."

녀석들의 부대로 전화를 건다. 녀석들이 자기 힘으로 그곳까지 갔을 수도 있으니까. 어쩌면 콜랴와 함께 갔을 수도 있다. 나는 그들이 도달할 수 있는 시간을 넉넉잡아 계산해보았다. 놈들이 직접 갔다고 치면…… 낮에는 숨어 있었을 것이고, 밤에만 움직였을 것이다…… 기다리다가 그들이 길에서 꼬박 이틀을 보냈다 치고 다시 전화를 건다.

예전에 **귀 부대에** 있었던 병사 두 명 말입니다…… 한 3개월 전쯤 전투 후에 부대에서 떨어져 나오게 되었다고 하던데요…… 그 녀석들이 제가 있는 곳에서 일을 했습니다. 한칼라에 있는 휘발유 창고에서요…… 도착했나요?…… 알라빈과 엡스키입니다. 둘 다 폭발후유증을 앓고 있고요……

"아니오, 그런 병사는 없습니다."

그들이 답했다.

그러면 부탁이 있습니다. 그 병사들이 부대에 도착하거든 좀 알려주십시오…… 어찌 되었건 제게도 책임이 있으니까요. 항상 여러분의 것인, 질린 소령.

아마 그곳에서도 연료창고 책임자 질린 소령의 이름을 알고 있을 것이다. 아주 잘 아는 것은 아니겠지만 들어본 적은 있을 것이다…… 혹시 몰라 나는 두 부상병이 내 창고에서 아주 성실하게 일했다고 말해주었다. 혹시 몰라 둘을 엄청 칭찬해주었다. 두 사람에 대해 아주 좋은 평을 해주었다…… 하지만 내 말들은 허공에 걸려 있다. 나의 찬사들이 허공에서 흩어질 뿐 받아들여지지 않는 것을 느낀다…… 그들은 나에게 아주 사무적으로 답한다…… 네…… 네…… 네…… 네…… 이 '네' 뒤에 무엇이 있을까?…… 아무것도 없다.

쓸데없는 말을 한 셈이 됐다. 누군가의 텅 빈 귀에 말들을 쏟아부은 셈이다.

걸음 소리가 들린다…… 여러 사람의 발걸음 소리…… 하지만 가볍고 부드러운 소리다…… 아이들의 발소리처럼. 나와 루슬란은 주위를 살핀다…… 도대체 누가 온 것일까.

루슬란이 먼저 알아챈다.

"노인들이네요…… 이제 울고불고하기 시작할 겁니다."

그랬다. 백발에 초라한 옷을 입은, 산에 사는 노인들이 우리 공사장 계단을 줄지어 올라오고 있었다. 잰걸음으로!…… 바싹 마르고 가벼운 산에 사는 노인들이다! 그들의 촌락은 모크로예 협곡 바로 곁에 있다. 모크로예에서 벌어진 매복전 때문에 지금 내게 용서를 구하러 온 것이다. 이것도 전쟁의 부조리다!…… 왜 내게 사과를 하는가?…… 그들은 어디선가 많은 양의 내 디젤유가 모크로예 전투에서 사라졌다(혹은 갈취당했다)고 들은 것이다.

아!…… 작년에 그들의 트랙터가 꼼짝 못 하고 녹슬어가고 있을 때, 디젤유를 주어 도와주었던 바로 그 노인들이다. 그들을 알아보겠다…… 그들은 나와 루슬란을 둘러싸고는 모두가 한꺼번에 큰 소리로 떠들어댄다. 처음에는 전혀 알아들을 수 없는 이야기들을 늘어놓는다.

"어르신들……"

내가 입을 연다.

"진정하세요……"

"사시크…… 사-아-시크!"

그들은 내가 자기들을 편안하게 대하는 것이 기뻐 나를 바라본다. 내가 욕을 하지도 소리를 지르지도 않는 것이 마냥 기쁘다.

그들 중 하나가 더 가까이 튀어나온다. 귀뚜라미처럼 가볍게.

“아산 세르게이치…… 사시크…… 우리는 노인들일세. 다리가 약해. 좀 앉아도 되겠나?…… 앉게 해주게.”

그렇게 말하며 위쪽을 바라본다. 왜? 공사장 위에 무엇이 있다고?…… 거기는 푸른 하늘뿐인데. 나는 그가 하늘의 도움을 바라며 그곳을 올려다본 것이라 생각한다. 그 노인의 눈은 정말 근사했다!…… 어찌 되었든 머리 위에 바로 푸른 하늘이 있을 때 알라의 축복을 이해하기 더 쉬운 법이다.

다섯 명의 노인이 비품실에서 가지고 온 딱딱하고 더러운 간이의자에 반원 모양으로 앉았다…… 열린 하늘 아래에 자리한 다섯 명의 체첸 노인.

루슬란은 저쪽으로 물러났다. 대화 내용이 민감할 수 있기 때문이다. 이제 나와 노인들만 남았다.

“사-아-시크! 사-아-시크!……”

루슬란이 나가자마자(그는 손을 흔들어 내게 작별 인사를 했다) 그들은 콧소리를 내며 알 수 없는 말들을 늘어놓기 시작했다.

“사-아-시크! 자네 가정이 평안하기를 비네! 하는 일도 다 잘되길 비네……”

나는 그들의 말을 끊는다. 아무리 부조리한 상황이라도 정도가 있어야 하는 법이다.

“알겠어요, 알겠습니다, 어르신들…… 무슨 일이시죠?”

“사-아-시크! 사-아-시크!”

이 노인들은 두 마을에서 왔다. 모크로예 협곡 근처에 있는 두 마을에서 온 것이다. 그것이 그들이 이곳에 온 이유다…… 사실 그들은 그 전투와는 아무런 상관이 없었고, 또 지금도 없다. 피범벅이 되어 끝이

난 매복 작전을 도운 일이 없으니 자기들에게 복수를 하거나 폭격을 퍼부어서는 안 된다는 것이다……

이 역시 부조리하다. 항상, 그리고 가장 먼저, 저주받을 살육에 참여하지 않은 이들에게 죄를 묻는다. 매복을 한 것은 아흐메트와 그의 동생이다. 물론 그들 마을의 누군가가 반군들의 안내자가 되어주었을 가능성은 분명히 존재한다. 사탕 한 줌을 받은 소년 중 누구라도 말이다. 소년이 안내를 하고! 급습을 위한 매복지를 알려주고, 재빨리 빠져나갈 수 있는 좁은 샛길을 보여준다…… 하지만 그랬다 하더라도 마을 사람 모두는 무슨 죄인가?! 인생에서 가장 중요한 것이 **베고 파고**인 그들이 무슨 죄란 말인가?

“사-아-시크!”

물론 나는 전혀 복수자가 아니다. 아무도 내일 그들에게 폭탄을 퍼붓지 않을 것이다. 어쩌면 그들은 이 점에 대해 나보다 더 잘 알고 있을지도 모른다. 하지만 만일의 경우에 대비하기 위해 온 것이다…… 만일의 경우에 대비하여 사시크에게 애원하는 것이다. 디젤유를 보유한 나는 그들에게는 전능한 사람이기 때문이다. 나는 반신(半神)이다. 그리고 디젤유는 신의 음식이다.

이미 오래전부터 그들의 모든 습성과 소박한 삶에 대해 알고 있다. 그들의 미소도! 얼마 남지 않은 그들의 이마저도 너무나 친숙하다…… 알겠습니다, 알겠어요, 어르신들. 평화를 찾읍시다. 기뻐요. 어르신들 모두 건강하신 것을 보게 되어 기쁩니다. 그들 중 두 사람은 손을 가슴에 가져다 댄다…… 앉은 채로…… 가장 왼쪽에 있는 노인은 무언가를 하느라 여념이 없다. 제2차 5개년 계획 시절에 생산된 오래된 소비에트 재킷 주머니를 뒤지며 뭔가를 꺼내려 하고 있다. 무언가 주고 싶은 것이다…… 마을에서 가져온 작은 선물을!…… 이 역시 알고 있다.

"우리가 그런 게 아니야, 사-아-시크…… 우리는 그런 걸 원하지 않았어…… 그놈들은 우리 사람들이 아니야…… 그놈들이 속이고 있는 거야, 사시크."

그들은 합창으로 콧소리를 낸다. 산의 노래…… 게다가 살짝 울기까지 한다…… 우리가 그런 게 아니야. 살인을 한 것은 나쁜 사람들이야. 우리 사람들이 아니라고. 우리 마을 사람들이 아니야. 우리 말을 믿어주게, 사시크…… 헬리콥터를 보내지 말게, 사시크…… 죽은 자들의 복수를 하지 말아주게. 우리에게는 디젤유를 보내주게. 우리는 항상 자네와 잘 지냈지 않은가……

고르니 아흐메트는 이미 극락 미녀들과 함께 하늘에 있을 것이다…… 하지만 이 노인들은 여기서 누가 아흐메트와 그 형제를 도와 종대를 불태웠는지 알아내겠노라고 맹세를 한다…… 누구보다 먼저 내게 이야기해주겠다고 한다. 가슴을 치며 그렇게 말한다. 나는 그들을 믿어야 한다.

"우리가 알아보고…… 알려주겠네…… 사시크!…… 우리가 그놈 대가리를 보내줌세."

울음…… 반쯤은 희극적이고, 반쯤은 비극적인 울음이 계속해서 이어진다. 평화가 찾아오면 내게 집을 지어주겠다고 한다. 그리고 아내도 한 사람 더 찾아줌세…… 자네 러시아 아내 말고 여기 산여자를 하나 더 들이게…… 예쁜 여자를 못 찾으면, 착한 여자라도 찾아줌세. 그럼 고기 요리를 해줄 걸세!…… 그리고 사시크!…… 중요한 것은 이런 기도가 있다는 걸세. 산에서 공격을 피하게 해주는 기도지…… 푸치하-푸-푸투투…… 이 기도는 체첸말로 기억해야 한다고 한다. 사시크, 꼭 이해를 하지는 않아도 되네. 이슬람을 받아들이지 않아도 된다고. 중요한 건 계속 외우는 거야…… 자네가 산에서 공격을 당하지 않도록! 적의 손이 자네의 예민한 귀를 절대 베어버리지 못하도록…… 푸치하–푸–푸투투–쿠르감…… 푸치하–푸–푸투투……

두 명은 내 이름을 노래하듯 길게 반복하여 부르며 고개를 흔든다. 아까부터 주머니를 뒤지던 노인이 마침내 하던 일을 멈춘다. 드디어 찾은 것이다…… 다 해진 재킷 주머니에서 귤 두 알을 꺼내고는 엉거주춤 일어나 나에게 내민다. 이건 작은 선물이네, 사–아–시크.

노인을 모욕하지 않기 위해 그 선물을 받는다. 노인은 행복해한다…… 다른 이들도 기뻐 이가 빠진 입을 벌려 미소를 짓는다…… 그때 나는 적절하게 그들의 주의를 돌리는 행동을 한다. 갑자기 주위를 둘러보는 것이다. 그리고 그들이 모두 나를 따라 겁이 난 듯 주변을 둘러볼 때 잽싸게 노인의 백년은 된 주머니 속으로 귤을 집어넣는다.

공사장의 흔들리는 계단을 따라 중년의 체첸인이 뛰어올라온다. 수염이 덥수룩한 인부다.

"감독관이 오십니다!"

그는 노인들을 겁주며 말한다. 그러고는 이어 내게 말한다.

"로슬리크 감독관이 오시네요!"

로슬리크는 보통 노인들을 공사장에서 쫓아낸다.

노인들은 겁이 나서 시끄럽게 한탄을 한다. "아이고, 아이고…… 아이고머니, 아이고머니나." 그러자 인부가 그들을 위해 인부용 임시 주택의 문을 열어준다. 거기에는 아래로 내려갈 수 있는 다른 계단이 있다…… 비밀 출입구처럼…… 그리로 가면 무서운 감독관을 만나지 않고 빠져나갈 수 있다. 놀랍게도 노인들은 훨씬 건장하고 힘이 센 루슬란보다 작고 못생긴 로슬리크를 더 두려워한다.

인부는 익살맞게 군다. 그는 나에게 눈을 찡긋하더니 노인들을 인부용 임시 주택 쪽으로 몰아간다. 이렇게 말하면서. "빨리요…… 빨리…… 로슬리크 감독관이 오시면 이제 영감님들을 다 잡아잡수실 거예요, 아침부터 아무것도 안 드셨다고요."

나는 노인들을 사랑한다. 러시아 노인이건, 체첸 노인이건, 어느 편 노인이든 상관없이! 노인들의 생은 얼마 남지 않았으니까. 그들은 사라져 버리는 자연의 기적이다.

임시 주택으로 난 문이 닫혔다. 모두가 떠났다.

로슬리크와 나는 악수로 인사한다.

"잘 지냈나."

"알렉산드르 세르게이치, 당신은 어때?…… 안타깝네……"

하지만 로슬리크는 새로운 소식을 가져오지는 않았다…… 우리는 다시 모크로예에서 전멸한 종대에 관한 이야기를 나눈다. 이 상황에 달리 무슨 할 이야기가 있겠는가…… 매복하고 있다가 또 너희 편을 습격한 거야. 로슬리크는 콜랴 구사르체프를 안타까워하고, 나의 고통을 이해하고, 나를 안쓰럽게 여기며 말한다. 하지만 여전히 자기 안에 있는 어떤 승리의 감정을 완전히 감추지는 못한다. 산사람들이 엄청나게 큰 타격을 입힌 것이다. 축구에서 골이 터지듯…… 우리 팀이 너희 팀을 이긴 것이다! 전쟁의 환희.

하지만 예민한 사람이기도 한 로슬리크는 (적에 대한 배려 차원에서) 끝까지 다 짓지 못한 미소를 얼굴에서 지운다.

"전쟁이란 정말 거지 같아."

"거지 같지."

내가 고개를 끄덕인다.

"로슬리크, **자네 쪽** 사상자들에 대한 이야기는 들었나?"

"아니."

그럴 줄 알았다. 그는 아직 고르니 아흐메트와 그 동생의 죽음에 대해 모르고 있다. 눈먼 무지렁이 무한이 갈긴 최후의 일격에 대해서도.

나는 복수라도 하듯 입을 다문다. 결국 듣게 될 테니까…… 사실 나도 아프다. 우리 팀 때문에 나도 아프다.

하지만 이런 계산들(서로 다르게 계산된 사상자 수)은 나와 로슬리크의 관계에 아무런 영향도 주지 못한다. 여기에 어떤 개인적인 감정은 없으니까. 우리는 서로에게 총질을 하지 않는다. 우리가 아니라…… 저기 모크로예에서 다른 이들이 또 다른 이들을 죽인 것이니까.

그런 의미에서 방금 전 내 귀에 대고 콧소리를 내며 한탄하던 노인들이 백번 옳다. 그들 마을에 복수를 하고 폭격을 하는 것은 정말 무의미한 일이다. 어떤 구체적인 마을에 복수를 하는 것도 무의미하다. 거기에 벌을 받을 만한 사람은 아무도 없다. 다른 이들이 종대를 불태운 것이다…… 항상 다른 이들이 그런 일을 벌인다.

로슬리크는 우리 공사장을 보러 간다. 인부들이 느리게 일한다고 욕을 하고 벽을 만져보며 걸어간다. 습기가 있군!…… 벽이 아직 마르지 않았다.

알고 보니 인부용 임시 주택으로 숨어든 노인들이 떠나지 않고 있었다…… 그들은 거기서 되살아났다. 고요함이 그들을 되살려놓았다. 문을 조금 열고는 나를 불러들인다…… 속삭이는 소리로. "사시크…… 사시크…… 감독관 로슬리크가 갔나?…… 가라고 해줘……"

심지어 거기 인부용 임시 주택 문 뒤에서 조심스레 고개를 내밀고도 사랑을 표현하고자 한다. 작년에 준 디젤유에 대한 감사를 표하고 싶어 한다. 그들은 손을 심장에 가져다 댄다. 그리고 내게 미소를 짓는다. 아까 주머니를 뒤지던 그 노인은 멀리서 다시 내게 손을 내민다. 손바닥 위에는 칙칙한 색깔의 귤 두 개가 놓여 있다…… 이건 자네 준 거야. 작은 선물이야, 사시크!

처음에는 체첸인들(야전사령관들)이 우리 장교들보다 휴대폰을 훨씬 많이 소지하고 있었다(터키와 파키스탄에서 구입한 것들이었다). 우리는 아주 드물게, 정말 우연히, 폭격 맞은 오솔길에서 전화기를 주워 가질 수 있었다. 하지만 두다예프의 기이한 죽음은 내게 놓아야 할 다음 수를 알려주었고, 나는 거기에 반응했다…… 나는 가장 먼저 예비용으로 휴대폰을 사들인 사람 중 하나였다. 정보를 지배하는 자가 세상을 지배한다. 이 문장에 이런 말을 덧붙이고 싶다. 정보를 지배하는 자가 **세상**과 **전쟁**을 지배한다…… 길 위에서의 전쟁 말이다.

농부들은 디젤유를 얻어 논밭에 트랙터를 돌리고 제때 땅을 팔 수만 있다면 무슨 짓이라도 한다. 시골에 사는 체첸인들도 다른 농부들과 똑같다. 하지만 1년간 전쟁을 해도 피를 보면 토악질을 한다…… 나는 그런 농민에게 디젤유와 함께 휴대폰을 제안했다. 물론 조용히…… 그에게는 연료가 필요하고, 나는 그의 마을 입구 쪽에 있는 길과 십자로에 관한 정보가 꼭 필요하다. 십자로는 산에서 벌어지는 전쟁의 체스 칸과도 같다.

처음에 농부는 당황했다. **베고 파고**만 할 줄 알던 이 가련한 친구는 버튼 달린 작은 물건을 어떻게 요리해야 할지 몰랐다. 농부의 손바닥으로 그것을 쥐는 것조차 두려워했다. 미끄러질까 봐. 너무너무 작으니까!

가끔 이 썩을 놈의 전쟁이, 이 개똥 같은 살육이 어떻게 끝나게 될지 알고 있다는 생각이 든다. 이 전쟁은 서로 속고 속이며 스러져갈 것이다…… 휴대폰이 더 싸지기만 한다면. 이미 그렇게 되고 있고(엄청나게 빠른 속도로 값이 내리고 있다!), 군인들도 상황을 깨닫게 될 것이다. 그러면 그들도 이 똥을 잔뜩 사 모아 마을에 있는 체첸인들에게 뿌릴 것이다. 디젤유 한 양동이를 미끼로 휴대폰을 뿌린다…… 콤바인 톱니 두 개를 미끼로…… 트랙터 부품을 미끼로…… 전쟁에 진저리가 난 농민들은 갑자기 산에서 마을로 내려온 낯선 사람, 낯선 야전사령관을 기꺼이 볼모로 내놓을 것이다.

한 마을당 두세 명이라도 그런 진짜 농부를 반드시 찾을 수 있을 것이다. 그러면 우리의 용감한 장군님들이 능력을 보여주겠지!…… 밤에 마을을 이중으로 포위하고 입구에는 지뢰를 설치할 것이다. 퇴로인 오솔길에는 특별히 지뢰를 많이 설치하겠지. 그러고는 전진! 싹 쓸어버리자!

농부의 전화만 울리면 싹쓸이가 시작되는 것이다…… 호기심을 자아내는 마지막 장면으로 끝나는 텔레비전 드라마처럼 흥미진진할 것이다.

휴대폰이 울리면 세 명의 반군이 이미 쓰러져 있을 것이다. 총대를 끌어안고. 죽은 그들의 팔을 벌리겠지. 망자의 얼굴을 알아볼 수 있도록…… 오늘은 세 명…… 지난주에는 네 명…… 아마 다음 주에는 한 명, 대신 야전사령관.

전화가 울릴 때마다.

하지만 첫번째 농민은 나를 제대로 괴롭혔다. 그 사람 좋고 잘 웃는 바보, 그 **베고 파고**는 끝없이 전화를 걸어댔다…… 마을에서 누가 기침을 합니다. 살라브디가 기침을 해요…… 아슬란이 기침을 해요…… 우마르가…… 그는 기침하는 사람의 이름을 전부 말해주었다…… 어떤 아줌마가 불발탄을 찾았어요.

그는 더 자주 전화를 걸 수도 있다고 덧붙였다…… 그에게 휴대폰 하나를 더 주면 말이다.

내게 필요한 것은 마을 곁을 지나가는 산사람들 지대에 관한 정보뿐이다…… 그에게 백번을 설명했다. 지대가 부상병을 데리고 퇴각했는지? 아니면 반대로 산에서 내려와 매복 준비를 하고 있는지?…… 하지만 그는 암소를 팔아치우고 달이 뜨는 밤마다 잠긴 가게의 문을 두드리는 비스한 아저씨에 대해서까지 전화를 해댔다.

그러고는 일주일 만에 그에게 준 휴대폰 배터리를 다 써버렸다. 저런 게 밀고자라고! 저런 게 정보원이라고! 그러고도 차를 얻어 타고 쏜살같이 달려와서 다시 디젤유를 청했다.

"너 도대체 뭐야? 왜 이렇게 등신이야?"

내가 물었다.

"왜 내 귀에다 그 쓰레기 같은 이야기들을 쏟아내는 거야?"

나는 그에게 욕을 퍼부었다. 쌍욕을 퍼부어주었다. 쓸데없는 일로 전화하지 마! 귀찮게 하지 말라고! 하지만 그는 그저 아름다운 갈색 눈을 껌뻑거렸다.

"걸고 싶어져요……"

이야기를 하고 싶단다! 마누라는? 애들은?…… 근데 마누라나 애들하고는 이야기를 하고 싶지 않단다. 할 얘기가 없단다. 진짜 농부다. 진짜 **베고 파고**인 것이다.

나는 그에게 충전기를 주었다. 어떻게 사용하는지도 알려주었다. 그리고 아주 엄하게, 부대와 홀로 지나가는 지프들에 대해서만 전화하라고 일렀다. 짐칸에 남자들을 싣고 가는 트럭도 중요하다고 일렀다…… 그야말로 씹어서 먹이듯 설명해주었다. 지프는 작은 자동차야…… 그리고 그 차가 어느 방향으로 가는지가 중요해. 산 쪽으로 가는지, 아니면 세르젠-유르트 방향으로 가는지…… 쓸데없는 일들에 대해서는 전화하지 마. 그럼 휴대폰을 도로 가져갈 거야. 그리고 나한테서는 디젤유를 반 컵도 못 얻을 줄 알아. 이 한심한 아저씨야! 전화 걸기 좋아하는 촌닭아!……

결론적으로 말하면 바로 그날 저녁 이 등신은 내게 다급하게 전화를 걸어 비스한 아저씨 옆집 여자의 암염소가 산에서 사라졌다고 알려주었다.

나는 너무도 기가 막혀 물었다.

"숫염소는 안 사라졌냐?"

12장

구사르체프와 녀석들이 하필이면 그날을 골라, 하필이면 매복병들이 숨어 있던 바로 그 협곡에 간 바람에, 체첸놈들이 구사르체프의 지프에 총을 쏘았다고 생각하는 것이 이 사건을 이해할 수 있는 가장 쉬운 방법이다. 하지만 과연 그가 우연히 그날, 그곳을 지나갔던 것일까?…… 맙소사! 나도 모르게 탄식이 새어 나왔다.

그리고 그 즉시 좀더 복잡한 가정을 해보았다. 콜랴 구사르체프가 모크로예에 간 것은 우연이 아니었다. 뭔가 거래가 있었다. 그러자 갑자기 생각이 났다. 기억이 난 것이다…… 거의 그 즉시 떠올랐다!…… 자동소총을 가득 싣고 떠났던 나의 '우아지크'가…… 그리고 무기 판매에 대한 장난스러운 대화들이. 그의 과도한 열정이! 우리가 보드카를 마시던 날 어떻게 해서든 나를 부추기려 했던 그의 노력이. 그리고 그때 콜랴에게 분명 끝까지 말하지 못한 무언가가 있었다는 사실이…… 모든 것이 들어맞았다.

그러자 이번에는 어렵지 않게 체첸 중개인 한 사람이 머릿속에 떠올랐다. 콜랴는 비웃으면서도, 그를 끌어들여 무언가 팔아보려고 했다. 그는 연방군과도 내통을 하고, 또 때로는 산속으로 숨어들기도 하며…… '이쪽저쪽'을 다 오가던 사람이다…… 바로 이 약간 미친 것 같은 중개인 이쪽저쪽이(그의 이름을 기억하지 못한다) 고르니 아흐메트의 친척이었다…… 바로 이거군!

콜랴 구사르체프가 중개인을 통해 자동소총, 혹은 무언가 다른 것을 고르니 아흐메트 일족에게 팔았다면, 고르니 아흐메트는 콜랴에게 대금을 지불해야 했을 것이다. 게다가 지불해야 할 대금이 제법 컸을 것이다…… 아흐메트는 자기 돈뿐 아니라 남의 돈 문제도 정확하게 처리하는 편이었다. 항상 지체하지 않고 제때 돈을 지불했다…… 그 말은 아흐메트가 휴대폰으로 콜랴와 만날 장소를 정했을 거라는 뜻이다. 자기가 직접…… 그리고 콜랴와 구체적인 시간에 대해서도 합의를 보았을 것이다. 매복전 이후의 시간으로.

체첸 야전사령관들은 전쟁의 현실 속에서 생겨난 하나의 철칙을 지킨다. 대금은 직접, 손에서 손으로 지불한다는 것이다. 그래야 기만의 가능성이 줄어든다…… 전쟁은 우리 모두에게 좋은 학교가 되었다!…… 야전사령관들은 굶주린 지대와 함께 산에서 내려와…… 전투를 치르거나…… 모크로예 같은 곳에 매복을 치고…… 마침 산에서 내려온 김에 치러야 할 대금도 치르곤 한다.

돈은 반드시 손에서 손으로…… '만남'의 장소!…… 모든 계획은 분 단위로 작성한다. 매복 작전 성공 직후 고르니 아흐메트는 그 자리를 떠야 하기 때문이다. 다시 산으로. 그것도 아주 빨리! 그러지 않으면 헬리콥터가 와서 그의 부하들로 잡탕 요리를 만들 것이다. 뒤죽박죽 잡탕 요리…… 관에 무어라도 넣어 장례를 치러주려면, 남은 반군 청년들이 나무를 샅

살이 훑어야 할 것이다…… 참나무와 느릅나무 줄기 사이사이를.

그러니까 이렇게 된 것이다. 존재했던 콜랴 구사르체프는 이제 없다…… 그는 자기 미래를 위해 돈을 모으지도, 무언가를 계획하지도, 나처럼 집을 짓지도 않았다. 아내와 딸, 러시아의 큰 강 주변에 있는 집에서의 편안한 노년 같은 평범한 신앙은 애당초 가져본 적이 없다. 콜랴 구사르체프는 모든 돈을 휴가에 썼다.

휴가 때면 평화로운 관광용 비행기를 타고 곳곳에 있는 끝내주는 장소들을 방문했다. 남쪽으로…… 황금빛 해변이 펼쳐진 곳으로…… 멋지게 그을린 값비싼 처자들과 함께…… 그들의 터프한 포주들과 함께. 가장 핫한 매음굴을 찾아서. 진짜 끝내주는 곳을 찾아서! 그리고 아드레날린을 얻기 위해 그런 매음굴에 갔다 온 것을 자랑했다! 그는 이곳 체첸에서 목숨을 건 위험을 기꺼이 감수했다. 대신 그 후에 여기서 감수한 위험을 태양과 포도주로 아주 제대로 씻어냈다.

구사르체프는 작은 중개인을 통해 여기 그로즈니에서 고르니 아흐메트에게 무기를 팔았던 것 같다. 그리고 아흐메트로부터 제법 큰돈을 받기 위해 모크로예로 갔던 것이다…… 콜랴는 자기가 특별하고 굉장한 사업을 만들어가고 있다고 생각하며 신나게 모크로예로 돌진했을 것이다…… 그는 완전히 흥분해 있었다. 모크로예 협곡에서 방금 종대가 전멸했다는 사실은 전혀 몰랐을 것이다…… 어떻게 알 수 있었겠는가?…… 고르니 아흐메트가 그런 사항은 일러주지 않았을 것이다.

내가 이 모든 것을 떠올린 것은 전화기에 대고 소리 없이 울던 바자노프 장군 덕분이었다. 장군은 자기의 흐느낌이 전화기를 통해 들리는 것을 부끄럽게 여겼다…… 수염 속에 남자의 눈물을 삼키려 했다. 그럼에도 울고 있었다. 그가 울고 있다는 것을 느낄 수 있었다.

그래서 그에게 위로가 되도록 "장군님, 아직 희망이 있습니다"라고 말했다…… 콜랴가 어떻게 죽었는지를 본 사람은 없습니다.

"고르니 아흐메트가 어떻게 죽었는지 본 사람도 아무도 없지. 하지만 그는 죽었네."

바자노프가 우는 듯한, 그러나 그럼에도 떨리지는 않는, 장군다운 목소리로 말했다.

그 순간 나는 그들의 거래, 그들의 '만남'이 가능했다는 생각을 하게 되었다. 갑자기 '콜랴와 고르니 아흐메트!'라는 단어가 머릿속에 떠올랐다…… 함께…… 둘 다 죽었으니까!

콜랴는 녀석들을 데려다주고, 가는 길에(마침 가는 길이니까) 아흐메트에게서 돈도 받는 것이 아주 멋지고, 과감하고, 완벽한 계획이라 여겼을 것이다!…… 체첸인들을 만날 때 이 두 녀석, 올레크와 알리크가 구사르체프 소령의 호위병처럼 보일 수 있을 테니까. 폭발후유증 환자들? 그러면 어떤가! 호위병은 정신병자처럼 보일수록 더 독하고 믿을 만해 보이는 법이다. 가장 오만한 체첸인도 금세 알아챌 수 있을 것이다.

구사르체프는 알리크와 올레크를 태우고 거의 반나절 동안 운전을 했다. 지프에…… 그리고 그 반나절 내내 길을 가며 아흐메트와 통화했을 것이다. 지프에서. 어쨌거나 돈 문제니까! 모든 것을 절차대로…… 반군이 우세했던 그 시간, 협곡은 비명과 총성으로 가득했다. 하지만 용감한 구사르체프는 바로 그곳으로 돌진했다…… 그를 부르는 타인들의 총격을 향하여…… 이미 전멸한 우리 종대에서 피어오르는 그을음과 연기를 피해가며.

우리 쪽 군인들은 대살육의 장소로 뒤늦게 돌진해 와서는 사망자의 숫자에 분노하고, 살아남은 이들을 가혹하게 다룬다. 연방보안국 요원들은 특히 더 그렇다. 종대가 전멸한 장소에 와서는 살아남은 자들에게 극도의 의구심을 품는다…… 자기편에게…… 그들을 비난하고 싶어 한다…… 거기 있었는데도 살아남았다고!…… 차를 타고 이곳에 온 사령부 소령이라도 당장 죄인 취급을 하지는 않겠지만, 의심할 것이다…… 하지만 그 장교가 두 명의 폭발후유증을 앓고 있는 병사, 한 녀석은 왼쪽 눈에서 눈물이 흐르고, 다른 녀석은 앵무새처럼 "충성을 맹세합니다. 충성을 맹세합니다!"를 외치는 병사들을 차에 싣고 있다면, 모든 상황은 훨씬 이해할 만한 것이 된다. 훨씬 믿을 만한 상황이 되는 것이다. 물론 이런 상황에서도 연방보안국 사람들은 가벼운 트집을 잡을 수 있다(예를 들면, 저 녀석은 도대체 왜 왼쪽 눈에서만 눈물을 흘리는 거죠?라든가 하는 말로).

콜랴가 계획한 모든 일들이 순조롭게 진행되고 있었다…… 그렇다면 그는 왜 죽은 것일까?…… 체첸인들이 돈이 아까워 '만남'의 장소에서 그를 속였을까? 그래서 그가 격분했던 것일까?…… 원칙적으로는 그럴 수도 있다.

하지만 콜랴 구사르체프를 속여 그 자리에서 그에게 총을 쏘는 것은 결코 쉬운 일이 아니다…… 콜랴는 젊지만, 사람을 분별하는 감각이 아주 탁월하다. 그는 수없이 많은 체첸의 길들을 누볐다!…… 기만당했다는 것을 알았다면 그가 먼저 체첸놈을 총으로 쏘아 죽였을 것이다. 그는 뛰어난 사수였다(게다가 이러쿵저러쿵 말을 늘어놓지도 않았을 것이다. 적의 수가 하나 줄어든 것뿐이니까!). 고르니 아흐메트가 실수로 담배가 든 주머니에 손을 넣었더라도…… 1분도 살아 있을 수 없었을 것이다!

죽은 콜랴 구사르체프를 지프에서 꺼낸 것이 사실이라면…… 그건 콜랴가 바로 총구 앞에 선 일도 없었다는 뜻이다. 그건 그가 차에 앉은 채로 돈에 관한 협상을 했다는 뜻이다.

게다가 나의 폭발후유증 환자들도 호위병 노릇을 제법 잘해냈을 것이다. 폭발후유증을 앓고 있지만…… 누가 알겠는가. 총대를 손에 들고 나란히 앉아 있고…… 두 명 모두 경계를 늦추지 않고 있다면. 무슨 일이 생기면 '칼라시'를 든 두 사람이 있는 셈이다.

나는 어렵지 않게 총 예닐곱 자루로 갑자기 시작된 총격전을 그려볼 수 있었다…… 아흐메트를 호위하는 체첸인들의 불같은 총질에 녀석들도 그 즉시 사이좋게 답했을 것이다. 폭발후유증 환자들도 아주 열정적으로 총을 쏘는 법이니까.

그런데 구사르체프가 판 물건은 무기와는 전혀 다른 것이었다. 신발이었다!…… 미리 크라마렌코를 보내 가까운 곳에 있는 창고들을 조금씩 탐문하다 결국 알게 되었다. 결국 다 밝혀졌다…… 군용 장화였다!…… 무기가 아니었다. 심지어 탄약도 아니었다.

안도의 한숨이 흘러나왔다. 비록 늦기는 했지만…… 내 정보원 중 하나도 그런 거래가 있었다는 사실을 확인해주었다. 구사르체프는 빼돌린 장화를 체첸놈들에게 트럭 한가득 실어 보냈다(마치 자동소총을 실었던 내 '우아지크'처럼).

당시 우리 쪽 군인들은 복사뼈 부위를 끈으로 맬 수 있는 목이 긴 구두식 군화를 선호했다. 아주 좋은 군화였다…… 그러다 보니 지퍼 달린 장화를 원하는 병사는 거의 없었다! 결국 콜랴 구사르체프는 딱히 뭐라 말할 수도 없는 물건을 팔아치운 것이다. 그는 산처럼 쌓인 오래된 방수면포 장화를 시장에 내놓았다. 산과 협곡에 사는 체첸놈들에게는 바로 이런 방수면포 장화가 절실히 필요했다. 지퍼만 튼튼하다면 그런 신이 더 따뜻하기도 하다.

이 사실을 알고 나니 서글퍼졌다.

나는 망할 놈의 콜랴 구사르체프가 내 말을 듣지 않고 무기를 팔다가 타 죽었다고 생각했다. 통제가 안 되는 열정과 탐욕 때문에 벌을 받았다고 생각했다…… 그런데 콜랴 구사르체프가 반쯤 썩어가는 장화 때문에 죽었다니!

바로 그랬다. 그는 내 이야기를 들었고, 나를 믿은 것이다. 질린 소령 말에 따른 것이다…… 내가 아니라면 누가 그에게 용을 쓰지 않아도 되는 비즈니스를 해보라고 충고했겠는가…… 예를 들어 건축자재 판매 같은 일을 해보라고. 정 무언가를 하고 싶다면 말이다!…… 우리의 정체된 휘발유 사업으로 부족하다면, 부수입이 너무도 절실하다면 말이다…… 불쌍한 친구!…… 지금쯤 저세상에서 이를 갈고 있을 것이다. 냄새나는 장화 값을 받으러 갔었는데!

기가 막힌다. 사실상 혼자서 돈을 받으러 간 것이 아닌가. 녀석들을 셈에 넣을 수는 없으니까…… 돈을 받으러 혼자 가는 것은 삼척동자도 알 만한 바보짓이다!…… 그는 재주 많고 똑똑한 장교가 아닌가. 유머감각도 있고, 재치도 있는 똑똑한 장교가 그런 멍청한 짓을 하다니!

그리고 마음이 아팠다.

월요일에 물건이 들어왔다…… 기차로…… 군더더기 없이 모든 것이 깔끔하다. 모두 제출한 서류에 있는 대로다. 횡령도 없다.

디젤유…… **연료통들이 나란히 늘어서 있다…… '우랄' 트럭 두 대분. 나쁘지 않다!**

휘발유…… **휘발유수송차 한 대분. 대신 주입구까지 꽉 찬 것으로.**

비행용 등유…… **늘 그렇듯 정말 조금만 주었다.**

기계용 기름…… **MVP…… 반 통…… 방향탐지기용…… 부대의 주문을 기다린다.**

월요일에 물건들이 들어왔는데, 화요일이 되자 벌써 체첸인이 외부창고 공사장으로 숨어들었다. 그는 루슬란이 보내어 나를 찾아온 것처럼 말했다…… 내가 공사장의 형편없는 계단을 따라 올라올 때까지 숨소리도 내지 않고 기다리고 있었다. 그러다 드디어 나를 만난 것이다…… 심지어 나를 기다리며 형편없는 우리 공사장에서 일도 조금 거들었다. 기꺼이. 삽으로 모래를 펐다…… 예전에도 느꼈지만 산에 사는 체첸인들은 도시 일을 흥미로워한다.

체첸인은 물건이 들어온 것에 대해 이미 알고 있었다. 자기들 정보원이 있는 것이다.

그는 아주 소박하게 청했다. 디젤유 조금만…… **사시크, 그저 조금만 따라줘.** 하지만 그는 지금 대금을 치를 수 없다…… 그리고 그가 디젤유를 좋은 값으로 살 거라며 배송을 부탁하는 장소도 멀다…… 종대가 필요하다. 지금은 산길을 그냥 그렇게 지나갈 수 없다.

"그럼 자네가 차 한두 대 정도는 산을 따라 몰아갈 수 있나? 그리고 거기 자네 사람들도 좀 있나?"

그는 이것도 할 수 없다.

"그럼 도대체 할 수 있는 게 뭐야? 왜 온 거야?"

나는 그를 쫓아냈다. 소문을 듣고 오는 부류 중 하나다. 물론 루슬란은 그에게 아무것도 약속하지 않았을 것이다.

들어온 물건을 어찌할까 이리저리 생각해본다…… 언제, 어떻게, 어떤 차로 이 연료를 부대로 배송할 수 있을까. 늘 고민해야 하는 문제다. 이렇게 저렇게 계획을 세워보다가 눈을 감고는 잠이 들었다…… 그러고는 한 번도 깨지 않고 깊이 잤다. 그 어떤 예감도 없었다…… 그런데 새벽 5시에 쿠춤이 미친 듯 짖어댔다…… 미친 듯 짖어댔지만 누군가를 알아보고 기뻐 날뛰는 소리에 가까웠다. 그러고는 정문 곁에 있는 보초병이 전화를 걸었다.

보초병이 수화기에 대고 뭐라고 중얼거렸지만 알아들을 수가 없었다. 그도 졸고 있었던 것이다!…… 나는 침대에서 일어났다.

그러고는 천천히 기지개를 켜며 정문 쪽으로 갔다. 쿠춤이 더욱 신이 나 어쩔 줄 몰라 하며 흥분하여 짖어대는 소리가 들렸다.

나는 졸린 듯 웃고 있는 보초병의 낯짝을 먼저 보았다…… 거기에 그 두 명이 있었다.

두 녀석은 바짝 긴장한 채 나를 보았다.

마음이 따뜻해졌다. 이미 그들을 장사 지냈다는 말도 하지 않았다. 전시에는 그런 말을 하지 않는 법이다. 일종의 미신이다…… 살아남았으니 살아가게 두자.

결국 구사르체프는 전투가 벌어지고 있던 모크로예까지만 이들을 데려다주었구나. 그리고 자기는 고르니 아흐메트를 만나러 서둘러 '만남'의 장소로 갔다가 거기서 죽음을 맞은 것이다.

"무슨 일이야? 너희 부대까지 못 갔어?"

나는 심지어 비웃고 농을 하듯 그들에게 말을 걸며 물었다. 그리고 미소를 지었다.

그들이 온 것이 기뻤다. 정말 기뻤다…… 그때는 무엇이 나를 기다리고 있는지 몰랐다.

하지만 나를 기다리고 있던 것은 끔찍한, 가장 끔찍한 소식이었다. 거기 고르니 아흐메트와의 '만남'의 장소에 이 두 녀석도 함께 있었다는 것이다. 그저 거기 있기만 했던 것이 아니라…… 그들이 체첸인에게 총을 쏘기 시작했고, 그들 중 한 사람이 실수로 구사르체프를 쏘아 죽였다. 우연히…… 그런 일을 저지른 것은 알리크였다. 그 웅얼쟁이, 눈에서 눈물이 흐르는 녀석 말이다. 더 정확히 말하면 한쪽 눈에서만, 왼쪽 눈에서만 눈물이 흐르는 녀석 말이다…… 그가 체첸인에게 총을 쐈았다…… 거기에 고르니 아흐메트라 불리는 무섭게 생긴 체첸인이 있었고, 알리크는 겁에 질렸다.

구사르체프 소령은 그 체첸인에게 아주 가까이 다가갔다. 총알이 체첸인을 관통했고, 이어 알리크의 손에 든 자동소총이 격하게 흔들렸다…… 총알이 빗나갔다.

기억하건대 이 이야기를 들은 순간 나는 무언가가 찌르는 듯 보드카가 마시고 싶어졌다. 한 모금이라도!

다행히 이것저것 저간의 이야기를 묻기 위해 처음부터 이 두 명의 불행한 아이를 내 창고 사무실로 데리고 갔었다…… 나는 책상 앞에 앉아 있었고, 그들은 서 있었다. 나는 왼손 손가락으로 책상을 두드리다가 그들에게 고함을 치기 시작했다. 그때 정말 참을 수 없을 정도로 보드카 한두 잔이 마시고 싶었다.

살인이라니 생각조차 할 수 없는 일이다. 무슨 생각을 해야 할지조차 몰랐다. 그저 악을 썼다…… 실수로 사람도 죽인 후에 알리크와 올레크 두 사람은 즉시 거기서 도망쳤다…… 달아났다…… 알리크가 체첸인 아흐메트를 죽인 것은 우연이 아니었기 때문이다. 체첸인들이 그들을 발견했다면 아마 찢어 죽이려 했을 것이다…… 체첸인들은 그들을 향해 총을 쏘아댔다…… 하지만 둘 다 이미 숲으로 피한 후였다. 모크로예 협곡에서 더 멀리 떨어진 곳으로…… 그들은 달리고 또 달렸다.

내 고함은 벽을 흔들었다.

"이 씹새끼들, 여기로는 왜 또 기어 들어왔어?! 네놈들이 나랑 무슨 상관이야?…… 너희 부대로 가지! 기어서라도 가지 그랬어! 더러운 새끼들! 개자식들!…… 내가 이제 네놈들을 어떻게 해야 하는데?!……"

그들은 사정없이 당했다. 씹할 놈의 새끼들!…… 구사르체프가 가엾다! 콜랴!…… 웬 거지 같은 장화 때문에…… 정신병자가 그를 죽였다!…… 아무 이유도 없이! 우연히!…… 그냥 총알이 나가서…… 닥쳐올 더 큰 불행에 대한 예감이 내 뇌리를 사로잡았다…… 어떻게 이 상황에서 벗어날 것인가? 그곳에서 놈들을 본 사람이 있을까? 기억하는 이가 있을까?…… 포로가 된 첫 체첸인이 이 두 놈이 우리 소속이라고 진술을 할 텐데! 완전히 똥물을 뒤집어썼다…… 나도 그들과 함께! 질린 소령이 유모처럼 오래오래 그 녀석들을 돌보았다지! 버릇을 다 망쳐놓고!…… 왜 그랬을까? 도대체 무엇 때문에 그랬을까? 흥미롭군!

생각할 것도 없이 이들을 사령부에 넘겨야 한다. 내가 먼저! 고발 해야 한다!…… 다른 이들이 고발하기 전에…… 그 체첸놈들이 고발하기 전에!…… 체첸놈들 중 누군가는 반드시 포로로 잡힐 것이다! 그러면 저 녀석들을 저당물로 내놓겠지!…… 개자식들!…… 정말 운도 없는 녀석들…… 아직 아이들인데!…… 그저 덩치만 큰 아이들인데……

나는 소리쳤다.

"썩 꺼져!…… 어디든 가버려!…… 나는 너희를 모르고, 알고 싶지도 않아. 다시는 내 눈앞에 얼씬대지도 마!"

나는 발까지 굴러댔다.

그들이 나갔다…… 어딘지 우울한 모습으로 서두르면서. 고개도 들지 못한 채.

나는 넋이 나간 사람처럼 앉아 있었다. 저 자식들은 왜 돌아온 것일까? 왜 내게로 온 것일까?…… 도대체 나랑 무슨 상관이 있다고! 전쟁 중에는 저런 정신병자들이 언제나 넘쳐난다! 저런 녀석들은 과거에도 있었고 앞으로도 있을 것이다. 저런 정신병자들은 누구에게나 총질을 할 수 있는 특권을 지니고 있다…… 그러니 돈 받는 사람들이 저런 놈들을 맡으라고 하자. 흰 가운을 입은 그 비열한 인간들은 어디 있는 거냐? 그 개똥 같은 의사 나부랭이들은 어디 있나? 이건 댁들 일이야! 댁의 꼬마들이라고!…… 여기 있어!…… 필요할 때 네놈들은 어디 있는 거야?…… 저 자식들을 데려가라고. 꼴도 보기 싫으니까. 알고 싶지도 않으니까……

갑자기 크라마렌코가 잘 보이지도 않는 내 눈앞에 땅에서 솟아난 것처럼 나타났다.

"소령님…… 녀석들에게 차를 좀 줄까요? 먹을 것도 줄까요?"

개자식들!

나는 웬일인지 무진 애를 쓰며 그 저주받은 순간을 기억해내려 했다. 그 순간을 되돌리고 싶었다. 저놈들을 자기 부대로 돌려보낸다는 이 선량하고 인간적인 생각이 시작되었던 그 순간 말이다…… 내가 저 자식들과 연결되었던 그 순간 말이다.

"줘. 사람들 깨기 전에."

녀석들에게 가기 전에 크라마렌코는 묻지도 않고 말없이 냉장고에서 보드카를 꺼내 내게 건넸다.

나는 열 마리 정도의 말벌이 책상 위에서 분주하게 오글거리고 있는 것을 바라보고 있었다. 동물의 본성…… 말벌들은 차분히 기어 다니기도 하고 부딪히기도 했다. 몇몇은 겁이 난 듯 날아오르기도 했다.

"그래서 네가 총을 쏜 거야? 체첸놈에게?"

"체첸놈에게요."

"그놈을 죽였어?"

"네-에-에."

"어쩌다 소령을 쏜 거야?"

"자동소총이요…… 초-총구가 좀 움직였어요. 저는 자동차에 앉아 있었어요. 몸을 반쯤 틀어서요…… 다리는 아래로 내리고요…… 자동차 문을 열어두었는데, 문이 열렸다 닫혔다 흔들거렸어요…… 방해가 됐어요……"

"차 문은 차 문이고. 하지만 네놈이 자동소총을 조준한 거잖아…… 도대체 왜 그랬어?"

"구사르체프 소령님이 그렇게 하라고 했어요…… 우리 둘 다 조준하고 있으라고…… 체첸놈이 볼 수 있게. 체첸놈이 자-자-장난칠 생각 못 하게…… 소령님이 그렇게 말했어요. 체첸놈이 총구에 총알이 들어 있다고 계속 **느-느-느끼게** 하라고요……"

올레크도 고개를 끄덕였다.

"네, 맞아요. 그랬어요. 구사르체프 소령님이 그렇게 말했어요…… 체첸놈이 총알을 느끼게 하라고 했어요."

계속 딴 데로 빠지고, 5번에서 10번으로 건너뛰며 횡설수설했지만, 그들은 기억하고 있는 바를 어떤 식으로든 쏟아놓았다.

주로 이야기를 한 것은 알리크였다. 올레크는 일종의 증인처럼 알리크의 말을 반복하고 맞장구를 쳐주었다. 내가 재차 엄하게 물을 때마다 (그리고 그를 볼 때마다) 올레크는 의자에서 튀어 올라 질린 소령에게 경례를 붙이고 싶어 했다. 그리고 딱 한 번 경례를 붙였다. 그는 부동자세로 섰다.

"그만 튀어 오르고 앉아!"

"네, 알겠습니다, 소령님."

대신 그는 이제 겁에 질려 눈을 휘둥그레 뜨며 굴려대지 않는다. 그리고 충성을 맹세하겠다고 울부짖지도 않는다…… 문득, 비록 조금이지만 올레크의 상태가 좋아졌다는 것을 알게 되었다. 그의 폭발후유증 양상이 변화되고 있다…… 알 수 없이 길게 이어지는 침묵 끝에 제대로 된 문장들을 말하기도 한다.

그러면서 알리크의 말을 따라 반복한다.

"네, 그렇습니다."

한쪽 눈에 눈물이 흐르고 우연히 콜랴 구사르체프를 쏜 그 아이는 계속 자기 이야기를 한다. 이상한 환영이 보였어요. 그가 황급히 설명을 한다. 햇빛이 반사됐어요!……

알리크에게는 그런 현상이 나타나곤 한다…… 전에도 질린 소령에게 이야기한 적이 있다. 노란 공 같은 공포. 바로 눈앞에서. 그러다 갑자기 그 공이 터져버린다…… 그러면 노랗디노란 햇빛이 파편으로 부서진다!…… 그 부서진 조각들이 알리크의 눈동자로 바로 기어든다…… 체첸인은 삐딱하게, 그리고 위험하게 미소를 지었다. 그러면서 자기 허벅지를 두드렸다.

"그래서 너는 이제 그놈이 권총을 꺼낼 거라고 생각한 거군."

쓸데없는 말을 지껄이지 못하도록 두 명을 막사에서 빼냈다. 연료통을 굴리며 함께 지냈던 운반병들과도 격리시켰다. 짐을 싣고 내리는 일에서 그들을 완전히 빼냈다. 특별 관리를 시작한 것이다…… 안전을 위해서…… 밤이고 낮이고 안전을 위해서…… 그리고 크라마렌코에게 그들을 우리 서기의 고요한 처소가 있는 8번 간이창고에 넣으라고 말했다.

그곳은 아주 최근에 수다스러운 나의 아버지가 잠시 사셨던 곳이기도 하다(그때도 아버지가 조용히, 남의 눈에 띄지 않게 지낼 수 있도록 그곳에 사시게 했다. 조금이라도 덜 눈에 띄게 하려고……).

크라마렌코는 고개를 끄덕이더니 순식간에 내 명령을 수행했다. 그러고는 물었다. 그럼 박은 어떻게 하죠?……

박 대신 그들이 일하는 거다.

둘 다 계산하고 정리하는 서기 일을 보게 될 거다. 할 수 있을 거다…… 사실 우리 창고의 보고와 형식적 서류 작성은 특별히 머리를 쓸 필요가 없는 일이다. 잉크 얼룩이 좀 있으면 어떤가…… 박이 한 것처럼 완전무결한 서류가 아니면 어떤가……

크라마렌코는 다시 고개를 끄덕였다.

"맞습니다…… 알겠습니다…… 박 낯짝에 살이 너무 붙었어요!"

8번 간이창고는 사람들과 접촉을 피해 격리되어 지내기에 가장 적절한 장소다. 서기 박은 식사도 그곳에서 했다. 다른 병사들과 떨어져 그곳에서 죽을 먹고, 디저트로 나온 군대 콤포트를 마셨다. 병사들이 줄지어 노래를 부르며 식당을 떠날 때도!

그들은 언제나 노래를 부른다…… 배가 터지도록 잔뜩 먹고는, 식탁과 밥그릇을 두고 나와 걸으면서도 잠을 잔다. 하지만 떠날 때는 어찌 되었건 노래를 부른다…… 한 가지를 제외하면 모든 것이 힘겨운 창고에서의 삶을 그래도 소중히 여기는 것이다. 적어도 여기서는 총을 쏘지 않으니까.

8번 간이창고는 반지하지만 건조하다. 녀석들은 잠도 이곳에서 잘 것이다. 병영에서 간이침대 두 개를 가지고 왔다…… 서류가 놓인 책상은 바로 입구에 있다…… 램프에는 불이 켜져 있다…… 여기 이 책상에서 정신이 이상한 한 쌍의 병사가 서로 마주 앉아 서류를 작성할 것이다. 베껴 쓰고 적어두고. 그리고 침묵하고, 침묵하고, 침묵할 것이다(그러면서 흐보리가 믿을 만한 종대를 데리고 출정할 날을 기다릴 것이다)! 좀 지루하지만 어쩌겠는가.

"하지만 박에게 너무 짐을 지우지는 마. 연료통 나르다 완전히 망가질 수도 있어. 약하잖아."

"물론입니다. 하느님이 지키시겠죠."

크라마렌코는 자기 일을 안다. 병사들을 소중히 여긴다. 그는 자기 일을 잘 감당하고 있다.

"나중에 박이 다시 돌아올 거야. 녀석들을 보내고 나면."

"알겠습니다, 소령님."

크라마렌코와 나는 알리크가 구사르체프 소령을 쏜 일에 대해서 아무런 이야기도 나누지 않는다. 단 한마디도. 나는 아무 말도 하지 않았다. 그도 묻지 않는다…… 물을 필요가 없는 것이다…… 말하지 않아도 아는 것이다.

경계를 늦춰서는 안 된다. 녀석들에게 정말 나쁜 일이 일어난 것이다.

내가 직접 그들을 심문할 것이다…… 편파적으로…… 그리고 만일 이 살인이 장교에 대한 병사들의 근본적인 미움에서 비롯된 것이라면,

절대 그들을 비호해주지 않을 것이다…… 나도 장교다. 밤새 길에서 먼지 구덩이 속을 헤맨 병사가 때로 내 등에 총을 쏘고 싶어 한다는 것을 나도 알고 있다.

도대체 무슨 일이 있었던 것일까?…… 구사르체프는 차분히 차를 몰았고, 녀석들도 자동소총을 든 채 차분히 뒷좌석에 앉아 있었다. 하지만 협곡이 가까워오면서 구사르체프 소령은 지그재그로 돌아가며 차를 몰기 시작했을 것이다…… 갑자기 차의 방향을 확 틀기도 했을 것이다…… 체첸놈들과도, 우리 편과도 갑자기 마주치는 일이 없도록. 방금 종대가 전멸한 장소, 협곡에 가까이 갈수록 그의 목소리는 더 거칠어졌을 것이다…… 소령이 외친다.

"똑바로 앉아! 창 보지 말고…… 고개 돌리지 말라고…… 총 맞는다고, 병신아!"

차창을 향해 얼굴을 돌리지 않는 것은 지프를 타고 어느 편의 것도 아닌 길을 달릴 때 지켜야 하는 가장 기본적인 규칙이다. 상대편이 누가, 무슨 목적으로 가는지 알아보지 못하도록, 관목에서 총을 쏘지 못하도록, 적인지 아닌지 구분할 수 없도록, 위장복만 보이고 누구인지, 무엇인지는 불분명하게 보이도록.

소령의 고함과 감추고 있던 긴장감 때문에 알리크는 그야말로 돌기 시작했다. 그의 표현대로 하자면, 그것이 시작된 것이다. 햇빛의 밝은 반사광들이 뛰놀기 시작했다…… 반사된 빛의 점들이…… 마치 누군가가 열 개는 되는 작은 거울(손바닥 반 정도 크기의 둥근 거울)들로 알리크의 눈에 정통으로 반사광을 쏘아 보내는 것 같았다…… 누군가가…… 정확히 그의 눈동자를 맞혀…… 눈을 멀게 하려는 것 같았다…… 알리크는 인상을 쓰며 몸을 뒤척거렸다. 그리고 다시 오른쪽 왼쪽을 바라보았다.

"도대체 몇 번을 말해야 해!"

이미 성이 난 구사르체프 소령이 화가 나서 외쳤다.

"창 쪽으로 고개 돌리지 말라고…… 이거 완전 병신들이군! 이 병신들이 정찰대에 들어가시겠다, 응?…… 올레크, 가고 싶어 했지?"

"예, 가고 싶어 했습니다."

"주제를 알아야 할 거 아니야…… 이 병신 새끼들아. 앞을 보라고."

이런 대화가 이어졌다.

동시에 소령은 전화로 누군가와 계속 이야기를 나누었다. 그는 체첸인을 이름으로 부르지는 않았다. 단순하게, 직접적으로 말했다.

"여보세요…… 나야…… 어이, 체첸인, 내 목소리 들려?…… 지금 벌써 물이 마른 골짜기를 지나고 있는데."

그러고는 또 전화를 건다.

"체첸인, 나야…… 도대체 왜 거기서 총성이 들리지?…… 협곡 끝으로 나와. 오른쪽 도로변을 따라서. 거기 나지막한 낭떠러지가 있거든…… 기다려…… 겁내지 말라고!…… 거기 바로 길가야. 마을 사잇길이라고…… 그 마을 사잇길을 따라 들어갈게."

이미 완전히 가까이까지 왔다. 산발적인 총격 소리가 들렸다. 돌이켜 생각해보면 그 소리는 전투 후에 부상자들의 숨통을 끊어놓는 소리였다.

다시 전화가 울린다…… 전화벨 소리도, 구사르체프의 목소리도 알리크의 신경을 건드린다. 그리고 그 햇빛의 반사광들도…… 더욱이 그들이 끝없이 전화 통화를 했기 때문에, 알리크는 어떤 예감이 들었다…… 곧 뚱뚱하고 터질 것 같은 돈다발을 보게 되리라는 예감…… 아니, 알리크는 설명하지 못한다.

지프가 덜컹거렸다…… 알리크는 왜 지금 5분간 잠시 어딘가에 들러야 하는지 몰랐다(구사르체프는 그들에게 그렇게만 이야기했다. 그는 설명하지 않았다. 뭐 하러 설명을 하겠는가! 그저 5분간 들른다,라고만 말했다. 소령들이 그렇듯 그도 예의를 갖추어 병사들을 대하지 않았다). 햇빛 반사광들을 피하며 알리크는 머리를 흔들었다…… 그리고 또다시 오른쪽 왼쪽을 바라보았다.

"야, 너 같은 게 무슨 군인이야! 또-오-옥-바로 보라고!"

작은 언덕들을 누비며 차를 모는 소령이 소리쳤다.

그나마 한 가지 안심되는 것은 곁에 있는 올레시카가 석상처럼 가만히 앉아 있다는 점이었다. 그는 그저 자기의 자동소총을 더 꽉 움켜잡고 가까이서 들리는(그리고 더 가까워지는) 총성을 듣고 있었다.

올레시카도 그들이 왜 곧바로 자기들 부대로 가지 않고 5분간 체첸놈들을 만나기 위해 방향을 틀었는지 몰랐다. 하지만 그는 안달하지 않았다…… 그는 준비가 되어 있었다. 그 순간 그의 병은 이런 방식으로 작동했다. (언젠가 자기 부대에서 떨어져 나왔던 그가) 이제는 어떤 순간에라도 병사의 의무를 다할 준비가 되었다고 느끼는 것이다. 죽을 준비가 되어 있는 것이다…… 심지어 죽고 싶기까지 했다. 기분이 좋았다. 그리고 아무것도 생각하지 않았다.

이제는 누구도 그가 "충성을 맹세합니다!"라고 외쳐도 그를 비웃지 않을 것이다…… 체첸놈들에게 보여줄 테니까…… 총에는 총으로…… 차의 속도가 줄어드는 것을 느끼며 올레크의 온몸은 팽팽하게 긴장했다…… 이렇게 살짝 속도를 늦추는구나…… 언제든 멈출 준비를 하면서. 그러라지! 멈추라지! 그러면 그와 알리크가 마침내 자기들의 의무를 다할 수 있을 테니까.

체첸인은 나지막한 낭떠러지 위에 걸터앉아 있었다. 땅이 툭 튀어나온 곳에 걸터앉은 채 살집이 있는 튼튼한 다리를 흔들거리고 있었다. 구사르체프 소령은 그가 있는 쪽으로 걸어갔다. 그는 서두르지 않았다. 그는 나지막한 낭떠러지에 걸터앉은 체첸놈보다 키가 작아 보였다. 그의 머리가 체첸인의 가슴께에 오는 것 같았다. 하지만 알리크와 올레크가 자동소총을 겨냥하고 앉아 있는 차 쪽에서 보자면 소령과 체첸인은 가까워지면서 하나로 합쳐져 보였다.

소령도, 체첸놈도 모두 전화로 너무나 오랫동안 협상을 했기 때문에 이제는 더 이상 할 이야기가 없었다.

소령은 지프에서 뛰어내려 돈을 받기 위해 예닐곱 걸음을 걸었다. 하지만 손을 내밀지는 않았다. 직접 달라는 듯!…… 그는 체첸인이 돈을 내밀 때까지 기다렸다. 하지만 체첸인도 소령이 먼저 돈을 달라고 손을 내밀기를 기다렸다…… 두 사람 모두 이 거래에서 주인 행세를 하고 싶어 했다. 낮아지고 싶지 않았던 것이다…… 구사르체프도, 체첸놈도…… 두 사람 모두 그림처럼 멋들어지게 행동했다. 그들은 돈을 지불하는 데 걸릴 1초를 거의 30초가량으로 늘였다. 어쩌면 폭발후유증을 앓고 있는 병사는 늘어난 현처럼 팽팽하게 긴장된 2, 30초를 견디지 못한 것인지도 모른다.

체첸인은 오른손으로 주머니에서 돈다발을 꺼내어 왼손으로 옮겨 쥐었다. 그의 오른손이 자유로워졌다…… 그는 오른손으로 그저 더듬거렸다. 권총을 찾는 것 같았다. 권총을 쥘 수도 있다는 위협과 함께.

빗나갈 수가 없었다. 두 거래자는 모두 지프에서 고작 예닐곱 걸음 떨어진 곳에 있었으니까. 알리크가 총을 쏘았을 때 그는 그들을 한 번에 죽였다.

첫번째 총알은 완벽하게 체첸인의 가슴에 맞았다. 그러고 나서 총알 몇 발은 그의 머리에 박혔다…… 그러더니 총구가 조금 움직였다…… 겁에 질린 알리크가 서두르다가 총구를 움직거린 것이다. 총알들은 곁으로 비껴가며 구사르체프 소령을 쓰러뜨렸다…… 그의 위장복에 맞았다……

등에 총구멍이 나고 귀가 찢겨 나갔다…… 귀에서 솟구치는 피를 쏟으며(아니면 관자놀이였을까?) 구사르체프 소령은 바로 체첸인 위로, 그의 가슴으로 파묻히듯 쓰러졌다. 하지만 나지막한 낭떠러지에 걸터앉아 있던 체첸인은 그 자세 그대로 남아 있었다. 이미 죽은 채로. 숨이 끊어진 후에도 몇 차례 손으로 권총이 있는 허벅지를 더듬거렸다…… 총성이 멈추었다.

이 총성은 누구도 긴장하게 만들지 않았다. 여기저기서 총성이 울리고 있었으니까. 체첸놈들이 부상자들의 숨을 끊어놓고 있었으니까.

“하지만 경호를 맡은 체첸놈 두 명이 고르니 아흐메트와 아주 가까운 곳에 있었잖아…… 경호원들 말이야!…… 알리크, 그럼 왜 그놈들이 즉각 반응하지 않았지?”

내가 묻는다.

그는 그저 어깨를 으쓱해 보인다.

지프가 다가갔을 때 아마 그 두 체첸놈이 먼저 나서서 다가오는 지프와 소령, 그리고 녀석들에게 나타났을 것이다…… 하지만 노련한 아흐메트는 사령관다운 몸짓으로 그 경호원들을 저지하고는…… (추측하건대) 놈들에게 좀 떨어진 곳에 있으라고 명령했을 것이다. 다가오지 말라고…… 자기 사람들이 얼마에 장화를 사들였는지, 연방군 장교에게 얼마를 주었는지 모르기를 원했을 수도 있다.

더욱이 체첸인들은 흥분한 상태였을 것이다. 이제 막 산에서 내려왔고, 이제 막 전투를 치렀으니까…… 다가오는 지프를 보면 참지 못하고 흥분하여 일단 미친 듯 총을 쏘아댈 수도 있었을 것이다. 일단 쏘고 나중에 알아보자!…… 그래서 아흐메트가 그들을 데려가지 않았을 수도 있다. 야전사령관 고르니 아흐메트는 사방에서 그가 연방군의 재바른 실무자 한 사람을 속여먹었다고 떠들어대는 것을 원하지 않았을 것이다. 돈을 주지 않고 죽였다는 이야기를…… 그런 이야기가 돌면 득 될 것이 없다. 야전사령관 고르니 아흐메트는 구사르체프 소령을 잃고 싶지 않았다…… 비즈니스니까.

아흐메트는 자기 경호원들에게 저쪽 어디 가까운 곳에 서서 그저 지켜보기만 하라고 일렀을지도 모른다. 아마 그들은 거기에 서 있었을지도 모른다…… 알리크가 자동소총을 쏜 후에도 거기에 있었을 것이다. 계속해서 앉아 있는 사령관의 머리와 등이 보였을 것이다. 죽은 후에도 나지막한 낭떠러지 위에 단단히 앉아 있었으니까…… 그들에게 등을 보인 채로…… 협상을 하고 있는 것처럼 보였을 것이고, 경호원들은 아무 문제가 없다고 생각했을 것이다.

더욱이 협곡에서는 다시 전투에 불이 붙었다. 경호원들은 정신이 없었을 것이다. 다시 총격이 시작됐다. 게다가 엄청난 규모다! 대구경 기관총!…… 바로 그 순간 갈팡질팡하며 한 명씩 죽어 나가던 체첸인들이 어찌어찌하여 정신을 차렸다…… 겨우 제정신을 차리고 무지렁이 무힌의 되살아난 기관총을 진압했다.

"저는 소령님을 죽이려고 했던 게 아니에요. 실수로…… 그렇게 됐어요."

알리크는 반복해서 말한다.

나도 그것이 실수였다는 것을 의심하지는 않았다…… 하지만(나는 이미 느끼고 있었다)…… 하지만 그저 실수만은 아니었다.

성공하게 되면 콜랴는 급속도로 번창하게 된 자기 장화 사업 이야기를 하려 했을 것이다. 냄새나는 방수포 장화로 번 돈 일부를 내게 나누어주려 했을지도 모른다…… **해야 돼, 해야 된다고…… 아흐메트에게서는 돈을 뜯어내야 해…… 사샤, 거기 친족들이 돈은 많은데 잘 잊어버려…… 그러니까 사샤, 만일 지금, 아직 기억이 생생할 때 장화 값을 달라 하지 않으면 녀석들은 나중에 그냥 어깨를 으쓱하고 말 거라고…… 게다가 달라붙지 말라고 총질까지 하겠지…… 가끔 산사람들 중에는 아주 황당한 기억력을 가진 사람들도 있거든!……** 그의 목소리가 생생하게 들리는 듯하다.

집요하게 자기 것을 주장하는 젊은 사령부 군인의 목소리. 완전히 살아 있는 듯한 그 소리 말이다. 뒤를 돌아보고 싶은 마음까지 들었다…… 콜랴가 가까이 서서 내게 말을 거는 것만 같다…… 조금 떨어진 곳에 선 채로. 등 뒤에서.

힘겨운 하루가 끝났다. 자야 한다……

크라마렌코는 간이창고에서 박을 내보내고, 녀석들을 그곳으로 보냈다. 침대도 주었다…… 전부 새것으로…… 놈들의 키에 충분히 맞는 간이침대를 책상 양편에 놓아주었다. 각자에게 작은 수납장도 주었다. 또 각각 발밑에 둘 깔개도 내주었다. 대부분의 병영 막사에는 없는 호사다…… 플란넬 담요도 주고, 추운 날 밤에 대비하여 솜이불도 주었다.

베개가 좀 더러운가?…… 그렇군. 크라마렌코는 베개도 갈아주었다. 소령님, 창고 사람들은 좀 풍족하게 살아도 되니까요.

물통에는 식수도 들어 있다…… 그들의 자동소총은 당직실에서 맡았다. 이들에게 소총을 내주지 말라는 명령과 함께…… 당연하다!…… 만일의 경우에 대비하여 크라마렌코는 그들의 짐 보따리를 뒤져 총탄이 들어 있는 작은 상자도 압수했다.

자자……

하지만 잘 수가 없다. 다시 크라마렌코가 온다. 방금 전 사령부 전령이 이곳에 왔다고 한다. 상품발송명령서를 들고…… 나에게 개인적으로 온 명령서다(그런 정보는 전화로 전하지 않는다). 작은 종이에 글씨가 빼곡하다…… 질린 소령에게.

○○부대 — 휘발유, 디젤유…… **이 부대에서는 이미 여러 차례 요청이 들어왔다. 거의 울부짖음이다!…… 하지만 그들은 베데노 근교에 있다. 지금 그곳으로 갈 수 있는 방법은 없다.**

○○부대 — 헬리콥터 조종사들. 비행용 제트유…… **이들은 아직 기다릴 수 있는 상황이다. 나는 이 욕심 사나운 이들에게 두 번이나 제트유를 보냈다…… 욕심이 과하다…… 사실 지금은 바실료크도 기다리고 있는 상황이다. 바실료크가 내게 빚진 여분의 비행도 딱 한 번뿐이다.**

○○부대 — 휘발유. **육군 무장부대 96사단…… 기억하지 못했을 법한데 숫자 96이 서로 이리저리 엇갈리는 수라 기억한다. 로또처럼…… 이들은 우루스-마르탄 쪽에 자리하고 있다. 문제없다. 종대는 그리로 자주 다닌다.**

○○부대 — **아하!…… 새 부대군…… 잊지 말아야 한다! 산에 있는 시**

시마료프의 병사들에게 유탄발사기가 필요하다. 반드시 일회용 'RPG-27'이어야 한다…… 그 유탄발사기는 방탄 철판도 뚫는다. 하지만 어떻게 배송을 하지?

누구에게 무엇을 얼마나 보내야 할까…… 모두에게 배송할 수 없다는 것은 이미 알고 있다. 헬리콥터 조종사들은 제트유를 달라고 끈덕지게 졸라댈 것이다…… 기술부대는 때가 되면 새로운 지뢰탐지기를 원할 것이다. 하지만 내 창고의 지뢰탐지기는 이미 오래전에 바닥났다.

한 개의 큰 종대 대신 두세 개의 작은 종대들…… (생각 속에서) 배송의 어려움을 이리저리 재보면서 잠시 눈을 감는다. 자자……

하지만 혹시 모르니 녀석들을 한번 들여다보아야겠다. 5분 후에 나도 그곳에 있다…… 밤은 고요하다.

8번 간이창고. 낮은 계단들…… 모든 것이 제대로 흘러가고 있다. 야간용 전구 하나만 켜져 있다. 녀석들은 간이침대에서 자고 있다…… 올레크가 왼편에 누워 있다…… 크라마렌코가 왼편에 누우라고 권한 것이다. 왼편에는 머리 위에 제복들을 쌓아둔 선반이 없다. 잘 생각했네. 나는 미소를 지으며 생각했다. 그러면 자다가 벌떡 일어나 충성을 맹세하며 소리를 질러도 대가리가 부서질 일은 없을 것이다. 우리 창고 선반은 참나무로 만들어져 있다.

알리크는 오른편에서 자고 있다. 그의 얼굴을 들여다보며 잠시 서 있다. 틱 증상이 보이지 않는다. 그의 손도 평온하다.

살아남을 수 있을까? 생각해본다. 장교 살해. 그것은 장교 살해다…… 어떤 상황에서라도…… 그는 너무도 가는 실 끝에 매달려 있다. 머리카락에 매달려 있다.

"그래, 그렇게 하는 거야, 아들."

나는 작은 소리로 말했다.

그때 그 단어가 툭 튀어나왔다. 내가 갑자기 그들을 아들이라고 불렀다. 안 될 이유가 무엇인가…… 나는 마흔이 넘었고 두 녀석의 나이는 내 아들뻘이다. 나와 아내 사이에는 딸이 있다. 남자아이는 없다…… 하다 보니 그렇게 되었다.

하지만 콜랴가 불쌍하다! 교활한 체첸인은 종대를 전멸시킨 장소 바로 옆에 '만남'의 장소를 잡았다. 그리고 콜랴는 거기에 동의했다! 그러고는 간다!…… 사실상 홀로 가는 것이다. 용감한 우리의 콜랴…… 사실을 말하자면 모든 것이 그의 계획대로 되었다. 돈도 이미 손에 넣었다!…… 콜랴가 그 체첸인에 대해서 파악한 모든 것이 옳았다…… 하지만 그를 속이고 버린 것은 체첸놈이 아니었다. 그를 속이고 버린 것은 우연이었다. 정신 나간 병사가 그를 죽인 것이다.

오른편 간이침대에서 자고 있는 병사가…… 머리 뚜껑이 열려버린 어린 병사가.

그리고 콜랴 구사르체프보다 이 알리크가 훨씬 더 불쌍하게 생각되었다. 비록 그는 내게 그 무엇도 아니지만…… 이 녀석이 말할 수 없이 안쓰럽다. 그는 분명 어딘가에서 이 이야기를 떠벌리고 말 것이다. 불쌍한 녀석…… 장교 살해…… 그는 이미 지금도 후회하고 있고, 철창에 갇힐 준비가 되어 있다.

그리고 다시 똑같은 생각이 떠오른다!…… 알리크와 올레크, 이 둘에게는 딱 한 가지 행운이 있을 뿐이다. 자기 부대로 돌아가는 것. 거기에만 그들의 자리가 있다. 둘 다!…… 둘이 함께라면 그래도 안전하다. 폭발후유증을 앓는 한 사람이 다른 사람을 받쳐준다. 체첸인의 돈?……

무슨 상관인가!⋯⋯ 후유증을 앓는 이들의 머릿속을 오가는 것이 어디 이것뿐이겠는가⋯⋯ 죄책감에 시달리는 알리크가 어쩌다 그곳에서 사람들에게 자기 죄를 발설한다 해도⋯⋯ 혹시 직접 고백한다 해도 그 고백의 내용은 본질적으로 자동소총을 너무 길게 발사했다는 것에 불과한 것이다⋯⋯ 폭발후유증 환자에게 더 이상 묻지 않을 것이다⋯⋯ 그저 환자의 전역을 위한 위원회를 열 것이다⋯⋯ 그렇게만 처리할 것이다. 그러면 그들은 집으로, 집으로 돌아갈 수 있다!

사삭! 사삭! 올레크가 사삭거리는 소리를 낸다. 꿈에서 머리를 흔들고 있다. 나는 종이와 서류들이 있는 책상을 돌아 올레크가 있는 쪽으로 간다⋯⋯ 자고 있는 병사를 들여다본다. 또 한 명의 장애인이다. 그래, 그래. 이런 후유증 환자들은 둘이 함께 있을 때 더 안전하다. 그것이 전쟁의 진실이다.

동정심이 내 안에 너무 오래 자리를 잡았다. 충분하다.

나는 올레크에게 더 가까이 다가가본다⋯⋯ 서서 잠시 기다려본다. 그러고는 이리저리 흔들리며 몸부림치는 병사의 머리를 손바닥으로 부드럽게 잡아주었다. 시계추를 멈추어주었다.

"아들, 자."

내가 말한다.

"자."

올레크는 정말 그 즉시 조용해졌다. 그러더니 잔다⋯⋯ 대신 이번에는 내 안에, 내 심장 안에 있는 생생하고 따뜻한 먹먹함이 살아나 요동치기 시작한다. 이것은 나의 심장이다. 너무도 분명하게 부성애를 느낀다⋯⋯ 그리고 명확하게 깨닫게 된다. 내일도, 모레도 이 아이들을 구하고, 또 구하게 되리라는 것을. 필요하다면 얼마든지 구해내고, 또 구해내리라는 것을……

그러자 아들이 나를 제대로 놀라게 만든다. 눈도 뜨지 않은 채…… 올레크는 무언가 속삭인다. 꿈에서 입술을 움직거린다.

무슨 이야기인지 들어보려고 몸을 숙였다. 그는 계속 꿈을 꾸며 내게 분명하게 말한다.

"너희는 전부 다 똥이야."

그러고는 잔다.

세상에! 폭발후유증을 앓는 이 병사의 꿈속에는 얼마나 많은 분노와 고통이 거닐고 있는 것일까. 그의 병적으로 둔하고 속을 알 수 없는 얼굴 아래에 감추어지고 짓눌린 채로.

나는 작은 소리로 피식 웃었다. 물론 잠에 빠진 올레시카가 우연히 그런 말을 했을 수도 있다…… 하지만…… 하지만…… 분명 우연만은 아닐 것이다.

13장

흐보로스티닌에게서 전화가 왔을 때, 먹구름 사이로 한 줄기 빛이 비쳤다. 그가 직접 전화를 걸었다. 예의 그 가볍고, 남자답지 않은 음성으로…… 우리의 훌륭한 종대 인솔자께서 이미 걸으실 수 있단다. 이미 병원 재활실에 다니고 있단다.

"왜 더 빨리 전화를 안 했는데?"

"못 하게 하더라고, 사샤."

나는 다시 물었다.

"체첸놈들한테는 알려주면 안 되는 정보지?"

그가 웃었다.

하지만 체첸인들은 이미 알고 있었다. 같은 날, 내 정보원이 전화를 걸어와 반군들 사이를 떠도는 여러 가지 소문 중 가장 따끈따끈한 것이, 이제 곧 흐보리가 다시 출격한다는 이야기라고 전해주었다…… 흐보리가 완쾌되었다고. 벌써 아침마다 재활실에서 '공을 차고' 있다고.

"재활 훈련은 어때?"

"꼭 작고 비싼 피트니스 클럽에 온 기분이야."

"오호!"

나는 무엇을 더 물어야 할지 몰랐다.

"자네한테 총알을 보여주던가?"

"간호사가 접시에 담아 왔지."

"총알이 구르며 소리를 내던가?"

이것은 예전에 저명한 외과 의사가 남긴 유명한 말이다. 흐보로스티닌은 이해한다는 듯 웃었다.

더 이상 무엇을 물어야 할지 몰랐다. 간호사들에 대해서 물어야 하나?…… 그가 찬다는 공에 대해서 물어야 하나?

그가 너무도 보고 싶었다. 하지만 웬일인지 말이 나오지 않았다. 친구, 나는 생각했다. 친구……

"이제야 좀 쉬겠구먼. 조금이라도 쉬겠어. 잘됐네!…… 그러고 나면 어떻게 되는 거지?"

"어떻게 되는지 보자고."

"부상 휴가는 안 주나?"

"안 주겠지."

"왜?"

그가 웃었다.

또 전화가 걸려온다. 이번에는 아내가 새 소식을 전한다. 지붕에 놓을 대들보를 싸게 구입했단다.

"썩은 건 아니고?"

"감독관이 봤어요. 칭찬하던데…… 톱질한 자리 하나하나 냄새도 맡아보던걸요."

우리 집 공사 감독관은 은퇴한 엔지니어다. 큰 강 주변에 있는 작은 도시에 사는 아내는 그런 사람을 찾기가 쉽지 않았다. 그녀는 내가 시키는 대로 찾고 또 찾았다…… 먼저 건강한지 살피라고 했다. 한 달에 얼마를 받으려는지에만 관심 가지지 말고…… 자세히 보라고…… 공사장에서 심장을 움켜쥐고 넘어지며 쿵 쓰러지지 않도록.

"덥지…… 더위는 어때?…… 잘 봐. 별것 아닌 더위도 심장에 문제가 있는 노인들한테는 당장 영향을 주거든."

"잘 견디고 계세요."

"공사장에는 얼마나 일찍 나오고?"

"참새 같아요!"

나는 칭찬했다. 잘하고 있네!…… 마음이 놓였다. 기진한 채 밤을 응시하고 있을 때면 아주 작은 소식 하나에도 이토록 쉽게 기뻐하게 된다.

하지만 바로 이번 주에 나는 길 하나를 **잃었다**. 이미 값을 지불한 괜찮은 산길을.

휘발유 운송에 두 차례 성공한 후, 나와 루슬란은 주자라는 사람을 미리 염두에 두고 일을 진행했다. 그리고 그에게 제법 괜찮은 돈을 선불로 지불했다. 믿을 만한 사람이라고 생각했기 때문이다. 레즈긴 사람 주자. 반만 레즈긴인일 수도 있다…… 그는 민첩하고, 눈치가 빨랐다…… 나는 (루슬란을 통해) 돈을 받고 나면 이 민첩한 주자가 우리에게 열린 산길 이곳저곳을 오가며 나머지 일들을 알아서 챙기리라 생각했다.

길을 잘 살피면서(필요한 사람에게는 기름칠을 하면서)…… 하지만 주자는 첫날도, 둘째 날도 무너져가는 그로즈니 5층 건물의 웬 처자 집에 죽치고 있었다.

약속한 신호대로 그가 있는 곳의 문을 두드리자 반라의 주자가 고개를 내밀었다. 그리고 머리를 맞았다. 무엇으로 맞았는지 알 수도 없었을 것이다. 그는 의식을 잃었다. 바닥에 널브러져 있던 그가 정신을 차리고 보니, 팔짱을 낀 작은 비라예프가 선 채로 자기를 내려다보고 있었다.

"아니, 너…… 포로로 잡혀갔었잖아!"

주자가 약한 목소리로 외쳤다.

"아하."

"너는 시베리아에서……"

"아하."

들리는 말에 따르면, 당시 작은 비라예프는 정말로 시베리아의 도시 쿠르간의 격리수용소에 수감되었다가 막 도망을 나왔다. 여러 번 시도 끝에 마침내 성공한 것이다. 누군가가 그의 도주를 도왔다.

그러고는 과거 비라예프가 살인을 저질렀던 산에서 있을 조사 업무에 협조하게 한다는 명목으로 그를 바로 체첸으로 이송해달라고 요청했다…… 사실상 굉장히 엉성한 계획이었다. 하지만 연방군 관리들은 그들보다 더 엉성했기에 이런 요청에 동의했다!…… 그리하여 제크 비라예프는 고향인 체첸 땅으로 돌아왔다. 그의 일족 전체가 그를 맞이하며 기뻐 날뛰었다. 민속 명절과도 같은 잔치가 벌어졌다!

지방 관료들은 비라예프가 체첸에 도착한 순간부터 그가 자유인이라는 사실을 알려주었다. 그리고 역에서 그를 싣고 온 '지굴리'도 이제는 그의 차라고 했다. 사과의 뜻으로. 그가 입은 도덕적 피해에 대한 보상의 표시로…… 작은 비라예프는 이미 경찰의 호위 없이 차를 타고 다녔다. 그리고 차는(그의 차이다!) 온통 꽃으로 뒤덮였다. 사람들은 멀리서도 그를 알아보았다. 고향 마을 사람들은 그에게 꽃을 던졌다. 사실 이 역시 지역 관료들이 슬쩍 시킨 짓이었다.

작은 비라예프는 쓰러진 주자 위에 서서 마침내 사무적인 이야기를 시작했다.

"네놈이 러시아놈들한테 내 길을 열어줬다고. 전에도 비열한 놈이더니, 두 배로 비열한 놈이 됐구나. 길을 그냥 판 것도 아니고, 내 이름으로 팔다니……"

작은 비라예프는 2분 내내(이 정도면 긴 시간이다!) 무너지고 짓밟힌 적 위에 선 채 고민했다. 구체적이고 정확한 다음 수는 어떤 것이어야 할까. 주자를 없애고, 그의 돈을 가질까? 아니면 그의 여자도?…… 그 처자는 벌거벗은 채 마치 커튼 뒤에 있는 사람처럼 줄이 끼워진 시트 밑에 누워 있었다. 아직 옷을 입어도 좋다는 허락을 받지 못한 것이다. 그녀는 기다려야만 했다. 쿠르간 감옥에서 겨울을 보낸 후 비라예프는 성 기능이 현격히 떨어졌다. 그녀는 대기 상태로 오랫동안 누워 있어야 했다.

불쌍한 주자는 그 즉시 하나도 감추지 않고 질린 소령에게서 받은 돈을 어디 두었는지 털어놓았다. 지난번 일을 하고 받은 돈을 어디 숨겨 두었는지까지 다 불었다. 자기가 줄 수 있는 것은 전부 다 주었다. 비라예프는 그의 휴대폰도 접수했다. 욕심 때문이 아니라 손안에(손가락 안에) 이곳에 살면서 사용할 수 있는 전화번호가 필요했기 때문이다. 휴대폰 번호도 이미 준비되어 있어야 했다. 아직 한창때인 비라예프는 기억력에도 문제가 있었다. 영하 40도를 밑도는 쿠르간의 혹한을 겪은 후에 이름을 기억하는 것이 힘들어졌다.

주자에게 옷을 입게 하고는 차에 태웠다. 그리고 한칼라에 있는 내 창고에 데려다주겠다고 했다…… 거기서 직접 질린 소령에게 모든 것을 해명할 수 있도록. 그것이 누구 길인지 말하도록. 자기 거짓말을 고백하도록…… 할 수 있으면 살아 나와보라고 하자. 물론 작은 비라예프가 직접 주자와 함께 한칼라로 떠나지는 않았다. 비라예프는 수배 중이었다. 연방군은 비라예프를 너무 잘 알았다.

비라예프의 친족들은 정말로 주자를 데리고 한칼라로 갔다. 하지만 가는 길에 그를 쏘아 죽였다. 그러고는 정말로 내 창고로 데리고 왔다. 한밤중에 창고 정문 곁에 그를 버려두고 갔다. 알렉산드르 세르게이치, 그러니까 사시크도 뜻하지 않게 어떤 썩은 고기와 엮였는지를 알 수 있도록.

"……그리고 갑자기 우리 주변에서도 총격이 시작됐어요."

"누가 총을 쐈는데?"

"총격이 시작됐어요. 협곡 어딘가에서요…… 그래서 저도 갑자기 방아쇠를 당겼어요…… 처음에는 그냥 체첸 사람을 겨냥하기만 했어요."

"누가 총을 쏘기 시작했는데?"

"어딘가 가까운 곳에서요…… 기-기-기관총을요."

나는 질문을 하고, 알리크는 대답을 한다. 사령부 없이도 충분히 가능하다. 그가 구사르체프 소령을 죽인 것은 분명 우연 때문이었다는 사실이 드러난다…… 자세한 사항을 캐면 캘수록 더 분명해진다.

게다가 어찌 되었든 이 폭발후유증을 앓는 청년이 고르니 아흐메트를 죽였다. 거대한 야전사령관 하나를 쓰러뜨린 것이다…… 협곡에서 피 칠갑을 한 채 전투를 벌였던 사령관을…… 그것도 그 거대한 비열한의 얼굴이 완벽한 승리를 확신하며 환하게 빛나던 마지막 순간에. 그때 그는 자기 부대의 승리에 도취된 채 환하게 빛나고 있었고, 무슨 짓을 저지를지 알 수 없는 상태였다. 명예는 사람을 취하게 만드니까!

그들은 모두 승리를 거두면 예측 불가능한 존재로 돌변한다. 전사들이니까! 체첸인이나 우리 편이나 마찬가지다…… 더욱이 자기 병사들의 장화까지 준비해둔 아흐메트는 두 배로 신이 났을 것이다. 미소를 지으며 허벅지에 둔 자기 권총을 두드려보려 했을 것이다. 멋지게…… 콜랴 구사르체프가 그를 향하여 다가왔을 때 말이다…… 마피아들의 버릇이다. 아흐메트는 언제라도 권총을 꺼낼 수 있었을 것이다. 1분이 아니라 1초 안에! 우리는 이 슬쩍 두드려보는 몸짓이 무엇을 의미하는지 안다! 몸짓이 있는 곳에 미소도 있다!

거기에도 그런 침묵이 흐르고 있었다…… 뭐 대단히 의미심장한 일이 아니라, 그런 가벼운 의미의 권총 두드리기가 있었다. 그런데 눈먼 병사가 **갑자기** 기관총을 쏘기 시작했을 때, 이미 극도로 긴장하여 마지막 신경 줄에 간신히 매달려 있던 알리크도 **갑자기** 총을 쏘기 시작한 것이다. 침묵을 찢어낸 것은 정신을 차린 무지렁이 무힌이었다. 이미 체첸놈에게 자동소총 총구를 겨냥한 채 차 안에 앉아 있던 알리크를 화들짝 놀라게 한 것도 그였다.

분명 모든 것이 명확해 보였다. 하지만 어떤 상황에 대해 상세하게 이야기할 때면(바로…… 돈다발 이야기가 그랬다) 알리크는 고통스럽게 말을 더듬으며 빙빙 돌기 시작했고, 병사로서의 참회 역시 어딘가 곁길로 빠지곤 했다.

알리크는 그 체첸놈이 두렵지 않았다고 우긴다. 그리고 다른 체첸놈들(그러니까 협곡 입구에서 부상병들의 숨통을 끊고 있던 체첸놈들)이 두려웠던 것도 아니었다고 한다…… 그는 구사르체프 소령이 차에서 내려 그를 기다리던 체첸인과 이야기를 시작했을 때 겁에 질렸다고 했다. 그들은 그저…… 웃었을 뿐이다…… 그런데 알리크는 삐딱하게 웃고 있는 체첸인의 얼굴이 두려웠다. 그의 웃음이…… 그리고 그의 돈이. 체첸인은 구사르체프 소령에게 돈을 건넸다. 체첸인은 웃지 않았다. 그저 이를 드러냈다. 그러자 알리크의 머리에서는 더 강렬하게 태양의 반사점들이 뛰놀기 시작했다. 눈을 찌르는 듯 날카로운 노란 파편들이……

"파편들 이야기는 하지 마, 하지 말라고!"

내가 그의 말을 끊는다.

"이미 충분히 들었다고."

그리고 묻는다.

"큰돈이었나?"

"돈다발이었어요!…… 네, 맞아요!"

그의 왼쪽 눈에서 커다란 눈물 한 방울이 흘러내린다. 한 방울이었지만 놀랍도록 큰 눈물방울이다!…… 죽은 소령이 안타까운 것이다. 진심으로 안타까운 것이다…… 이야기를 하며 가슴이 아파 입술을 깨문다.

두번째 병사인 올레크도 바로 그의 말을 확인해준다.

"네, 네. 그랬어요…… 커다란 돈다발이었어요."

나는 어깨를 으쓱한다.

"그래서?"

"돈이었어요…… 다-다-다발로……"

알리크는 똑같은 말을 하고 또 한다. 그렇게 말하는 알리크의 눈이 빛난다…… 눈동자가 날카로워진다…… 그는 자기 간이침대 위에 걸터앉아 점점 더 심하게 떨고 있다. 오한이 드는 것이다. 나는 모든 것을 지켜보고 있다.

올레크가 알리크와는 완전히 대비되는 절도 있는 자세로 앉아 있는 것도 보인다. 올레크는 등을 곧게 펴고 앉아 있다…… 그런 자세로 앉아 있음으로써 중요한 임무를 충실하게 수행하고 있다는 듯이.

나는 그들이 간이창고에 잘 정착했는지 보러 잠시 들른 것이다. 그저 잠깐 들여다보러 온 것이다.

내가 말한다.

"그래, 돈…… 그래, 돈다발…… 그래서 뭐?…… 체첸놈들이 그로즈니에서 구사르체프 소령에게 빚을 졌나 보지. 그러니까 우리 편 체첸인이 말이야…… 알리크, 알겠어?…… 우리 편 체첸인 말이야…… 그리고 그 체첸인의 친척인 우리와 반대편 체첸인이 그 돈을 돌려줬겠지……"

나는 이미 약간 짜증을 내며 알리크에게 상황을 설명하려 한다.

"구사르체프 소령에게 그냥 돈을 전달한 거야…… 빚을 갚은 거라고. 체첸인들은 그런 일에 대해서는 아주 단순해…… 너는 저편이고 나는 이편이지만! 돈은 돈이라고. 다른 문제라는 이야기야. 그리고 진 빚은 갚아야 하는 거고."

알리크는 한숨을 내쉬고는 다시 이야기를 시작한다. 말을 더듬으며. 나에게 무언가를 다시, 또다시 서-서-설명하려 한다. 무슨 설명을 하려는 것일까?

고르니 아흐메트는 다리를 늘어뜨린 채 나지막한 낭떠러지에 앉아 있었다. 백 루블짜리 돈다발로 자기 무릎을 툭툭 치면서. 구사르체프 소령은 바로 그때 차에서 내려 느긋한 걸음으로 체첸인에게 다가갔다.

바로 그렇다! 돈은 체첸놈 손에 있었다…… 그리고 그 두 사람은 전혀 긴장하지 않았다(그들은 알리크의 상태를 전혀 알아채지 못했다!). 낭떠러지에 앉아 있던 체첸놈도…… 일부러 천천히 느긋하게 체첸놈을 향해 걸어가던 구사르체프 소령도 긴장하지 않았다.

알리크는 점점 더 화가 났다. 돈다발!…… 더러운, 썩을 놈의 돈다발. 그는 멀리서 그 돈다발을 보았다…… 돈다발이 그의 눈을 찔렀다!…… 햇빛 반사광의 환영이 다시 뛰놀기 시작했다. 노란 반사광! 지독하게 따라오는 파-파-파편들이!

알리크는 체첸인이 손에 들고 있던 돈다발을 뚫어져라 바라보았다. 그 돈다발에서 눈을 뗄 수가 없었다. 그 두툼한 돈다발이 무서웠다…… 그것을 증오했다.

이어 어딘가 조금 떨어진 곳에서(쓰러진 소나무 줄기 뒤에서, 썩은 나뭇등걸에서) 대구경 기관총이 발사되기 시작했다…… 엄청난 소리와 함께…… 강력하게…… 기관총이 침묵을 갈랐다. 드문드문 총성이 들렸지만 침묵이 흐르고 있었다. 그런데 갑자기 기관총이 우레 같은 소리를 내기 시작했다…… 그 기관총이 그를 불렀고…… 알리크는 그 부름에 응답했다. 소리로! 얼마나 멋진 소리인가!…… 병사가 병사에게 발사를 시작하라는 신호를 보낸 것 같았다.

이병 옙스키, 알리크의 입에서 살인 사건이 발생하게 된 또 다른 이유가 스멀스멀 기어 나오고 있었다. 어두운 곳에 감추인 또 하나의 이유가…… 우연과 나란히 자리한 그 이유가…… 옙스키 이병은 (자기를 도와주는 질린 소령과 함께) 그 이유를 말로 표현해내고, 왜 자기가 총을 쏘았는지, 그 불분명한 이유를 알아내려고 애를 썼다.

분명 옙스키 이병은 **즈-즈-증오심을 품고**(알리크는 이 단어를 말할 때 목소리를 더 높였다), **즈-즈-증오심과 두려움을 품고** 그 돈다발을 바라보았다.

올레크는 우리가(그러니까 나와 알리크가) 지금 무슨 이야기를 하고 있는지 이해하지 못한다. 그는 우리로부터 떨어진 구석에 있는 어떤 한 점을 응시하고 있다.

"알리크, 왜 돈을 보고 겁을 먹은 거지?…… 체첸인이 빚을 갚은 거라니까…… 예를 들자면, 휘발유나…… 장화…… 디젤유 대금을 지불한 거라고…… 너도 알잖아. 그리고 직접 말한 적도 있잖아. 운전사들, 심지어 우리 탱크 운전병들도 가끔 돈을 받고 디젤유 반 통을 체첸 쪽 애들에게 부어준다고!…… 얼마든지 그런 일이 있을 수 있다고!"

내가 묻지만 알리크는 침묵한다. 이 녀석을 바라보는 것도 고통스럽다. 그는 너무도 고통스러워한다!

"체첸인 때문에 겁을 먹은 거야? 아니면 돈 때문에?"

그는 침묵한다. 이 친구야, 이젠 안 되지…… 입을 다물 거면 처음부터, 첫 순간부터 다물었어야지. 영원히 입에 빗장을 질렀어야지…… 장교를 죽이고, 그 이야기를 하다가 갑자기 당황한 듯, 망설이며 입을 다물다니…… 불쌍한 어린것. 불쌍한 환자.

침묵이 흐른다…… 창고 연료통이 쿠당탕 굴러가는 소리가 너무도 크게 들려온다. 운반병들은 죽어라 일을 하고 있다. 오늘 모두가 동원되어 5번 간이창고에서 긴급 작업을 하고 있다. 붐! 붐! 붐! 너무나 큰 소리로 울부짖는 연료통들이 두 명의 환자를 그리워하는 것 같다. 그들을 부르는 것 같다!

하지만 나는 (어디서도 발설할 수 없도록) 이들이 8번 간이창고 밖으로 나가는 것을 금했다. 내다보지도 못하게 했다! 머리통 내미는 것도 안 된다!…… 이제 그들은 서기이다…… 천재적인 박 한 사람 대신 재능 없는, 하지만 열심히 애쓰는 바보 두 사람이 일하게 된 것이다.

이병 엡스키, 그러니까 알리크는 어느 날 (우연히, 길을 가다가, 먼지가 날리는 길 위에서) 자기 눈으로 이웃 중대의 사령관이 돈을 받는 것을 보았다(처음에 알리크의 중대와 이웃 중대는 함께 움직였다)…… 구사르체프의 경우와 똑같이 손에서 손으로…… 겉으로는…… 역시 웃으면서…… 돈을 건네준 체첸인은 바로 사라졌다. 어딘가로 떠나버렸다…… 사라진 것이다!…… 하지만 체첸인의 흔적은 남았다. 이웃 중대는 체첸인들을 위한 다리 보수공사 작업을 하러 떠났고, 매복병들에게 당하지 **않았다.** 알리크의 중대만 매복병들에게 당했고, 거기서 그의 친구 마자예프가 죽었다. 알리크와 올레크의 친구 마자예프는 기타를 쳤다…… 마자예프뿐 아니라 세 명의 병사가 더 죽었다……

병사들은 그때 이미 이런저런 이야기들을 했다. 하지만 그때 그는, 엡스키는 미-미-믿고 싶지 않았다…… 그는 그들의 이야기에 반대했다. 그는 그-그-그때는 말을 더듬지도 않았다. 이 전쟁 중에는 돈이면 안 되는 일이 없으며 돈에 매수되는 사람들이 얼마나 많은지에 대한 병사들의 흔한 대화가…… 중대장의 귀에까지 들어갔다. 중대장은 그들 모두를 심하게 질책했다. 소리치며!

또 한번은 엡스키 이병이 장갑차의 거대한 상판에 앉아서 아래를 내려다보다가 체첸인이, 그러니까, 우리 편 체첸인 안내자가…… 믿을 만하고 완전히 우리 편인 체첸인이 낯선 체첸인에게 도-돈다발을 건네는 것을 보게 되었다. 그리고 그자도 바로 사라졌다!…… 증발해버렸다!…… 물론 갚아야 할 돈을 돌려준 것일 수도 있다. 모든 사실이 다 어두운 것만은 아니니까. 하지만 알리크는 그때 처음으로 그 두 놈 모두에게 자동소총을 갈기고 싶었다…… 하지만 참았다. 안타깝게도!

왜냐하면 다시 흔적이 남았기 때문이다. 다음 날(그 돈을 건넨 다음 날이다) 알리크의 중대는 완전히 무의미한 잠복을 해야 했다. 그리고 그곳에는 아무도 오지 않았다.

그들은 속아서 아무 의미 없는 곳에서 기다려야 했다. 그곳에 오래도록 널브러져 있었다. 춥기는 또 얼마나 추웠던지! 따뜻한 음식은 전혀 없었다! 거기서 일주일간 잠복을 했는데 일주일 내내 추위가 계속되었다. 모닥불 피우는 것도 허락되지 않았다!

세번째 경우…… 체첸놈이 돈을 들고 다리 옆에 나타났다…… 마치 땅에서 솟아난 것처럼!…… 그러더니 병사들의 군수품이 사라졌다. 중대에는 예비 탄약 하나도 남지 않았다!…… 다시 병사들 사이에서는 누군가가 군수품을 팔아넘겼다는 이야기가 흘러나왔다. 하지만 그는, 옙스키는 사령관이 개-개-개자식이라는 사실을 미-믿고 싶지 않았다……

"이병, 진정하고."

내가 말한다.

"저는 흐-흐-흥분하지 않았습니다, 소령님."

하지만 그는 불안해했다. 자기의 말더듬이 허락하는 한 가장 빠른 속도로 나에게 이야기를 했다. 서둘러서!…… 있었던 사건들을 하나씩, 하나씩…… 어찌어찌 눈을 급하게 깜빡이다가 알리크의 눈이 악의로 가득 차더니, 갑자기 하얗게 변한다. 거의 희게 변한다. 눈의 흰자위만 보인다.

소-소령님…… 이건 가-가-강박관념 같아요…… 전투에서 지거나, 폭발 사고가 나거나, 지뢰밭에 들어가거나, 공격에 실패하면 자동적으로 그의 머릿속에서는 이 모든 것이 누군가가 돈에 매수되어 일어난 사건이라는 생각이 든다…… 그리고 그 도-돈 다-다-다발로 연결된다. 이것이 이미 어떤 병이 되었다는 사실이 그 자신도 두렵다. 체첸놈이 손에 들고 있는 돈다발만 보면…… 알리크의 머릿속에서는 무언가가 만들어진다. 그 태양 빛 공이…… 노란 공이…… 그리고 그 공이 쪼개지며…… 파편이 된다……

"알겠어."

그의 이야기를 끊는다.

"반사광에 대해선 전부 알아."

나는 정신과 의사가 아니다. 이 문제를 깊이 파고들고 싶지도 않고, 파고들지도 않을 것이다. 그가 폭발후유증을 얻게 된 그 폭탄 폭발에 대해서도(어쩌면 거기서도 매복에 대해 미리 돈을 지불했던 것일까?) 캐묻지 않을 것이다…… 그가 의심스러워하는 모든 것들을 다 알고 싶지 않다. 그럴 이유가 없다…… 그의 두려움의 근원이 되는 어두운 물속으로 함께 들어가고 싶지 않다. 나는 평범한 소령이다. 나는 확신을 가지고 살고 싶다. 그의 어린 뇌수 속에 여전히 밝고 깨끗한 공간이 남아 있다고 믿고 싶다.

그래서 그가 포비아에 대해 말하기 시작할 때도 그의 말을 믿지 않았다.

"어-어-어쩌면…… 포-포비아인지도 모르겠어요."

그가 말을 이었다. 하지만 확신은 없어 보였다. 마치 더듬어 알아보려는 듯 이야기를 계속했다.

이 둘은 모두 대학 2학년 말에 군에 징집되었다. 그러니까 이러저러한 단어들은 다 알고 있는 셈이다…… 나보다 더 잘 알고 있다. 대학을 다니다 온 병사들에게서 이런 경우를 많이 보았다. 그들은 복잡한 이야기를 닥치는 대로 주워섬길 줄 안다.

나는 그들의 말을 믿지 않았고, 지금도 믿지 않는다. (내 생각에) 이 모든 것은 죄책감이 그들에게 불어넣은 것이다. 알리크의 경우는 이런 방식으로, 올레시카의 경우는 또 다른 방식으로. 이 모든 똑똑한 말들을 나, 그러니까 질린 소령을 기만하려고 하는 것이 아니다…… 자기 자신을 기만하고 싶어서 하는 말이다. 그리하여 어떻게 해서든 너무도 단순한 다음의 사실을 인정하지 않기 위해서.

예를 들자면,

a) 두려움에 관하여

b) 총을 잘못 쏜 것에 관하여.

폭발후유증을 앓고 있거나 부상을 당했거나 극도의 스트레스를 경험한 사람들…… 이들은 아주 복잡한 방식으로 자신을 비난하지만, 동시에 비난할 다른 사람을 찾기도 한다. 너무도 고통스러운 일이다…… 이 모든 짐을 지고 알리크가 어떻게 살아갈 수 있을까? 그는 올레크마저 끌어들일 것이다. 자기와 함께 끌고 갈 것이다…… 모든 것을 빨아들이는 그의 고통의 깔때기 안으로…… 그를 넘길까?…… 하지만 거기서는 절대 그를 치료해주지 않을 것이다. 당장 몰아치며 심문할 것이다…… 그리고 즉시, 조금도 지체하지 않고 구사르체프 소령에게 자동소총을 발사했다는 죄목으로 군법회의를 열 것이다.

물론 나도 홀로 있을 때는 똑똑한 체하며 다양한 단어들을 여기저기 가져다 붙여볼 수 있다. **포비아…… 심리적 외상…… 배신에 대한 강박관념…… 등등.**

아니면 **손에서 손으로 전해지는…… 너덜너덜한 더러운 돈다발은 어떤가.**

아니면 **마치 땅에서 솟아난 것처럼 나타난 낯선 산사람은 또 어떤가**……

아니면 아주 단순하게 **산사람의 손**이라고 할 수도 있겠다……

이 모든 강박적인 시각 이미지들이 이미 그의 어린 뇌수 속에 무언가를 형성하고 만들어냈다…… 우리의 사랑스러운 알리크는 이제 스스로 자기 자신을 이 이미지들에 고집스레 묶어대고 있다. 끝없이 재생산해내고 있는 것이다…… 의심할 바 없이 이 모든 것의 시발점이 된 것은, 모든 것을 사고팔고 있다는 병사들의 쓸데없는 잡담이었을 것이다. 체첸 놈들에게 전부, 전부 돈을 받고 판다. **저기서는** (디젤유 반 드럼을) 부어주고, **저기서는** (중대의 반을) 팔아버리고……

나는 정신과 의사가 아니다. 하지만 양심이 있다면, 정신과 의사들도 자기들이 얼마나 아는 것이 없는지 깨닫고 있으리라 생각한다…… 외상을 입고 망가진 심리가 얼마나 어둡고 비밀스러운지 알 거라고 생각한다.

"하지만 충성스러운 체첸인들도 많아. 거리를 다니고 우리 장갑수송차 상판에 함께 앉아 떨고 있는 체첸인들도 많다고. 그런 체첸 사람이 갑자기 주머니에서 돈을 꺼낼 수도 있어…… 돈다발…… 그리고 누군가에게 주겠지. 그게 어때서? 그런 경우에도 총을 쏠 거야?"

"아닙니다."

"그럼 뭐가 문제야?"

"절제할 수 있습니다…… 고개를 돌릴 수 있습니다."

중요한 것은 눈앞에 노란 공이 생겨나지 않는 것이다. 그것이 파편으로 흩어지지 않는 것이다.

가능한 한 빨리 이들을 자기 부대로 돌려보내야 한다…… 그냥 병사들이다!…… 뒤처진 병사들. 가장 단순한 것부터 시작하는 거다. 그러면 온갖 서류, 해명서, 병역면제용 증빙서류들을 그곳, 냄새나는 병사들의 세계 안에서 쉽게 작성해줄 것이다. 세상의 모든 사무직들도 냄새나는 병사들의 사정은 고려해주니까.

그들은 둘 다 구사르체프 소령에 대해서는 입을 다물기로 약속했다.

나는 녀석들에게 솔직하게 말한다. 너희는 둘 다 환자라고. 둘 다 병신이고, 등신이라고. 영원히 입을 닥치지 않으면 끔찍한 꼴을 당하게 될 거라고. 이들은 둘 다 너무 솔직하고 순진하다. 심문에 대해 너무 열려 있다…… 누군가가 그들의 폭발후유증 증상을 검토해볼 마음을 먹기만 하면 말이다. 실수였다고 아무리 되뇌고 맹세를 해도 말이 튀어나올 것이다. 그들의 뇌수 속에서 어떤 노란 파편들이 폭발했다고!…… 그러면 선입견을 가지고 질문을 퍼부을 것이다. 그들을 구사르체프 거래의 공범자로 간주할 수도 있을 것이다…… 자원한 것은 아니지만 여전히 공범자로 부를 것이다…… 팔아치운 방수포 장화에 대한 죄목까지 이 불쌍한 녀석들에게 덮어씌울 것이다. 누군가 열 내기 좋아하는 녀석이 이들의 죄목을 만들어내고 싶어 할 것이다. 분명 그러려고 할 것이다.

나는 요약을 해준다.

첫째, 모크로예 협곡에 관해서는 입을 다물어야 한다.

둘째, 내가 그들을 가능한 한 빨리 여기서 내보내줄 것이다. 그렇게 되도록 애쓰겠다…… 하지만 먼저 그들이 내게 소속 부대에 관한 이야기를 해주어야 한다. 중대장 추미체프에 대해서도…… 추미체프지?…… 대위인가? 아니면 소령?

어찌 되었든 이들을 넘겨야 하는 것이 아닐까, (말없이) 생각도 해본다. 법대로. 전투 후 폭발후유증을 앓고 있는 이들로…… 부대의 낙오자들로…… 아니, 질린 소령은 녀석들을 넘기지 않을 것이다. 질린 소령은 그들을 구할 것이다(이런 생각도 해본다. **도대체 나에게 이 모든 것이 무슨 소용이 있는가?** 아무 소용이 없다. 신은 이렇게 우리에게 바보들…… 환자들…… 불행한 이들을 보내시는 것 같다…… 우리 영혼이 얼마나 더러운지 시험해보려고).

"너희를 추미체프에게 보내주겠다."

나는 의자에서 일어서며 미소를 짓는다.

그리고 중요한 사항을 다시 한번 반복하여 강조한다.

"하지만 너희가 여기서…… 아니면 길에서…… 누구에게 어떤 소리라도 내면, 찍소리라도 하면…… 그저 암시로라도 말하면…… 구사르체프 소령에 대해 한마디라도 뻥끗하면…… 너희는 감옥에 가게 될 거야. 그러면 너희가 그렇게 그리워하는 너희 부대도, 중대도, 너희 친구들도…… 모든 것을 한순간에 잃게 될 거야."

그리고 덧붙인다. 그들이 더 잘 기억하도록 미소까지 지으면서.

"……주둥이를 놀린다?…… 그럴 거면 내가 왜 이렇게 애를 쓰면서 네놈들을 어딘가로 보내야 하지? 그럴 거면 당장 가서 자수를 해. 사령부로 가. 여기서…… 자백을 하라고. 여기서 당장 말이야. 그게 훨씬 나을 거야…… 형기를 줄여줄 테니까. 형기가 더 짧아질 거라고."

나는 그들에게 제대로 설명을 했다.

포비아. 나는 특별히 알리크에게 말해두었다. 그들이 어디서 어떻게 심문을 받게 되더라도(예를 들어, 그들을 전역시키려고 회의가 열릴 때에)

알리크가 자기의 태양 반사광, 아니면 달빛 파편…… 반사광!…… 그게 바로 눈동자를 찌른다!…… 그런 이야기는 전부 해도 좋지만 '포비아'라는 단어를 말해서는 안 된다고.

의사들이 스스로 "포비아인 것 같은데……"라고 말하는 것은 다른 문제다…… **"심리 상태가 외상후장애, 어쩌면 포비아인 것 같군요……"** 그들이 말하는 것은 괜찮다. 그들이!…… 알리크, 절대 그들의 일에 끼어들지 마, 네가 직접 그들에게 그 단어를 말해서는 안 돼. 절대 어떤 귀띔도 해줘서는 안 돼. 그러면 너는 당장 똥이 될 거야. 전쟁터에서는 똑똑한 척하는 녀석들을 좋아하지 않아. 전쟁터에서는 포비아를 믿지 않는다는 걸 알아야 해. 나도 믿지 않아.

"미-미-믿지 않으세요?"

"안 믿어."

물론 나도 포비아에 대하여 들은 일이 있다…… 부상을 입고 그로즈니에 있는 군병원에서 치료를 받고 있을 때였다. 거기에 정신과 의사가 있었는데…… 재미있는 사람이었다…… 그는 모스크바에서 직접 차출되어 어떤 중요한 대령 옆에서 일주일 내내 요술을 부려야 했다…… 하지만 그 환자에게는 별 도움이 되지 못했다…… 대신 옆 병동에서 앓고 있던 우리가 잠시라도 병을 잊고 즐거워할 수 있게 해주었다. 그는 우리 병동을 자주 들락거렸다. 일부러 그랬는지도 모른다. 그렇게 와서는…… 아주 끝내주는 농담을 늘어놓으며 스스로 긴장을 풀었다……

그는 정말 놀라운 이야기들을 쏟아냈다!…… 인류에게는 엄청난 수의 포비아가 있다. 수백 가지…… 하나같이 놀랍고 흥미진진한 것들이다. 정신과 의사는 삐딱하게 미소 지으며 진지하게 이야기를 들려주었다. 드물지만, 킬킬거리기도 했다…… 어떤 포비아는 그야말로 상상을 초월하는 것이었다! 나는 입을 벌리고 그의 이야기를 들었다. 그러면서 머릿속에 그려보려 했으나 그럴 수조차 없었다. N이라는 어떤 중령은 (부상을 입은 후) 숲에 가는 것을 두려워한다. 숲에만 가면 반드시 소나무에 오르기 때문이다. 그가 왜 나무에 기어오르는지는 모른다…… 이유가 없다. 하지만 반드시 기어오른다!…… 이 포비아는 키 큰 소나무 공포증이라 불렸다. 이건 그래도 괜찮은 편이다. 그저 귀여운 농담이다! **자기 옷깃 공포증은? 병사는 누군가가 자기 뒤에서 두 손으로** 목을 조른다고 느꼈다. **손을 꺾어 우두둑 소리를 내는** 사람들에 대한 공포증은? 하지만 이것도 아직 꽃봉오리에 불과하다. **좋은 소식 듣기 공포증**을 장착하는 건 어떨까?

"이런 웃긴 일들이 말이야……"

모스크바에서 온 정신과 의사는 킬킬대며 말했다.

"가끔은 병사가 창문에서 뛰어내리는 것으로 끝나기도 해. 권총 자살을 하기도 하고."

이 외에도, 내가 기억하는 한 그 정신과 의사는 **크고 매끈한 지폐 접촉 공포증**에 대해서도 이야기한 적이 있다…… 아마도 그 도-돈다발 공포증과 비슷한 어떤 것인지도 모른다. 하지만 깊이 들어가고 싶지 않다.

밤이다…… 자야 한다…… 그런데도 계속 뒤척인다…… 나도 그 두꺼운 돈다발을 본다. 산에 사는 체첸놈이 장교에게 건네는 돈다발. 누군가의 손에 있는 돈다발이 내게 눈을 깜빡여 보인다…… 무언가가 저 높은 곳에서 보내는 신호다.

인간의 심리라는 것은 도대체 어떻게 생겨먹은 것일까…… 생각해 본다…… 우리가, 겨울에 병사가 어딘가에서 주워 온, 얼기설기 직접 만든 작은 배낭에 든 펠메니*가 아니라, 두꺼운 돈다발에 대한 포비아를 가지게 되는 거라면, 도대체 우리 전쟁은 어떻게 생겨먹은 것일까. 병사가 끔찍하게 추운 영하의 날씨에 길가에서 작은 배낭을 주웠다…… 눈 속에서…… 작은 여자용 손가방도 함께 있었다. 그는 소형 지뢰라도 들었을까 두려워 차마 배낭을 열어보지 못했다.

그러고는 배낭과 작은 손가방을 친구들에게로 가져왔다…… 그리고 그것을 열어 탁자 위에 쏟았다. 우랄과 시베리아 마부들이 먹는 전통 음식을 우리도 한번 즐겨보자고…… 그런데…… 그것은 귀였다! 다양한 크기의 귀!…… 펠메니가 아니라 잘린 귀였다…… 그러자 어떤 일이 벌어졌을까? 정말 중요한 것은 그 뒤에 벌어진 일이다. 두려움?…… 포비아?…… 그런 것은 전혀 없었다. 병사들은 하하하 웃음을 터뜨렸다.

나는 그들이 너무도 맛깔나게 웃는 소리를 들었다. 나는 중령의 뒤를 따르느라 마침 그 곁을 지나고 있었다…… 중령은 자기도 한번 공짜로 웃어보자는 심산으로 멈추어 서기까지 했다. 그리고 병사들에게 말했다.

"우리한테도 들려주지…… 재미있는 이야기가 있으면 말이야."

알리크는 자기 중대장 추미체프에게는 무언가 설명할 수 있을 것이다. 그 앞에서는 너무 숨기려 할 필요도 없을 것이다. 체첸놈을 쏘았어요…… 더 이상은 아무것도 기억이 안 나요, 이렇게 말이다.

"그러니까 알리크, 너는 중대장이 너를 받아들이고 이해해줄 거라고 확신한다는 거지?"

---

* 러시아식 작은 만두.

"중대장님이요?…… 물론입니다!"

추미체프라는 성을 가진 중대장은 그야말로 진짜 남자인지도 모른다. 이런 일에 있어 병사들은 실수하는 법이 거의 없다.

알리크는 환하게 미소 짓는다. 그러고는 자기 엄지손가락을 치켜든다.

"그분은…… 이런 중대장이세요!"

올레크도 엄지손가락을 들어 보인다. 이런 분이세요!

제발 그렇길…… 당연히 나도 추미체프에게 전화를 걸 것이다. 이들을 보내기 직전에. 흐보리의 종대와 합의가 되는 대로…… 중대장, 두 명의 병사가…… 전투 중에 당신 부대에서 낙오되었다는데…… 기억하십니까?

네, 그렇습니다…… 폭발후유증입니다, 중대장도 보면 바로 알 수 있을 겁니다…… 네, 그렇죠…… 그 폭발 후에 그렇게 된 것 같습니다…… 만일 추미체프 중대장이 바보가 아니라면 쓸데없는 심문 과정 없이 그 둘을 받아들일 것이다. 그리고 간단하게 군대에서 전역시켜줄 것이다.

나는 당연히 사라진 기간 동안 그들이 우리 창고에서 운반병으로 일했다는 사실을 증명해줄 것이다.

하지만 그들의 훌륭한 중대장에게 미리 전화를 걸지는 않을 것이다. 너무 앞서가고 싶지는 않으니까…… 한칼라에서 걸려오는 모든 전화는 사람을 긴장시킨다. 전사인 중대장이 갑자기 긴장을 할 수도 있으니까.

갑자기 이렇게 말할 수도 있었다.

"녀석들이 먼저 사령부에 보고를 하게 하시죠. 그러고 나서 제게 보내주십시오."

사령부는 검은 숲.

병사가 들어가면 갑자기 사라지네.

병사들은 점심을 먹으러 줄지어 가며 이렇게 고래고래 노래를 부른다. 소소한 유머다.

고르니 아흐메트…… 그의 시체를 우리와 가장 가까운 냉동고에서 찾아낼 것.

나는 조금의 실수도 없이 백 퍼센트 완벽하게 그의 시체를 알아볼 수 있어야 한다. 그의 아들이 직접 와서 시체를 받아 갈 것이기 때문이다. 1,500달러를 약속했다.

여기자…… 몸값을 주고 그녀를 풀어주려 하고 있다.

체첸놈들이 가장 뛰어난 우리 여기자 중 한 사람을 납치했다. 그녀는 체첸을 위해서 목소리를 높이며, 연방군의 전쟁 수행 방식을 용감하게 비판했던 기자다…… 그녀의 이름은 해외에 잘 알려져 있다. 날카로운 펜대로 수많은 기사를 썼다! 그리고 수많은 상을 받았다! 그런데 지금 어딘가 냄새나는 토굴에 갇혀 있다……

시작 가격은 이미 정해졌다. 이 여기자의 몸값으로, 그녀를 돌려보내준다는 조건으로 연방군은 5만 달러를 걸었다. 나와 루슬란에게도 가능성이 있다.

우리는 논의를 했다. 나와 감독관 루슬란, 우리는 만 달러(각각 5천 달러씩)를 투자한다. 그녀를 찾고 협상을 하는 일에. 그리고 산의 반군들에게 기름칠을 하는 데에…… 시간을 낭비하지 않았다. 루슬란은 그녀를 추적하기 위해 자기 친족들을 풀어놓았다. 나는 나의 '휘발유-디젤유'

정보원들에게 알려두었다. 휴대폰을 준 모두에게 일종의 부수입을 얻을 기회를 주었다.

나와 루슬란이 그녀를 구해내고 받은 돈을 정확히 반으로 나누면 각자 2만 5천 달러씩 받게 된다. 진짜 쓸 만한 돈을 벌 기회다. 연료 배달에 문제가 있는 지금으로서는 더더욱 그렇다. 하늘이 인심을 쓴 것이다…… 게다가 어찌 되었건 좋은 일이 아닌가.

올레크와 알리크가 직접 토굴, 체첸 감옥에 처박힌 적이 있었더라면 심리학, 포비아 같은 복잡한 이야기들을 믿어주었을지도 모른다. 토굴에서 기적적으로 벗어난 병사가 한 번 더 돈다발을 든 체첸인을 보면 그는 말 그대로 짐승이 되어버릴 수도 있다. 그런 이들을 본 적이 있다…… 그들은 태양 반사광이 없어도 총질을 할 준비가 되어 있다!

하지만 녀석들은 토굴에 대해서는 아무 말도 하지 않았다. 죽은 듯 말이 없었다. 부끄러웠던 것일까?…… 사실 어찌 보면 토굴은 단순한 것이다. 일상적인 것이다. 시골 마을에서는 남자 손이 너무도 필요하니까.

토굴 수감자, 그러니까 노예들은 고산지대 사람들의 삶 속에 늘 존재했다. 하지만 폭발후유증을 앓는 병사나 부상병들을 노예로 삼는 것은 이미 현대전의 산물이다. 전쟁이 가져다준 횡재다. 전쟁 중에 갑자기, 이 전쟁이 가진 또 하나의, 생각지도 못했던 의미가 생겨나고 드러났다(이렇게 값싼 노동력을 얻을 다른 길이 없는 농민들에게 말이다). 산사람들은 이 사실을 재빨리 간파했다.

나도 언젠가 즈-즈-증오심을 가지고 돈다발을 바라본 일이 있다.

그때 우리는 전투 후에 종대로 행진하고 있었다. 비록 늦기는 했지만 헬리콥터가 우리를 엄호했다…… 느린 속도로 체첸 마을 곁을 지나고 있었고, 농민들은 이미 길가로 밀려 나와 있었다. 전투가 있었다는 이야기를 들은 그들은 부상자들을 살펴보고 있었다.

종대는 물을 긷고 빵을 사느라 아주 천천히 행군하고 있었다…… 순식간에 전투용 차 곁에 머리가 허연, 산에 사는 노인들이 나타났다. 그들은 서로 앞서려고 서두르며 길가에서 복닥이고 있었다. 그러면서 부드럽게 외쳤다.

"훌령하신 싸령관님…… 안녕하세요…… 뻥든 뻥사가 있습니까?…… 쩌한테 남기고 가세요. 꼬치고 돌봐뜨릴게요!"

종대는 기어가고 있었다…… 노인들은 존경을 표하듯 고개를 숙이고 서 있었다. 오른손을 왼쪽 가슴, 심장 곁에 대고.

그리고 외쳤다.

"뻥든 뻥사를 떼려가세요?…… 쩌희가 꼬쳐뜨릴게요."

장교들의 눈길이(그리고 나의 눈길도) 그들을 훑어보았지만 멈추지는 않았다. 그들에게 그다지 큰 관심을 보이지 않으며 행진했다. 하지만 그들을 유심히 본다면, 노인이 심장 곁이 아니라 가슴팍에 있는 주머니 위에 손을 얹고 있다는 사실을 알게 될 것이다…… 주머니 속에는 돈이 들어 있다…… 닳아빠진, 거의 검은 빛깔의 지폐, 위조지폐일 수도 있으나, 농민은 알 길이 없는 지폐들이 들어 있다…… 하지만 어찌 되었든 간에 그것은 돈이다. 그는 돈을 보여주고 있다. 일손이 필요한 것이다. 여름철 농번기에 쓸 일손이! 얼마나 일이 많은지 미칠 지경이니까!

체첸인 농부는 반군들에게도 부상병을 내주지 않는다. 그는 환자를 잘 보살피고 먹고 마시게 한다…… 그러다가 환자가 조금이라도 기력을 회복하고 정신을 차리기가 무섭게 그에게 일을 시킨다. 병사는 먹은 빵과 돌봐준 것에 대한 대가를 노동으로 갚아야 한다…… 다리를 고치고…… 지붕을 새로 깔고…… 텃밭에서도 일해야 한다…… 농민들에게는 언제나 일거리가 넘쳐난다. 그는 이미 건강해진 병사를 놓아줄 생각이 전혀 없다.

부상 외에도 병사들은 종종 폭발후유증을 앓고 있다. 그들이 갇힌 시골은 너무도 높은 곳에 있고 인적도 드문 산속에 자리하여 정신장애를 앓고 있는 병사는 혼자 힘으로 그곳에서 벗어날 수 없다. 도망치려 해보지만, 한 이틀 굶고 나서는 제 발로 돌아온다. 그래서 정신장애를 앓고 있는 병사는 토굴에 가두어둘 필요도 없다. 그는 어디로도 떠나지 않는다. 물론 그는 괴로워한다. 그는 일을 한다…… 5년…… 10년…… 평생을…… 명절이 되면 그런 그에게 보드카를 조금 준다.

그러면 그는 술을 마시고 고래고래 옛날 노래들을 부른다. 온 마을이 떠나가라 고함을 친다. 노인들은 그 노래를 들으려고 멈추어 선다. 그러면 노인 중 하나가 입맛을 다시며 존중이라도 하듯 말한다.

"푸스티."*

그러면 두번째 노인도 정수리를 긁고 나서 동의한다.

"푸스티."

'푸스티'라는 이 아름다운 러시아어는 노인들이 처음으로 배우는 러시아어 단어 중 하나다.

그때 아직 신참이었던 나는 끓어오르는 증오심을 느꼈다. 저것이 이 전쟁의 가장 더러운 돈이라고 생각했다. 폭발후유증을 앓거나 부상당한 병사들을 사려고 하는 저 돈이…… 내가 막 참전했을 때였다.

우리 종대는 속도를 올리고, 먼지를 일으키며 지나갔다. 나이 많은

---

* "그러라지, 뭐"라는 뜻의 러시아어.

농부들은 지저분하고 구겨진 돈다발을 감추지도 않고 흔들어댔다. 옙스키 이병이라면 다-다-다발이라고 말했을 그 돈다발을.

14장

그렇다. 역시 체첸놈은 체첸놈이었다. 사람들은 그를 성도 없이 그저 젤림한이라고 불렀다. 구지크라는 산속 마을 지역에 사는 그저 그런 야전사령관…… 사실 그는 전혀 존재감이 없는 자였다…… 그런데 어떤 십자로에서 갑자기 행운이 그를 찾아왔다. 그때 그는 겨우겨우 잠에서 깨어 자기의 작은 지대를 데리고 산에서 내려와 사냥을 나섰다가 여기자를 낚아챘다. 대단한 새가 그의 손으로 날아든 것이다!

젤림한과 그 일당은 그녀에 대해 제대로 알지도 못했고, 들어본 적도 없었다. 유명한 여기자에 인권운동가인 그녀는 어쩌다 걸려든 포획물일 뿐이었다. **큰길에서** 우연히 납치한 젊은 모스크바 여자. 여편네! 디젤유는 얻지 못했지만, 대신 그녀를 잡았다…… 우연히 그렇게 된 것이다…… 젤림한의 물건…… 아주 유명한 사람이었지만 그는 그녀를 전혀 몰랐다. 그녀는 체첸인들을 비호해왔다. 야전사령관들의 용기를 찬양했다. 그녀 스스로 아주 적절하게 표현했던 것처럼, **그들에게 명예를 나누어주었다!**…… 중요한 야전사령관은 누구나 그녀의 르포르타주에 실리고 싶어 했다. 그녀는 필요한 경우 바사예프에게까지 도움을 청할 수 있는 사람이었다. 두 번이나 그를 인터뷰했고, 그로 인해 모스크바 언론을 광분하게 만들었다.

그녀의 우연한 주인이 된 젤림한은(나는 정보원들을 통해 즉각 그에 대한 정보를 수집했다) 길에서 잡은 포로들을 헐값에 내주곤 했다. 그때까지만 하더라도 일반적인 방식으로 그녀의 몸값을 지불할 수 있었다. 하지만 더 서둘렀어야 했다. 중개인들이 이미 움직이기 시작했다. 유명한 여기자인 만큼 몸값이 치솟을 수도 있다.

나에게 가장 현실적인 중개상은 아제르라는 별명으로 불리는 마고마였다. 그는 그로즈니에서 유명한 수염쟁이로 혈통의 반은 아제르바이잔인이었다. 나는 이미 그를 통해 몸값을 지불해본 일이 있었다. 이번에는 그의 나머지 반쪽 혈통, 그의 체첸 혈통이 더 중요한 역할을 할 것이다…… 그는 권세가인 도쿠의 친척이었다. 물론 아주아주 먼 친척이긴 했지만 그래도 친척이었다. 지역 권위자인 도쿠는 이미 야전사령관 젤림한과 직접 연락을 취하고 있었다.

더 나은 방법은 없다! 아제르가 도쿠와 연결되고, 도쿠가 젤림한과 연결될 것이다.

중개인 아제르는 협상을 할 때 항상 권총에 기계기름을 듬뿍 발라 왼쪽 주머니에 넣고, 짙은 권총 기름내를 풍기는 것으로 유명했다. 그는 그것이 승리의 냄새라고 생각했다(넘치도록 바른 기름 냄새가 대뇌피질 아래의 신경중추에 직접 영향을 주고, 협상을 할 때 추가적으로 어떤 생각을 불어넣었을 수도 있다). 사람들은 그의 권총을 비웃었다. 아제르가 이제 권총 기름까지 파는 거 아니야?…… 포로들 말고도 말이야, 안 그래? 정말 그럴 것 같은데?!

아제르는 그런 농담에 괘념치 않았고, 언제나 우아하고 자신 있게 처신했다. 산에서는 그런 것이 중요하다.

시작은 좋았다. 수염을 기른 아제르바이잔인은 먼저 장소를 정하고, 포로로 잡힌 여기자를 어디에 숨겨두었을지 어림해보았다…… 인적이 드문 고산 지역…… 구지크…… 구지크는 가난한 마을이 아니라 잘사는 마을이다. 젤림한이 노획물을 잡아 자기 집에 두었을 수도 있다. 위험하다고 생각했다면 토굴에 가두었을 수도 있다…… 어찌 되었든 간에 어딘가 자기와 가까운 곳에 두었을 것이다.

우리는 두 방향으로 일을 진행하기로 했다. 루슬란의 사람들을 당장 구지크로 보냈다. 그의 일족 중 네 명의 남자를. 당연히 네 명 모두 무장한 채로…… 전투가 아니라 수색을 위해 무장시켰다. 하지만 경우에 따라서는 당연히 전투를 치러야 할 수도 있다.

나는 아제르를 통해 몸값을 주고 그녀를 사 올 방법을 강구했다.

루슬란은 네 명의 친척을 통해 무력으로 그녀를 채어낼 방법을 모색했다. 가능하다면 피를 흘리지 않고.

젤림한이 작은 황제로 군림하는 지역과 가까운 곳에 사는 나의 정보원들에게도 여기자의 사진을 배포했다. 아름다운 여자였다!…… 타르처럼 검은 머리. 아름다운 눈…… 게다가 바싹 마른 여자도 아니다. 캅카스 사람들은 바싹 마른 여자를 좋아하지 않는다…… 내가 직접 그들에게 작은 사진들을 주었다. 몸값을 주고 사 올 때 바보 같은 실수가 없도록…… 갑자기 어디서 그녀에 관한 이야기를 듣거나 보게 될 경우를 대비해서. 게다가 어떤 자극이 되도록. 가슴팍에 달린 주머니에 예쁜 여자를 품고 있는 것은 기분 좋은 일이니까. 나는 그들에게 두세 장의 사진을 주었다. 일을 하다가 필요한 누군가에게 보여주거나 선물할 수 있도록. 나는 즉시 반응했다…… 나와 루슬란이 늑장을 부렸다는 것은 사실이 아니다.

그녀를 찾되, 그녀가 얼마나 유명한지, 그녀의 이름에 대해서는 철저히 함구하라고 일렀다. 어떤 경우에도. 조용히 움직일수록 더 안전하고 더 저렴하게 일을 진행할 수 있는 법이다…… 절대 시끄럽게 굴지 말 것. 흥분하지 말 것!…… 별것 아닌 일을 큰 사건처럼 부풀리지 말 것. 그저 포로가 된 여자다…… 그저 여자다…… 거기서 한 번 정도 그녀를 강간할 수도 있다. 아니면 잘 먹이지 않을 수도 있다…… 그런 일도 있다…… 전쟁이니까.

곧 아제르는 젤림한이 벌써 그녀를 중개인들에게 **보여주고 있다**는 소식을 전해왔다…… 자세한 사항까지 다 알려주었다. 그녀는 형편없는 옷을 입고 있었고 지저분했다. 그녀의 아름답고 숱 많은 머리는 마녀의 장식품처럼 보였다. 게다가 무슨 일인지 입술 한쪽에 입병까지 났다…… 그녀는 빨리 아물도록 입을 반쯤 벌리고 있었다…… 이를 앙다물었던 것이다. 토굴의 냉기 때문에 그녀는 쉴 새 없이 떨었다. 젤림한은 반지하에 숨겨진 작은 방으로 그녀를 보러 내려갔다. 계단을 두세 개쯤 내려가서 그저 보기만 했다…… 슬쩍 보고는…… 그녀를 중개인에게 보여주었다…… 젤림한에 이어 중개상이 그녀를 보러 계단을 따라 내려갔다. 그 역시 두세 계단만 내려갔다.

늘 그렇듯 야전사령관은 더 흥미롭고, 더 부유한 구매자를 기다렸다. 아주 단순한 사람이었지만 젤림한에게도 엄청난 속도로 높아가는 몸값에 대한 감이 있었을 수도 있다. 인간의 직감을 과소평가해서는 안 된다. 젤림한이 신문을 읽었을지도 모를 일이다…… 가끔 서둘러 아침 식사를 꺼낼 때. 신문에 싼 산사람들의 일반적인 아침 식사인 치즈와 빵을 펴놓으면서.

내가 사람들에게 나누어준 것과 똑같은 여기자의 사진이(그 외에도 다양한 사진들이) 신문 지면을 장식했다…… 돈이란 더럽지만 아주 민감한 악기와도 같다. 이미 돈이 작동하기 시작했다. 나는 긴장한 채 추이를 지켜보았다. 처음에 나와 루슬란은 만 달러면 그녀를 살 수 있었을 것이다. 그리고 실제로 만 달러를 모았다. 다만 요란하게 움직이려 하지는 않았다. 그저 조용히 처리하려 했다.

더욱이 아제르가 과감하게 구지크 마을까지 간 상황이었다. 우리의 수염쟁이가 가장 먼저 그곳에 도착했다고 할 수 있을 것이다. 하지만 그는 권세가 도쿠 앞에 단번에 나서지는 못했다. 도쿠가 있는 집으로 아제르를 쉽사리 들여보내주지 않았으니까. 그는 그저 도쿠가 사는 집을 볼 수만 있었다. 좁은 시골길을 따라 몇 번이나 그 집 주변을 돌고 또 돌 수 있었을 뿐이다.

도쿠의 집을 경호하는 체첸인들은 농을 하며 아제르를 비웃었다. "권총을 들고 우리 도쿠 님께는 못 가지……" 경비원들은 그렇게 말했다. 아제르는 권총을 꺼내어 그들에게 주었다. 하지만 체첸놈들은(그들은 꼭 서너 명씩 함께 있었다) 아제르에게서 여전히 의심스러운 권총 기름내가 난다며 트집을 잡았다…… "이건 그냥 냄새야! 맹세하는데 그냥 냄새라고!" 하지만 그의 말을 믿어주지 않았다.

"네놈이 신발 속에 작은 권총을 숨긴 게지…… 아니면 불알에 달았거나."

"그럼 찾아봐, 찾아보라고!"

우리의 성미 급한 수염쟁이가 소리쳤다.

하지만 체첸놈들은 계속 그를 비웃었다. 네놈은 너무 교활해, 아제르…… 네놈은 등짝에다라도 권총을 숨겨 올 수 있는 놈이야. 총이 세번째 견갑골처럼 덜렁이겠지…… 아니, 안 돼, 우리의 소중한 친척, 우리의 도쿠 님을 위험에 빠뜨릴 수는 없어. "하지만 그분은 내 친척이기도 하다고!" "정말?" "맹세하네." "그건 우리가 알 바 아니고!…… 어쩌면 내일 만날 수도 있겠지. 씻어두는 게 좋을 거야, 아제르. 네놈이 정말 친척이라면 말이야…… 대신 타르가 든 비누는 쓰지 말라고." 하지만 노회한 아제르는 이 소년들에게 둘러싸여서도 폭발하지 않았다. 그는 참았다…… 아제르 마고마는 조금도 흠 잡힐 일을 저지르지 않았다.

아제르는 예의 그 민감함을 잃지 않았고, 모든 것이 끝났다고 절망하지도 않았다. 이건 이런 일인 거야…… 시간이 걸리는 일!

"사시크, 이건 급하게 공격할 일이 아니라, 포위해 들어가야 하는 일이야."

그가 내게 전화를 걸었다.

"사시크, 걱정하지 마. 아제르 마고마는 절대 실패하지 않아…… 이제 반걸음 남았어. 마지막 반걸음! 아제르 마고마가 거짓이 가득한 눈을 한 이 젊은 체첸놈들을 뛰어넘을 거야…… 아제르 마고마가 이제 곧 권력자 도쿠의 손님이 될 거야…… 반걸음 남았어…… 그러면 거기서 야전사령관 젤림한은 저절로 나타나게 될 거야!"

하지만 아제르는 이 반걸음을 내디딜 필요가 없었다. 그 모든 것을 뛰어넘을 수 있도록 내가 그를 도왔다. 그때 마침 도매상인 나의 공급책이 모스크바로 떠났다. 그는 내 부탁으로 체첸 향우회 모임에 들러 그들과 이야기를 나누었다…… 아주 비싸고 좋은 레스토랑에서. 그 공급책은 레스토랑 문을 닫을 때까지 그 사람들과 이야기를 나누었다. 그들은 어제까지 여기 체첸에 있다가 지금 모스크바에서 모임을 가지고 있는 사람들이었다(이들도 모두 나의 아제르처럼 조금은 권총 기름내를 풍겼다).

그들이 거기 모스크바 레스토랑에서 전화 한 통으로 아제르와 도쿠를 바로 연결해주었다. 5분 만에 우리를 도운 것이다.

"자네는 친척 아닌가! 친척인데 왜 바로 오지 않았어! 친척이 그러면 안 되지!"

다음 날 자기 집에서 수염쟁이 아제르를 맞아 안으며 도쿠는 살짝 아제르를 야단쳤다.

아제르와 동시에 루슬란의 사람들, 그의 네 명의 친척도 맡은 일에 전력을 다했다. 그들은 이미 구지크 근처에 입성했고, 자기 자리를 지키고 있었다…… 딱 한 번 제대로 뛰어오르면 여기자를 찾을 수 있을 것이다! 그들은 벌써 여기자를 빼내 올 생각과 그로 인해 얻게 될 큰 보상을 꿈꾸며 마른 입술을 핥고 있었다. 그들은 반지하방에 대해 알고 있었다…… 그녀의 아름다운 검은 머리카락에 대해서도…… 그녀가 지금 그곳에 있다. 그녀의 젊음과 그녀의 가격이 거기에 있다…… 그녀의 기자 수첩도. 간단한 물품들도. 모든 것이 거기 있다. 젤림한에게.

하지만 정신을 바짝 차린 채 긴장하고 있는 젤림한은 당연히 지금 구지크에 살고 있지 않다. 가까운 곳에 기거하고 있다. 미지의 장소에. 루슬란이 보낸 사람들은 그가 보디가드들과 여기자와 함께 아주 작은 마을에 숨어 있다는 사실만 알고 있다. 하지만 도대체 그곳이 어디란 말인가?

게다가 이미 다른 이들이 찾아온 것도 느낄 수 있었다. 우리만 머리가 있는 것은 아니니까. 다른 이들도 우리를 건드리지 않으려 애쓰며 구지크 곳곳을 돌아다니고 있었다. 서로 방해가 되지 않도록 신경 쓰면서…… 마찰 없이…… 그저 경쟁자보다 앞서려고 애쓰면서.

"다른 녀석들은 손을 떼야지! 다른 놈들이라니, 경쟁자들이라니 말도 안 되지!"

감독관 루슬란은 전화로 자기 사람을 다그쳤다.

"그놈들은 어떻게 알아낸 거야! 자칼 같은 놈들!"

그가 보낸 사람이 용서를 구했다. 잘 안 들려, 루슬란. 시끄러운 데다가 전파장애가 있나 봐, 루슬란…… 그러자 루슬란이 격분하여 소리쳤다.

"그놈들한테 겁을 주라고. 제대로 겁을 줘!…… 그러고 나서 뇌물을 줘!"

당시 루슬란은 이질로 쓰러져 있었다. 위에 탈이 났다! 그로즈니의 어떤 간이식당에 들렀다가…… 거기서 뭔가 맛있는 것을 먹고는 줄줄 설사를 하며 쓰러져 있다. 내 기억으로도 세 번은 부상을 당했고, 가장 격심한 고통도 선 채로 이겨낸 사람이지만, 탈 난 위장만큼은 어찌할 수 없었고, 어찌할지도 몰랐다. 루슬란은 완전히 엉망이 된 채 창백한 얼굴로 침대에서 겨우겨우 일어나곤 했다.

한편 나와 루슬란은 그로즈니로 들어오는 신문들을 읽으며 이미 걱정하기 시작했다…… 신문에 실리는 여기자의 사진 수가 눈에 띄게 늘어났고, 그녀의 몸값은 눈에 띄지 않게 오르고 있었다.

루슬란은 자기의 뜨거운 손바닥(그는 열이 있었다)을 기사가 실린 신문 지면 위에 얹고는 거기서 흘러나오는 뜨거운 홍정의 열기를 느낄 수 있노라고 우겼다. 그의 뜨거운 손바닥이 신문의 지면 때문에 이미 화상을 입었다고 말했다. 그는 내게 자주 전화를 걸었다. 우리는 천정부지로 치솟는 가격에 대해 논의했다. 나도 몸값이 점점 오르고 있는 것을 느끼고 있었다…… 우리는 판돈을 키웠다…… 이미 우리의 한계를 넘어서고 있었다. 우리는 (함께) 2만, 3만 달러를 투자하고…… 8만 달러…… 운이 좋으면 10만 달러를 받을 준비가 되어 있었다.

먼 친척을 자기 집에 받아들인 도쿠는 중요한 말을 했다.

"아제르, 여러 가지 문제를 해결할 때 나를 도와주면…… 우리는 더 가까운 친척이 될 거야. 사람들이 가까워질수록, 합의를 보기가 더 쉬워지지. 자네는 **츠하니**가 되고 싶나?"

마침내! 다게스탄에서 사용하는 50여 개의 언어 중 하나로 **츠하니**는 가까운 친척, 아주 가까운 친척을 뜻했다. **츠하니**가 동사라면, 러시아어의 **스로드니짜***라는 말로 번역될 수 있을 것이다. 더 정확하게 의미를 살려본다면 **스류비짜****로 번역될 수 있을 것이다…… 복잡하고 뉘앙스가 풍부한 산사람들의 말이다. 우리의 아제르는 심리학자로서의 경험도 풍부했다. 그는 이 단어에서 어떤 변화, 폭발적인 변화라 할 만한 것을 느낄 수 있었다!

이제는 정말로 정확히 반걸음 남은 것이다.

"츠하니가 되고 싶은가?"

도쿠가 다시 물었다.

"물론입니다. 기쁠 뿐입니다."

산사람들은 서로 입을 맞추었다.

---

* '친해지다, 가까워지다' '친척이 되다'라는 뜻의 러시아어 동사.

** '사랑하게 되다'라는 뜻의 러시아어 동사.

무장 세력의 탐색도 계속 진전되었다. 우리의(루슬란의) 청년 네 명은 둘씩 나뉘어 구지크에서 가까운 작은 마을들을 아주 조직적으로 뒤지고 있었다…… 깊은 산골에는 보초가 지키고 특별히 더 신경 써서 관리하는 토굴이 하나씩 있기 마련이다. 깊이, 아주 잘 파둔 구덩이가 있어 때로 마을 사람들이 그 토굴을 자랑하기도 한다. 진짜 제대로 된 구덩이 토굴이지!…… 그 외의 다른 토굴들은 보안이 제대로 되지 않고 반쯤은 무너져가는 지하 저장고인 경우가 많다. 거기는 찾아볼 필요도 없다.

그리하여 2인 1조로 구성된 첫번째 팀과 두번째 팀은 아직은 아무런 잡음이나 총격 없이 야간 공격을 수행하고 있었다.

네 명 모두 노회하다. 보초를 매수해두고(아니면 나중에 작정하고 따라붙지 않도록 피를 흘리지 않고 그저 묶어두고) 루슬란의 2인조는 토굴을 향해 소리쳤다. 깜깜한 어둠을 바라보며 물었다. 당연히, 러시아어로…… 때로는 검은 토굴 구석구석에 빛을 비추어보기도 했다…… 밝은 빛을 눈부셔 하는 포로 곁으로…… 그의 똥통을 지나 방구석을 훑어보았다…… 때로는 토굴에 포로가 두 명 있기도 했다…… 그러면 랜턴 불빛을 비추며 외쳤다. "누구냐? 이름이 뭐지?" "세르게이…… 표트르" 그런 응답이 들려왔다. 그러면 루슬란의 팀은 즉각 그 자리를 떴다. 모든 것을 유혈 사태 없이 해냈다.

어떤 토굴에서는 포로들이 누군가 구체적인 사람을 찾고 있다는 사실을 간파하고 꾀를 부리기도 했다. 착각에 희망을 걸고. 어찌 되었든 구해주기를 바라며. 혹시 나라도 구해주기를 바라며!…… 포로들은 구덩이 속에서 그들이 아는 모든 이름들을 차례로 외쳐댔다. 우연히라도 필요한 이름, 그들이 찾고 있는 이름을 부를 수 있지 않을까 하는 희망으로…… 맞히기만 하면 끌어내줄 테니까!…… "미시카예요…… 게나예요…… 알렉세이예요." 이름들이 이어졌다. 이름에 관심이 있는 것이 아니라 목소리, 음색에 관심이 있는 2인조가 이미 돌아서 떠나는 등 뒤로 수십 개의 이름이 쏟아져 나왔다. 여자 목소리여야 했다. 그 밖의 다른 것은 아무 소용이 없었다.

주변이 고요해졌다. 야전사령관 젤림한은 팔고자 하는 포로들을 작은 마을들, 그곳의 끝내주는 구덩이 속에 가두어두곤 했다…… 그게 아니라면 그가 훨씬 더 조심하고 있는 것일까? 그리하여 '상품' 보여주기를 그친 것일까?…… 그렇다면 이것은 나쁜 소식이기도 하지만, 한편으로는 좋은 소식이기도 하다…… 우리 네 명이 진짜 제대로 일을 해서 포로가 있는 곳까지 바싹 뒤쫓았다는 뜻일 수도 있으니까. 그렇다면 그녀는 이미 어딘가 아주 가까운 곳에 있을 것이다. 바로 옆에 있을지도 모른다.

하지만 지도는 다시 뒤엉키고 말았다. 거짓말을 할 줄 모르는 목동들의 말에 따르면 야전사령관 젤림한은 포로들과 함께 산 두 개가 붙어 있는 곳 너머로, 나지막한 이웃 구릉이 있는 곳 너머로 떠났다…… 고개를 넘어서.

이질을 겨우 이긴 루슬란은 이번에는 폐렴에 걸렸다. 열이 체온계의 눈금을 넘어섰다. 침대에 꼼짝없이 묶인 채 그는 계속해서 헛소리를 해댔다. 자기가 직접 갔다면 하루 만에 고개를 넘어 오솔길을 찾아냈을 텐데…… 자기라면 직접 귀하신(그리고 점점 더 귀해지시는) 젤림한을 만날 수 있을 텐데.

나와 루슬란의 돈은 조금씩 녹아내리기 시작했다. 조금도 낭비한 일이 없음에도.

"사샤, 뭔가가 이상해요…… 뭔가 이게 아니에요……"

루슬란은 점점 더 자주 나에게 이 말을 반복했다.

젤림한은 고개 너머에 있다. 여기 없다…… 갑자기 젤림한이 너무 노회해졌다. 아니면 아주 노회한 누군가가 그가 놓아야 할 다음 수를 하나하나 알려주고 있는 것일까…… 필요한 방향으로. 필요한 순간에.

대신 우리의 아제르는 마침내 권력가 도쿠와 눈을 마주 보는 사이가 되었다. 식사 후 차를 마실 때는 그와 나란히 앉았다. 그리고 그를 도와 다양한 집안 대소사를 처리했다. 츠하니가 되기 위해서.

아제르는 특히 연방군 측과의 거래를 도왔다. 술에 취한 연방군 대령이 평범한 위장복을 입고 차 마시는 자리에 함께 앉아 폭격 맞은 탱크를 사라고 도쿠를 설득하고 있었다.

아제르는 이 분야를 잘 알기에 이런 조언을 해주었다. 탱크가 최근에 고장 난 것인지, 내부 전기 시설을 다 뜯어 가버린 것은 아닌지도 확인하셔야 합니다. 쓰레기를 사지 않으려면요……

"누가, 그리고 얼마나 오래전에 탱크를 폭격한 거지?"

"당신이 한 거 아닙니까. 그럴 사람이 또 누가 있겠어요!"

대령이 두 팔을 벌렸다.

"심하게 했나?"

"심하지 않았어요. 당신 지대는 정규 군대가 아니잖습니까. 똥 같은 군대 아닙니까. 그래서 아주 조금 망가뜨렸어요…… 수리할 것도 거의 없어요…… 우리는 탱크가 너무 많아 어쩔 줄을 모르겠고. 그건 사실이에요…… 그래서 싸게 파는 겁니다."

그는 술에 취했어도 흥정은 제대로 했다. 전혀 싼값을 부르지 않았다…… 한 가지 안타까운 점은 이들이 흥정을 하면서 계속해서 술을 마셨다는 것이다. 그것은 아제르의 유일한 약점이었다. 도쿠는 아무 문제가 없었다. 마을의 권위자이고 체첸인이긴 했지만 보드카를 아주 잘 마셨다. 눈이 붉어지고 더 교활한 빛을 띠기는 했지만 전혀 취하지 않았다. 연방군 대령은 말할 것도 없었다. 러시아 대령은 보드카를 물처럼 마셔댔다.

아제르는 끝까지 남아 이 쉽지 않은 홍정이 잘 마무리되도록 돕고 두통을 느끼며 자러 갔다. 겨우 갈지자로 나무 계단을 내려가니…… 마당에서 햇빛을 받아 반짝반짝 빛나는 새 차가 그의 눈을 부시게 했다. 아제르는 쌍욕을 했다…… 도쿠에게는 끝내주는 차가 있다. 마약 중독자 특유의, 무언가 갈구하는 듯한 눈을 가진 젊은 체첸놈이 운전사다. 아무것도 하는 일 없이 그저 운전만 하고 있지만 녀석은 벌써 츠하니다.

다음 날도 또 일이 있었다. 도쿠는 이른 아침부터 아제르를 미쳐 날뛰는 자기 조카 두 명에게 데려갔다. 이들은 푼돈밖에 안 되는 텃밭도 나눠 가질 줄 모르는 진짜 머저리들이었다. 이 조카 녀석들은 저녁마다 어둠 속에서 서로에게 총질을 해댔다.

아제르는 땅의 크기를 재고 그것을 둘로 나눈 다음 정확하게 지계(地界)를 놓았다. 아주 빨리. 아주 깔끔하게.

"자네는 진짜 친족이야. 거의 츠하니지."

도쿠가 그를 안고 입술에 입을 맞추었다.

수많은 도쿠의 친척은 아주 열을 내어 입을 맞추곤 했다. 모두 수염도 깎지 않고 2주는 감지 않은 머리를 하고 있었다. 그가 땅을 분배해준 두 천치도 탁자에서 일어나 아제르에게 입을 맞추었다. 역시 입술에. 아제르는 츠하니 중 한 사람이 입술에 입을 맞추러 다가오는 것을 보고 자기도 모르게 볼을 씰룩거렸다. 돼지 새끼들!…… 아제르는 생각했다. 침이나 질질 흘리는 돼지 새끼들!……

하지만 어쩌겠는가! 이곳에서는 모두가 도쿠가 하는 대로 따라 한다. 최고 연장자이자 가장인 도쿠가 모두의 입술에 입을 맞춘다. 머리털이 빳빳한 도쿠는 연방군 대령에게는 감히 입술에 입 맞출 생각을 하지 못했다. 하지만 그렇게 하고 싶어 했다. 아제르는 도쿠가 아주 고통스럽게 고민하는 것을 보았다.

신문…… 라디오…… TV…… 지지부진해진 전쟁이 지루했던 산사람들에게 이것이야말로 진짜 사건이었다. 납치당한 유명한 여기자에 관하여 알아내는 것. 여기저기서 반군들에 관한 현학적인 글들이 쏟아져 나왔다. 산사람들이 얼마나 저속하고 위험한지에 관하여! 그들의 객기 때문에 얼마나 비싼(그리고 얼마나 실제적인) 값을 치러야 하는지에 관하여!…… 자신에 대한 글을 읽는 것은 얼마나 기분 좋은 일인가! 게다가 포로의 몸값! 그녀를 비밀리에 이 지하실에서 저 토굴로 계속 옮긴다! 그 비밀스러움이 가격을 올린다. 머나먼 조상들이 살았던 광기의 시대처럼.

많은 돈을 내놓을 수 없는 사람은 거래라도 서둘러야 한다. 서둘러야 하는 것이다…… 나와 루슬란 같은 이들. 우리 아제르와 2인조 같은 이들. 우리는 아직 게임 중이다. 하지만 계속할 수 있을까?

미꾸라지처럼 빠져나가는 젤림한만큼이나 우리를 분노하게 한 것은 포로의 동료들이었다. '기레기'들. 그들의 울부짖음 때문에 여기자 몸값의 거품이 점점 커져가고 있다. 그들은 아무것도 이해하지 못하는 것 같았다!…… 자기들이 어떤 게임에 끼어들었는지를. 그들은 요란하게 고함을 치고 가슴을 쳐댔다…… 하지만 그들은 이해하고 있었다. 모든 것을 아주 잘 이해하고 있었다. 신문지상에 써 내려간 그들의 위선적인 분노는 사실상 한없이 공허하고 저속한 것이었다. 그저 포장일 뿐이었다! 그들 때문에 토굴에서 살아가는 그녀의 삶은 더 힘겨워졌고, 몸값을 치르고 그녀를 찾아 오는 일도 더 어렵게 되었다. 개자식들!…… 그녀의 몸값은 점점 더 불어났다. 루슬란이 보낸 이들이 딱 30분 차이로 그녀를 놓쳤다. 갑자기 산사태가 난 것이다. 불어난 개울이 다리를 쓸어 가버렸고…… 루슬란의 2인조는 개울을 건너는 데에 3, 40분을 써버렸다…… 그들이 토굴로 숨어들었을 때 그곳은 텅 비어 있었다. 이미 아무도 없었다. 하지만 토굴 안의 공기, 공기는 따뜻했다. 여전히 사람의 숨결이 남아 있었다.

반 시간 전에…… 반 시간!…… 흰 가제로 얼굴을 덮고, 포로를 끌고 가버렸어요…… 그녀였다!…… 그들은 그녀였다고 확신했다!…… 어디로 데려갔을까?…… 돈도 주고 위협도 하여 목동들의 입을 열었다. 포로를(혹은 여자 포로를) 팔러 간 게 아니에요. 그로즈니 쪽이 아니라 반대로, 더 깊은 산속으로 갔어요…… 흔적을 지우고 헷갈리게 하려고…… 네, 여자였어요. 젤림한은 당시 그들의 가장 큰 수확물이었던 여기자를, 몇 사람의 값비싼 포로들과 함께, 나란히 자리한 나지막한 구릉으로 보냈다…… 고개 너머로.

신문과 방송 기자들, 매의 눈을 한 젊은이들은 서로가 받은 달콤한 과자를 멀리서 쳐다보고 있다. 질투(집단적인 우정이자 질투라 할 수 있겠다……)! 그 여기자는 자신의 르포르타주로, 바사예프의 반군들이 살고 있는 소굴까지 갔던 거침없는 행보로 (우리나라에서도 해외에서도) 너무 빨리 유명해졌다…… 그렇게 젊은 여자인데…… 이미 받을 상을 다 받았다!

그러니 이제 그녀가 어디에 있는지, 그 소굴에서 그녀에게 무슨 짓을 했는지 모두가 알게 하자. 아마도! 그것 없이는 안 되겠지!…… 여편네가 포로로 잡혔는데! 물이 뚝뚝 흐르는 여편네인데 재미를 좀 봐야겠지?!…… 언젠가는 구해낼 테니까! 그동안은 거기 야전사령관이 피운 모닥불 곁에 좀더 앉아 있으라고 하자! 모기 새끼들 밥도 좀 주면서…… 야전사령관도 좀 먹여주면서. 그러고 나서 한번 보자고. 유럽놈들과 미국놈들이 독립운동의 최전방까지 갔다 온 이 여자의 이번 행군에 대해서도 상을 줄는지! 토굴에 갔다 온 것에 대해서는 무슨 상을 주려나?…… 영화에서는 이렇듯 자극적인 토굴에서의 경험이 포로로 잡힌 여자에게 명성을 가져다주기도 한다. 하지만 여기는 영화 속이 아니다. 토굴을 겪은 여자는 너무 많은 걸 잃게 된다.

권력도 침묵하는 쪽에 남았다. 그들은 무슨 조처를 취하거나 무슨 말을 할 필요가 없었다. 그저 기다리기만 하면 됐다. 아무도 길들일 수 없는 야생마 같은 그녀가, 그들을 괴롭히던 그 여기자가 구덩이 속에서 하루하루를 보내면서 스캔들, 큰 오점, 이 전쟁 전체의 가장 큰 치욕이 되어갔다. 정권은 그저 침묵했다. 단순한 논리다! 전투를 하고 있는 권력 측에서 볼 때 이런 오점은 처음 있는 일이 아니다. 하지만 체첸놈들에게 이것은…… 씻을 수 없는 오명이 된다.

하지만 아직까지는 체첸놈들에게도 그녀의 이름과 몸값이 요란하게 움직이는 것이 나쁘지 않은 일이다. 그들도 이런 경험이 있다. 움직임이 요란할수록 소리도 더 크게 퍼지는 법. 소리는 점점 강해진다. 그리고 그것은 그 어떤 것에도 비할 수 없는 돈의 소리로 이어진다. 심지어 깡촌에서도 나날이 불어가는 그녀의 몸값에 대해 알고 있었다.

상황이 이러했으니 고갯길에 숨은 채 루슬란의 신호를 기다리던 전사 네 명의 인내심이 점점 바닥나고 있었던 것은 충분히 이해할 만하다. 이건 뭐, 여행 경로 만들기 경쟁이라도 하자는 건가? 하루짜리로?! 물론 그들은 괴로워하며 산에 나 있는 오솔길들을 유심히 지켜보았다. 너무나 지루해서 목동들을 괴롭히고, 아무 의미도 없이 관성에 따라 타는 듯한 검은 머리를 가진 여기자를 본 일이 있었는지를 물었다…… 좀 놀래주고는 목동을 놓아주었다. 그에게서 신 우유와 과자를 좀 얻어가지고.

그렇다. 우리는 걸려들고 말았다. 시간만 낭비한 것이다. 하지만 우리는 우리의 유능한 전문 중개인 아제르가, 그렇게 끈질긴 아제르가 허공만 휘저을 뿐 우리에게 필요한 바람의 방향을 전혀 포착하지 못하는 것처럼 보인 것도 그저 그렇게 된 것이려니 생각했다. 우리의 4인조 전사가 왜 그런지 매번 좀 늦어서 빈 토굴만 바라본 것도 그저 그렇게 된 것이려니 생각했다(좀 서두르기만 했더라면…… 어둡고 악취가 나는 구덩이에 플래시를 좀 제대로 비춰보았더라면! 한 시간, 아니 반 시간이라도 일찍 갔더라면! 등등).

길 안내를 맡은 목동들이 고집스러운 것도 그저 그렇게 된 것이려니 생각했다…… 산사태가 나고, 냇물이 하필이면 우리가 가야 할 오솔길, 우리가 건너야 할 다리를 골라가며 덮은 것도 외견상 그저 그렇게 된 것처럼 보였다…… 그렇다…… 겉으로 보기에는 그랬다. 하지만 겉으로 보기에는 그저 운이 따라주지 않은 것으로 설명될 수 있을 이 치명적인 불운의 연속이 우리에게만 일어난 것은 아니었다. 이 일은 우리와 비슷한 처지에 있던 모든 이들에게 일어났다. 여기자를 찾던 모든 조무래기들이 속았던 것이다…… 모두가. 나와 루슬란을 포함하여…… 비켜, 이 닭다리 같은 새끼들아!

인질 몸값 협상에 진짜 큰손들이 개입한 것이다.

결혼식장에서 싸움질을 한, 새파랗게 젊은 산사람 부부를 달래고 화해시켜야 한다.

"아제르, 좀 자세히 보게. 자세히 봐주게. 그 녀석들 문제를 좀 소상히 밝혀주게. 하지만 결정을 서두르지는 말고…… 자네는 거의 진짜 츠하니야."

도쿠는 그를 설득하며 안심시켰다.

신부와 신부 측 사람들은 화해 조건으로 이미 험한 꼴을 당한 베일, 싸움이 벌어진 후에 수선한 베일 대신 새것, 새 면사포, 새 베일을 요구했을 뿐이다…… 신랑도 베일에 대해 울부짖다가 자기가 직접 베일을 보겠다고 고집을 피웠다. 사람들이 그에게 면사포를 가져오자 진지하게 면사포를 이리저리 뜯어보고는 그 안에 손가락을 쑤셔 넣으며 구멍의 크기를 재보았다. 손가락 두 개? 아니 세 개 크기?…… 면사포의 순결은 곧 신부의 순결을 뜻했다. 그러자 다시 싸움이 났다…… 몸값을 주고 인질을 사 오는 일을 전문으로 하는 아제르는 이 일의 중재를 맡고 싶지 않았다. 진상 조사는 그의 전문 영역이 아니다.

하지만 도쿠는 매번 그의 소매를 붙잡고 조용히, 의미심장한 말을 반복했다.

"자네는 이제 곧 츠하니야."

그때 사람들은 면사포를 들어 하늘 높이 쳐들고 구멍을 빛에 비춰 보고 있었다…… 그러고는 다시들 울부짖었다! 얼마나 시끄럽게 울부짖던지!

도쿠는 다음과 같이 속삭였다. 조정을 맡은 아제르는 이 모든 싸움의 발단을 모르니 그래도 아주 운이 좋은 편이라고. 모든 것이 시작부터 어그러졌기 때문이다!…… 중매가 오갈 때부터 이미 이상한 흑막이 있었다. 어떤 징후가 있었다. 신부 집 뜰에 있던 수오리가 신랑 집 암탉을 짓밟기 시작했던 것이다.

"이런 이야기 들어본 적 있나?"

도쿠가 물었다.

"우리 암탉들이 정신이 나갔었지. 그 녀석이 끝도 없이 해대더라고!"

정기적으로 차를 마시는 시간에 아제르는 도쿠에게 야전사령관 젤림한에 대해 직접 물었다. 이제 만날 때가 되었으니…… 인사 좀 시켜주시죠…… 그리고 숨겨놓은 여기자에 대해서도 암시적으로 물었다. 하지만 도쿠는 고개를 흔들었다. 아직 일러, 이르다고! 그러더니 파투 난 결혼식과 면사포에 관한 이야기를 다시 시작했다…… 어찌 된 일인지 진상을 파악해서 젊은이들을 화해시키는 것이 너무너무 중요한 일이라고. 그러고는 또 수오리에 대해 떠들기 시작했다.

루슬란은 2인조 두 팀에게 고개를 넘어가라는 지시를 내렸다. 고개를 넘어가서 바로 흩어져. 서로 다른 방향으로 가…… 한 팀은 오른쪽으로, 다른 팀은 왼쪽으로. 그리고 수색해!…… 고개 너머에는 촌락도 몇 개 없어…… 차례로 뒤져! 샅샅이 찾아! 거기에는 토굴이 한두 개씩밖에 없으니까! 허공에 대고 총을 쏴서 토굴을 헤집어놓으라고!

루슬란은 내게 말했다. 그래요, 사샤, 위험한 일이에요…… 하지만 애는 써봐야 할 것 아닙니까. 아직 우리에게 기회가 있어요. 기회가 있어야만 해요. 두 팀 모두 아주 탁월한 친구들입니다. 설마 네 명을 다 죽이지는 않겠지요.

그런데 그들을 죽였다. 네 명 다…… 고개를 넘자마자. 시체도 찾지 마시오(그들의 사망 소식을 알려주었다!)…… 당신네 네 사람이 절대 들어오면 안 되는 곳으로 들어온 것이니까. 당신네 전사들은 괜찮은 친구들이었소. 괜찮은 친구들!…… 하지만 그들에게는 한참 못 미쳤던 것이다…… 저 하늘의 별이 아득한 것처럼…… 진짜 돈을 가진 자들이 고용할 수 있는 전문가들과 비교하면 그야말로 아무것도 아니었던 것이다. 돈 있는 자들은 그런 자들을 고용해서 오솔길마다 세워둘 수도 있다. 사라져가는 오솔길에까지…… 캅카스산맥 전체를 따라서.

루슬란은 그 네 명의 전사에게 자기의 열세 살짜리 조카를 딸려 보냈었다. 전력 보강 차원에서!…… 나는 루슬란에게 주의를 주었다. 네 명은 계속 가게 해도 좋아. 가서 찾아보고 싸우라고 해도 좋아…… 자네가 원하는 대로. 하지만 소년은 안 돼…… 그 녀석은 고갯길에 그냥 두게.

"꼬마 녀석은 고갯길에 그냥 두게…… 연락병 노릇이나 하라고 해."

"연락은 무슨 연락요!"

루슬란은 좀 불쾌해했다.

"그래도 혹시 모르니까."

루슬란은 네 명을 잃었다. 조카까지 잃을 수도 있었다. 그래도 다행히 내 말을 들었다.

루슬란은 제삼자를 통해 젤림한에게 다음과 같은 말을 전했다. 루슬란과 젤림한은 지인도 아니고, 불화한 적도 없었다고. 단 한 번도 불화한 적이 없었다고…… 그는 그저 젤림한이 물건을 보여주기를 바랐을 뿐이라고.

도저히 만날 수도, 잡을 수도 없이 요리조리 빠져나가던 야전사령관 젤림한, 우리가 그토록 찾고 추적하던 그가 갑자기 루슬란에게 직접 전화를 걸었다……

루슬란은 그 전화를 받고 놀라지 않았다. 찾는 자와 그가 찾는 대상은 어떤 가상의 짝으로 존재한다…… 더욱이 그들을 연결해주는 공통의 공간이 그다지 크지 않다면. 체첸은 사실상 작은 나라다.

"물건을 보고 싶다고?…… 그럼 오게, 루슬란. 보겠다는 사람들에게 물건은 오픈되어 있으니까. 우리는 속이는 짓은 하지 않네."

네 사람을 잃은 루슬란은 격분했지만 자제했다.

"젤림한…… 복수하고 싶지는 않네…… 하지만 최종적으로 합의를 보고 싶네."

"거기서 합의를 봄세."

루슬란은 여전히 분을 누르며 조심스럽게 처신했다.

"어떤 장소인데?…… 그게 어딘가?"

"더 좋은 장소는 없을걸."

젤림한은 그 장소를 직접 거명하지 않고 간접적으로 암시했다(이들의 대화를 엿듣는 연방군은 이해할 수 없지만 루슬란에게는 너무도 분명한 암시였다). 그는 자신이 말하는 작은 체첸 마을이 어디 있는지 알려주었다…… 과거에 그 마을로 수많은 체첸 부상병을 이송한 적이 있었다.

"루슬란, 그러니까 우리(체첸인들)가 마지막 탱크 두 대를 잃은 그 전투 후에…… 그런 마을이…… 기억하나?"

"그럼 거기 물건이 올 건가?"

"와보면 알겠지!"

젤림한은 웃기 시작했다.

루슬란은 그의 말 속에서 조소를 느낄 수 있었다…… 하지만 동시에 그 말이 사실이라는 것도 느낄 수 있었다. 잔혹하고 정직한 사실. 거기에는 체첸인들이 적의 목소리에서 기가 막히게 포착해내는 특별한 뉘앙스의 체첸적 진실이 담겨 있었다.

한 시간 후에 루슬란은 이미 달리고 있었다…… 젤림한이 귀띔해준 마을을 향해 전속력으로 달렸다. 작은 마을로…… 낡은 '지굴리'를 타고. 분노를 억누르며 루슬란은 점점 더 속도를 높였다…… 적의 목소리가 그의 귓가에서 계속 맴돌았다. 그 소리를 들으며 그는 끝없이 이어지는 적의 조소를 그냥 흘려보내지 않았다(그것을 자기 안에 담아두었다). 비수 같은 단어들 속에서…… 딸각거리는 듯 들려오던 그의 말소리 속에서…… 그 조소가 사라져버리게 두고 싶지 않았다. 그 조소를 자기 마음속에 품은 채 그곳에 도착하고 싶었다.

'지굴리'는 속도를 높여 울부짖으며 마을로 난 길을 따라 질주했다. 젤림한이 언급한 마을은 평범한 마을이었고, 가는 길도 험하지 않았다…… 산 위에 있어 도달하기 힘든 그런 마을이 전혀 아니었다. 거리도 그렇게 멀지 않았다. "볼에서 막 불이 나더군요! 덜덜 떨리고!…… 그런데도 운전대 위에 올려놓은 손은 꼭 얼음장같이 차더라고요. 사샤, 믿거나 말거나 제 손은 평안했어요." 후일 루슬란은 나에게 그렇게 말했다. "중요한 것은 손이니까요……"

그는 정말 심한 오한을 느꼈다. 폐렴에서도 완전히 회복되지 못한 상태였다. 오한이 너무 심해 두 번이나 차를 멈추었다…… 그러고는 손수건에 대고 깊은 기침을 했다.

그가 스타리예 아타기로 향하는 길을 따라 질주하고 있을 때 스물네 시간 도청을 하느라 머리가 멍해진 그의 친척 한 사람이 전화를 걸었다. 그는 젤림한이 죽었는데도 계속 무전기 옆에 앉아 젤림한에 대한 새 소식이 들어오기를 기다려야 하느냐고 물었다…… 젤림한이 죽었다니 무슨 소리야?…… 뭐가 무슨 소리야. 죽었단 거지…… 루슬란, 이제 젤림한은 더 이상 없어. 완전히 없다고……

"한 시간 반 전에 그자랑 통화했는데."

"한 시간 전에 살해됐어, 루슬란. 증거도 있어."

그리고 그 친척은 러시아어 두 단어로 겨우 엇비슷하게 번역될 수 있는 아주 함축적인 체첸 단어 하나를 말했다. '자메타티 슬레디.'* 이 큰손들의 놀이에서 젤림한은 이미 별 볼 일 없는 졸이 된 것이다. 그러자 그를 제거해버렸다.

어떤 체첸놈, 엄청난 힘을 가진 권력자가 이미 여기자를 넘겨받았다. 이미 그가 그녀의 미래를 통제하고 그녀의 과거를 깨끗이 지워버렸다고 했다.

바퀴를 덜컹이며 루슬란은 차를 돌렸다. 그러다가 갑자기 몇 대의 고급 승용차가 그가 방금 돌아 나온 길을 따라가고 있는 것을 보았다. 바로 그 마을을 향하여…… 비싼 차 안에는 경호원들까지 타고 있다…… 연방군들도…… 힘 있는 체첸인들도……

루슬란은 다시 마을 쪽을 향해 차를 돌렸다. 아하…… 차에는 기자들도 타고 있는 것 같았다…… 아하!…… 기자들이라고, 심장이 두근거렸다! '기레기'들! 그놈들은 항상 모든 것을 알고 있다!

이제 루슬란도 이 일이 얼마나 대단한 일이 되어버렸는지 깨달을 수 있었다…… 마을을 향해 달리면서…… 지붕에 두 개의 깃발, 러시아기와 초록기가 함께 걸린 큰 집의 정문을 향해 달리면서…… 속을 들여다

* '흔적을 없애다'라는 뜻의 러시아어.

볼 수 없도록 어둡게 선팅을 한 고급 외제차들이 주차되어 있는 곳으로 들어서면서. 대단하다!…… 그들은 대단한 사람들이고 자기 일에 있어서 전문가들이다…… 그들은 이런 거래를 할 줄 알았다. 이렇게 대단한 사람들도 그녀의 몸값을 완전히, 구름 너머로, 끝없이 부풀리기 위해서는 무언가 새롭고 특별하고 효과적인 쇼가 필요했다. 그리고 그런 쇼를 찾아냈다.

그것은 아주 오래된 쇼였다.

벽에 걸린 흰 스크린과 조용히 윙윙 소리를 내는 프로젝터에서 뿜어져 나오는 한 줄기 빛을 제외한다면, 그 집에서 가장 큰 방은 어두웠다. 빛이 스크린으로 쏟아지고 있었다…… 화면 안에 그 여자, 여기자가 있다. 벌거벗고 있지는 않았지만 나이트가운을 입고 있다. 가운의 왼쪽 어깨가 크게 뜯겨 있어 그녀가 고개를 돌려 바라본다면(그녀를 불러대며 자극하고 있는 것처럼 보였다), 찢어진 가운 사이로 그녀의 커다란 한쪽 가슴이 보일 것이다. 소리는 전혀 없고…… 촬영된 영상도 극도로 단순했다.

아무런 기교가 없는 영상이었다. 그래서 더 사실적으로 보였다. 이런 일을 계획한 사람들은 당연히 강간 장면을 찍을 수도 있었을 것이다…… 행위 자체를…… 하지만 모든 것을 끝까지 말하지 않은 채 멈추곤 했다…… 그것이 더 자극적이니까!…… 우리 눈앞에서 이 여자를 강간하지는 않았다. 하지만 그녀의 힘없는 움직임, 잠에 취한 듯한 이상한 몸짓, 깜빡이지 않는 눈동자에는 이미 저질러진 강간이 남긴 식지 않은 고통이 스며 있었다. 바로 그랬다. 의심할 바 없이 그녀를 강간했다. 어쩌면 어제…… 어쩌면 방금…… 어쩌면 매일.

프로젝터 뒤쪽에는 민첩하고 키가 작은 그로즈니 출신의 우스만이 서 있었다. 독학자인 그는 모든 것을 아주 멋지게 처리했다…… 그의 몸짓은 아주 유연하고 특별하다. 그는 손목을 굽힌 채 이리저리 움직였다…… 목소리를 전혀 내지 않고 몸짓만으로도 뒤늦게 도착한 사람, 이제 막 방에 들어온 사람들에게 분명한 메시지를 전했다. 어이, 친구, 물러서, 지금 벽 옆에 섰잖아!…… 스크린을 가리지 말라고. 우리 값비싼 레이디를 가리지 말란 말이야!

벽을 따라 둘러선 2, 30명의 사람은 말문이 막힌 채 아무 소리도 내지 않았다. 이제 막 들어온 사람들은 목을 길게 빼고 더 많은 것을 보고자 했다…… 사람들이 갑자기 조금씩 움직이기 시작하자…… 우스만은 목구멍 깊은 데서 나는 소리를 냈다. 마치 이렇게 말하는 듯했다. 벽을 따라 서라고. 뭐 이런 형편없는 놈들이 있어!…… 흩어져, 몰려들 있지 말고! 어이, 거기!…… 당신은 기침까지 해? 왜, 감기에 걸린 거야? 관객들은 네놈의 흔들리는 대갈통에는 관심이 없다고!

2분이 지난 순간부터 루슬란은 이곳에 온 것을 후회했다. 화면 속에 있는 여자를 도울 방법은 전혀 없었다. 도대체 왜 이것을 보아야 하는가?…… 루슬란은 우스만에 대해 잘 알았다…… 그들은 영상을 틀고 또 틀었다…… 여자의 눈이 혼미했다. 루슬란은 몇 번이고 몸을 돌렸다. 그녀의 시선을 마주 볼 수가 없었다. 한참을 운 듯한 그 힘없는 두 눈을.

루슬란은 추라예프를 보았다. 그 유명한 '기레기'는 흥분한 채 어둠 속에 서서 화면을 잡아먹을 듯 쳐다보고 있었다. 그의 눈 흰자위가 번득였다. 그러고는 갑자기 벽을 따라 서 있는 동료들에게 달려들었다.

"자, 어때? 도대체 언제 몸값을 지불하고 그녀를 데려올 거냔 말이야!"

추라예프는 저속하고 형편없는 글…… 대신 권력에 아부하는 글을 썼다. 체첸인들은 센세이셔널한 일이 생기면 가장 먼저 그를 불렀다. 러시아 정권을 향한 정보가 정확하게 전달되도록. 직접…… 정권이 신뢰하는 누군가가 직접 영상을 보고, 이것이 가짜가 아니고, 장면을 끼워 넣거나 싸구려 계집을 불러다가 못다 한 부분을 찍은 것이 아니라는 것을 증명하도록.

기자들 일부는 이미 마당으로 나갔다. 차가운 공기를 쐬러…… 벌써 실컷 본 것이다!…… 문화적으로 옷을 갖춰 입고, 가슴에는 사진기를 메고…… 방금 전 그들에게 이 여기자의 **몸값을 지불하지 않으면,** 방금 본 영상의 복사본을 기자들에게 배포하고 선물하겠다고 했다. 스캔들을 불러일으키기 위해. 이것을 들고 온 세상에 러시아 정권의 무력함을 전하라고. 정신 좀 차리라고. 영상을 누구에게나 드립니다!……

기자들은 열을 냈다.

토론을 했다…… 인권운동가인 저 여인을 일상으로 돌아오게 해야지…… 그리고 몸값!…… 몸값 문제도 빨리 손을 써야지…… 이제 반드시 몸값을 지불하고 공개적으로 강간을 당한 여기자(여인이다!)를 찾아와야 한다…… 정권이든. 부자들이든. **부자들이 하는 척하며** 정권이 하든…… 그녀를 버려둘 수는 없으니까…… 여기에 남겨둘 수는 없으니까. 어깨가 다 찢어진 나이트가운을 입은 채로.

만일 물건의 상태가 저렇다면 반드시 저 물건을 살 것이고 가격은 당연히 천정부지로 오를 것이다. 이미 그렇게 되어버렸다. 그들의 계산은 정확했다!…… 정권은 정권이니까. 정부는 들끓었지만, 차갑게 분노했을 뿐이다. 권력자들에게 이것은 이미 익숙한 달콤 쌉싸름한 상황이다. 무엇이?…… 자유주의자 양반들, 이제 교훈을 좀 얻었겠지…… 자, 이게 바로 너희가 사랑하는 체첸놈들이야…… 네놈들은 저런 인간들과 함께 놀고, 함께 춤추고 있는 거라고.

그리하여 서로 대립하는 쌍방이 각각의 이득을 챙길 수 있는 쉽지 않은 지점에서 만나게 되었다. 그들은 모두 무언가 자기 것을 얻었고, 무언가를 챙겼다…… 모두가…… 물론 크리비 로크 근처의 작은 마을에서 중등학교 교사로 일하며 이제 막 퇴직을 준비하던 그녀의 어머니 한 사람을 제외하고서.

후일 신문에서 보도한 대로 여기자의 몸값으로 정확히 **2백만 달러**를 내놓았다. 그 개자식들이 그렇게 가격을 부풀려놓지 않았더라면 나와 루슬란, 우리는 그 재능 있는 아주머니를 만 달러, 적어도 2만 달러면 구해낼 수 있었을 것이다. 이런 굴욕 없이…… 어찌 되었든 간에 이런 공개적인 굴욕 없이. 루슬란은 그녀의 고통스러운 눈동자를 정말 참기 힘들었다고 말했다.

그녀는 눈을 뜨고 주위를 둘러보았다. 누군가 그녀를 부를 때만 그렇게 하는 것 같았다. 그녀 뒤에 있는 누군가…… 동정심을 품은 목소리로 그녀를 부를 때만…… 그녀는 그 목소리 속에 아주 작은 선량함의 흔적이라도 있지 않을까 하는 마음으로 둘러보았다. 하지만 선량함의 흔적은 눈곱만큼도 없었다. 그저 카메라를 향해 고개를 돌리게 하려고 부른 것이었다. 유린당한 그녀의 모습이 백만 달러짜리 영상에 찍힐 수 있도록. 오래도록 기억하고자 하는 사진처럼 찍어두려고…… 사진을 찍을 때 미소를 짓게 하려고 치-이-즈, 하는 것처럼 그렇게 부른 것이었다.

자, 돌아봐봐…… 그리고 그녀를 찍고 또 찍었다…… 각도를 바꾸어가며. 그녀는 거듭거듭 누군가가 그녀를 가련히 여겨 부른 것이라 생각했다. 굴욕의 고통 속에서도 그녀는 1코페이카짜리 희망을 가지고 목소리가 들리면 주위를 둘러보곤 했다. 혹시 누군가가!

성행위? 없었다. 구타? 없었다. 화면에서는 모든 것이 깔끔했다. 지나치게 건드린 것도, 정도를 넘는 것도 없었다(모스크바의 분노가 강둑을 넘을 수도 있으니까). 그래, 그래…… 슬픈 눈…… 전쟁이니까!…… 하지만 그럼에도 짧게 스쳐가기는 했다. 같은 영상을 몇 가지 변화를 주며 반복해서 틀어주었다. 영상은 여러 조각을 붙여 만든 것이었다…… 똑같은 영상으로 보일 수 있지만 그렇지 않았다!……

몇 초 동안 화면이 제대로 연결되지 않았다. 그런 것처럼 보였다…… 몽타주를 제대로 못한 것처럼. 그리고 벌거벗은 그녀의 모습이 스치듯 지나갔다…… 탁자 위에 놓인…… 조금은 화려한 하얀 육체. 그저 스쳐 지나가기엔 너무도 하얀 몸. 그리고 두 명의 남자. 바지를 내리고 바싹 마른 벗은 엉덩이를 드러낸 채 그녀에게 다가가는 남자들이 보였다…… 그저 평범한 남자들이었다. 살면서 뭔가를 공짜로 얻어본 적이 별로 없는 사람들. 그러더니 화면이 끊어졌다…… 그리고 아까 그랬던 것처럼 그녀가 침대에 앉아 있다. 다시 나이트가운을 입고. 그리고 또 그녀의 눈이 보인다.

불행한 여자는 갑자기 정면으로 카메라를 응시했다. 그녀의 눈과 루슬란의 눈이 마주쳤다. 애원하듯 간절한 눈…… 너무도 명백하게 자비를 구하는 시선과 너무도 명백한 그녀의 나신이 루슬란을 넘어지게 할 뻔했다. 슬쩍 지나가는 여인의 나신…… 그의 머리는 혼란스러워졌다. 허벅지 사이가 묵직해져왔다. 남자의 약점에 막 넘어갈 참이었다.

목 안의 멍울을 삼키고 그런 자신을 부끄러워하며 루슬란은 빨리 밖으로 나갔다. 가능한 한 빨리 출구를 향해…… 너무나 부끄러웠지만 동시에 욕망이 그를 가득 채웠다. 저 망할 화면!…… 어둠 속에서 출구를 향해 가며 루슬란은 계속해서 화면을 보고 있는 이들과 부딪쳤다. 그들은 어떤가? 그들도 남자 아닌가?

그런데 정말 놀라웠다!…… 화면을 뚫어질 듯 응시하고 있는 그들의 눈에는, 체첸인이든 모스크바의 '기레기'들이든 할 것 없이, 어떤 욕망도, 심지어 아주 저열한 욕망도 없었다…… 여자의 수치를 몰래 구경하는 저속한 욕정도 없었다…… 그들의 눈에는 일상적인 음욕조차 없었다. 아무것도 없었다. 그저 텅 비어 있었다…… 도대체 저들은 어떤 인간들인 건지!…… 비록……

비록 그들의 눈 속에 있는 그 무심한 공허 속에도 무언가를 갈망하는 점들…… 아니 작은 동그라미들이라고 할 수 있을 것들이 떠다니고 있었다…… 누군가가 이미 무심결에 0이 여섯 개 달린 숫자를 입 밖으로 내지 않았던가. 알 만한 동그라미들이었다!…… 루슬란은 갑자기 알게 되었다. 그들의 눈에서 떠다니는 것은 0들이었다. 여섯 개의 0. 돈이었다.

어떤 체첸놈이 여기자를 자기 소유로 삼고 이미 모스크바로 되팔았다. 하지만 아제르도, 루슬란도, 나도 여전히 우리가 성공할 수 있다고 믿고 있었다. 상황적으로 볼 때 여기자를 구해낸다는 우리의 생각이 너무 가볍고, 또 가벼웠다는 점을 인정해야 했다!…… 머릿속이 술에 취한 듯 무중력 상태였던 것이다. 신발이 없었다면(그리고 다리가 없었다면) 우리는 새들과 나란히 날아올랐을지도 모른다. 산새들과 함께!

저 먼 산속 마을에서는 우리의 중개인 아제르 마고마가 여전히 도쿠를 도와 산사람들의 친족 관계를 풀어주고 있었다. 이제 조금만 더 하면 아제르도 츠하니가 될 것이다!

배를 잡고 웃을 일이다…… 제삼자가 이 장면을 본다면. 사실 우리만 그런 것이 아니었다. 나와 루슬란(그리고 우리와 같은 10여 명의 사람)은 여전히 목표를 향해 달리고 있었다…… 그때까지도 우리는 여전히 서두르고 있었다!…… 그리고 우리처럼 찌질한 피라미들은 항상 이렇게 서두를 것이다. 서로 밀치며 진지하게 경쟁하고, 서로에게 악을 쓸 것이다. 달리고 또 달리면서!…… 이마를 부딪혀 쓰러지고, 고개가 넘어가서 죽기도 할 것이다. 천치처럼. 등신처럼. 사실상 우스운 일이다. 떨어져서 바라본다면.

하지만 만일 삼자의 (행복한) 입장에서 바라본다면 나와 루슬란에게 그런 어마어마한 돈이 도대체 왜 필요한가?…… 사실 필요가 없다…… 나는 욕심이 없다. 루슬란도 그렇다.

어찌 되었든 나는 전쟁터에서 뭔가 수익을 가지고 아내와 커가고 있는 딸에게로 돌아갈 것이다. 가족…… 이름 없는 큰 강 주변에 있는 좋은 집…… 땅까지 딸린 집…… 정원도 있는 집…… 물가로 이어지는 비탈길이 있는 집…… 그곳에는 강력한 모터보트를 세워둘 수 있는 조용한 만도 있다.

"우리는 중산층이에요."

내 아내는 평온한 만족감을 느끼며 이웃들에게 이야기할 것이다.

약속했던 대로 흐보로스티닌이 전화를 걸었다.

"안녕하신가. 나 복귀했어."

오, 마침내. 안녕, 안녕, 사샤 흐보리! 그토록 기다려온 우리의 안내자!…… 우리의 영웅!…… 사령부 사무실마다 얼마나 많은 이야기가 오갈지 상상이 된다. 경리 책임자들도…… 체첸놈들도 이 순간 흐보리의 이야기를 들으며 아이코, 숨을 죽일 것이다(그들은 주요 병원의 전화를 다 도청한다). 베데노 끝까지 모두가 긴장했다.

그의 목소리를 듣고 웃음을 터뜨렸다…… 전화기를 붙잡고 놀랍게 큰 소리로, 너무도 신나게 웃어댔다.

"오, 사샤. 살아 있구먼. 첫번째 소원이 뭐지?"

내가 물었다.

"종대를 이끄는 거지."

"자넨 정말 중독자야."

"자넨 휘발유 중독 아니고?"

나는 웃었다.

"나는 돈이라도 벌지. 등 따습고 배부른 미래를 위해서…… 좋아!…… 일 이야기 좀 하자고. 자네를 오래 기다렸어, 우리 영웅…… 개인적인 삶은 전혀 없는 우리 영웅을!"

이번에는 그가 웃기 시작했다.

"그럴까?…… 우리도 병원에서 이야기를 엄청 들었지. 사람들이 다 열광하던걸!…… 사방이 불경기고 동결인데…… 사샤, 자네는 어떻게 해서든 죄와 연료를 반반 섞어서 자기 연료통을 배송한다더군."

나는 그의 말을 정정해주었다.

"죄가 아니라 피겠지."

이 대목에서 우리는 둘 다 탄식했다. 아! 우리가 잃은 것들! 우리가 입은 부상! 항상 너무도 부적절했던……

이어 나는 그에게 지나가는 말로 부탁을 했다. 하지만 이 부탁을 가벼운 잡담 속에 슬쩍 숨겨 넣지는 않았다. 걱정거리가 하나 있는데, 두 명의 폭발후유증 환자를 보내야 하거든…… 그래, 그래, 그 녀석들 부대가 베데노 근처에 주둔하고 있어!

나는 그에게 부대 번호를 알려주고는(지나치게 미리 말해둔 것이긴 했다), 바로 대화를 다른 쪽으로 이끌었다.

"자네 '자석'은 어떻게 지내시나?"

흐보리의 건강이 회복되는 데 반드시 필요했을 간호사를 염두에 둔 말이다. 그를 끌어당기는 간호사. 늘 그렇듯 그를 잡아두고 있는 간호사. 그가 서둘러 부대로 돌아오지 못하게 하는 간호사(솔직히 체첸에 있는 아주 드문 우리 편이다).

"잘 지내, 사샤."

"내 생각에 자네한테 하루 이틀이라도 휴가를 줄 것 같기는 한데."

"내 '자석'도 그렇게 생각하고 있어."

"자네 '자석', 훌륭한데!"

진짜 영웅이 기분 좋아하는 유일한 아첨은 부상당한 그에게 그의 돈 후안 같은 행태를 언급해주는 것이다.

그제야 나는 살짝 우리 대화의 방향을 되돌렸다.

"사샤, 나한테는 그 두 녀석을 가능한 한 빨리 보내는 게 중요해. 굉장히!…… 체첸놈들 놀 만큼 놀았지…… 베데노 쪽으로 가는 자네 첫번째 종대와 함께 데려가주게."

"그렇게 하지…… 어떤 녀석들인데?"

"그냥 뭐……"

전쟁에서 느끼는 감정은 (갑자기 내 안에서 그 감정을 발견하게 될 때) 단순하지만, 조야하지는 않다. 녀석들을 보내야 한다. 그뿐이다…… 몇

마디 말로 그들과 나의 관계를 정의할 수도 없었고, 할 방법도 몰랐다. 그래서 입을 다물었다…… 그 녀석들 때문에 **마음이 아프네**…… 너무 바보같이 들린다. 그럼 어떻게 말해야 할까?…… "둘 다 폭발후유증 환자야." 나는 일종의 설명처럼 흐보리에게 다시 한번 반복해서 말했다.

그는 종대가 출격할 때 다시 전화를 걸겠다는 말로 우리의 약속을 한 번 더 확인해주었다.

사실 나 자신에게도 설명할 수가 없다. 이미 전화를 끊고 나서…… 내 안에 그런 감정들이 있다는 것을 알게 되었을 때…… 그 감정은 질린 소령이 원하는 것보다 훨씬 더 강렬했다. 전쟁 중이지 않은가!…… 상식적으로 생각하면 특별할 것은 아무것도 없다. 도대체 왜 알지도 못하는 머저리들을 걱정해야 하는가? 그 녀석들이 내게 뭔데?…… 애비라도 되나?…… 아니다…… 두번째 애비라도 되나?…… 아니다!…… 세번째 애비라도 되나…… 나와 녀석들 사이에 존재하지 않는 친족 관계를 억지로 만들고 또 만들어본다. 츠하니인 건가?! 웃음이 난다.

나는 스스로를 잘 몰랐던 것 같다. 하지만 전쟁에 관해서는 이미 충분히 잘 알고 있었다. 전쟁은 일종의 대리 감정들로 가득 차 있다. 그런 감정 없이 전쟁을 수행한다는 것은 불가능하다…… 원초적인 본능이 아무리 설쳐댄다 해도 결국은 누군가에게(어떤 사람에게) 도대체 무어라 설명할 수 없는 따뜻한 감정을 품게 된다. 그 감정은 갑자기 생겨난다…… 참호에서 생겨난 감정인지 아닌지는 중요하지 않다. 무슨 일인지 **저** 남자와는 친구가 되고 **이** 남자와는 안 된다…… 무슨 이유에서인지 뚱뚱한 요리사에게 증오심을 품는다…… 그 또한 감정이다. 요리사가 체첸산 호두를 쪼개느라 주먹으로 호두를 내리쳤다. 가스레인지가 흔들린다…… 야수의 일격이다!

감정, 반쪽짜리 감정, 그것도 아니면 이상스럽고 자잘한 감정들이 여기저기서 마치 살아 있는 불꽃처럼 생겨난다. 그것들은 불꽃처럼 타오르며 우리가 하루하루 겪는 죽음에 대한 두려움을 부수어낸다…… 전쟁은 감각적인 것이다…… 그리고 이 모든 불분명한 감정은 마치 떠돌이 개와도 같다. 일단 그것을 발견하면 마음이 따뜻해진다. 쉰 목소리로 부드럽게 "요놈의 개새끼, 요 개놈의 새끼……"라고 중얼거리며 누구라도 쓰다듬고 귀때기를 잡아당겨주게 된다. 그럴 때 꼬리를 흔들고, 손을 핥고, 심지어 너무 좋아 똥을 싸도 좋다. 아니면 가볍게 한 대 쥐어박아줄 누군가라도 있어야 한다. 초소에서 잠이 든 둔한 병사라도 말이다(소대가 다 죽을 수도 있다)…… 그런 놈을 보아도 너무너무 한 대 갈기고 싶어진다…… 그런데 그러고 나면 역시 그 일이 일어난다. 그 병사가 더 가깝게 느껴지는 것이다! 한 대 때려주고 나면…… 그러고 나서 심지어 미안하다고 사과를 하고 그와 함께 담배 한 대를 피울 수도 있다…… 눈먼 감정이 생겨나는 것이다. 전쟁터에서 생겨나는 감정은 눈먼 감정이다.

아마도 바로 그 때문에, 그 시력이 좋지 않은 감정들은 그토록 강하게, 그토록 전면적으로 우리의 영혼을 흔드는지도 모른다(뭐라 말하든, 누군가를 향한 연민의 마음을 깊은 곳에 숨기고 있는 우리 영혼을 뒤흔드는 것이다). 나는 웃었다!…… 그래서 뭐? 올레시카와 알리크는 자기 부대로 떠날 것이다. 그러고 나면 이토록 감정적인 나는 아마 그 즉시 뭔가 새로운 일을 벌일 것이다. 개라도 키울 것이다. 그것도 꼭 잡종 개로…… 마당 테리어로…… 누렁이로…… 그리고 그 개를 보호할 것이다. 그 눈먼 감정은 누군가가 나를 필요로 하기를 원한다.

늙은 체첸 노파가 더 좋을지도 모르겠다. 가난한 노파…… 화재를 당한 노파…… 안 될 것이 무엇인가?…… 그녀에게 먹을 것을 주겠지.

불쌍히 여기며…… 그러다가 어느 날 갑자기 그녀가 창고 옆에서 나의 휘발유 탱크로 살금살금 다가와…… 이쪽저쪽을 살피더니…… 자기의 더러운 치마 주머니에서 최신형 휴대폰을 꺼내 누군가에게 짧게 전화를 거는 것을 보게 될 것이다.

살아남은 루슬란의 조카는 아직도 고개를 떠나지 않고 있다. 그는 네 명의 전사, 두 팀의 2인조를 기다리고 있다. 루슬란이 벌써 전화를 걸어 그들이 죽었다고 알려주었다(부드럽게 전하기 위해 죽은 것 같다는 투로 말했다……)…… 하지만 열세 살짜리 소년은 자기 초소를 떠나지 않는다. 그는 높이 자란 풀숲에서 잠을 잤다. 그 작은 체첸인은 울며 잠이 들었다. 하지만 아침이 되면 또다시 기다렸다.

일찍 떠오른 태양에 몸을 녹이며 소년은 고개의 가장 깊고 오목한 곳까지 나가보았다. 그러고는 자기 사람들을 기다렸다. 한 명이라도 돌아오기를, 부상을 입고라도 돌아오기를…… 그들은 진짜 전사였으니까! 소년은 그들을 사랑하고 있었다!…… 이곳, 산등성이에서는 아래가 아주 잘 보였다…… 저 멀리, 푸른 나뭇잎 사이로, 녹음 사이로 무언가가 일어나기 시작했다. 소년의 마음을 흔들며 가끔 먼지구름이 일어난다…… 누군가 오고 있는 걸까?

하지만 아니었다. 그저 바람이 먼지를 일으킨 것이다. 먼지구름이 일었다. 점점 높아져가는 길 위에. 그 먼지구름은 너무도 쉽게 흩어진다…… 아무도 없다…… 작은 체첸인의 휴대폰(그것은 루슬란 삼촌의 선물이었다)은 이미 오래전에 방전되었다. 소년은 휴대폰이 더 이상 살아있지 않은 것을 알고 있다. 하지만 혹시 모르니까 그 검은 기계의 귀퉁이에, 마치 귀에 대고 말하듯 속삭였다. "아무도 없어요…… 아무도 없어요, 삼촌." 그는 루슬란을 이름으로 부르지 않았다. 그렇게 하기로 되어 있었다.

상황을 보고하고 소년은 휴대폰을 다시 주머니 속으로 숨겼다. 그리고 다시 새로운 먼지구름이 피어오르는 저 아래를 응시했다.

우리의 아제르는 계속해서 사건의 진상을 파악해나갔다. 그들의 싸움은 정말 누군가가 그 욕심 사나운 신부 집 수오리를 훔쳐 간 일에서 시작되었다(사실 누가 훔쳐 갔다기보다는 수오리가 어딘가로 도망갔을 것이다)…… 결혼식장에서 일어난 싸움에 관해서는 도쿠가 직접 증인이 되어 이야기를 해주었다. 면사포와 관련된 불화는 이 모든 일이 벌어진 후에 생긴 것이다…… 논리는 이렇다!…… 하지만 바로 그때, 누군가가 사라져버린 변태 같은 수오리에 대한 복수라도 한 것처럼 신랑 집 순종 염소가 사라져버렸다. 신랑은 이 상황을 설명할 수가 없었다. 염소는 오래 숨겨둘 수 없는 동물이다. 왜 훔쳐 가겠는가? 염소 나이테를 보면 주인이 조만간에 염소를 알아볼 텐데, 도대체 왜 훔쳐 가겠는가? 염소 나이테는 절대 거짓으로 만들 수 없다!

하지만 아직 젖먹이에 불과한 신랑도 단순한 놈은 아니었다. 알고 보니 그는 이미 1년 전에 신부의 친구인 전혀 다른 여자와 결혼을 하기로 되어 있었다. 땋은 머리를 한 소녀였던 그녀의 아버지는 아주 오래된 유명한 이불 한 채를 가지고 있었다(그런데 그 이불이 수오리가 사라진 직후 사라졌다)…… 그렇다, 바로 그 직후에 말이다…… 하루 이틀 차이야 셈할 필요 없으니…………………………………………………………………………

……………………………………………………………………………………………

"이보게…… 도와주게, 부탁일세. 나는 정말 해결을 못 하겠네. 정말 지겨운 녀석들이야!"

권력자 도쿠가 아제르에게 하소연을 했다.

머리를 땋은 소녀의 오빠는 차 한잔 마실 시간도 없었다…… (젖먹이 신랑이 결혼하기로 되어 있던) 소녀의 오빠는 시간적으로 바로 그때 바사예프의 명을 받고 한두 해 동안 러시아인들과의 전투에 나가기로 되어 있었다. 그는 당장 아버지의 말을 타고 떠났다…… 원래 정직한 청년이었기에 거짓말을 할 의도는 없었을 것이다…… 하지만 가는 길에 그를 기다리는 전쟁 때문에 흥분하고 가볍게 약까지 했던 터라 총질을 할 마음을 먹었다. 나쁜 츠하니! 그러다가 떠나기 전에 실수로 자기의 사촌을 쏘아버렸다. 전에 염소를 도둑맞은 바로 그 녀석을……………………

…………………………………………………………………………………………

오래된 이불…… 수오리…… 염소…… 나이테가 있는 뿔…… 츠하니…… 또 한 채의 이불……………………………………………………

…………………………………………………………………………………………

왜? 이해가 안 된다고?…… 하지만 아브주르 아저씨는 마음이 괴로웠다. 누가 죽였을까? 누가 사촌에게 총을 쏘았을까?…… 아브주르 아저씨는 항상 준비가 되어 있었다. 그런 그에게 우리 편이 우리 편을 죽였다고 설명을 하자 크게 실망하며 안절부절못했다…… 그럼 어떻게 피를 피로 갚아주지?…… 혹시 또 죽은 사람이 있는 것은 아닐까?…… 아니라고?…… 그럼, 우리 집에서 목동으로 일하는 레즈긴 사람을 죽이면 어떨까…… 마침 그 레즈긴놈이 낡은 이불을 가지고 있는 것을 보아서 그런 건 아니야. 그건 다른 낡은 이불이야…… 어찌 되었든 그건 사실 아닌가. 어찌 되었든 간에 염소가 없어지기 전에 이불이 먼저 없어진 것이 중요한 거다.

15장

죽은 고르니 아흐메트의 일로 다시 내게 노인들을 보냈다. 그들은 서글프게 울어댔다…… 사-아-시크! 사-아-시크!…… 그는 치-인-척인데! 땅에 묻어줘-어-어-야지. 왜 아흐메트로 얼음과자를 만들려고 하는 건가, 사-아-아-시크!……

그들은 몸값을 치르고 냉동 보관된 시체를 사고자 했다. 하지만 고르니 아흐메트를 찾는 것은 쉬운 일이 아니다. TV 방송이 나올 때도 러시아 측은 고르니 아흐메트의 모습을 전면에 내보이지 않았다. 그것은 폭발후유증을 앓고 있는 알리크 옙스키의 총알이 아흐메트의 얼굴을 알아볼 수조차 없게, 그야말로 묵사발로 만들어버렸다는 뜻일 확률이 높다. 총알은 사람의 얼굴을 그렇게 만들 수 있다.

하지만 일은 일이다.

나는 냉동보관소로 전화를 걸었다. 다행히 고르니 아흐메트, 그러니까 아흐메트 우디고프의 이름은 유명 야전사령관들의 공식 명단에 올라 있지 않았다…… 그럼에도 냉동보관소 관리자는 시체를 내주면 자기가 아주 심각한 위험에 빠질 수 있다고 엄살을 떨었다. 시체를 내주었다가 갑자기 이상한 제사를 지내며 아흐메트의 무덤 곁에서 총질을 하고 제물을 바치면 어쩌냐. 울며 저주를 퍼부으면 어쩌냐. 민중이 동요하면 어쩌냐. 작지만 봉기가 일어나면 어쩌냐! 관리자는 뻔뻔하게 내 눈동자를 똑바로 들여다보았다.

나는 아흐메트가 그렇게 나쁜 인간은 아니었고, 때로는 동정심을 보이기도 했다고 설득했다. 그자가 아주 가끔이지만 아량을 보일 때도 있었죠(물론 전투 후에). 이 지역 체첸인들이 가끔 그놈을 대령이라 부르기는 했지만, 아흐메트는 그렇게 큰 인물은 아니에요. 그렇죠, 물론 대령 행세를 하기도 했죠!…… 작은 종대들을 불태워 없애는 일에는 대령이었는지도 모르겠어요. 이곳 두 군데 계곡과 서너 개의 산에서는 의심할 바 없는 대령이죠(사실 자기들끼리 사용하는 호칭인 거죠).

다음 날, 나에 대한 정보를 알아보고는 나를 상대했던 관리자가 스스로 항복하고 직접 전화를 걸어왔다. 그러고는 시체 보관용 냉동창고를 지키는 그들, **냉동창고지기들**은 현재 중유가 너무너무 필요하며, 난방을 위한 연료는 어떤 것이든 다 필요하다고 말했다. 심지어 질린 소령이 스스로 자기들의 필요를 알아채지 못한 것이 마음 상하고 불쾌한 것 같았다. 질린 소령이라면 충분히 알 수도 있었을 텐데.

"알겠습니다, 알겠어요…… 우리 친구 아흐메트는 거기 잘 있나요?"

"내주겠네."

그는 짧게 말했다.

"하지만 직접 찾아가게."

찾아야지. 몇 가지 특징들은 이미 알고 있다…… 고르니 아흐메트는 왼쪽 어깨에 문신을 한 채 그곳 어딘가, 영원한 추위 속에 누워 있다.

이곳을 그리워하고 있겠지…… 웬일인지 냉동창고 사람들은 그의 어깨에 있는 문신을 보지도 않았다. 사실 그들에게는 그것이 보이지 않는다(그들에게는 아무것도 보이지 않는다. 월급 날짜 말고는). 그러니 당신이 가서 직접 찾아…… 소령, 당신이 직접 그 딱딱해진 것들을 이쪽저쪽 돌려가며 보라고. 그 **냉혈한들**을.

체첸 노인들은 적어도 열 번은 주의를 주었다.

"알렉산드르 세르게이치, 정직하게 해주게…… 꼭 정직하게."

"제가 정직하게 처신하지 않은 적이 있었습니까?"

"완전히, 완전히, 완전히 정직하게 해줘야 하네…… 아들이 아흐메트를 받으러 올 게야. 바로 알아볼 거라고."

나에게 필요한 죽은 눈을 마주하게 될 때까지 거기서 얼마나 꽁꽁 얼어야 할지 상상해보았다. 당연히 절대 대충 할 수 있는 일이 아니다!…… 아들이 시체를 받을 거니까. 아들은 문신 없이도 아버지를 알아볼 수 있을 것이다. 나와 나란히 서서 들여다보겠지…… 어찌 되었든 미리 아들 녀석 몸수색을 제대로 해두어야겠군…… 권총 같은 걸 지니고 들어오지 못하도록…… 혹시 모르니까 장화 속까지 들여다봐야지.

그가 러시아인 한 놈, 운이 따르면 두 놈을 죽여야겠다고 마음먹었을 때, 그는 그저 아흐메트였다. 죽이고 나면 바로 산으로 도망가야지. 그는 먼 곳에 있는 마을 하나를 알고 있었다. 아무도 그가 겁쟁이라고 말하지 않을 것이다. 그는 산에 숨어서 스스로 자기가 살해당했다는 소문을 퍼뜨릴 것이다. 실제로 그는 어디에도 없을 테니까…… 여권도 버릴 것이다. 산에서 여권은 아무 짝에도 쓸모가 없으니까.

그는 길에서 찬찬히 생각해보았다. 마음이 침착해졌다. 모자를 구겨 들고 코를 풀었다…… 당시 그는 그로부터 겨우 반년 후 자기가 전사로서 명성을 얻게 되리라고는 생각조차 하지 못했을 것이다. 하지만 그는 산독수리처럼 날아올랐고, 고르니 아흐메트가 되었다…… 그리고 지금, 옙스키 이병에게 살해당해 우리 냉동보관소 중 한곳에 돌처럼 딱딱하게 굳은 채로 누워 있는 지금, 고르니 아흐메트가 쌓은 명성이 얼마만 한 것인지가 드러났다…… 두 개의 계곡과 서너 개의 산을 아우르는 명성.

알리크는 서두르며 제대로 조준도 하지 못한 채 총알을 난사하여 그의 두개골을 산산조각 내버렸다. 아마도 그런 것 같다…… 하지만 나는 찾아낼 것이다…… 그리고 체첸인들은 돈을 지불할 것이다. 그리고 저 게으름뱅이들, 냉동창고의 인간들에게는 중유와 디젤유를 배송해줄 것이다. 생각해보면 냉동창고지기들은 끝내주는 게으름뱅이들이다. 하지만 그들은 꽁꽁 얼어붙은 채 살고 있다. 정말, 정말 꽁꽁 얼어붙은 채 살아가고 있다. 평범한 캅카스 대낮의 더위 속에 있다가 그들을 방문하면 그들은 서둘러 인사를 하러 다가온다. 물론 인사하며 안으러 오는 것이다.

그들은 반드시 달라붙는다. 적어도 세 번은 안는다…… 자주 안을수록 더 좋으니까! 추위로 꽁꽁 얼어붙은 강도 떼다. 한 놈이 안고 가면, 또 다른 놈이 서둘러 안으러 다가온다…… 사실 그저 평범한 사람들이다. 하지만 열을 빨아들이는 흡혈귀들이기도 하다. 그들은 피 대신 온기를 끌어모으고 빨아들인다. 어쩌겠는가. 그들은 여기서 꽁꽁 얼어 돌처럼 굳어가고 있는데, 여름 대낮의 무더운 날씨 속에 있던 당신이 그들을 향해 왔으니…… 따뜻한 온기를 가득 품고! 해처럼 빛나면서!…… 추위로 꽁꽁 언 이 강도 떼는 주요 인물의 시신 찾기를 담당하는 사령부 소속 파시킨 대위를 특별히 좋아했다. 통통한 그는 마치 페치카처럼 열을 뿜었다…… 그들은 그에게 말 그대로 달려들었다. 저 멀리서도 그를 안으려 팔을 활짝 벌렸다. 진짜 흡혈귀들이다!

파시킨 대위가 더워서 땀이 난 목을 수건으로 닦으며 도착하기가 무섭게…… 줄을 섰다. 그를 안아보려고!…… 그리고 그의 목에 매달리고 또 매달렸다. 무아지경에 빠진 듯…… 그들과 헤어져 돌아갈 때면 파시킨은 알아볼 수 없을 만큼 변해 있었다. 나도 본 적이 있다. 본 적도, 들은 적도 있다. 그는 이를 딱딱 부딪치며 떠났다. 추위 때문에 새파랗게 질린 채로.

아흐메트 우디고프, 다시 말해 고르니 아흐메트의 죽음에 대해 체첸인들은 바자노프 장군의 죽음으로 답했다. 자기들의 라디오 방송을 통해 평한 대로 저주받을 연방군들은 **계급을 계급으로 갚은** 셈이다. **대령에 대해 장군으로** 갚은 것이다. **앞으로도 그리될 테니 각오해라.**

믿을 수가 없었다…… 들었지만 이해가 가지 않았다. 체첸인 중 단 한 사람이라도 바자노프의 죽음이 필요한 이가 있었을까?! 아니다.

부주의하게 잘못 쏜 총에 맞은 것일까? 그도 아니다! 그렇다면 왜 그인가?…… 그저 책만 읽어댈 뿐 아무짝에도 쓸모없는 그가 어떻게 죽을 수 있단 말인가?…… 마침내 루슬란-로슬리크가 사실을 전해주었다. **그를 내준 것이었다.**

그럴 수는 없다. 군대의 상식으로도 누가 되었든 간에 자기 사람 중 하나를 내준다는 것은 가장 끔찍한 일이다. 누군가가(우리 편 중 하나가) 체첸인들에게 종대가 구성되고 있다는 이야기를 슬쩍 흘려주는 일은 있다. 누군가가 신참들을 곤경에 빠뜨리는 일, 그러니까 신참 병사들의 첫 이동 경로에 대해 언질을 주어 이들을 체첸놈들에게 넘겨주는 일도 있다…… 하지만 어떤 사람을 특정하여 내주는 일은 없다…… 여기서 지냈던 짧지 않은 세월 동안 내준 것은(물론 내주려 한 적은 있었다. 하지만 흔히들 말하듯 결국 **그럴 수가 없었다**) 체첸 마을 두 개를 불태워버렸던 주스초프 대령밖에 없었다. 그는 너무도 잔혹하게 체첸 마을들을 소탕하여 산사람들의 노래 속 인물이 되었다. 용감하지만 잔인했고, 광분하면 누구도 가리지 않고 총을 쏘았다. 조금만 의심스러운 구석이 보이면, 그로즈니에 있는 시장에 가는 이들까지도 쏘아버렸다…… 산사람들의 노래에는 이 악당이 얼마나 방탕하게 휴가를 보냈는지에 대한 구절이 있다(그것도 마을을 소탕한 직후에). 특별 휴가. 사우나!…… 한증탕에서 맥주를 마시며 죄 없는(민요니까!) 아가씨들을 옆에 끼고……

풍문에 따르면 노인들은 그의 죽음을 모의하려고 반년간 돈을 모았다. 하지만 미처 다 모으지는 못했다…… 주스초프는 어딘가에서 있었던 범죄 검증 현장에서 총에 맞았다. 그를 죽일 꿈을 꾸던 노인들과는 멀리 떨어진 곳에서.

이 노인들에 대해서도 여러 가지 이야기가 전해진다(이들은 주스초프에게 악인의 낙인을 찍어준 그 길고 구슬픈 노래 속에도 등장한다)! 그들은 자기들 연금의 거의 반씩을 모았다고 한다. 모두가! 그리고 그 보잘것없는 지폐들을 작고 하얀 보따리에 넣어 가지고 다녔다. 흰빛은 성스러운 복수의 색이다. 노인은 옹이 진 떨리는 손으로 바지의 비밀 주머니 어딘가에서, 아니면 옷에 달아 만든 더 안전한 낭탁에서 작은 보따리를 꺼냈다…… 냄새나는 바지 앞섶에서…… 그러고는 떨리는 노인의 손으로 자기의 흰 보따리를 주스초프의 사진이 있는 탁자 위에 내려놓았다. 광폭하고 분명한 눈매를 한 그의 얼굴이 담긴 손바닥 크기의 작은 사진 앞에.

주스초프의 경우는 충분히 이해할 만하다. 하지만 도대체 왜 맘 좋은 수다쟁이 바자노프를 내주어야 했을까? 독서가!…… 고산민족의 역사와 사랑에 빠진 그를!…… 도대체 왜 그의 죽음이 필요했던 것일까?…… 바자노프 장군이 체첸 역사의 일부를 조금이라도 지어냈다면, 그 역시 항상 체첸인들을 위한 것이었고, 언제나 더 좋은 이야기를 만들어내곤 했다!……

문제 될 것이 없었다! 고산민족의 역사는 보존된 것이 매우 적다!…… 그러니 (가설을 세워) 논의해보고 거기에 아름다운 페이지를 더해 넣으면 어떤가? 가벼운 피 냄새가 나는 신화를 한 편 정도 더하면 어떤가…… 도대체 그 이야기를 만든 이가 누구에게 해를 끼쳤나?…… 그 노인네는 다양한 시대에 관한 책들을 혼자서 읽고 또 읽었다. 페이지를 넘기며 얼마나 맛있게 입맛을 다셨는지 모른다.

전쟁을 생각하면, 간계로 뒤덮인 산에서의 거친 전쟁을 생각하면, 바자노프 장군님은 지나치게 행복하고 즐거우신 것 아니냐는 구사르체프의 농담에…… 장군은 그저 팔을 벌려 보였다.

"사랑하는 콜랴!…… 체첸 사람들은 즐겁고 수다스러운 노인보다는 음울한 노인을 더 짜증스러워할 걸세!"

안타깝네. **아무런 이유도 없이** 사람 좋은 노인이 죽었어! 로슬리크-루슬란은 그렇게 말했다. 그 역시 이 죽음의 의미를 이해하지 못했다…… 로슬리크는 하루에 두 번, 장군의 이 말도 안 되는 죽음을 둘러싼 상세한 이야기들을 물어 왔다. 내게도 말이 안 되고, 로슬리크에게도 말이 안 되지만, 전쟁에서는 말이 되는 그 죽음에 관한 소식을.

당시 로슬리크는 도처에서 (체첸인이든 아니든 가리지 않고 누구에게나) 구사르체프 소령이 죽은 후에 그가, 로슬리크가 나의 친구가 될 것이라는 암시를 흘리고 다녔다. 사시크의 친구. 곧 그의 친구가 될 것이다.

감독관 루슬란처럼.

구사르체프 없이 홀로 남겨진 바자노프 장군은 직접 어떤 군부대를 방문하러 가던 길에 매복병들의 공격을 받았다. 부대 상황을 둘러보러 가는 길이었다…… 채 멀리 나서지도 못했다. 아주 가까이에서!…… 그것도 아주 안전한 길로 가는 중에. 하지만 종종 안전한 길, 위험이 숨어 있을 것 같지 않은 길에서 **사람을 내준다**. 그곳에서는 시나리오를 주문하기가 더 쉽고 간단하기 때문이다! 존재했던 장군이 이제는 존재하지 않는다.

안타깝다라는 단어는 바자노프 장군을 위해 쓰기에는 부적절하고 부정확한 단어이다. 그것은 전사에 관하여, 또는 전사에게 쓰는 말이다. 안타깝군요…… 그는 분명 전사가 아니었다…… 왜 그런지 그의 책들에 관한 생각이 줄곧 머릿속을 떠나지 않았다. 압정으로 벽에 고정시켜둔 체첸 지도 옆에 나란히 서 있던 그의 책장 두 개가 계속 내 눈앞에서 어른거렸다…… 직접 만든 갈색 책장. 아마 게샤 준위가 못질을 했을 것이다…… 책들은 촘촘히 꽂혀 있었다…… 그 책들은 어떻게 되었을까? 이제 그 책들을 어떻게 처분할까?…… 왜 그런지 책 생각을 하다 보니 더 마음이 아팠다. 책들이 **안타까웠다.**

큰돈을 받고 장군을 내주었을 거라고 생각하지는 않는다. 바자노프 장군에 대해서는 소문조차 없었으니까. 진짜 전사들과는 다르니까…… 얼마 지나지 않아 로슬리크가 그러한 사실을 확인해주었다. 체첸놈들에게 바자노프는 가을까지 해야 할 근사한 결산보고를 위해 필요했다. 그들의 결산보고서 첫 몇 줄에…… 장군!이 필요해서였다는 것이다. 장군을 없앴군! 그러면 애를 썼다는 티가 좀 날 테니까!

당시 바자노프 장군은 젊은 아내가 다시 방문하기를 기다리고 있었다. 그래서 기분이 좋았고, 가끔 만용을 부리기도 했다. 밤이면 술을 좀 마시기도 했다.

죽기 전날 전화를 걸어 나를 불렀다.

"며칠 내에, 사샤, 자네를 저녁 자리에 초대하겠네…… 아내가 오거든. 자네도 아내를 알지 않나. 예쁜 여자지. 젊-으-은 여자지! 꼬-옥 올 거거든!"

그녀는 오지 않았다. 오고 싶어 했다고 한다. 하지만 그녀에게 암시를 했다고 한다. 처음에는 사령부 특유의 예의 바르고 부자연스러운 화법으로, 후에는 충분히 노골적으로, 매장할 것조차 없다고 알렸다. 더 정확히 말한다면, 아무것도 없다고. 잠시 아무 말도 하지 못하고 있던 젊은 과부가 물었다. 그래도…… 무언가…… 무언가라도 있지 않을까요…… 군모나…… 군복이나…… 그녀에게 군복에서 남은 것도 없다고 답했다…… 전혀, 아무것도 없다고.

살인을 청부한 이들에게 시간과 경로를 흘린 것이다. 장군이 길을 떠나는 시간과 방향을 일러준 것이다(로슬리크는 자세한 사항을 가지고 왔다).

사람을 넘기려면 쌍방이 있어야 한다. (다소 놀란 듯한) 연방군 측의 목소리는 합의 과정에서 슬쩍 상대를 비웃기까지 했다. "도대체 당신들한테 그자가 왜 필요한데?…… 그는 아무것도 아니야. 암것도 아니라고." 하지만 체첸놈들에게는 바로 그 아무것도 아닌 바자노프가 필요했다. 그들은 한여름에 연방군과 격렬하게 싸움을 벌이고 싶지 않았다. 보복으로 따라오는 대대적인, 그리고 격렬한 폭탄 투하도 원하지 않았다.

체첸인들은 분명 지금이 여름이고, 날씨가 아주 좋다는 사실을 염두에 두었을 것이다. 여름에 상공에서 내려다보면 이 땅의 일들이 손바닥 위의 일처럼 잘 보인다. 모든 것이 환히 보인다! 시야는 또 얼마나 넓은지!…… '수시카'든, 헬리콥터든 기꺼이 폭탄을 투하하러 들를 것이다. 바로 당장이라도!…… 그렇기 때문에 체첸놈들도 협상 과정에서 자기 것을 주장한 것이다. "알지, 알아!…… 그자가 똥 덩어리라는 것은 우리도 알아!…… 그런데 우리한테는 바로 그런 자가 필요하다고!"

"정말 B란 말이지?"

"정말."

"좋아, 알겠어…… 결국 자네가 이겼군!"

"보고서 때문에 필요한 거야. 그자가 하늘로 날아오르는 걸 찍기만 하면 돼. 자기 자동차에서 그렇게 되는 게 좋겠지…… 우리가 잘 아는 길에서…… 장군이라는 사실이 중요한 거야."

로슬리크는 체첸놈들이 화약의 양을 잘못 계산했다고도 했다. 폭발이 너무 강했다…… 바자노프 장군과 그의 지프는 그들의 계획대로 하늘로 날아올랐지만, 그들이 계획한 모습대로 땅으로 돌아오지는 못했다…… 너무 작은 조각들이 되어 돌아왔다…… 먼지가 되어 돌아온 것이다!…… 심지어 호위하던 차마저 날아가서 전복되었다.

차에는 바자노프 외에도 군인 두 명이 더 타고 있었다. 사령부 서기가 운전을 하고 있었고, 병사는 뒷좌석에 앉아 있었다. 운전사는 즉사했고 병사는 중상을 입었다…… 체첸놈 세 명이 매복하고 있다가 튀어나와 병사를 죽이려 했지만, 그때 뒤처졌던 우리 장갑수송차가…… 기어나와…… 체첸놈들을 그 자리에서 쓰러뜨렸다. 관목도 없는 평평한 곳이었으니까…… 누가 어디로 숨든 사방이 훤히 보이는 평평한 장소였다.

서기는 운전을 하고 있었다. 딱딱한 사무실 책상, 컴퓨터 앞에서 벗어나 바자노프와 함께 갈 수 있어 신이 났었을지도 모른다…… 그를 안다. 그가 지금 내 눈앞에 보이는 것 같다. 젊은 그가…… 기분 좋게 미소를 짓는다!…… 전쟁은 신나는 일이죠!…… 가끔은.

어찌 되었든 마음이 힘들었다. 먼지가 되어버린 바자노프라니…… 가죽 혁대도, 군모도 없이…… 우주로 떠나버렸다. 그를 기리며 나는 술을 마셨다. 하지만 취하지 않았다…… 약까지 피워보았다. 역시 도움이 되지 않았다. 익숙하지 않아 두 번이나 토했다…… 처음에는 먹었던 모든 안주가 나오더니, 아침 녘에는 모든 것이 다 쏟아져 나왔다. 윙윙거리는 소리가 들렸다. 정수리가 텅 비어 울린다.

하지만 이른 아침이 되자 벌써 크라마렌코가 나를 깨웠다…… 디젤유를 가져온 것이다! 연료통의 수를 세어보아야 한다…… 잘 살피지 않으면 배달원들이 한두 통 슬쩍하여 돌아가는 길에 직접 팔 것이다. 우리 편에게든, 체첸놈들에게든. 그들에게는 하등의 차이가 없으니까.

상품발송명령서를 받고 서둘러 돌아가려 했다. 하지만 우연히 그의 사무실 곁을 지나게 되었다. **바자노프**…… 문을 봉인하지도 않았다. 지키는 사람도 없었다. 장군은 죽은 후에도 아무런 의미가 없는 존재였다.

밀어보니 문이 열렸다. 사무실의 모든 것은 평상시와 같았다. 책들이 꽂혀 있는 책꽂이…… 고인의 유일한 귀중품이다. 아마 아주 빨리 저 책들을 내버릴 것이다. 그건 분명하다.

아무것도 아닌 장군, 위장복을 입은 장군인 바자노프는 어찌 되었든 사람들이 보고서의 도입부를 작성하는 데에 도움을 주곤 했다. 거기에는 비록 전쟁을 하고 있더라도 존중해야 할 고산민족들에 관한 이야기…… 그들의 관습 이야기…… 반쯤 잊힌 신들의 이야기, 이 모든 알아듣기 힘든 아름다운 이야기들이 들어 있다.

탁자 위에는 물이 든 물병도 있다…… 세상에! 그의 물컵도 있다!…… 바자노프는 물을 조금씩 마시는 것을 좋아했다.

그리고 무전기도 있다. 그의 손으로 바로 그 주파수에 맞추어둔 무전기다. 레버를 딸각 돌리자마자 죽은 듯 잠잠한 사무실의 고요 속으로 익히 알고 있는 콜 사인이 울리기 시작했다. "아산은 피를 원한다…… 아산은 피를 원한다…… 아산은 피를 원한다……" 그렇게 끝없이 이어졌다.

나는 무전기를 끄며 손가락을 들어 위협하는 몸짓을 했다. 그리고 이끼 낀 그들의 아산에게 산사람의 악센트로 말했다.

"이 양반아. 도대체 얼마나 더 피를 가져가야 쓰겄소…… 이미 많이 받았소…… 이젠 되지 않았소……"

그러니까 아무짝에도 쓸데가 없던 장군 바자노프와 거칠 것 없던 콜랴 구사르체프는 종속 관계였다기보다는 상생 관계였던 셈이다…… 누가 누구에게 얼마의 빚을 졌다는 합의나 계산이 일절 없는 일반적인 군대식 상조였던 것이다.

나는 늘 바자노프 장군이 (자신도 의식하지 못한 채) 여러 번 우리 비즈니스에서 콜랴 구사르체프를 비호해주었다고(그리고 간혹 나도 함께 구해주었다고) 생각해왔다. 하지만 이제는 다른 그림을 보게 된다. 살아 있는 동안 바자노프 장군을 비호해준 것은 구사르체프였다…… 그것을 인정할 수밖에 없다…… 구사르체프가 살아 있는 동안에는 바자노프를 파멸시킬 계획을 세우거나 팔아넘기지 못했다. 그에게 덫을 놓지 못했다!…… 소령의 감각은 놀라울 정도였으니까!…… 그는 겁 없이 살며 수없이 많이 서두르고 수없이 많은 실수를 저질렀다. 칼날 위를 돌아다니는 사람처럼…… 바로 내 눈앞에서……

구사르체프가 함께 있었더라면 바자노프도 살 수 있었을 것이다. 구사르체프가 살아 있었더라면.

구사르체프는 그와 함께 있지 않았다. 하지만 살아 있었다.

어떻게? 어떤 방법으로? 이거야말로 놀라운 소식이다! 정말 뉴스다!…… 내가 관리하는 사람 중 하나가(그는 내게 중유를 빚졌다) 와서 대금 지불 기한을 미뤄달라고 부탁하며 갑자기 이 소식을 전했다. 지나가는 이야기처럼…… 저기, 구사르체프 소령님이 심각한 부상을 입고 최고급 병원 중 한 곳에 입원해 있어요. 운 좋게 거기 끼어 들어간 거죠…… 아주 조용히요. 개인 병실에 있대요. 거기서 조용히 치료를 받으면서 자기 죽음에 관한 소문을 부정하지 않고 있는 거예요.

그는 안절부절못했다. 긴장한 것이다. 아주 가끔씩만 나와 눈을 맞추면서. 그는 내가 빚을 탕감해주지 않으리라는 것을 알았다. 하지만 그런 소식을 전하면 지불 기한을 한 번 더 미룰 수 있지 않을까 기대했던 것이다…… 갑자기 심장이 뛰기 시작했다. 어떻게 감정을 다스려야 할지 몰랐다. 콜랴! 콜랴!…… 여기서 먼 곳이지만 살아 있다! 중상을 입었지만 살아 있다!! 나도 갑자기 한자리에서 발을 구르기 시작했다(나와 채무자는 간이창고들 곁을 지나고 있었다)…… 발을 구르고 거의 춤을 추기 시작했다. 그리고 당연히 바로 그 자리에서 질문을 퍼부어댔다. 믿을 만한 사실이야?

그랬다. 믿을 만한 사실이었다. 콜랴 구사르체프, 위험을 즐기는 우리 사령부 군인이 살아서 지금 1인실에 입원해 있다. 과일 바구니가 있는 병실에! 간호사들의 최상의 간호를 받으며! 하지만 비밀리에…… 그가 어떻게 모크로예를 벗어났을까?…… 어떻게 병원에 들어갔을까?…… 하지만 그는 병원에 관한 것을 제외하고는 그 어떤 이야기도 하고 싶어 하지 않았다. 어떤 이야기도 더 해주지 않았다. 그뿐 아니라 내게도 입을 다물어달라고 부탁했다…… 구사르체프 소령을 찾지도, 어디서 그의 성을 언급하지도 말아달라고 애원했다. 이미 너무 많은 이야기를 했다면서.

하지만 며칠 후 나는, 내게 의존할 수밖에 없는 그의 처지를 이용하여(그는 내게, 그리고 나의 창고에 종속되어 있다…… 중유! 중유 덕분에!) 다시 대화를 시작했고, 꽉 물고 늘어지며…… 고집을 피웠다. 직접 채무자를 찾아갔다. 알고 싶었다. 성씨를 입 밖에 내지 않고도 여러 가지 질문을 할 수 있었다…… 콜랴는 그냥 지나가는 사람이 아니니까! 내게 소중한 사람이니까!…… 게다가 그의 부활은 불쌍한 알리크의 죄와 운명을 크게 바꾸었다. 내 환자들의 삶의 그림까지 바꾸어놓았다. 정말 기쁜 일 아닌가!…… 그렇다, 나는 침묵할 것이다…… 입도 뻥긋하지 않을 것이다…… 하지만 알아야 한다…… 왜 구사르체프 소령이 숨어 있는지.

내가 알아낸 바에 따르면 콜랴는 오직 스스로의 힘으로 그곳을 벗어나 살아났다. 구사르체프 소령은 정직하게 싸워서 삶의 한 조각을 얻어냈다. 비록 아직은 조각일 뿐이지만!…… (아흐메트의 먼 친척인) 체첸놈 몇이 이미 그를 쫓는 사냥을 시작했기 때문이다. 몇 안 되는 두세 명의 반군이지만 아주 위험한 녀석들이다. 이 두세 명의 체첸놈은 연방군 소령 구사르체프가 자기들의 야전사령관에게 함정을 파 그를 죽였다고 철석같이 믿고 있다…… 그가 위대한 아흐메트를, 마치 바보를 속이

듯 속여먹은 것이다. 비열하게 그가 먼저 총을 쏘았기 때문에, 고르니 아흐메트도 그의 총격에 총격으로 맞섰을 것이다. 하지만 아흐메트가 그를 맞힌 것보다, 구사르체프가 아흐메트를 더 많이 맞혔다. 그리하여 위대한 고르니 아흐메트는 살해당해 죽었고, 비열한 소령은 겨우 부상만 입은 것이다.

고르니 아흐메트는 전쟁터에서 죽은 것이 아니라 돈을 건네다 죽었다. 그런 짓을 저지른 자는 누구라도, 더구나 연방군이라면 절대 용서해서는 안 된다…… 구사르체프가 입원해 있고, 모스크바의 저명한 의사가 그의 수술을 집도한 모즈도크에 있는 병원 주변에 거의 그 즉시 체첸인들의 감시가 따라붙었다…… 그들은 감시하고 도청했다. 하지만 구사르체프는 극도로 조용하게 처신했다. 예민한 콜랴는 당연히 모든 상황을 파악하고 있었다. 할 수만 있었다면 반드시 내게 전화를 했을 것이다…… 하지만 그는 이미 깊이 숨어버렸다.

당시 우리 편에서는 도대체 구사르체프 소령이 어쩌다 전투가 벌어지던 곳으로 갔는지에 대해서는 아무도 관심이 없었다…… 물을 것이 뭐가 있겠는가! 모크로예에서 벌어진 전투에 대해서는 모두가 알고 있었다. 당연하지 않은가!

"어떻게 그냥 지나쳐 갈 수가 있겠는가. 그토록 화려한 성을 가진 장교를 어떻게 수술하지 않을 수 있겠는가."

모스크바에서 온 저명한 외과 의사는 체첸을 떠나며 그렇게 외쳤다(그는 체첸의 '오지'에서 정확히 5일간 객연을 벌였다).

멋진 성씨를 가진 콜랴는 정말 운이 좋았다. 심지어 조상으로부터도 받을 것을 받아내는 사람들이 있다. 구사르체프는 그렇게 부활했다. 체첸인들이 용자에게는 행운이 따른다고 한 것이 헛말이 아니었다.

실수로 죽인 것이 아니라 실수로 부상 입힌 것이다. 그들, 올레크와 알리크는 웬일인지 이 새로운 소식을 지나치게 담담하게 받아들였다…… 그래서 서둘러 그들에게 이 모든 이야기를 다시 들려주었다. 그 돈, 그 두껍고 더러운 돈다발은 야전사령관 아흐메트가 진 빚이었어. 빚이었다고. 이미 낡아서 창고에서도 제해버린 군대 장화 값이라고…… 그냥 비즈니스야.

체첸놈들이 매복하고 있다가 종대를 솜씨 좋게 날려버린 것이 한 가지 사건이라면, 그놈들이 연락을 하고 전화로 구사르체프 소령을 불러내서 진 빚을 서둘러 갚은 것은 또 다른 사건이란 얘기야. 이게 이 전쟁의 현실이야.

"나는 이미 수백 번의 경험을 통해 확신하게 됐어…… 이 전쟁에는 규칙이라는 게 없어…… 법칙 중의 법칙이라 할 딱 한 가지를 제외하면 말이야. 그 하나가 뭔 줄 알아? 돈을 빌렸어? 그러면 갚아. 체첸놈이 빚을 갚았는데, 알리크가 겁에 질려 체첸놈을 죽인 거야. 그러다 실수로 구사르체프 소령에게 부상을 입힌 거고."

"실수로 부상을 입힌 거야…… 죽인 게 아니고. 알리크, 듣고 있지? 어떤 차이가 있는지 알겠어?"

그들은 침묵했다. 둘 다 반신반의하며 나를 바라보았다…… 너무도 솜씨 좋게 현실의 그림을 휙휙 바꾸어버리는 마술사를 바라보듯. 어쩌면 거짓말쟁이를 보듯 바라보았을지도 모르겠다. 아니면 자기들을 바보 취급하는 끝내주는 사기꾼처럼 보았을지도 모른다.

"알리크."

내가 말했다.

"바보처럼 굴지 마. 너는 이제 그렇게 심한 폭발후유증 환자가 아니야…… 이 상황을 이해했으면 울기라도 해야지. 이제 이 차이는 엄청난 거야!…… 그래, 알리크, 이 차이 때문에 울고, 소리치고, 주먹으로 눈물을 훔쳐야지…… 또 뭐가 있을까? 소리라도 질러야지! 울부짖어야지! 기뻐서 껑충껑충 뛰어야지!…… 넌 젊잖아, 이 망할 놈아!"

그는 이해했다. 나는 그가 이해했다고 확신한다. 하지만 그는 경계하듯 침묵했다…… 도저히 믿을 수가 없는 것이다. 이 모든 이야기에 제대로 반응할 수가 없는 것이다. 그는 그저 두 손으로 머리를 움켜쥐고, 손바닥으로 관자놀이를 눌러댔다. 그러고는 눈을 내리깔고 바닥을, 지저분한 마루 판자를 내려다보았다.

올레크는 한순간 완전히 이상한 행동을 했다. 그는 의자에서 날아오르듯 벌떡 일어섰다…… 그러고는 몸을 꼿꼿이 세우고 우렁찬 군인의 목소리로 알아들을 수 없는 바보 같은 말들을 지껄였다.

"그것은 발광이었습니다, 소령님!…… 그것은 체첸놈들의 발광이었습니다!"

다음 날 그리고 그다음 날 하루 종일 이 둘은 극도로 조심하면서도 한 방울씩 이 놀라운 정보를 흡수하기 시작했다. **죽인 것이 아니라 부상을 입혔다**…… 하지만 어떻게 해도 이 사실을 완전히 받아들이고 자기 것으로 만들 수가 없었다. 내 말은 그들 곁을 그저 스쳐 지나가는 것 같았다.

"어이, 좀 어때?"

이미 저녁때가 다 되어 일을 마치고 그들의 간이창고를 들여다보며 내가 물었다.

그들은 대답하지 않았다.

하지만 잠시 후 올레시카가 예의상 묻는 것처럼(실상은 아마도 불신과 의심 때문에), 어떻게 구사르체프 소령이 죽지 않고 부상을 입은 채 모크로예에 쓰러져 있다가…… 그러니까 실수로 쏜 자동소총이 발사되자마자(그들은 둘 다 그것을 똑똑히 보았다)…… 쓰러졌던 그가…… 그러니까 죽은 체첸인 위로 무너지듯 쓰러졌던 그가…… 어떻게 거기서 벗어날 수 있었는지를 물었다.

그들은 믿지 않았던 것이다.

하지만 나도 그가 어떻게 살아났는지에 관한 자세한 이야기는 알지 못했다. 이 순간의 중요성을 깨닫고, 이 행운의 순간을 포착하기 위해서 놈들이 있는 바로 이 자리, 내 오피스 겸 아파트에서 나의 채무자에게 다시 전화를 걸었다. 그리고 자세한 사항을 이야기해달라고 청했다. 불쌍한 채무자는 고집을 피우며 거절했다…… 하지만 나는 완고하게 버텼다…… 마침내 그는 당연히 살아난 자의 성은 거명하지 않으며 이야기를 시작했다(그의 절망적인 목소리가 전화기를 통해 우리 모두에게 들렸다. 모기만 한 소리로 말했지만 들렸다).

이 모든 이야기를 그들이 직접 들은 것이 가장 직접적인 치료가 되었던 것 같다. 나는 그들에게 그 모기만 한 소리를 반복하여 말해주고, 더 생생하게 만들고, 효과를 두 배로, 그 이상으로 강화시켰다. 마치 잘 안 들려서 그러는 것처럼. 한 단어, 한 단어를 다시 말했다…… 나는 치료를 했다!

그리하여 채무자의 소심한 고백은(내가 덧붙인 메아리와 함께) 비록 일부는 튕겨져 나왔지만 그들에게 가 닿았다…… 청력이 좋은 그들의 젊은 귓가에. 이보다 더 믿을 만한 것은 없으니까!

"하지만 우리 소령님(구사르체프)이 총알을 맞고 무너지듯 쓰러졌다면 그 후에 어떻게 일어났습니까?"

나는 재차 물었다.

"누가? 누가 그를 도와주었지?"

아무도. 쓰러졌던 그는 스스로 일어섰다. 어느 정도 시간이 흐른 후에…… 당시 체첸놈들은 알리크가 쏜 자동소총 난사에는 그다지 반응하지 않았다. 그들은 관목 속에 쓰러져 있는 연방군들을 찾느라 바빴다…… 연방군들을 관목에서 끌어내고 있었다…… 하지만 그보다 중요한 것은 기관총이었다! 바로 그 순간에 눈먼 무힌이 체첸놈들을 향하여 기관총을 난사하기 시작했다(무지렁이 이병의 마지막 전투가 시작되었다).

총알이 날아올 것이라고 전혀 생각지 못했던 그들은 모두가 엉망진창으로 허둥대기 시작했다! 달리고, 뛰고, 풀숲으로 숨고…… 땅을 파고 기어들기 시작했다…… 조용히만 했더라면!…… 울부짖지만 않았더라면!…… 말없이 움직였더라면 체첸놈들의 반이라도 살아남았을 것이다! 무힌은 눈이 멀어 천지가 깜깜했지만, 소리 하나는 기가 막히게 들을 수 있는 젊은 귀를 가지고 있었다.

"소령은……"

내 채무자의 모기만 한 목소리가 들려왔다.

"총을 두 발 맞았답니다…… 체첸놈들의 총알일 수도 있고, 무힌의 총알일 수도 있어요. 하지만 이미 밝혀낼 길은 없지요!…… 병원에서 그렇게 말했답니다. 다행히 총알 한 발은 날아가며 귀를 찢었고, 다른 한 발은 어깨에 맞았답니다…… 그렇게 미친 듯이 쏟아지는 총질 속에서 실수로 고르니 아흐메트도 죽었다네요."

총알 두 발이 모두 알리크의 자동소총에서 연발로 발사되었다는 것을 병원에서는 몰랐다. 당연히 나의 채무자도 몰랐다.

대신 그는 이어지는 이야기를 알고 있었다. 쓰러진 소령(구사르체프)은 얼마의 시간이 지나자…… 정신을 차렸고…… 아마도 30분 정도 후에 고개를 들었다. 그러고는 힘겹게 땅에서 일어섰다. 반 시간 정도(그보다 짧지는 않았을 것이다) 네발로 걷기도 하고 기기도 하면서 자기 자동차가 있는 곳까지 이르렀다.

"어쩌면 한 시간이 걸렸을지도 모르죠."

모기만 한 목소리가 전화로 이야기를 들려주었다.

"그럼 소령을 호위하던 병사들은 어떻게 되었나?"

나는 알리크와 올레시카의 이름을 거명하지 않으며 물었다.

아하, 그놈들요!…… 소령이 죽는 것을 보고는 두 명 모두 숲으로 도망쳤대요…… 관목 속으로 내뺀 거죠. 체첸놈들이 바로 곁에 있었으니까요. 체첸놈들이 언제라도 나타날 수 있었거든요. 숲으로 내빼면서 소령의 차도 쓰지 않은 걸 보면…… 아마 운전도 못하는 놈들이었나 봅니다.

소령(구사르체프)은 어깨에 총알을 맞은 채로 정신을 차리고 기어서(어쩌면 한 시간이 걸렸겠죠) 어찌어찌 차까지 갔고 혼자 기어올라! 출발한 거죠. 한 손으로 운전하면서 초소까지 갔대요. 알렉산드르 세르게이치, 생각해보세요! 정말 대단하죠!…… 소령은 의식을 잃었답니다…… 몇 번이나…… 자동차 자율주행 기능을 켜두고요. 그래도 도랑에 빠지지도 않았죠…… 제때 차를 세운 거예요. 운이 좋았어요…… 살아남으려고 발버둥 친 거죠!

하지만 초소에 도착해서는 완전히 의식을 잃었답니다…… 병사 서너 명이 그를 차에서 끌어 내렸대요. 소령의 몸이 이미 굳어버려서 혹시라도 뼈를 부러뜨리게 될까 봐 조심했대요. 몸은 꼿꼿하게 굳었고 손은 가슴에 얹고 있었대요. 입은 벌리고…… 장갑수송차를 타고 지나가던 우리 병사들이 길 한가운데 멈춰 서서 구경을 했대요.

지나가던 병사들이 소리도 쳤대요. 몸이 굳은 군인을 어떻게 차에서 꺼내야 하는지 한마디씩 거들었대요…… 구사르체프의 죽음에 관한 소문이 어디서 흘러나왔는지 알 만했다. 시체처럼 되어버린 그를 그의 지프에서 꺼내는 장면을 보았던 것이다. 그리고 좀 떨어진 곳에서 그 장면을 본 사람들은 그가 이미 끝났고, 자기 명을 다 살았다는 것, 그리고 이제 소령이 다음 별을 달기 위해 하늘로 올라갔다는 사실을 조금도 의심하지 않았다. 그곳에는 뾰족한 끝을 다섯 개 가진 별들이 많고도 많으니까. 하늘은 온통 별 천지니까.

실수로 죽인 것이 아니라 **실수로 부상을 입혔다**는 사실이 마침내 영향을 미치기 시작했다. 하지만 확연히 느껴질 정도는 아니었다…… 예를 들자면 알리크의 얼굴에서 더 심해져가던 틱 현상이 사라졌다. 왼쪽 눈에서 흐르던 눈물도 더 심하게 흐르지 않았다.

옙스키 이병은 혼자 생각하면서 혼잣말처럼 그것을 소리 내어 말해 보기도 했다. 그 소리로, 그 말로 자기를 살리면서…… 죄책감에서 벗어날 수 없었던 그는 살짝 말을 더듬으며 재차 물었다.

"자-자-장교에게 부상을 입혔습니까?"

"그래, 바로 그거야."

하지만 그는 여전히 우울하고 짓눌린 것처럼 보였다.

대신 아침에 비행용 제트유 분배 협상 때문에 서둘러 가는 길에 잠시 그들의 간이창고에 들렀을 때 올레시카는 알리크가 좋아졌다고 말했다…… 알리크가 좋아지고 있어요…… 어젯밤에 알리크가 소리치며 울었던 것 같아요.

이것은 그저 좋은 정도가 아니라 정말 좋은 소식이다. 그렇다!…… 긴장을 풀고 통곡을 한 것이니까. 잘했다!…… 나는 알리크의 어깨를 두드려주었다. 병사, 다 지나갈 거야!라고 말하듯이.

그 둘은 책상 앞에 앉아서 서류 작업을 하고 있었다.

"저는 이-일하고 있습니다. 일하고 있습니다."

알리크는 잠시 하던 일을 멈추고 내게 말했다. 그러고는 다시 고개를 숙이고 서류를 들여다보았다.

나는 의사가 아니다. 하지만 알리크가 스스로 자기의 죄책감에 대항할 수 있는 무언가를 만들어내야 한다는 생각이 들었다. 예를 들자면, 어린 시절 같은…… 어딘가에서 어린 시절의 기억에는 치유하는 힘이 있다는 이야기를 들은 적이 있다.

"알리크, 잘 때 한번 생각해봐. 아주 옛날 일들을."

"뭐에 관해서 말입니까?"

"글쎄, 나도 모르지…… 어쩌면 어린 시절에 대해서."

하지만 옙스키 이병은 내가 그를 어떤 방향으로 이끌고자 하는지 알아채고는 고개를 흔들었다…… 어린 시절…… 아니에요…… 어린 시절은 그에게 도움이 되지 않는다.

참전 첫날부터 아름답던 시절이 전부 어딘가로 가버렸다고, 어딘가로 사라져버렸다고 했다…… 어린 시절은 이미 옙스키 이병의 마음을 따뜻하게 해주지 못했다. 어린 시절은 깨지기 쉬운 것이다. 어린 시절은 팬지 같은 것이다. 손가락 사이에서 저절로 짓눌려…… 끈적한 액체가 되어버렸다…… 손가락만 더럽힐 뿐이다.

나는 어떻게든 콜랴 구사르체프를 돕기 위해 모즈도크 병원에 있는 그를 방문하고 싶었다. 나는 휘발유를 파는 사람이다. 이 전쟁에서 많은 것을 할 수 있고, 또 할 줄 안다. 하지만 그를 놓치고 말았다.

콜랴는 시간을 낭비하지 않았다. 부상에서 완전히 회복되지 못했지만 벌써 그를 여기서 멀리 떨어진 모스크바 근교의 병원으로 전보시켰다. 사령부 관료들은 반대하지 않았다…… 그들은 거의 한목소리로 부상당한 소령과 관련된 모든 항목에 대해 좋아, 좋아, 좋아……를 반복했다. 관료들이 자기들이 원하는 바를 정확히 알 때 일은 아주 빠른 속도로 결정된다. 구사르체프는 떠났다. 기차로 떠났는지, 비행기로 떠났는지조차 알려지지 않았다…… 그러니 모든 것이 잘 처리되었다는 뜻이다. 콜랴는 개 같은 연방군 소령이 자기들의 사령관을 속였다(죽이고 돈을 가지고 튀었다)고 믿으며 복수심에 불타는 체첸놈들을 피해 모스크바 근교의 어딘가로 달아났다. 그러니 나는 괜히 미친 듯이 모즈도크로 내달렸던 것이다.

콜랴의 결정은 옳았다. 알 수 없는 체첸인들이 병원 근처를 누비고 있었다…… 심지어 나도 놈들을 알아볼 수 있었다…… 안절부절못하고 분주하게 움직이고 있었지만 이미 늦었다! 하지만 뛰어난 기억력을 가진 체첸인들조차 이렇게 빠져나간 구사르체프 소령을 곧 잊게 될 것이다. 아주 빨리! 그런 용맹스러운 성을 가진 자라 하더라도!…… 전쟁은 늪과도 같으니까. 모든 것은 가라앉고 만다.

여기서는 모든 것이 저절로 가라앉고, 삼켜지고, 잊힌다. 콜랴가 비밀리에 떠난 것을 슬퍼할 단 한 사람이 있다면 그는 바자노프이다. 친절하고 수다스러운 독서광 장군, 이 전쟁 통에 무료한 장군은 대화 상대를 잃고 슬퍼했을 것이다. 장군이라면 공항으로 나가 비행기가 있는 곳까지 서둘러 가서 소령을 전송했을 것이다. 그리고 저녁에는 외로워하며 코냑 한잔에 기대었을 것이다…… 하지만 바자노프 장군은 이미 없다.

체첸놈들이 복수하려고 그를 뒤쫓지 않았더라면 구사르체프는 스스로 이곳에 왔을 것이다. 다 아물지 않은 상처를 안고, 내 창고로 왔을 것이다. 반드시, 어떤 일이 있어도…… 아니면 나를 병원으로 불러들이기라도 했을 것이다…… 그리고 이야기를 들려주었을 것이다. 세상에, 그렇게 되고 말았어. 아흐메트를 만난 자리에서 잘못 날아온 총알에 맞고 말았어(그는 알리크가 자기를 쏘았다는 사실을 모른다…… 알리크를 등지고 서 있었으니까). 그래서 결국 빈털터리가 되고 말았지…… 하지만 좋은 사업 아이템이었다고! 장화를 가득가득 채운 트럭! 사샤, 자네 말이 맞았는지도 몰라. 나는 독립적인 사업에는 정말 운이 없나 봐. 사샤, 자네가 우리의 행운아지!…… 나는 겨우겨우 빠져나왔다고!

콜랴가 그 비뚤비뚤한 길을 운전하며 가고 있는 것이 보인다. 별반 조심하지도 않으면서…… 끝없이 들려오는 총소리로 미루어보면, 분명 인근에서 어떤 전투가 벌어지고 있는데도. 콜랴 구사르체프는 그곳 모크로예에서 매복전이 있었다는 사실은 전혀 몰랐을 것이다. 하지만 총성은 들었을 것이다…… 위험한가?…… 뭔 상관인가!…… 그 방수면포 장화 값은 꼭 받아야 한다.

운전대를 돌리며 올레크와 알리크에게 소리친다.

"이봐, 겁내지 마!…… 체첸놈한테 돈을 받아서 너희 중대가 있는 쪽으로 내빼면 되니까!"

구사르체프는 작은 술병을 입에 가져다 댔다. 그는 병째로 직접 보드카를 빨아 마셨다…… 물론 조금씩! 자동차가 흔들렸다. 구사르체프는 한 손으로 운전을 했다…… 술병이 젊고 튼튼한 이에 부딪혔다! 그는 쓴웃음을 짓는다. 그의 이가 병을 씹어 먹을 수도 있을 것 같다…… 돌려서 여는 병이 아닌 그 병의 주둥이를 물어뜯을 수도 있을 것 같다…… 그는 입술을 닦지도 않았다. 턱으로 술이 흘렀다. 그는 아랫입술로 흐르는 술을 마셨다. 그러면서 흐르는 보드카 줄기가 뱀 같다는 생각을 했다…… 녀석들에게도 힘내라고 한 모금씩 주면 좋겠지만, 위험하다…… 정신병자들이니까!

협곡의 끝…… 그 체첸놈이 아주 교활한 생각을 해냈다. 그곳에는 아무도 없다!…… 콜랴는 거래가 제대로 성사되었다고 확신했다! 체첸 야전사령관이 저기 앉아 있다. 고르니 아흐메트가! 이미 기다리고 있다…… 아하! 방수포 장화가 체첸놈 마음에 든 것이다!

구사르체프는 차에서 뛰어내렸다…… 이것은 녀석들도 말한 바대로이다. 녀석들이 말해주지 않았어도 용수철처럼 가볍게 차에서 뛰어내리는 그의 움직임을 머릿속에 그려볼 수 있다. 일부러 느릿느릿 걷는 걸음도…… 야전사령관 아흐메트는 나지막한 낭떠러지에 걸터앉아 다리를 늘어뜨리고 있다. 물론 구사르체프는 멀리서 총성을 들었다. 그것이 그가 곧바로 체첸인에게 걸어가는 이유다(스나이퍼가 없도록! 신뢰는 하되 확인은 하라는 말처럼. 체첸인은 자기 등으로 안전하게 협곡을 막아주고 있다. 야전사령관의 크고 든든한 어깨로).

구사르체프는 돈을 받으러 다가갔다. 대단한 용기가 필요한 상황이었지만, 거의 동요하지 않았다. 대범하지만 정신은 말짱한 콜랴!…… 그 순간 그는 자신이 얼마나 용감하고 재바른지에 스스로 감동했을 것이다!

알리크의 자동소총이 발사되기까지는 아직 시간이 남아 있다. 아직 1분이 남아 있다.

백 루블짜리 붉은 지폐. 돈…… 연방군 콜랴와 체첸인 아흐메트 사이의 돈거래…… 손에서 손으로 전해지는 돈다발…… 그들의 거래가 이루어지기까지 아직 30초가 남았다.

알리크가 이미 체첸놈의 손에 있는 도-도-돈다발을 주시하기 시작했다. 이미 날카로운 태양 반사광이 그의 눈을 온통 찔러대고 있다.

하지만 시작을 한 것은 무힌이다.

그러고도 30초가 남아 있다……

검게 그을린 병사 무힌, 종대의 원수를 갚아준 복수자가 마침 깨어났다(그에게는 태양 반사광도 없다. 그의 앞에는 칠흑 같은 어둠만 있다). 눈이 먼 무힌은 정신이 들고 나서 지금이 밤이라고 생각했다…… 그리고 적의 후두음 섞인 말소리를 들으며 손으로 더듬어 기관총을 찾고 목소리가 들리는 곳을 향해 겨냥했다.

그러고도 아직 15초가 남아 있었다……

그루즈데프 대령. 부상…… 그가 어떤 후미진 마을에 쓰러져 있다. 다게스탄인들의 마을인 듯하다. 어쩌다 부상당한 대령이 그곳에 갇히게 되었는지는 알려져 있지 않다. 마을 사람들은 대령을 보여주지도 않으면서…… 미리 돈을 내놓으라고 요구하고 있다.

사령부는 마을 사람들에게 조금의 돈을 줄 준비는 되어 있다. 그들은 타협할 것이다. 당연히 이런 거래에서 나는 아무것도 받지 못한다. 그 부상자를 찾아낸 것이 내 정보원들이었다 하더라도. 내가 찾았다…… 내가 돈을 지불하는 정보원들이.

물론 나는 그들의 적선 없이도 살아갈 수 있다. 아주 잘!…… 하지만 정말 놀랍게도 사령부 군인들은 너무도 신이 나서 서로에게 다음과 같은 말을 해댄다. 질린 소령에게는 한 푼도 줄 필요가 없어. 질린 소령은 돈을 주지 않아도 자라나는 모든 풀을 잘라주거든.

사령부에서는 거지들만 일을 하는 것 같은 느낌이 들 정도다…… 빈민촌!

그 가난한 사령부 직원들은 신이 나서 서로 똑같은 말을 해댄다. "한 푼도, 일전도 주지 마." 대신(이렇게 덧붙인다) 질린에게는 포상이 떨어질지도 모르지. 어찌 되었건 사령부 군인들은 훈장을 잘 구워내니까. 그래, 그래, 소령!…… 안 될 것이 뭐야? 훈장 수혜자 명단에 올리자고!

그렇게들 약속을 했다. 질린 소령에게 작은 훈장이라도 주자고!…… 나는 웃었다…… 오랫동안 웃었다…… 나는 열 번 정도…… 적어도 열 번은…… 아무런 상도 받지 못하고, 완전히 공짜로 죽은 할머니의 얼굴을 보았다…… 그렇게 할머니의 얼굴을 진짜로 본 적도 있는데, 그런 힘겨운 일을 통해서가 아니라, 그저 나의 정보원과의 일상적인 정보 교환을 통해 훈장을 받게 된다면, 그것이야말로 정말 놀라운 일이 될 것이다…… 그렇게 말도 안 되는 일들 천지다. 전쟁이니까.

이 모든 상황에도 불구하고 모스크바 근교의 병원에서 콜랴가 전화를 걸어왔다. 콜랴 특유의 침묵 통화…… 우리는 그것을 전화기에 대고 숨쉬기라고 불렀다. 전화를 받자마자 그것이 콜랴의 전화인 것을 알았다. 1초도 의심하지 않았다.

나도 전화기에 대고 정직하게 침묵했다. 무슨 말을 해도 그에게 해가 될 테니까. 위험하니까. 내가 아무리 여러 가지 수를 내어 이렇게 저렇게 말을 꼬아도, 예를 들어, 안녕, 콜랴!…… 얼른 회복되어야지!…… 무슨 말을 해도 그 말들을 누군가가 들을 수 있다. 더 정확히 말하면 체첸놈들의 **도청**에 걸려들 수 있다…… 그렇게 되면 이제부터는 굉장히 오랫동안 나를 쫓아다니게 될 것이 분명하다. 제일 먼저 나를…… 나와 구사르 체프가 어깨를 맞대고 일한 사실을 누가 모르겠는가.

'그래, 콜랴……' 나는 생각했다. 전화 잘했어. 작별 인사는 했네. 포레바는 포레바니까.

고르니 아흐메트……

아들! 아들이 온다고!…… 체첸놈들은 그의 아들을 핑계 삼아 나에게 겁을 주었다. 눈알을 굴리면서!…… 아들에게는 아무거나 비스무리한 시체를 갖다 대면 안 되지…… 아들은 당장 자기 아버지, 고르니 아흐메트를 알아볼 테니까("절대 그를 속일 수는 없어…… 만일 무슨 일이 있으면 큰일 날 거야. 총질을 할지도 몰라, 사시크! 그리고 돈도! 사시크, 자네에게 돈도 도로 내놓으라고 할 거야!").

경고하고 겁주는 말들을 얼마나 늘어놓았던가! 하지만 그 위협적인 가상의 아들은 실제로는 그저 평범한 아들내미, 열 살쯤 된 꼬마 녀석이었다. 산만하고 눈이 큰, 정말 평범한 소년.

그는 이곳에 사는 가장 평범한 꼬마들처럼 성가시게 졸라댔다.

"피울 것 좀 주세요…… 담배 주세요……"

그는 교활하게 눈을 빛내며 말했다.

"소령 아저씨…… 소령 아저씨……"

막상 일을 해보니, 유명한 체첸놈의 시체를 청하는 일 자체는 그렇게 복잡하지 않았다(나는 냉동창고지기들에게 중유를 보냈다). 힘든 것은 이 저명인사를 찾아내는 일이었다. 고르니 아흐메트는 산에서 너무 아래까지 내려왔다…… 큰 도시의 냉동창고까지 왔으니까. 결국 그를 찾아 헤매야 했다.

냉동창고에서도 그들은 나뉘어 있었다. 연방군과 체첸놈들로. 하지만 그 둘이 섞여 있는 큰 구역도 있었다. 그들은 그 구역의 명칭을 아주 교활하게 '민족우호지역'이라고 지었다. 그곳에는 누군지 식별할 수 없는 이들이 함께 누워 있다. 돌처럼 딱딱하게 굳은 채로. 아니면 겹겹이 쌓인 채로…… 서로 얼싸안고서.

나도 꽁꽁 언 채로 이 구역 저 구역을 돌아다녀야 했다. 조심스럽게 걸으면서 동시에 형편없는 글씨체로 쓴 표지들을 들여다보았다…… 자기들끼리 만든 묵직한 책자를 뒤적이며.

크라마렌코가 나를 도왔다. 내가 시체를 찾는 동안 휴대폰으로 내 탐색을 도와주었다. 그는 예전에 체첸인들의 이름이 적힌 대장을 가지고 일해본 경험이 있다. 그는 지금 내게 여기 적힌 글자들이 매우 유동적일 수 있다는 것을 알려준다. 첫 글자가 가장 포착하기 어렵다. 러시아 사람의 귀로는 구분하기 어려운 것이다…… 철자 하나만 빼놓고 들어도 알파벳 순서가 바뀌게 되고, 시체는 자동적으로 자기가 있어야 할 곳보다 더 먼 곳에 위치한 냉동 구역으로 들어가게 된다. 그리고 거기, 손도 닿기 힘든 선반의 얼음처럼 차가운 구석에서…… 얼굴을 벽에 대고 누워 있게 된다. 예를 들면 하즈불라토프가 '하'로 시작하는 목록에 있는 경우는 아주 드물다. 그는 카즈불라토프, 때로는 가즈불라토프, 그리고 가끔은 아주 간단하게 불라토프라고 기재된다. 가서 찾아보시든가!

저녁까지, 사실상 새벽이 될 때까지 나는 꽁꽁 얼어붙은 채 냉동창고에 머물렀다…… 수많은 전사를 지겹도록 보았다…… 그들의 그 대단한 명예는 어디로 갔는가?! 그들의 깃발과 노래는 어디 있는가?…… 어쩌다 이들은 삶의 끝에서 이렇게 꽁꽁 얼어붙었나! 그들과 함께 나까지도…… 이 한여름에…… 분명 만반의 준비를 하고 이곳에 왔다. 그런데 보드카 한 병이 그냥 없어져버렸다. 천천히 한 모금씩 마셨는데도…… 다 마셨는데도 전혀 취하지 않는다. 5백 밀리 보드카를 다 마셨는데도, 꼭 눈 위에 부은 것처럼 흔적도 없다.

게다가 어떤 모습들로 얼어붙어 있는지!…… 머리가 뽑힌 채로. 주먹이 날아간 채로…… 영원히 가운뎃손가락을 들어 욕하는 자세로 꽁꽁 얼어붙어 있다…… 한쪽 다리가 다른 쪽 다리를 덩굴처럼 감고도 있다. 푸에테*라도 추는 것인가? 이걸 어떻게 받아들여야 하나?! 삶이 죽음을 비웃는 것인가, 아니면 죽음이 삶의 부자연스러운 몸짓을 비웃는 것인가. 시체 하나는 내게 눈을 찡긋거리기까지 했다. 분명 그랬다!…… 꽁꽁 언 손을 오만하게 십자 모양으로 가슴에 포개고 머리도 자랑스럽게 앞으로 쳐들었다. 내가 시체를 찾으려고 켜놓은 램프 불빛에 그의 왼쪽 눈동자가 갑자기 밝게 빛났다. 눈을 깜박인 것이다…… 마치 할 수 있을 때까지 한번 살아보자는 듯이. 삶이 계속되고 있다는 듯이. 쫄지 마, 소령!

꼬마는 두 명의 단단해 보이는 체첸놈과 함께 왔다. 잘 아는 사이는 아니지만 그중 한 사람의 이름은 무사로, 어찌 되었든 내 지인이다(루슬란을 통해 그를 알게 되었다). 나의 지인인 그는 물론 자동소총을 가지고 오지는 않았다. 감사한 일이다. 하지만 분명 어딘가에 권총을 지니고 있을 것이다. 무사가 권총을 차에 두고 왔을 거라 생각하지는 않는다……

---

* fouetté: 발끝으로 도는 동작을 포함한 발레의 빠른 발동작.

다른 체첸놈은 이상하게도 낯익은 얼굴을 하고 있다. 알 것 같은 얼굴이다. 하지만 어디선가 그저 스쳐 지났던 얼굴인지도 모른다…… 아니면 현상 수배 중인 유명인과 닮았는지도 모르겠다. 그는 분명 권총을 지니고 있다. 숨기려 하지만…… 연방군을 만나러 온다는 사실에 몹시 예민해 있다…… 당연히 약을 잔뜩 피우고 왔다. 발음이 엉망인 데다가 모음을 길게 빼며 말한다. 그렇게 약을 잔뜩 피우고 온 녀석이 있는 대로 모음을 늘여가며 말을 하면, 그 안에 숨겨진 증오는 더 깊고 어두운 구석으로 숨어든다.

무사는 약을 하지 않았다. 그는 "산을 따라 자동소총을 들고 뛰어다니려면 몸 상태를 잘 유지해야 한다"고 말하곤 했다. 그는 자기가 어디 출신인지 숨기지 않았다.

결국 내가 찾아내어 받아 온 시체를 실은 시체운반차도 당장 내보내주지 않았다. 그 차는 여기저기서 사인을 받고도, 두 개의 알아볼 수도 없는 도장을 받기 위해 사방을 돌아야 했다. 우리 차량 내부가 너무 추워서요, 그 차를 담당하는 바실리…… 중사는 자랑스러운 듯 이렇게 말했다…… 가끔요, 저 안에 보드카를 넣어두면요, 5분만 지나면 맛있게 준비가 돼요. 그러면 병을 따라 눈물이 흘러요. 아주 반짝이는 눈물이!

차 뒷문을 여는 삐걱 소리가 들리고, 앞문도 이제 막 끼익거리는 소리를 내려는 찰나에…… 꼬마는 벌써 그 안으로 뛰어들었다. 안쪽으로. 운전사와 중사는 둘 다 깜짝 놀라 욕을 해댔다.

"야, 너 어디 가?…… 이 망할 놈의 자식!"

그리고 3초도 지나지 않았는데 거기서 울부짖기 시작했다.

"아빠! 아빠!"

러시아어로. 그러고는 시체운반차에서 고개를 내밀고, 자기편 사람들에게 체첸말로 무언가 장엄하게 외쳤다.

"노흐치 차흐-차흐-차흐!"

그러고도 무언가 더 소리쳤다.

아버지를 알아본 것이다.

무사가 내게 속삭였다. "손을 보고 안 거예요…… 눈이 맵거든. 체첸인의 눈이죠…… 똑똑한 녀석이에요!"

차에서 천천히 시체를 꺼냈다. 조심스럽게…… 그러면서 찬찬히 살피기도 했다…… 이것이 정말 고르니 아흐메트인가?…… 사실 소년을 데려온 것이 무의미한 일은 아니었다! 아흐메트를 알아볼 방법은 손을 보는 것밖에는 없었다. 얼굴은 없었으니까. 자동소총에서 연발로 발사된 총알로 얼굴이 떨어져 나갔다. 얼굴은 평평해져버렸고, 얼굴이 있던 자리에는 말라붙은 피딱지들이 꽉 차게 엉겨 붙었다. 그래도 코만은 옆으로 돌려진 채 어느 정도 알아볼 수 있게 제자리에 붙어 있었다.

소년은 아버지의 손을 쓰다듬었다. 그리고 아버지의 손바닥을 폈다. 그러고는 웃는다. 미소를 짓는다. 드디어 자기 아빠를 찾은 것이다!…… 그것도 정말 빨리!…… 너무 훌륭하지 않은가!

그는 상을 달라는 듯 내게도 말했다.

"담배 주세요. 얼른 담배 주세요."

나는 그에게 담배 한 대를 또 준다(이미 두 대를 주었다).

무사와 또 한 명의 체첸인은 몸값을 지불한 시체를 자기들이 가져온 폭격 맞은 낡은 '가즈'에다 실으러 왔다…… 싣는 작업을 수월하게 하려고 '가즈'를 좀더 가까이까지 몰고 온다. 하지만 시체운반차는 폭이 넓고 '가즈'는 좁다. 그리고 체첸인의 시체는 꽁꽁 얼어 있다…… 돌처럼…… 시체운반차에서 시체를 꺼내기는 했지만 어떻게 '가즈'에 쑤셔 넣을 것인가?

시체는 비실비실한 '가즈'에 맞지 않게 팔을 쫙 벌리고 있다. 고르니 아흐메트는 도전적인 태도로 팔을 넓게 벌리고 있다. 모더니즘 양식의 현대 조각품처럼 보인다. 샬리 시민 여러분…… 아니면, 우리를 기억하십시오…… 뭔가 이런 말이라도 하는 듯하다. 어찌어찌하여 시체의 왼팔을 접어 '가즈' 안으로 밀어 넣었다. 하지만 오른팔은 어떻게 할 도리가 없었다!

'가즈' 안으로 밀어 넣었는데도 아흐메트의 오른팔은 여전히 비어져 나와 있다. 자동차 창을 통해 바깥으로!…… 팔을 부러뜨릴 수는 없는 노릇 아닌가…… 팔을 부러뜨려서는 안 된다!

다행히 오른팔이 있는 쪽에는 차창이 아예 없다…… 꼭 일부러 그런 것처럼. 냉동된 시체를 운반하기 위해 특별히 제작한 것처럼…… 시체가 꾀를 내어 한쪽 팔을 자랑스레 내밀 수 있도록. 아흐메트가 마지막으로 나를 위협하는 것 같다…… 어쩌면 그저 손짓을 한 것일 수도 있다. 소령, 잊지 말게…… 다정하게!

'가즈'가 움직이기 시작했다. 싣고 있는 죽은 화물의 상태에 걸맞게 천천히 기어가기 시작했다. 꼬마는 자동차와 나란히 걸었다. 담배를 피우면서. 창밖으로 비어져 나와 있는 아버지의 손과 나란히 걸었다…… 와! 보세요!…… 소년은 불붙인 자기 담배를 죽은 아비의 손가락 사이에 끼워주었다. 제대로. 딱딱하게 얼어붙은 손가락 사이로 담배를 구겨 넣었다. 그리고 자기는 두번째 담배를 피우기 시작했다…… 나쁠 게 무언가?…… 작별 인사로 아빠와 같이 담배 한 대 피우는 것이.

자동차는 천천히 기어갔다. 소년은 자랑스레 나란히 걸었다…… 미소를 지으면서. 어찌 되었든 아버지와 함께 있으니까. 어찌 되었든 아버지도 담배 한 대 피우시는 셈이니까…… 야전사령관의 마지막 담배 한 대를. 작별 인사로.

16장

어쩌다 나의 환자들, 올레크와 알리크가, 더 정확히 말하자면, 그들의 새 군화가 병사들의 빗발치는 침 세례를 받게 되었는지 모르겠다. 아마도 올레크와 알리크는 그저 곁을 지나고 있었을 것이다. 하필이면 상황이 그렇게 흘러갔을 것이다…… 그들은 예의 그 모래통 곁을 지나고 있었을 것이다. 부러 군화 자랑이라도 하려는 듯이. 그리고 하필이면 그때가 짐 나르는 병사들의 쉬는 시간이었을 것이다. 담배 한 대 피우는 시간…… 그들은 마침 거기 앉아서 담배를 피우고 있었을 것이다. 모래 속에 꽁초를 묻으며.

그렇게 된 마당에 깨끗한 군화에 침을 뱉지 않을 이유가 뭐가 있겠는가! 상황이 그럴 수밖에 없도록 흘러가는데!…… 예전에는 환자들을 비호해주던 스네기리 중사도 이제는 그들에게서 돌아섰다. 문자 그대로의 의미로도…… 병사들에게 필요한 것은 바로 그것이었다. 그들의 농지거리가 얼마나 어리석고 유치한 것인지 알 만한 대목이다.

스네기리 중사는 고개를 돌리고 깃발이 나부끼는 창고 위, 저 멀리 어딘가를 바라보았다. 이제 저 둘은 소령의 귀염둥이가 되어 간이창고에서 잘 살고 있으니, 녀석들의 끝내주는 군화를 안타깝게 여길 이유가 없지!…… 너무도 당연한 일 아닌가!…… 글이나 끄적이는 병사에게 어찌 침을 뱉지 않을 수 있겠는가! 서기가 되었다고!…… 어제까지도 무거운 연료통을 나르던 녀석들이!

어떻게 시작되었는지는 보지 못했다…… 나는 휴대폰으로 통화를 하며 사건이 벌어진 장소에서 멀지 않은 곳을 지나고 있었다.

다행히 바로 그때 무소부재한 크라마렌코가 모래통이 있는 흡연구역으로 달려왔다. 매처럼 날쌔게!…… 그리고 그들을 급습하여 바로 조사를 시작했다. 도대체 크라마렌코는 어떻게 저 많은 일을 해내는지!…… 내 환자들, 침 세례를 받던 내 서기들은 1, 2분 후에 완전히 그곳에서 벗어났다. 크라마렌코는 계속 남아 욕을 퍼붓고…… 악을 쓰고…… 쌍욕을 했다. 붉은 낯짝을 한 나의 병사들에게. 나는 개입하지 않았다. 사실 그 녀석들도 불쌍하다. 그들도 내 병사들이다.

스네기리는 얼굴이 벌게져서 말없이 앉아 있다.

알고 보니 바로 그가, 중사가 먼저 갑자기 기침을 하고는 입안에 가래를 모아 곁을 지나가는 둘 중 하나에게 침을 뱉었다. 그는 자기가 그들 중 누구에게 침을 뱉었는지 보지도 않았다…… 눈길도 주지 않았다. 게다가 침을 제대로 뱉지도 못했다. 지쳐서 힘이 없었던 것이다.

대신 반쯤 죽어 있던 그의 운반병들이 벤치에서 벌떡 일어나 침을 뱉기 시작했다. 침 뱉을 힘밖에 남아 있지 않다면 어쩌겠는가…… 캭! 캭! 깨끗하신 분들을 향해! 소령의 귀염둥이들을 향해!…… 저, 저 약삭빠른 놈들. 왜 그런지는 모르지만 연료통을 굴리지도, 무거운 상자들을 내리지도 않는 놈들…… 배부른 놈들. 미꾸라지 같은 놈들!

폭발후유증을 앓는 두 명의 환자, 올레크와 알리크는 자기들에게 쏟아지는 침을 손으로 막았다. 하지만 등을 보이며 돌아서지는 않았다. 병사의 본능이 등을 보이지 못하게 막았던 것이다.

그들을 공격하며 운반병들은 조금 더 침을 뱉었다…… 점점 더 서두르면서. 제대로 맞히지도 못하면서…… 긴장해서 끝까지 날아가지도 못하는 침을 삼키면서…… 이런, 약골들. 맥이 하나도 없다.

뒷걸음질을 치던 폭발후유증 환자들은 침을 닦으며 멀어져갔다. 하지만 끝까지 등을 보이지 않았다. 도망치지도 않았다. 진짜 병사들이다.

아무리 욕을 쏟아내도 정의로운 크라마렌코 영혼의 분노가 가라앉지 않았다. 그는 권총을 꺼내 들었다. 그리고 갈매보리수나무를 향해, 그 정상을 향해 총을 쏘았다. 보란 듯 노란 열매들을 맞히며 총을 더 쏘아댔다. 노란 열매들이 폭포처럼 쏟아져 내렸다!…… 내 창고에서 총을 쏜다는 것은 특권이다. 대단한 특권.

그는 권총을 집어넣고는 악을 썼다.

“왜 개들에게 들러붙어! 이 벌레만도 못한 놈들아!…… 두 녀석 모두 제정신이 아니잖아!…… 환자들이잖아! 이제 그 녀석들이 자동소총을 훔쳐낼 거야. 그럼 어떻게 되는 줄 알아? 너희를 한 놈도 빠짐없이 다 풀밭에 자빠뜨려줄 거야…… 전부, 한순간에 쓰러뜨릴 거라고!…… 그러고 나서는 너희를 위해 울기까지 할 거야! 너희를 불쌍히 여겨줄 거야!…… 무덤마다 찾아가서 울 거라고! 알겠어?”

그는 병사들에게 자기의 엄청난 주먹을 보여주며 말했다.

“내가, 씹할, 네놈들 상판에도 침을 뱉어줄 거야!”

물론 스네기리도, 욕을 하고 있는 크라마렌코도 이미 곁눈으로 나를 보았다. 질린 소령이 그들 곁을 지나고 있는 것을 보았다…… 바로 곁은 아니었지만, 자기들이 나의 지휘관으로서의 분노의 반경 안에 있는 것을 보았다.

병사들은 죽은 것처럼 조용해졌다.

붉은 낯짝을 한 나의 병사들을 다시 보게 된 것은 식당에서였다. 그들은 겨우 일어나, 겨우 모래통이 있는 흡연 구역에서 나와…… 겨우겨우 걸어가고 있었다. 더 빨리 걸을 수가 없었다. 침을 뱉기는 했지만 그것은 무력한 악의에서 나온 행동이었다.

그들은 지친 나머지 대가리를 숙이고 식당으로 향했다…… 음식도 그들에게 별 의미가 없었다. 아침부터 두 대의 '카마스'에서 디젤유가 든 철제 연료통을 부렸다! 그런 일을 하다 보면 금세 불량품이 되어간다. 2주 정도 일하면 병원으로 실려 가게 된다. 얼굴은 꼭 잘라놓은 순무처럼 자줏빛으로 변한다. 여기서는 강철 같은 농민의 심장을 가진 자만이 살아남을 수 있다. 진짜 힘 좋은 놈들만! 그렇지 않으면 심장이 부어오른다. 하지만 터지지는 않는다…… 그리하여 마흔 살, 쉰 살이 되면 왜 이런 극심한 통증이 그들의 가슴에 숨어들어 자리를 잡고 심장을 빨아먹고 있는지를 알지도 못한 채 밤마다 신음하게 될 것이다. 그제야 자기들이 어떻게 복무했는지를 기억하게 될 것이다.

크라마렌코는 반은 죽어 있는 이들의 뒤를 따라가며 계속해서 욕을 해댔다.

"내가, 씹할, 네놈들한테도 침을 뱉어줄 거야!…… 점심 먹고 나면 모래통 옆에서 훍을 씹게 해줄게! 바닥 청소를 하게 될 거야! 니들 뱉은 침은 니들이 찾아, 이 개새끼들아!"

이 순간, 이 정직한 군인은 그들을 증오하고 있었다.

"떼로 있으면 용감하지. 떼로 있을 때만 그렇지, 쌍놈의 새끼들……
니들 침은 니들이 핥아 먹게 될 거야! 혓바닥으로!…… 이 들개 같은 놈들, 떼로만 공격을 하지!"

능숙하게 위장한 반군들의 지하실에 그들의 새 무기가 놓여 있다. 그것도 상자 속에…… 상표까지 붙은 채로…… 도대체 어디서 난 것일까?…… 아하!…… 여기에 폭약까지 있네. 그것도 공장 상표까지 붙은 채로…… **폭발물. 옴스크시**……* 도대체 이건 또 어떻게 여기까지 흘러온 것일까?…… 아주 제대로 만든 비밀 무기고다(연방보안국 요원들은 그런 무기고에서 무기를 식별해내는 일을 좋아한다).

연방보안국 요원들을 만나러 가기 전, 그들에게 크라마렌코를 보내도 되겠는지 물었다. 조사 중에 공장 것과 창고 것을 구분할 때 그의 촉은 나보다 못하지 않다(때로는 나보다 더 낫다!). 그는 상자에 쓰인 첫 글자만 보고도 무엇인지 알아맞힌다.

하지만 무기저장고에서 작업하는 연방보안국 요원들은 고집스러웠다.

"안 됩니다, 소령. 우리는 소령이 필요합니다. 소령님의 책임감이 필요하기도 하고요."

그들은 삼인칭 화법을 써가며 자기들에게는 질린 소령이 필요하다고 반복했다. 그가 직접 와야 한다고.

하지만 나도, 그러니까 질린 소령도 이제 곧 창고에서 연례 감사를 받기로 되어 있다.

"저희도 압니다. 들었습니다."

---

* 러시아 연방 중서부에 있는 옴스크주의 주도.

그리고 덧붙였다.

"와주시죠…… 전문가에게 지불하는 것과 똑같이 지불하겠습니다. 최상급 전문가 대우를 해드리겠습니다."

무기저장고는 쓰레기장이 아니다. 그래서 그곳의 일이 아주 많은 것은 아니다. 연방보안국의 일로 가는 것이 아니라면 말이다(그들은 압류한 모든 물건을 가지고 누군가를 위협하고 본보기로 삼아 벌하고 싶어 한다).

"그럼 산더미처럼 쌓아서 가져오지는 마십시오."

내가 명령했다.

"방수포 위에 하나씩 가져다주세요. 상자 하나씩."

내가 해야 하는 일은 그들에게 더 쉽게 설명하는 것뿐이다. 이 무기는 **저기에서** 훔쳐 온 겁니다. 그게 아니라면 **저기에서** 훔쳐 온 것일 확률이 높습니다…… 되판 걸까요?…… 그럴 수도 있죠(그건 댁들이 밝혀내야죠!)…… 하지만 이 자동소총들은 아닙니다. 훔쳐 온 게 아니에요. 되판 것을 구입한 것도 아닙니다(반군들이 자신들이 격파한 우리 종대가 남긴 자동소총들을 긁어모은 것이다)…… 내가 어떻게 이런 것을 알 수 있냐고요?…… 눈대중으로 아는 겁니다.

"확신하십니까, 소령?"

"아니오."

그런 상황에서 나는 그렇게 답하고 잠시 침묵한다.

때로 연방보안국의 검사관들은 지레짐작으로 미리 분개하여 누구에게서나 견장을 뜯어낼 준비가 되어 있다. 누구든 청렴한 우리에게 걸리기만 해봐라…… 나는 콜랴 구사르체프를 생각했다. 겁 없는 놈, 도대체 어디로 기어들었던 거냐!…… 이 전쟁에서 불법적으로 팔린(혹은 조용히 숨겨둔) 무기는 몇 겹짜리 수수께끼와도 같다. 범인이 한 명처럼 보이지만, 그 한 명에 많은 이가 딸려 나온다. 누가 누구에게 끌려 나올지가 사실관계대로 결정되는 것은 아니다……

그런 의미에서 지금 나의 이 화급한 조사 작업에도 누군가의 운명이 달려 있다. 검사관들은 다시 한번 나를 재촉했다.

"여기 번호가 매겨진 상자가 있지 않습니까!…… 상표도 있고요!"

하지만 나는 그들에게 설명했다. 상자는 낡은 것이고요. 숫자는?…… 사실이 되기 어렵죠…… 숫자는 당연히 덧쓴 겁니다. 아니면 다시 쓴 거죠…… 자동소총은 상자 두 개에만 담겨 있는데, 그것도 서둘러 담은 겁니다. 나머지 자동소총들은 되는대로 기름칠한 바구니에 넣어져 있죠. 꼭 어제 가지고 온 것처럼…… 반군들은 무기를 다섯 번씩 다시 숨깁니다…… 놈들의 이전 무기저장고도 찾아보세요!……

나는 극도로 조심스러웠다. 누군가의 운명이 걸려 있는 종이에 잘못 사인을 하면, 내일은 열 장이 내게 몰려올 것이다. 한 장 한 장 아주 끝내주는 것들로. 한 장 한 장 아주 무서운 것들로…… 시냇물처럼!…… 아침에 차 마실 시간조차 주지 않고 들이닥칠 것이다!

하지만 그들은 전문 감식료를 정말로 후하게 쳐주었다.

그 외에도 나에게 중요한 정보를 주었다. 헤어질 때, 뒤늦게 마음이 풀어진 연방보안국 요원은 나의 고집스러운 진실함을 높이 평가해주었다…… 내가 누구도 곤경에 빠뜨리지 않고, 어느 부분에서도 서두르지 않았다는 점을.

"조심하세요."

헤어질 때 젊은 연방보안국 요원이 미소를 지었다.

"소령님, 조심하세요…… 두브랍킨이 소령님에게 시비를 걸러 갈 겁니다."

두브랍킨 대령이 창고의 정기 감사 건을 노리고 있었던 것이다(방금 알게 된 바로는, 바로 내 창고의 감사를)…… 그는 유명한 전사지만, 현재 참전을 금지당한 상태다. 그는 도처에 적과 배신자들이 득실거린다고 생각한다…… 뜬금없이 웃음이 난다. 질린, 조심하게…… 조금도 우스운 일이 아니지만, 웃음이 난다…… 얼마나 부조리한가!…… 모든 인간은 어딘가에 대롱대롱 매달린 나약한 존재다! 가는 실에 매달린 존재들!…… 바로 조금 전까지는 질린 소령이 중요한 자리에서 중요한 사람 행세를 했다! 방금 전까지 다른 이들의 운명이 내 손에 달려 있었다…… 세번째, 네번째, 다섯번째 사람들의 운명이, 무기와 화약 상자 위에 쓰인 운명, 반쯤은 지워졌지만 여전히 읽어낼 수 있었던 그 운명이 내 손에 달려 있었다.

그들의 운명은 어린애들이 가지고 노는 점토와도 같았다. 내가 이렇게 저렇게 주물럭거릴 수 있었다…… 하지만 이제는, 실례합니다! 이제는 두브랍킨이 내게 오는 것이다. 이제는, 실례합니다만, 내가 점토가 될 차례다.

그렇다, 나는 무기저장고에서 누구도 심판하지 않았다. 그렇다고 해서 그것이 내가 심판받지 않으리라는 것을 뜻하지는 않는다…… 전쟁이니까.

그 사나운 두브랍킨은 즐겨 자기의 특별한 기억력을 자랑했다. 누구와, 언제, 어떤 길에서, 어떻게 만났던가 하는 것들, 병적일 정도로 가장 작고 사소한 일들까지 기억하고 있다. 모두를 기억한다. 물론 그의 숙적인…… 나도 잊지 않고 있다! 연방보안국 요원은 두브랍킨 대령이 직접 감사를 지휘할 것이라고 알려주었다. 두브랍킨과 함께 보급장교 두 사람이 올 것이다(그들이 누구인지에 따라 상황은 달라진다!…… 원칙적인 장교들이 올지도 모른다. 그러면 그들이 평형추가 되어줄 수도 있을 것이다). 하지만 질린 소령, 너무 빨리 기대를 하진 말게.

무기저장고에서 돌아가는 길에 전화가 온다…… 체첸인들이다. 우리 편 체첸인들. 연방군 측 체첸인들이다…… 그들은 이미 무기저장고가 발견되었다는 것을 알고 압수된 무기를 얻어볼까 기대하고 있다…… 군의 계획대로라면 두 달이나 지나야 무기를 배당받을 수 있다고 푸념한다.

"알렉산드르 세르게이치, 저희는 값을 지불할 준비가 되어 있습니다."

연방군 측 체첸인들은 종종 나를 이름과 부칭으로 부른다. 아주 드물게만 사시크라 부른다.

"헤이, 여러분, 그걸 나한테 부탁하면 안 되지. 무기는 디젤유가 아니니까!…… 그런 건 다 그분들께 부탁하셔야지. 검사관들에게."

"아! 아!"

너무도 친숙한 산사람들의 아! 아! 소리가 시작된다.

"그분들이 아직 거기 있습니까?…… 무기저장고에?"

"거기 있지."

"연방보안국도 참여한 건가요?"

"물론이지."

"아! 아!"

그들의 문제다. 알아서 벗어나라고 해야 한다…… 연방보안국이 통제하는 무기저장고에서 무기를 얻어보도록!…… 대신 그들은 내게 내 창고 감사와 두브랍킨에 대한 정보를 확인해주었다…… 이미 그들도 알고 있다!…… 체첸인들은 모든 것을 알고 있다. 어떻게 그런 것이 가능한지. 그저 놀라울 뿐이다!

벌써 한 시간째 옙스키 이병에게 그가 저지른 잘못은 그저 상대적인 것일 뿐이라는 이야기를 하고 있다. (전쟁이라는 상황을 고려하여) 일어난 일을 생각해본다면 말이다. 사실상 그에게 죄가 없다는 이야기를 하고 있는 것이다.

비난하거나 야단치는 것이 아니다. 그의 뇌를 씻어내고 있는 것이다.

"너희는 1년간 전투를 했다…… 알리크, 너 장갑수송차를 타고 전투한 적 있지? 아마 있을 거야. 올레크, 넌?"

"있습니다."

그가 고개를 주억거린다.

둘은 모두 서류가 놓여 있는 책상 옆에 앉아 있다. 올레크의 뒤에는 군복 상의가 산더미처럼 쌓여 있다.

1년이나 전투를 했으니 알겠지. 장갑수송차 상판에 앉았다가 공격을 받게 되었을 때, 수송차가 빨리 달리면 병사들은 풀밭으로 뛰어내릴 수가 없어…… 그러면 앉은자리에서 방어사격을 하게 되지. 총 든 놈들은 다 방어사격을 하는 거야. 모두가 총을 쏜다고. 그렇지? 어떤 놈들은 오른쪽으로 쏘고, 또 어떤 놈들은 왼쪽으로 쏘지…… 관목을 향해서 말이야. 높은 풀을 향해 쏘기도 하고……

"그럴 경우 알리크, 너도 분명히 본 적이 있을 거야. 방어사격을 하는 네 총알이 우리 편 군인, 그러니까 너랑 나란히 총을 쏘는 군인을 건드릴 뻔한 경우를 말이야…… 예를 들어 총알이 그 녀석 어깨를 손바닥만큼 비켜 가는 거야…… 본 적 있나?"

"네, 있습니다."

"올레크, 너는?"

"저도 있습니다."

"특히 장갑수송차가 갑자기 방향을 바꾼다든가⋯⋯ 아니면 너희가 탄 장갑수송차나 탱크가 갑자기 땅의 돌출부를 지나거나⋯⋯ 요상한 길을 가게 될 때 말이야⋯⋯ 그때 커브를 틀면 '칼라시니코프'에서 뿜어져 나오는 총알이 저절로 왔다 갔다 하게 되잖아. 본 적 있지?"

올레시카가 고개를 끄덕인다. 알리크도 아무런 귀띔 없이도 고개를 끄덕인다(좋은 징조다).

나는 우연이라는 요소로 넘어간다. 그러다 보면 내 총알이 내 편을 건드리게 되는 경우가 있겠지. 예를 들어, 장갑수송차에 나란히 탄 군인을 말이야⋯⋯ 총알이 옆에 있는 군인을 건드릴 수도 있고, 심지어 어깨에 부상을 입힐 수도 있어. 손목을 날릴 수도 있고⋯⋯

"그러면 뭐, 어떻게 되는 건데? 우리 장교들이 어디 가서 그런 것에 대해 이야기를 할까?⋯⋯ 병사를 문책할까?⋯⋯ 자기편에게 부상을 입힌 병사를?⋯⋯ 아니야. 전혀 아니야. 그렇게 하지 않아. 그런 일은 그냥 지나가게 두는 거야. 그래, 그래, 그렇게 한단 말이야. 그저 이렇게 말하지. 전투에서 부상을 입었다고."

이른바 참호의 진실이다. 거짓말을 하는 것이 아니다. 나는 안타깝다는 듯 두 팔을 벌려 보인다. 장교인 우리도 그런 일이 생기면 그렇게 단순하게 처리하고 보고를 해. 쓸데없는 것들은 지워버린다고. 기억에서 지우는 거야. 알겠어?

나는 지금 그들의 뇌를 그저 씻는 것이 아니라 헹구고 있다. 곧 그들을 보내야 한다⋯⋯ 모든 가능성을 생각해야 한다. 갑자기 낯선 이들의 심문을 받게 될 수도 있으니까.

알리크는 고개를 끄덕인다. 이해한 것이다. 하지만 그의 얼굴에 다시 틱 증상이 보인다. 무언가가 그를 당기는 것이다. 무언가가 그로 하여금 완전히 동의할 수 없게 만드는 것이다…… 무언가가 자기의 자동소총 발사를 (내가 말한 것과 같이) 실수라고 여길 수 없게 만드는 것이다.

"알리크, 너는 그냥 서둘렀던 거야…… 체첸놈에게 발사를 했고, 구사르체프 소령은 스스로 그 총이 발사되고 있는 곳으로 한 걸음을 내디뎠던 거야…… 실수였어, 알리크. 그건 실수였다고…… 아무 소리도 하면 안 돼! 아무에게도!…… 우리는 그저 '소령은 전투에서 부상을 입었다'고 하면 되는 거야."

내 눈에도 저 불쌍한 녀석이 얼마나 간절하게, 이렇듯 납득할 만하고, 쉽게 설명이 가능한 상황 속으로 들어가고 싶어 하는지가 보인다. 하지만 그럴 수가 없다. 전투는 없었으니까…… 정직한 폭발후유증 환자는 자기 자신에게도 거짓말을 못 하는 듯하다. 그에게는 전투가 필요한 것이다. 저-저-전투만 있었더라면!

"아-아-아닙니다…… 그건 저-저-전투가 아니었어요."

왼쪽 뺨에서 시작된 틱 반응을 손으로 누르며 그가 말한다.

이 병사는 '장교 살해'로 너무 깊은 내적 상처를 입은 나머지, '장교의 부상'이라는 것으로는 이제 부족한지도 모르겠다…… 부족한 것이다!…… 그리하여 이 불쌍한 놈은 자기의 죄를 더 많이 찾고 있다. 스스로 상황을 더 부정적으로 악화시키면서. 패배주의자의 심리다.

"먼저 체-체-체첸놈에게……"

옙스키 이병은 뭐라 표현할 수 없는 마지막 절망감을 안고 나를 본다. 하지만 동시에 어떻게 해서든 그것이 **실수로 일어난** 일이라 믿고 싶은 마지막 희망도 있다.

"먼저 체-체-체첸놈에게…… 그-그-그러고 나서 도-도-돈다발……"

그가 중얼거린다.

하지만 나는 그의 말을 조금도 이해하려 하지 않는다. 받아주지 않는다. 헛소리야!…… 어딘가에서 그를 이렇게 망쳐놓은 것이다…… 그리고 다시 포비아 쪽으로 기울려고 한다! 그게 나와 무슨 상관인가…… 정말 이 폭발후유증 환자는 그의 총알이 그들이 주고받던 도-도-돈다발을 향해 날아갔다고 말하고 싶은 것인가. 헛것을 본 것이다…… 헛소리다!…… 그런 이야기를 진지하게 들어줄 수 없다. 내 일은 그의 뇌를 깨끗이 씻어내는 것이다. 그리고 자기 사람들에게 보내주는 것이다.

"헛소리야!"

나는 한시적인 판결을 내린다.

녀석은 죄책감에 눌려 있다. 죽이지는 않았지만…… 장교를 총으로 쏘았으니 죄가 있는 것이다.

"헛소리야. 네가 그냥 네 스스로에게 죄를 덮어씌우는 거야."

"도-도-돈다발을 쏘-쏘-쏘았어요."

다시 시작을 한다?…… 정말이지 한 대 쥐어 패주고 싶다. 특히 손에 든 돈 때문에 체첸인을 쏘았다는 녀석의 지독한 강박관념이 나를 짜증스럽게 만든다(일고의 여지도 없는 말이다).

아니면 이런 식으로 교활하게 자기변명을 하고 있는 것일까?

"뭐라고?! 뭐라고?!…… 어디 알리크, 한 번 더 말해봐! 넌 지금 돈다발을 쏘았다고 말하고 싶은 거야?"

"네-에."

그가 대답했다. 하지만 어찌 되었든 눈에 띄게 주저하면서 그렇게 답했다.

저 헛소리를 녀석 안에서 없애야 한다. 저 녀석에게서 끄집어내야 한다.

"우스워, 알리크…… 옙스키 이병, 웃긴다고! 어디, 대답 좀 해봐!…… 너 미친놈이야?"

"아-아닙니다."

그가 대답했다. 하지만 여전히 주저하면서.

"이병, 이걸 기억해!"

이 불쌍한 녀석은 자기가 말하고 있는 상황의 복잡함을 설명하고 싶어 한다. 물론 돈을 쏘려고 한 것은 아니었어요…… **돈을 든 손…… 낯선 사람의 손…… 갑자기 돈을 들고 나타난 체첸인……** 포비아란 어떤 복잡한 심리의 집결체라 알리크가 말로 정의하거나 표현할 수 없는 것인지도 모른다. 그가 할 수 없는 일이다…… 더욱이 그것을 내게, 질린 소령에게 설명할 수는 없다. 표현할 수 없는 것이다…… 왜냐하면 질린 소령은 그런 황당무계한 이야기를 믿지 않으니까.

내 생각은 단순하다. 변명을 하고 싶다면 불분명하게 굴지 말라는 것이다.

가야 할 시간이다. 이 대화로 쓸데없이 진이 다 빠졌다.

"알리크, 너는 체첸놈이 구사르체프 소령에게 내민 그 더러운 돈을 넋을 잃고 쳐다본 거야!…… 차 문이 열려 있단 것도 잊어버렸지!…… 차 문 기억나?"

기-기억납니다.

그래, 그거야. 네가 직접 말했잖아. 지프의 문이 이쪽저쪽으로 흔들렸다고. 그 문이 방해가 된 거야…… 문이 삐걱삐걱 흔들렸던 거야……

문이 네놈 자동소총 총구를 친 거라고. 총구를 살짝 친 거야…… 그거면 네 총알이 소령 쪽으로 살짝 엇나갈 충분한 이유가 되는 거야.

생각하게 두자.

더는 시간이 없어 나는 자리를 떴다.

나의 관찰에 따르면 그들의 폭발후유증은 마지못한 듯 조금씩 사라져가고 있다. 대신 그 모습을 바꾸고 있다. 예를 들어, 알리크 왼쪽 눈의 눈물은 이제 그렇게 심하게 흐르지 않는다. 대신 그의 딸꾹질이 조금 더 심해졌다.

사실상 이 둘은 8번 간이창고에서 거의 나오지 않고 지낸다. 병사들과 교류하지 않는 것이 도움 되는 것은 분명하다.

나는 이미 그들에게 알려주었다. 상부의 계획에 따르면 곧 흐보로스티닌의 종대가 베데노로 떠날 것이고, 그 종대와 함께 이 두 사람도 그곳으로 가게 될 것이다. 이제 머지않았다!…… 흐보로스티닌이 인솔하는 첫 종대와 함께 떠나게 될 것이다. 녀석들은 기다리고 있다. 가끔 연료통을 실을 때 나는 굉음을 들으며 괴로워하고 있다(더 이상은 기다릴 힘이 없는 것이다).

아, 둘 다 너무도 간절하게 자기 부대로 돌아갈 날을 기다리고 있다. 그들에게는 자기 부대로 돌아가는 것이 그들의 과거로, 폭발후유증을 앓기 이전 시간으로 돌아가는 것을 의미하기 때문이다…… 지금 그들에게는 그 시간과 그때의 군 생활이 행복한, 그것도 가장 행복한 시간이라 여겨진다. 군인의 일상을 그렇게까지 그리워할 수 있다니, 놀라울 따름이다!…… 그들은 간청하고 애원하며 그곳으로 가고 싶어 한다. 마치 과거라는 마법에 걸린 듯하다. **우리를 우리 편에게** 돌려보내주세요, 그 시절로 돌려보내주세요!

환자들. 진짜 환자들이다!

달빛 어린 들판. 이미 낮부터 그곳으로 가고 싶었다. 아내와 이야기를 하고 싶었다…… 하지만 낮에는 소란하다!

우선 우리 창고의 소음, 연료통 소리가 끊이지 않는다. 영원히 연료통을 굴리고 있다는 생각이 들 정도다…… 부-붐. 부-붐. 부-붐…… 연료통 소리 외에도 한칼라의 소음이 그 뒤를 따른다. 소음은 멀리서부터 들려온다. 우리를 돌아 흘러 나가는 듯하지만, 메아리를 품고 더 큰 소음이 되어 돌아온다…… 사방에서…… 특별히 길이 나 있는 왼편에서는 전시의 여러 일로 속력을 내는 자동차 소리가 끊이지 않는다. 그 길도 군인들의 공명심으로 붐빈다. 차들은 서로 고함을 지르고 악을 쓰느라 정신이 없다.

그 뒤를 이어 들려오는 것은 무슨 소리인지 구분하기조차 힘든, 강렬하고 다양한 소리들이다…… 마치 말뚝을 박고 있는 듯하다. 그런데 거대한 말뚝을 땅이 아니라 하늘에 박고 있는 듯하다…… 어딘가 위를 향하여…… 심지어 바로 구름에다가 박고 있는 것 같다…… 이곳은 한칼라니까!…… 그리하여 나는 결국 집에 전화 걸 엄두를 내지 못했다. 그저 3분간 벤치에 앉아 있었다…… 한낮에.

나는 일찍 일어난다. 자다가도 무슨 소리가 들리면 바로 일어난다…… 창고 자동차들이 시동 거는 소리가 들린다. 그래도 서두르지는 않는다. 아침을 약간 게으르게, 천천히 속도를 내며 시작하는 것을 좋아한다.

전화는 적어도 30분 후에 울리기 시작해야 하는데, 아닌가 보다!…… 수피얀이 전화를 걸었다. 체첸인들은 우리보다 일찍 일어난다.

"듣고 있네."

내가 말한다.

"주의 깊게 듣고 있어."

나의 정보원 수피얀은 '주의 깊게'라는 말의 의미를 알고 있다. 이 말은 내 휴대폰이 (다른 누구의 손이 아니라) 내 손안에 있고, 내 목소리도 진짜라는 것을 뜻한다. 질린 소령이 듣고 있다는 것을 뜻하는 말이다. 그러니 모든 것이 다 제대로 돌아가고 있다는 뜻이기도 하다.

수피얀은 다음과 같은 이야기를 전한다. 자기 마을에서 약간 북쪽에 있는 숲에서 연기를 보았다는 것이다…… 거기서 연기를 보았다. 가는 연기를…… 대략 수호이 로조크 근처에서. 십자로 못 미친 곳에서. 거기에는 외따로 떨어져 있는 작은 숲이 있는데 그 숲에서 두세 가닥 아침 연기를 보았다…… 이른 아침을 먹고 있는 것이다.

"제 생각엔 우리 사람들인 것 같아요…… 아산 세르게이치, 당신네 사람들을 죽이려고 하는 것 같아요."

"어떤 연기였는데?"

"맛있는 연기였지요."

그가 웃었다.

그는 침을 삼킨다(그 소리가 내게도 들린다)…… 이른 아침 식사를 준비할 때 나는 맛있는 연기. 체첸놈들이 산에서 내려온 것이다. 내려와서 위장을 채우고 있는 것이다…… 전투 전에.

그렇군!…… 수피얀이 덧붙여 알려준 바에 따르면 체첸놈들도 이미 2, 3일 안에 종대가 베데노로 가리라는 사실을 알고 있다. 건강을 회복한 흐보리가 그 종대를 인솔할 것이고…… 그 종대에 고위직 인사가 동행하리라는 것도. 그리고 이제 막 도착한 보충 병력이 종대에 합류할 것이라는 사실까지 알고 있다. 그 보충 병력 중에 용병은 거의 없고 대부분 젊은이들이라는 것까지도.

보충 병력이 그로즈니에 도착하자마자 체첸놈들은 이들을 풀어놓은 것이다…… 그들을 잘 살피라고…… 기차에서 내릴 때부터. 역에서 돈을 받고 귀띔해준 것이다.

"역에 대해서는 직접 알아본 건가?"

수피얀에게 묻는다.

"네, 직접."

훌륭한 정보다. 값을 매길 수 없을 정도로!…… 하지만 여전히 그들은 이 정보를 필요로 하지 않을 것이다. 이미 여러 차례 이런 일이 있었다. 누구를 욕할 것도 없다…… 만일 내가 지금 다급하게 사령부로 전화를 걸어…… 작전팀에 연락을 한다면…… **소령, 어디서 그런 정보를 얻었습니까? 소령, 당신은 확신합니까?……** 헬리콥터를 출격시키기 위해서는 반드시 상부의 명령을 득해야 합니다…… 그러고는 내가 지나치게 흥분한다고 할 것이다. 질린 소령, 너무 흥분하는 것 아닙니까?…… 예의 그 **합의 과정을 거쳐야 한다**는 말을 들으면 토하고 싶어진다…… 궁둥이를 들고 여기저기 다니기도 귀찮고, 뛰기도 서두르기도 싫은 것이다. 이런 경우 자기가 명령을 받아야 하기 때문이다. **그래서 바로 숲을 폭격하라는 겁니까? 그러니까 바로 헬리콥터가 필요하다는 겁니까?…… 소령, 그래도 어디서 그런 정보를 얻은 것인지 이야기해야 할 것 같은데요?**

그들은 파리를 쫓듯 팔을 내저을 것이다…… 천천히 흘러갈 때 인생은 얼마나 아름다운가! 더욱이 흐보로스티닌이 종대를 인솔하는데 두려워할 것이 무엇이겠는가?……

질린 소령, 사실 당신이 사령부와 무슨 관계가 있는 거죠? 이 질문에서는 이미 독기가 느껴진다. 내 아가리를 닫게 하려는 것이다…… 그렇죠. 저는 아무것도 아닌 똥 같은 존재입니다. 아무것도 아니죠…… 대신 이렇게 작고 아무것도 아닌 나는 귀가 있어요. 그래서 당신들의 토할 것처럼 지루하고, 온통 녹이 슬어 혐오스러운 그 관료적 **합의 과정**이 삐걱대는 소리가 아주 잘 들립니다……

그들은 이 끝내주는 정보가 다 새어 나가버릴 때까지 중얼거리고 있을 것이다. 물이 구멍을 찾겠지! 그러다가 체첸놈들이 매복 장소를 바꾸기라도 하면…… 내 정보원을 잡아 족치고…… 당연히 심문할 것이다. 왜 빈 숲을 폭격하라고 했지?

바로 그렇다!…… 사령부의 바퀴가 갑자기 빨리…… 더 빨리!…… 더, 더 빨리!…… 돌기 시작하면 그것이 의미하는 것은 오직 하나다. 어린 병사들이 이미 죽었고, 종대는 불탔다는 뜻이다. 그러고 나면 그들이 하는 합의 과정의 개똥 같은 메커니즘은 반대로 돌기 시작한다. 희생양을 찾으면서.

나는 수피얀을 칭찬했다. 잘했군! 그는 자랑스럽게 웃었다.

"제가 얼마나 잘하는지는 제가 알죠!"

처음에 수피얀은 두 달, 아니 세 달을 꽉 채워 내 외부창고 공사장에서 일했다. 하지만 감독관들, 그러니까 루슬란도 로슬리크도 그를 좋아하지 않았다. 백년이 지나도 인부로는 쓸모가 없는 놈이다. 하지만 인간으로 보자면 교활하고 재미있는 녀석이었다. 수피얀은 어떤 일을 할 때든 뺀질거렸다. 그것도 아주 솜씨 좋게. 무슨 일만 있으면 저쪽에 가서 앉아 있다…… 삽은 어딘가에서 잃어버리고, 벽돌은 조금씩만 나른다. 척추 걱정을 하는 것이다…… 똑똑한 놈이다! 오래오래 살 놈이다.

대신 이 약삭빠른 인간은 내가 관심을 가지고 있는, 일종의 허브 지점에 살고 있었다…… 여러 길의 교차 지점(대여섯 갈래의 산길이 거기서 만나 갈라진다)인 그의 마을에 관한 이야기를 듣자마자 나는 수피얀을 방으로 불러들였다. 이야기를 하자고 부른 것이다. 그 즉시 그를 건설 현장의 고된 노동에서 해방시켜주고, 대신 그가 받던 월급은 그대로 지급하기로 했다. 나는 그에게 휴대폰을 주었다…… 그리고 무엇을, 어떻게 해야 하는지 설명해주었다. 어디에 어떤 버튼이 있는지도…… 그러고는 그를 돌려보냈다. 집에 가서 사시게나. 거기서 일을 하시라고. 맘에 들 거야. 벽돌 나르는 일이 아니니까.

수피얀은 시간에 맞추어, 하루도 늦는 일 없이 내게 자기의 지적 노동에 대한 임금을 받으러 왔다. 큰돈은 아니지만 안정적인 돈이었다…… 그리고 일말의 양심의 가책도 없이 체첸인들에 대한 정보를 주었다. 평안한 미소를 띤 채로! 그는 꽤 잘생긴 남자였다…… 그로즈니에 와서 루블을 받아 갈 때면, 꼭 한두 번은 사무실 계산대 옆에 있는 타원형 거울을 들여다보곤 했다. 거기서 조금이라도 서성였다. 무엇을 보았는지 정확히 집어 말하기는 힘들지만, 아마도 자신을 보았을 것이다…… 당연히, 자기를 보았을 것이다. 그는 잘생겼지만 사팔뜨기이기도 했다. 정말 멋진 놈이다…… 진짜 비열한이다.

체첸놈들이 그렇게 사이좋게 산에서 그길로 내려온 것은 우연이 아니었다. 그들은 흐보리도 두려워하지 않는다…… 이곳에 막 도착한 신참 보충 병력, 통방울눈을 한 애송이들을 첫 전투에서 불태워버리는 것,

이것이야말로 신참 야전사령관들을 가장 짜릿하게 하는 일이다. 마스터 클래스. 일종의 수업인 셈이다…… 알 만하다…… 그럼 나는? 나는 내 환자들을 위험한 종대와 함께 보내야 하나?

하지만 그들의 출발을 미룰 수도 없다. 이미 불가능하다. 환자들은 이미 극도로 예민해져 있다. 아마 다시 도망칠 것이다.

알리크의 병에 관하여 생각해본다…… 부서지는 태양의 그 끔찍한 노란 파편들에 대해 생각해본다. 그 빛의 파편들이 그의 눈으로, 눈동자로 날아든다…… 찌르는 듯 아프다.

내가 스스로를 속이지 않고, 정직하게 이 문제를 직시한다면, 이 모든 고민은 다음의 질문으로 귀결된다. 바실료크에게 전화를 걸어 도움을 청할 것인가, 말 것인가?…… 바실료크는 가장 힘겨운 상황이 발생했을 때 나를 위해 휘발유를 싣고 가는 종대를 엄호해준다. 헬리콥터로 출격하여 높은 곳에서 엄호한다. 사령부 군인들이 항상 알지는 못하는, 정해진 계획 밖의 출격을 감행하는 것이다. 전쟁이니까!

바실료크는 정직하게, 그리고 정확하게 엄호해준다. 하지만 바실료크의 출격에 대해, 더욱이 그의 대단한 동료들과 함께하는 출격에 대해 나는 매번 많은 돈을 지불해야 한다. 중요한 것은 오늘을 기준으로 할 때 내가 선불로 지불해둔 그의 출격이 단 한 건만 남았다는 것이다. 그에게도 여분의 저장용 제트유는 없다. 단 한 번의 출격!…… 내가 이 출격권을 (나의 환자들을 포함하여) 퉁방울눈을 한 애송이들로 구성된 보충병력을 구하기 위해 쓰고 나면, 길을 떠나는 내 휘발유는 전혀 보호를 받지 못하게 된다. 휘발유, 디젤유, 중유 모두 벌거벗은 채 길가에 나앉게 된다. 나도 벌거벗은 채 남게 된다.

물론 체첸놈들이 나의 연료를 불태울 리는 거의 없다. 가져가겠지…… 그러면 나는 그들을 뒤쫓아 누가 어디로 가져갔는지 알아내려 할 것이다. 하지만 그 후에는 다시 성가신 일들, 지저분하고 피곤한 흥정이 시작될 것이다. 끝을 알 수 없는…… 그래서 고민하고 있는 것이다…… 나를 비호해줄 딱 한 번 남은 출격은 권총에 든 마지막 총알과 같은 것이다. 항상 아까운 그 총알.

이제 막 도착한 보충 병력들에게도 인사를 전한다! 신참들인데 오자마자 전투를 해야 하는구나…… 그 신참들에게 신나게 총을 쏘아댈 것이다. 그것이 전쟁이다. 안타깝지만 당연히 그들 중 3분의 1은 쓰러질 것이다. 머리를 맞대고…… 수호이 로크는 간계로 가득한 매복지이다.

눈이 적응할 때까지 잠시 서 있어야 했다. 간이창고 특유의 어둠에 적응할 수 있도록. 이제야 보인다. 셀 수 없이 많은 선반이 천장까지 이어져 있다…… 상자들…… 구겨져 엉망이 된 군복 상의들…… 천장에 매달린 램프 두 개가 희미하게 불을 밝히고 있다.

알리크는 책상 앞에 앉아서 서류를 작성하고 있다. 올레크는 책상 마구리에 불편한 자세로 앉아 한 손가락으로 낡은 타자기를 두드리고 있다.

"일하고 있나?"

둘은 그 즉시 튀어 오르듯 일어나 몸을 똑바로 편다. 그들에게 앉으라고 말한다.

"밤에는 쉬어야지. 음악도 듣고…… 라디오는 어디 있지?"

올레크가 어딘가 발치에서 라디오를 꺼내어 탁자 위에 내놓는다.

"침대는 어떻게 된 거야? 왜 밀어놓았지?"

알리크가 설명을 한다…… 말을 더듬으면서…… 크라마렌코가 그들을 보러 와서는 침대를 구석 끝까지 밀어놓아도 된다고 허락했다는 것이다. 올레크가 자면서 머리를 흐-흐-흔들어 벽에 박아대요…… 그런데 너무 세게 박아대는 바람에 알리크가 잠에서 깨게 되고, 그러면 오랫동안 잠들 수가 없다는 것이다.

"여기에 병사들이 쓰는 군모가 널려 있는데…… 올레크!…… 가장 큰 걸 골라서 자기 전에 써. 혹시 모르니까. 귀까지 달린 것으로. 머리를 다 감싸도록…… 알겠지?"

"이병들, 앉아!…… 편안하게 먹으라고!"

식당에서…… 점심…… 들어가보니 그들이 긴 식탁 앞에 앉아 있다. 둘이서. 주변의 식탁들은 이미 다 비어 있다. 어딘가에는 접시가 놓여 있고…… 빵 껍질도 떨어져 있다(운반병들과 보초병들은 벌써 식사를 마쳤다. 실컷 먹고 간 것이다. 벌써 점심 후 오수를 즐기고 있을 것이다. 식후 30분간 휴식 시간이 있다).

나는 녀석들 곁에 앉았다. 그들이 편하게 이야기할 수 있도록 마른 빵 껍질을 씹으며 계속해서 그들에게 주입시킨다.

"옙스키 이병, 그건 전투였다. 알리크, 그건 전투였어. 구사르체프가 맞은 총알이 네 것인지 다른 누구의 정신 나간 총알이었는지는 몰라…… 네가 총을 쏘았어?…… 그래, 그랬지. 총을 쏘았지…… 하지만 알리크, 다른 병사들도 총을 쏘았어. 전투 중이었다고! 누구의 자동소총 발사가 먼저였고, 누구의 총알이 흩어지며 더 멀리 나갔는지는 이제 아무도 몰라…… 탄도학 전문가들을 전쟁터에 데려오지 않는 이상."

두 사람은 천천히 숟가락을 놀리고 있다. 야채수프…… 고개를 숙인 채 먹고 있다.

이 역시 부조리가 아닌가!…… 산에서 내려온 체첸놈들이 내일이나 모레 그들의 종대를 공격하면, 그 후 이들이 살아남을 수 있을지도 알 수 없다. 아직은 모르는 일인 것이다(나는 아직 바실료크에게 전화를 걸겠다는 결심을 하지 못했다)…… 그것도 모르면서 나는 지금 이론적으로나 가능한 미래의 심문으로부터 녀석들을 보호하고 있다.

"원하지는 않았겠지만 어찌 되었든 너희 둘은 전투에 참여했던 거야…… 옙스키 이병, 너는 전투를 치렀던 거라고. 옙스키 이병, 누가 고르니 아흐메트를 죽였는지 이야기해줄까? 누가 모크로예 전투에서 야전 사령관을 쓰러뜨렸지?"

아흐메트에게 네 발 이상의 총상을 입힌 그는 당연히 알고 있다. 둘 다 알고 있다…… 하지만 둘 다 그 일로 인해 자기들의 죄책감이 덜어진다고 느끼지 않는다.

"말해줄까?"

나는 그들을 압박한다.

그는 고개를 젓는다. 이미 옙스키 이병의 눈 아래에서 틱 증상이 시작되었다. 아니요…… 소령님, 말씀하실 필요 없습니다……

"지금은 전쟁 중이야, 알리크. 알겠어?…… 그건 네 전투였던 거야."

나는 결국 움직이고 말았다. 바실료크에게 전화를 걸고 있다. 그저 기계적으로. 손가락으로 번호들을 꾹꾹 누른다…… 하지만 그의 전화기는 꺼져 있다. 유명한 킬러께서 자고 있다…… 늘어지게. 아직은 아침이니까.

간이창고들을 따라 걷는다.

다시금 불안감이 밀려온다…… 내 휘발유와 디젤유가 매복병들을 만나면…… 어떻게 하지?…… 바실료크는 내 연료를 지키러 출격하지 않을 수도 있다. 내가 그 한 장의 카드를 써버리고 나면. 그는 이렇게 말할 것이다. "사시크, 나는 할 일을 다 한 것 같은데!"…… 그는 반드시 "같은데"라고 말할 것이다…… 마치 정확하게 기억하고 있지 못하다는 듯. 하지만 그는 기억하고 있다. 나도 기억하고 있다…… 우리는 둘 다 기억하고 있다.

물론 그는 친구다. 전장의 친구다. 그리고 미래를 염두에 두고 출격하여 나를 엄호해줄 수도 있다. 이웃이니까. 다급한 헬리콥터 출격 두 번쯤은 미리 꾸어줄 수도 있을 것이다. 이웃에게 월요일까지 2백 달러를 빌려줄 수 있는 것처럼. 출격을 해줄 수도 있고, 그러지 않을 수도 있다.

내 안에 탐욕스러운 마음이 스멀스멀 기어 올라온다. 흉통이 심장을 짓누르는 소리가 들린다. 그리고 내가 그것을 빼내어 던져버리고 쫓는 소리도 들린다. 인간은 정말 우스운 존재다!…… 나는 퉁방울눈을 한 보충 병력 부대의 꼬마들이 불쌍한 만큼 미래의 내 돈(미래의 내 휘발유, 디젤유)이 아깝다…… 보충 병력은 그로즈니로 계속해서 들어오고 또 들어올 것이다. 하지만 바실료크가 나를 위해 해줄 수 있는 출격은 단 한 번뿐이다!……

퉁방울눈을 한 녀석들에 대한 내 연민은 거의 강박적이다. 위장복을 입고 자동소총을 든 백여 명의 어린 녀석…… 퉁방울눈을 한 코흘리개들. 불쌍하게 생각할 것 없어. 스스로에게 말해본다. 전쟁이야…… 불쌍하게 생각할 필요 없다고. 반복해서 말해본다. 전쟁이니까…… 그 녀석들은 여기, 사람을 죽이러 온 거야. 그러면 죽여야지. 그리고 전쟁도 놈들을 죽여야지……

질린 소령, 그 녀석들은 사람을 죽이러 온 거야…… 그리고 그놈들은 사람을 죽일 거야…… 내일이라도…… 매복에 걸려들면 방어사격을 해댈 거야.

하지만 거기에 내 환자들도 함께 있을 거 아닌가? 걔네들은 어떻게 해, 그 두 놈은?!

전쟁에는 사건이 진행되는 순서가 있다. 나름의 흐름이 있는 것이다…… 나는 그저 한 인간이다. 여러 사람 중 하나일 뿐이다.

어떤 운명의 파도가 내게 밀려와 나를 덮친다. 이미 덮쳐버렸다…… 나는 없다…… 될 대로 돼라…… 전쟁은 물과 같다…… 흐르고 또 흐른다…… 나는 아무것도 아니다. 피라미같이 작은 존재다.

나에게는 내 연료통들이 있다. 내 휘발유가 있고, 내 창고가 있다.

갑작스레 손을 움직여 단번에 내 안에 있는 이 짐을 덜어버린다(침묵을 거둔다. 침묵의 죄를). 휴대폰을 꺼낸다. 그리고 이 작은 쇳조각을 들고 나의 거대한 쇳조각, 부려놓은 텅 빈 연료통들이 만들어낸 거대한 산에서 조금 떨어진 곳으로 간다. 거기서 들리는 끝없는 굉음을 피하여. 그리고 몸을 돌린다. 더 잘 듣기 위해서.

"바실료크…… 나야…… 오늘 베데노로 비행하나?"

"그래야 하나?"

그제야 나는 한숨을 내쉬며 그에게 부탁을 한다.

"가야 하네."

"우리한테 뭔가 주절거리긴 했어. 뭔가 주절거리긴 했다고, 사샤."

바실료크가 살짝 졸린 듯한 낮은 목소리로 이야기를 시작한다.

"하지만 뭔가 확실치 않게 주절댔어…… 거기에 헬리콥터 두 대를 쓸데없이 날리지는 말라고……"

"그렇군. 이야기가 있기는 했어!"

"있었어, 있었다고, 사샤…… 하지만 뭔가 분명하지가 않았어. 출격 시간에 대해서는 일언반구도 없었고. 순찰에 대해서도 말이 없었고. '예스'보다는 '노'에 가까운 것 같았어…… 껌 좀 씹은 거지…… 그런데 나는 제대로 된 명령을 좋아하거든."

그때 나는 그에게 반쯤은 농이 섞인 한숨을 쉬어 보인다. 그러고는 말한다. 친애하는 바실료크, 여기 명령이 있습니다. 받으시죠, 대령님.

바실료크가 웃는다. 하지만 기분 좋게, 동의한다는 듯.

그제야 구체적인 이야기를 시작한다.

"세르젠-유르트 뒤쪽으로…… 산 앞에 교차로가 있는 것 기억하지? 거기 북쪽에 작은 숲이 있어. 나무가 그렇게 많지는 않은 숲이야."

"그 숲 알지. 너저분한 곳이잖아…… 수호이 돌."

"바로 거기…… 조금 더 북쪽으로 가면 거기서 체첸놈들이 작전 중일 거야. 바실료크…… 듣고 있지?…… 하지만 당연히 자네가 녀석들보다 빨리 움직여줘야 해! 바로 지금…… 서둘러줘, 알겠지?…… 체첸놈들이 길을 따라 흩어지기 전에. 여기저기 매복을 깔기 전에."

"알겠네."

"아직은 몰려 있을 거야…… 아침밥을 다 먹어가는 중이겠지. 제대로 퍼부어주라고."

"퍼부어주지."

오버.

이제 말을 뱉고 나니, 이 말이 진짜로 아까워진다. 욕심이 나를 완전히 덮쳐 삼킨다. 강렬한 감정이다. 흉통 때문에 숨을 쉬기도 힘들다…… 이 손실이 안타까워서 신음 소리가 나올 지경이다. 이 쓸데없는 지출이 아까워서! 신음 소리를 낸다…… 한순간에 자원을 잃었다. 너 같은 놈이 비즈니스맨이라고. 망할.

그렇다, 그렇지, 그래, 그래, 모든 것을 돈으로 계산할 수는 없지…… 알아. 하지만 아깝다. 저 날개를 단 바실료크가 내게 빚진 출격은 딱 한 번이었다…… 이제 내 휘발유나 연료에 문제가 생기면 누가 나를 도와줄까? 비명을 질러봐라, 누구 하나 와주나! 누가 내게 진 빚을 갚으러 날아와서 그 개똥 같은 북쪽 숲을 폭격해주겠는가…… 아무도 없다. 아마 웃기까지 할 것이다. 그 혐오스러운 사령부의 무기력한 목소리들이 들리는 듯하다. 출격은 **합-의-를 보-아-야 한-다-니-까!**

게다가 왜 그런지 부끄럽다. 퉁방울눈을 한 어린놈들에게 마음을 쓴 것이 부끄럽다! 왜 그런지 부끄럽다. 나는 나 자신을 제법 객관적으로 떨어져서 바라볼 줄 안다. 마흔이 된 건장한 남자 질린 소령, 창고의 주인…… 전쟁의 주인…… 그런데 약점이 드러났다. 게다가 아주 큰 약점이다!

하지만 이미 저지른 일을 어쩔 수는 없다. 퉁방울눈을 한 젊은 놈들을 돌보아주는 것(그리고 그들과 함께 내 두 명의 환자를 보호하는 것)이 나쁜 일은 아니지 않은가. 영하의 날씨가 되면 과일들도 돌보아주지 않는가.

언젠가 사령부에서 주워들은 바보 같은 말을 기억해본다. "병사들을 지키는 것 역시 전쟁에서는 중요한 자원이 된다."

오래전 산골짜기에서 보냈던 가을이 생각난다. 그루지야에서. 그곳 남쪽의 가을은 놀라울 만큼 아름답다. 기적 같은 풍경이 펼쳐진다!…… 아내와 나는 휴가 기간 동안 작은 방을 빌렸다. 여주인에게는 아들이 있었는데 어딘가 좀 모자라는 기비라는 아이였다. 말이 없고…… 키가 작은…… 귀를 오랫동안 후비고 있는 그런 아이였다. 손이 가늘고 예뻤다. 어느 날 그 아이는 그 손으로 다른 일거리를 찾았다.

나와 아내는 포도주를 홀짝이고 있었다. 치즈, 사치비*…… 그런 소박한 저녁상을 차려두고 이런저런 이야기를 나누었다…… 쌀쌀하고 별이 많은 밤이었다.

여주인은 계속 아들을 살폈다. 그런데 식탁 앞에 앉아 있던 기비가 갑자기 일어났다. 그는 무언가 불분명하게 중얼거렸다. 사랑스레 몇 마디를 웅얼거리더니…… 이리저리 분주하게 돌아다니다가…… 나가버렸다. 상자에 넣어둔 귤들이 있는 자기네 집 창고를 향해 거의 뛰어나가버렸다. 알고 보니 그때 일기예보를 들었던 것이다.

그는 손으로 노란 열매들을 건드려보았다. 오! 이 귤들이 밤이 되면 꽁꽁 얼어버릴 거야! 그는 신문지 조각으로 귤을 감쌌다. 그러더니 한 개를 더 집어 들고 종이로 감쌌다!…… 불쌍해…… 그는 혀를 차며 열매들을 바라보았다.

"쯧쯧…… 쯧쯧…… 쯧쯧……"

귤을 살피며 기비는 낡은 담요 조각으로 귤 상자를 덮었다. 그러고도 이불 귀퉁이를 귤 아래로 밀어 넣었다. 무엇 때문에 그렇게 흥분했는지 보러 뒤따라갔던 나는 곁에서 그가 귤을 돌보는 모습을 바라보았다.

지능이 부족한 아이는 손으로 조심스레 귤열매들을 건드려보았다. 살짝살짝 건드리면서…… 빠른 말로 뭔가 속삭이기까지 했다. 자기의 기원을 속삭였던 것이다…… 하늘을 향해. 분명치는 않았지만, 분명 하늘

---

* 그루지야 소스.

을 향하고 있던 그의 말을 들었다. 달콤한 기도의 구절들을 들었다.

어깨가 떡 벌어진 진짜 남자 바실료크, 하늘을 날고, 취할 듯 불어오는 바람을 끌어안고 가장 높은 곳에서 사는 그는…… 분명 좋은 일임에도 불구하고 정확하게 계산을 했다…… 글쎄, 돕기는 돕지. 하지만 엄호 출격은 공짜로는 안 되는 일이니까!

어찌 되었든 지금이라도, 방금 내 위에서 천둥 같은 소리를 냈던 하늘에서(그들은 정말 빠르다!) 전투를 하러 서둘러 가고 있는 바실료크가 전화를 걸어온다 해도 나는 놀라지 않을 것이다.

"사샤, 들리지…… 이제 빚은 다 갚았네. 맞지?"

아하, 저기…… 날아가네…… **친구들**, 가라고, 어서 가.

머리를 맴도는 저속한 생각, 그러니까 이미 지불한 출격 비용을 너무 서둘러 써버린 것은 아닌가 하는 생각이 점점 더 희미해져간다.

좋다…… 무슨 상관이냐……

날아-아-아-가고 있다!…… 헬리콥터들이 목표물을 향해 날아간다. 쌍을 지어서…… 보나 마나 첫번째 헬리콥터는 바실료크가 몰고 있을 것이다…… 나는 그의 2초짜리 비행을 본다. 내게 윙크하는구나!……

아하!…… 또 한 쌍이 간다!…… 어쩌면 나는 이미 빚을 진 것인지도 모른다(이들의 비행을 따로따로 계산한다면 말이다).

헬리콥터들은 가볍게 한칼라를 우회한다. 목표물을 향해 날아가는 두 쌍의 헬리콥터. 멋지다! 산 쪽을 향하여 나는구나. 빠르게 나는 모습이 장관이다!…… 눈으로 그들을 좇는다…… 그들은 멀어지고 있다…… 이미 지평선을 향해.

나는 조금 더 그 자리에 서 있었다…… 더 이상 생각하지 않아도 되겠다. 한 시간 후면 수피얀이 내게 전화를 걸어 저 헬리콥터들이 아직 분산 배치를 시작하지도 못한 적들에게 무슨 짓을 했는지 이야기해줄 것이다. 생각하지 않아도 된다. 전혀 생각하지 않아도 된다…… 작은 기비도 귤들을 돌보아주지 않았던가.

17장

둘은 각각 자기 침대 위에 앉아 있었다. 내가 들어갔을 때(그들이 간이창고의 어둠 속에서 나를 알아보았을 때) 그들은 군대식으로 벌떡 일어나…… 몸을 꼿꼿하게 세웠다. 나는 그들에게 앉으라고 명령했다.

두 사람과 동시에 이야기 나누기에 좋은 위치를 쉽게 찾았다. 한 명은 오른편에, 다른 한 명은 왼편에 두고, 나는 서류가 놓여 있는 그들의 업무용 책상 끝에 걸터앉았다. 엉덩이를 걸치며 책상 위에 앉았다. 다소 방만하게…… 녀석들에게 편안한 분위기를 조성해주려고. 격의 없게…… 그렇게 앉으면 둘 다를 볼 수 있고, 둘 다에게 한 번에 말을 붙일 수도 있다.

하지만 그보다 먼저 침을 뒤집어쓴 놈들의 군화가 눈에 들어왔다. 가래로 뒤덮인 군화!…… 명령하듯 외쳤다.

"군화 정렬!"

그들은 경주라도 하듯 청소함이 있는 곳으로 달려갔다. 그동안 놈들을 기다렸다.

이 녀석도, 저 녀석도 다 마음이 눌려 있는 것이 보인다. 그렇다고, 망할 놈들, 신발도 못 닦는지!…… 간이창고에는 물도 잘 나오는데. 청소함도 바로 곁에 있고. 도대체 뭐가 문제인 건지?!

저런 녀석들을 사랑하기란 쉽지 않다. 저런 놈들을 지겹도록 보았다. 지저분함은 그들이 앓는 병의 증상 중 하나다. 폭발후유증을 앓는 병사들은 절대 반짝반짝 깔끔한 법이 없다. 병원에 있을 때 무서운 간호사가 폭발후유증 환자들을 한 놈 한 놈 쥐어박으며 하던 말이 생각난다. 쥐어박고 따귀를 때리며 이렇게 욕을 했다. "소시지는 더 굵은 걸 집어 처먹을 줄 알면서, 콧물 좀 닦으라고 하면 환자인 척을 해!"

군화를 깨끗이 닦고 돌아오자 앉도록 허락해준다.

"자, 잘 들어봐."

나는 차분하게 이야기를 한다.

"곧 창고 감사가 있을 거야. 연료 감사니까 너희하고는 상관없는 일이야…… 하지만 혹시 모르니까, 너희 이병들은 여기서 조용히 지내는 게 좋을 거다. 나오지 말라는 말이야."

더 정확하게 설명을 해준다.

"하루 이틀쯤은 식당에도 가지 않는 게 좋을 것 같다. 너희에게 식사를 가져다주라고 할 테니까."

그들은 말이 없다.

"하루 이틀이면 될 거다."

반복하여 이야기한다.

그러고는 마침표를 찍듯 덧붙인다.

"하루나 이틀만 있으면 돼. 그러고 나면 종대와 함께 너희를 보내주겠다. 이미 결정되었어."

계단을 따라 쿵쿵 울리는 익숙한 발걸음 소리가 들린다. 그는 항상 제때에 나타난다…… 크라마렌코가 왔다.

"소령님, 어디 계신지 찾고 있었습니다."

"여기 있지. 달리 갈 데가 있나…… 크라마렌코, 하루 이틀 정도, 장교들이 창고 검수를 하고 냄새를 맡는 동안, 이 녀석들은 여기서 식사하게 하자. 간이창고에서. 다른 사람들 눈에 덜 띄도록."

크라마렌코가 고개를 끄덕였다. "물론입니다!"…… 그는 나와 두브랍킨 사이의 갈등에 관해 잘 알고 있다.

알리크는 다시 자기 것을 붙든다. 심하게 말을 더듬으면서.

"그럼 어-어-어-언제 우리를 부-부-부대로 보내주실 겁니까, 소-소령님?"

"내가 말했잖아. 하루 이틀 정도 후라고…… 대신 흐보로스티닌 소령이…… 이름은 들어봤지?…… 병원에서 퇴원해서 직접 종대를 인솔할 거야."

나는 그들의 기운을 북돋아준다.

그들도 알고 있다!…… 그리고 마침내 미소를 짓는다. 당연하지! 천하무적 흐보리를 누가 모르겠는가.

"병사들, 겁낼 것 없어! 첫째, 내가 여기서 너희 식사를 도와줄 거다."

크라마렌코가 서둘러 덧붙인다.

그도 그들에게 뭔가 긍정적인 감정을 불어넣어주고 싶은 것이다.

"크라마렌코, 녀석들을 도와줄 병사를 정해줘. 음식을 가져다주라고."

"알렉산드르 세르게이치, 제가 직접 하겠습니다. 제가 직접…… 그릇 들고 다니는 게 어렵지 않습니다. 그러면 딴말도 덜 나올 거고요."

"왜 직접 해?…… 자네는 할 일이 태산인데."

"할 수 있습니다."

이렇게 말하며 크라마렌코는 급히 간이창고에서 뛰어나간다. 그러고는 서둘러 식당으로 뛰어갔다 돌아와…… 보란 듯 놈들에게 저녁을 가져다준다.

자기 나름대로 기운을 북돋아주는 것이다. 환자들, 먹어, 먹으라고! 병사가 먹어야 힘을 쓰지. 병사는 잘 먹고 잘 자야 미끈해 보이는 거야…… 크라마렌코는 가져온 것을 책상 위에 내려놓고 서둘러 나간다. 군대식 경구들을 중얼대면서.

올레크는 순식간에 여기저기 그릇을 늘어놓는다. 두 개는 알리크 자리에, 두 개는 자기 자리에. 숟가락도 이쪽저쪽에 놓는다…… 내가 아직 나가지도 않았는데 그가 미소 짓는 것이 보인다…… 그들의 그릇에는 똑같이 통통한 소시지들이 들어 있다! 그리고 콤포트, 병사들의 기쁨인 콤포트가 보온병에 들어 있다. 콤포트는 뜨겁게 먹을 수도 있다!…… 각자 좋아하는 대로 먹는다…… 콤포트도 많다. 맛있는 디저트다!

둘 다 잔뜩 집어 먹고 있다. 그들이 단순한 병사의 일상을 살고 있는 것을 보니 마음이 편안해진다…… 두브랍킨 대령 동지, 우리 창고엔 모든 것이 깨끗합니다. 뭘 뒤져내실 게 없어요…… 내 으뜸 패는 다 아는 것 아닙니까. 나는 무기 거래는 하지 않습니다, 두브랍킨 동지…… 휘발유요?…… 하지만 질린 소령은 휘발유의 왕 아닙니까. 모두가 알고 있어요. 모두가 안다고요…… 그리고 왕에게는 질문을 하지 않는 법입니다…… 왕관을 가지고 왕을 비난할 수는 없으니까요.

두브랍킨은 광분한 채 마을 소탕 작전을 지휘하다 성급하게 체첸 시골 마을을 불태워버렸다. 노파들, 아이들, 다리 잃은 노인들이 사는 곳을(이들은 언제나 가장 먼저 불에 뛰어드는 부나방들이다). 그러다가 갑자기 이 소탕 작전의 실상이 낱낱이 드러났다.

하지만 두브랍킨은 자기가 일으킨 불바다의 검은 연기를 마시며 쌍욕을 해댔다. 전쟁은 전쟁이야! 고집을 피우고 잘못을 인정하지 않는 바람에 군법회의에 부쳐졌고, 유죄판결을 받았다. 군법회의는 비교적 큰 스캔들이 되었다. 나방들을 불태우지 말란 말이야!…… 포상자 명단에서 빠진 것은 물론이고, 아예 그의 군복을 벗기려 했다. 이미 모든 것이 결정되었다고 생각했으나…… 군은 전사들이 필요했다. 두브랍킨은 그 호전성 때문에 상부의 마음에 들었다. 그를 비난했지만, 속으로는 호감을 가지고 있었던 것이다. 나도 한때는 그가 좋은 사람이라고 생각했었다.

그리하여 그의 전투 참여만을 제한하기로 결정했다. 지금 두브랍킨 대령은 군 내부의 무기 횡령과 맞서 싸우고 있다. 전투 참여를 금지하며, 그의 부대 규모 역시 부러 반 이상 줄여놓았다. 그렇게 명백히 반 토막 난 부대를 끌고(사실상 매우 어리석은 결정이었다), 독이 오를 대로 오른 대령은 체첸 이곳저곳을 누비고 다녔다.

연대에 속한 대대가 세 개가 아니라 하나뿐이라면 그것이 무슨 연대인가!…… 싸움질을 못 하게 하기 위해서라니!…… 사건이 생기면 자기 방어만 할 수 있도록 하기 위해서라니. 그럼에도 불구하고 두브랍킨은, 당연히 이곳저곳에 끼어들었다. 무기 횡령 감사라는 자기 주요 업무는 뒷전이고, 조금의 가능성만 보이면 체첸놈들과 싸울 궁리를 했다. 누구의 말도 듣지 않았다. 진짜 사이코다!…… 그는 이 정직한 전쟁에서 자기를 배제시킨 것이 적과 배신자들이라고 믿었다. 그러니 적은 어디에라도 있다. 두브랍킨은 그렇게 확신하고 있었다.

나는 그가 우리 편의 비교적 충성된 체첸인들에게서 휘발유를 강탈해 가는 바람에 그와 얽히게 되었다. 아주 힘들게 그 체첸인들에게 휘발유를 배송했는데, 두브랍킨이 그것을 가져갔다…… 그리고 전화를 걸어서는 변명도 하지 않고 고함부터 쳤다. 이 쥐새끼 같은 놈, 벌써 오래전부터 네놈이 끔찍하게 싫었어! 개똥 같은 게 관리자인 척하지!…… 가서 화약 냄새라도 맡아!…… 그래도 내게 배신자라고 소리치지는 않았다. 그 단어는 그의 욕설 중 최악의 욕설이다.

나는 그 호전적인 히스테리 환자에게 말했다.

"대령 동지, 휘발유를 돌려주시는 편이 좋을 겁니다…… 실수하신 거예요."

하지만 왜 휘발유를 돌려주어야 하는지에 관해 더 상세하게 설명할 기회를 얻지는 못했다.

"뭐라고-오-오?!"

나는 그에게 이 체첸인들(우리 편 체첸인들)이 농민들, 그저 평범한 농민들이라는 사실을 설명하지 못했다…… 그들에게서 휘발유를 빼앗으면(그리하여 그들의 동력을 앗아가면) 그들은 흩어져 집으로 돌아가고 말 것이라는 사실도…… 그들은 산에 사는 체첸인들처럼 전투 준비를 하며 한 장소에서 훈련하고 위장하는 법을 배우는 병사의 지루한 삶을 살 수 없는 이들이다. 그들은 집으로 갈 것이다. 양들에게로. 텃밭으로.

그가 늘 하는 대로 고함을 치기 전에 나는 채 두 마디도 하지 못했다.

"너 무슨 짓거리를 하는 거야, 이 회계나 보는 쥐새끼 같은 놈아?!"

그는 나에 대해 너무도 단순하게 생각했다. 도둑. 도둑에게서 휘발유를 빼앗는 것은 죄가 아니다!…… 그는 그렇게 인생을 이해했다. 그는 그렇게 전쟁을 이해했다. 두브랍킨 대령에게 나나 나 같은 사람들이 연료 수송 문제를 해결하고 있다고 말하는 것은 아무 의미 없는, 가장 공허한 말이다.

하지만 군대는 이미 원칙으로 유지될 수 없었기에 시장의 힘으로 유지되고 있었다. 시장이 존재하지 않는다면, 연료통마다 값이 매겨져 있지 않다면, 부대들은 마치 늑대처럼 서로에게서 연료를 빼앗으러 달려들 것이다.

그러니 두브랍킨이 너무 일찍 승전가를 부른 셈이었다. 나는 그보다 상급자인 대령에게 전화를 걸었고, 그는 당장 두브랍킨에게 엄중한 명령을 내렸다. 두브랍킨, 휘발유를 돌려주게!…… 그는 휘발유를 돌려주었다. 마지막 한 방울까지. 하지만 덕분에 나를 향한 그의 엄청난 적의를 키웠다!…… 질린 소령이 엄청난 적을 키우고 만 것이다!

그때 그의 심리 상태를 알았더라면, 훨씬 조심했을 것이다. 사실 연료수송차 두어 대는 아무것도 아니다. 하지만 당시 나는 두브랍킨의 처사가 그저 서두르다가 생긴 일이라고 생각했다. 불같은 성격의 전사가 서두르며 지레 성을 냈다고 생각했다…… 아니면(역시 가능한 일인데) 그가 모든 비즈니스에서 이득…… 자기 몫을 챙기는 유형의 전사라고 생각했다…… 당시 나는 내가 사이코와 엮였다는 사실을 몰랐다.

전투에서 배제된 두브랍킨은 상부에도 큰 장애물이 되었다. 그는 카드 패를 뒤섞어놓았다…… 자기의 유일한 대대를 이끌고…… 전혀 필요 없는 곳에 등장하곤 하여!…… 사령부의 계획을 망쳐놓았다…… 물론 인정할 수밖에 없는 것은, 그가 이미 시들하게 흘러가는 전쟁에 익숙해진 체첸놈들의 피를 제법 흘리게 했다는 것이다. 두브랍킨은 한두 번 정도 전혀 예기치 못한 곳에서 체첸놈들을 강하게 후려갈기고는, 기뻐 날뛰며 포상을 기다렸다. 하다못해 전에 받았던 훈장이라도 되돌려주기를 기대했다. 하지만 아무것도 받지 못했다…… 이에 분노한 대령은 오히려 이제는 뭐든 원하는 것을 할 수 있다고 믿게 되었다…… 도처에 적들뿐이니까.

"알렉산드르 세르게이치."

크라마렌코는 이미 감사를 준비하고 있었다.

"한국인 박이 다시 서기 업무를 보게 하는 게 어떨까요!…… 그럼 녀석들은 어떻게 하죠?"

한국인이 작성한 서류는 흠잡을 데가 없다. 그야말로 질서로 빛난다!…… 걸작이다!…… 두브랍킨이라도 감사 중 참지 못하고 감탄할 것이다.

"글쎄, 그냥 없이 가보지!"

두브랍킨이 나에게 품고 있는 개인적인 악의를 생각해보면, 그가 내 서류나 장부 나부랭이를 뒤지지 않으리라는 것은 너무도 명백하다. 그의 스타일이 아니다. 급습을 하겠으나, 어딘가 측면에서 공격해 들어올 것이다…… 전혀 생각지도 못한 'AK-47' 같은 것…… 무언가 아주 저속하고 범죄의 냄새가 나는 것을 가지고 올 것이다…… 누군가가 팔아치운 자동소총을 나에게 뒤집어씌운다든가 하는 식으로…… 그의 수법을 알고 있다. 지금은 더더욱 그렇다…… 지금 상황은 그에게 조금 더 유리하게 전개되고 있다. 가벼운 부상을 치료하고 사령부로 돌아온 N장군이 두브랍킨을 지지한다는 소문이 돌았다…… 전사는 전사를 높이 평가하는 법이다. 어찌 보면 당연한 일이다!

너무도 집요하게 나의 친구가 되기를 원했던 루슬란-로슬리크가 죽었다…… 우리는 엄호 병력을 붙이지 않고 가까운 경로를 따라 종대를 보냈다. 디젤유통을 가득 실은 트럭 네 대가 전부였다! 그리고 주입구까지 가득 채운 휘발유수송차 한 대…… 누군가가 탈취하려 했다면, 전투 없이도 가져갈 수 있는 상황이었다. 내가 종대를 배웅했다. 수거위같이 생긴 휘발유수송차가 앞섰다. 부풀어 오른 모습이 진짜 수거위처럼 보였다. 수거위는 자기 뒤로 작은 새들을 인도해 가고 있었다.

그러나 종대가 산 가까이에 다다르자마자(산이 막 보이기 시작한 지점이었다!) 세 명의 체첸인 운전사가 더 이상 연방군을 위해 일하지 않겠다고 변심했다. 아주 젊은 놈들이었다!…… 한순간에, 눈 깜짝할 사이에 생각을 바꾼 것이다!…… 그러고는 빈손으로 바사예프에게 달려가지 않고, 디젤유를 가지고 도망쳐야겠다는 마음을 먹었다! 가득 찬 휘발유수송차도 함께!…… 당연히, 그들이 먼저 총을 꺼냈다.

그러자 산으로 가고 싶지 않았던 다른 운전사들도 자기 총대를 잡았다. 배신자들은 한 시간 내내 남고자 하는 이들에게 디젤유를 내놓으라고 떼를 썼다. 하지만 통하지 않았다!…… 서로 욕을 하고 자동소총을 흔들어댔다!…… 다행히도 이 두 편은 싸우지 않고 나누어 갖기로 합의를 보았다. 논쟁 끝에, 변절한 이들이 두 대의 트럭과 휘발유수송차를 가져가고, 변절하지 않은 이들이 나머지 두 대를 가지기로 결정했다. 그렇게 결정한 뒤 더 이상 싸우지 않았다. 이건 너희가 가지고, 이건 우리가 가지자. 그리고 서로 다른 쪽으로 향했다…… 심지어 악수까지 했다.

로슬리크는 우리 창고 물건을 호위하러 동행했으니, 그저 되돌아오면 되었다. 그런데 그에게 기가 막힌 생각이 떠올랐다! 종대가 두 편으로 나뉘어 다투고 있는 사이, 로슬리크는 짬을 내어 내게 휴대폰으로 전화를 걸었다. 그는 체첸놈들, 변절자들과 함께 떠나겠노라고 했다. 어디서, 누구에게 디젤유를 넘기는지 알아보러 가겠다는 것이었다. 그리고 돌아와 내게 알려주겠다고…… 그러면 나는, 그러니까 사시크, 질린 소령은 자기 것을 요구하기만 하면 되니까!…… 그렇지 않아?

위험한 일이었지만 전화기를 통해 들리는 로슬리크의 목소리가 밝게 울렸다. 복잡해진 상황 속에서 자기가 출구를 찾았다는 사실이 자랑스러운 듯했다. 어찌 되었건 그도 벌써 함께 일을 시작한 셈이니까!

휘발유수송차를 선두로 차의 반은 돌아서 곧장 산으로 가기 시작했다. 로슬리크도 그들과 함께했다…… 변절자들은 기세등등하여 빠른 속도로 산길을 따라 떠났다. 성공한 것이다!

하지만 기쁨도 잠시, 하늘에 두 대의 '수시카'가 보였다.

연방군의 호위 없이 연료가 몰래 산으로 흘러들어가는 것이 보이면 연방군 비행사는 명령, 혹은 그 어떤 언질 없이도 발포할 수 있다…… 당연한 일 아닌가! 왜 바사예프에게 마실 것을 주겠는가?…… 게다가 휘발유수송차인데! 훔친 것이 분명한데…… 저놈 잡아라! 'Su-25'는 아주 손쉽게 공격을 감행한다.

2분 남짓한 시간 만에 두 대의 트럭과 휘발유수송차는 전소되었다. 지옥의 불길이 일었다…… 공대지 미사일의 폭발 온도는 그 자체로 그다지 높지 않다. 대신 폭발 후 2, 3초 사이에 흘러나오는 가스의 위력은 상상을 초월한다……

나는 당장 지프에 뛰어올라 루슬란과 함께 검게 타오르는 장소를 향해 미친 듯이 달려갔다…… 미친 듯 서둘러 갔지만, 이미 아무것도 없었다. 트럭마저 흔적도 없이, 하나도 남김없이 다 타버렸다. 사람을 찾는 것은 더더욱 불가능했다…… 사람들 대신 여기저기에 무엇인지조차 알 수 없는, 까맣게 탄 조각들이 널려 있었다. 나무토막인지, 어떤 생물의 일부인지도 알 수 없었다…… 반군들은 이것을 꽁초라 불렀다. 전쟁의 진짜 꽁초…… 이 꽁초 중의 하나가 질린 소령의 친구가 되기를 원했다. 그중 어떤 것이 그 꽁초인지 알아볼 길이 없었다.

어제까지 만나서 악수를 했는데, 그 후에 죽은 사람들을 적어도 50명은 알고 있다. 눈을 마주 보았던 사람들이다…… 전쟁터에서 죽음은 정말로 역겨운 것이다. 그 여인*은 항상 너에 대해 생각한다. 게다가 남의 죽음을 가지고 너를 놀리려 한다. 너는 항상 죽음을 남의 것이라 생각하니까.

시간이 흐르면서 내 발걸음 소리는 점점 작아져 전혀 들리지 않을 지경에 이르렀다. 나는 눈을 가리거나 잡아맨 채로도 창고 이곳저곳을 다닐 수 있다…… 간이창고의 계단들은 더 그렇다. 창고 감독관의 걸음걸이다.

그렇게 걷다 보면 창고의 어스름이 사방 구석에서 내게로 직접 빨려 들어온다. 내 혈관으로…… 내 뇌수로…… 내 다리의 근육으로. 이것은 직업적인 것이다…… 창고지기는 쥐가 그의 소리를 듣는 것보다 먼저 쥐 소리를 들어야 하는 법이다.

나는 쉽게 녀석들의 목소리를 알아들을 수 있었다. 그들은 스네기리 중사에 대한 이야기를 나누고 있었다.

그러고는 잘 알아들을 수 없는 부-부-부-부 소리만 들렸다.

나는 그들이 있는 곳으로 들어갈까 말까 주저하고 있었다. 아무 문

---

* 러시아어로 죽음smert'은 여성명사로 종종 여인(할머니)에 비유된다.

제 없이 잘 지내고 있는지 확인만 하면 되었다. 그걸 알기 위해서는 문결에 서서 그냥 듣고 있는 것만으로도 충분했다…… 아니면 그래도 들어가서 한번 들여다볼까?…… 잠시라도.

문을 살짝 밀었을 때 그들이 나에 대해 이야기하기 시작했다. 아하!

"……종대를 기다리고 계신 거지."

"그 자식은 아무것도 안 기다려."

"소령님이 도와주시지 않으면 우린 여기서 못 나가."

"그 자식은 우-우-우리를 도와주고 싶어 하지 아-아-않아. 왜-애-애-애?…… 나도 몰라. 그 늙은 머-머-멍청이가 나를 '아들'이라고 부르면 토할 것 같아."

'늙은 멍청이'란 말에 마음이 상했지만, 화가 날 정도는 아니었다.

그렇게 부르는 게 싫었군?! 나는 그저 쓴웃음을 지었다…… 아이들…… 청소년들에게 저런 공격을 받는 것은 아주 흔한 일이다. 저 아이들의 아버지 중 누가 늙은 멍청이가 아니겠는가.

"여기 있는 모든 게 엉망이야. 그리고 이 간이창고도 거지 같아!…… 여기 숟가락도 거지 같아!"

알리크가 폭발했다. 가벼운 쨍그랑 소리가 들린다. 숟가락을 방구석에 내던진 것 같다…… 증오심을 품고!…… 병사의 애인인 가벼운 알루미늄 숟가락을!

"구덩이 이야기를 하며 겁을 주지! 토굴 이야기를 하면서!…… 그 자식이 구덩이에 대해서 뭘 안대?!…… 우리가 그 자식 노예가 아니면 뭐야. 이 냄새나는 어두운 구덩이에 갇혀 있잖아!"

알리크는 내가 여기 가까이 있다는 것을 알기라도 하는 듯 문을 향해 악을 썼다.

하지만 나는 화를 참았다…… 그의 태양 반사광 때문일지도 모르니까. 그의 눈을 쉴 새 없이 공격하는 파편들…… 아픈 녀석이니까.

올레크는 침착하게 그를 안심시켰다.

“흐보로스티닌이 종대를 데리고 가기만 하면 우리도 바로 떠날 거야…… 소령님이 우리를 보내주실 거야. 질린 소령님은 정직한 남자야.”

“우릴 속여먹고 있는 거야…… 그동안 우리를 얼마나 많이 속였어. 내일, 내일! 하루나 이틀!…… 그리고 또 내일!”

올레시카는 같은 말을 반복했다.

“소령님은 정직한 남자야. 게다가 네 돈도 받았잖아.”

“그래서 뭐?”

“소령님은 가족이 있잖아. 그러니까 소령님께도 돈은 중요한 거지…… 돈이 아무 의미가 없는 게 아니야.”

알리크는 콧방귀를 뀌었다.

“돈?…… 그 자식한테 백 달러는 돈도 아니야…… 그 자식은 여기서 수천 달러를 굴린다고! 그런 놈들은 병사들이 처먹는 것 말고는 좆도 모른다고 생각하지…… 하지만 우린 알고 있어!…… 아주 잘 알고 있지! 그 자식이 왜 내 백 달러를 받았는지도 모르겠어…… 뭘 닦기라도 하려는지!”

올레시카가 말한다.

“내가 지금 물 좀 줄게……”

“닦을 게 없었던 게지!…… 그래서 받은 거야!”

문 뒤에 서 있는데도 그가 덜덜 떨고 있는 소리가 들렸다. 침대가 리놀륨 바닥 위에서 덜컹거렸다…… 특이한 것은 알리크가 거의 말을 더듬지 않았다는 것이다. 열에 들뜬 몸의 떨림이 말의 떨림을 집어삼킨 것 같았다. 그러다 침대 위로 쓰러진 듯하다…… 그는 오한이 든 것처럼 덜덜 떤다.

올레시카가 그에게 물을 주었다. 하지만 알리크는 마시지 못한다. 이가 컵에 부딪혀 소리를 낸다…… 침대에 물을 쏟은 듯하다.

"무-물 쏟았다고 뭐라 하지 마. 손이 덜덜 떨려서……"

"뭐라 안 해."

"올레시카, 이런 새-생각이 들어…… 왜 내 안에는 이런 약점이 있는 걸까? 왜 나는 이렇게 한심한 병에 걸렸지?…… 나 같은 게 무슨 군인이야! 왜 나는 이렇게 형편없는 녀석이 돼서 별 개-개똥 같은 녀석들이 나를 비웃는 걸까?"

올레크는 아주 최근에 장교가 다가오는 줄 알고 몸을 곧게 펴고 경례를 붙이려 했던 일을 기억해낸 것 같다.

"나는 어떤데?…… 나도 그래."

"아침에 눈을 뜨면 나를 심문하는 목소리들이 들려. 그리고 그 끔찍한 노란 것…… 그 파편들이 눈을 찔러."

"나는? 나도 무슨 일만 있으면 충성을 맹세하고 어쩌고저쩌고 악을 썼지…… 그래도 이제 우리는 괜찮아. 우리는 좋아졌어."

"나한테 대답 안 했지?"

"무슨 대답을 안 했는데?"

"개똥 같은 놈들 말이야. 내가 평범한 폭발후유증 환자라면, 왜 개똥 같은 놈들이 나를 비웃을까?"

"그놈들이 개똥 같은 놈들이니까 그러는 거야, 알리크."

"그래?…… 정말?"

알리크가 웃는다. 신경질적이지만 살짝 진정한 듯한 웃음이다……

오한은 이미 사라진 것 같다.

그들은 잠시 입을 다물었다.

올레크가 말했다.

"차를 끓여줄게."

"그래…… 친구들 얘기나 하자. 우리 친구들."

그들이 이런 놀이를 시작한 것은 이미 알고 있었다. 이들은 갑갑한 간이창고에서 예민해진 신경을 풀어주며 하루가 끝날 무렵 이런 놀이를 한다.

"……녀석들이 얼마나 우리를 기다리고 있을까. 우리를 보면 정말 좋아할 거야. 죽은 줄 알았을 테니까…… 올레시카! 너는 기억력이 끝내주잖아…… 자!…… 좋은 기억력으로 시작 좀 해봐."

올레시카는 잠시 생각을 하다가 미간을 긁는다(익숙한 이 병사의 몸짓이 보이는 듯하다).

"누구부터?"

"누구부터 하고 싶은데?…… 막사에서 우리 코골이들을 치료해준 녀석부터 시작해볼까?"

"페트라코프…… 그 녀석은 코를 골고 있는 녀석에게 살짝 숨어들어서 얼굴을 베개로 덮치고 사라져버렸지. 그런데 그 웃긴 녀석은 항상 제 베개가 아니라 남의 베개를 들고 갔어."

"아니야, 아니지…… 페트라코프는 그렇게까지 웃기지는 않았어…… 겐카! 손바닥을 두드려 대포 소리를 냈잖아. 수초크 중사는 어때?…… 그 친구 장난 기억하지? 더러운 자식들, 조-요-오-옹!…… 누가 밤에 잠을 잘 못 잤나?…… 다시 말한다. **누가…… 밤에…… 잠을…… 못…… 잤나?……** 너랑 너?…… 그러니까 너랑 너는 어제 일을 조금밖에 안 했다는 거군. 그러니까 오늘은 앞으로!"

"바세크는 기억나?…… 재채기를 열네 번 하던!"

그들은 놀이를 하고 있다……

자기 부대로 돌아가도 그 바세크를 볼 수 없을지도 모른다…… 누가 알겠는가! 그들의 바세크가 심각한 부상을 입고 쓰러졌을지…… 협곡에서 체첸놈들이 그들의 종대를 포격했을 때. 글쎄, 어쩌면 장난꾸러기 바세크는 살아남고, 페트라코프가 거기 누워 있는지도 모르겠다…… 총격이 잦아드는 가운데 입을 벌리고…… 물고기처럼.

그래, 놀아라. 나는 생각했다…… 어쩌면 바세크는 정말로 살아남았을지도 모르겠다. 살아남아서 그들의 부대에서 그들을 기다리고 있을지도 모르겠다. 돌아온 이 둘을 보면 바세크가 얼마나 신나게 웃을까…… 그러다 갑자기 그들을 가까이 오라고 부르며…… 손을 흔들겠지. 어이, 이봐, 이리 와봐! 그러고는 심각한 얼굴로 자기의 그 유명한 재채기를 시작하겠지…… 하나……

바세크가 재채기를 시작하면 주위에 있던 병사들은 숨을 죽이고, 마치 전부 하나의 귀가 된 것처럼 재채기 소리를 듣겠지. 그리고 어느 순간부터는 모두가 함께 한목소리로 수를 세겠지…… **여덟**…… **아홉**…… 자, 계속해! 완전히 몰입한 바세크가 기록을 깨뜨리려는 것 같다…… **열**…… 이제 병사들은 모두 악을 쓴다…… 합창으로…… **열하나!**…… **열둘!**

그때 나는 내가 얼마나 화가 났는지 몰랐다. 그들에게가 아니라 나 자신에게.

"크라마렌코!"

"예, 소령님."

"저 두 녀석, 내일 바로 보낸다. 지민의 종대와 함께."

"지민은 세르젠-유르트보다 조금 더 멀리까지만 갑니다, 소령님."

"그래도 벌써 3분의 2는 가는 거야. 그 뒤로는 알아서 가라고들 해…… 걸어서라도 가겠지!…… 우리가 세르젠-유르트에 보내는 디젤유를 실은 차에 저놈들 자리를 마련해줘…… 둘 다 운전석 옆에 앉으라고 해."

"예, 알겠습니다."

"녀석들에게는 아침에 말해줘…… 타기 직전에 깨워…… 그리고 그거…… 그걸 잊으면 안 되지! 잊지 말고…… 옙스키하고 알라빈에게 그 망할 놈의 자동소총을 꼭 줘."

도대체 저 두 병신 녀석이 내게 뭐란 말인가. 도대체 내가 왜 이렇게 괴로워해야 하는가!…… 종대로 보내버리겠어. 운전석 옆에 태워주지. 그리고 출발! 녀석들은…… 공격 중에 죽을 수도 있고, 공격 후에 잡힐 수도 있다. 둘 다 운이 없으면 말이다. 하지만 가끔은 운이 따라줄 때도 있으니까……

저 꼬마 녀석들이 그렇게도 빨리 떠나고 싶다는 거지. 옙스키 녀석!…… 체첸놈들 감옥에 들어가면 햇빛 걱정은 없을 거다. 어두울 테니까. 노란색 파편도, 주황색 파편도 안 보일 거다. 그때가 되면 그 새끼가 질린 소령이 어떤 사람인지 이해하겠지. 토굴 바닥에 처박혀서야…… 아주 깊은 곳에 들어가서야……

지나치게 분노하고 있다는 것을 나 스스로도 알았다. 하지만 생각이 식지를 않는다…… 내일 당장 보내버리겠어! 그렇게 안 해도 둘 다 곧 도망칠 녀석들이야…… 직접 보내버리는 게 나아…… 그래! 이젠 정말

저 새끼들이 지겨워. 벗어나야지…… 멍청한 녀석들, 개 같은 자식들!

마침 내일은 지민이 종대를 인솔한다…… 좋아…… 세르젠-유르트까지 가고 나서 더 가면 되겠지…… 물론 흐보리는 아니야. 전혀 흐보리는 아니지…… 하지만 그 순간 나는 그 녀석들이 한 푼어치도 불쌍하지 않았다. 얼마나 많은 놈이 죽었는데. 그저 두 명 더해지는 것뿐이다.

지민은 그냥 평범한 군인이다. 하지만 전쟁은 원래 그렇게 평범한 사람들이 하는 것이다! 내일 떠나기로 한 종대가 딱 좋다. 크기도 자그마하고 호위부대도 부실한 종대…… 매복병들에게는 달콤한 사탕이지…… 대신 장갑수송차에는 특수부대 대원들이 타고 갈 것이다. 아주 경험이 많은…… 그러니 녀석들이 완전히 무방비 상태로 가는 것만도 아니다. 사실 그게 휘발유나 만지는 나와 무슨 상관인가!…… 뭐가 문제인가?…… 한칼라에서는 떠나는 것이다. 세르젠-유르트 너머로. 그리고 그 후의 일은 내가 걱정할 바 아니다.

종대 인솔 준비를 하고 있던 지민을 아주 잘 기억하고 있다.

그때 그는 휘발유수송차 옆에 서 있었다. 한 달 전에…… 장갑수송차 한 대도 없었다. 그저 탱크 한 대만 동행했다.

"상공에서 엄호해주겠지?"

내가 물었다. 지민은 그저 웃기만 했다.

"잘 있어, 사샤!"

모든 것을 할 준비가 된 대위. 아직 계급이 낮은 군인! 진짜 군인이다…… 매복병들에게 걸려들어도 아무도 그를 도와주지 않으리라는 걸 아는 진짜 군인.

먹구름 사이로 달의 끝자락이 보였다. 달빛이 비치고 있다.

나는 그때 막 들판으로 나가 아내에게 전화를 하려고 했다. 하지만 그 순간 내가 내 가족이나 우리에 대해 생각하고 있지 않다는 것을 깨달았다…… 나는 내 딸이나 아내가 아니라 그 정신병자들, 지민의 불안한 종대에 있게 될 그들을 생각하고 있었다. 그들 때문에 두려웠다. 그리고 갑자기, 정말 놀랍게도 내 마음이 반으로 나뉘어버렸다는 사실을 깨달았다. 나뉘어버린 것이다…… 이럴 수가! 나는 내 핏줄에 대해 생각하듯 그 낯선 아이들에 대해 생각하고 있다. '이러면 안 되지, 소령.' 나는 스스로를 책망했다.

어쩌면 이것은 이곳 체첸에서는 피할 수 없는 일인지도 모른다. 무언가 살아 있는 것을 완전히 가까이에 꼭 붙여두고 가련하게 여기는 일…… 그러라지!…… 녀석들을 보내고 나면 강아지를 키워야지.

하지만 간이창고 곁을 지나며 나는 이미 생각을 바꾸었다.

"크라마렌코!"

나는 그를 불렀다.

"녀석들 깨우지 마…… 내가 좀 화가 나서 그랬어. 내일 일도, 지민 종대에 관한 것도."

"그러신 줄 알았습니다, 소령님."

나는 그들에게 화가 났었다. 하지만 그 화는 짧았다.

마침내 아내에게 전화를 걸었다. 그냥 걸었다. 특별한 이유 없이…… 돈 이야기를 제외한다면.

달을 보며 번호를 눌렀다…… 어떻게 지내, 우리 마누라, 집은 잘 짓고 있어?

"다 좋아요, 사샤…… 당신이 보고 싶지."

아내는 2층을 다 올렸다고 했다. 말 그대로 벽이 자라났다고 했다. 그리고 대들보에서는 너무나 신선한 나무 냄새가 난다고 했다!…… 베란다는 어찌 되었든 북쪽으로 냈다고 했다. 그늘이 필요해서. 그래, 그렇지. 여름에는 거기 그늘이 지겠네.

"학교는 어때?"

나는 딸아이에 대해 물었다.

"학교 다녀요."

그 말은 아직 딸이 다른 학교로 전학 가지 못했다는 뜻이다. 우리는 딸아이를 좀더 좋은 학교로 보내고 싶었다. 여건이 허락하면…… 이름 없는 큰 강 기슭에 있는 그 작은 도시에서는 학교를 고를 때 까다롭고 신중해야 한다. 그곳 학교들이 별반 좋지 않기 때문이다.

나는 나대로 내 상황이 나아진 것을 어떻게 그녀에게 알릴까 생각하고 있었다. 곧 흐보리가 복귀할 것이고…… 돈도 좀 모여서 그걸 이미 한 묶음으로 만들어두었고, 곧 그녀에게 보내겠다고…… 그러면 그녀는 계속해서 간이창고도 지을 수 있을 거라고.

갑작스럽게 말을 꺼내지 않으려면 어떻게 시작하는 것이 좋을지 아직 생각해내지 못했다. 내가 보낼 돈에 대해서 직접적으로 말하는 방식이 되지 않으려면 어떻게 해야 할까…… 하지만 아내는 내 마음을 너무나 잘 느꼈다.

"이해했어요, 사샤."

"다 좋아지고 있어."

"알겠어요."

"내가 할 수 있는 게 있을 거야."

"알겠어요."

"며칠 내에."

그녀는 알겠다고 했다. 그리고 미소를 지으며 거듭 말했다.

"전부, 전부, 전부 다 이해했어요, 사샤."

그래, 그렇게 하지…… 나는 전화를 끊었다.

우리는 반 토막 단어로도 서로를 이해한다. 전화 통화가 기적이 된다. 반 토막 단어로 서로를 이해할 때.

달빛 어린 나의 들판은 졸린 듯 고요하다. 산사나무로 둘러싸인 곳…… 이것이 지상 위의 작은 땅이다!…… 나는 벤치에 조금 더 앉아 있는다. 이렇게 강렬하게 살아 있다고 느낄 때, 완전히, 백 퍼센트 살아 있다고 느낄 때는 감사하고 싶다…… 누구에게?

행복한 순간들은 위험하다. 그래서 (조심하는 마음 때문에) 오히려 총알이 생각나기도 한다…… 혼자 있게 되자마자…… 홀로 있는 행복한 시간을 누리기가 무섭게, 곧바로 스나이퍼가 떠오른다! 스나이퍼의 총알이 다른 어딘가에서가 아니라 바로 이곳에서 나에게 박히리라는 생각이 드는 것이다…… 딸깍!…… 한 방이면, 이미 아무것도 존재하지 않게 된다. 나는 쓴웃음을 지었다. 할머니가 허락하지 않을 것이다…… 할머니는 나에게 관심이 없으시니까.

교활한 두브랍킨은 수를 써서 지금 일을 하고 있는 창고가 아니라 공사장을 덮쳤다. 외부창고를 짓고 있는 공사장을. 왜 그랬지는 뻔하다! 공사장에는 결함이 더 많으니까…… 그리고 마침 그곳에는 체첸인들이 일하러 와 있으니까. 다행히 그들은 확실히 우리를 위해 싸우는 우리편 체첸인들이었다. 그들은 목적이 있어 온 것이다! 연료용 중유를 사려고…… 하지만 두브랍킨에게 모든 체첸인은 그저 체첸인이다. 그리고 장사는 항상 그저 장사일 뿐이다!

두브랍킨은 차 두 대를 끌고 들이닥쳤다. 그와 네 명의 무장 군인은 비상계단을 따라 올라와 공사장으로 밀어닥쳤다. 나와 체첸인들의 대화가 중간에 끊겨버렸다…… 우리 위로 뚝 떨어진 이게 뭐지? 왜 비상구로 들어온 거지?

이리저리 뛰어다니는 그들의 발밑에서 나무판자들이 요란한 소리를 냈다.

두브랍킨의 스타일이다…… 그는 뛰어들어 오자마자 곧바로 나에게 왔다. 아무런 사전 설명 없이 바로 나를 비난하기 시작했다.

"열번째 연료통은 네 거라는 거지!…… 10분의 1은!…… 개자식, 네가 거기서 망한 거야! 넌 이제 끝났어!"

그는 손가락으로 나를 쿡쿡 찌르며 팔을 휘둘러댔다. 그가 데려온 네 명의 병사는 자동소총을 들고 사격 준비를 하고 있었다.

누군가가 그에게 '열번째' 연료통에 대한 이야기를 흘린 것이다. 슬쩍 던진 것이다. 내 몫에 대해서. 그것은 모두가 알고 있는 내 몫이다. 정해진 시간 내에 정확히 연료를 배송했을 때 내가 받게 되는…… 하지만 두브랍킨에게는 소문으로 충분하다! 작은 속삭임 한 번이면 충분하다! 그러고 나면 더 이상 증명 따위는 필요 없다…… 그는 당장 나를 체포하러 달려왔다. 전쟁의 법에 따라.

그런 순간 삶은 한 푼의 값어치도 없다. 군사법정에 대해 소리쳤지만, 나를 굳이 법정까지 끌고 가지 않을 수도 있다. 멀리서 법원 건물을 구경도 못 할 수도 있다. 길에서 아주 사소한 일이라도 생기면 바로 내게 총알을 박을 것이다. 이것이 그의 스타일이다! 먼저 두브랍킨은 어딘가 관목에서 튀어나온 체첸놈들을 공격할 것이다…… 그렇게 전투에 끼어 들게 될 것이고…… 그러면 나는 그저 그런 사건 중에 총에 맞게 될 것이다. 전투가 진행되는 중에. 미처 자세히 살필 시간이 없어 체첸놈들과 함께 총에 맞은 것처럼. 아, 그는 정말 나를 증오했다.

대령인 그가 소령 나부랭이를 참아주어야 하다니! 그것도 휘발유나 만지는 기름쟁이를! 실무 보는 놈이니 뒤라도 핥아주어야 한다는 건가?…… 심지어 장군들도 이 질린을 참아준다. 하지만 그는, 두브랍킨 대령은 참지 않을 것이다! 첫 총알로 구멍을 내주지! 그리고 길가에 네놈 시체를 던져버리겠어…… 밤에 다니는 짐승들이 네놈 시체를 먹어버리도록…… 모든 정직한 전사들이여, 전진, 전진! 체첸놈들을 박살 내자!

두브랍킨은 지나치게 서둘렀다…… 위장복을 입지 않고 대령의 정복을 제대로 갖춰 입은 그의 모습은 매우 인상적이었다. 그는 말 그대로 난입했다. 모두에게 총구를 겨냥하고…… 체포하고…… 잡아가려고!……

체첸인들은 모두 구석으로 숨어들고는 자동소총을 꺼내 들었다. 이들도 그냥 그렇게 목숨을 내놓지는 않을 것이다…… 비록 충직한 체첸인들이기는 하지만 그들도 바짝 긴장했다. 이 사냥이 오직 나를 향해 있다고 생각할 수만은 없었던 것이다. 자기들의 안전을 생각하고 있었다. 그중 한 체첸인은 이를 떨었다. 그의 이 부딪는 소리가 들렸다. 꼭 시계 소리처럼…… 또 다른 체첸인이 그에게 쉿! 하고 눈치를 주기까지 했다…… 그러자 그도 입을 다물었다. 하지만 다시 딱딱거리며 이 부딪는 소리가 들려왔다.

겁에 질린 체첸인들이 갑자기 불필요한 총질을 시작할 수도 있었다.

두브랍킨도 이 모든 상황을 아주 잘 알았다…… 그렇다고 정복을 갖춰 입은 대령인 그가 자기 잘못을 인정할 수도 없는 노릇이었다.

그는 자기가 간단한 공사장 감사를 실시하고 있는 중이라는 것을 보이고자 했다. 자신이 감사 중이라는 사실을!…… 그러면서 지어지고 있는 벽, 쓰레기, 깨진 벽돌 등을 건성으로 둘러보았다……

"건설 중인가?"

그가 물었다.

"네, 그렇습니다, 대령님."

나는 정식으로 답했다.

"이자들은 누구지?"

그가 물었다.

"자네한테 온 건가? 왜 나타난 거지?"

"중유를 받으러 왔습니다. 민간인들이고요. 그로즈니에서 왔습니다…… 이 사람들에게도 당근을 주어야 하니까요. 아시는 것처럼 정책상……"

두브랍킨은 그들이 꺼내 든 총의 총구를 바라보았다. 총구 중 하나가 대범하게 움직였다. 손을 바꾸어 쥔 것이다. 그는 또 무슨 트집을 잡아야 할지 몰랐다. 그들의 자동소총에 대해서는 일언반구도 없다. 그는 눈 하나 깜짝하지 않았다. 체첸놈들이야 체첸놈들인 거지…… 대령은 지금 여기서 그냥 이렇게, 아무 소용도 없는 악을 쓰고 싶지는 않았다. 그는 표정을 잘 유지했다.

그러면서 서 있었다.

"좋아."

그가 말했다.

"하루 더 살아보지, 소령. 살아보라고…… 내일이나 모레면, 체포 영장을 가지고 올 테니 기다리라고."

그러고는 덧붙였다.

"자살이라도 하는 게 어떤가, 소령?…… 그러면 명예는 구할 수 있을 텐데."

그는 자리를 뜨며 아주 의미심장하게 나를 바라보았다. 눈빛으로 할 말을 다 했다. 그의 눈에 나는 이미 시체였다…… 내일 와서 실무가 질린, 모리배 질린을 잡아갈 것이다…… N장군이 서명한 체포 영장을 가지고…… 소대 전체의 호위를 받으며.

그가 떠나고, 그가 데려온 사람들도 떠났다…… 다시금 비상계단을 따라 천둥소리를 내면서. 바로 차 시동 걸리는 소리가 들려왔다…… 왔던 대로 두 대의 지프를 타고 떠났다.

체첸인 중 한 사람이 나에게 달려들었다.

"사-아-아-시크. 사-아-아-시크…… 저놈이 자네를 끝장낼 거야, 사시크."

"그러지 못할 거야."

"자네가 먼저 그를 죽여. 알라의 이름으로 부탁하네…… 사시크!…… 한 분뿐인 신의 이름으로 부탁하네."

하지만 나는 질린 소령이다. 그뿐이다. 나는 캅카스에 있다.

등골이 서늘했다. 이렇게 오는구나, 하는 기분이랄까! 전혀 예상하지 못한 방법으로 나를 절벽 끝으로 밀어냈다…… 할머니, 한 번 더 당신 얼굴을 직접 봐야 하는군요.

"아무도 자네를 구해주지 않을 거야."

체첸인이 울부짖었다.

하지만 우연이 나를 구했다.

그날 두브랍킨은 다시 공격을 감행했다. 산에서 내려온 체첸 부대를 공격했다…… 도대체 왜?…… 그저 악에 받쳐서. 그 체첸인들은 아마도 자동차를 구해보려고 바싹 마른 엉덩이로 기어 내려왔을 것이다(두브랍킨은 모든 일에 너무도 쉽게 엮여든다!)…… 그들은 실무가 질린에게서 휘발유를 사서 차에 기름을 채우려 했을 것이다…… 망할 놈의 자식들!…… 네놈들은 이제 그놈에게서 아무것도 못 사. 질린은 이제 시체야…… 그래, 체첸놈들, 네놈들도 오늘 내가 한 방 먹여주지!

두브랍킨은 그런 사람이다. 누가 이 미친 인간을 재촉이라도 하는 것 같다. 자기의 반쪽짜리 연대와 함께 통제구역이 아닌 푸른 관목 곁을 지나다가 두브랍킨은 체첸인들을 발견했다. 그들은 산에서 내려오고 있었다…… 얼마나 바글거리던지!…… 그는 이 체첸놈들에 대하여 그 즉시 상부에 보고해야 했다. 하지만 보고하는 대신 킬킬대며 무전기가 잘 안 되네,라고 말했다…… 아, 무전기가 안 되니 정말 큰일이네!…… 그러고는 흥분하여 직접 체첸놈들을 공격했다.

사실 미친 짓이었다고 할 수 있다…… 반군의 수가 많았기 때문이다. 하지만 두브랍킨은 참을 수가 없었다. 늘 그렇듯 뭔가 대단한 일을 만나면 그의 왼쪽 엉덩이가 들썩이기 시작했다. 하고 싶다! 분명 이 대령에게는 인정할 만한 점이 있다. 그는 전문가였고, 자기 일을 알았다. 그는 이 반군들이 매복을 잘하고, 공격도 잘하리라는 것을 알았다! 춥고 굶주린 놈들, 다 떨어지고 냄새나는 옷을 입은 놈들은 공격을 하고 싶어 몸이 단다…… "알라후 아크바르!"*라고 외치며 총을 쏘고, 때리고, 부

* "신은 가장 위대하시다!"라는 뜻의 아랍어.

수고, 불태우고 싶어 한다. 어떻게 해서든 무기! 식량! 그리고 명예를 얻으려고!…… 그들이 선제공격을 했다면, 아주 멋지게 해낼 수도 있었을 것이다.

그러나 험한 산길을 따라 이제 막 산에서 내려온 지금, 배고픈 반군들을 공격하면 그들은 잘 싸울 수가 없다. 그들은 회군을 시작했다. 서둘러 산으로 올라가 거기서 기다리려 했다. 아니면 산에서 내려갈 수 있는 다른 길, 더 배부르고 안전한 길을 찾아보려 했다.

전사 두브랍킨은 즉시 이 회군의 상황을 이용했다. 어찌 이 교과서적인 기회를 놓칠 수 있겠는가!…… 체첸놈들이 전부 산길을 따라 퇴각하는 것은 쉬운 일이 아니다. 절대 모두가 회군에 성공할 수는 없다…… 두브랍킨은 자기 연대를 두 부대로 나누었다. 그러다 보니 양쪽 모두 대대 한 개보다 수가 적어졌다. 그렇게 각각 대략 50명씩으로 구성된 괜찮은 부대가 만들어졌다…… 그렇게 두 부대로 나뉘어 빠른 속도로 오른쪽과 왼쪽으로 적을 우회하라고 명령했다. 그러고는 산에서 퇴각하는 이들 중 뒤처진 일부를 잘라내는 것이다. 평범한 양방향 **우회**가 순간적으로 **포위**의 형태를 갖추게 되는 것이다!…… 이 정도면 고전이다.

속공은 매우 성공적이었다…… 한 시간 후에 두브랍킨 대령은 이미 말없이 담배를 피우며 두 손을 든 채 그에게로 잡혀 들어오는 체첸인들을 바라보고 있었다…… 첫번째 무리…… 열다섯 명 정도 된다…… 평소처럼 "포로들은 안 데려간다!"고 고래고래 소리를 지르는 대신 두브랍킨은 달콤한 듯 담배 연기를 길게 뿜었다. 침묵하고 싶었던 것이다. 그리고 강력한 대령의 손으로 알쏭달쏭한 손짓을 했다…… 어떤 몸짓을…… 그 몸짓은 "포로들을 더 가까이 오도록 해!"라는 뜻으로 읽힐 수 있었다. 체첸인들은 그가 있는 쪽으로 다가갔다. 모두가 아주아주 잰걸음으로, 두 손을 들고서. 맨 앞줄에는 세 명의 체첸인이 있었다.

그런데 그 셋 중 한 명의 바지가 내려갔다…… 바지가 신발 위까지 내려앉았다. 끔찍할 정도로 지저분한 신발 위로…… 체첸놈은 길고 지저분한 체첸식 속바지를 입고 있었는데, 그 바지 허리춤에는 너무너무 깔끔하고 깨끗한 접이식 AK-74총이 달려 있었다(이것은 1974년도에 생산된 AK총의 변이형 중 하나다). 새 총이…… 햇빛을 받아 화려하게 빛났다.

누구도 어찌해볼 새가 없었다…… 체첸인은 소총을 가슴팍으로 당겨 목표물을 보지도 않은 채 연발 사격을 했다. 물론 두브랍킨과 함께 있던 일군의 무리를 염두에 둔 채로. 러시아 측 병사들이 그를 벌집으로 만들어놓기 전에 그는 오직 대령만을 맞혔다…… 총 두 발, 아니면 세 발을 가슴에…… 두브랍킨 대령은 바로 죽지 않았다…… 그를 들것에 실은 채 거의 달려서 운반했다. 그는 그때 이미 횡설수설하기 시작했다…… 그 횡설수설하는 이야기 속에서도 적들과 싸웠다. 질린 소령이 저편에 있는 누군가에게 팔아넘긴 디젤유 때문에 이를 갈았다. 개 같은 자식들, 사방에 적들뿐이야! 그가 외쳤다.

종대를 베데노 쪽으로 보내기에는 날이 궂고 흐렸다. 협곡들이 위험한 안개에 덮여 있었다. 하지만 나는 마치 바로미터처럼 가야 할 날을 느끼고 알 수 있었다.

내 느낌 외에도 이야기를 전해준 정보원이 있었다. 그는 식료품 기지 납품 담당으로, 보충 병력과 함께 고위관료(그도 정확히 어떤 관료인지는 몰랐다)가 베데노로 떠나게 될 것이라고 떠벌렸다. 아마도 시찰이 있는 것 같다고. 사실 관료가 베데노 근처를 방문한 지 아주 오래되었다.

나의 납품원은 이 말을 하면서 일종의 가십도 덧붙였다. 고위관료가 간다면 호보리 외에 누가 종대를 인솔하겠냐고…… 그래서 우리 무적의 용사를 그렇게 빨리 부대로 복귀시킨 것이라고. 따뜻한 침대에서 끄집어 내고는!…… 종대를 준비해!…… 사람들의 이야기에 따르면 호보리는 이 명령을 그다지 좋아하지 않았다…… 당연히 싫었겠지! 생각해보라고. 간호사도 아니고 여의사…… 그 여자의 아파트가 그로즈니에 있는데. 그의 명성은 계속 자라나고. 이제는 의사들도 상대할 수 있는데. 단박에 눈길을 끄는 금발 여인인데…… 안타깝게 안경을 쓰긴 했지만.

일단 종대에 관료가 있으니 휘발유도 디젤유도 전투용 차에 싣지는 않겠군. 그것은 분명하다. 기다려보자.

손가락으로 휴대폰을 잘못 눌렀는데, 기적처럼 바로 호보리가 연결됐다. 그는 아주 짧게 말했다.

"사샤, 내일 일에 대해서는 말할 수가 없어. 녀석들에 관해서는 결정되었어…… 어디서 어떻게, 만날지는 자네도 아니까."

그리고 전화를 끊었다. 하지만 그것만으로 충분했다. **내일…… 녀석들에 관해서는 결정되었어**…… 그는 할 말을 다 했다.

어떻게라는 것은 그가 종대를 직접 재배치할 것이라는 이야기다. **어디서**라는 것은 출발할 때 여기서 한 시간 정도 떨어진 곳에서 종대를 재배치할 것이라는 이야기다…… 텅 빈 들판에서…… 차들이(전투용 차도, 짐차도) 건물 사이에서 붐비며 서로 부딪치는 일이 없도록.

호보리는 일반적인 종대의 차들을 재배치하여 자기 종대를 만들어낼 것이다…… 일종의 **전투용 종대**를 빚어내는 것이다. 호보로스티닌의 노하우다. 내가 이해할 수 있는 일은 아니다. 내가 기억하는 것은 좁은 협곡에서 공격을 받게 되면 **이 차들이** 가능한 한 빨리, 순간적으로 튀어나가고, **꼬리 쪽에 있는 차들도** 마치 도망치는 것처럼 움직이며 갑자기 종대의 길이를 잡아 늘여 아주 천천히 기어가기 시작한다는 것이다. 그러면서 면도기로 면도를 하듯 가까운 관목들을 뿌리부터 사격하여 잘라낸다.

아침에 종대를 재배열하는 데에는 대략 10분의 시간이 소요된다. 어쩌면 7~8분일지도 모른다. 그 정도면 충분하다…… 그 7~8분의 시간 동안 충분히 녀석들을 종대에 끼워 넣을 수 있다(물론, 흐보리의 허가를 받고). 장갑수송차 상판에라도 끼워 앉힐 수 있다…… 우리는 사람이나 짐을 가지고 이런 일을 여러 번 해왔다.

흐보리는 종대와 함께 그로즈니에서 아주 일찍 떠날 것이다. 나는 (그리고 녀석들은) 그보다 먼저 일어나야 한다. 밤중에.

내일.

아내에게 돈을 보내는 것은 오늘 해야 할 일이다. 그로즈니에서.

축척 8만 4천분의 1짜리 체첸 지도를 보며 내 환자들이 가야 할 길을 대략 가늠해보았다. 가능하다면 녀석들을 직접 자기 부대로 인계해줄 수 있는 길이 있는지를.

그들이 소속된 12069부대는 이미 오래전에 창고에 저격용 탄약을 주문했다. (그들의 말에 따르면) 예광탄은 있는데, 저격용 탄약이 필요하다는 것이다. 한 상자만 있어도 정말 살 만할 거라는 이야기였다!

그리하여 나는 그들의 바람과 나의 관심사를 연결시켰을 뿐이다. 하나로!…… 살짝 땀이 나기까지 했다. 소령, 기가 막힌 생각을 해냈는걸! 나는 스스로를 칭찬했다.

종대는 베데노 근처에서 짐을 부리고 (돌아오는 길에) 살짝 갈고리 모양으로 방향 전환을 할 것이다. 대략 20킬로미터가 조금 못 되는 길이의 갈고리 모양이 될 것이다. 비포장도로를 따라 이 정도 거리를 도는 것은 전투용 차에게 일도 아니다. 종대는 오래전부터 탄약을 기다리고 있던 12069부대를 스치듯 지나갈 것이다…… 제대로 멈춰 서지도 않고…… 길어야 5분 정도…… 그저 잠시 정차할 것이다…… 사실상 거의 달리고 있을 것이다! 오래전부터 요청했던 저격용 탄약 상자…… 거기서 탄약을 전해주고…… 보너스로…… 부대에 전하는 선물로, 언젠가 소식 없이 사라졌던 자기들의 병사 두 명을 보내주는 것이다(멋지지 않은가?……). 녀석들이 돌아왔다! 만세! 만세!

그리고 당연히 거기서 그 둘을 소집해제해줄 것이다.

어쩌면 부대에 남겨둘지도 모른다. 병사들이 필요한 상황이니까…… 만일 옙스키 이병이 눈물을 흘리는 것이 아니라 오줌을 지렸다면, 그에게 당장 소리쳤을 것이다! 소집해제를 받고 싶다고, 이 개자식! 모두에게 냄새를 피우면서!…… 그 지점에서 의사가 끼어들어 신경발작 쪽으로 이야기를 끌어갈 수도 있다…… 하지만 그냥 눈물이 흐르는 거라면? 그것도 왼쪽 눈에서만?…… 그러면 닦으라고 해…… 그들에게 우리 눈물이 무슨 상관인가!…… 크라마렌코!

"네, 소령님!"

"기억하지?…… 우리 창고 어딘가에 저격용 탄약이 있었거든. 어딘가 굴러다니고 있을 거야."

"굴러다니지 않습니다, 알렉산드르 세르게이치…… 저를 못 믿으십니까…… 상자는 제자리에 잘 놓여 있습니다."

사람을 만나기로 한 5층집은 흉물스레 보이는 그로즈니 5층집 몇 채와 나란히 폐허 더미 근처에 자리하고 있었다. 혐오감을 주는 장소다…… 하지만 지금 미학을 따질 때가 아니다. 일이니까!…… 나는 나에게 감사를 표하고 싶어 하는 병사의 어머니가 기다리는 곳으로 주소를 들고 찾아갔다. 불타버린 휘발유수송차나, 딱딱하게 굳은 채로 욕하는 듯 보이는 거대한 주먹을 차창 밖으로 뻗치고 있던 고르니 아흐메트보다 훨씬 중요한 일이다……

아흐메트의 시체를 찾아주고 돈을 받았다. 전액 다. 그의 팔을 곧게 펼 수는 없었지만(욕하듯 뻗은 그의 주먹은 이 전사가 땅에 묻힌 뒤에도 계속 같은 모습일 것이다).

반년 전, 이 여자, 제냐라는 이름의 병사 어머니는 내게 주기로 한 돈을 다 주지 못했다. 돈을 다 모으지 못했던 것이다. 하지만 아들을 구했고, 그는 이미 어미와 함께 집에서 지낸다. 그것이 중요한 것이다. 사실 그녀는 그냥 나를 속일 수 있었다. 지워버릴 수 있었다…… 기억에서 떨쳐버릴 수 있었을 것이다. 사기꾼이 한 명 더 는다 해도 하늘에서 뭐라 하시진 않을 테니까!…… 하지만 그녀는 자기 고향 자우랄리예로 돌아간 뒤에도 돈을 모으기 위해 저축을 하며 내게 줄 돈을 따로 떼어두었다. 7개월 남짓한 기간 내내.

나의 도움으로 체첸놈들에게 몸값을 치르고 살아 돌아온 아들은 이미 반년째 어머니와 한집에 살며 등 따습고 배부르게 잘 지내고 있다. 뭐가 더 필요하겠는가?!…… 그런데도 그녀는 이곳에 왔다. 돈을 가지고. 돈만이 아니라 자기 자신도 가지고.

그녀는 '자기 자신'도 그녀가 지불해야 할 것에 포함된다고 생각했던 듯하다. 전쟁 중에는 다들 참을 수 없을 정도로 여자를 원하니까. 그래서 꽃처럼 피어나는 싱싱한 여인으로, 이제 막 마흔이 된 여인으로 이곳에 온 것이다!…… 그녀는 이제 더러운 체첸 길목에서 아들을 찾으러 처음 이곳에 왔을 때처럼 지치고 시달린 보잘것없는 여자가 아니다……

그녀는 지금 자신이 시선을 사로잡는 여자라는 것을 알고 있다. 그녀는 심지어 서둘러 왔다…… 돈보다 먼저…… 자신을 내주려고. 그것이 더 고상하다고 생각했던 것이다. "돈은 똥거름이나 마찬가지예요." 그녀는 조용한 격정이 담긴 두 눈을 빛내며 남자인 내게 속삭였다…… 물론 5층 집 벽의 두께를 생각하여 작은 소리로…… 벽 뒤에서 누가 그녀의 이야기를 들을까 봐. 낯선 벽 뒤에서 돈은 다른 의미를 지닐 수도 있으니까.

하지만 질린 소령은 우선 그 '똥거름'에 대해, 그러니까 돈 이야기를 먼저 하고 싶었다.

나는 차분하고 명료하게 그녀에게 전쟁의 산문을 읊어주었다. 여기 전쟁터에서 질린 소령에게 돈은 아무 의미가 없다. 죽게 되면 그저 사라지는 것이다. 그래서 그 돈, 아들의 몸값으로 지불하려는 그 돈은 그녀가 가지고 있는 것이 좋겠다…… 제냐라는 이름의 병사 어머니가 가지고 있는 것이 좋겠다…… 그리고 여기 만 3천 달러가 더 있다. 나는 그녀에게 돈다발을 내밀었다. 이 돈도 그녀가 가지고 있는 것이 좋겠다. 그리고 집으로 돌아가면 이 돈을 아내에게 보내주면 좋겠다. 다 합하면 정확히 만 5천 달러가 되는 거다. 그 돈을 은행을 통해 송금해달라…… 송금할 때는 이득을 따지지 말고…… 그냥 바로 보내달라…… 바로 이 계좌로.

먼저 루블로 환전을 해서 내 아내에게 보내달라. 만일 은행에서 갑자기 이게 무슨 돈이냐고 물으면 진 빚을 갚는다고 말해라! 그저 빚을 갚는 거라고. 절대 다른 설명을 덧붙이지 말라…… 거기 자우랄리예 지역 소도시 은행 상황은 어떤지?…… 일은 제대로 하는지?…… 문제는 없는지?…… 다행이군요. 나는 그녀에게서 아무런 차용증서도 받지 않았다. 질린 소령은 항상 그렇게 일을 했다. 차용증서에 대해서는 입도 뻥

꿋하지 않았다. 여자들은 속이지 않는다…… 그것은 확실하다. 밤에 별이 머리 위에 빛나는 것처럼…… 그 어떤 병사의 어머니도 단 한 번도 나를 속인 일이 없다…… 지금껏 한 번도 그런 일은 없었다.

우리가 지금 만나고 있는 그로즈니의 5층집은 웬 어수룩한 여자의 집인 듯하다. 병사의 어머니는 당연히 그 여자를 잠시 밖으로 내보냈다…… 나를 만나기 위해서…… 그로즈니에는 러시아인들이 거의 없어 여자를 내보내기가 쉽지 않았을 것이다. 어디로 보낸 것일까?…… 중요한 것은 아니다.

그러고는 아파트를 말끔히 청소해두었다. 모든 것이 청결하고, 탁자 위에는 꽃이 놓여 있다. 하얀 것은 아니지만 갓 세탁한 유색의 식탁보도 깔려 있고, 포도주도 한 병 놓여 있다…… 이 공기 속에는 내가 잊고 있던 어떤 것이 깃들어 있다…… 새해를 맞이할 때의 느낌 같은 것…… 비록 지금은 여름이지만. 물론 나는 모든 것을 알아챘다. 병사의 어머니는 직접 내게 감사하고 싶은 것이다. 그래서 지금 그녀의 영혼은 노래를 부르고, 그것이 지금 그녀를 날게 한다. **그것**이 이미 문턱까지 와 있다. 여인이 자기 자신을 선물로 내놓을 때, 그 행위는 한순간에 그녀를 변화시킨다. 아름답게 만들고, 날아오르게 한다…… 그녀와 함께 너도.

문턱에서 다급하게 첫번째 키스를 한 후 그녀는 계속해서 내 입술을 향해 달려들었다. 하지만 나는 부드럽게 제동을 걸었다. 그리고 이야기했다.

"알겠어, 알겠어요…… 기쁘죠…… 기다렸죠…… 나도 기뻐요. 하지만 나한테는 특별한 부탁이 있어요…… 당신이 내게 딱 한 가지 일을 해주었으면 좋겠어요."

그녀는 뜨겁게 숨을 내쉬었다. 그리고는 미소를 지었다. 그리고 너무도 관대하게 말했다.

"할게요, 하겠어요…… 당신이 원하는 건 뭐든지."

그녀는 내 손을 잡고 노골적으로 잘 정리해둔 침대 쪽으로 이끌었다. 나는 그녀가 내 말을 오해했다는 사실을 깨닫고 다시 그녀를 멈추었다.

"먼저 일 얘기를 하죠…… 내 말을 따라 해보세요."

내가 말했다.

"아내에게 돈을 송금해줄 것…… 러시아로 돌아가면, 바로."

그녀는 내 말을 따라 했다.

"**아내에게 돈을 송금해줄 것…… 러시아로 돌아가면, 바로!** 알겠어요! 알겠어요!"

노골적으로 침대보를 깔아놓은 저 침대는 나보다 그녀에게 필요했다. 어떤 육체적 욕망 때문이 아니라 의무감 때문에. 오늘 우리의 이 저녁 속에는 너무도 많은 그녀의 생각과 흥분이 들어 있다. 반년!…… 반년을 준비했다. 그녀는 내가 그녀를 기다리고, 또 원하고 있다고 확신했던 것이다.

여자는 종종 자기가 가지고 오는 어떤 이득보다, 그녀 자신을 더 기다린다고 생각한다. 그녀도 그렇게 생각하고, 그렇게 기억하며, 1달러씩 돈을 모았다.

그녀는 이 일이 어떻게 일어나게 될지를 알고 있었다. 집주인 여자를 내보내고…… 작은 아파트를 축제일처럼 잘 정리하고. 그리고 침대도…… 그리고 문턱에서 질린 소령을 맞이하는 것이다. 입술과 입술이 맞닿도록…… 그녀의 생각 속에서 그녀는 이미 모든 것을 다 했다. 질린 소령의 머릿속에 몽상처럼 오갈 만한 모든 것을 하나도 빠짐없이 전부 전부 전부 다 했다. 이미 다 한 것이다. 이미 지난 일인 것이다. 이미 과거의 일이다…… 그래서 지금 질린 소령이 그녀를 거절하면, 그녀는 낙심하고 분노할 것이다. 탁자 위에 놓인 냅킨, 희게 빛나는 깨끗한 냅킨만이 내 탓이 아닌 여인의 분노에 대해 말해줄 것이다. 하지만 식탁보도! 포도주도! 다른 이야기를 한다!……

여자를 안아본 지 백년은 된 것 같다…… 침대에서 나는 그녀를 조심스레 건드려보았다. 너무나 조심스럽게 건드린 나머지, 내가 지금 아내와 함께 있다고 상상할 수 있었다. 눈을 감았다. 이미 날이 어두워진 지금, 그것은 어려운 일이 아니었다. 갑자기 그렇게 되었다. 손가락으로 그녀의 젖꼭지를 건드려보았다…… 나는 보이지 않는 것과 놀고 있었다. 이 놀이가 내가 남자로서 해야 할 일을 하는 데에 조금도 방해가 되지 않았다. 젖꼭지는 내려앉기도 하고 부풀어 오르기도 했다. 나는 정신을 잃었다…… 점점 더 나 자신을 기만하면서. 그녀는 내가 젖꼭지를 조금 깨물어봐도 좋다고 했다. 가볍게. 만일 원한다면……

침대에서 듣게 되는 전화벨 소리는 갑작스럽다. 이미 침대에 있을 때는…… 전쟁이다!…… 벌거벗은 채 튀어나와 어찌 되었든 손을 뻗어 던져놓은 내 옷 뭉치에서 금세 전화기를 찾았다…… 휴대폰이 울린 것이다…… 크라마렌코였다.

크라마렌코는 자기 일을 알고 있다. 저격용 탄약이 든 상자가 이미 준비되었다고 한다…… 모든 것이 제대로 진행되고 있다. 녀석들도 문제없고 이미 잠자리에 들었다…… 모든 것이 잘 진행되고 있다.

"너무 늦지 마십시오. 이 일을 전부 다시 할 수는 없으니까요…… 소령님도 주무셔야 합니다."

나는 분명 전화에 반응했다. 내 몸이 식었다…… 스스로 욕망을 눌러버렸다. 하지만 이제 침대에서 여자가 흥분하며 움찔거리기 시작했다.

내가 떠난다고 생각했던 것이다…… 무언가 걱정스러운 전화가 왔다고 생각한 것이다. 그녀는 감사를 표하며 작별 인사를 하기 시작했다.

조금 이상한 일이었다. 어쩌면 이상한 것 이상의 일이었다…… 그녀는 나에게 달려들었다. 벌거벗은 채로 벌거벗은 나에게…… "신께서 당신에게 상을 주실 거예요! 우리를 돌보아주신 것에 대해!…… 우리의 아이들에 대해!" 그녀는 미친 듯 내게 입 맞추었다. 그녀는 눈물을 삼켰다. 나는 벗어나려고 그녀를 밀어냈다…… 그리고 가까스로 그녀에게서 벗어났다…… 너무 갑작스럽게 쏟아져 내리는 따뜻한 마음…… 어안이 벙벙했다. 나는 그녀의 눈물로 범벅이 되었다. 심지어 약간 당황하기까지 했다…… 그녀에게 무언가가 부족했나, 부족했던 걸까라는 생각을 했다(이런 순간에 남자가 자동적으로 다른 무엇을 생각할 수 있겠는가). 나는 작별 인사에 좋은 것을 얹어준다고 생각했는데. 아니었나!…… 그녀는 내가 새롭게 덤벼드는 것도 눈치채지 못한 것 같았다.

"하느님이 당신을 적의 총탄에서 보호해주시길. 우리 눈물을 생각하셔서…… 우리 아이들을 생각하셔서!"

그녀는 눈물을 삼키며 빠른 속도로 같은 말들을 반복했다. 그러고는 입을 맞추고 감사를 표했다. 부드럽게 침을 발라댔다. 사방에…… 그러고는 다시 눈물을 쏟았다. 할 수만 있었다면 자기를 뒤집기라도 해 보였을 것이다. 정말 이상한 여자다!……

그러고는 양말을 신겨주겠다고 내게 달려들었다. 몸을 수그리고…… 아래쪽에서, 내 무릎에, 발에 계속 입을 맞추었다…… 떨리는 손으로 내게 옷을 건네주었다. 그리고 흐느껴 울었다. 그녀의 흐느낌, 그녀의 신성한 침과 눈물 속에는 어떤 묵직하고 두렵기까지 한 여성적인 단순함이 비쳐 보였다…… 어머니.

늦게 돌아와 자러 갔다. 하지만 갑자기 그들과 작별 인사를 하고 싶어졌다. 내일 아침에는 시간이 없을 것이다. 그때는 서둘러, 서둘러 그들을 보내야 한다! 내일은 이미 전쟁이 그들을 실어 갈 것이다. 포효하는 장갑차에 오르기 전에 그들은 발을 구르고 깡충깡충 뛸 것이다. 작별할 시간 따위는 없을 것이다.

가서 알리크가 코 고는 거라도 보자…… 올레크가 머리를 돌려대는 거라도 보자…… 나는 아주 조용히 간이창고로 들어갔다. 작은 창고의 야간 램프…… 얼어붙은 그림자…… 창고 구석의 어둠…… 알리크가 자면서 눈물을 흘리지 않는다는 것을 바로 알아볼 수 있었다. 행복하게 자고 있다. 마른 눈을 감고. 왼쪽 눈은 말라 있다. 불쌍한 녀석, 이제 다 운 거냐?

슬쩍 바닥에 둔 그들의 군화를 보았다. 아하! 군화도 닦아두었군!

고요한 간이창고에서 들리는 유일한 소리, 친숙한 소리는 쓱-쓱! 쓱-쓱! 알라빈 이병의 머리가 자동인형처럼 밤마다 작동하는 소리다. 이쪽저쪽으로. 더 가까이 다가갔다. 한참을 미소 지으며 그의 곁에 서 있다…… 올레크의 이마 주위에 촉촉한 얼룩들이 보인다…… 그의 머리가 그렇게 방아를 찧은 것이다. 땀이 나도록!

이런 것은 잊기 힘들다…… 소리라도 기억날 것이다. 사실 여기 온 것도 무언가를 기억하기 위해서였다. 쓱-쓱!…… 쓱-쓱!……

따뜻한 감정이 마음속에 피어오른다. 좀더 서 있었다. 그러고는 손바닥으로 가볍게 이리저리 부딪히고 있는 녀석의 머리를 잡아주었다. 시계추를 멈춘 것이다.

"좀 자."

내가 속삭이며 명했다.

"편안하게 자."

갑자기 내가 변화를 원하지 않을지도 모른다는 생각이 든다. 나는 무언가 바뀌는 것을 원하지 않는다. 나아가 모든 것이 그대로 멈추어주기를 바라고 있다…… 시간이 이곳에서 부동자세로 "차려-엇!" 하고 멈춰 서주길. 모든 것이 얼어붙길. 그러면 이 환자들을 확실히 데리고 있을 수 있을 테니까…… 항상…… 곁에서 안전하게 보호할 수 있을 테니까.

우습지만 지금 나는 이들이 떠나는 것을 두려워하고 있다…… 떠나서 영원히 사라져버리는 것을 두려워하고 있다. 그들이 반드시 죽게 되리라는 이야기를 하는 것은 아니다…… 그들은 죽지 않을 것이다…… 자기 부대원들이 어떻게 해서든 이들을 보호하고 자리를 잡도록 도와줄 것이다…… 하지만 내게 있어서, 질린 소령에게 있어서 이들은 둘 다 사라지는 것이다…… 떠나버리는 것이다…… 어떻게 해서든 이들은 이 전쟁을 마칠 것이다…… 어딘가 먼 곳에서 더 자라고, 그리고 늙어가고, 머리가 빠져가겠지…… 하지만 나에게 이들은 이미 존재하지 않을 것이다. 내일 종대와 함께 떠나고 나면.

이들은 이미 없는 것이다. 사실 따져보면 이곳에서 이들을 조금밖에, 놀랄 만큼 조금밖에 보지 못했다. 하루에 5분, 길어야 10분…… 소심하게 말을 더듬는 알리크도…… 올레크도 없을 것이다…… 나는 이미 이들을 잃었다. 이들은 이미 없다. 흔적도 없이…… 이 거지 같은 인생!…… 나는 이미 가까운 이들을 잃었다…… 그들은 우리 안에 있는 순박한 꿈들이 사라져버리듯 그렇게 사라져갔다. 다시 돌아올 수 없이 사라져버렸다. 그리고 아무것도 남지 않았다…… 내게도 아무것도 없다.

언젠가 나도 누군가에게는 사라지는 존재가 되겠지. 그렇게 슬프게 떠나겠지…… 그저 떠나게 되겠지…… 마지막 희미한 웃음을 지으며. 누군가는 그 마지막 순간에 이렇게 말해줄지도, 이렇게 부탁해줄지도 모르겠다.

"질린 소령, 가지 마. 가지 마…… 움직이지 마…… 여기 영원히 있어줘."

그러고는 내 손을 움켜쥐려 하겠지…… 얼룩덜룩한 위장복 옷깃을.

18장

나는 운전 중이다. 지프가 밤길을 질주한다. 칠흑 같은 밤이다!…… 헤드라이트를 최대로 환하게 켠다…… 두 폭발후유증 환자는 울퉁불퉁한 길 때문에 들썩거리며 뒷좌석에 앉아 있다. 둘 다 자기 자동소총을 끌어안고(희망을 품고서!…… 마침내! 그곳에 가게 된 것이다). 그들의 전투용 AK총은 마침내 자기 부대를 찾아가게 되었다는 것을 확인해주는 보증과도 같다.

간신히 잠에서 깨어났으면서도 크라마렌코가 가지고 온 총대를 어찌나 탐욕스럽게 움켜쥐던지!

익숙한 길의 둔덕을 따라가다 보면 바퀴 아래로 펼쳐지는 땅을 느낄 수 있다. 바퀴에서 나는 미세한 소리까지도 들린다. 나의 지프도 모든 것을 알고 있다…… 둔덕 하나하나까지…… 조금 더 앞으로 나아간다. 그 한 뼘의 땅은 눈을 감은 채 운전해도 찾아낼 수 있다.

여기다!…… 이곳에서 흐보리가 종대를 재정렬할 것이다…… 나의 헤드라이트는 벌써 이 익숙하고 울퉁불퉁한 땅을 환히 비췄다(그리고 비추고 있다!). 군용차들의 흔적, 이미 여러 차례 이곳에서 종대를 재정렬하는 기동훈련을 했던 흔적이다…… 회전, 유턴…… 브레이크를 밟는다. 한 뼘의 땅…… 아하! 도착했다.

헤드라이트의 창백한 불빛이 내가 나의 환자들과 마침내 작별할 장소를 아름답게 만들어준다…… 배웅은 사실상 형식적인 것이다. 나는 아무 말도 하지 않는다(이미 어제 그들과 작별했으니까).

마침 지프가 덜컹거렸다…… 마지막 바퀴 자국에 걸려.

"올레크!"

옙스키 이병이 소리치며 곁에 있는 알라빈 이병을 흔든다.

"올레크!……"

"아-아……"

반쯤 잠든 올레크가 답한다.

그러고는 둘이 챙겨 온 마른 빵을 씹는 소리가 들린다. 둘 다 아직 반쯤 자고 있지만, 벌써 아삭거리면서 마른 빵을 씹는다. 옳지! 정말 병사들답다.

기다린다. 흐보로스티닌이 이제 막 종대를 이끌고 그로즈니에서 나왔는지 아닌지 모른다…… 아마도…… 나왔을 것이다…… 하지만 지금은 그와 이야기를 나눌 수 없다. 휴대폰은 모두 끊긴 상태다. 절대 정보가 새어 나가서는 안 되기 때문이다. 오늘 출발하는 그로즈니의 종대는 엄청나게 중요한 종대이다…… 일급비밀…… 그 종대는 누군가를 모셔 간다. (꽤 오랫동안 아무도 방문하지 않았던) 베데노를 들여다보기로 마음먹은 어떤 대단한 인사를 모시고 간다…… 관료!…… 그는 절대 총에 맞으면 안 된다.

기다린다.

종대는 이제…… 적어도 5분 있으면 도착해야 한다. 그런데 불빛조차 보이지 않는다…… 어디 있을까? 종대의 불빛은 어디에 있을까? 스스로에게 물어보지만 사위는 여전히 고요하다. 어둠을 바라보며 질문을 던져본다.

아무것도 없다…… 어둡다…… 헬리콥터가 지나간다…… 한 대 더 지나간다.

주위를 둘러보려고 차 밖으로 나온다. 녀석들은 지프에 남아 있다…… 말없이 앉아 있다.

걱정하지 않는다. 가장 일상적인 일 아닌가. 두 녀석을 어딘가에든 앉히는 것, 아무 장갑수송차에나 끼워 넣는 것…… 거기 타서 속에 있는 똥까지 다 토하게 되더라도…… 아마 어제, 그제 먹은 것까지 다 토하겠지. 그렇게 맛있게 먹었던 것을!…… 그리하여 이 환자들은 거친 장갑수송차를 타고 눈물 흘릴 사이도 없이 자기 부대까지 달려갈 것이다.

자동차 곁에서 원을 돈다. 원은 결코 끝나지 않는다. 그래서 좋다. 원을 돌며 걸으면 기다리기가 수월하다.

하지만 이런 망할!…… 이미 5분 더 늦고 있다.

10분이 늦어진 것이다.

아하!…… 전화를 걸자마자 사령부 당직이 수화기를 든다. 하지만 그의 목소리는 냉랭하다…… 네, 그로즈니에서 늦어지고 있습니다. 네, 도시는 벗어났습니다…… 네, 계신 곳에서 멀지는 않습니다…… 멈춰서 있습니다.

"왜?"

그렇게 질문하자 부드럽게 전화를 끊어버린다. 오버. 헤드라이트의 창백한 빛을 받고 서서 손가락으로 휴대폰의 번호를 누른다. 전화를 거는 것이다…… 먼저 야간에 아무도 근무하지 않는 사령부로 전화를 걸어보지만 아무런 응답이 없다. 그러고는 소용없을 것을 알면서도 흐보로스티닌에게, 어딘가에서, 무슨 일 때문인지 불빛마저 끈 채 멈추어 서 있는 그의 종대로 전화를 걸어본다.

이런 원칙이 있다. 종대가 알 수 없는 이유로 멈추어 서 있다면, 너도 얼어붙은 듯 서 있어라…… 아무도 옴짝달싹해서는 안 된다. 그저 기다려라.

지프 쪽을 보니 근심에 가득 찬 알리크(그는 예민하다!)가 옆에 앉아 자고 있는 친구의 어깨를 치고 있다. 자지 마, 올레크! 자지 마!

그들과도 이야기를 해봐야겠다. 지프로 더 가까이 다가간다. 하지만 무슨 이야기를 한단 말인가?…… 놀랍다! 그들과 나눌 이야기가 하나도 없다. 이미 작별 인사는 했다. 녀석들은 이미 떠난 거나 마찬가지다…… 이들은 여기 없다.

이들은 여기 없지만, 여기에 있다.

전화를 건다.

"10분째 서 있습니다. 종대 전체가요."

마침내 사령부 당직이 답한다.

"무슨 일인지 밝히고 있는 중입니다…… 더 이상은 말씀드릴 수 없습니다, 소령님. 네, 네. 흐보로스티닌도 거기 있습니다…… 무슨 일인지 밝히기 전에는 이동할 수 없습니다. 그건 확실합니다."

그를 통해 종대에 관해 더 알아보려 애쓴다…… 어찌 된 영문인지 알아야 하네. 이 종대와 함께 두 명의 병든 병사를 보내려 하거든.

"질린 소령님, 저희는 소령님을 압니다. 그리고 존경합니다…… 아무 문제 없습니다. 하지만 저희들도 받은 명령이 있지 않겠습니까?"

너무도 확신에 찬 사령부 직원의 목소리다. 분명한 목소리. 그는 한 번도 험한 단어를 사용하지 않았다…… 그렇다…… 만일 흐보리가 스스로 결정할 수 있는 문제였다면 당연히 종대를 앞으로 돌진하게 했을 것이다. 이끌고 나왔을 것이다…… 하지만 거기에는 고위관료가 있다…… 흐보리는 의당 지금쯤 화가 나 있을 것이다. 정말 종대를 다시 되돌려 보내야 한단 말인가? 밤새 헛짓을 한 셈이다. 이런 일이 생기기도 한다!

하지만 그럼에도…… 그로즈니에 있는 이들에게 무슨 일이 생긴 것은 분명하다. 다만 무슨 일인지 알 수가 없다…… 종대가 어둠 속에 멈추어 서서 조용히 숨을 죽인 채 부릉거리고 있다…… 불까지 끄고…… 그렇다고 귀환 명령이 떨어진 것도 아니다. 무슨 일일까?

나는 원을 그리며 지프 주위를 돈다. 헤드라이트 불빛은 견디기 힘들 만큼 창백하다! 원을 돌 때마다 이 창백하고 희미한 빛 가운데 서게 된다(아마 지금 질린 소령은 오래도록 꺼지지 않는 촛불 곁을 맴도는 나방 같은 모습을 하고 있을 것이다).

지프차에서 목소리가 새어 나온다. 차의 왼쪽 문이 살짝 열려 있다…… 그들이 나누는 대화가 간헐적으로 들려온다.

"……이제 곧……"

"……기다려서 쫓아가려는 거야…… 나도 알아……"

"……좀더 자!……"

조금 더 가까이 다가가본다. 그들의 말을 듣기 위해.

"……우리를 보면 다들 기뻐할 거야."

"엄청 좋아하겠지!"

"알리크, 딱 점심 전에 나타나야 해. 우! 녀석들이 정말 좋아할 거야."

"그리고 소리치겠지. 자, 자!…… 식당으로 가자고!…… 가서 처먹자고!"

"그리고 자기들 옆자리에 앉힐 거야……"

"그러고는 소리치겠지…… 2인분 더 주세요! 죽도!…… 콤포트도!"

뭐라도 좋은 것이다. 기다림은 그들을 남아 있는 어린 시절로 이끈다. 그들은 다시금 자기들의 놀이 속으로 들어가고 있다…… 그곳에서, 자기 부대 친구들이 자기들을 어떻게 맞아줄지를 상상하는 놀이……

그래. 저렇게 하면 기다리기가 수월해질지도 모른다.

내가 가까이 온 것을 보고는 두 병사 모두 뒷자리에서 입을 다문다. 겁에 질려…… 얼어붙는다…… 자동소총을 가슴으로 꽉 끌어안고…… 어린 병사들은 자기도 모르게 저절로 자동소총을 꽉 끌어안곤 한다. 일종의 반사운동이다. 엄마에게 달라붙듯 무기에 달라붙는 것이다.

사실 저 친구들이 서두를 것이 뭐가 있겠는가?…… 그들은 그저 다시 병사가 된다는 것이 즐거울 뿐이다.

한편, 내 안에 쌓여가던 짜증도 일순간에 사라졌다. 멀리서 빛나는 종대의 불빛을 본 것이다. 드디어 불을 켰다!

분명 그들이었다. 그들이 가까이 오고 있다…… 전형적인 전투용 차의 불빛이다. 딱딱한 직선으로 이어지는 빛…… 그런데 멈추어 섰다! 왜 멈추어 섰는지는 알 길이 없다…… 하지만 차들은 다시 멈추어 섰다. 이제는 이미 불을 밝혀 훤히 보이는데도.

한 5백 미터쯤 떨어진 곳까지 가까이 와 있다…… 하지만 움직임은 없다. 멈추어 선 것이다. 그렇게 우리가 있는 곳, 종대를 재정렬하기로 한 곳까지 이르지 못하고 멈추어 섰다.

그리고 다시 어두운 하늘에 헬리콥터들이 지나간다.

5백 미터쯤 되는 거리다. 전혀 먼 거리가 아니다! 종대는 그곳에 얼어붙은 듯 멈추어 있다…… 도대체 저기 무슨 일이 일어난 것인가.

걱정이 된 나는 다시 손가락으로 휴대폰을 누른다…… 종대도, 사령부도 답이 없다. 아무도 답하지 않는다…… 한마디도…… 들리는 소리는 나의 지프에서 들려오는 저들의 수다뿐이다. 둘은 또다시 자기들 이야기를 하고 있다.

"……녀석들이 우리에게 뭔가 선물 같은 걸 요구할 거야!"

"꼭 그렇지는 않을 거야."

"아니야, 그럴 거야!…… 올레시카, 기억 안 나?! 누가 어디라도 다녀오면, 자, 주머니 좀 뒤집어보시죠…… 뭐라도 주시죠…… 다 같이 먹게 꺼내놔, 이렇게 했잖아."

"그런데 종대와 함께 가면 어떻게 술을 가지고 가지?"

"그게 문제인 거야!"

조금씩 날이 밝아오고, 그와 동시에 해 뜨는 쪽에서 경계경보처럼 희미한 잿빛 불빛이 보였다. 동편에서…… 그로즈니 길로 매끄럽게 이어지는 저편 측면 마을길에서.

바로 저것이 이유였다…… 저것이었구나!

길에는 멈춰버린 체첸 종대가 서 있다. 간신히 보이는 정도지만…… 종대라는 것을 알아볼 수는 있었다(전투 종대는 아니다…… 군용 자동차들을 갖춘 체첸 전투 종대는 이미 오래전에 사라졌다. 더 이상 존재하지 않는다).

하지만 그들은 체첸인들이다.

(야간 투시경으로) 상공에서 내려다보는 헬리콥터 조종사들은 불을

켜고 이동하는 체첸 종대가 한밤중에 멈추어 선 이상한 종대보다는 훨씬 더 이해하기 쉬웠을 것이다. 게다가 바로 십자로에서 헤드라이트를 모두 끄고 숨어 있는 종대라니!…… 게다가 약속된 장소…… 우리 모두가 겨우 어제 정한 장소와 가까운 곳에.

그러므로 모든 것이 스톱!…… 상공에서 헬리콥터 조종사들이 상황을 알렸고, 흐보리의 그로즈니 종대는 멈추어 서고 만 것이다.

하지만 이번에는 다른 것이 이해되지 않는다. 체첸인들은 왜 저렇게 잘 보이고, 탁 트인 공간에 멈추어 선 것일까? 매복이 아니라는 것은 자명하다. 숨기를 원했다면 불은 끈 채 관목 속에 숨었을 것이다!…… 하지만 그저 서 있다. 훤히 보이는 곳에!…… 바로 이 앞뒤가 맞지 않는 상황 때문에 용감한 현역 조종사들이 당혹감에 빠진 것이다.

경험…… 바로 그거다! 경험이 내게 일러주었다. 경험이 내게 단순하고도, 가장 단순한 답을 일러주었다!…… 갑자기 지금 이 순간, 이 상황에서는 내가 흐보로스티닌을 비롯한 그 누구보다 경험이 많고, 더 많은 일을 겪은 사람이라는 사실을 동물적으로 깨달았다.

지금 저 종대에 멈추어 서 있는 이들보다, 헬리콥터를 타고 저기 상공에 떠 있는 이들보다. 이것은 전투 상황이 아니다…… 이것은 나의 상황이다. 이 모든 것은 나와 연관되어 있다…… 그들은 모르지만 나는 안다. 백 퍼센트 알고 있다…… 우습다!…… 체첸인들은 그저 휘발유가 떨어진 것이다. 휘발유가 바닥나버려 움직일 수가 없는 것이다. 왕은 자기 왕국을 안다.

아마도 체첸 종대는 보따리와 가방을 든 호호백발 노인과 여자들로 가득 차 있을 것이다. 그들은 항상 어딘가로 움직인다…… 트럭 두세 대…… 그리고 주로 이제 곧 퍼지게 생긴 낡아빠진 '지굴리'를 타고.

거기, 체첸인들이 있는 곳에서 작은 불꽃을 본 것 같다. 0.5초 정도 동안. 잠시 스쳐 지나가는 불빛처럼.

"소령님……"

칠흑 같은 어둠을 오래 들여다보면 그렇게 스쳐 지나는 불빛 같은 것이 보일 수 있다.

"소령님……"

결국 올레크가 차 밖으로 고개를 내밀었다.

"다 괜찮은 건가요?…… 우리, 기다리고 있는 거지요?"

기다리고 있다.

열 대…… 열한 대!…… 연료가 없어서 한밤중에 얼어붙은 듯 멈춰 서버린 체첸의 종대…… 바로 그것이었다…… 그들은 그로즈니로 무언가를 사거나 팔러 가는 길이다. 그들은 만나는 모든 이들을 두려워하고, 특히나 검문을 두려워한다…… 하지만 그들이 무엇보다 두려워하는 것은 당연히 헬리콥터다. 그래서 한밤중에 멈춰버린 그들은 헤드라이트를 끈 것이다. 밤새 숨어 있으려고! 본능적으로(하늘보다 무서운 것은 없다…… 죄가 없을 때라도…… 이 점에서 우리는 모두 같다. 우리는 모두 인간이고, 하늘을 두려워한다. 하늘이 고요하더라도. 그 하늘이 너의 하늘이더라도).

이 상황을 해결할 수 있는 방법이 이미 머릿속에 떠올랐다. 경험이 많으니까!…… 하지만 생각이 너무 빨리 떠올랐다(기다려야 한다는 뜻이다……). 그래서 나는 반사운동을 계속했다. 녀석들이 타고 있는 지프 주변을 계속 맴돌았다. 풀밭에서 다리 운동도 해보았다. 잠시 멈추어 있는 시간이 필요하다.

내게는 잠시 멈추어 있을 시간과 한 줄기 아침 햇살이 필요하다. 내가 체첸인들 앞에 나타날 때 그들이 나를 알아볼 수 있도록. 내가 그들이 있는 곳에 다다를 때면…… 아마 지금보다는 조금 더 밝을 것이다. 그 순간이 필요하다!…… 나를 살펴보고, 알아볼 수 있도록!

내가 하겠다. 질린 소령이 해주겠다.

위험을 감수하며 어떤 일을 할 때, 나의 '나'는 어딘가로 물러난다. 거리를 두고 나를 바라보게 된다…… 이미 내가 아니라 질린 소령이 빙빙 돌고, 풀밭에서 다리 근육을 푼다. 키가 큰 풀들이다…… 한 다발씩 자라 있는.

시간을 끌자…… 질린 소령의 손이 저절로 휴대폰 버튼을 누른다(나는 갑자기 휴대폰을 손에 쥐었다…… 마음에 가벼운 움직임이 있었다).

"마누라, 왜 안 자?"

그녀는 즉각, 가볍게 대답을 했다.

"여긴 아침이잖아요. 벌써 7시야…… 잠도 잘 못 잤고. 밤새 못 자겠더라고요. 근데 아침에는 눈이 떠지고…… 당신은 왜 안 자요?"

질린 소령이 웃었다.

"일하고 있지."

"밤에도 일해요?"

질린 소령은 다시 가볍게 웃는다.

"비즈니스."

소령은 서두른다.

"당신 알아? 나는 당신이 자주 보여…… 온갖 서류들을 들여다보고 있지. 입은 꽉 다물고…… 얼굴은 엄청 진지하고…… 이런저런 당신 모습이 보여."

"하지 마요."

그녀가 말을 끊는다.

"하지 마…… 나 울 것 같아요."

"알겠어. 그래. 끝…… 근데 내가 당신을 옆모습으로 보는 거…… 그건 말해도 되지?…… 당신이 책상 앞에 앉아서 어딘가를 보고 있어. 고개를 들고…… 어딘가 먼 곳을 보고 있어."

그녀가 흐느낀다.

"창밖을 자주 봐요."

질린 소령이 웃는다.

"그럼 자주 보지 마."

오버…… 이제 일을 시작할 때다…… 나는 가볍게 지프로 뛰어올라, 가볍게 차를 출발시킨다.

지프는 바퀴 자국을 타고 넘어 길로 나선다.

속력을 낸다. 이제는 종대에 있는 체첸인들도 나의 지프가 확 트인 아침 길을 달려 자기들에게 돌진하고 있는 것을 보았을 것이다. 차는 엄청난 속도로, 조금의 망설임도 없이 달려든다(체첸인들에게 달려들 때는 절대 머뭇거려서는 안 된다).

대신 차 안에서는 매사에 의식적으로 느리게 움직였다. 아무런 감정의 동요도 없이. 두 병사에게 천천히, 차분하게 설명했다(그들은 뒷자리에 앉아 있다). "병사들…… 움직이지 마. 조용히 있어…… 체첸놈들에게 갈 거야. 자동소총 총구를 창밖으로 내밀지 마!" (자동차의 속력을 더 내며 거울을 통해 녀석들을 보았다.)

이 둘은 이미 자기들 눈으로 우리가 체첸 종대를 향해 가고 있는 것을 보았다. 불쌍한 알리크는 하얗게 질렸다. 하지만 올레크는 아무렇지 않아 보였다…… 그저 굳은살만 뜯고 있었다.

체첸 종대에서도 대응하는 움직임이 보였다. 그들을 향해 날아드는 지프를 보자마자…… 소규모의 재배치. 민간인으로 구성된 체첸 종대 중앙에서 민간용이라고 부르기 힘든 트럭이 앞으로 기어 나왔다(겨우 기어 나왔다. 휘발유가 거의 없었으니까). 겨우 앞으로 나와 종대의 머리 부분에 섰다.

하지만 이것은 일반적인 경호에 불과했다. 트럭은 강력한 위용을 보이려 최선을 다했다. 짐칸에는 수염이 덥수룩한 체첸놈 세 명이 자동소총을 든 채 운전석 부분을 붙잡고 보란 듯이 서 있었다.

거기다 운전석 지붕에 달려 있는 그들의 기관총 총구는 달려오는 지프를 향해 있었다. 기관총 총구가 마치 프로젝터처럼 보였다…… 준비는 해두었으나…… 아직 불을 켜지는 않은.

그러다 빛이 쏟아졌다. 흩뿌리는 빛 방울로…… 발사…… 총알은 지프 앞길을 파헤쳤다. 하지만 나는 총격 이후에도 조금 더 나아갔다(이 역시 중요하다. 첫번째 총격이 있어도 계속 나아가는 것).

체첸인들은 질린 소령이 자기들 종대에서 40미터쯤 떨어진 곳에 차를 세우는 것을 보았다. 질린 소령은 그들의 종대까지 금세 걸어갈 수 있을 지점에 차를 세웠다. 그들이 기다리며 애태우지 않도록. 그러고는 녀석들에게 다시 한번 말했다. "병사들…… 차분하게 있어. 기뻐하는 표정으로." 질린 소령은 지프에서 내려 이미 체첸인들을 향해 가고 있다(나는 혼자서 길을 따라갔다. 걸어서…… 혼자서 길을 갈 때면 언제나 여유가 있다).

물론 허리띠에는 권총을 차고 있다. 하지만 손에도, 어깨에도 자동소총은 없다. 체첸인들은 다가오는 이가 자동소총을 가지고 있지 않은 것을 본다. 그들은 이 모든 것을 멀리서도 아주 잘 읽어낸다.

그러다가 마침내 알아보았다. 아하!…… 트럭에 타고 있는 털북숭이

중 한 명이 녹슨 확성기에 대고 외쳤다.

"사시크? 아산 세르게이치?…… 자넨가?"

나는 손을 흔들었다. 나야!…… 나라고!…… 나 말고 누가 네놈들을, 한밤중에 쓰러져 있는 형편없는 녀석들을 도와주러 오겠는가. 누가 자동소총도 없이 너희를 도와주고 구해주러 오겠는가.

털북숭이는 확성기를 내던지고 트럭 짐칸을 타고 넘어 바로 땅으로 뛰어내렸다. 나를 만나러…… 짐칸 난간을 가볍게 뛰어넘었다…… 한 서른 살쯤 되어 보였다. 그는 질린 소령을 알았다. 하지만 질린 소령은 그를 기억하지 못했다.

물론 나도 그를 맞으며 즉시 손을 내밀었다…… 서로 뜨겁게 악수를 한 후 체첸인은 자기들의 사정을 폭포수처럼 쏟아놓았다. 그들의 종대는 우연히 이곳에 오게 되었다! 어쩌다 보니! 실수로! 맹세할 수도 있어!…… 아산, 믿어주게. 정말 어쩌다 보니 이렇게 엉망이 되었어!…… 종대에 휘발유가 바닥났어. 한 방울도 없네…… 중간 지점에서 중개인이 휘발유수송차를 보내기로 했어. 수송차 비용도 다 지불했네! 정직하게 지불했어! 그런데 아무리 기다려도 오지를 않는 거야!…… 그래서 할 수 있는 한 달렸네. 기어 온 거지. 서로 휘발유를 나누어가면서. 서로 보조연료탱크에 있는 것을 조금씩 따라주면서…… 그리고 여기, 그로즈니로 들어서는 길목에서…… 완전히 서버린 거야!……

"아산 세르게이치, 저기 보게."

수염을 기른 체첸인이 고개를 돌리고는 손가락으로 나를 쿡 찔렀다.

"저기 저 자식 좀 보게! 보고 즐기라고!"

'지굴리'에서 한없이 불쌍한 모습을 한 체첸인이 튀어나왔다. 우리에게로 걸어오고 있다. 사기를 당한 체첸인!…… 세상에 그보다 더 가련한 존재는 없다…… 휘발유 거래에서 속은 것이다…… 불쌍한 놈.

차라리 죽는 것이 나았을 것이다!…… 중개인의 얼굴은 하얗게 질려 있었다. 그는 떨고 있었다. 그는 눈에 띄게 세련된 옷차림을 하고 있었다. 줄무늬 정장에 넥타이까지 매고…… 하지만 지금은 그 넥타이 때문에 더 가련해 보였다.

그가 내 앞에, 질린 소령 앞에 섰다. 감히 악수를 청하러 손을 내밀지도 못했다.

"몰랐어요. 저는 공범이 아니에요…… 맹세합니다. 저는 몰랐어요…… 소령님, 저도 속은 거예요…… 종대 전체를 속인 것처럼 저까지 속인 거예요."

나와 털북숭이는 서로 눈빛을 교환했다. 그런 걸까?…… 그런 거지!…… 그의 말은 사실인 것 같았다.

중개인 중 주가 되는 것이 언제나 맞으러 오는 쪽이라는 것은 자명하다. 종대를 맞으러 오지 않은 자가 휘발유를 가져오지 않은 것이다. 그가 그들을 속인 것이다. 문제는 그 사기꾼이 지금 어디 있는가 하는 것이다…… 그에게서 휘발유를 받기는 이미 틀렸다. 적어도 오늘 받을 수는 없을 것이다.

이 기만당한 버러지 같은 중개인에게서는 건질 것이 아무것도 없다. 이 녀석 대가리를 톱질해도…… 목을 따도. 그의 목구멍에서 나오는 모든 것을 보조연료탱크에 넣는다 해도. 차는 그의 가련한 묽은 피로 움직일 수 없다…… 덜컹거리는 '지굴리', 뭐든 넣어도 웬만하면 괜찮은 지굴리조차 움직이지 않을 것이다.

"누가 나오기로 한 건데?"

내가 물었다.

"아부살림…… 우루스-마르타놉스키."

나는 고개를 저었다. 그의 이름은 아무 의미가 없다. 누가 저런 천치에게 진짜 이름을 말해주겠는가.

질린 소령과 털북숭이는 다시 한번 서로의 눈을 쳐다본다. 자, 어떻게 할까?!…… 그때 또 한 명의 털북숭이 호위병이 다가왔다.

무법자-아!…… 놈의 얼굴을 바로 기억해낼 수 있었다. 이럴 수가! 어떻게 여기에 있지! 거친 놈이다! 언젠가 저놈을 찾는 수배 명령이 내려지기도 했다. 하지만 그는 순해지고 부드러워졌다…… 지금은 경호원으로만 일한다. 자기의 무시무시한 외모를 이용하여 일하는 것이다. 그의 거대한 손에 들린 자동소총은 어린아이 장난감처럼 보인다.

첫번째 털북숭이, 리더 격인 그는 이 무법자와도 눈빛을 교환한다…… 게임이 시작되었다.

그때 멈추어 선 차들에서 노인들이 기어 나왔다. 굳은 뼈도 좀 풀어주고, 뭐 새로운 일은 없는지도 알아보려고. 다가와서 우리를 둘러싼다…… 당연히 존경하는 질린 소령을 가까이서 보려는 생각도 있다.

하지만 이 전형적인 길가의 북새통에도 질린 소령은 조금도 불안해하지 않는다. 조금도! 소령은 이렇게 정신없는 상황 속에서 오히려 최상의 컨디션을 유지하곤 했다. 우선 그는 이런 상황에서 즉시, 그리고 아주 손쉽게 무리 속에 있는 지인을 찾아내곤 했다…… 질린 소령이 무리 중에서 노인 한 사람을 끌어내는가 했더니, 금세 다정하게 어깨를 치며 말한다. 안녕하신가요!…… 노인은 실제로 질린 소령을 기억하고 있었고, 이가 빠진 입으로 미소를 지었다. 그리고 무어라고 중얼거리기까지 했다…… 질린 소령도 그에게 미소를 지어주었다. 적대적인 무리 속에서 체첸 노인과 서로 얼싸안을 수 있는 이 능력은 매번 기적을 낳았다. 즐거운 기적을…… 그런 일이 있고 나면 주변에 있는 이들 모두가 갑자기 생기를 띤다. 체첸인들은 피 냄새가 나는 용기를 좋아한다.

곧 주저앉게 생긴 '지굴리'의 삐걱거리는 창문이 벌써 조금씩 열렸다…… 여자들은 차 안에서 밖을 내다본다. 산에 사는 여자들이다! 동양식 스카프로 이마를 덮어 얼굴의 반을 가리고 있지만, 여전히 바라보고 있다…… 거의 눈을 감고서…… 하지만 호기심을 가지고. 여인들…… 노인들…… 아이들도…… 소령이 있는 쪽을 향해 눈빛을 발사하고 있다. 그들은 이 흥미로운 뉴스를 전하며 여기저기서 서로 수군거린다. 작게 속삭이며. "아산……" "아산……" "저 사람이 아산이래……"

이곳에서 소령으로, 그저 알렉산드르 세르게이치로, 사시크로 살았는데 이제 아산이 되었구나. 캅카스에서 얻은 명성의 절정에 도달했다고나 할까? 소령은 그런 생각이 들었다. 물론 별것 아닌 일이지만, 질린 소령은 이 별것 아닌 일에 대해 생각하며 기분이 좋았다(감추지 않겠다. 나는 기분이 좋았다).

주머니에서 권총이 아니라 휴대폰을 꺼내 들고 질린 소령은 털북숭이를 향해 미소를 지었다…… 그리고 무법자에게도(그는 어딘가를 바라보며 위협하는 듯한 표정을 짓고 있었다). 그리고 조금도 감추는 것 없이, 공개적으로 크라마렌코에게 전화를 걸었다. "친애하는 크라마렌코, 그 지점으로 휘발유수송차 좀 보내. 바로 체첸 종대로…… 바로 보일 거야."

"소령님, 벌써 거기 계십니까?"

"나? 나는 이미 거기 있지."

휘발유를 가득 채운 휘발유수송차 한 대는 언제나 창고에 준비되어 있다. 크라마렌코는 질린 소령이 입만 뻥끗해도 모든 것을 이해한다…… 그는 휘발유수송차에 머리 회전이 빠른 스네기리 중사를 태울 것이다. 혹시 모를 경우에 대비하여.

"금방 가겠습니다, 알렉산드르 세르게이치…… 저랑 스네기리가 같이 가겠습니다. 그렇게 하는 게 좋겠죠?"

"아니…… 혹시 모르니까 낡은 지프를 타. 그리고 휘발유수송차랑 거리를 유지하고 와…… 휘발유수송차에 총을 쏘는데 자네까지 맞으면 안 되니까."

크라마렌코가 웃었다.

"총을 쏘지 않을 겁니다…… 금방 가겠습니다."

체첸인들은 더 빽빽이 둘러쌌다. 노인들이 미소를 지었다. 노인들은 소령이 그들 한 사람, 한 사람 어깨를 두드려주기를 바랐다. 그리고 가능하면 한 사람, 한 사람 안아주었으면 했다…… 눈먼 노인이 사람들을 뚫고 점점 더 가까이 다가왔다. 적극적인 노인이다! 희뿌연 눈을 굴리며 어딘가 먼 곳을 바라보고 있다. 소령이 위에 있다고 생각했을 수도 있다. 지금 아산이 하늘에서 천천히 내려오고 있다고. 그렇게 내려와서 희뿌연 눈을 한 그를 안아줄 거라고…… 대신 옆으로 바싹 다가온 꼬마 녀석은 용감하게, 그리고 거침없이 질린 소령의 소매를 잡아당겼다. 큰 사과를 아삭아삭 먹으며 용감하게 소령을 바라본다. 꼬마의 콧물, 어쩌면 침이 턱까지 내려와 덜렁인다.

하지만 지금 가장 달콤한 침을 흘리고 있는 것은 중개인이다. 그는 질린 소령에게 무언가 아첨하는 말을 중얼거렸다. 무한한 감사의 말을. 평생 이 은혜를 잊지 않겠노라고. 어련하겠는가!…… 3분 전만 하더라도 배신당한 중개인은 휘발유 없이 길에 널브러진 종대가 자기 불알을 떼어갈 것이라 생각했다…… 미안해하고, 감사하고, 어쩔 줄 몰라 하면서 갑자기 체첸말을 하다가 다시 러시아말을 하곤 했다. 그리고 떨리는 손으로 연신 넥타이를 바로잡았다.

그때 질린 소령이 늘 하던 말을 던졌다.

"5백 달러. 반 통에."

그 즉시 두 명, 아니 세 명의 체첸인이 자기도 모르게 비명을 질렀다. 마치 한 대 맞은 것처럼. 누구보다 먼저 대장 격인 털북숭이가 탄식을 쏟아냈다. 여기 그런 돈이 어디 있어? 왜 그렇게 비싼 거지?……

하지만 그것은 거래가 시작될 때 나오는 아주 자연스러운 탄식이다.

털북숭이는 이미 질린 소령을 친구로 바라보지 않았다. 그의 눈이 이글이글 불타올랐다. 그의 검은 눈이!…… 전형적인 전사의 눈이다. 바로 1분 전까지만 해도 그와 소령은 서로 이해하며 눈길을 주고받았다. 자동소총을 든 무법자도 소령에게 더 가까이 다가왔다. 아직 아무 말도 하지 않았지만, 흥분을 가라앉히며 낮은 소리로 으르렁댔다.

모두가 동요하기 시작했다. 배신당한 가련한 중개인도 아직 침도 닦지 못한 채 무언가 소리를 냈다. 그런 돈을 어디서 구합니까.

질린 소령은 그의 앞섶을 쥐었다.

"어디서?…… 자네 재킷 주머니에 달러가 얼마나 있는데?…… 빨리 대답해…… 빨리! 아니면 뒤져본다!"

"3…… 3백요. 루블로요."

"좋아!…… 현금 3백은 있는 거고. 그러면 차가 열한 대나 있는 종대에서 2백만 거두면 되는 거네."

"사시크, 개자식!"

털북숭이가 악에 받쳐 발밑에 침을 뱉었다. 하지만 동양에서 욕설은 거래의 일부이다.

"길 한복판에서 옴짝달싹 못 하고 걸려든 건 자네야. 걸려든 게 자네야, 나야?…… 그러니까 사령관, 개자식이라는 욕은 자네에게 하라고. 그게 더 이치에 맞을 텐데……"

질린 소령은 엄격한 눈으로 그를 바라보았다.

그리고 살짝 하품을 했다.

"사령관, 자넨 아직 젊어…… 길에서 퍼진 종대에게 2백 달러만 받는다고?! 길 가는 누구에게든 물어보라고!…… 더구나 내 휘발유는 옥탄가 92짜리야! 최상품이지! 너희가 적당히 만들어 쓰는 개똥 같은 것과는 전혀 다르거든…… 게다가 어디에 갈 필요도 없지. 줄을 설 필요도 없지…… 배송해주고 자네들 연료통에 직접 부어주는데! 그걸로 부족한가?"

소령은 냉정하게 거래했다. 소령에게는 그들의 몇 푼 안 되는 루블이 필요 없지만 아산에게는 필요하다. 그들의 푼돈은 사실 아무 상관 없다…… 하지만 소령이 지금 이자들에게서 돈을 받지 않으면, 그들은 놀랄 뿐 아니라 경계할 것이다. 더 이상 아산을 존경하거나 두려워하지 않을 것이다. 누가 이 단순한 진리를 모르겠는가!

작은 실수라도 있으면 네 목울대에 칼을 꽂고, 악에 받쳐 자동소총을 갈길 것이다(그러면 나는 지금 저기 어디쯤 자빠져 있겠지…… 길가에…… 풀숲에…… 노인들은 선 채로 인간의 눈이 어떻게 유리처럼 변해가는지를 빤히 쳐다볼 것이다. 꼬마 녀석은 계속해서 사과를 먹으며, 간간이 죽은 소령의 가슴팍에 시큼한 침을 잘게 잘게 뱉어댈 것이다).

거래가 성사되었다. 털북숭이는 고개를 끄덕였다. 좋아, 사시크. 합의를 본 걸세…… 평화……

마치 함께 타고 가는 기찻삯을 내듯이 차마다 20달러씩(차에는 다섯 명, 많으면 여섯 명까지 끼어 타고 있었다)…… 평화…… 평화…… 눈치 빠른 체첸의 근사한 노인네들은 분홍빛 잇몸을 드러내며 미소를 짓는다.

대신 자동소총을 든 무법자가 산처럼 소령을 덮쳤다! 그는 거래가 진행되는 동안은 소령과 직접 이야기를 나누지도 않았고, 자기가 사용할 수 있는 최고의 카드—직접적인 생명의 위협—를 쓰지도 않았다. 갑작스러운 접촉은 복부에서 일어났다…… 자동소총의 총구가 질린 소령의 횡격막 부분을 찔렀다…… 밤이라 총구가 차게 느껴졌다…… 그러더니 자동소총을 살짝 꺼내어 자신의 뒤틀린 손가락을 방아쇠에 올린 채 소령에게 보여주었다. 여차하면! 끝이야!라는 듯.

"개-개-개새끼, 죽여버리겠어!"

하지만 거래는 끝났고, 질린 소령은 웃었다.

"못 죽일 거야."

"죽여버릴 거야."

"못 죽일 거야. 지금 가서 돈을 걷어야 할걸. 직접…… 한 사람, 한 사람마다. 차 한 대, 한 대마다. 알겠나?"

질린 소령은 다시 한번 대장 격인 털북숭이에게 고개를 끄덕여 보였다. 알겠지?라고 말하는 듯. 넥타이를 비뚤게 맨 가련한 중개인은 더 이상 할 일이 없다고 말하는 듯. 종대에서 개망신을 당한 그에게 이제 그 누구도 1루블도 주지 않을 것이다. 반면 이 자동소총을 든 무법자는 돈 걷는 데는 제격이 아닌가.

털북숭이는 고개를 끄덕였다. 그도 동의한 것이다.

무법자는 느릿느릿, 분노에 차서 괴성을 질렀다…… 오한이 느껴질 정도의 괴성이었다. "자!…… 자!…… 자, 죽여봐, 이 체첸놈아. 죽여보라고!" 소령은 허벅지로 그의 차가운 총구를 밀었다. 하지만 그때 두려워 머뭇거린 것은 질린이 아니라 체첸놈이었다. 그는 자기도 모르게 갑자기 총을 쏘게 될까 두려웠다. 그의 거대한 손에 들린 자동소총이 열에 들뜬 것처럼 떨렸다.

자, 쏴봐…… 사샤 아산을 죽이면 어떻게 될지 보자고…… 이렇게 될 거야. 종대는 연료도 없이 이렇게 함정에 빠진 것처럼 서 있게 될 거야. 훤히 다 보이는 길에서 대낮에 십자가에 매달린 것처럼……

"가서 돈이나 걷어 와. 나를 죽이지 못하겠거든, 가서 돈을 걷어 와!"

체첸놈은 갔다. 가야 할 곳으로, 종대를 향해.

소령은 그가 모든 차에서 아주 적은 금액이라도 받아 오도록 했다. 왕년에는 무법자, 백정, 하도 이름이 많아 어떤 이름을 붙여야 할지도 모를 놈이었는데, 사시크 아산이 손을 내밀고 돈을 걷으러 다니게 만들었다. 노인들에게 달러가 어디 있는데? 당연히 루블로 내도 되지.

물론 환율에 따라서. 사시크는 미소를 지으며 덧붙였다. 그러고는 그 자리에서 헬리콥터 조종사들에게 전화를 걸겠다고 말했다. 아침 인사는 해야 하니까!…… 물론 블러핑이다. 오늘 소령은 상공과 연락한 적이 없다. 체첸놈도 그것이 블러핑이라는 것을 알아챘을 것이다…… 그럼에도 갔다. 그것도 걷지 않고 뛰어서, 서둘러 갔다. 그리고 지금 저쪽에서 먼지를 일으키며 차들 사이를 누비고 있다.

이제 모두가 상황을 이해할 수 있게 되었다. 모두의 마음이 편해졌다…… 노인들은 질린 소령의 손을 한 번 쥐고는 자기 자리로 돌아갔다. 각자 자기의 차로…… '지굴리'를 타고 있는 여자들은 보따리를 풀었다.

혹은 손으로 가슴을 더듬어 루블을 꺼냈다…… 무법자-체첸인은 자동소총이 팔꿈치를 치는 바람에 모은 돈더미를 떨어뜨릴 뻔했다…… 사람들은 주로 10루블짜리 지폐를 내놓았다. 계산을 시작했다. 수금을 돕도록 여자 한 사람을 불러냈다. 아름다운 여자였다.

두 병사는 거래가 이루어진 장소, 체첸 종대의 선두 자동차에서 4, 50미터쯤 떨어진 곳에 있었다. 지프를 타고. 긴장한 올레크는 자동소총을 더 꽉 끌어안았다. 그러고는 자동소총의 탄통을 쓰다듬었다…… 그는 거대한 체첸놈이 질린 소령의 허벅지 아래로 검은 총구를 들이미는 것을 보았다.

반면 알리크는 거의 본 것이 없었다. 그는 흥분하여 미래의 만남에 대한 이야기를 늘어놓았다. 그의 생각은 높이 날고 있었다.

"녀석들이 정말 정말 기뻐할 거야…… 우리한테 뭔가 기념품을 당장 요구할 놈은 구스밖에 없는데…… 올레크, 들어봐! 구스는 죽었잖아."

"알아."

"체첸놈들이 우리 부대를 포격했을 때. 제일 처음에 말이야…… 구스가 제일 먼저 죽었지. 그때 중사가 한 말이 기억나더라…… 중사가 그랬잖아. 전쟁터에서 총알은 제일 먼저 욕심 사나운 사람을 찾는다고."

올레크는 긴장한 채 창밖으로 체첸 종대와 질린 소령의 거래가 점점 더 길어지고 있는 것을 바라보았다. 그는 마지못해 동료에게 답했다.

"중사도 제일 먼저 죽은 사람 중 하나잖아."

"하지만 중사도 좀 욕심 사나웠잖아…… 올레크!…… 우리가 가면 다들 기뻐할 거야. 얼마나 기뻐할까! 얼마나!"

알리크는 너무 행복해 목이 메었다.

"모두를 위해서 뭐라도 준비해야 해…… 녀석들을 위해서…… 뭔가 끝내주는 안주랑 술이랑. 올레크!…… 우리 뭔가 그런 걸 사자. 녀석들이 우리를 보고 모두 신이 나서 난리를 칠 수 있는 걸로!"

갈색 눈을 한 청년들이 서로에게서 호스를 빼앗는다. 그들은 여기저기 차에서 튀어나왔다…… 어린아이 같은 마음으로. 불안이 사라져가는 것을 느낀 것이다…… 호스의 가는 목을 연료탱크 안에 집어넣고는, 그 안으로 비싼 휘발유가 졸졸졸 흘러들어 가는 것을 너무나도 만족스럽게 바라보고 있다. 92짜리 휘발유다! 그들도 품질에 대해 알고 있다!

총알처럼 한칼라에서 달려온 휘발유수송차는 이제 아주 천천히 체첸 종대 사이를 누비고 있다. 이 차에서 저 차로. 운전은 스네기료프가 맡았다…… 크라마렌코는 낡은 지프를 타고 휘발유수송차와 나란히 움직이고 있다. 하지만 길이 아니라…… 풀숲을 따라서…… 거리를 유지한 채. 그는 자기 일을 알고 있다!…… 크라마렌코가 아니면 누가 할 수 있을까!…… 질린 소령은 생각했다. 이 순간 그는 자기 사람들에게 만족한다.

지프로 돌아가며 소령은 스스로에게도 만족했다. 당연하다!…… 매듭을 풀었으니까! 그로즈니의 종대, 보충 병력과 군수용품 외에도 거물급 관료를 태운 종대는 이제 거침없이 움직일 수 있을 것이다. 상공에서 모든 것을 보고 있던 헬리콥터 조종사들이 이미 흐보리에게 별일 아니며, 체첸의 민간인 종대가 멈춰 서 있었다는 사실을 보고했다…… 질린 소령이 그들에게 신속하게 휘발유수송차를 보내 그 종대가 지금 주유를 하고 있고…… 기름을 채운 체첸인들은 이제 곧 길로 나설 것이라는 사실도(관료도 이제는 안심할 수 있다. 더 살 수 있을 것이다).

질린 소령은 기운차게 걸었다. 발밑의 땅이 고분고분하게 느껴졌다. 성공을 거두고 나니, 팽팽하지만 고분고분하게 느껴지는 땅!…… 소령의 뒤를 따라 돈을 든 체첸인이 달려왔다. 좋은 재킷을 입은 운 없는 중개인. 그가 미친 듯이 달려왔다!…… 그의 어깨 위에서는 제자리를 잃은 넥타이가 춤추고 있다…… 그도 누구보다 기뻐했다. 돈뭉치!…… 그의 부끄러운 실패가 이렇게 성공적으로 끝난 것이다!

그는 모아 온 돈을 주려고 가지고 왔다. 두 손으로 조심스럽게, 예민하게, 미소를 지으며. 마치 누군가에게 자기의 행복한 심장을 이식이라도 하려는 듯.

지프에 다가서며 질린 소령은 앞쪽 창을 통해 그들의 얼굴을 보았다. 두 개의 창백한 점. 알리크의 얼굴은 완전히 새하얗게 변해 있었다! 괜찮아, 괜찮아. 곧 저 녀석을 소집해제하겠지. 아마도 저 녀석은 소집해제해줄 거야. 그리고 집으로 보내주겠지. 그러면 페테르부르크에 있는 엄마가 저 녀석을 돌보겠지.

체첸인 중개인은 지프 바로 옆에서 소령을 따라잡았다. 그리고 함께 차에 올랐다. 질린 소령은 운전석에, 체첸인은 그 옆, 앞좌석에…… 체첸인은 벌써 자기가 다시 진짜 중개인 노릇을 한다는 사실에 신이 났다(돈을 들고! 그것도 앞자리에 앉았으니까!). 충분히 그럴 만하다!…… 어찌 되었건 일을 했으니까! 체첸인은 소령을 위해 모은 돈을 흔들었다. 조금은 장엄하게! '여기 있습니다!'라고 말하는 듯이!

그가 기뻐하며 얼굴을 빛내는 동안 질린 소령은 시동을 걸었다. 오래 기다렸던 자동차가 드디어 출발했다. 소령도 미소를 지었다…… 운전을 하며 뒷좌석을 돌아보았다. 자, 여기, 병사들은 어떠신가?

그리고 알리크의 백지장 같은 얼굴을 보았다. 그의 거칠어진 큰 눈도…… 이 녀석은 무엇이, 아니면 누가 두려운 것일까? 이 보잘것없는 체첸놈이?

그리고 자기를 향해 있는 자동소총을 보았다…… 그 순간 총이 발사되었다…… 질린 소령은 처음에는 이것이 무엇인지 이해할 수조차 없었다.

당장은 무슨 일이 일어난 것인지 이해할 수도 없었지만, 이미 옆구리에 두 발의 총을 맞았다. 알리크가 발사한 자동소총의 마지막 두 발을…… 소령은 몸을 반쯤 돌린 채 앉아 있었는데, 그 즉시 두 발을 맞았다…… 알리크가 쏜 총알의 대부분은 체첸인 중개인에게 가서 맞았다. 네다섯 발…… 그보다 적지는 않았을 것이다!

속도를 내던 지프는 충격이 있은 후에 오른편으로 꺾어져 길옆에 있는 작은 도랑에 빠졌다.

질린 소령은 그래도 브레이크를 밟을 수 있었다. 하지만 차는 큰 소리를 내며 커다란 구멍 속으로 비스듬히 떨어졌다. 거기에는 나뭇등걸도 있었다. 끔찍한 와지끈 소리와 함께…… 보닛이 옆으로 돌아갔고, 오른쪽 차 문은 활짝 열렸다…… 엄청난 소리와 함께…… 죽은 중개인은 기울어진 차 밖으로 굴러떨어졌다. 그래도 여전히 돈다발을 쥐고 있었다. 불쌍한 그는 결국 그렇게 휘발유 값을 치르지 못했다.

하지만 소령의 상황도 별반 다르지 않았다. 총 두 발은 꼭 필요한 만큼이었다. 살인에 필요한 만큼. 질린 소령은 차에서 굴러떨어지지는 않았다. 한 손으로 운전대를 잡고 있었다. 질린 소령은 오른쪽 옆구리에서부터 뚫린 자기 허벅지를 만져보았다…… 피…… 손바닥이 온통 피투성이다. 커다란 점. 그 점은 즉시 빠른 속도로 커져갔다…… 그제야 질린 소령은 분노하며 악을 썼다.

"이 멍청한 정신병자 같으니라고!…… 미쳤어! 네가 나를 죽였어, 이 빡빡머리 미친놈아!…… 뭐가 무서웠던 거야? 이 더러운 돈다발이? 나는…… 너희를 위해서!…… 저 종대 문제를 해결했어…… 나는…… 나는……"

질린 소령은 헐떡이기 시작했다. 그러고는 입을 다물었다. 힘을 아껴야 한다…… 이제 곧 크라마렌코가 전화를 할 것이다.

병사들은 둘 다 말을 잃었다. 그렇게 뒷좌석에 앉아 있었다…… 역시 눈에 띄게 기울어진 그 자리에…… 그들은 많이 다치지도 않았다. 올레크는 뒤늦게 알리크의 자동소총을 움켜잡았다. 총구를 아래로 당겼다…… 하지만 이미 늦었다. 알리크는 이미 총을 쏘아버렸다.

창백한 얼굴의 알리크는 질린 소령을 보고, 또 보았다. 두 눈을 크게 뜨고.

질린 소령은 이미 작은 소리로 욕도 하지 않으며 말했다. 작은 소리로.

"아, 멍청이…… 빡빡머리 멍청이."

그때 휴대폰이 울렸다…… 크라마렌코다…… 휘발유수송차가 자기 일을 다 끝냈다는 뜻이다. 최상품 휘발유를 실컷 먹은 체첸 종대는 그로즈니의 장갑수송차들에게 길을 내주며 돌아서 움직이기 시작했다.

질린 소령은 조심스럽게 끈적이는 전화기를 쥐고 있다. 손이 온통 피범벅이다. 그는 아주 작은 소리로 말했다.

"이리 빨리 날아와. 총에 맞았다."

힘을 아끼고 있다. 오른쪽 옆구리의 검은 점은 점점 더 커지고 있다…… 크라마렌코는 전화기에 대고 울부짖었다…… 어떻게요?…… 어떻게요?…… 누가요?!

질린 소령은 잠시 생각하더니, 녀석들을 불쌍히 여겼다.

"크라마렌코…… 총에 맞았다."

"누가요?!"

"무슨 상관이야. 그냥 오는 길에…… 차가 우그러졌어."

여기서 질린 소령은 휴대폰을 떨어뜨렸다. 이미 중요하지 않다…… 자기 무릎에 떨구었다…… 하지만 휴대폰은 저절로 미끄러져 내려 어딘가 자동차 바닥으로 굴러가버렸다. 이미 중요하지 않다. 가슴에 통증이 느껴졌다.

이제 그저 기다리면 된다.

녀석들은 여전히 입을 다물고 그렇게 앉아 있다…… 알 만하다…… 질린은 거울을 통해서만 그 둘을 볼 수 있었다. 고통 때문에 그들을 향해 고개를 돌리거나 움직일 수가 없었다.

아하!…… 낡은 지프가 먼지를 일으키며 날아온다…… 그 뒤에 또 한 대의 경차가 따른다. 저건 누구지?

크라마렌코는 차를 세우고 지프에서 뛰어내린다. 완전히 당황한 얼굴이다. 하지만 1초도 낭비하지 않는다. 그의 손은 자기 일을 했다…… 그는 엉망이 된 차에서 조심스레 질린 소령을 빼냈다. 꺼냈다고 말할 수 있겠다.

"네놈들은 왜 꿈쩍도 안 해?"

그가 두 병사에게 외쳤다.

"문 안 열려? 아니야?…… 기어 나와. 둘 다 내 지프에 타. 뒷자리에."

그러면서 그는 계속해서 조심스럽게 엉망이 된 자동차에서 소령을 빼냈다. 부딪히지도…… 모서리에 걸리지도 않았다…… 그렇게 팔로 그를 안았다. 그러고는 낡은 지프로 옮겼다.

자기 차를 타고 뒤따라온 체첸인들은 긴장한 채 소령을 돌보는 크라마렌코를 바라보았다. 세 명의 노인과 젊은 운전자. 그들은 눈을 크게 뜨고 망가진 차에서 아산을 빼내는 것을 보았다…… 넓고 강한 아산의 가슴이 온통 피투성이가 되어 있다…… 죽었는지도 모른다…… 전쟁은 흥미로운 것이다. 체첸인들은 소령에게 돈을 지불한 자기 중개인을 데리러 여기 온 것이다…… 하지만 중개인이 이미 죽은 것을 보고 얼어붙었다. 어떤 식으로든 개입하고 싶지 않았던 것이다.

그들의 중개인은 차에서 떨어져 땅 위에 누워 있었다. 그들은 시체 곁에 놓여 있는 돈도 보았다. 돈이 땅 위에서 구르고 있다…… 하지만 노인들은 그 돈에서 단호하게 돌아섰다. 이미 그들의 돈이 아니다. 그 돈을 가지면 소령이 노할 수 있다…… 부상을 당했지만 그는 여전히 아산이다.

크라마렌코는 질린 소령을 자기 옆, 앞자리에 앉혔다.

"알렉산드르 세르게이치, 갈 수 있어요!…… 알렉산드르 세르게이치!…… 버텨! 버티세요…… 상처는 상처고, 소령님은 소령님이에요…… 목숨을 붙잡으세요! 버티세요!"

그는 그 지점까지 지프를 몰았다. 그 한 뼘의 땅에는 이미 그로즈니에서 온 호보리의 종대가 도착해 있었다.

"녀석들은 괜찮아요. 제때 왔어요!…… 알렉산드르 세르게이치, 들리세요? 여섯번째 장갑차를 타기로 했어요…… 제가 호보리랑 이야기했어요. 그렇게 정했어요. 호보로스티닌이랑."

크라마렌코는 잠깐 병사들을 돌아보았다.

"듣고 있어? 너희는 여섯번째 장갑차를 타는 거야…… 너희 차는 6번

이야!"

그는 수염을 타고 흘러내리는 눈물을 삼키고 있다. 그의 생각은 이리저리 정신없이 왔다 갔다 했다…… 그의 눈에 소령의 상처가 어떤지가 보였다. 소령을 한칼라까지 옮겨 갈 수는 없다. 문제는 의사가 그로즈니 종대에 있다는 것이다. 종대는 이미 다가와 있다…… 저기 있다…… 마침 흐보리의 종대에는 항상 좋은 의사가 동행한다. 의사는 내려주고 종대는 가면 될 것이다…… 그러면 의사가 바로 이곳에서 상처를 살피면 된다…… 흐보리가 의사를 내줄까?…… 내줄 것이다…… 그들은 가까운 사이니까.

"알렉산드르 세르게이치, 버티세요…… 생각해봐요. 뭐든 계속 생각을 해요."

질린 소령은 아내와 딸에 대해 아주 가볍고 밝은 생각을 했다. 하지만 그의 눈앞에 나타난 어떤 구름이 훨씬 밝았다. 크고 밝은 구름이 그를 유혹했다. 저기 구름이 있는 곳에 가면 더 편안해지리라는 것이 분명했다…… 질린 소령은 스스로 그 구름 속으로 들어갈 것이다. 그곳으로 들어가는 입구는 부드럽다. 다만, 지나치게 서둘러서는 안 된다……

"아-알리크."

소령이 띄엄띄엄 그를 불렀다.

"도-온."

질린 소령은 그의 위장복 주머니에 백 달러짜리 지폐가 있다고 말하고 싶었다. 바로 그 지폐…… 그것을 그들의 여비로 준비했다…… 알리크가 가져가라고…… 알리크의 어머니가 아들의 주머니에 백 달러짜리 지폐를 숨겨주며 말한 대로 길을 갈 때는 돈이 꼭 필요한 법이니까.

하지만 질린 소령에게는 이미 이 모든 말을 끝까지 할 힘이 남아 있지 않았다. 그는 그 말을 끝내지 못했다. 말을 하려면 완전한 문장이 필요했다. 하지만 죽어가는 이는 그렇게 고르게 숨을 쉴 수 없다.

"음…… 음……"

사람들은 그의 말을 이해하지 못했고, 질린 소령은 경련을 일으켰다.

옙스키 이병은 이미 정신을 차렸다.

"소-소-소령님…… 어-어-어떻게 해요…… 소-소-소령님……"

알리크가 중얼거렸다.

질린 소령은 눈을 감았다. 크고 흰 구름이 새롭게, 더 분명하게 그를 불렀다…… 이제 가까웠다.

크라마렌코의 지프가 그 장소에 도착했을 때 그로즈니 종대는 이미 재편성을 마쳤다. 크라마렌코는 서둘렀다. 몇 분밖에 없다!…… 먼저 이 두 병사를 처리해야 한다.

"병사들! 빨리, 빨리!…… 잘 가!…… 거기 일은 다 처리가 됐어! 다 이야기가 됐어!…… 6번 차야!…… 6번!"

크라마렌코는 이미 지프에서 뛰어내려 종대를 향해 달려가는 이들에게 외쳤다…… 그러면서 손가락으로는 휴대폰 번호를 눌렀다…… 가능한 한 빨리 어떤 차에 의사가 타고 있는지 알아보려는 것이다. 하지만 아무도 전화에 답하지 않았다.

그리고 대답 없는 휴대폰에서 눈을 들었을 때, 이제 더 이상 아무것도 할 필요가 없다는 것을 알았다. 알렉산드르 세르게이치의 고개가 꺾였다…… 자기 어깨 쪽으로…… 질린 소령이 죽었다.

크라마렌코는 그의 머리를 바로 놓아주었다. 그리고 들판과…… 에너지가 넘치는 흐보리의 종대가 용수철 모양으로 결집해 있는 길을 바라보았다……

크라마렌코는 지프의 문을 닫았다. 이 모든 것에서 격리되어 잠시라도 질린 소령과 단둘이 있기 위해서. 그리고 소령의 몸에 이미 뜨거워져 가는 아침 공기가 닿지 않도록.

차창도 닫았다. 기동 중인 차들의 굉음이 훨씬 작게 들린다. 거의 아무 소리도 들리지 않는다…… 서두를 필요도 없지 않은가.

그는 두 병사가 먼저 종대를 따라 달리는 것을 본다…… 올레크가 앞서고 알리크가 그 뒤를 따른다. 등에 매달린 자동소총이 흔들리며 그들의 등을 두드린다…… 장갑수송차와 탱크에 탄 병사들이 신이 나서 그들을 부른다. 손을 흔들어주며. 자, 자, 우리한테 와!

하지만 올레크와 알리크는 이미 자기들이 타야 할 6번 차를 보았다. 그리고 소리쳤다. 그러자 장갑차 쪽에서 그들에게 손을 내밀어주었다…… 두 사람에게 동시에…… 건장한 팔을 붙잡고 둘 다 전투용 차, 장갑차 상판 좌석으로 날아오르듯 올라탔다. 병사들이 병사들에게로.

그러고도 군용차들은 계속해서 이쪽저쪽으로 들썩였다. 잠시 춤이라도 추는 것 같다! 그러다 촘촘하게 정렬한 종대가 드디어 앞으로 기어가기 시작했다. 여섯번째 차도 움직거리며, 앞으로 돌진했다.

크라마렌코는 조금 정신을 차렸다.

"자, 알렉산드르 세르게이치."

그가 말했다.

"우리도 갑시다. 조용히 갑시다……"

크라마렌코는 지프를 돌렸다.

그는 힘없이 운전을 하며 눈물을 삼켰다. 천천히 달리며 눈을 떼지 않고 앞을 바라보았다.

"저기요…… 저기!…… 알렉산드르 세르게이치, 보세요. 마지막으로 우리의 이 길 좀 보세요."

죽은 질린 소령은 눈을 뜬 채 앉아 있다. 길이 알아서 지프 바퀴 밑으로 들어와 깔리는 것 같다.

"저 숲 좀 보세요…… 병사들이 매복하던 산들도요. 아름답죠?"

크라마렌코는 그와 이야기를 나누었다.

"정말 아름답죠. 그런데 무슨 의미가 있죠?…… 보세요, 알렉산드르 세르게이치. 마지막으로 보세요…… 천천히 갈게요…… 서둘러 갈 곳도 없으니까요."

측면으로 떨어지는 바람에 앞부분이 찌그러진 채 도랑에 처박혀 있는 소령의 지프 곁도 그렇게 천천히 지났다. 어쩐 일인지 크라마렌코는 그 차를 거의 보지 못한 것 같았다.

앞을 보니 이제 막 한칼라로 들어가는 길이 열린다.

크라마렌코가 보지 못한 지프는 그렇게 도랑에 코를 처박은 채 그곳에 남았다…… 어쩌면 그도 화가 난 채 그곳에 붙박여 있는지도 모른다…… 그도 질린 소령과 함께 사방을 누볐으니까. 쏟아지는 총알을 맞으며! 얼마나 여러 차례 총에 맞았던가! 그런데 지금은 길가에 버려진 채 누워 있다. 낯짝을 처박고!

그곳 도랑에는 운이 없는 중개인도 함께 버려져 있다. 몸에 총알이 박힌 채로…… 푼돈 뭉치와 함께. 돈의 일부는 흩어져 있고, 일부는 죽은 자의 움켜쥔 손안에 여전히 남아 있다. 아무도 그 돈을 가져가지 않았다. 갖고 싶어 하지 않았다. 아산의 돈이니까.

수많은 사람이 그 곁을 스쳐 지났다. 그들이 그저 두려워하기만 한 것일까?…… 돈은 그대로 풀밭에 흩어져 있었다. 알록달록한 지폐들이 버젓이 보이는 곳에…… 체첸전을 통틀어서, 사흘 내내 아무도 버려진 돈을 집어 가지 않은 정말 특별하고 유일한 경우였다고 한다. 사흘은 긴 시간이다…… 아주 긴 시간.

옮긴이 해설

아산
—'우리 시대의 영웅'*

2017년 11월 1일, 러시아에서 가장 강력한 노벨문학상 후보로 거론되던 러시아 현대문학의 거장 블라디미르 마카닌이 로스토프나도누 근교의 작은 마을 크라스니에서 타계했다. 모스크바대학 수학과를 졸업하고 교편을 잡았던 그는 1965년 장편소설 『직선*Прямая линия*』으로 등단했고, 1971년 『아비 없는 것*Безотцовщина*』을 출간하며 '아름답지만 심장을 뛰게 하지는 못했던' 자신의 전공 영역을 떠나 전업 작가가 되었다. 소비에트와 포스트소비에트 시절을 아우르며 독자층을 보유한 매우 드문 작가, '두 세기, 아니 서로 완전히 상반되는 러시아의 두 시대의 척추를 연결하는 사실상 유일한 작가'로 일컬어지던 그는 격변하는 시대에 민감하게 공명하는 작품들을 발표해왔다. 대표작으로는 2008년 우치텔A. Учитель의 영화로 만들어지기도 했던 『캅카스의 사로잡힌 자*Кавказский пленный*』(1994)

* 이 글은 2019년 『슬라브학보』 제34권 4호에 게재된 역자의 논문 「'우리 시대의 영웅'—블라디미르 마카닌의 『아산』 읽기」를 부분적으로 수정한 것이다.

와 이미 현대 고전의 반열에 오른 『언더그라운드, 혹은 우리 시대의 영웅*Андеграунд, или Герой нашего времени*』(1998) 등을 들 수 있다.

그중 2008년 발표된 장편소설 『아산』은 마카닌 평생에 가장 '소란스러운' 명성을 안겨준 작품이다. 러시아 현대사의 '뜨거운 감자'라 할 체첸전을 다룬 이 작품이 대표적 문학상인 '볼샤야 크니가Большая книга'상을 수상했다는 소식이 전해지자마자, 일군의 참전 작가들이 마카닌은 체첸전의 현실을 전혀 모르며, 그가 그려낸 것은 말도 안 되는 허구라는 맹렬한 비난을 쏟아냈다. 급기야 이러한 비난은 노작가의 수상(受賞) 비리설로까지 번지며 연일 신문지상을 달구었다. 동인지를 중심으로 활동하던 동시대 작가들과 달리 소비에트 시기부터 줄곧 단행본을 출간하고 공식 문단의 외부자로 살며 어떤 경향이나 유파로 묶기 힘든 독자적 행보를 보여온 노작가는 『아산』으로 인해 일평생 한 번도 겪은 적 없는 소란스러운 논쟁의 중심에 서야 했다.

사실 논쟁이 격화되는 데에 가장 결정적인 빌미를 제공한 것은 마카닌의 작품 자체였다. 무엇보다, 제2차 체첸전 중 휘발유 비즈니스로 체첸 땅의 휘발유 왕이 된 공병 소령 질린의 이야기를 담은 『아산』의 줄거리를 지탱하는 가장 중요한 디테일인 휘발유 부족 현상과 휴대폰 사용 시기가 구체적 현실과 어긋나 있었다. 지역에 따라 다르기는 했지만 산유국인 체첸은 심각한 휘발유 부족 현상을 겪은 일이 없었고, 작품의 주요 모티브가 되는 휴대폰도 작품에서는 1차 체첸전이 끝나갈 무렵부터 사용된 것으로 그려지지만, 실제로 휴대폰 사용이 가능해진 것은 2002년 이후의 일이었다. 게다가 마카닌이 이 전쟁의 본질을 무엇이든 사고팔 수 있었던 비즈니스로 그리고, 목숨을 바쳐야 할 그 어떤 명분도 찾을 수 없는 부조리함을 드러낸 것 역시 체첸 참전용사들에게는 모욕으로 여겨졌다.

젊은 참전 작가들의 맹공이 이어지자 마카닌은 생애 처음으로 신문 지상에 저격수들에 대한 답변 형식의 글을 게재하며 작품을 둘러싼 시끄러운 논란에 뛰어든다. 참전 작가 밥첸코A. Бабченко의 「체첸을 주제로 한 전쟁 판타지Фентези о войне на тему "Чечня"」라는 글에 답하며 마카닌은 체첸전은 참전 작가들이 독점권을 가지는 고유 영역이 아니며, 참전 사실이 그 전쟁에 관한 모든 것을 안다는 것을 증명하지는 못한다는 점을 지적한다.

> 저는 평생 단 한 번도 '답'글을 써본 일이 없습니다. 하지만 이번만큼은 당신이 체첸전에 대해 선포하고 있는 독점권이, 다른 이들에게는 말할 것도 없고, 당신 자신에게도 해가 된다고 저를 설득하여 이 글을 씁니다. 〔……〕 물론 내 글에 오류가 있다는 사실을 알고 있습니다. 〔……〕 하지만 당신도 체첸에 대한 당신의 인식이 상대적일 뿐이며, 당신 글에도 피할 수 없는 오류가 있다는 사실을 알아야 합니다. 그리고 한 문단 한 문단 트집을 잡으며 당신과 당신 글에 부정확한 사실이 있다고 지적할 이들이 있다는 사실 또한 아셔야 합니다. 〔……〕 그들은 당신의 것이 아니라 자신들의 '정확한' 시간을 주장할 테니까요. 〔……〕 당신은 체첸의 어느 골목에서나 '니바'와 '지굴리'에 주유를 할 수 있었다고 쓰셨지요. 하지만 그것은 거짓입니다. 어떤 곳에서는 가능했지만, 또 다른 곳에서는 그렇지 못했습니다. 〔……〕 친애하는 저널리스트여, 당신은 속았습니다. 누가 당신에게 참전을 하고 나면 전쟁이 무엇인지 알게 된다고 했습니까? 혹시 인생이 어떤 것인지는 아십니까? 당신은 너무나도 단정적으로, 어떤 여지도 없이, 실상은 가장

복잡하고 그 어떤 구조도 없는 전쟁의 구조를 정의합니다. 마치 당신이 직접 그 전쟁을 빚어낸 것처럼.

흥미로운 것은 '누가 이 전쟁에 대하여 말할 권리를 지니는가?' 하는 권리 싸움에서 시작된 이 논쟁이 점차 '과연 전쟁문학이란 어떤 것이어야 하는가'에 대한 장르론으로 발전해 나갔다는 점이다. 참전 작가들의 영역 다툼 식 발언들은 시간이 지나며 설득력을 잃게 되었지만, 『아산』에 드러난 현실적 오류가 명백했기에, 이 작품을 지지하는 사람들도 폄하하는 사람들도 모두 전쟁문학이 현실을 재현할 때 '사실성'이 얼마나 중요한 기준이 되어야 하는가에 대해 정면으로 답해야 했기 때문이다.

사실 『아산』을 지지하는 쪽도 반대하는 쪽도 모두 현실적 디테일의 부정확함이 마카닌의 다른 작품들에서도 종종 발견되는 오류라는 점을 인정한다. 예를 들어, 『아산』의 전작 『공포*Испуг*』에서 마카닌은 1993년의 사건을 그리며 그 장면에 '문화культура 채널'을 등장시키는데, 이 채널은 1997년에 만들어졌다. 이런 소소한 오류는 마카닌 문학에서 종종 발견되었고, 많은 평자는 이를 그가 수학자였다는 사실, 그는 현실의 어떤 중요한 경향이나 특징을 포착한 후 그것을 독특하게 관념적 방식으로 형상화한다는 식으로 이해하고 너그럽게 용서해왔다.

그렇다면 왜 유독 『아산』에서만 현실적 오류가 그렇게 큰 공분을 불러일으켰던 것일까? 사실주의적인 문학, 그중에서도 역사적 사실을 기록한 전쟁문학은 얼마만큼 현실을 그대로 반영해야 하는 것일까? 도대체 전쟁문학이란 무엇인가? 모두를 만족시킬 진짜 '사실'의 재현이라는 것은 가능한 것일까? 필요한 것일까? 그리하여 『아산』을 둘러싼 모든 소동은 이 작품을 '전쟁문학'이라 부를 수 있을지에 관한 논쟁으로 이어진다.

'참호의 진실', 혹은 '전쟁에 관한 우화'?

장르 논쟁의 포문을 연 것은 『아산』 출간 후 얼마 되지 않아 『신세계*Новый мир*』지에 게재된 평론가 라트이니나A. Латынина의 글 「위장복을 입은 우화Притча в военном камуфляже」였다. 라트이니나는 밥첸코의 비난에 힘을 실어주며, 다시 한번 『아산』에 그려진 사건의 디테일들과 현실의 불일치를 조목조목 짚어낸다. 그리고 부분적으로 거장의 성취가 보이기도 하는 이 작품은 본질적으로 체첸전에 관한 전쟁문학이 아니라 '위장복을 입은 우화', 다시 말해 현실과 관계없이 마카닌이 자신의 사상을 자신이 원하는 체계 속에 집어넣어 그려낸 '우화문학'이라는 결론을 내린다.

작품에 대한 비교적 강도 높은 비판에서 시작된 라트이니나의 글은 이후 이 작품을 '전쟁문학'으로 볼 것이냐, 아니면 '전쟁에 관한 우화'로 불러야 할까 하는 장르 논쟁의 시발점이 되었다.

골딩William Gerald Golding의 『파리 대왕』, 카뮈Albert Camus의 『페스트』 등을 우화소설의 전형으로 볼 때, 이러한 장르 논쟁은 『아산』을 진지한 의미의 우화소설로 볼 수 있느냐에 관한 본격적인 논의라기보다는, 이 작품이 체첸전의 현실을 반영하고 있는 방식에 대한 지지로 이를 넓은 의미의 우화라고 보거나, 아니면 그 비현실성을 비판하고자 하는 뜻으로 사용되는 용어에 더 가깝다. 사실 『아산』을 둘러싼 장르 논쟁은 전쟁문학이란 무엇인가, 하는 좁은 의미의 장르론보다 더 본질적인 질문,

'삶의 진실과 예술적 진실의 갈등'과 연결되어 있다. '허구 앞에서 눈물을 쏟는다Над вымыслом обольюсь слезами'는 푸시킨А.С. Пушкин의 간명한 시구가 천명하듯 궁극적으로는 모든 예술 작품이 삶의 진실과 예술적 진실의 길항 위에 서 있지만, 『아산』의 경우, 작가가 범한 사실적 오류의 무게가 커 이 길항의 균형 문제가 부각되었기 때문이다.

더욱이 혁명 직후 내전과 제2차 세계대전을 거치며 공고해진 소비에트 전쟁문학의 캐논(전쟁에 관하여는 정직하고 정확하게 써야 하며, 거짓을 말해서도, 환상을 더해서도 안 된다. 악의가 아니라 작가의 무지에서 비롯된 것일지라도 거짓은 씻을 수 없는 죄이다. 참호의 진실은 이상이며 전범이다)을 전쟁문학의 요체라 보는 이들에게 『아산』이 좋게 보아야 '전쟁에 관한 우화' '인생에 대한 우화'인 것은 당연한 일이다.

이러한 비평가들의 갑론을박에 대한 노작가의 반응은 담담하고 단순하다. 「전함 포템킨」의 그 유명한 오데사 계단 장면 뒤에 역사적으로는 존재하지 않았던 허구적 장면을 삽입하고, 거기에 '우화притча'라는 자막을 달았던 예이젠시테인С. Эйзенштеин의 예를 들며 마카닌은 다음과 같이 답한다. "예술은 자기 일을 합니다. 저에게 '당신이 쓰는 것이 전부 다 우화라고 말하고 나서 써. 그러면 원하는 대로 써도 좋아!'라고 말하는 두 명의 비평가를 알고 있습니다. [……] 이들은 씌어지는 모든 것은 우화라는 사실을 잊었습니다. 모든 것이 우화입니다!"

그럼에도 불구하고 어떤 일이 실제로 있었던 일인가, 진실인가 하는 것이 독자들에게는 중요한 문제라는 대담자에게 마카닌은 팩트와 진실의 문제를 제기한다.

저는 그 두 문제를 나누고 싶습니다. 있었던 일인가 아닌가라는 것이 하나의 문제라면, 진실이냐 아니냐 하는 것은 또 다른 문제입니다. '거짓'은 없었던 것을 말하는 것이 아니라 진실을 왜곡하는 것입니다. 이것은 조금 다른 문제입니다. 〔……〕 한칼라와 그로즈니 사이에 순자라는 작은 강이 흐릅니다. 그 강은 서쪽에서 동쪽으로 흘러요. 그리고 그로즈니에 가려면 매번 그 강을 건너야 합니다. 〔……〕 그런데 제 소설에서 순자가 동쪽에서 서쪽으로 흘러야 했다고 칩시다. 〔……〕 순자가 정확하게 흐르느냐 아니냐 하는 것은 예술가에게 문제가 되지 않습니다.

마카닌은 끝까지 체첸의 석유 부족 현상이 일부 지역에서 존재했었다는 '사실'을 주장하면서도, 궁극적으로는 그 사실들의 진위 여부가 예술 작품에서 가지는 의미는 그다지 중요한 것이 아니라고 말한다. 그 이유 역시 매우 단순한데, 마카닌이 이해하는 전쟁문학은 전쟁에 대한 역사적 기록이기보다는 그 전쟁을 겪는 사람들에 관한 글이기 때문이다.

흔히 전쟁문학에 대하여 이야기할 때 전쟁문학이란 군인들, 이런 군인들, 저런 군인들, 이런 사령관들, 저런 사령관들이 나와 싸우는 것이라고 생각합니다. 하지만 전쟁문학은 전쟁 통의 사람에 관한 것입니다. 그것이 전쟁문학이에요. 저의 소설도 그렇습니다. 그것은 전쟁 통의, 아니 더 심하게 말하자면, 전쟁을 배경으로 한 사람들의 이야기입니다. 젊은 참전 작가들이 제 소설을 읽으며 전부 다르다고 하는 것은 내가 있던 참호에서는 그렇지 않았는데, 내가 있던 길에서는 그렇지 않았는데 하는 것들을 염두에 두는 것입니다. 그들은 재능이 있고, 흥미롭고, 감각적으로 묘사하지만, 거기에 사람은 없습니다. 그러므로 전쟁도 없습니다. 전투 장면은 있지만, 인생은 없고, 사람들도 없습니다. 병사들과 장교들은 있습니다. 그것은 전쟁의 일부이지요. 〔……〕 흥미롭고 전문적이기는 합니다. 하지만 톨스토이도 그것은 전쟁이 아니라고 말했습니다.

마카닌의 이 단순한 답변은 전쟁문학이 무엇인가에 관한 답이 될 수는 없지만, 적어도 『아산』이라는 작품을 어떻게 읽어야 하는지에 관한 방향을 제시해줄 수는 있다. 이 작품은 체첸전을 '배경으로' 그 속에서 살아가는 우리 시대의 인간(들)에 관한 이야기이다. 『아산』을 지지하는 쪽이든 반대하는 쪽이든 이 작품의 가장 큰 성취로 주인공 '질린 소령'의 형상을 드는 것은 우연이 아니다. 누구나 작품을 쓸 때 주력하는 '주조음'이 있게 마련인데, 『아산』 집필 시 그것이 무엇이었는지 묻는 질문에 마카닌은 다음과 같이 답했다.

우리가 사랑하는 레프 니콜라예비치가 이렇게 말했었지요. "나는 전쟁 속에서 민중의 생각을 사랑했습니다." 저는 그의 위대한 사상과 거리를 두고 이 전쟁 속에서 개인의 생각을 사랑했습니다. 주인공은 민중과 떨어질 수 없을지 모르지만, 그래도 이 소설에서 나에게 중요한 것은 그의 개별적이고 개인적인 삶, 어떤 대치 없이 선한 것과 악한 것이 그저 공존하는 그의 영혼이었습니다. 주인공의 형상을 만드는 것, 그것이 저를 움직인 가장 중요한 동력이었습니다.

그리하여 마카닌 창작사상 가장 현대적인 인물, 체첸전의 현실을 배경으로, 사회주의가 무너지고 자본주의가 급격한 속도로 세워지고 있던 러시아의 혼란스러운 현실의 파도에 직접 뛰어올라 그 현재적 삶을 살아내는 등장인물 질린이 탄생했다.

1인칭 화자의 죽음

전투병이 아니라 창고와 주택 건설을 위한 공병으로 체첸에 파병된 질린은 모든 책임을 전가하고 떠난 상급자들로 인해 홀로 창고에 남겨진다. 관자놀이와 생식기에 동시에 총구를 들이대고, 창고 사방에 총을 난사하는 체첸 반군들과 하루하루 싸우며 창고의 무기와 휘발유를 지키던 그는 체첸 반군의 수장 두다예프와의 우연한 만남을 계기로 한칼라 지역 일대의 휘발유 왕으로 거듭난다. 그는 명확한 전선이 없고 도처에서 게릴라전이 벌어지던 체첸의 위험한 길을 따라 러시아 부대와 러시아 측 체첸군 부대에 휘발유를 배송하고 그 대가로 배송한 휘발유의 10분의 1을 챙긴다. 그리고 이렇게 벌어들인 돈을 부지런히 아내에게 송금하여 이름을 밝힐 수 없는 러시아의 큰 강 주변에 이층집을 짓고 있다.

한밤중에 휘발유 창고들 사이에 자리한 작은 뜰에서 아내와 통화를 할 때 행복을 느끼는 평범한 가장인 동시에, 수없이 죽을 고비를 넘기며 이 무의미한 전쟁의 문법을 온몸으로 체득하는 질린 소령은, 그 속에서 전쟁의 신 '아산Асан'으로 살아가기도 한다. 작품의 제목인 '아산'은 체첸 민간전설에 등장하는 피를 탐하는 전쟁의 신으로, 등장인물 바자노프 장군의 추론에 따르면, 한때 체첸 지역을 휩쓸었던 마케도니아의 알렉산드로스 대왕에 대한 대항마로 산사람들이 만들어낸 고대의 신이다. 그리고 고대의 '아산'이 피를 원했다면, 이제 현대의 '아산'은 돈을 원한다. 체첸인들 특유의 '빠른 말하기' 때문에 이들은 질린의 이름인 알렉산드르 세르게이치를 아산 세르게이치라 부르는데, 휘발유가 부족한 이 지역에서 휘발유를 소유한 그는 체첸인들도 러시아인들도 인정한 반신(半神), '아산'이다.

능력 있는 비즈니스맨으로 전쟁 통에 돈벌이를 하고 있는 '아산-알렉산드르'의 유일한 약점은 멋모르고 전쟁터로 끌려 나와 죽거나 체첸 반군의 포로가 되어 끔찍한 장애를 얻는 수많은 러시아 '애송이'에 대한 연민이다. 작품의 첫 장면부터 이제 막 체첸에 도착한 신참 병력을 구해내는 그는 우연히 창고로 흘러들어 온 폭발후유증 환자 알리크와 올레크를 스스로도 이해할 수 없는 애끓는 애정으로 보호하고 지켜낸다. 그리고 결국 체첸인과 주고받는 러시아군의 돈다발에 병적인 공포와 증오심을 가진 알리크의 총에 맞아 죽는다.

서술 주체인 1인칭 화자가 결국 죽음을 맞이하게 되는 독특한 구조의 1인칭 소설인 『아산』은 시작부터 다소 충격적인 방법으로 서술의 시점을 선언한다. 총 18장으로 구성된 소설의 2장이 시작되는 부분까지 독자는 이 소설이 1인칭 시점 소설이라는 것을 짐작하기 힘들다. 화자는 구어체로 말을 거는 3인칭 전지적 시점의 화자인 양 서술을 이어간다. 그러다 2장 초반에 갑자기 질린 소령이 얼굴을 드러내고, 소설은 1인칭 화자의 서술로 전개되기 시작한다. 그리고 앞선 1장과 2장 초반까지 이어지던 서술 역시 질린 소령의 1인칭 전지적 시점의 이야기였다는 것을 뒤늦게 깨닫게 된다.

> 휘발유를 실은 트럭 세 대가 그놈 거라고?…… 체첸놈들이 몽땅 불 싸지르면 좋겠네! 빌어먹을!…… 우-우-우-우! 확 불 싸질러버리면

좋겠네!

그들은 이미 족히 백 킬로미터는 떠나왔다. 놈들에겐 아무 상관 없는 것이다.

하지만 질린 소령에게는 상관이 있다. 질린 소령은 바로 나니까. (19~20쪽)

이 순간부터 독자는 질린 소령의 눈을 통해 매일 죽음이 지척에 있는 전쟁 통의 삶을 경험하고, 그의 가족들을 만나게 되고, 질린 소령과 함께 일하는 사령부 소속 군인 콜랴 구사르체프, 체첸인 루슬란, 그리고 창고의 믿음직한 군인 크라마렌코를 알게 된다. 그리고 그 과정에서 질린 소령이 얼마나 능숙하게 자기 일을 해내는지, 동시에 매번 얼마나 많은 고민과 불안을 경험하는지 보게 된다. 또 사회주의의 귀환을 꿈꾸는 알코올 중독자 아버지의 체첸 방문을 계기로 문득 찾아드는 긴 회상을 통해 소설의 처음부터 능력 있고 냉혹한 휘발유 왕으로 등장하는 그가 1차 체첸전 중에 어리숙하고 순진한 군인으로 어떤 끔찍한 일들을 겪었고, 어떻게 그 소용돌이 속에서 살아남았고, 어떻게 '아산'이 되었는지도 알게 된다.

마카닌은 『아산』이 소란스러운 논쟁의 중심에 서기 전 『러시아 신문 *Русская газета*』에 게재된 인터뷰에서 『아산』의 1인칭 시점을 '힘겨운 1인칭 시점'이라 부른다.

사실 저는 대부분의 경우 1인칭 시점으로 소설을 씁니다. 그 방법이 훨씬 강력하고, 믿을 만하기 때문입니다. 그래서 종종 작품을 읽은 독자들이 저에게 "당신의 이야기인가요?"라고 묻곤 합니다. 이상한 질문이죠. 그것은 마치 배우에게 당신은 항상 자기 자신을 연기합니까?라고 묻는 것과 같습니다. 사실상 1인칭 시점은 작가가 잘 모르는 형상, 작가와 가깝지 않은 형상을 그릴 때 매우 도움이 됩니다. 〔……〕 올해 '볼샤야 크니가'상에 노미네이트된 장편소설을 『깃발*Знамя*』지에 넘겼습니다. 이 역시 체첸전에 관한 작품이고, 이 역시 1인칭 시점으로 썼습니다. 하지만 고백하건대 이것은 정말로 힘겨운 '1인칭 시점'이었습니다.

『아산』의 독특한 예술적 성취는 많은 부분 1인칭 서술의 대가 마카닌이 '힘겨운' 1인칭 시점 서술이었다고 고백한 서술 기법의 마법 위에 서 있다. 무엇보다 3인칭 시점으로 그려졌다면 일관적이지 못하고 모순적이라 여겨졌을 질린 소령의 수많은 대립적 자질이 그의 내면의 소리로 전해지며 너무도 납득할 만한 것이 된다. 주인공 내면에 모순적으로 공존하는 냉혹함과 관용, 두려움과 용기, 냉소와 연민, 선량함과 강퍅함, 부당함과 정의로움 등은 사실 우리의 내면에도 낯선 것이 아니기 때문이다. 더욱이 전쟁이라는 극한 상황 속에서 하루하루 자기의 작은 존엄성을 지키려 고군분투하고, 그러면서도 두고 온 처자식을 걱정하고, 그들에게 더 나은 삶을 선물하고 싶어 하고, 또 그런 자신을 부끄러워하고, 애송이들 때문에 날린 돈을 너무도 아까워하면서도 보호받지 못하고 죽어갈 어린 청년들을 그에 못지않게 안타까워하는 질린의 속생각들에 독자는 자기도 모르는 사이에 공감하게 된다. 그래서 어찌 보면 부정하게, 그러나 질린의 입장에서는 목숨을 걸고 정당하게 벌어들인 돈으로 남몰래 러시아의 큰 강 주변에 집을 짓는 그가 밤마다 아내와 나누는 대화에 비판의 칼날을 들이대기보다는 그것을 애틋하게 바라보게 된다.

나는 나대로 내 상황이 나아진 것을 어떻게 그녀에게 알릴까 생각하고 있었다. 곧 흐보리가 복귀할 것이고…… 돈도 좀 모여서 그걸 이미 한 묶음으로 만들어두었고, 곧 그녀에게 보내겠다고…… 그러면 그녀는 계속해서 간이창고도 지을 수 있을 거라고.

갑작스럽게 말을 꺼내지 않으려면 어떻게 시작하는 것이 좋을지 아직 생각해내지 못했다. 내가 보낼 돈에 대해서 직접적으로 말하는 방식이 되지 않으려면 어떻게 해야 할까…… 하지만 아내는 내 마음을 너무나 잘 느꼈다.

"이해했어요, 사샤."

〔……〕

우리는 반 토막 단어로도 서로를 이해한다. 전화 통화가 기적이 된다. 반 토막 단어로 서로를 이해할 때. (569~70쪽)

『아산』에 분노하는 많은 참전 작가가 지적하듯, 분명 질린의 휘발유 비즈니스는 모든 것을 사고팔았던 이 명분 없는 전쟁의 부정(不淨)에 기대어 축재했던 '작은 사람'들이 저질렀던 범죄다. 유일하게 시장의 원리가 작동했던 체첸 전장에서는 모두가 용인한 사업이었지만, 원칙적으로 부정한 축재였기에 질린은 아내와 대화 중에 '돈'을 언급할 수 없다.

마카닌은 이런 작은 인간들의 축재와 부정에 면죄부를 주지도, 반대로 그것을 고발하지도 않는다. 그렇다고 질린이 지키려 애쓰는 어떤 도덕의 선(그는 절대 무기 거래를 하지 않으며, 러시아의 적에게 득이 되는 일을 하지 않으려 하고, 러시아 측 체첸인들과만 협력하며, 사재를 털고 시간을 들여 아무도 불쌍히 여기지 않는 풋내기 병사들을 구하고 또 구한다)을 찬양하지도 않는다. 마카닌은 1인칭 화자를 통해 전쟁의 신 '아산'조차 피보다 돈을 구하는 이 새로운 시대 속에서 자신을 지키고, 자기의 가정을 지키고, 작은 양심을 지키고자 하는 작은 인간의 내면의 풍경을 꼼꼼하게 그려낸다. 그렇게 드러난 질린의 고민은 우리에게 낯설지 않고, 그의 선택 역시 우리의 선택과 가깝다. 소설이 진행되며 독자는, 타인일 때는 거리를 두고 비판할 수 있는 존재와 가까워지듯, 그렇게 질린이라는 인간을 알아가게 되는 것이다.

6백 쪽 넘게 그의 내면을 들여다보며 그를 이해하게 된 독자들 앞에서 너무도 갑작스럽게 서술을 이끌어오던 1인칭 화자 질린이 죽는다. 긴 시간 동안 그 내면을 들여다보아 친근하고 가깝게 된 어떤 존재가 등장만큼이나 갑작스럽게 사라지는 것이다. 마치 장례를 준비하듯, 갑자기 카메라의 초점이 흔들리기 시작하는 것처럼, 작품의 마지막 장인 18장에 이르면 1인칭 화자의 서술이 3인칭 서술과 겹쳐지기 시작한다.

> "누가 나오기로 한 건데?"
>
> 내가 물었다.
>
> "아부살림…… 우루스-마르타놉스키."
>
> 나는 고개를 저었다. 그의 이름은 아무 의미가 없다. 누가 저런 천치에게 진짜 이름을 말해주겠는가.
>
> 질린 소령과 털북숭이는 다시 한번 서로의 눈을 쳐다본다. 〔……〕
>
> 소령은 그런 생각이 들었다. 물론 별것 아닌 일이지만, 질린 소령은 이 별것 아닌 일에 대해 생각하며 기분이 좋았다(감추지 않겠다. 기분이 좋았다). (603~05쪽, 밑줄은 역자의 강조)

질린 소령은 1인칭 화자의 자리에서 서서히 물러나기 시작하고, 화자는 전지적 시점으로 질린 소령의 내면을 조명하거나 객관적 관찰자 시점으로 사태를 조망한다. 그런 중에도 질린 소령은 간혹 괄호 속에서 '나'로 등장하기도 한다.

흥미로운 것은 질린 소령의 숨이 넘어가는 그 순간까지 18장 전체에 여전히 1인칭 시점 서술의 장력이 남아 있다는 것이다. 질린 소령이 알리크가 쏜 총에 맞아 죽어가는 순간에도 독자는 이것이 1인칭 시점의 서술인지 3인칭 시점의 서술인지 다소 혼돈스럽게 느끼게 된다. 이 작품 전체에서 활발하게 사용되는 자유간접담화free indirect discourse(이를 통해 인물의 생각과 감정이 형식적으로는 화자의 것인 양 서술 속으로 섞여든다)는 이러한 혼돈을 의도적으로 가중시킨다. 예민한 독자가 아니라면 3인칭 시점으로 서술 시점이 이동했다는 것 자체를 크게 느끼지 못할 수도 있을 정도이다.

> 그가 기뻐하며 얼굴을 빛내는 동안 질린 소령은 시동을 걸었다. 〔……〕 소령도 미소를 지었다…… 운전을 하며 뒷좌석을 돌아보았다. 자, 여기 병사들은 어떠신가?
>
> 그리고 알리크의 백지장 같은 얼굴을 보았다. 그의 거칠어진 큰 눈도…… 이 녀석은 무엇이, 아니면 누가 두려운 것일까? 〔……〕
>
> 그리고 자기를 향해 있는 자동소총을 보았다…… 그 순간 총이 발사되었다…… (613~14쪽)

이렇듯 1인칭 서술과 3인칭 서술의 혼재, 그리고 3인칭 서술로 계속 흘러들어 오는 질린의 발화들은 질린의 숨이 끊어지는 순간 뚝 하고 멈추고, 그 순간부터 완벽한 3인칭 시점의 서술이 시작된다.

질린 소령은 눈을 감았다. 크고 흰 구름이 새롭게, 더 분명하게 그를 불렀다…… 이제 가까웠다.

크라마렌코의 지프가 그 장소에 도착했을 때 그로즈니 종대는 이미 재편성을 마쳤다. 크라마렌코는 서둘렀다. 몇 분밖에 없다!……

[……]

그리고 대답 없는 휴대폰에서 눈을 들었을 때, 이제 더 이상 아무것도 할 필요가 없다는 것을 알았다. 알렉산드르 세르게이치의 고개가 꺾였다…… 자기 어깨로…… 질린 소령이 죽었다.

크라마렌코는 그의 머리를 바로 놓아주었다. (619쪽)

그리고 이 지점에서 독자는 갑자기 지금껏 몇백 페이지의 여정을 함께하며 그의 눈으로 체첸전을 바라보고 그 내면에 공감했던 한 인간의 존재가 완전히 사라졌다는 사실을 깨닫게 된다. 질린 소령의 죽음을 장황하게 묘사하거나 비통함을 표현한 지점이 하나도 없는데("질린 소령이 죽었다"), 독자는 피와 살을 가진 한 인간이 이 땅에서 완전히 사라졌다는 사실을 절감하게 되는 것이다. 굳건히 존재하며 말을 걸고 수많은 생각을 나누고, 나름의 방법으로 열심히 삶의 자리를 지켰던 한 인간의 존재가 완전한 비존재로 넘어간 것을 알게 되고, 마치 귓가에서 계속 울리던 목소리가 끊어지는 것과 같은 단절감을 경험하게 된다.

그런 의미에서 마카닌이 '힘겨운' 1인칭 화법이라 칭한 이 소설의 서술 기법은 그 어떤 웅변보다 더 강력하게 한 개인의 죽음의 의미를 각인시킨다. 그리하여 서술의 차원에서 형상화된 이 죽음은, 앞서 인용했던 마카닌의 표현에 따르자면, 전쟁에서 민중의 것을 사랑했던 위대한 톨스토이의 사상과 거리를 두고, 마카닌이 전쟁에서 사랑했던 "개인적인 것" "한 개인의 영혼"의 무게를 매우 효과적으로 전달한다.

아산, '우리 시대의 영웅': "질린은 신께 하는 나의 답이다"

『아산』의 질린 소령은 분명 작가 마카닌에게도 특별한 주인공이다. 소비에트 붕괴 이후 『아산』 이전까지 마카닌이 그린 주인공들이 모두 본질적으로 소비에트형 인간, 즉 '호모 소비에티쿠스homo sovieticus'였다면, 질린은 소비에트가 아닌 포스트소비에트에 속한 인물, 격동하는 시대의 파도에 제대로 올라탄 최초의 인물이다.

마카닌은 소비에트 문학에 대한 견해를 묻는 질문에, 종교가 금지되자 일종의 진공 상태가 된 빈 공간이 생겨났고, 그 빈 공간을 메우려고 고리키M. Горький 같은 작가들이 본받고 따라 살아야 할 '긍정적 주인공' '문학적 주인공'들을 만들었으며, 그것이 지루한 일이었는지는 모르겠지만 신이 없는 그 시대로서는 어쩔 수 없는 일이었다고 평했다. 하지만 이제는 '삶의 주인공(영웅)'과 '문학적 주인공'을 구분해야 한다고 그는 말한다.

> 우리는 어떤 동면 상태에서 깨어났고, 마침내 문학적 주인공과 삶의 주인공은 다르다는 사실을 이해하기 시작했습니다. 이에 대해 여러 번 이야기했었는데요, 삶의 주인공은 친구를 구해내고 아기를 살려냅니다. 그는 훌륭한 사람이고 그를 본받아야 합니다. 하지만 문학적 주인공은 본받아서는 안 됩니다. 그럴 필요가 없어요. 페초린도, 라

스콜니코프도, 햄릿도, 파우스트도, 그 누구도 본받을 필요가 없어요. 〔……〕 문학적 주인공은 신에게 하는 우리의 답변입니다. 질린은 신께 하는 저의 답변입니다. 신이 우리로 살게 한 시간 속에서 무엇이, 어떻게, 어디서, 그리고 가능하다면 왜 일어났는지에 대한 나름의 답.

마카닌의 언급처럼 그는 질린의 형상을 통해 '새로운 시대 속에서 무엇이, 어떻게, 어디서, 그리고 가능하다면 왜' 일어났는지를 살핀다. 질린은 사회주의가 무너지고 자본주의가 도래하고, 모든 것이 혼란스럽던 시기(작품 안에서 구체적으로 그 시기를 특정하자면 1, 2차 체첸전 시기), 이미 애국심이나 일체의 대의명분이 사라지고, 돈이 모든 것을 지배하기 시작한 시기를 나름의 개인주의로 살아내는 인물이다. 혹자는 이 작품에서 '잉여적인' 부분이라 평하기도 하는 질린 아버지의 일화는 전형적인 호모 소비에티쿠스인 아버지의 삶과 질린의 삶의 결이 얼마나 다른가를 보여주는 장치이기도 하다.

질린의 아버지는 아무런 예고도 없이 갑작스레 체첸을 방문한다. 뜨거운 용광로처럼 타오르는 열정을 가지고 있지만, 하루아침에 쓸모없는 연금생활자가 되어버린 아버지는 끓어오르는 열정을 주체하지 못하고 정치에 비상한 관심을 가진다. 그는 "러시아는 연금생활자들을 개무시해 버렸어. 〔……〕 하지만 우리 노인들은 나라를 잊지 않았네……"(129쪽)라고 말하며 체첸전의 상황에 열을 내고, 그 현장에 뛰어들고 싶어 이곳까지 달려왔다. 연금생활자가 된 알코올 중독자가 정치에 목을 매는 것이 놀라운 일은 아니지만, 당시 모스크바나 페테르부르크의 연금생활자들이 민주주의의 이념에 열광했던 것과 달리, 시베리아 벽촌 코빌스크에 사는 질린의 아버지는 사회주의의 귀환을 꿈꾼다. 그는 돈을 벌고 부자가 되어가는 아들을 미워하고, 아들과 며느리가 러시아의 큰 강 주변에 지은 이층집에서 함께 살자고 청해도 아흐마토바의 시를 인용하며 "나는 나의 민중과 함께했다"(170쪽)를 외친다. 질린은 그런 아버지를 "진짜 정직한 소비에트형 인간"(312쪽)이라 부른다. 아버지를 사랑하지만, 질린에게 아버지의 삶은 이미 박제되어버린 구시대의 삶이다.

분명 이 전쟁 통에서 질린도 러시아의 편이고, 러시아군의 손실을 가슴 아파하지만, 그의 열정과 아버지의 열정은 그 온도가 완전히 다르다.

> 우리는 전쟁에 관한 이야기를 나눈다.
> "들었어?"
> 로슬리크가 진지한 얼굴을 한다.
> "우루스-마르탄 근처에서 종대를 전멸시켰다던데."
> 〔……〕
> "아직 전멸시킨 것은 아니야. 봉쇄했지."
> "봉쇄됐으면 끝이지 어떻게 숨겠어."
> 〔……〕
> 물론 로슬리크는 자기편을 응원하고, 나는 내 편을 응원한다. 하지만 우리 사이에 다툼은 없다. 우리는 열렬한 팬들이기는 하지만, 광폭한 광신도는 아니다. 우리는 이지적인 축구 애호가들이 담소를 나누듯 이야기를 나눈다. 연륜 있는 팬들처럼. (어찌어찌 살다 보니) 경쟁하고 있는 서로 다른 팀에 마음을 주어버린 사람들처럼. (115쪽)

그에게 이 전쟁은 목숨을 걸어야 할 만한 그 어떠한 대의명분도 없다. 그가 발견한 이 전쟁의 유일한 논리는 '승자가 정해지기 전까지 전쟁은 부조리하다'는 것이다.

그는 긍정적이든 부정적이든 일종의 '형제애'를 삶의 기본 전제로 생각하는 소비에트형 인간이 아니다. 그는 이 전쟁의 무의미함을 온몸으로 경험했고, 돈이라도 벌어 러시아로 돌아가 가족과 안락한 삶을 살 수 있기를 꿈꾸는 가장 평범한 소시민이다. 흥미로운 것은 그런 그가 작품의 시작부터 끝없이 위기에 처한 러시아의 애송이 신병들을 구하고 또 구해낸다는 것이다. 작품 도입부에 질린은 자신의 휘발유수송차와 함께 이동하는 러시아군 신참 병력들이 형편없이 취한 채로 체첸 반군들에게 사로잡혔다는 소식을 듣는다. 자기 휘발유만 빼내어 나오면 되는 상황이지만, 술에 취해 트럭 난간에 벌거벗은 엉덩이를 들이밀고 킬킬대고 있는 애송이들을 내버려둘 수가 없다.

> 질린 소령에게 이 병사 나부랭이들이 대체 뭐란 말인가…… 베어져 관목 속에서 굴러다닐 어린놈들이 불쌍하기는 하다! 술도 깨지 않은 채로, 잠도 깨지 못한 채로 나뒹굴겠지! 하지만 질린 소령 자신도 불쌍하지는 않은가?
>
> 게다가 나는 전사도 아니다. 언젠가 얄호이-모히에서 산 채로 타죽을 뻔했을 때(그때 나는 휘발유를 뒤집어쓰고 있었다) 스스로에게 말했다. 스톱, 스톱! 소령, 이건 인생을 걸 만한 전쟁이 아니야. 〔……〕
>
> 이 소령 나부랭이야, 왜 이렇게 설쳐대니? 네놈이 뭐라고. 〔……〕 네놈 집에 마누라와 딸이 있어. 매일매일 네놈을 기다리고 있다고…… 전쟁은 전쟁이고, 네놈은 네놈이야. 기억해라…… 너는 그냥 복무하는 것뿐이야. 〔……〕
>
> 너는 저 어린놈의 새끼들이 불쌍한 거다. 〔……〕 하지만 정직하게

봐라. 그놈들은 죽이러 온 놈들이다. 죽이고 죽으러 온 놈들이다……
전쟁이니까. (34~35쪽)

작품이 진행되는 내내 질린은 끝없이 유사한 고민 앞에 서지만 언제나 애송이들을 구해낸다. 체첸 반군의 공격으로 자기 부대를 잃고 떠돌이 병사가 된 올레크와 알리크도 예외가 아니다. 질린은 한 달간 자신의 창고에서 휘발유통 운반을 도우면 원래 그들이 속했던 부대로 돌려보내주겠다는 조건으로 정신이 온전치 못한 두 떠돌이 병사를 받아들인다. 그리고 병사들의 놀림감이 된 바보 병사들을 보며 딱딱한 마음을 가진 자신이 왜 '심장이 신약에 반응하듯' 그들을 불쌍히 여기는지도 모르는 채 그들을 돌본다. 우여곡절 끝에 사령부 군인 콜랴 구사르체프와 함께 이들을 그들의 원부대가 주둔한 베데노로 보내지만, 그 과정에서 알리크가 콜랴 구사르체프를 살해하는 일이 벌어진다. 알리크는 군 생활 중에 체첸군과 러시아군 사이에 오가는 돈다발을 보고 나면 반드시 부대에 비극이 생기는 일들을 경험하며 '돈다발'에 대한 일종의 포비아를 가지게 되었고, 그래서 콜랴가 체첸 야전사령관에게 러시아군의 장화를 넘겨준 대가로 받는 돈다발을 보고 이성을 잃어 방아쇠를 당겨서 야전사령관과 콜랴를 함께 쓰러뜨린다. 장교를 죽였기에 알리크와 올레크를 사령부에 넘겨야 하지만, 질린은 고민 끝에 그들을 다시 거둔다. 그들을 보호하고, 혹시라도 모자란 그들의 입에서 콜랴를 살해한 일이 새어 나오지 않도록 지키다가, 결국 베데노까지 반군의 매복부대를 뚫고 도달할 수 있을 유일한 군인인 흐보로스티닌이 종대를 인솔한다는 소식을 듣자, '부성(父性)'이라 부를 수밖에 없는 감정으로 다시 그들을 구하기로 결심한다.

그리고 드디어 흐보로스티닌의 종대와 함께 그들을 베데노로 보내기로 한 날 새벽, 휘발유가 떨어져 길가에 멈추어 서 있는 체첸 민간인 종대 때문에 흐보로스티닌의 종대가 출발하지 못하고 있다는 사실을 안 질린은 그 문제를 해결하며 체첸인들에게서 휘발유 값을 받던 중에 그 돈다발을 보고 알리크가 발사한 총에 맞아 죽음을 맞이한다. 그리고 죽기 직전까지도 그들을 불쌍히 여겨 심복 크라마렌코와의 통화에서 누구의 총에 맞았는지 밝히지 않는다.

흐보로스티닌의 종대 출격 하루 전에도, 반군이 산에서 내려와 매복을 준비 중이라는 사실을 알게 된 질린은 직접 비용을 지불하여 미리 반군을 소탕한다. 사업을 하는 그에게 너무 큰 지출이었기에 흉통이 느껴지도록 고민하던 그는 '아무것도 아닌' 주제에 젊은 아이들을 연민하는 자신을 부끄럽게 여기면서도 오래전 아내와 함께 그루지야를 여행할 때 만났던 작은 아이 기비를 기억해낸다.

오래전 산골짜기에서 보냈던 가을이 생각난다. 그루지야에서. 〔……〕 아내와 나는 휴가 기간 동안 작은 방을 빌렸다. 여주인에게는 아들이 있었는데 어딘가 좀 모자라는 기비라는 아이였다. 〔……〕

그런 소박한 저녁상을 차려두고 이런저런 이야기를 나누었다……

〔……〕

그런데 식탁 앞에 앉아 있던 기비가 갑자기 일어났다. 〔……〕 알고 보니 그때 일기예보를 들었던 것이다.

그는 손으로 노란 열매들을 건드려보았다. 오! 이 귤들이 밤이 되면 꽁꽁 얼어버릴 거야! 그는 신문지 조각으로 귤을 감쌌다. 〔……〕

빠른 말로 뭔가를 속삭이기까지 했다. 〔……〕 하늘을 향해. 분명치는 않았지만, 분명 하늘을 향하고 있던 그의 말을 들었다. 달콤한 기

도의 구절들을 들었다. (546~48쪽)

그는 자신이 알리크와 올레크를 구하고 또 구하는 그 일이 기비가 귤을 신문지로 감싼 일과 다르지 않다는 것을 안다. 이 거대하고 복잡하고 냉혹한 세상 가운데서 신문지로 귤을 싸는 것 이상의 일을 할 수 없는 것을 너무도 잘 알고 있지만, 질린은 장애인 소년 기비가 갑작스러운 한파에 사력을 다해 창고에 있는 귤을 지켰던 것처럼 올레크와 알리크를 지키려 애쓰고, 결국 그것으로 인하여 죽음을 맞이한다. 어떻게든 변화하는 세상에 적응하여 자신의 작은 땅을 가지고 이름 없는 강가에서 그저 평탄한 삶을 사는 것을 꿈꾸는, 어찌 보면 가장 평범한 소시민 질린은 소비에트 전쟁문학에 넘쳐나는 '거대한 영웅'은 아니지만, 분명 개인의 양심의 소리를 끝까지 따라가고자 했던 '우리 시대의 작은 영웅'이다. 마카닌이 질린 소령의 죽음을 '비극'으로 명명한 것도 아마 동일한 맥락일 것이다.

> 그 자체로서 비극이라는 모티브, 개인의 비극이라는 모티브는 저에게 있어 문학에서 가장 흥미로운 것이고, 또 문학을 움직이는 것입니다. 예를 들어, 머리에 벽돌이 떨어지는 일은 안쓰러운 일이지만 비극은 아닙니다. 중대가 맹렬한 포화를 맞게 되면 그것은 큰 불행이지만 비극은 아닙니다. 인간의 죽음을 경시하는 것이 아니라 어떤 차이가 있다는 뜻입니다. 비극은 인간이 그가 사랑하는 것을 통하여 죽을 때 발생합니다. 비극적인 죽음은 그것이 인간을 내면에서부터 찢어낼 때 일어납니다. 고전에서는 이러한 사랑과 죽음의 결합이 가장 높은 수준에서 인간을 열어 보인다고 생각했고, 그것이 바로 카타르시스라

고 보았습니다. 사랑과 죽음의 결합이 인물을 오이디푸스로 만들고 햄릿으로 만듭니다. 『아산』의 주인공은 삶에서 딱 두 가지 것을 사랑했습니다. 자기 일, 그러니까 휘발유 사업과 그가 보호한 애송이들입니다. 그리고 이 두 가지 요소의 결합이 그를 파멸시켰습니다. 〔……〕 그는 자기의 개성 때문에 죽은 것이고 그래서 비극입니다. 적의 총알에 맞아 죽은 것이 아니라 자기로부터 기인한 죽음을 맞았습니다. 이것이 주인공의 형상을 만드는 데 있어서 중요한 것이었습니다. 주인공이 자신의 죽음을 통해 드러나는 것.

그리고 이 소설은 이 '작은 영웅'에 대한 작은 헌사, 우리 시대의 헌사로 끝난다. 질린이 총에 맞은 후 차가 처박힌 도랑 근처에는 알리크의 총에 먼저 죽었던 체첸 중개인의 시체와 돈이 널브러져 있다. 알록달록한 지폐가 풀밭에 흩어져 있는데도 아무도 그 돈을 가져가지 않는다.

아산의 돈이니까.

수많은 사람이 그 곁을 스쳐 지났다. 그들이 그저 두려워하기만 한 것일까?…… 돈은 그대로 풀밭에 흩어져 있었다. 알록달록한 지폐들이 버젓이 보이는 곳에…… 체첸전을 통틀어서, 사흘 내내 아무도 버려진 돈을 집어 가지 않은 정말 특별하고 유일한 경우였다고 한다. 사흘은 긴 시간이다…… 아주 긴 시간. (621~22쪽)

주지하다시피 '질린'이라는 성은 톨스토이의 『캅카스의 포로*Кавказский пленник*』 주인공의 성과 같다. 단순하고 정의롭고 이타적인 톨스토이의 질린과 마카닌의 질린은 닮아 있기도 하고 다르기도 하다. 마카닌은 역시 체첸전을 다룬『캅카스의 사로잡힌 자』의 주인공도 질린이라 명명했다. 그는 의도적으로 '질린'이라는 성을 사용하며 이 작품이 캅카스 지역을 중심으로 한, 러시아 문화와 타 문화의 충돌이라는 러시아 문학의 오래된 주제의 연속선상에 있음을 분명하게 한다.

이 유구한 주제를 다루며 마카닌은 현대를 살아가는 한 개인의 내면을 성실하고 치밀하게 그려냈고, 그리하여 그 안에 내재한 수많은 모순에도 불구하고 여전히 일말의 선량함과 나름의 도덕적 지향을 지닌 '우리 시대의 작은 영웅', 우리 시대 비극의 주인공이 탄생하게 되었다. 흥미로운 것은 이렇게 그려낸 질린의 형상이 지극히 개인적인 동시에 또 사회적이기도 하다는 것이다. 질린의 내면 풍경이 촘촘하게 그려질수록 그것은 질린 개인의 것인 동시에, 21세기를 살아가는 현대인의 초상이 되어간다. 그런 의미에서 "마카닌이 가장 탁월하게 그려내는 것은 심리학이 아니라 사회적 인류학"이며 "사회적인 인간 행동"이라는 로드냔스카야И. Роднянская의 지적은 질린의 형상에도 여전히 적용될 수 있을 것이다.

작가 연보

1937 오르스크시에서 건축기사였던 아버지와 러시아 문학 교사였던 어머니 사이에서 출생.

1960 모스크바대학 수학과 졸업.

1960~67 제르진스키 사관학교에서 수학 교수로 재직하며 극작 고급 과정을 수강하고 고리키문학연구소에도 출강.

1965 중편소설 「직선Прямая линия」 발표.

1968~80 출판사 '소비에트 작가Советский писатель' 편집부에 재직.

1971 중편소설 「아비 없는 것Безотцовщина」 발표.

1978 장편소설 『초상화와 그 주변*Портрет и вокруг*』 출간.

1984 중편소설 「하늘과 언덕이 만나는 곳*Где сходилось небо с холмами*」 발표.

1985 소비에트작가동맹 운영위원.

1987 저널 『깃발*Знамя*』 편집위원, 장편소설 『한 남자와 한 여자*Один и одна*』 출간.

1993	러시아 부커상 수상.
1994	중편소설 「캅카스의 사로잡힌 자Кавказский пленный」 발표.
1998	장편소설 『언더그라운드, 혹은 우리 시대의 영웅*Андеграунд, или Герой нашего времени*』 출간.
1999	러시아 정부 문학예술상 수상.
2006	장편소설 『공포*Испуг*』 출간.
2008	장편소설 『아산*Асан*』 출간, '볼샤야 크니가'상 수상.
2011	장편소설 『두 자매와 칸딘스키*Две сестры и Кандинский*』 출간.
2012	유럽문학상 수상.
2016	'야스나야 폴랴나' 문학상 수상.
2017	로스토프나도누 근교의 작은 마을 크라스니에서 지병으로 사망.

기획의 말

세계문학과 한국문학 간에 혈맥이 뚫려,
세계-한국문학의 공진화가 개시되기를

21세기 한국에서 '세계문학'을 읽는다는 것은 무엇을 뜻하는가? 자국문학 따로 있고 그 울타리 바깥에 세계문학이 따로 있다는 말인가? 이제 한국문학은 주변문학이 아니며 개별문학만도 아니다. 김윤식 · 김현의 『한국문학사』(1973)가 두 개의 서문을 통해서 "한국문학은 주변문학을 벗어나야 한다"와 "한국문학은 개별문학이다"라는 두 개의 명제를 내세웠을 때, 한국문학은 아직 주변문학이었다. 한데 그 이후에도 여전히 한국문학은 주변문학이었다. 왜냐하면 "한국문학은 이식문학이다"라는 옛 평론가의 망령이 여전히 우리의 의식을 장악하고 있었기 때문이다. 그렇게 생각하고 그렇게 읽고, 써온 것이었다. 그리고 얼마간 그런 생각에 진실이 포함되어 있는 것도 사실이었다. 그러나 천천히, 그것도 아주 천천히, 경제성장이나 한류보다는 훨씬 느리게, 한국문학은 자신의 '자주성'을 세계에 알리며 그 존재를 세계지도의 표면 위에 부조시키고 있었다. 그런 와중에 반대 방향에서 전혀 다른 기운이 일어나 막 세계의 대양에 돛을 띄운 한국문학에 위협적인 격랑을 밀어붙이고 있었다. 20세기 말부터 본격화된 '세계화'의 바람은 이제 경제적 재화뿐만이 아니라 어떤 나라의 문화물도 국가 단위로만 존재할 수 없게 하였던 것이니, 한국문학 역시 세계문학의 한 단위라는 위상을 요구받게 되었던 것이다.

그러니 21세기 한국에서 세계문학을 읽는다는 것은 진정 무엇을 뜻하는가? 무엇보다도 세계문학이라는 개념을 돌이켜 볼 때가 되었다. 그동안 세계문학은 '보편문학'의 지위를 누려왔다. 즉 세계문학은 따라야 할 모범이고 존중해야 할 권위이며 자국문학이 복종해야 할 상급 문학이었다. 그리고 보편문학으로서의 세계문학의 반열에 올라간 작품들은 18세기 이래 강대국의 지위를 누려온 국가의 범위 안에서 설정되기가 일쑤였다. 이렇게 해서 세계 각국의 저마다의 문학은 몇몇 소수의 힘 있는 문학들의 영향 속에서 후자들을 추종하는 자세로 모가지를 드리워왔던 것이다. 이제 세계문학에게 본래의 이름을 돌려줄 때가 되었다. 즉 세계문학은 보편문학이 아니라 세계인 모두가 향유할 수 있도록 전 세계 방방곡곡에서 씌어져서 지구적 규모의 연락망을 통해 배달되는 지구상의 모든 문학이라고 재정의할 때가 되었다. 이러한 재정의에는 오로지 질적 의미의 삭제와 수량적 중성화만 있는 게 아니다. 모든 현상학적 환원에는 그 안에 진정한 가치를 향해 나아가고자 하는 지향성이 움직이고 있다. 20세기 막바지에 불어닥친 세계화 토네이도가 애초에는 신자유주의적 탐욕 속에서 소수의 대국 기업에 의해 주도되었으나 격심한 우여곡절을 겪으며 국가 간 위계질서를 무너뜨리는 평등한 교류로서의 대안-세계화의 청사진을 세계인의 마음속에 심게 하였듯이, 오늘날 모든 자국문학이 세계문학의 단위로 재편되는 추세가 보편문학의 성채도 덩달아 허물게 되어, 지구상의 모든 문학들이 공평의

체 위에서 토닥거리는 게 마땅하다는 인식이 일상화까지는 아니더라도 최소한 정당화되고 잠재적으로 전망되는 여건을 만들어내게 되었던 것이다.

또한 종래 세계문학의 보편문학적 지위는 공간적 한계만을 야기했던 게 아니다. 그 보편문학이 말 그대로 보편성을 확보했다기보다는 실상 협소한 문학적 기준에 근거한 한정된 작품 집합에 머무르기 일쑤였다. 게다가, 문학의 진정한 교류가 마음의 감동에서 움트는 것일진대, 언어의 상이성은 그런 꿈을 자주 흐려왔으니, 조급한 마음은 그런 어둠 사이에 상업성과 말초적 자극성이라는 아편을 주입하여 교류를 인공적으로 촉진시키곤 하였다. 이제 우리는 그런 편법과 왜곡을 막기 위해서, 활짝 개방된 문학적 관점을 도입하여, 지금까지 외면당하거나 이런저런 이유로 파묻혀 있던 숨은 걸작들을 발굴하여 널리 알리고 저마다의 문학을 저마다의 방식으로 감상할 수 있는 음미의 물관을 제공해야 할 것이다. 실로 그런 취지에서 보자면 우리는 한국에 미만한 수많은 세계문학전집 시리즈들이 과거의 세계문학장을 너무나 큰 어둠으로 가려오고 있었다는 것을 절감한다.

이와 같은 인식하에 '대산세계문학총서'의 방향은 다음으로 모인다. 첫째, '대산세계문학총서'의 기준은 작품의 고전적 가치이다. 그러나 설명이 필요하다. 이 고전은 지금까지 고전으로 인정된 것들에 갇히지 않는다. 우리가 생각하는 고전성은 추상적으로는 '높은 문학성'을 가리킬 터이지만, 이 문학성이란 이미 확정된 규칙들에 근거한 문학성(그런 문학성은 실상 존재하지 않거니와)이 아니라, 오로지 저만의 고유한 구조를 통해 조직되는데 희한하게도 독자들의 저마다의 수용 기관과 연결되는 소통로의 접속 단자가 풍요롭고, 그 전류가 진해서, 세계의 가장 많은 인구의 감성을 열고 지성을 드높일 잠재적 역능이 알차게 채워진 작품의 성질을 가리킨다. 이러한 기준은 결국 작품의 문학성이 작품이나 작가에 의해 혹은 독자에 의해 일방적으로 결정되는 것이 아니라, 세 주체의 협력에 의해 형성되며 동시에 그 형성을 통해서 작품을 개방하고 작가의 다음 운동을 북돋거나 작가를 재인식시키며, 독자의 감수성을 일깨워 그의 내부에 읽기로부터 쓰기로의 순환이 유장하도록 자극하는 운동을 낳는다는 점을 환기시키고 또한 그런 작품에 대한 분별을 요구한다.

이 첫번째 기준으로부터 두 가지 기준이 덧붙여 결정된다.

둘째, '대산세계문학총서'는 발굴하고 발견한다. 모르거나 잊힌 것을 발굴하여 문학의 두께를 두텁게 하고, 당대의 유행을 따라가기보다는 또한 단순히 미래를 예측하기보다는 차라리 인류의 미래를 공진화적으로 개방할 수 있는 작품을 발견하여 문학의 영역을 확장할 것을 목표로 한다. 이는 또한 공동선의 실현과 심미안의 집단적 수준의 진화에 맞추어 작품을 선별한다는 것을 뜻한다.

셋째, '대산세계문학총서'가 지구상의 그리고 고금의 모든 문학작품들에게 열려 있다면, 그리고 이 열림이 지금까지의 기술 그대로 그 고유성을 제대로 활성화시키는 방식으로 진행되는 것이라면, 이는 궁극적으로 '가장 지역적인 문학이 가장 세계적인 문학'이라는 이상적 호환성을 추구한다는 것을 가리킨다. 이는 또한 '대산세계문학총서'의 피드백에도 그대로 적용될 것이다. 즉 '대산세계문학총서'의 개개 작품들은 한국의 독자들에게 가장 고유한 방식으로 향유될 터이고, 그럴 때에 그 작품의 세계성이 가장 활발하게 현상되고 작용할 것이다.

이러한 기준들을 열린 자세와 꼼꼼한 태도로 섬세히 원용함으로써 우리는 '대산세계문학총서'가 그 발굴과 발견을 통해 세계문학의 영역을 두텁고 넓게 하는 과정 그 자체로서 한국 독자들의 문학적 안목과 감수성을 신장시키는 데 기여할 것을 기대하며, 재차 그러한 과정이 한국문학의 체내에 수혈되어 한국문학의 도약이 곧바로 세계문학의 진화로 이어지게끔 하기를 희망한다. 이는 우리가 '대산세계문학총서'를 21세기의 한국사회에서 수행하는 근본적인 소이이다. 독자들의 뜨거운 호응을 바라마지않는다.

'대산세계문학총서' 기획위원회

대 산 세 계 문 학 총 서

001–002 소설 **트리스트럼 샌디**(전 2권) 로렌스 스턴 지음 | 홍경숙 옮김

003 시 **노래의 책** 하인리히 하이네 지음 | 김재혁 옮김

004–005 소설 **페리키요 사르니엔토**(전 2권) 호세 호아킨 페르난데스 데 리사르디 지음 | 김현철 옮김

006 시 **알코올** 기욤 아폴리네르 지음 | 이규현 옮김

007 소설 **그들의 눈은 신을 보고 있었다** 조라 닐 허스턴 지음 | 이시영 옮김

008 소설 **행인** 나쓰메 소세키 지음 | 유숙자 옮김

009 희곡 **타오르는 어둠 속에서/어느 계단의 이야기** 안토니오 부에로 바예호 지음 | 김보영 옮김

010–011 소설 **오블로모프**(전 2권) I. A. 곤차로프 지음 | 최윤락 옮김

012–013 소설 **코린나: 이탈리아 이야기**(전 2권) 마담 드 스탈 지음 | 권유현 옮김

014 희곡 **탬벌레인 대왕/몰타의 유대인/파우스투스 박사** 크리스토퍼 말로 지음 | 강석주 옮김

015 소설 **러시아 인형** 아돌포 비오이 까사레스 지음 | 안영옥 옮김

016 소설 **문장** 요코미쓰 리이치 지음 | 이양 옮김

017 소설 **안톤 라이저** 칼 필립 모리츠 지음 | 장희권 옮김

018 시 **악의 꽃** 샤를 보들레르 지음 | 윤영애 옮김

019 시 **로만체로** 하인리히 하이네 지음 | 김재혁 옮김

020 소설 **사랑과 교육** 미겔 데 우나무노 지음 | 남진희 옮김

021–030 소설 **서유기**(전 10권) 오승은 지음 | 임홍빈 옮김

031 소설 **변경** 미셸 뷔토르 지음 | 권은미 옮김

032-033 소설 **약혼자들**(전 2권) 알레산드로 만초니 지음 | 김효정 옮김

034 소설 **보헤미아의 숲/숲 속의 오솔길** 아달베르트 슈티프터 지음 | 권영경 옮김

035 소설 **가르강튀아/팡타그뤼엘** 프랑수아 라블레 지음 | 유석호 옮김

036 소설 **사탄의 태양 아래** 조르주 베르나노스 지음 | 윤진 옮김

037 시 **시집** 스테판 말라르메 지음 | 황현산 옮김

038 시 **도연명 전집** 도연명 지음 | 이치수 역주

039 소설 **드리나 강의 다리** 이보 안드리치 지음 | 김지향 옮김

040 시 **한밤의 가수** 베이다오 지음 | 배도임 옮김

041 소설 **독사를 죽였어야 했는데** 야샤르 케말 지음 | 오은경 옮김

042 희곡 **볼포네, 또는 여우** 벤 존슨 지음 | 임이연 옮김

043 소설 **백마의 기사** 테오도어 슈토름 지음 | 박경희 옮김

044 소설 **경성지련** 장아이링 지음 | 김순진 옮김

045 소설 **첫번째 향로** 장아이링 지음 | 김순진 옮김

046 소설 **끄르일로프 우화집** 이반 끄르일로프 지음 | 정막래 옮김

047 시 **이백 오칠언절구** 이백 지음 | 황선재 역주

048 소설 **페테르부르크** 안드레이 벨르이 지음 | 이현숙 옮김

049 소설 **발칸의 전설** 요르단 욥코프 지음 | 신윤곤 옮김

050 소설 **블라이드데일 로맨스** 나사니엘 호손 지음 | 김지원 · 한혜경 옮김

051 희곡 **보헤미아의 빛** 라몬 델 바예-인클란 지음 | 김선욱 옮김

052 시 **서동 시집** 요한 볼프강 폰 괴테 지음 | 안문영 외 옮김

053 소설 **비밀요원** 조지프 콘래드 지음 | 왕은철 옮김

054-055 소설 **헤이케 이야기**(전 2권) 지은이 미상 | 오찬욱 옮김

056 소설 **몽골의 설화** 데. 체렌소드놈 편저 | 이안나 옮김

057 소설 **암초** 이디스 워튼 지음 | 손영미 옮김

058 소설 **수전노** 알 자히드 지음 | 김정아 옮김

059 소설 **거꾸로** 조리스-카를 위스망스 지음 | 유진현 옮김

060 소설 **페피타 히메네스** 후안 발레라 지음 | 박종욱 옮김

061 시 **납** 제오르제 바코비아 지음 | 김정환 옮김

062 시 **끝과 시작** 비스와바 쉼보르스카 지음 | 최성은 옮김

063 소설 **과학의 나무** 피오 바로하 지음 | 조구호 옮김

064 소설 **밀회의 집** 알랭 로브-그리예 지음 | 임혜숙 옮김

065 소설 **붉은 수수밭** 모옌 지음 | 심혜영 옮김

066 소설 **아서의 섬** 엘사 모란테 지음 | 천지은 옮김

067 시 **소동파사선** 소동파 지음 | 조규백 역주

068 소설 **위험한 관계** 쇼데를로 드 라클로 지음 | 윤진 옮김

069 소설 **거장과 마르가리타** 미하일 불가코프 지음 | 김혜란 옮김

070 소설 **우게쓰 이야기** 우에다 아키나리 지음 | 이한창 옮김

071 소설 **별과 사랑** 엘레나 포니아토프스카 지음 | 추인숙 옮김

072-073 소설 **불의 산(전 2권)** 쓰시마 유코 지음 | 이송희 옮김

074 소설 **인생의 첫출발** 오노레 드 발자크 지음 | 선영아 옮김

075 소설 **몰로이** 사뮈엘 베케트 지음 | 김경의 옮김

076 시 **미오 시드의 노래** 지은이 미상 | 정동섭 옮김

077 희곡 **셰익스피어 로맨스 희곡 전집** 윌리엄 셰익스피어 지음 | 이상섭 옮김

078 희곡 **돈 카를로스** 프리드리히 폰 실러 지음 | 장상용 옮김

079-080 소설 **파멜라(전 2권)** 새뮤얼 리처드슨 지음 | 장은명 옮김

081 시 **이십억 광년의 고독** 다니카와 슌타로 지음 | 김응교 옮김

082 소설 **잔지바르 또는 마지막 이유** 알프레트 안더쉬 지음 | 강여규 옮김

083 소설 **에피 브리스트** 테오도르 폰타네 지음 | 김영주 옮김

084 소설 **악에 관한 세 편의 대화** 블라디미르 솔로비요프 지음 | 박종소 옮김

085-086 소설 **새로운 인생(전 2권)** 잉고 슐체 지음 | 노선정 옮김

087 소설 **그것이 어떻게 빛나는지** 토마스 브루시히 지음 | 문항심 옮김

088-089 산문 **한유문집-창려문초(전 2권)** 한유 지음 | 이주해 옮김

090 시 **서곡** 윌리엄 워즈워스 지음 | 김숭희 옮김

091 소설 **어떤 여자** 아리시마 다케오 지음 | 김옥희 옮김

092 시 **가윈 경과 녹색기사** 지은이 미상 | 이동일 옮김

093 산문 **어린 시절** 나탈리 사로트 지음 | 권수경 옮김

094 소설 **골로블료프가의 사람들** 미하일 살티코프 셰드린 지음 | 김원한 옮김

095 소설 **결투** 알렉산드르 쿠프린 지음 | 이기주 옮김

096 소설 **결혼식 전날 생긴 일** 네우송 호드리게스 지음 | 오진영 옮김

097 소설 **장벽을 뛰어넘는 사람** 페터 슈나이더 지음 | 김연신 옮김

098 소설 **에두아르트의 귀향** 페터 슈나이더 지음 | 김연신 옮김

099 소설 **옛날 옛적에 한 나라가 있었지** 두샨 코바체비치 지음 | 김상헌 옮김

100 소설 **나는 고故 마티아 파스칼이오** 루이지 피란델로 지음 | 이윤희 옮김

101 소설 **따니아오 호수 이야기** 왕정치 지음 | 박정원 옮김

102 시 **송사삼백수** 주조모 엮음 | 이동향 역주

103 시 **문턱 너머 저편** 에이드리언 리치 지음 | 한지희 옮김

104 소설 **충효공원** 천잉전 지음 | 주재희 옮김

105 희곡 **유디트/헤롯과 마리암네** 프리드리히 헤벨 지음 | 김영목 옮김

106 시 **이스탄불을 듣는다**
오르한 웰리 카늑 지음 | 술탄 훼라 아크프나르 여 · 이현석 옮김

107 소설 **화산 아래서** 맬컴 라우리 지음 | 권수미 옮김

108-109 소설 **경화연**(전 2권) 이여진 지음 | 문현선 옮김

110 소설 **예피판의 갑문** 안드레이 플라토노프 지음 | 김철균 옮김

111 희곡 **가장 중요한 것** 니콜라이 예브레이노프 지음 | 안지영 옮김

112 소설 **파울리나 1880** 피에르 장 주브 지음 | 윤 진 옮김

113 소설 **위폐범들** 앙드레 지드 지음 | 권은미 옮김

114-115 소설 **업둥이 톰 존스 이야기**(전 2권) 헨리 필딩 지음 | 김일영 옮김

116 소설 **초조한 마음** 슈테판 츠바이크 지음 | 이유정 옮김

117 소설 **악마 같은 여인들** 쥘 바르베 도르비이 지음 | 고봉만 옮김

118 소설 **경본통속소설** 지은이 미상 | 문성재 옮김

119 소설 **번역사** 레일라 아부렐라 지음 | 이윤재 옮김

120 소설 **남과 북** 엘리자베스 개스켈 지음 | 이미경 옮김

121 소설 **대리석 절벽 위에서** 에른스트 윙거 지음 | 노선정 옮김

122 소설 **죽은 자들의 백과전서** 다닐로 키슈 지음 | 조준래 옮김

123 시 **나의 방랑—랭보 시집** 아르튀르 랭보 지음 | 한대균 옮김

124 소설 **슈톨츠** 파울 니종 지음 | 황승환 옮김

125 소설 **휴식의 정원** 바진 지음 | 차현경 옮김

126 소설 **굶주린 길** 벤 오크리 지음 | 장재영 옮김

127-128 소설 **비스와스 씨를 위한 집**(전 2권) V. S. 나이폴 지음 | 손나경 옮김

129 소설 **새하얀 마음** 하비에르 마리아스 지음 | 김상유 옮김

130 산문 **루테치아** 하인리히 하이네 지음 | 김수용 옮김

131 소설 **열병** 르 클레지오 지음 | 임미경 옮김

132 소설 **조선소** 후안 카를로스 오네티 지음 | 조구호 옮김

133-135 소설 **저항의 미학**(전 3권) 페터 바이스 지음 | 탁선미 · 남덕현 · 홍승용 옮김

136 소설 **신생** 시마자키 도손 지음 | 송태욱 옮김

137 소설 **캐스터브리지의 시장** 토머스 하디 지음 | 이윤재 옮김

138 소설 **죄수 마차를 탄 기사** 크레티앵 드 트루아 지음 | 유희수 옮김

139 자서전 **2번가에서** 에스키아 음파렐레 지음 | 배미영 옮김

140 소설 **묵동기담/스미다 강** 나가이 가후 지음 | 강윤화 옮김

141 소설 **개척자들** 제임스 페니모어 쿠퍼 지음 | 장은명 옮김

142 소설 **반짝이끼** 다케다 다이준 지음 | 박은정 옮김

143 소설 **제노의 의식** 이탈로 스베보 지음 | 한리나 옮김

144 소설 **흥분이란 무엇인가** 장웨이 지음 | 임명신 옮김

145 소설 **그랜드 호텔** 비키 바움 지음 | 박광자 옮김

146 소설 **무고한 존재** 가브리엘레 단눈치오 지음 | 윤병언 옮김

147 소설 **고야, 혹은 인식의 혹독한 길** 리온 포이히트방거 지음 | 문광훈 옮김

148 시 **두보 오칠언절구** 두보 지음 | 강민호 옮김

149 소설 **병사 이반 촌킨의 삶과 이상한 모험**
블라디미르 보이노비치 지음 | 양장선 옮김

150 시 **내가 얼마나 많은 영혼을 가졌는지** 페르난두 페소아 지음 | 김한민 옮김

151 소설 **파노라마섬 기담/인간 의자** 에도가와 란포 지음 | 김단비 옮김

152–153 소설 **파우스트 박사**(전 2권) 토마스 만 지음 | 김륜옥 옮김

154 시, 희곡 **사중주 네 편—T. S. 엘리엇의 장시와 한 편의 희곡**
T. S. 엘리엇 지음 | 윤혜준 옮김

155 시 **키르기스스탄의 시** 배호티야르 와합자대 지음 | 오은경 옮김

156 소설 **찬란한 길** 마거릿 드래블 지음 | 가주연 옮김

157 전집 **사랑스러운 푸른 잿빛 밤** 볼프강 보르헤르트 지음 | 박규호 옮김

158 소설 **포옹가족** 고지마 노부오 지음 | 김상은 옮김

159 소설 **바보** 엔도 슈사쿠 지음 | 김승철 옮김

160 소설 **아산** 블라디미르 마카닌 지음 | 안지영 옮김